HANNAH LUIS

Der Duft von Tee und Winter

ROMAN

WILHELM HEYNE VERLAG
MÜNCHEN

3. Auflage
Originalausgabe 09/2022

Redaktion: Catherine Beck
Printed in Germany
Umschlaggestaltung: zero-media.net, München
unter Verwendung von FinePic®, München
Satz: GGP Media GmbH, Pößneck
Druck und Bindung: GGP Media GmbH, Pößneck
ISBN: 978-3-453-42626-9

www.heyne.de

Laura

1

Es läuft alles nach Plan – ich freu mich auf heute Abend!

Laura las ihre eigene Nachricht zum fünften Mal, während sie die Wohnungstür hinter sich zukickte, aus ihren Schuhen schlüpfte und die Zehen streckte. Sie hatte sie morgens um sieben gesendet. Jetzt war es kurz nach eins und bisher noch keine Antwort von Oliver eingetroffen. Das kam in den vergangenen Tagen leider häufiger vor, da ihn sein neuer Job in Hamburg von Anfang an ziemlich eingespannt hatte. Aber nicht mehr lange, dann würde sie nachkommen, sich um die Wohnung kümmern – in der er, wie sie ihn kannte, bisher nur die notwendigsten Kartons ausgepackt hatte – und ihn zumindest an den Abenden und Wochenenden sehen. Und in den Nächten, wenn sie sich an ihn kuschelte. In einigen Wochen würden sie und Oliver wieder zusammen sein, da sie ebenfalls eine neue Stelle in der Hansestadt antrat: Marketingleiterin bei ProdScale, einer großen Firma für Produktentwicklung. Nach den fünf Jahren bei Gaum & Weber der nächste logische Schritt auf der Karriereleiter.

Sie betrat die Küche und starrte auf den Klapptisch samt Stühlen, die ihre Eltern vorbeigebracht hatten. So musste sie während ihrer letzten Tage hier in Wiesbaden nicht vom Boden essen, da der Großteil der Möbel schon in die neue Wohnung geliefert worden war. Bis auf den Tisch gab es nur noch die dunkelrote Küchenzeile, die in der Wohnung bleiben würde und einsam wirkte mit dem Heißwasserkocher und dem Toaster auf der Arbeitsplatte. Die Regale waren auch bereits verschwunden, ebenso das gerahmte Bild, dessen Umrisse auf der Tapete nur zu erahnen waren. Die Lavendelpflanze auf der Fensterbank hatte sie überrascht und bis in den September geblüht; danach hatte Laura sie zurückgeschnitten. Vorsichtig prüfte sie die Erde von Salbei, Zitronenmelisse und Basilikum, dann rieb sie an einem Blatt der Pfefferminze und atmete das Aroma ein. Es war totenstill, und wenn sie die Augen schloss, stellte sie sich eine grüne Landschaft vor, einen Garten, in dem ihre Kräuter wuchsen. Mit einem hübschen weißen Tisch, an dem sie sitzen und Tee genießen konnte, den sie aus eben jenen Kräutern zusammengemischt hatte. Fast spürte sie den leichten Wind auf ihrem Gesicht – keinen der Novemberstürme, die sie in den vergangenen Nächten hin und wieder wachgerüttelt hatten. Es war ein schönes Bild, voller Ruhe und Sicherheit.

Anfangs, auf der Suche nach ihrer neuen Bleibe in Hamburg, hatte sie dafür plädiert, an den Rand der Stadt zu ziehen. Keine Hektik, wenig Verkehrslärm, dafür der Blick über Gärten und Felder. Aber sie waren zu dem Entschluss gekommen, dass ein Zuhause mitten in Ottensen praktischer war. Sie würden Zeit für den Weg in die Büros sparen und hatten alles, was sie brauchten, in unmittelbarer Nähe.

»In Hamburg eine gute Wohnung zu finden, ist echt nicht einfach«, hatte Oliver sie damals zu einer schnellen Entscheidung gedrängt.

Sie dachte an das vergangene Wochenende, an dem sie ihn hatte besuchen wollen. Aber er war so sehr mit Terminen und Meetings beschäftigt gewesen, dass sie es verschoben hatten. Laura verstand das, aber ein Hauch Enttäuschung war geblieben. Nachdenklich ergriff sie die kleine Gießkanne. Bei ihrem letzten Telefonat hatte ihr Freund so monoton geklungen, als wären seine Worte lediglich einstudiert. Sogar sein *Ich liebe dich* war irgendwie steif gewesen. Als würde ihre Beziehung unter der Distanz leiden.

Sie trat an das Fenster und betrachtete ihre Spiegelung darin; die glatten blonden Haare, die ihr knapp über die Schultern fielen und ihr Gesicht jünger wirken ließen. Dann straffte sie den Rücken. Normalerweise grübelte sie nicht über solche Dinge nach, und sie würde nicht zulassen, dass die Entfernung ihrer Beziehung schadete. Sie musste nur noch eine kurze Zeit überbrücken und nach ihrem letzten Tag im Büro den Wohnungsschlüssel abgeben, um in ihr neues Leben aufzubrechen. Es war alles komplett durchgeplant, so wie sie es mochte. Keine Überraschungen, keine Komplikationen.

Ihr Telefon klingelte und riss sie aus ihren Gedanken. Erfreut griff sie danach, aber das Display zeigte nicht Olivers Namen, sondern Danicas. Fast schämte sich Laura für ihre Enttäuschung. »Hallo Dani.«

»Frau Kollegin Nicolai, ich habe dich in der Firma verpasst«, sagte ihre Freundin gut gelaunt. Im Hintergrund gluckerte die Bürokaffeemaschine. »Das Meeting hat länger gedauert, sorry. Die Kunden konnten sich mal wieder nicht entscheiden und wollten alles anders, wussten aber nicht, wie. Weißt du, wie diese Leute, die in eine Buchhandlung gehen, nach dem blauen Buch fragen und erwarten, dass der Buchhändler sofort weiß, welches sie meinen.« Sie schnaubte. »Aber ich wollte dir noch eine gute Zugfahrt wünschen, wenn du schon die Frechheit besitzt, dir einen halben Tag freizunehmen.«

»Danke, das ist lieb. Ich habe dir eine Packung Kräutertee auf deinen Schreibtisch gestellt. Den mit Pfefferminze und Rose, den du so gern magst.«

»Selbst gemischt?«

»Natürlich.«

Dani quiekte vor Begeisterung. »Danke, Süße! Ich war noch gar nicht wieder am Platz.« Sie machte eine kurze Pause. »Erzähl mir, was mit dir los ist. Oder musst du schon zum Zug?«

»Nein, ich habe noch etwas Zeit. Aber was soll mit mir los sein?«

»Du klingst angespannt. Und auch ein wenig traurig.«

Laura lehnte sich an die Wand und starrte zur Decke. »Es ist alles in Ordnung. Ich habe nur noch nichts von Oliver gehört seit heute Morgen. Er hat kaum noch Zeit, seit er in Hamburg ist. Und es ist noch so viel zu erledigen vor dem Umzug.«

»Wir bekommen das hin, Laura. Alles. Oliver wird froh sein, wenn du wieder bei ihm bist. Bald fahre ich deine restlichen Sachen mit dir hoch, und wir machen uns einen schönen Tag an der Alster. Mit dem neuesten Trendgebäck.«

Laura lächelte. »Wir werden durch Hamburgs Cafés ziehen und uns die Bäuche vollschlagen.«

»Abgemacht!« Im Hintergrund rief jemand Danis Namen. »Auweia, der Daber ist schon wieder auf hundertachtzig wegen der Kunden von vorhin. Ich lege besser auf und bringe ihm einen Kaffee. Stark. Mit ausreichend Beruhigungstropfen drin. Entspann dich am Wochenende.«

»Mach ich, Dani. Wir sehen uns Montag.«

Ihre Freundin schickte einen Kuss durch die Leitung und legte auf. Laura sah auf ihr Handy, obwohl sie ahnte, dass keine neue Nachricht da sein würde, und platzierte es auf dem Küchentisch. Oliver wusste ja, wann ihr Zug ankam; sie hatte ihm den Fahrplan geschickt. Besser, sie hörte auf zu grübeln, packte die restlichen Sachen und machte sich auf den Weg zum Bahnhof. Sie hatte zunächst erwogen, selbst zu fahren, sich dann aber für die Bahn entschieden, um möglichst ausgeruht zu sein und jede Minute in Hamburg genießen zu können. Wenn sie Glück hatte, spielte das Wetter mit – die App hatte einige Sonnentage angekündigt.

Kurz darauf stand sie vor ihrer Tasche und überlegte, ob sie etwas vergessen hatte. Ihren E-Book-Reader! Laura eilte ins Wohnzimmer, nahm ihn vom Tisch und schaltete ihn zur Kontrolle ein.

Nichts.

»Mist!« Obwohl sie wusste, dass es nichts brachte, versuchte sie es erneut. Keine Chance, das Gerät blieb dunkel, der Akku war leer. Zwar hielt er ewig, wenn einmal aufgeladen, aber sie war in letzter Zeit nicht oft zum Lesen gekommen. Das Ladekabel hatte sie dummerweise in der Schublade mit all den anderen Kabeln aufbewahrt – jener Schublade, deren Inhalt Oliver bereits mit nach Hamburg genommen hatte. So wie die meisten ihrer Bücher.

Der Alarmton ihres Handys ertönte und drängte sie, nicht mehr zu trödeln, wenn sie ihren Zug erwischen wollte. Laura hängte sich die Handtasche über die Schulter, schnappte sich den Rollkoffer und machte sich auf den Weg zur Wohnungstür. Sie würde sich in der Bahnhofsbuchhandlung etwas zu lesen kaufen. Oder sie könnte kurz am Bücherschrank vor der Blücherschule halten, die lag eh auf ihrem Weg. Manchmal fanden sich dort schöne Klassiker. Eine gute Idee, denn wenn sie jetzt in die Buchhandlung ging, würde sie sich nur schwer entscheiden können bei der Auswahl.

Sie kontrollierte ein letztes Mal die wichtigsten Dinge – Handy, Schlüssel, Portemonnaie –, zog die Tür hinter sich zu und schloss zweimal ab. Jetzt befand sie sich in der Schwebe zwischen ihrem alten und ihrem neuen Zuhause, und sie hoffte, dass sie die sorgsam gehegten Heimatgefühle nach Hamburg würde mitnehmen können.

Keine fünfzehn Minuten später hielt sie vor der Grundschule im Westend. Wann immer sie hier vorbeikam, nahm sie sich die Zeit, um in dem Holzschränkchen vor dem Backsteingebäude mit dem Dach aus farbig glasierten Ziegeln zu stöbern. Natürlich handelte es sich bei über der Hälfte der Bücher um Werke für Kinder, aber es fanden sich auch Unterhaltungsromane und Sachbücher darunter – und manchmal sogar ein richtiges Juwel.

Gedämpfte Kinderstimmen drangen vom Gebäude zu ihr herüber. Es war kurz vor zwei, vermutlich würde der Unterricht gleich enden. Sie sollte sich beeilen, um nicht in eine Horde aufgeregter Schüler zu geraten und letztlich doch noch den Zug zu verpassen. Schnell zog sie einen abgegriffenen, dünnen Band heraus, der mindestens einmal in den Regen gekommen oder anderweitig nass geworden sein musste: Hermann Hesses *Steppenwolf*. Wie lange war es nun her, dass sie dieses Buch hatte lesen müssen? Sicherlich zwanzig Jahre. Damals in der Schule hatte sie es nicht gemocht, aber so war es ja oft, wenn man zu etwas gezwungen wurde. Laura entschied, der Geschichte um Harry Haller eine zweite Chance zu geben. Schließlich hatte die fast jeder verdient.

Sie wollte den Schrank gerade wieder schließen, als ihr etwas ins Auge fiel. Der Einband war hoch und eckig, an den Kanten eingedellt – ein Hardcover. Goldene Farbschlieren zierten den grünen Grundton und schufen einen interessanten Effekt. Harmonisch, energisch, lebensfroh. Der Titel war auf Englisch, was das Buch noch mal hervorstechen ließ.

»The World of Indian Tea«, las Laura. Die Welt der indischen Tees. Sie zögerte und zog das Buch heraus. Zwar mischte sie seit einigen Jahren hin und wieder Tee aus ihren selbst gezogenen Kräutern, aber sie hatte nie die Zeit gefunden, sich intensiver mit dem Thema zu befassen. Vor allem, da schwarzer Tee nicht gerade zu ihren Lieblingssorten zählte, und um den ging es doch hauptsächlich in einem Buch über indischen Tee, oder? Wobei auf der Rückseite auch Kräuterpflanzen abgebildet waren.

Über der Farbpracht des Einbands lag ein Schleier, als wäre er mit der Zeit verblasst. Das Bild zeigte eine von Grün bedeckte, sanft gewellte Hügellandschaft. Die Pflanzen schimmerten in der untergehenden Sonne beinahe wie Samt, und der Himmel sah aus, als würde er in Flammen stehen. Der Kontrast der Farben war faszinierend – warm und wunderschön. Laura strich über eine Kerbe im Einband und wollte das Buch gerade aufschlagen, als die Schulglocke ertönte. Ihr Zeichen, sich auf den Weg zu machen. Kurz entschlossen klemmte sie sich beide Bücher unter den Arm und eilte zurück zu ihrem Wagen.

Zwanzig Minuten später bestieg sie den Zug. Sie hatte einen Fensterplatz reserviert und starrte nach draußen, auf das Treiben auf dem Bahnsteig, auf Menschen, die Taschen und Koffer hinter sich herzerrten, miteinander redeten oder sich verabschiedeten. Auf Kinder, die in den Armen ihrer Eltern schliefen, aufgeregt brüllten, wenn am Nebengleis ein weiterer Zug einfuhr, oder mit beiden Fäusten gegen den Süßigkeitenautomaten hämmerten und dabei aus vollem Halse schrien. So viel Energie! Trotzdem war das alles im Vergleich zu ihrer zukünftigen Heimat klein und ruhig. Laut Oliver fast schon provinziell. Ihr neues Leben wartete auf sie – die nächste Stufe auf ihrem Weg, den ihre Eltern einfach nicht nachvollziehen konnten.

Schon vor Jahren waren sie erstaunt gewesen, als ihre mittlere Tochter kurz vor Ende der Schulzeit verkündet hatte, dass sie studieren wolle. Nicht weil sie es ihr nicht zutrauten, sondern weil sich der Lebensmittelpunkt der Nicolais schon immer in Brensbach befunden hatte. Die Fünftausend-Seelen-Gemeinde im Odenwald lag nur eine Stunde Fahrzeit von Wiesbaden entfernt, war Laura aber mit ihren Fachwerkhäusern, ländlichen Gastwirtschaften und dem Hinterwaldteich, an dem sie ihren ersten Kuss bekommen hatte, stets wie ein anderes Leben erschienen. Lauras ältere Schwester Marina hatte schon immer perfekt dorthin gepasst, einen Brensbacher geheiratet und mit ihm vor Jahren Eigentum mit Blick auf viel Grünland gekauft.

Laura hatte es dagegen schon als kleines Mädchen in die umliegenden Felder verschlagen, von wo aus ihr der nächste Ort in der Ferne, Fischbachtal, wie ein Wunderland vorgekommen war, und sie hatte Pläne geschmiedet, wie sie ihn besuchen und was sie alles dorthin mitnehmen würde. Sie hatte Brensbach immer schon verlassen wollen – so wie ihre jüngere Schwester Maja, die es immerhin bis Worms geschafft hatte, wo sie als Grundschullehrerin arbeitete.

Als Laura Oliver auf einer Branchenparty kennengelernt hatte, war es, als fügte sich ein Puzzleteil in ihr Leben. Er beeindruckte sie mit seiner Offenheit und seiner Zielgerichtetheit, hatte wie sie feste Zukunftspläne und wurde – zumindest in den ersten Jahren ihrer Beziehung – nicht müde, nach ihren zu fragen. All diese Energie hatte sie in seinen blauen Augen wiedergefunden. Von Anfang an waren sie sich einig gewesen, dass Wiesbaden nur eine Station war. Laura wollte wissen, wie weit sie kamen, was sie alles erreichen konnten und wo ihre Grenzen lagen. Dafür hatte sie sogar ihren Plan, mit dreißig verheiratet zu sein, auf Eis gelegt.

Oliver wollte von Sesshaftigkeit und allem, was damit zusammenhing, noch nichts wissen. Er hatte andere Ziele. Immer wenn Lauras Elan nachließ, riss er sie mit, weiter nach vorn, zur nächsten Stufe und über den Horizont hinaus. Daher sah sie nun ihrem dreiunddreißigsten Geburtstag entgegen, und statt ihr Zuhause weiter auszubauen, hatten sie sich für ein neues entschieden.

Sie lächelte ihrer Reflexion in der Scheibe zu und betrachtete ein kleines Mädchen, das mit seinem Hut kämpfte und ihn schließlich auf den Boden fallen ließ. Auf dem Bahnsteig ertönte die Ansage des Schaffners, kurz darauf schlugen die Türen zu. Es knarrte, und der Zug ruckelte leicht, um dann anzufahren.

Laura betrachtete den Bahnhof, bis die Gleise hinter ihnen lagen und der Zug Geschwindigkeit aufnahm. Häuser, Straßen und anschließend Felder, Wiesen und Bäume verwandelten sich in Schlieren aus Grau, Grün und dem goldenen Braun des Herbsts. Fast so, als würde sie direkt aus der Stadt in ein Gemälde eintauchen. Abstrakte Kunst, die sie verschlang und dort wieder ausspucken würde, wo die Uhren anders tickten und der Puls der Zeit einen schnelleren Takt schlug.

Sie schloss kurz die Augen, atmete durch und zog das Teebuch auf ihren Schoß. Auf dem Einband fand sie mehrere Kerben. Sie schlug es auf. Der leichte Gelbstich im Inneren verriet das wahre Alter. Es hatte einige Jahre auf dem Buckel, war aber gut gepflegt worden. Vielleicht hatte es einem Bücherliebhaber gehört oder jemandem, der Eselsohren hasste oder es ins Regal gestellt und selten oder nie herausgeholt hatte. Die Vorstellung fand Laura traurig. Bücher sollten in die Hand genommen und genutzt werden, gelesen, herumgereicht, man sollte darin blättern oder etwas nachschlagen. Sie nur zur Zierde aufzubewahren war beinahe, wie eine Blume in der Wohnung unter einer Glasglocke wachsen zu lassen.

Sie blätterte um, auf der Suche nach dem Jahr der Veröffentlichung, als ihr etwas in der linken oberen Ecke ins Auge fiel. Eine Adresse, in säuberlicher, leicht verschnörkelter Handschrift geschrieben und ebenfalls verblasst, aber trotzdem noch lesbar: Agatha Sperlich, Thomaestraße 22, 6200 Wiesbaden.

Überrascht fuhr sie mit dem Finger über die vor langer Zeit getrocknete Tinte. Agatha Sperlich musste das Buch vor sehr langer Zeit gekauft oder geschenkt bekommen haben. Wann waren die Postleitzahlen von vier auf fünf Ziffern umgestellt worden? Irgendwann in den frühen Neunzigerjahren. Und überhaupt, wer schrieb denn heutzutage noch seine Adresse in Bücher? Ihre Oma hatte das gemacht, als Laura noch klein gewesen war. »Bücher sind wertvoll, Schätzchen. Falls mal eines verloren geht, weiß der Finder, wo er es abgeben muss.«

Das Buch über Indien und seine Tees musste Agatha Sperlich viel bedeutet haben. Oder sie war jemand mit strengen Grundsätzen und schrieb ihre Adresse in Bücher, weil sie es schon immer so gemacht hatte. Interessant war auch, dass sie ein englisches Buch gekauft hatte.

»Agatha«, murmelte sie. In ihren Ohren hatte der Name einen extravaganten Klang. Eine Agatha war keine kleine, gebeugte Frau, sondern eine Dame mit erhobenem Kinn, edler Haltung und einem Blick, der Feinden das Fürchten lehrte. Jemand, der sein Eigentum als solches kennzeichnete und eines Tages auf die Idee kam, es auszusortieren und in den örtlichen Bücherschrank zu stellen. Ob sie sich daran erinnerte, dass sie ihre Adresse hineingeschrieben hatte? Oder war es ihr womöglich gleichgültig? Das Bewusstsein von Datenschutz war schließlich nicht in allen Generationen gleich stark ausgeprägt. Laura schmunzelte und schlug das Inhaltsverzeichnis auf, das mit weiteren Bildern angereichert war: eine Teeplantage, Flechtkörbe voller Anis, Safran, Zimt, Nelken und Kardamom, wunderschöne weiße Blüten in einem Meer aus Grün, zwei lachende Menschen, die Blätter in den Händen hielten. Fast konnte Laura die Aromen riechen und die zarte Beschaffenheit der Pflanzen unter ihren Fingern spüren, und auf einmal wünschte sie sich zurück in ihre Küche. Die vergangenen Wochen waren so vollgepackt gewesen mit Arbeit und Umzug, dass sie kaum dazu gekommen war, sich um ihr liebstes Hobby zu kümmern. Gut, sie hatte die Tees für ihre Kollegen gemischt, aber das hatte nur wenige Minuten gedauert, weil sie die Zutaten bereits getrocknet besaß und die Zusammenstellung zu ihrem Standardrepertoire gehörte. Sich dagegen Zeit zu nehmen, jedes Vorratsglas zu öffnen, um ausgiebig daran zu schnuppern und sich zu überlegen, welche Kräuter gut miteinander harmonierten, etwas Neues zu schaffen – das vermisste sie.

Indien hatte Laura noch nie besucht. Sie las den ersten Abschnitt des Vorworts und erfuhr, dass es das größte Land in Südasien und voller Gegensätze war: auf der einen Seite die facettenreiche, exotisch-bunte Kultur, der Hinduismus mit seinen Bauwerken sowie die Gastfreundschaft der Bewohner, auf der anderen dagegen die Überbevölkerung, eine marode Infrastruktur und daraus resultierende Probleme. Dennoch bereisten jährlich unzählige Touristen den Subkontinent mit seinen palmgesäumten Flüssen und dem weltberühmten Taj Mahal.

Laura blätterte weiter und spürte das Alter des Papiers unter ihren Fingern, als hätte es jemand angeraut und dann wieder glatt geschliffen, bis es dünner war als zuvor. Die Fotodrucke, vermutlich einst Hochglanz, schimmerten matt. Einige Seiten später strahlte ihr eine Blumenpracht entgegen, die auch die vielen Jahre nicht trüben konnten. Die Fotos zeigten Orchideen in so wunderbaren Farben, dass Laura unwillkürlich lächeln musste. Unzählige Rosa- und Violetttöne, gelbrote, weiße oder zart orangefarbene Blüten, gefleckt, gemasert, gestreift. Über sechshundert Arten, so verriet die Bildunterschrift, ließen sich am Sonnentempel von Konark bewundern.

»Entschuldigen Sie?« Überrascht blickte sie auf: Vor ihr stand der Schaffner. Sie hatte ihn weder kommen sehen noch bemerkt, dass er bereits die Fahrgäste vor ihr kontrolliert hatte. »Die Fahrkarte bitte.«

»Einen Moment.« Hastig schlug Laura das Buch zu, legte es auf den Sitz neben sich und kramte in ihrer Handtasche. Sie zog ihr Handy hervor, öffnete das Ticket in der App und hielt es dem Mann mit einem Lächeln entgegen. Der warf einen Blick darauf, nickte und scannte es. »Vielen Dank. Und hier«, sein Kopf verschwand, als er etwas vom Boden aufhob, »das haben Sie verloren.«

Verwirrt musterte Laura die Fotografie in seinen Händen. »Das ist nicht meins.«

Seine buschigen Brauen hoben sich. »Es ist eben aus Ihrem Buch gerutscht.«

»Oh.« Zögernd griff sie nach dem Foto und nickte. »Vielen Dank.«

Aber er hatte sich bereits zum nächsten Fahrgast umgedreht. »Die Fahrkarten, bitte.« Derselbe Spruch in höflichem Ton trat in den Hintergrund, als sie die Schwarz-Weiß-Fotografie betrachtete, deren Ränder gewellt und gelblich verfärbt waren: Ein Mann in beigefarbenem Hemd und einer geringfügig dunkleren Hose blickte an der Kamera vorbei zum Himmel, als hätte er dort etwas Faszinierendes entdeckt. Die dunklen Augen schimmerten, das ebenfalls dunkle Haar war zur Seite gekämmt. Er hatte energische Augenbrauen und schmale, aber freundliche Lippen in einem sanften Gesicht. Vermutlich war er nur einige Jahre jünger als sie selbst, aber das war schwer abzuschätzen. Laura betrachtete die Augen genauer. In ihnen lag ein Ausdruck, als hätte der Mann schon mehr erlebt, als sein Alter vermuten ließ. Aber da war auch die Hoffnung auf eine Zukunft, so groß, dass sie zu diesem Zeitpunkt noch nicht abzusehen war. Diese Mischung aus Entschlossenheit, Stolz, Träumerei und Erfahrung hatte Laura noch nicht oft gesehen. Sie drehte das Foto um, doch zu ihrer Enttäuschung war die Rückseite leer.

Vorsichtig legte sie es beiseite, nahm noch einmal das Buch zur Hand und blätterte es durch, aber sie fand nichts. Weder ein weiteres Foto noch handschriftliche Einträge. Also schlug sie es noch einmal ganz vorn auf und sah zwischen der Adresse und dem Bild hin und her. Ein vermutlich indischer Mann aus der Vergangenheit – aus welcher Zeit mochte das Foto stammen? Aus den Vierzigerjahren, vielleicht auch den Fünfzigern? Und Agatha Sperlich aus Wiesbaden? Ob sie den Mann gekannt hatte? War Agatha gar nach Indien gereist und hatte den Band dort gekauft? Aber warum würde sie ein Buch samt einer solchen Erinnerung in einen Bücherschrank stellen?

»Wer bist du?«, murmelte Laura und drehte das Foto noch einmal um, als hätten sich dort in der Zwischenzeit wie von Zauberhand Buchstaben gebildet. Der Zug fuhr langsamer, und der nächste Bahnhof wurde angesagt. Laura lehnte sich zurück und schloss die Augen.

2

Der Regen machte ihr kaum etwas aus, mit ihm hatte sie gerechnet. Weniger schön war, dass Oliver schon vor zwanzig Minuten hätte hier sein sollen.

Laura wusste nicht, wie oft sie bereits auf ihr Handy gesehen hatte. Ihre letzte Nachricht – *Ich bin da und stehe am Ausgang Ottenser Hauptstraße* – hatte er nicht einmal gelesen. Aber sicher gab es einen guten Grund für die Verspätung, und irgendwann würden sie über diese zwanzig Minuten lachen, die sie am Bahnhofseingang gefroren hatte.

Fünfundzwanzig.

Sie zog ihr Halstuch ein Stück in die Höhe, sah noch einmal auf ihr Handy und wandte sich um. Länger warten oder sich in ein Café setzen?

»Laura!«

Laura kniff die Augen zusammen und erkannte seine Silhouette hinter den Silberfäden des Regens, die das Dunkel mit verhaltenem Rauschen durchschnitten. Sie ließ den Griff ihres Rollkoffers los, lief Oliver entgegen und schmiegte sich kurz darauf in seine Arme. »Ich hab mir schon Sorgen gemacht.«

Oliver lachte leise und drückte sie an sich, ließ sie jedoch augenblicklich wieder los. Es war auf eine schöne Weise seltsam, dieses vertraute Gesicht in der Fremde. Seine dunklen Haare glänzten vor Nässe. Oliver schüttelte sich und fuhr mit der Hand über seine Stirn, wie er es immer nach dem Duschen tat. Langgliedrige Finger, von denen Laura regelmäßig dachte, dass sie einem Künstler gehören sollten. »Na komm, gehen wir, ehe wir beide patschnass sind.«

Die Fahrt mit dem Taxi in die Arnoldstraße dauerte knapp zwanzig Minuten. Während Oliver bezahlte, stieg Laura aus und musterte das fünfstöckige Gebäude mit der rot-weißen Ziegelfassade, das sie nur einmal zuvor bei ihrer Wohnungsbesichtigung gesehen hatte. An die zwei winzigen, von Hecken gesäumten Rasenstücke vor dem Haus hatte sie sich schon gar nicht mehr erinnert. Der Baum auf dem Linken hatte bereits einen Großteil seiner Blätter verloren, die nun auf Rasen und Gehweg klebten.

»Laura, kommst du? Der Regen wird stärker.« Olivers Stimme klang ungeduldig und wurde vom Klimpern des Schlüssels begleitet.

Laura betrat das Treppenhaus mit den Briefkästen zur Linken, der breiten Treppe, dem Flur in Mintgrün und dem schönen Bogenfenster im Hochparterre. Auf einer großen Abstellfläche reihten sich Kinderwagen aneinander.

»Und?« Sie deutete darauf. »Ist davon irgendwas zu hören oder sind die Wände dick?«

Er zuckte die Schultern. »Keine Ahnung, ehrlich gesagt. Wenn ich nach Hause komme, ist es spät, und wenn ich im Bett liege, schlafe ich meist schnell ein.«

Sie strich ihm mitfühlend über die Schulter. »Na, dann hoffe ich mal, dass du heute Abend etwas länger wach bleibst«, sagte sie. Sie waren im Bett miteinander niemals wild und unersättlich gewesen, aber sie hatte ihn vermisst und sehnte sich danach, seinen Körper zu spüren.

Oliver hob ihren Rollkoffer mit einer beiläufigen Geste hoch und hielt ihr den Schlüssel entgegen. »Nach Ihnen, Frau Nicolai. Vierter Stock!«

»Ich weiß!« Sie joggte die Treppen nach oben und blieb kurz darauf stehen. Drei Türen, nur eine davon ohne Fußmatte. Selbst wenn sie mit ihren restlichen Sachen nachkommen würde, mussten sie noch eine Menge kaufen, um alles gemütlich einzurichten. Vieles hatten sie ausrangiert, zurückgelassen oder verschenkt, weil es nicht mehr in ihr Leben passte. Laura schloss die Tür auf und trat in die kleine Diele, die mit Kartons, wenigen Schuhpaaren und einem Tischchen zugestellt war.

»Ich bin noch nicht dazugekommen, alles einzuräumen«, sagte Oliver hinter ihr. Er fasste sie an einer Schulter, drückte ihr einen Kuss auf das nasse Haar in ihrem Nacken und schob sie weiter.

»Hey, warte. Das schöne Parkett.« Laura schlüpfte aus ihren Schuhen, die bereits eine feuchte Spur auf dem Boden hinterlassen hatten, und ging ins Wohnzimmer. Für Hamburger Verhältnisse war es höchstwahrscheinlich riesig, die Zimmerdecke schwebte weit über ihnen, und die zwei hohen, schmalen Fenster würden am Tag genügend Licht einlassen. Von der Diele aus zweigten weitere Türen ab – links zur Küche, von der aus man den Balkon erreichte, und rechts in das Arbeits- sowie das Schlafzimmer, hinter dem sich das Bad befand. Die Wände waren weiß, an der Decke zog sich Stuckverzierung entlang, und den Boden hatte der Vermieter kurz vor ihrem Einzug neu schleifen und ölen lassen. Ihre Sofalandschaft sowie das Sideboard strahlten mit ihren klaren Formen und kühlen Farben Modernität aus. Laura musste an das Buch über Tee in Indien denken und fragte sich, wie es wohl in der Wohnung von Agatha Sperlich aussah. Vermutlich war der Kontrast zu dieser hier immens.

»Wow«, sagte sie, obwohl sie sich nicht *wow* fühlte. Sie fühlte sich gut, nicht überwältigt, aber das lag vermutlich an der Zugfahrt. »Es ist alles noch etwas nackt, aber wenn wir die Bilder aufhängen, die Deko aus den Kartons holen und ein paar Pflanzen kaufen, wird es sicher richtig gemütlich.«

Er nickte. »Die Kartons stehen im Schlafzimmer.«

Laura legte ihre Handtasche auf dem Sofa ab. »Okay, vielleicht kommen wir ja morgen dazu, den einen oder anderen auszupacken. Aber ich finde, jetzt sollten wir erst einmal duschen«, sagte sie mit der zweideutigsten Stimme, zu der sie in der Lage war. O Gott, sie musste das wirklich üben.

Oliver trat auf sie zu und nahm sie in die Arme, verzog dabei aber das Gesicht. Das graue Hemd klebte an seinem Oberkörper. »Ich würde gern, aber ich muss dringend noch zwei Telefonate führen. Ein möglicher Deal für die Firma.« Ein Kuss auf die Nasenspitze, niedlich und harmlos, aber nicht verspielt, weil er bereits das Handy aus der Hosentasche zog.

Laura unterdrückte ein Seufzen und nickte. Sie hatten ja heute Abend noch genug Zeit. »Kein Problem, ich beeil mich. Sind Handtücher im Bad? Und Duschgel?«

»Ja, klar, alles da.« Er wandte sich ab, ließ sich auf das Sofa fallen und schien sogar die feuchten Klamotten zu vergessen, als er auf seinem Display herumwischte.

Kurz darauf schäumte sie sich die Haare ein und überlegte, was das Wochenende wohl bringen würde. Bei ihrem ersten Besuch war durch die Wohnungssuche keine Zeit geblieben, sich die Stadt näher anzusehen, aber das würden sie jetzt nachholen.

Sie drehte das Wasser ab und stieg aus der Dusche. Nachdem sie sich abgetrocknet und eingecremt hatte, frottierte sie ihre Haare, bis sie ihr feucht und leicht verwuschelt über die Schultern fielen. In diesem Stadium sahen sie immer viel voluminöser aus, als wenn sie nach dem Trocknen wieder zu ihrer üblichen feinen Glätte zurückkehrten. Sie schnupperte an ihrem Unterarm – ja, die neue Bodylotion roch wundervoll, frisch und ein wenig nach Zimt –, schlang sich das Badetuch wieder um den Körper, öffnete das Fenster einen Spalt und trat aus dem Bad.

Oliver war noch immer auf dem Sofa in sein Handy vertieft. Mittlerweile musste seine Kleidung fast wieder getrocknet sein. Laura trat neben ihn und wartete, bis er zu ihr aufblickte, dann ließ sie das Tuch bis zu ihren Hüften rutschen. Ihre Haut schimmerte durch den leichten Goldeffekt der Lotion in der gedimmten Zimmerbeleuchtung, und auf einmal fühlte sie sich so verführerisch wie selten.

Olivers Augen wurden groß. Er stand langsam auf, legte beide Hände auf ihre Schultern und strich mit dem Daumen sachte über die empfindliche Stelle zwischen Brüsten und Achselhöhlen. »Was wird das denn?«

Laura lächelte. »Ich denke, du solltest mir das Schlafzimmer genauer zeigen«, sagte sie und ließ das Badetuch noch ein Stück weiter rutschen.

In Olivers Augen blitzte es auf, und er legte seine Hände an ihre Taille. Dann griff er nach dem Badetuch und zog es mit einem entschuldigenden Blick wieder nach oben. »Sorry.«

Sie hätte mit einigem gerechnet – dass sie es nicht bis ins Schlafzimmer schaffen und stattdessen auf dem Sofa bleiben würden. Dass sie küssend übereinander herfielen und vor dem Bett über einen Karton stolperten. Oder allerhöchstens, dass auch er noch duschen wollte und sie ungeduldig auf ihn wartete. Aber nicht damit. *»Sorry?«*

Er zuckte die Schultern und schenkte ihr diesen zerknirschten Blick, der bei ihm niemals ganz echt wirkte, weil Oliver einfach nie zerknirscht war. Dafür wusste er stets zu genau, was er wollte. »Schatz, setz dich bitte. Es haben sich … Dinge ergeben, die du erfahren solltest.« Er deutete hinter sich, und bei seinem ernsten Gesichtsausdruck verflog die Restwärme der Dusche in Sekundenschnelle.

»Was ist los? Ist was passiert?«

»Nein. Doch. Ach verdammt, Laura. Lass es mich in Ruhe erklären.« Seine Stimme klang dunkel, als schleppte sich jedes Wort widerstrebend aus seiner Kehle. Spätestens jetzt war ihr klar, dass etwas nicht stimmte, und die Puzzleteilchen, die sie nach und nach versucht hatte zu ignorieren, setzten sich zusammen: sein Zuspätkommen am Bahnhof, die Wohnung, die noch immer aussah, als wäre er erst seit gestern hier, seine seltsame Zurückhaltung, obwohl sie sich so lange nicht gesehen hatten, all die Blicke auf sein Handy. Und jetzt das.

Er hat jemanden kennengelernt.

Der Gedanke war urplötzlich da, glasklar und so selbstverständlich, als hätte er nur darauf gewartet, endlich hervorbrechen zu dürfen. Aber nein, nicht Oliver und sie. Nach seinem Umzug hatte sie über die Vor- und Nachteile ihrer ungewohnten Trennung unter der Woche nachgedacht und das Klischee *Fremdgehen weil Fernbeziehung* sofort von sich geschoben.

Sie fasste das Badetuch und zog es enger um sich. Auf einmal fühlte sie sich so nackt, als wäre das Stück Frottee durchsichtig.

»Ich ziehe mich besser erst an.«

Er nickte lediglich.

Laura riss sich zusammen, schnappte sich ihren Rollkoffer und ging zurück ins Bad. Dort kramte sie ihre Sachen hervor und fuhr sich mit den Händen durch die Haare. Auf einmal störte sie die Unordnung darin, und sie angelte nach ihrer Bürste. Als die Frisur wie gewohnt glatt und in der Mitte gescheitelt war, betrachtete sie sich im Spiegel. Sie sah blass aus mit ihren hellen Haaren und der noch helleren Haut. Das Grau ihrer Augen hatte den Grünanteil beinahe verdrängt. Ihr Blick fiel auf ihre Unterwäsche. Zartviolette Spitze. Welch eine Verschwendung! Sie atmete tief durch. Besser, sie brachte es hinter sich.

Laura stieg in ihre dunkle Stretchjeans, schlüpfte in die dünnen Socken und zuletzt in die rote Seidenbluse. Hand an den Türgriff, noch einmal durchatmen und los.

Oliver stand am Fenster und wandte sich um, als sie zurück ins Wohnzimmer trat. Er hatte sich in der Zwischenzeit ebenfalls umgezogen, statt Jeans und grauem Hemd trug er nun eine dunkle Stoffhose mit schwarzem Oberteil. »Setz dich doch.«

»Nein, ich stehe lieber.«

»Okay. Also dann.« Er fuhr sich durch die Haare, die bereits getrocknet waren und kein weiteres Styling benötigten, um gut auszusehen. Darum hatte sie ihn schon immer ein wenig beneidet.

Laura sah sich um und lehnte sich schließlich an die Fensterbank, da sie ihre Hände nicht vor der Brust verschränken wollte, sie aber irgendwie beschäftigen musste. So konnte sie immerhin mit den Fingern den Granitstein bearbeiten oder mit der Kordel des Rollos spielen.

Oliver räusperte sich und lächelte sie an. So ehrlich und direkt, dass sie stutzte. Unangenehme Situationen machten ihm keinen Spaß. Er mied sie auch nicht gerade – er hielt nichts davon, Problemen aus dem Weg zu gehen, und beseitigte sie gerne, indem er mitten hineingrätschte –, aber das bedeutete nicht, dass ihm die Konfrontation gefiel.

»Ich will nicht lange drum herumreden. Es geht um den Job bei Gracovian Ltd. Meine Performance hat unseren Vice President schon in den ersten Tagen stark beeindruckt. Ihm haben meine Ideen zur Umgestaltung der Prozesse gefallen, also haben wir in den vergangenen Tagen öfter zusammengesessen.« Seine Stimme veränderte sich. Er klang stolz, und unter anderen Umständen wäre sie das auch gewesen. Stolz auf ihn. »Wir haben die Abteilung auf dem Papier neu strukturiert, und anschließend hat er mich gefragt, ob ich Interesse an einer anderen Position hätte als der, für die man mich eingestellt hat.«

Laura runzelte die Stirn. Damit hatte sie nicht gerechnet. »Es geht hier um eine Position in deiner neuen Firma?«

»Ja. Um eine weit bessere.«

Ihr war, als würde die Schwerkraft plötzlich schwinden, und fast hätte sie laut aufgelacht. Wie hatte sie nur darauf kommen können, eine andere Frau wäre im Spiel? Sie schüttelte den Kopf. »Mensch, Oliver, warum hast du mir davon nicht sofort erzählt? Ich habe ernsthaft gedacht, du hast jemanden kennengelernt, eine andere Frau, und wolltest daher …« Sie hatte sogar Probleme, den Unsinn auszusprechen!

Er wirkte fassungslos. »Was, warum das denn? Wann sollte ich das denn getan haben? In den wenigen Stunden, die ich nicht in der Firma bin, schlafe ich oder esse oder dusche.«

Nun lachten sie beide. Laura stieß sich von der Fensterbank ab und ging langsam auf ihn zu. »Tut mir leid, Schatz. Du warst nur vorhin so komisch und hattest überhaupt kein Interesse an mir. Ich bin vorübergehende Fernbeziehungen eben nicht gewohnt.« Sie legte die Hände an seine Brust … und starrte verwundert auf seine, die sich um ihre Handgelenke schlossen, um sie von sich wegzudrücken.

»Das war noch nicht alles, Laura.«

Sie blinzelte. »Nicht?«

»Mein neuer Titel wäre Head of Project Management.«

»Das klingt doch super!«

»In San Francisco. Du erinnerst dich, die Firma hat Dependancen in Übersee.«

Nach seinen Worten folgte Stille, die eine seltsame Kühle mit sich brachte. In alten Filmen wäre jetzt ein donnernder Paukenschlag ertönt, und genauso fühlte sich Laura: als hätte jemand etwas besiegelt, an dem sie nicht mehr rütteln konnte. Egal, wie sehr sie sich anstrengte.

»San Francisco. Das ist … wie hast du reagiert?« Natürlich hatte er abgesagt. Vermutlich war er deshalb so ungehalten und abweisend – insgeheim machte er sie dafür verantwortlich, dass er diese Chance nicht ergriffen hatte. Oder sein Vice President versuchte noch immer, ihn zu überreden.

»Ich habe akzeptiert. Es musste schnell gehen. Auf die Position sind einige Leute scharf, und ich hatte nicht allzu viel Bedenkzeit.« Er sah auf seine Hände, die noch immer ihre Gelenke umschlossen, und ließ sie los.

Durch Lauras Kopf schossen Puzzlestücke seiner Aussagen und mischten sich mit ihren Gedanken.

»Laura?« Olivers Finger berührten federleicht ihren Arm. »Schließ mich jetzt nicht aus.«

Ihn nicht ausschließen? Was tat er denn – beziehungsweise was hatte er bereits getan? »Du hast einen Job in San Francisco angenommen?« Die Worte fühlten sich seltsam auf ihrer Zunge an.

»Ja. Bereits zum nächsten Monat, die Firma kommt für sämtliche Kosten auf und kümmert sich um das Visum.« Er meinte es ernst.

»Wie ...« Sie räusperte sich. »Wie lange wirst du bleiben?«

»Ich werde nicht pendeln. Ich ziehe ganz dort hin.« Kurze Pause. »Du kannst natürlich mitkommen. Ich würde angeben, dass meine Partnerin mich begleitet, dann bekommen wir eine größere Wohnung.«

Was erzählte er da? Laura rieb sich über die Stirn. »Mitkommen? Wie stellst du dir das vor? Du weißt doch, dass ich bald bei ProdScale anfange.«

»Ja.« Er zuckte die Schultern. »Ja«, sagte er dann noch einmal leise, als spräche er mit sich selbst.

»Weil wir geplant haben, zusammen nach Hamburg zu gehen. Du erinnerst dich?« Allmählich fand sie ihre Stimme wieder, und sie klang erstaunlich wütend. »Wir haben diese Wohnung gemietet, und ich habe in Wiesbaden gekündigt und mir hier etwas Neues gesucht, weil das unser gemeinsamer Plan war. *Gemeinsamer* Plan. Vielleicht erinnerst du dich nämlich auch, dass Hamburg nicht mein Wunschziel war.« Sie betonte jede Silbe.

»Aber es kann doch noch immer unser gemeinsamer Plan sein.« Er klang nicht einmal, als ob sie ihm wichtig wäre, sondern als würde diese Diskussion seine Zeit kosten. »Indem du …«

»Indem ich was? Dir nach San Francisco folge und hin und wieder nach Hause fliege, da ich dort keinen Job habe und das Land regelmäßig verlassen muss?«

»Quatsch. Mensch, Laura, natürlich suchst du dir dort auch etwas Neues.«

»Aber ich habe etwas Neues! Und davon abgesehen will ich auch nicht in den USA leben. Warum …« Sie war so fassungslos, dass ihr die Worte fehlten und sie einen zweiten Anlauf benötigte. »Warum hast du mich denn vorher nicht mal gefragt?«

»Ich habe dir doch gesagt, dass ich mich schnell entscheiden musste. Da blieb keine Zeit.«

»Keine Zeit, um mich kurz anzurufen?«

»Ach komm schon! Du weißt doch genau, dass du über solche Dinge immer erst eine Nacht schlafen musst. Du bist da nicht so spontan, wie man einfach manchmal sein sollte, wenn man gute Chancen ergreifen will.«

Allmählich mischte sich Enttäuschung in die Fassungslosigkeit, als würde jemand Farbe in ein Wasserglas tropfen, die sich zu stetig dünner werdenden Schlieren zog. »Oliver. Du glaubst, dass du keinen Tag hättest herausschlagen können, wenn unsere gemeinsame Zukunft davon abhängt?«

Er zog die Unterlippe zwischen die Zähne. »Ich wollte es dir nicht so sagen, aber ich habe durchaus über die ganze Sache nachgedacht. Nicht über Nacht, aber zwischen den Meetings. Vor allem habe ich mir die Frage gestellt, was ich eher bereit bin aufzugeben, Laura. Unsere Beziehung, falls du nicht mit nach Kalifornien gehen willst, oder diese unglaubliche Chance.« Er presste die Lippen aufeinander. »Es tut mir wirklich, wirklich leid. Du und ich, das bedeutet mir sehr viel, aber du weißt auch, wie wichtig mir meine Arbeit ist und dass so ein Angebot vielleicht nur einmal im Leben kommt. Ich möchte nicht irgendwann in einer kleinen Firma sitzen und mich fragen, was ich alles hätte erreichen können und wo ich sein könnte.«

Irgendwo in Lauras Magen zog sich etwas zusammen und schickte unangenehme Vibrationen durch ihren Körper. Sie kämpfte eisern gegen den Drang, die Hände vor ihren Bauch zu pressen. Oliver hatte sie tief getroffen, und sie wollte ihm nicht zeigen, wie sehr. Sie blinzelte, wobei sie in Gedanken langsam zählte.

Drei. Fünf. Zwölf.

»Der Job ist dir also wichtiger als unsere Beziehung. Als ich.« Sie war froh, dass ihre Stimme nicht zitterte. Auf einmal war er nicht mehr ihr Vertrauter – im Gegenteil, fast fühlte es sich an, als stünde sie einem Feind gegenüber. Weil er sie gerade so unglaublich verletzt hatte.

Oliver holte Luft, dann entspannte sich seine Stirn, und er schüttelte sanft den Kopf. »Ach komm schon. Das ist bei dir doch nicht anders.«

»Das ist nicht wahr!«

»Ist es nicht?« Er seufzte. »Ich weiß, wie wichtig dir deine Karriere ist. Deshalb sind wir doch ein so gutes Team. Weil wir verstehen, wenn der andere mal länger macht oder kein Interesse an einem stinknormalen 9-bis-5-Job hat. Als ich dich kennengelernt habe, wolltest du immer weiter und niemals auf der Stelle stehen. Und das war so verdammt sexy.«

Sie brauchte eine Weile, bis sie begriff. »Du hast dich in mich verliebt, weil ich ehrgeizig bin?«

»Unter anderem, ja. Weil ich doch genauso bin. Wir denken gleich. Daher … na ja, ich habe geglaubt, wenn jemand meine Entscheidung versteht, dann du.« Seine dunklen Augen blickten wachsam. Sie würde die gesamte Nacht mit ihm diskutieren können, er würde nicht von seinem Standpunkt abweichen und auch keine andere Meinung akzeptieren. Wie konnte sie ihm erklären, was sie dachte? Erst einmal musste sie selbst klarkommen mit dieser Mischung aus Aufgebrachtheit und dumpfer Leere.

»Ich hätte uns gewählt«, sagte sie schließlich. »Oder ich hätte Zeit ausgehandelt. Wenn mich jemand unbedingt haben will, dann wartet er ein paar Tage. In denen hättest du mit mir reden können.«

»Und dann?« Nun hatte seine Mimik etwas Trauriges. »Versteh mich doch, Laura. Ich habe die Entscheidung allein getroffen, weil ich wusste, du würdest es nicht können.« Sein Handy meldete sich mit einem Signalton, und er warf einen Blick auf die eingegangene Nachricht. »Tut mir leid, aber die Führungskräfte der Firma treffen sich heute Abend in einer Bar, und es ist …« Immerhin hatte er jetzt den Anstand, den Blick zu senken.

»Es ist wichtig«, beendete sie den Satz tonlos. »Ich verstehe. Viel Spaß.« Jede Silbe war ein Kampf.

Er zögerte, dann wandte er sich ab. Seine Bewegungen waren langsam – die Schritte, der Griff zur Jacke, dann zum Handy und Portemonnaie –, als wartete er darauf, dass sie noch etwas sagte. Aber welche Worte blieben noch, wenn ihm selbst jetzt dieses Treffen in einer Bar wichtiger war, als zu reden? Laura versuchte, das dumpfe Pochen hinter ihren

Schläfen zu ignorieren. Gleichzeitig schluckte sie, weil es in ihrer Kehle kratzte. Jedes Mal tat es weh und trieb ihr die Tränen in die Augen, aber sie wollte nicht weinen. Also kämpfte sie weiter gegen diesen Druck an, während Oliver mit schweren Schritten in Richtung Diele ging. »Es tut mir leid, Laura. Wirklich.«

Kurz darauf – oder viel später? – fiel die Tür ins Schloss. Die Stille war tiefer, als wenn Oliver einfach nur schweigen würde, fast so, als könnte sie spüren, ob sich außer ihr noch jemand in der Wohnung befand. In diesem Moment hätte sie der einzige Mensch in Hamburg sein können. Zumindest war sie der einsamste.

Ihre Wangen waren feucht. Sie tastete, fand Tränen, und dann brach etwas in ihr. Mit einem Schluchzen ließ sie sich auf das Sofa fallen. Oliver hatte eine Entscheidung getroffen, und sie kannte ihn gut genug, um zu wissen, dass kein Argument der Welt ihn umstimmen konnte. Sie lehnte sich zurück und schloss die Augen. Die Tränen flossen stärker, und dann weinte sie so ungehemmt, dass es sie schüttelte. Niemals zuvor hatte sie sich so hilflos gefühlt. Es war, als hätte sich unter ihr ein Abgrund aufgetan, und so sehr sie es auch versuchte, sie fand nichts, woran sie sich festhalten konnte. Dies war nicht der Moment des Fallens, sondern der kurz davor, in dem das Entsetzen über ihr zusammenschlug.

Sie presste die Hände vor das Gesicht, vor ihren Bauch, wollte die Tränen stoppen und gleichzeitig den Schmerz. Nach einer schrecklichen Ewigkeit ebbte diese Welle ab. Lauras Bauch tat weh, ihr Kopf dröhnte, und die Augen brannten. Einzig der Gedanke, dass Oliver zurückkommen und sie so finden könnte, verlieh ihr einen winzigen Energieschub. Er genügte, um sich aufzurichten, die wirren Haare aus dem Gesicht zu streichen und ins Bad zu gehen. Dort drehte sie den Wasserhahn auf und ließ den Strahl erst über ihre Handgelenke laufen, dann in die hohlen Hände, um ihr Gesicht zu benetzen. Nachdem sie das mehrmals wiederholt hatte, richtete sie sich auf und starrte in den Spiegel.

Natürlich sah sie grauenhaft aus. Jedes Topmodel der Welt hätte in einem solchen Moment so ausgesehen. Sie trocknete sich das Gesicht ab, ging zurück ins Wohnzimmer und blieb stehen. Ihr Blick glitt durch den Raum und über die Möbel, die ihr plötzlich so fremd schienen. Als sich ihr Handy meldete, fuhr sie zusammen. Ihr Herz schlug schneller, aus Hoffnung und Furcht zugleich. Oliver. Er wollte reden. Die Frage war nur, ob er auch bereit war, gemeinsam eine Lösung zu finden.

»Das wirst du nie erfahren, wenn du nicht rangehst«, murmelte sie, nahm ihre Handtasche und zog es heraus. Der Blick auf das Display ließ das bisschen Hoffnung, das sie gerade gefasst hatte, in sich zusammenstürzen. Es war Maja. Ihre kleine Schwester besaß das Talent, sich zu den ungünstigsten Gelegenheiten zu melden. Sie hatte beispielsweise genau in dem Moment bei Marina durchgeklingelt, als deren Wehen eingesetzt hatten, oder bei ihrem Freund, nachdem er beim Ausparken in ein anderes Auto gefahren war. Laura wollte sie schon wegdrücken, überlegte es sich dann aber anders.

»Hallo.«

»Hey Große, bist du schon in Hamburg?«

Die Stille in der Leitung erinnerte Laura an den Moment, nachdem Oliver gegangen war.

Maja räusperte sich. »Was ist denn passiert?«

»Wie kommst du darauf, dass etwas passiert ist?« Lauras Stimme klang fast normal.

»Weil du dich schrecklich anhörst.«

»Ich hab doch nur hallo gesagt.«

»Ja, aber das reicht mir doch, um so etwas zu merken.« Ihre kleine, süße Schwester! Ihr stiegen erneut die Tränen in die Augen. »Laura, erzähl mir, was los ist. Geht es Oliver gut? Ist jemand krank?«

Sie atmete tief durch. »Ich weiß nicht, was passiert ist. Und, ja, ich bin in Hamburg. Oliver ist gerade gegangen, und ich bin nicht sicher, ob wir noch zusammen sind.« Ihre Worte reihten sich ohne Pause aneinander.

»Okay«, sagte Maja, als hätte sie ihr etwas vollkommen Alltägliches erzählt. »Verstehe. Sitzt du?«

»Nein. Es geht schon.«

»Du hast geweint, Laura, das höre ich doch. Und du musst bei mir nicht die Starke spielen. Komm, setz dich, und dann erzähl mir genau, was passiert ist.«

Majas Stimme war so sanft, dass Laura nicht einmal protestierte. Sie nahm wieder auf dem Sofa Platz und erzählte, was geschehen war – angefangen mit Olivers Zuspätkommen am Bahnhof bis zu der Tatsache, dass er nach seiner Neuigkeit allein die Wohnung verlassen hatte.

»Wenn er nicht mal geblieben ist, um dich nach dem Schock zu trösten oder auch nur mit dir zu reden, dann klingt es, als wäre die Beziehung für ihn definitiv vorbei, ja«, sagte Maja. »Es sei denn, du würdest mit ihm nach San Francisco gehen. Schöne Stadt, aber nur für den Urlaub. Versteh mich nicht falsch, aber ich würde nicht in die USA ziehen wollen.«

»Ich doch auch nicht«, sagte Laura und lehnte den Kopf zurück in die Kissen. »Und selbst wenn ich es tun würde – wie sollte das denn funktionieren? Jetzt weiß ich schließlich, wie wenig ich ihm wert bin. Für ihn bin ich nichts weiter als ein Anhängsel. Und ich habe es nie gemerkt.«

»Es tut mir so leid, Laura.«

»Schon in Ordnung«, flüsterte sie.

»Nein, das ist es nicht. Der Mann hat einen Karrierekoller. Er war in der Hinsicht schon immer ein ganzes Stück schlimmer als du, aber das jetzt, dafür habe ich keine Worte.«

Laura versuchte ein Lächeln. Ihre Mundwinkel zitterten. »Ich auch nicht.«

»Gibt es heute Abend denn noch einen Zug zurück nach Wiesbaden? Du kannst auf keinen Fall dort bleiben, das zieht dich nur runter. Es sei denn, du siehst noch eine Chance für euch.«

Auf einmal war es so still in der Leitung, als hielten sie beide den Atem an.

»Siehst du denn noch eine, Süße?«

Das Schlimmste an dieser Frage war, dass sie nicht darüber nachdenken musste. Ihre Lippen bewegten sich, aber sie brauchte mehrere Anläufe, bis sie das Wort wirklich herausbrachte.

»Nein.« Nun liefen die Tränen wieder. »Das ist es ja. Ich wusste schon vorhin, als er es mir erzählt hat, dass ich nicht mehr kämpfen muss, weil es nichts zu gewinnen gibt. Als hätte ich all das schon lange geahnt. Aber das habe ich nicht.« Die Tränen kitzelten ihre Oberlippe. Verärgert wischte sie sie weg.

»Laura?«

»Ja?«

»Wenn du wirklich keine Zukunft für euch siehst, dann quäl dich nicht länger. Und das tust du, wenn du allein in einer fremden Stadt sitzt und darauf wartest, dass er zurückkommt, um dir noch einmal wehzutun.«

Natürlich hatte ihre Schwester recht. Mit allem. Sie würde kein weiteres Gespräch ertragen, in dem er ihr deutlich machte, dass ihre gemeinsame Zeit abgelaufen war, es sei denn, sie gab ihr eigenes Leben auf. »Du hast recht. Ich suche mir eine Verbindung raus. Ich hoffe, ich muss nicht stundenlang an irgendeinem Bahnhof warten.«

»So wie ich dich kenne, hast du ein Buch dabei«, versuchte Maja, sie aufzuheitern.

»Sogar zwei. Aus dem Bücherschrank bei uns in der Nähe.«

»Na dann los. Ruf mich an, wenn du abfährst, und gern auch heute Nacht, wenn es dir in irgendeinem Zug oder an einem Bahnhof unheimlich ist, hörst du?«

»Mache ich.« Laura atmete tief durch. »Danke, Kleine.«

»Hab dich lieb. Bis später.« Und schon hatte sie aufgelegt.

Kaum hatte sie eine Aufgabe, ging es ihr besser. Maja hatte recht, sie musste zurück nach Hause, und zwar noch heute. Sie sollte sich jetzt um sich selbst kümmern, und das war hier nicht möglich. Also nahm sie ihr Handy, öffnete die App der Bahn und suchte nach der nächstmöglichen Fahrgelegenheit, mit der sie Hamburg und all seine Tragödien hinter sich lassen konnte.

3

»Du meine Güte.« Lauras Mutter beäugte mit einer guten Portion Misstrauen die weißen Schälchen, die ihre Tochter auf dem Küchentisch aufgereiht hatte, sowie den Mörser daneben. »Was wird das denn nun? Und wonach riecht es denn hier schon wieder?« Sie rümpfte die Nase.

Laura schmunzelte. »Zimt, Kardamom, Nelken, Ingwer, schwarzer Pfeffer, Anis und Fenchel. Das mische ich alles mit schwarzem Tee, und dann wird es mit Milch aufgekocht.«

Dora Nicolai wedelte vor ihrem Gesicht herum und ging zur Spüle. »Lass mich damit bloß in Ruhe. Wir sind doch hier nicht irgendwo in der Steppe.«

»Indien, Mama. Der Tee nennt sich Masala Chai, und es gibt verschiedene Rezeptzusammenstellungen. Dieses hier habe ich aus dem Buch aus dem Bücherschrank.«

Ihre Mutter wusch sich die Hände, an denen Erde klebte. »Und wofür brauchst du das? Dein Vater würde sich bedanken, wenn ich ihm so was vorsetzen würde.«

»Du kannst nachher gern mal probieren. Und dazu könnte ich etwas Schönes kochen, quasi als Reise in ein anderes Land. Curry beispielweise.«

»Das kannst du gern tun, aber dann musst du es wohl allein essen. Wir gehen zum *Petermann.*« Das war die Art ihrer Mutter zu sagen, dass sie aus der Küche flüchten würde, sollten sich noch weitere seltsame Dinge darin ereignen, mit denen sie nichts anzufangen wusste. *Petermann* war das Gasthaus in der nahe gelegenen Schrebergartenkolonie und bot gutbürgerliche Küche. Das Essen war gar nicht mal so übel und die Speisekarte noch immer dieselbe wie vor zwanzig Jahren. Man wusste also, was man bekam.

Ihre Mutter betrachtete noch einmal den Tisch sowie das Regal in der Ecke, in dem sie Platz für Lauras Gläser mit getrockneten Kräutern und Gewürzen gemacht hatte, legte eine Hand auf die Schulter ihrer Tochter und verschwand.

Laura blickte ihr nach und machte sich wieder an die Arbeit. Majas Idee, ein paar Tage bei ihren Eltern zu bleiben, statt allein in ihrer halb leeren Wohnung zu hocken, in der sie so viel an Oliver erinnerte, hatte sich als goldrichtig herausgestellt. Sie brauchte eine Auszeit, um Energie zu tanken und den Kopf freizubekommen. Selbst das ewige Geplänkel mit ihrer Mutter trug dazu bei, dass sie sich besser fühlte. Hier warteten keine bösen Überraschungen auf sie, und mit allem anderen kam sie schon klar. In der Firma hatte sie einen Teil ihres Resturlaubs umgelegt, sodass fast eine ganze freie Woche auf sie wartete. Neben dem normalen Gepäck hatte sie all ihre Pflanzen nach Bensheim gebracht – zum einen konnte sie sich hier um sie kümmern und sich zum anderen endlich wieder ausgiebig ihrem Hobby widmen. Es lenkte sie ab.

Sie berührte die rosafarbenen Dolden des wilden Majorans, der in diesem Jahr sehr lange und spät blühte, beugte sich darüber und schnupperte. Das Aroma war in den vergangenen Wochen bereits schwächer geworden und zeigte sich eher verhalten.

In den vergangenen Wochen.

Als sie merkte, dass ihre Gedanken wieder abzudriften drohten, schaltete sie die elektrische Waage ein und maß die Zutaten für den Chai ab. Der Duft der Gewürze war so anregend, dass sie die Augen schloss und sich die Landschaften vorstellte, die sie im Buch gesehen hatte. Sie war noch nie in Indien gewesen, aber diese Mischung brachte sie ganz nah heran. Fast glaubte sie, fremde Stimmen zu hören oder Bauwerke mit Blumenreliefs und Marmorinkrustationen zu sehen, die hoch in einen klaren blauen Himmel ragten. Es war faszinierend, wie sehr Aromen und Gerüche die Vorstellungskraft beflügelten.

Energisches Hupen riss sie aus ihren Tagträumen. Überrascht wandte sie sich um und sah aus dem Fenster. Ein Taxi hielt vor dem Haus. Aber normalerweise hupten Taxifahrer doch nicht? Die Beifahrertür des Wagens öffnete sich. Zuerst tat sich nichts, aber dann leuchtete Danicas blonder Haarschopf auf. Laura stellte den Mörser ab, lief zur Haustür und öffnete sie. »Was tust du denn hier?«

Dani winkte dem Fahrer, der daraufhin mit einem vollendeten Rückwärtssprint anfuhr und dem Geräusch zufolge an der nächsten T-Kreuzung ordentlich Gas gab. In der Zwischenzeit hatte Dani beinahe die Tür erreicht. »Überraschung«, rief sie und grinste breit. »Ich hab dem Fahrer extra Trinkgeld versprochen, wenn er für den Showeffekt meine Ankunft standesgemäß ankündigt, und jetzt bedauere ich ein wenig, dass ich nicht gefragt hab, was er für ein richtig großes Trinkgeld machen würde.«

Laura schüttelte den Kopf. »Du bist unmöglich. Komm rein.«

In der Küche klapperte es, dann ließ sich Dani auf die Holzbank fallen und beäugte die Schälchen auf dem Tisch. »Kaum lässt man dich allein, schon machst du tolles Zeug.« Augenblicklich sah sie erschrocken auf. »Tut mir leid, so war das mit dem Alleinlassen nicht gemeint. Manchmal rede ich einfach, ehe ich nachdenke.«

Laura ignorierte den leisen Stich in der Magengegend und winkte ab. »Nicht schlimm.«

Oliver hatte seit ihrer Abreise nicht angerufen und nur eine knappe, unpersönliche Nachricht geschickt. Sie fragte sich, ob er ihr Zeit geben wollte oder ob es das von seiner Seite aus gewesen war. So kannte sie ihn nicht. Der Mensch, mit dem sie in den vergangenen Jahren zusammengelebt hatte, war innerhalb eines Abends zu einem Fremden geworden. Zwar geisterten er und das letzte Gespräch mit ihm jeden Tag durch ihren Kopf, aber mittlerweile konnte sie die Erinnerungen zumindest zwischenzeitlich in den Hintergrund schieben. Lediglich abends, wenn sie im Bett lag und hoffte, schnell einzuschlafen, kehrten sie in voller Pracht zurück und brachten Fragen und Zweifel mit sich.

»Nicht schlimm? Ehrlich?« Dani beugte sich vor und musterte sie eingehend. »Du siehst nicht einmal sauer aus.«

»Das bin ich auch nicht. Glaube ich zumindest.«

»Aber warum? Sogar ich bin sauer auf deinen Ex.«

Deinen Ex. Bisher hatte sie es nicht laut ausgesprochen, und es versetzte ihr noch immer einen Stich. Aber es war längst nicht so schlimm wie an dem Abend, als sie unter Tränen in den Zug gestiegen war. »Vielleicht bin ich es auch noch«, sagte sie, zog sich einen Stuhl zurück und ließ sich darauffallen. »Ich weiß es nicht. Bisher fahre ich ganz gut damit, mich abzulenken. Ich muss nicht andauernd an ihn denken oder daran, dass er mich nicht genug geliebt hat, um in Deutschland zu bleiben. Das genügt mir für den Moment.«

Dani nickte fast schon grimmig. »Falls du Dampf ablassen willst: Dafür bin ich jetzt da. Du kannst mir alles sagen, was dir durch den Kopf geht, und wenn es die schlimmsten Beschimpfungen sind, die ich jemals gehört habe.«

Laura zuckte die Schultern. »Das ist ja das Seltsame. Mir fallen keine ein. Ja, ich bin wütend auf ihn, und eigentlich sollte ich ihm Pest und Cholera an den Hals wünschen oder aber alles in Bewegung setzen, um unsere Beziehung zu retten. Aber …« Sie zuckte die Schultern.

Dani zog ein Knie an und legte ihr Kinn darauf. »Es ist alles noch so frisch. Vermutlich hast du einen Schock.«

»Nein.« Laura schüttelte den Kopf. »Den hatte ich an dem Abend in Hamburg. Da war alles hier drinnen wie tot. Ich hatte so dumme Gedanken wie dass ich dieses Jahr Weihnachten ganz allein verbringen würde. Aber jetzt ist es anders. Als würde ich wissen, dass es nichts bringt, zu toben oder ihn mit Vorwürfen zu überschütten. Oder ihm zu zeigen, was wir zusammen gehabt haben.« Ihre Stimme war leise geworden. »Und genau an dem Punkt bleibe ich immer wieder hängen. Ich frage mich, was wir wirklich hatten. Oder ob ich mir das alles nur eingebildet habe. Meine eigene, kleine rosa Welt, die Oliver vielleicht gar nicht so rosa empfunden hat. Vielleicht hat er mir das verschwiegen.«

»Ach Laura, wenn ich es nur wüsste.« Dani dachte eine Weile nach. »Erst einmal wirst du Weihnachten definitiv nicht allein verbringen. Deine Eltern würden froh sein, wenn du bei ihnen feierst und dieses Haus mal wieder auf Trab bringst. Alternativ würde Maja vermutlich alles dafür tun, dass du an den Feiertagen zu ihr fährst, aber das wird nichts, weil ich dich vorher abfange und mit zu uns schleppe.«

Laura schluckte, als der Bereich rund um ihr Herz warm wurde. »Danke«, flüsterte sie.

Dani lächelte sie an. »Für die andere Sache, also die mit Oliver, habe ich zwei Theorien. Erstens verdrängst du das erst mal, was völlig verständlich ist und ich vermutlich genauso machen würde, sollte Jens mich jemals verlassen.«

»Nein. Du würdest ihm alles an den Kopf werfen, was dir einfällt. Und damit meine ich nicht nur Worte. Der arme Kerl hätte Glück, wenn er anschließend nicht ins Krankenhaus muss.« Ihre Freundin konnte zuckersüß sein, hatte aber ein bemerkenswertes Temperament.

Dani wedelte diese Wahrheit mit einer Hand weg. »Zweite Theorie: Du hattest schon irgendwann mit Oliver abgeschlossen, es aber bei all deiner Planung nicht bemerkt.«

»Meiner Planung?«

»Na klar. Du hast immer einen Plan. Du weißt genau, wo du hinwillst, aber wenn du es erreicht hast, hältst du sofort nach dem nächsten Ziel Ausschau. Du lässt dir gar keine Zeit, um dich zu freuen.« Sie beugte sich über den Tisch und streichelte Lauras Arm. »Nimm das bitte nicht als Vorwurf, das ist eine neutrale Beschreibung. Kurz nachdem du in der Firma angefangen hast, hast du schon von der Gruppenleitung geredet, danach von der stellvertretenden Abteilungsleitung. Und Oliver kam mir stets noch schlimmer vor. Vielleicht hat genau das euch zusammengeschweißt.«

Laura stutzte. Hatte Oliver nicht auch etwas in der Richtung angedeutet? »Was willst du damit sagen? Dass wir im Grunde nur zusammen waren, weil wir ähnlich denken?«

»Vielleicht habt ihr euch ineinander verliebt, weil ihr euch gegenseitig angetrieben habt.«

Laura schob mit der Fingerspitze eine Zimtstange auf dem Tisch hin und her. Hatte sie wirklich zugelassen, dass aus ihrer Beziehung eine Art Geschäftsabmachung geworden war? Schlimmer noch, hatte sie sich mit Oliver jemanden gesucht, der nicht das war, was sie wollte – nämlich ein Mann, auf den sie sich voll und ganz verlassen konnte? Warum hätte sie sich selbst derart täuschen sollen?

»O nein«, murmelte sie und vergrub das Gesicht in beiden Händen.

Danis Stuhl schabte über den Boden, und dann schlang sie die Arme um Laura. »Hat sich der Idiot überhaupt schon bei dir gemeldet?«

»Nur eine kurze WhatsApp, um mir zu sagen, dass ich die Wohnung in Hamburg behalten kann.«

»Wie großzügig! So ein Spinner.« Dani tippte sich an die Schläfe. »Zahlt er wenigstens die Hälfte?«

»Nein, warum sollte er? Und das ist eh ein Problem. Die Mieten in Hamburg sind nicht ohne.«

»Dann suchst du dir eben etwas Neues, und zwar in aller Ruhe. Kündigen kannst du das Ding immer noch, und ein paar Monate werden dich nicht in den Ruin stürzen. Wie ich dich kenne, hast du Ersparnisse.«

Laura verzog das Gesicht. »Ja, allerdings wollten Oliver und ich uns davon … ach egal.« Sie zog eine Grimasse und stand auf. »Wo habe ich nur meine Gedanken? Du kommst her, und ich biete dir nicht einmal was an. Was möchtest du,

Kaffee, Wasser? Wenn du ein wenig wartest, kann ich dir einen Gewürztee anbieten.« Sie deutete auf die Schälchen.

»Spannend, aber heute ist kein Tag für Experimente. Ein Kaffee wäre super.«

Laura öffnete den Hängeschrank, holte die Dose mit dem Pulver sowie einen Filter heraus und klappte den Deckel der Kaffeemaschine hoch. »Maja meint, ich soll mir unbedingt eine Mitbewohnerin suchen, aber aus dem Alter bin ich raus.«

»Quatsch! Heutzutage gibt es sogar extra Webseiten mit WG-Angeboten für Menschen, die mitten im Arbeitsleben stehen.«

Laura nahm eine Tasse für Dani aus dem Schrank. Als sie sich wieder auf den Stuhl sinken ließ, fühlte sie sich plötzlich müde. »Um ehrlich zu sein, weiß ich nicht, was ich als Nächstes tun will. Sobald ich versuche zu planen, frage ich mich die ganze Zeit, ob das überhaupt noch mein Weg ist. Ob ich einfach nur nicht in diese Wohnung ziehen will, weil mich dort alles an diesen Katastrophenabend erinnert und an Oliver. Aber vermutlich hat mich das Ganze zu sehr aus der Bahn geworfen, und daher sehe ich alles schwarz, was mit Hamburg und dem neuen Job zu tun hat.«

Dani musterte sie eingehend. »Aber den willst du doch, oder?«

»Schon, ja. Aber ich ertappe mich immer wieder bei dem Wunsch, dass ich gern im Grünen leben würde, und dann überlege ich, worum es mir dabei wirklich geht. Ist es die Großstadt? Oder die Tatsache, dass ich nach der Trennung nicht bereit bin, allein in die Fremde zu ziehen? Ich meine, allein in Wiesbaden ist eine Sache, allein in Hamburg eine ganz andere.« Sie stellte Zucker und Milch auf den Tisch.

»Die Stadt ist toll und spannend, und ich habe mich auch darauf gefreut, alles kennenzulernen. Aber immer, wenn ich an die Wohnung denke, bereue ich, auf Oliver gehört und nicht etwas weiter außerhalb gemietet zu haben.«

»Das kannst du doch immer noch tun. Aber sag mal, jetzt bin ich doch neugierig, was deinen Gewürztee angeht. Kann ich etwas für zu Hause abstauben?«

Dani trank einen Schluck Kaffee. Deutlicher hätte der Themenwechsel nicht sein können, und Laura war ihr dankbar dafür. Wenn sie nun weiter über Oliver oder Hamburg nachgrübelte, würde das ihrer Stimmung nicht guttun.

»Ich fülle dir gern etwas ab. Meine Eltern sind vermutlich heilfroh, wenn du die Mischung mit nach Hause nimmst und ich nicht in Versuchung gerate, sie ihnen aufzudrängen.«

»Richtig so. Ich bewahre die Familie Nicolai vor diesem Teufelszeug. Wie kommst du denn eigentlich darauf, Gewürze in schwarzen Tee zu packen? Bisher hast du immer nur Kräuter und hübsche Blüten gemischt.«

Laura streckte sich und zog das Buch von einem Regal. »Das habe ich aus dem Bücherschrank. Es sind Rezepte drin, aber auch Informationen über verschiedene Teesorten oder Arten, ihn zuzubereiten. Oh, und warte …« Sie blätterte ganz nach vorn und deutete auf die Adresse. »Es hat einmal einer Agatha Sperlich gehört.«

»Aha«, sagte Dani wenig beeindruckt und beugte sich vor, um die Adresse lesen zu können. »Vor ziemlich langer Zeit. Warum ist es auf Englisch, wenn diese Agatha hier lebt?«

»Gute Frage. Aber warte, das ist noch nicht alles.« Laura schlug das Buch in der Mitte auf, dort, wo die Bindung schon recht ausgeleiert war, und nahm das Foto heraus. »Das habe ich darin gefunden.«

Dani nahm es und musterte es eingehend. »Mit modernen Klamotten und einem gescheiten Haarschnitt sähe der gar nicht mal so übel aus. Wer ist das, der Autor?«

»Warum sollte denn der Autor des Buchs ein Foto von sich hineinlegen?«

Schulterzucken. »Perfide Werbemaßnahmen. Manche Leute versuchen doch alles.«

Laura lachte. »Ich vermute eher, dass es Agatha gehörte. Vielleicht hat sie vergessen, dass es im Buch war.«

»Ob der Kerl auf dem Bild ihr Mann ist? Vielleicht hat sie sich deshalb so für Indien interessiert. O nein, vielleicht ist es das einzige Jugendfoto ihres Mannes, und da er schon gestorben ist, sucht sie es verzweifelt und hat ganz vergessen, dass sie es in das Buch gelegt hat!« In einer Mischung aus Aufregung und Begeisterung stürzte Dani ihren restlichen Kaffee hinunter. »Du musst es ihr zurückgeben.«

»Das Buch?«

»Das Foto!«

»Dani.« Mittlerweile erinnerte das Gespräch Laura an ein Meeting mit einem besonders beratungsresistenten Kunden. »Wie soll ich das denn machen? Vermutlich wohnt sie schon längst nicht mehr in der Thomaestraße. Oder sie ist gestorben.«

»Hast du denn schon einmal nachgesehen?«

»In der Tat hat Maja sie gegoogelt. Sie hat das Foto entdeckt, und ich habe ihr von der Adresse erzählt. Zuerst fand sie es nicht besonders spannend, aber auf dem Weg nach Hause hat sie sich in irgendwelche dramatischen Geschichten reingesteigert.«

Dani grinste. »Typisch.«

»Gefunden hat sie aber nichts. Keine Ahnung, wer in der Nummer 22 wohnt, die Chancen auf Agatha Sperlich sind wohl gering.«

»Gering heißt nicht, dass es keine Chancen gibt.«

Laura sah Dani an und hob die Schultern. »Ja gut, ich könnte natürlich einmal dort vorbeifahren.«

Dani lehnte sich zurück. »Das würde ich auch tun. Für dich ist es nur ein kurzer Besuch, für sie aber möglicherweise viel mehr. Außerdem hat es etwas von einem Abenteuer, und das wäre doch momentan was Gutes. So wie *Bilbo Beutlin zieht aus, um einen Drachen zu sehen.*«

»Bilbo Beutlin hat auf dieser Reise aber auch einige seiner liebsten Gefährten verloren, wenn ich mich richtig erinnere, Frau Tolkien-Expertin.«

»Keine Sorge, ich komme nicht mit auf diese Reise, dann kann mir auch nichts geschehen.« Dani grinste über das ganze Gesicht und wurde dann schlagartig wieder ernst. »Süße, apropos Reise. Weißt du, was ich gerade denke? Vielleicht hat das Schicksal dich mit voller Absicht über dieses Hindernis stolpern lassen.«

Laura runzelte die Stirn. »Wie meinst du das?«

»Wärst du jetzt und hier vollkommen glücklich, wenn die Sache mit Oliver nicht passiert wäre? Hättest du in Wiesbaden so weitermachen wollen wie bisher?«

Laura trat an das Fenster und sah hinaus. Das hatte sie sich bereits selbst gefragt, und stets waren dabei ferne Landschaften vor ihrem geistigen Auge aufgetaucht. Geschwungene Hügel, Täler mit Seen, die so klar wie die Luft waren, und Gärten mit riesigen Bäumen, deren Blätter in wunderschönen Rot- und Goldtönen erstrahlten. »Ich weiß es nicht«, flüsterte sie.

4

Seit geschlagenen zehn Minuten saß Laura in ihrem Wagen am Straßenrand und beobachtete die Fahrzeuge, die hinter der Kurve verschwanden, um dann abzubiegen. Wenn sie ehrlich war, kam sie sich ein wenig albern vor. Fast wie eine Stalkerin, und daher zögerte sie. Vielleicht sollte sie besser wieder fahren.

Das Haus in der Thomaestraße mit der silbernen 22 am Eingang war ein gut erhaltenes Gebäude im Jugendstil mit einem gepflegten Vorgarten, zwei halbhohen Hecken und einer Trauerweide an der Ecke, die bereits die Hälfte ihrer Blätter verloren hatte. Es war hübsch mit seinen weißen Gardinen und Orchideen in den unteren Fenstern. Eine ruhige Gegend.

Laura warf einen Blick auf den Beifahrersitz, beschloss dann aber, *The World of Indian Tea* erst mal dort zu lassen. Vermutlich würde sie ohnehin an der Tür feststellen, dass ein fremder Name auf der Klingel stand. Dani hatte vorgeschlagen, in dem Fall nachzufragen, ob der jetzige Bewohner etwas über Agatha Sperlich wusste, aber das erschien ihr dann doch zu aufdringlich. Sie war schließlich keine Privatdetektivin.

»Augen zu und durch.« Sie öffnete die Tür und überquerte die Straße. Es war albern, dass ihr Herz dabei einen kleinen Sprint hinlegte.

Das Türschild war aus Messing und etwas angelaufen, aber der Name darauf war noch gut zu erkennen. *Sperlich*.

»Oh.« Laura sah sich unschlüssig um. Trotz allem hatte sie nicht damit gerechnet. In diesem Augenblick begriff sie, warum sie so zögerte. Sie wollte sich nicht in Privates einmischen oder schmerzliche Erinnerungen heraufbeschwören, schließlich war sie seit Kurzem eine Expertin, was derartige Gefühle anging. Aber sie konnte nicht wissen, wer in diesem Haus lebte oder was sie hinter dieser Tür erwartete. Vielleicht waren es Agathas Nachkommen. Vielleicht machte sie demjenigen sogar eine Freude, wenn sie das Foto zurückbrachte.

Vermutlich lautete die Quintessenz des Ganzen einfach, dass sie sich zu viele Gedanken machte.

Also drehte sie sich um und holte das Buch vom Beifahrersitz. Dieses Mal warf sie einen Blick zum Rasenstreifen neben dem Haus. Am anderen Ende lugten Hortensienbüsche und Rosenstauden hervor, die ihre Blüte bereits hinter sich hatten. Alles geschmackvoll und gut gepflegt. Laura zupfte ihr Kleid zurecht, kontrollierte den Sitz ihres Pferdeschwanzes und betätigte die Klingel. Der Knopf ließ sich nicht allzu leicht drücken und gab ein leises, protestierendes Knacken von sich, aber dann ertönte im Inneren ein Glockenton. Laura atmete durch und wartete. Nichts tat sich. Ein wenig enttäuscht lauschte sie, dann klingelte sie noch einmal. Hatte sich im Haus etwas gerührt? Ja, da waren eindeutig Schritte, und dann wurde die Tür einen Spaltbreit geöffnet.

Eine ältere Dame – man konnte guten Gewissens von einer alten Frau reden – stand, auf einen Stock gestützt, im Eingang und starrte ihre Besucherin an. Sie hielt sich sehr aufrecht und ging Laura, die einen Meter siebzig groß war, höchstens bis zur Nasenspitze. Ihr Gesicht zeigte Misstrauen und Falten, aus denen graublaue Augen hervorblitzten. Darunter hatten sich mehrere Reihen Augenringe gegraben. Dunkelgraues Haar bauschte sich in einem Bob bis zu den Wangenknochen, erinnerte aber mehr an einen Helm aus Locken, vermutlich, da das Gesicht sehr schmal und das Haar sehr dicht war. Die Frau trug ein schlichtes blaues, knielanges Kleid, dazu eine Perlenkette um den Hals, und wenn Laura sich nicht irrte, bestand der Griff ihres Gehstocks aus Elfenbein. *Gepflegt. Vermutlich wohlhabend.*

Die Falten im Gesicht der Frau zuckten, und erst, als sie einen unwilligen Ton von sich gab, begriff Laura, dass sie soeben die Stirn runzelte. »Ja bitte? Sie haben doch sicher nicht nur angeklingelt, um mich anzustarren?«, fragte sie mit tiefer, leicht rauer Stimme. Ein ungewohnter Singsang schwang darin mit; ein Akzent, den Laura nicht sofort zuordnen konnte.

Laura räusperte sich. »Entschuldigen Sie die Störung, aber ich bin auf der Suche nach Agatha Sperlich.«

Die faltigen Oberlider senkten sich. Das rechte hing ein wenig tiefer als das linke. Die Frau stieß einen Laut aus, der an eine kleine Lokomotive erinnerte, und musterte Laura erneut von oben bis unten. Unter dem Blick fühlte sie sich wie eine Bittstellerin. »Worum geht es?« Die Stimme war nun nahezu schneidend.

Laura räusperte sich und setzte ihr strahlendstes Lächeln auf. »Ich glaube, ich habe etwas gefunden, das ihr gehört.«

Sie hielt das Buch vor ihre Brust, ungefähr auf Augenhöhe der Frau, von der sie mittlerweile sicher war, dass es sich um Agatha Sperlich handelte. »Es stand im Bücherschrank an der Blücherschule.«

Die Lider hoben sich wieder, aber es war schwierig, den Ausdruck in dem verblassten Blaugrau darunter zu bestimmen. Die Frau presste die Lippen zusammen. »Nun, eventuell irre ich mich, aber sind diese Schränke nicht dazu da, um Bücher hineinzustellen, für die man keine Verwendung mehr hat? Man nimmt doch nicht die Mühe auf sich, etwas dort zu lassen, auf dass jemand plötzlich vor der Tür steht, um es zurückzubringen. Ein Buch ist doch kein Bumerang.«

Stimme und Tonfall sorgten dafür, dass Laura sich gemaßregelt fühlte. »Also sind Sie Frau Sperlich, nehme ich an? Dann wird es Sie vielleicht freuen, dass ich Sie aufgesucht habe, denn ich habe das hier in besagtem Buch gefunden, das nicht zu Ihnen zurückkommen sollte.« Sie zog das Foto hervor und hielt es ihr entgegen. »Vermutlich wussten Sie nicht, dass es noch zwischen den Seiten war.«

Die Frau starrte das Bild an, drehte sich ohne ein weiteres Wort um und ging zurück ins Haus. Sie lief ohne Probleme, lediglich in einer leichten Schieflage, da sie sich auf den Stock stützte. In der nächsten Sekunde war sie verschwunden.

Laura war nicht sicher, was soeben geschehen war. Hatte Agatha – die Frau musste einfach Agatha sein – lediglich vergessen, ihr die Tür vor der Nase zuzuwerfen, oder war das ihre Art, jemanden hereinzubitten? Möglicherweise war sie auch vergesslich oder dement. Daher wäre es eine gute Idee, das Foto einfach im Haus abzulegen und wieder zu verschwinden. Andererseits wäre das auch recht unhöflich.

Laura räusperte sich und steckte den Kopf durch die Tür. In der Diele stand ein Schränkchen aus dunklem Holz im Kolonialstil, darauf die Porzellanstatue einer Nachtigall. An der Wand hing ein gerahmtes Gemälde – zwei Frauen mit großen Hüten und Kleidern, die vielleicht in die viktorianische Epoche gehörten, saßen auf einer Wiese. Ein Durchgang führte in das angrenzende Zimmer.

»Hallo?«, rief Laura leise, dann noch einmal etwas lauter. »Hallo? Frau Sperlich?«

»Jetzt kommen Sie schon rein, und schließen Sie die Tür hinter sich, sonst geht die Wärme verloren. Ich mag meine Nachbarn, möchte aber nicht für sie heizen.«

Laura gehorchte und schlüpfte nach kurzem Überlegen aus ihren Schuhen. Das Parkett unter ihren Füßen war kühl.

Bei dem nächsten Raum handelte es sich um das Wohnzimmer. Gegenüber der Tür gab es eine Glasfront, von der aus man einen Blick auf die Terrasse und den Garten werfen konnte. Der erste Eindruck hatte Laura nicht getrogen: Alles sah gepflegt aus, so als würde sich Agatha Sperlich den ganzen Tag draußen aufhalten. Aber vermutlich war wohl eher ein Gärtner dafür verantwortlich.

Auch hier bestand die Einrichtung aus schweren, gerahmten Gemälden, Porzellanfiguren und Kolonialstilmöbeln, deren dunkles Holz einen Kontrast zu den weißen Wänden und der Helligkeit im Zimmer bildete. Jeder Winkel dieses Hauses atmete den Wohlstand einer längst vergangenen Zeit. Auf einem Läufer im persischen Stil stand Agatha Sperlich, hatte den Stock gegen das Sofa gelehnt und hielt sich an der Lehne fest. Die andere Hand war in die Hüfte gestemmt.

Allmählich fühlte sich Laura wie ein Eindringling. »Ich nehme an, dass Sie Agatha Sperlich sind?«

»Für die Schlussfolgerung brauchte es ja nicht sehr viel Grips.«

Die Stimme schwankte leicht, und Laura hoffte inständig, dass Agatha sich setzte. Nicht auszudenken, wenn dieser Besuch sie so aufregte, dass sie zusammenbrach oder Schlimmeres.

»Ich hatte mir nur eine kleine Chance ausgerechnet, dass Sie noch immer hier wohnen, Frau Sperlich, schließlich war der Eintrag in dem Buch schon recht alt. Ihre Adresse, meine ich. Sie hatte noch eine vierstellige Postleitzahl.« Sie zwang sich zu einem Lächeln.

Agatha lächelte nicht. »Ich frage mich noch immer, wer Sie sind und was Sie von mir wollen.«

»Oh, Entschuldigung.« Laura trat auf die alte Frau zu und streckte ihr eine Hand entgegen. »Mein Name ist Laura Nicolai.«

Immerhin tat ihr Agatha den Gefallen, sie zu ergreifen und überraschend fest zu drücken. Allerdings zog sie ihre Hand dann so schnell wieder zurück, als hätte sie eine ungeliebte Pflicht erfüllt.

»Ich wohne auch hier in Wiesbaden und habe Ihr Buch aus dem Schrank genommen, weil der Einband mich neugierig gemacht hat«, fuhr Laura fort. »Ich liebe Kräuter und Tees. Beim Blättern habe ich das Foto gefunden und dachte, Sie möchten es vielleicht wiederhaben. Eventuell wussten Sie gar nicht, dass es sich im Buch befand?« Da sich Agatha nicht rührte, legte sie es auf die Rückenlehne des Sofas. Es glänzte matt im einfallenden Tageslicht.

Agatha schien kein einfacher Mensch zu sein. Ob sie allein lebte? Sie entdeckte keinen Hinweis auf eine weitere Person, und im Haus war nichts zu hören.

Agathas Blick flackerte kurz zu dem Foto. Ob das ihr Ehemann gewesen war? Sie schwieg eine lange Weile, und in ihrem Gesicht zuckte es. »Nein, ich möchte es nicht wiederhaben«, sagte sie. Es klang kraftloser als zuvor. »Und ich schätze es auch nicht sehr, dass eine fremde Person mich aufsucht und etwas anschleppt, das ich nicht mehr wollte. Daher habe ich es wegbringen lassen, vom Sohn der Nachbarn gegenüber. Das Buch und noch einige andere.« Sie blinzelte. »Sie sind noch zu jung, um zu wissen, wie es ist, mit einem Teil seiner Vergangenheit abzuschließen, Frau Nicolai. Aber Sie können mir gern glauben, dass dieser Augenblick irgendwann kommt. Es kann sehr schwer sein, und daher schätze ich es nicht, dass Sie hier auftauchen und das alles wieder aufwühlen.« Ihr Akzent wurde stärker, je schwächer ihre Worte klangen. Als würde sie zurück in eine vergangene Zeit wandern.

Laura hatte mit vielem gerechnet, aber nicht mit dieser Standpauke. »Ich habe gedacht, das Foto wäre vielleicht aus Versehen zwischen die Seiten geraten. Oder dass Sie es dort vergessen hätten. Mir ist durchaus bewusst, dass man ein Buch loswerden möchte, wenn man es in einen Bücherschrank stellt, aber alles Weitere habe ich doch nicht ahnen können.« Sie bemühte sich, die Schärfe aus ihrer Stimme zu halten. Es erschien ihr nicht richtig, einen Streit anzufangen. Zudem wusste sie nicht, was dieses Foto bei Agatha ausgelöst hatte. Irgendetwas auf jeden Fall.

»Und daher sind Sie aufgebrochen, um in fremden Angelegenheiten zu schnüffeln?«

»Wie bitte? Frau Sperlich, ich bin nur hier, weil ich dachte, dass ich Ihnen damit einen Gefallen tun würde. Ich denke, ich gehe jetzt wieder, und wenn Sie möchten, nehme ich das Foto mit, wenn es Ihnen Unannehmlichkeiten bereitet.« Sie wollte danach greifen, aber Agatha war schneller und zog es zu sich heran.

»Ich sage Ihnen, was mir Unannehmlichkeiten bereitet, junge Dame. Wenn Menschen plötzlich in einer Vergangenheit wühlen, die sie nicht kennen und die sie auch nichts angeht. Manchmal will man Dinge hinter sich lassen. Aber wie gesagt, vermutlich müssen Sie das noch lernen.«

Laura schüttelte den Kopf. Das hier lief gehörig aus dem Ruder, und ihr blieb nichts anderes übrig, als den Rückzug anzutreten, wenn sie nicht wollte, dass Agatha sich in etwas hineinsteigerte. Leider war das aber wohl bereits geschehen. Die alte Dame hielt sich mittlerweile weder am Sofa noch am Stock fest. Ihre Empörung schien ihr Kraft zu verleihen.

»Lassen Sie sich eines sagen. An einem Tag in der Zukunft werden Sie in eine Situation stolpern, mit der Sie nicht gerechnet haben und die Sie am liebsten sofort wieder vergessen würden. Aber das mit dem Vergessen ist nicht immer so einfach. Sie werden schon sehen.«

Das saß. Laura zuckte zusammen. Eine schreckliche Sekunde lang war sie zurück in Hamburg, im Wohnzimmer der neuen alten, unpersönlichen Wohnung mit Oliver, und erfuhr noch einmal, dass er sich für eine bessere Position in seiner Firma und gegen sie entschieden hatte. Doch, sie wusste definitiv, wie es war, in eine Situation zu geraten, die man am liebsten sofort wieder vergessen würde. Sie war nicht sicher, ob Agathas Worte der Auslöser waren oder die Tatsache, dass sie sich völlig in der Defensive fühlte, aber ihre Kehle wurde eng. »Ich denke, ich habe Ihnen genug Zeit gestohlen«, sagte sie hastig, drehte sich um und wischte sich möglichst unauffällig über die Augen. »Entschuldigen

Sie die Störung.« Sie zwang sich, langsam zu laufen, um nicht den Eindruck einer Flucht zu erwecken, obwohl sie am liebsten gerannt wäre. Aus dem Augenwinkel bemerkte sie, dass Agatha das Foto nahm und es anstarrte. Erst am Eingang atmete sie auf, zog die Haustür hastig hinter sich zu und war froh, diese Barriere zwischen sich und Agatha zu wissen. Sie hastete zum Auto, öffnete mit fahrigen Fingern die Tür, ließ sich auf den Sitz und das Buch in den Fußraum fallen und startete den Motor. Kurz darauf verließ sie die Thomaestraße, und erst nachdem sie ein gutes Stück entfernt war, wischte sie sich die Tränen von den Wangen.

Agatha

5

Witney, England, Oktober 1937

Die Welt war voller Zauber und Märchen, seitdem sie aus dem Automobil gestiegen waren und es samt dem Geruch nach Benzin hinter sich gelassen hatten. Es war, als hätte jemand diesen Teil des Orts genommen, die Wiesen zwischen dem Museum und dem Fluss, und gegen eine andere Welt getauscht. Schon von Weitem sah man das grün-gelb gestreifte Zelt mit dem Schriftzug *Chipperfield Circus* darüber. Fahnen flatterten mit einem Ploppen im Wind, und Kinder kreischten und lachten, während sie über das Gelände hüpften und ihre Hände gegen die Zeltplane pressten, als würden sie nach geheimen Eingängen suchen. Sogar die Luft fühlte sich anders an. Weicher. Sie strich über ihre Wangen und raunte ihr zu, dass sie sich beeilen sollte, um nichts zu verpassen.

Am liebsten wäre Agatha sofort losgelaufen, aber das schickte sich nicht, und sie befürchtete, ihre neuen weißen Schuhe und das hellrosa Kleid mit dem gestickten Saum, der Knopfleiste und dem hübschen Kragen zu beschmutzen. Es war eigentlich zu kühl für diese Jahreszeit, aber sie hatte es unbedingt tragen wollen, und mit der warmen Strumpfhose fühlte sie sich äußerst wohl. Aber sie musste vorsichtig sein und sich aufrecht halten, schließlich war sie fast kein Kind mehr. Sie erinnerte sich an einige ihrer sechs vergangenen Geburtstage – nicht an alle –, aber niemals war der Tag so besonders gewesen wie dieser. Heute war sie zwar keine Prinzessin, so wie vor einem Jahr oder vor zweien, aber ein Gast in der Welt der Feen und Zwerge, der herausgeputzten Tiere und Akrobaten.

»Gefällt es dir?« Ihr Vater blickte auf sie herab und hielt ihre kleine Hand fester, so als fürchtete er, sie in den Menschenmassen zu verlieren. Wobei Papa sich niemals fürchtete, grübelte Agatha und nagte an ihrer Lippe, obwohl Mrs. Willis ihr stets sagte, sie dürfe das nicht tun, da sie sich sonst hässliche Schwellungen hineinbeißen würde. Und das gehörte sich nun einmal nicht für ein Mädchen aus einem Haus, in dem so angesehene Leute lebten wie ihre Eltern. Ma und Pa waren Menschen, an denen sie sich beherzt ein Beispiel nahm. Bei ihrem Bruder war sich Agatha dagegen nicht so sicher. Leonard fing Frösche und setzte sie beim großen Picknick hinter die Mädchen, sodass diese erschrocken aufkreischten und das Weite suchten, während er sich den Bauch vor Lachen hielt. Nein, Leonard war ganz sicher kein Gentleman.

»Kleines?« Ihr Vater schwenkte seinen Arm stärker, und ihrer folgte der Bewegung, ihre Hand in seiner großen, warmen.

Agatha lachte. Selten war sie so froh gewesen. »Es ist wunderbar, Papa, ganz, ganz wunderbar!« Sie erlaubte sich einen Hüpfer und schielte zu ihm hoch, aber er lächelte nur und rügte sie nicht. Obwohl er heute ausnahmsweise nicht zur Arbeit ging, was so gut wie nie geschah, trug er seine dunkle Weste passend zur Hose. Darunter ein weißes Hemd, das trotz des grauen Himmels leuchtete, und seine dunkelrote Lieblingskrawatte. Am besten gefielen Agatha seine Schuhe aus glänzendem Leder, mit schwarzen Spitzen und weißen Seiten. Das Haar hatte er zur Seite gekämmt, und sie fand, dass er mit dem energischen Blick sehr gut als Zirkusdirektor hätte durchgehen können. Es fehlten nur noch ein Frack und vermutlich eine Peitsche. Oder trugen die nur Dompteure bei sich?

Das Zelt und all die Bewegungen davor fesselten Agathas Aufmerksamkeit. Etwas Süßliches lag in der Luft, aber zugleich auch ein leichter Gestank nach Mist, der sie an die Schafe auf den Weiden von Mr. Johnston erinnerte. Und dann sah sie es. Sie brauchte all ihre Willenskraft, nicht auf der Stelle stehen zu bleiben und zu staunen wie eine ungebildete Gans. Zudem wäre es dumm gewesen, denn sie wollte doch laufen, schneller und noch schneller, um gleich dort zu sein. Wäre sie doch nur eines der Mädchen aus dem Dorf, die zwar in viel kleineren Häusern wohnten, aber spielen konnten, wo und mit wem sie wollten! Viele der Mütter arbeiteten und beklagten sich nicht, wenn ihre Kinder den ganzen Tag draußen herumstrolchten, und manchmal wünschte sich Agatha, zu ihnen zu gehören.

Wobei sie dann ganz sicher nicht den Zirkus besuchen könnte. Daher war sie heute froh, Agatha Ford zu sein, den besten Papa der Welt zu haben und den Tag ohne ihren Bruder zu verbringen, dafür mit …

»Elefanten«, murmelte sie, und jetzt blieb sie trotz allem stehen. Ihr Vater tat ihr den Gefallen und ließ sie staunen. Er schien völlig entspannt, so als ob er täglich einen Elefanten zu Gesicht bekommen würde.

Es waren drei Tiere, mächtig und grau. Sie standen links vor den Zelten, eines wiegte seinen schweren Kopf von einer Seite auf die andere, die anderen beiden schaufelten sich mit ihren Rüsseln Heu in die Mäuler. Die riesigen Ohren klappten vor und zurück. Auf einmal war die Zirkuskuppel vergessen, ebenso der Duft nach Zuckerwatte oder der Mann, der in einem schillernden Frack neben dem Eingang stand und mit bunten Bällen jonglierte.

Agatha sah zu ihrem Papa auf, und der nickte. »Na lauf schon. Aber achte auf dein Kleid, sonst musst du dir heute Abend von Mama eine Rüge anhören. Und ich auch.«

Sie drückte glücklich seine Hand und hüpfte los, den kleinen Hügel hinab und auf die Elefanten zu. Abwechselnd sah sie nach vorn und zu Boden, auf den Weg, der mit spärlichem Gras bewachsen und dem Himmel sei Dank nicht allzu matschig vom Regen der vergangenen Tage war. Nicht auszudenken, wenn sie nun hinfallen und ihr Kleid ruinieren würde!

Endlich ebnete das Gelände aus, und kurz darauf stand sie vor den Tieren. Sie waren durch Seile eingepfercht, die zwischen in den Boden gerammten Metallpflöcken gespannt waren, und von dem Weg abgetrennt, über den die Zuschauer zum Eingang flanieren konnten. Der Geruch war hier stärker, und jetzt entdeckte Agatha den an einer Seite aufgetürmten Misthaufen. In ihm steckte eine Forke. Das Tier in der Mitte drehte sich und sah in ihre Richtung. Agatha trat näher, fasste das Seil, beugte sich vor und streckte einen Arm aus. »Hallo. Hallo! Hier, komm her. Na komm schon.« Ihre Stimme war heller als sonst und zuckersüß, aber der Elefant bewegte sich keinen Schritt. Lediglich der mächtige Rüssel schwenkte von einer Seite zur anderen.

Vielleicht würde es klappen, wenn sie Heu hätte? Sie duckte sich unter dem Seil hindurch und grub ihre Hand hinein.

»Du!«

Erschrocken zog sie sich wieder zurück, stand hastig auf und strich ihr Kleid glatt, an dem einige Halme hängen geblieben waren. Hinter den Elefanten trat ein Junge hervor. Er trug schlichte Kleidung mit Hosenträgern, dazu schwere Stiefel und eine Mütze, die er nun lüpfte und seine Haare zurückstrich. Sie waren pechschwarz.

»Guten Tag«, sagte sie und klang noch immer ganz atemlos. »Ich wollte die Elefanten sehen.«

»Aber besser, du bleibst mit deinen Händen weg.« Er sagte es nicht unfreundlich, sondern eher, als würde er damit eine wichtige Aufgabe erfüllen.

Agatha legte den Kopf schief und musterte ihn. Er war zwar ein ganzes Stück größer als sie, aber sicher nicht viel älter. Möglicherweise drei Jahre oder auch fünf oder sieben. »Was machst du hier?«

»Ich arbeite hier.« Jetzt klang er stolz. »Ich kümmere mich um sie.« Er deutete auf die Elefanten.

Agatha machte große Augen. »Du ganz allein?«

Er lachte und zeigte zwei Reihen weißer Zähne. »Wer denn sonst noch? Damit komme ich schon klar. Sie sind liebe Tiere und laufen niemals weg. Emma ist so alt, man muss sie antreiben, wenn sie sich bewegen soll.«

»Was tust du denn dann überhaupt? Wenn sie ohnehin hierbleiben?«

»Sie füttern, ausmisten und darauf achten, dass ihnen niemand zu nahekommt. Nachher hält Emma deinen Arm für etwas Essbares und schlingt ihren Rüssel darum. Der ist ziemlich kräftig.«

Nun erschrak Agatha im Nachhinein, bemühte sich aber, das nicht zu zeigen. »Wie heißt du?«

»Jeevan. Und du?«

»Agatha.« Sie streckte eine Hand aus.

Jeevan trat an das Seil, griff danach und schüttelte sie. Agatha betrachtete aufmerksam seine Finger, die neben ihren so dunkel aussahen.

»Bist du ein Akrobat?« Sie deutete in Richtung Zelt. Sie konnte sich Jeevan aber auch als Prinzen auf einem schwarzen Pferd vorstellen, mit einer Weste aus Rot und Gold und einer ebensolchen Kappe.

»Nein, ich passe nur auf die Elefanten auf und auf meine kleine Schwester. Sie ist hinten bei den Wohnwagen.« Er deutete über die Schulter.

»Agatha!«

Papas Stimme hinter ihr klang bestimmend. Ertappt trat sie einen Schritt zurück und drehte sich zu ihm um. Er deutete auf das Zelt. »Na dann mal weiter, mein Kind, oder möchtest du die Vorstellung etwa verpassen?« Jeevan ignorierte er, aber das meinte er nicht böse.

Hastig schüttelte sie den Kopf, obwohl sie den Gedanken, hierzubleiben und die Elefanten später bis zur Manege zu begleiten, sehr aufregend fand. So aber lief sie neben ihrem Papa her, drehte sich um und winkte Jeevan noch einmal zu. Er winkte zurück, zog die Mütze vom Kopf und verbeugte sich. Agatha kicherte hinter vorgehaltener Hand. Vielleicht war er doch ein Prinz. Ein Prinz in Verkleidung.

Die Vorstellung überwältigte Agatha, und sie wusste gar nicht, wo sie zuerst hinsehen sollte. Ihr Papa hatte ihr Popcorn gekauft, und sie hielt die Tüte fest an ihre Brust gedrückt, während sie in der ersten Reihe saß und sich kaum traute zu blinzeln aus Angst, etwas zu verpassen. Der Zirkusdirektor sah genauso aus, wie sie sich ihn ausgemalt hatte; mit Frack und Zylinder und einem Schnurrbart, der sich an den Enden in die Höhe bog. Als das Orchester ein flottes Stück spielte, erschienen vier Clowns mit weißen Gesichtern, roten Nasen und viel zu großen Hosen und breiteten ein Tuch auf dem Boden der Manege aus, wobei sie immer wieder stolperten, Schuhe verloren, sich überschlugen oder gegenseitig schubsten. Anschließend wechselte die Musik, und eine Frau trat in die Mitte.

Wenn Jeevan ein versteckter Prinz war, musste sie die Prinzessin sein. Unter dem durchsichtigen Kleid glitzerte und glänzte es, und ihr langer dunkler Zopf baumelte ihr über den Rücken. Auf dem Kopf trug sie zwar keine Krone, aber eine goldbestickte Haube. Sie tanzte, warf die Beine in die Höhe und lächelte dabei so charmant, als wäre es die natürlichste Sache der Welt, sich so zu bewegen. Agatha hielt den Atem an, während sie den Wirbeln und Sprüngen zusah, und dennoch schielte sie immer wieder zu dem dicken roten Vorhang an der Seite der Manege. Ob die Elefanten bald kamen?

Sie musste noch zwei weitere Nummern warten, bis die drei Grauen endlich Einzug hielten. Über die breiten Stirnen spannten sich glitzernde Schnüre, und das Tier in der Mitte trug einen weißen Kragen um den Hals. Vor ihnen lief ein Mann, dessen Haut noch dunkler war als Jeevans. Sein Frack war ebenso schön wie der des Zirkusdirektors, mit einer breiten, goldenen Borte und Messingknöpfen. Er hielt einen Stock in der einen und eine Peitsche in der anderen Hand, und dann tauchten die Clowns wieder auf, stellten drei riesige Schemel in die Mitte des Runds und verschwanden wieder, wobei sie den Elefanten zuwinkten und über ihre eigenen Füße stolperten.

Der Dompteur rief etwas, ließ die Peitsche knallen, und die Tiere drehten sich um sich selbst. Agatha klatschte entzückt in die Hände, als die Elefanten nach einem weiteren Knall auf die Schemel stiegen. Obwohl der Platz kaum reichte, balancierten sie ihr Gewicht aus und wippten lustig mit den Hinterteilen. Auf einmal stimmte Agatha der Anblick traurig, und sie rieb sich das Gesicht, als würde das Gefühl so wieder verschwinden. Draußen bei Jeevan hatten die Elefanten stark und erhaben ausgesehen. Völlig unbeeindruckt von der Welt um sie herum. Jetzt lachte das Publikum über sie und ihre Posen. Aber Agatha konnte nicht mehr mitlachen. Obwohl sie diese Darbietung so innig herbeigesehnt hatte, betete sie nun, sie würde schnell enden, damit die Tiere wieder zurück zu ihrem Heu und zu Jeevan gehen konnten. Auch wenn sie sich wiegten und die Rüssel schwenkten, konnte sich Agatha nicht vorstellen, dass sie wirklich Spaß daran hatten. Womöglich konnte sie später Jeevan dazu befragen, wenn sie ihn noch einmal sah.

Sie fand ihn in der Pause. Ihr Papa hatte erlaubt, dass sie die Elefanten noch einmal besuchte, während er am Eingang stand und eine Zigarette aus seinem Silberetui rauchte. Agatha drängte sich in der Menge vorwärts und stellte sich immer wieder auf die Zehenspitzen, um mehr zu erkennen. Irgendwann hatte sie die großen grauen Köpfe der Elefanten entdeckt und war ganz aufgeregt geworden.

Hier draußen fühlte sie sich sehr erwachsen, da sie allein den Weg zu ihrem Gehege hinabging.

Jeevan schaufelte ihnen soeben frisches Heu vor die Rüssel. Eines der Tiere tastete ihn damit ab, und er drückte es mit einem Lachen beiseite. Seine Mütze baumelte an einer der Metallstangen, und sein dichtes Haar glänzte.

Agatha lief schneller. »Jeevan«, rief sie.

Er hob den Kopf, wischte sich über die Stirn und blinzelte. »Miss Agatha. Hast du die Nase schon voll vom Zirkus?«

»Nein, aber ich wollte nach ihnen sehen.« Sie nickte in Richtung der Elefanten. Man hatte ihnen den Stirnschmuck abgenommen. »Geht es ihnen gut?«

Jeevan wirkte verwundert, dann stellte er die Heugabel beiseite, tätschelte ein gigantisches Bein und schob sich zwischen zwei Tieren zu ihr durch. »Aber ja. Warum fragst du?«

»Weil sie auf diesen kleinen Schemeln balancieren mussten.«

Er lachte. »Mach dir keine Sorgen. Sie sind im Zirkus aufgewachsen, alle drei. Sie kennen das nicht anders.«

»Also machen sie das gern?«

Er zögerte. »Möchtest du mir helfen, sie zu füttern?«

Agatha kniff die Augen zusammen. Sie wusste, dass Menschen manchmal absichtlich nicht auf Fragen antworteten, und das bedeutete meist, dass die Antwort nicht schön war. Aber sie hatte dank ihres Bruders gelernt, hartnäckig zu sein. »Wollen sie denn überhaupt zu den Vorstellungen in der Manege gehen?«

Jeevan verschränkte die Hände im Nacken und streckte die Schultern durch. »Warum sollte ein Elefant auf einen Schemel steigen wollen, der viel zu winzig für ihn ist? Normalerweise würde er nicht einmal freiwillig in ein Zelt voller Menschen laufen. Aber man hat sie von klein auf daran gewöhnt.«

»Haben sie Angst?« Die Tiere taten Agatha leid. Als Jeevan den Kopf schüttelte, war sie von ganzem Herzen erleichtert.

»Nein, sie haben keine Angst, nicht nach all den Jahren. Sie wissen, wenn sie da reingehen und ihre Kunststücke machen, dann haben sie hinterher ihre Ruhe.«

»Und woher weißt du das? Dass sie das wissen?«

Er lachte. »Miss Agatha, du bist der neugierigste Mensch, den ich jemals getroffen habe. Willst du mir nun helfen oder nicht?«

Agatha drehte sich um und warf einen Blick zurück zum Zelteingang, dann nickte sie und kletterte unter dem Seil hindurch, das Jeevan für sie hochhielt. Sie lud frisches Heu auf ihre Arme und legte es einem der Tiere vor die Beine.

»Das ist Ember«, sagte Jeevan und tätschelte ihre Flanke. »Sie ist die liebste von allen, aber auch sehr neugierig. Hier, du kannst sie gern streicheln. Das neben ihr ist Emmanuel, ihr Sohn, und das da ist unsere Emma.«

»Ember, Emmanuel und Emma«, murmelte Agatha und ließ die Finger über die runzelige Haut gleiten. Embers Rüssel legte sich auf ihre Schulter, und sie sprang erschrocken zurück, nur um dann zu lachen – laut und ohne die Hand vor den Mund zu halten. Hier sah sie schließlich nur Jeevan. Anschließend trug sie Heu zu den beiden anderen und war stolz, dass sie dieses Mal stehen blieb, als Ember mit dem Rüssel über ihren Kopf tastete. Sie sah hoch und direkt in die dunklen Augen des Tiers. »Sie sieht so lieb aus.«

»Das ist sie.« Jeevan lächelte und wirkte plötzlich wieder wie jemand, der ein Geheimnis hatte.

»Arbeiten deine Eltern auch hier?« Agatha pflückte sich Halme aus den Haaren und versuchte, ihre Frisur zu glätten.

Jeevan sah zu Boden und schob Heu mit einem Fuß zusammen. »Mein Vater hat es getan, früher, aber er ist bei einem Unfall gestorben.«

Agatha riss die Augen auf. Wie schrecklich! »Und deine Mama?«

Er lächelte, sah dabei aber nicht fröhlich aus. Ein Gong schallte durch die Luft, und die Geräusche änderten sich augenblicklich. Agatha sah noch einmal zum Zelt: In die Leute dort kam Bewegung. Ihr Vater winkte sie energisch zu sich. »Ich muss zurück, mein Papa wartet auf mich.«

»Ja, besser, du beeilst dich.«

Dabei wollte sie nicht weg. Sie wollte weiter mit Jeevan reden und alles über die Elefanten und ihn erfahren. Es tat ihr leid, dass sein Vater nicht mehr lebte, aber es musste trotzdem spannend sein, in einem Zirkus zu arbeiten. Ob er auch einen Wohnwagen besaß und mit allen anderen durch die Gegend zog? Wo ging er zur Schule? Es gab noch so viele Dinge, die sie ihn fragen musste! Aber das war fast unmöglich; sie durfte nicht allein herkommen.

»Wie lange seid ihr noch hier?«, fragte sie rasch.

»Die Vorstellungen laufen noch eine Woche, dann wird abgebaut.«

Es gongte ein zweites Mal. Agatha zögerte. »Wenn ich dir schreibe, schreibst du zurück?« Langsam lief sie rückwärts. »Wenn jemand einen Brief hier abgibt, würdest du den dann überhaupt erhalten?« Die Idee war ihr spontan gekommen, denn sie war bereits sehr gut im Schreiben. Ihre Handschrift war ordentlich und gleichmäßig.

Er hob die Brauen und lächelte. »Wenn mein Name darauf steht, vermutlich schon.«

»Und wie buchstabiere ich den?«

Er sagte es ihr, und dann war sie auch schon auf dem Weg zurück zum Zelt – so schnell sie konnte, ohne zu rennen. Sie winkte Jeevan, ohne sich noch einmal umzublicken. Ihr Papa sah ihr entgegen, ungeduldig und ohne das breite Lächeln, über das sie sich auf dem Weg hierher noch gefreut hatte. Sie war keine gute Tochter gewesen und hatte ihn warten lassen. Das tat ihr leid. Aber sie wusste, dass sie ihm besser nichts von Jeevan erzählen sollte. Also berichtete sie lediglich von den Elefanten und dass sie einen hatte füttern dürfen, während er sie durch das bereits fast leere Vorzelt schob.

In der zweiten Hälfte der Vorstellung war sie mit den Gedanken noch immer in der Pause, obwohl unter anderem sieben weiße Pferde durch die Manege galoppierten. Vermutlich schickte es sich nicht, dass sie Jeevan gefragt hatte, ob sie ihm schreiben konnte, aber das war ihr egal. Sie wollte noch so vieles wissen, und sie wollte das alles von jemandem erfahren, der in dieser verzauberten Zirkuswelt lebte. Dieses Mal würde es ihr nicht reichen, Dinge in einem Buch zu lesen. Sie würde Jeevan schreiben, morgen schon. Vielleicht würde er ihr ja sein Geheimnis erzählen.

Zehn Jahre später

Agathas Riemchenschuhe klackten auf den Stufen, und das Geräusch mischte sich mit der Musik aus dem Haus, die hier nur verhalten zu hören war. Sie lief langsamer und legte die kühlen Fingerspitzen auf ihre Wangen, als sie ihre Mutter sah, die an den Rosenbeeten entlangschlenderte. Jetzt, im November, erinnerten sie an Skelette. Vermutlich machte sich Mama in Gedanken Notizen für den Gärtner und seine Arbeit für das kommende Jahr. Der Garten sei eines ihrer Steckenpferde, pflegte sie zu sagen, allerdings hatte Agatha noch nie gesehen, dass sich Linda Ford selbst hingekniet und in der Erde gegraben hatte. Ihre Aufgabe bestand in der Planung, in der Ausarbeitung der Anlage in Gedanken und auf dem Papier, damit Mr. Mercer, der Gärtner mit den Sonnenfalten im Gesicht, alles so in Form bringen konnte, wie sie es sich wünschte. Mitunter verbrachte ihre Mutter mehr Stunden mit ihm als mit ihrem Ehemann. Aber das war nicht immer ihre Schuld. George Fords Textilunternehmen hielt ihn davon ab, viel Zeit in Birch House zu verbringen.

Alle, die geglaubt hatten, dass der Krieg ihn und seine Geschäfte zurückwerfen würde, hatten sich getäuscht. Er hatte seine Maschinen und die Firma hartnäckig am Leben erhalten und bereits mit dem Ende der zweiten Angriffswelle auf London vor zwei Jahren – noch vor der darauffolgenden bedingungslosen Kapitulation der Wehrmacht – begonnen, die Weichen für die Zeit zu stellen, in der London den Wiederaufbau plante.

Agatha war seit Beginn des Kriegs nicht mehr in der Hauptstadt gewesen, aber ihr Papa hatte erzählt, dass manche Gegenden noch immer so aussahen, wie die Bomben sie zurückgelassen hatten. Trotzdem setzte man alles daran, die Gebäude und Straßenzüge wiederherzustellen – nicht zuletzt für die Olympischen Sommerspiele, die im kommenden Jahr dort stattfinden sollten. Laut Agathas Vater waren viele Geschäftsleute gegen die große Veranstaltung, da sie zusätzliche Finanzprobleme schaffen und die Aufmerksamkeit von den Dingen ablenken würde, die viele für wichtiger hielten. Aber da sich König George dafür aussprach, mit der Begründung, dass die Spiele den Wiederaufbau fördern würden und das Internationale Olympische Komitee im vergangenen Jahr London als Austragungsort gewählt hatte, gab es daran nichts zu rütteln.

Agathas Herz kribbelte allein bei dem Gedanken vor Aufregung. Bald würde sie die große Stadt wieder besuchen! Bisher hatte sie sich gescheut. Sie wollte die Schutthaufen nicht sehen, die zuvor alte, ehrwürdige Gebäude gewesen waren. Hier draußen, außerhalb von Witney, waren sie zum Glück von den Angriffen verschont geblieben. Aber sie erinnerte sich nur zu gut an die Flugzeuge, die gekommen waren, um das Land zu bombardieren, an den unterschwelligen Brandgeruch, den sie sich laut ihrer Mutter stets nur eingebildet hatte, oder an die Reihen der Kinder, die mit Gasmasken zur Schule gingen. Das alles hatte sich kurz vor der Niederlage der Deutschen geändert, als der Union Jack an vielen Fenstern flatterte.

Besonders gut war ihr die Nacht im Gedächtnis geblieben, in der die Menschen auf den Straßen gesungen und gefeiert hatten. Agatha war an ihr Fenster getreten und hatte es geöffnet, um Teil des Ganzen zu werden. In der Ferne sah sie Lichter und Bewegungen, und wenn sie den Atem anhielt, trugen die Rufe einen Anflug von Freude und Hoffnung zu ihr herüber. Über Jahre hinweg war sie froh gewesen, dass ihr Zuhause fernab des Orts lag und sie sich stets vorstellen konnte, unsichtbar und daher sicher zu sein. Doch in jener Nacht hatte sie sich gewünscht, mit den Dorfbewohnern zu tanzen. Inmitten der Menschen zu spüren, dass alle Dinge wieder an ihren Platz rücken würden. In diesen Stunden durfte sie in ihrem Nachtgewand vor dem Fernseher sitzen und beobachten, wie das Land langsam aufatmete. Die Menschen in der Übertragung standen in den Straßen oder vor Häusern und wirkten noch immer verschreckt. Viele hatten die Schultern hoch- oder die Köpfe eingezogen, manche blickten wieder und wieder zum Himmel, so als trauten sie den guten Nachrichten nicht. Aber sie lächelten, sie umarmten sich, klopften sich auf den Rücken. Es sah aus, als wollten sie sich gegenseitig Mut machen und sich vergewissern, dass der lange Schrecken wirklich vorbei war.

Agathas Vater war am nächsten Tag nach London gefahren und hatte bei seiner Rückkehr erzählt, wie die Menge vor dem Buckingham Palast gefeiert hätte. Ihre Haushälterin Mrs. Willis buk Kuchen und bereitete Sandwiches zu, und im Anschluss stellten sie, Agatha und ihre Mutter, Tische und Stühle auf dem Rasen vor Birch House auf und hießen die Menschen der Umgebung willkommen. Einige der weitläufigen Nachbarn folgten dem Beispiel. Diesen Tag hatte Agatha als einen der schönsten der vergangenen Jahre in Erinnerung. Er war voller Lächeln und voll des Duftes des Gebäcks, angefüllt mit Hoffnung, strahlenden Gesichtern und dem Wissen, dass die graue Decke des Kriegs endlich verschwunden war und sich alles, was darunter so viele Jahre nicht hatte atmen können, wieder erholen würde.

Um den Tag zum allerschönsten in ihrem Leben zu machen, hatte Jeevan gefehlt. Agatha wusste nicht mehr, wie oft sie sich in den Kriegszeiten um ihn und seine Schwester Malati gesorgt hatte. Mitunter war über Monate keine Nachricht von ihm eingetroffen. Aber auch das gehörte nun der Vergangenheit an, und heute war ein Jubeltag. Agatha zupfte rasch ihren Kragen zurecht. Jeevan hatte geschrieben, und Mrs. Willis hatte Agatha den Brief draußen zugesteckt – sie musste auf ihrem Weg zum Markt auf den Postboten getroffen sein.

Agatha hatte den Umschlag auf dem Weg zum Haus fest an ihre Brust gedrückt, um ihn in aller Ruhe in ihrem Zimmer zu lesen. Jetzt ließ sie die Hand sinken und versteckte ihn in den Falten ihres Rocks, während sie sich ihrer Mutter näherte.

»Agatha.« Linda Ford musterte ihre Tochter. Obwohl ihr Gesicht zu zart schien für negative Regungen, huschte ein Anflug von Missfallen darüber. Natürlich, sie hatte sie rennen sehen. Gerade dann, wenn sie Dinge nicht mitbekommen sollte, entwickelte sie ein vorzügliches Gehör und noch schärfere Augen. Agatha strich sich eine dunkle Locke über die Schulter zurück. Früher hatte ihr das manchmal so widerspenstige Haar Sorgen bereitet, inzwischen war sie froh darüber. Wo sich andere junge Frauen der Mode gemäß mühsam Locken für ihre Frisur zaubern mussten, brachte sie die nötige Fülle von Natur aus mit. Sie trug einen Teil am Oberkopf eingedreht und hatte ein eierschalenfarbenes Tuch darum geschlungen, der Rest fiel ihr locker auf den Rücken.

»Was ist denn so wichtig?«

Die Stimme ihrer Mutter war leise. Manche Leute machten den Fehler, das zusammen mit Lindas zartem Äußeren zu unterschätzen. Agatha hatte schon früh gelernt, auf den scharfen Unterton zu achten und so Konsequenzen zu vermeiden. Im Grunde hielt Linda im Haus die Fäden in der Hand, weil ihr Ehemann meist von Ford Birmingham in

Beschlag genommen wurde und keine Lust hatte, sich hier um Streitigkeiten oder Probleme zu kümmern.

Agatha richtete sich etwas weiter auf – eine gute Haltung war stets von Vorteil – und glättete ihr Kleid. »Nichts, Mama. Ich wollte nur auf mein Zimmer.«

»Bei deiner Energie sollte ich dich noch ein wenig in den Garten schicken. Nicht dass drinnen etwas zu Bruch geht. Allerdings musst du dich umziehen. Mrs. Marlowe wird mit Celia in zwei Stunden zum Tee erscheinen, und in diesem aufgelösten Zustand wären wir keine guten Gastgeberinnen. Kümmere dich um dein Haar, es sieht aus, als hättest du es dir seit Stunden gerauft. Und leg um Himmels willen dieses Tuch ab. Du bist doch keine Fabrikarbeiterin, die ihre Frisur zusammenhalten oder verstecken muss. Vielleicht ziehst du das blaue Kleid aus Crêpes de Chine an, das mit dem Spitzenkragen.« Sie zupfte an ihrem Kleid, obwohl es tadellos war: in dezenten Apricottönen gestreift, mit Raffungen an den Schultern sowie einer Knopfleiste im Oberteil. Darüber trug sie eine warme Strickjacke aus Kaschmirwolle. Agathas Mutter fühlte sich nur wohl, wenn sie sich für jeden Besuch umkleidete. Dasselbe verlangte sie von ihrer Tochter.

»Natürlich, Mama. Ich werde rechtzeitig im Salon sein.«

Ihre Mutter nickte, wandte sich wieder um, und Agatha war entlassen.

Jetzt hieß es, das letzte Stück zum Haus in vorbildlicher Langsamkeit zurückzulegen. Sie dachte an die Benimmstunden bei der schrecklichen Miss Wendall vor vielen Jahren, die stets nur Schwarz getragen und Agatha in den Wahnsinn getrieben hatte.

Insgeheim verdrehte sie die Augen. Manchmal glaubte sie, ihre Mutter wollte sie in der Vergangenheit festhalten, indem sie aus ihr eine junge Frau machte, die stets adrett aussah und ausschließlich Dinge lernte, die im Haushalt und allerhöchstens im Garten nützlich waren. Aber sie wusste auch, dass Linda Ford auf diese Weise den Krieg überstanden hatte: indem sie vieles ausblendete und sich hier in Birch House ihre eigene kleine Welt erhielt. Seit der Schrecken vorbei war, gab sie sich, als würde es andauernde Rationalisierungen, Sparmaßnahmen und einen beinahe bankrotten Staat nicht geben. Sie redete ebenso selbstverständlich von Pralinen wie von der neuesten Couture aus Paris, dem Modedesigner Christian Dior und der Tatsache, dass die Ära der zweckmäßigen Kleider nun *dem Himmel sei Dank* vorbei sei.

Agatha nutzte den Seiteneingang und beschleunigte ihre Schritte, kaum dass die Tür hinter ihr zugefallen war. Kurz darauf betrat sie ihr Zimmer, warf einen Blick in den hohen Spiegel – ihr Haar sah so aus wie immer, keine Spur davon, dass sie es gerauft haben könnte – und ließ sich in den Sessel am Fenster fallen. Von hier überblickte sie einen Teil des Gartens und sah in der Ferne, am Rand des Anwesens, ein Stück der Straße. Manchmal saß sie hier und beobachtete die Gegend, wartete, bis sich ein Fahrzeug näherte oder ein Fußgänger. Aber jetzt hatte sie kaum mehr einen Blick übrig für die Welt dort draußen. Sie zog den Brief hervor und hielt ihre Neugier im Zaum, um ihn nicht aufzureißen und damit die kostbare Handschrift auf dem Umschlag zu zerstören.

Es war nur ein Blatt darin. Aber Jeevans Schrift war klein, und er ließ nicht viel Platz, sodass er auf diesem einen Bogen so viel unterbrachte wie sie auf dreien. Agatha überflog die Zeilen hastig, so wie sie es stets bei seinen Briefen tat.

Im ersten Durchgang war sie so begierig, alles zu erfahren, dass sie die Sätze verschlang. Erst im zweiten fand sie die nötige Geduld, um wirklich Wort für Wort zu lesen und sich seine Stimme dabei vorzustellen.

Sie hatte Jeevan zum letzten Mal vor über sechs Monaten gesehen, als der *Chipperfield Circus* am Rande von Oxford gastierte. Ihre Eltern hatten ihr erlaubt, zusammen mit ihrer Freundin Isabelle und deren Hauslehrerin eine Vorstellung zu besuchen, auch wenn sie der Meinung waren, dass Agatha mittlerweile zu alt sei, um Tiere und Akrobaten zu bestaunen. Letztlich hatten sie ihr dennoch sogar genug Geld mitgegeben, um sich Süßes und Limonade zu kaufen, da das in Agathas Augen einfach zu einem Zirkusbesuch dazugehörte.

Sie hatte das Geld genutzt, um stattdessen Isabelle und Mrs. Stenman zu versorgen, während sie selbst sich in der Pause nach hinten auf das Gelände stahl, um Jeevan zu treffen.

Nach all den Jahren war er noch immer ihr Prinz, der aus seiner fremden, mystischen Heimat in das kühle England gekommen war. Aber die wirkliche Magie lag darin, dass sie den Kontakt über all die Jahre hatten halten können und dass Agathas Eltern nichts davon wussten. Sie war sich nicht sicher, ob sie es unterbunden hätten, schließlich handelte es sich lediglich um Briefe und in seltenen Fällen um ein hastiges Treffen. Aber es wäre auf keinen Fall standesgemäß gewesen. Nicht dass jemals etwas zwischen ihr und Jeevan geschehen wäre. In all den Jahren hatte er nicht einmal eine Andeutung gemacht. Manchmal grübelte Agatha darüber, ob sie sich mehr von ihm erhoffte, ihre Hand in seiner oder gar einen Kuss. Aber sie unterband diese Gedanken jedes Mal rasch wieder. Ihre Freundschaft war zu wichtig, um sie wegen einer dummen Liebelei zu gefährden.

Jetzt lächelte sie, als sie die vertrauten Schwünge und Bögen der Buchstaben betrachtete, stutzte, brach ihre Gewohnheit, den Brief zunächst einmal in seiner Gänze zu überfliegen, und las die zweite Hälfte der Vorderseite noch einmal.

Jeevan hatte den Zirkus verlassen.

Ich habe durch einen Herrn, der ein häufiger Besucher war und sich sehr für die Abläufe hier bei Chipperfield interessiert hat, das Angebot erhalten, in einem Laden in London zu arbeiten – und ich habe angenommen! Vor allem für Malati. Das Leben in unserem kleinen Wohnwagen ist schon lange nichts mehr für sie, und ich hoffe sehr, in London den Weg in eine Zukunft zu finden, die ihr mehr bietet.

Agathas Herz schlug schneller. London! Die Hauptstadt war zwar noch immer viele Meilen entfernt, aber ihr Vater reiste oft dorthin. Sicher würde es möglich sein, bei einem Besuch das Geschäft aufzusuchen, in dem Jeevan arbeitete. Vor allem wäre er endlich dauerhaft an einem Ort.

Vor lauter Aufregung erhob sie sich und lief in ihrem Zimmer auf und ab, während ihr Blick über die Zeilen auf der Rückseite huschte. Jeevan erzählte ihr von den Tagen, in denen er in London eine Unterkunft gesucht hatte, von der, die er gefunden hatte, und dass er sein Zimmer mit neun anderen Männern teilte, aber immerhin wusste, dass Malati nur ein Stockwerk über ihm schlief.

Ich bin von ganzem Herzen dankbar, dass ich für meine Schwester eine Bleibe gefunden habe, in der sie sicher ist und es warm hat. Ich hätte zur Not vielleicht hinten im Laden schlafen können, das macht mir nichts aus. Es war nicht einfach, gerade jetzt, nach diesem schrecklichen Krieg. Noch so mancher scheint in dieser Stadt herumzuirren auf der Suche nach einer Bleibe für die Nacht und einem warmen Kohleofen. Aber mein Boss, Mr. Ludlow, ist mein persönlicher Engel und hat mich Mrs. Whitecliff empfohlen, der Herrin unserer Herberge. Sie hat lediglich die Bezahlung für eine Woche im Voraus haben wollen.

Im allerletzten Satz, bevor er sich verabschiedete und ihr nur das Beste wünschte, so wie er es stets tat, hatte er seine neue Adresse notiert, an die sie ihre Briefe in Zukunft senden konnte. Sie las die Zeile mehrmals, strich über die Stelle, an der er unterschrieben hatte, und legte den Brief vorsichtig auf der Fensterbank ab. Ihre Gedanken wanderten zu Jeevan und Malati, die bei ihrem letzten Treffen gar nicht mehr so klein, sondern fast eine junge Dame gewesen war. Zudem eine Schönheit mit ihrem langen dunklen Haar und den schimmernden Augen, die stets ein wenig träumerisch blickten.

Agatha stand auf und zog die Kartensammlung aus dem Schrank, die ihr Vater ihr vor vielen Jahren geschenkt hatte, als sie wissen wollte, wohin er reiste, wenn er Birch House verließ. Eines Abends hatte er sich neben sie gesetzt und war mit dem Finger die Hauptstraßen entlanggefahren, die das Gewirr an Linien, Buchstaben und Kreisen wie dicke Adern durchzogen. Es hatte sie neugierig gemacht.

Sie holte die Karte von London hervor und schlug die Legende auf. Wenig später hatte sie die Parfett Street gefunden und runzelte die Stirn. Sie lag im East End. Wenn sie sich richtig erinnerte, hatte Papa erzählt, dass es dort an vielen Stellen noch genau so aussah wie nach dem *Blitz* und dass zu viele Menschen auf zu engem Raum lebten. Sie würde ihn noch einmal fragen müssen, und sie hoffte, dass sie es irgendwie schaffen würde, das East End aufzusuchen. Leider hatte Jeevan ihr nicht verraten, wo sich der Laden befand, in dem er arbeitete, oder was er anbot. Ob er auch etwas mit Tieren zu tun hatte und man Jeevan deshalb angestellt hatte? Vielleicht gehörte der Besitzer zu jenen Menschen, die farbenfrohe Singvögel verkauften. Sie musste Jeevan fragen.

Am besten, sie tat es sofort!

Sie trat erneut ans Fenster. Von ihrer Mutter war nichts zu sehen, und wenn sie nachher rasch eine Katzenwäsche machte, blieb ihr genug Zeit, um die Zeilen zu verfassen. Also zog sie die Schublade ihres Sekretärs auf und nahm Papier und ihren Füllfederhalter heraus. Sie musste nicht lang überlegen, der Anfang ging ihr immer leicht von der Hand. Also schrieb sie Jeevan, wie sehr sie sich über seine Nachricht nach all der Zeit gefreut habe, dass sie hoffe, es ginge ihm und Malati gut, und dass sie froh war über die Nachrichten. Und dann schrieb sie auch schon den Satz, der ihr die ganze Zeit über auf der Seele brannte, auch wenn es womöglich noch zu früh war und sie damit besser hätte warten sollen. Junge, anständige Frauen fielen nicht einfach mit der Tür ins Haus, aber dies war Jeevan, ihr schönstes Geheimnis, ihr Seelenfreund. Er würde es verstehen.

Wenn du in London bist, dann können wir uns viel öfter sehen als bisher! Ich werde meinen Vater bitten, mir möglichst bald einen Besuch in der Hauptstadt zu erlauben.

Sie zögerte, setzte dann ein *Natürlich nur, wenn es dir recht ist* dahinter und fuhr zusammen, als es an der Tür klopfte. Ehe sie etwas sagen konnte, wurde diese aufgerissen, und Leonard stürmte ins Zimmer.

Er blieb stehen, musterte sie, als wunderte er sich, dass sie hier war, und ließ sich auf ihr Bett fallen. Im Gegensatz zu ihr schien er in seinem weinroten Hemd zur Marinehose schon bereit für den Nachmittagstee zu sein. Das dichte dunkle Haar fiel ihm in die Stirn und schmolz den Altersunterschied zwischen ihnen dahin. »Was treibst du da? Solltest du nicht vor dem Spiegel stehen und deine Frisur ordnen oder so? Der Tee wird schon angerichtet, und die Marlowes sind in der Auffahrt.«

»Die Marlowes sind was?« Agatha sprang auf, um vorsichtig das Fenster zu öffnen. Und wirklich hörte sie einen Motor, der kurz darauf erstarb, sowie Stimmen. Wie hatte sie das nicht bemerken können? »O nein. Habe ich noch genug Zeit?«

Leonard zuckte die Schultern. »Keine Ahnung, kommt drauf an.« Ihr Bruder war wie immer keine große Hilfe.

»Ich muss zumindest ein anderes Kleid anziehen, sonst bekomme ich Ärger von Mama.« Jetzt erst bemerkte sie die feinen Dreckspritzer am Saum. »Und meine Haare ausbürsten. Verschwinde, Leo, ich muss mich umziehen, und das rasch.«

Er rollte sich über das Bett auf die andere Seite und sprang dort zurück auf den Boden. »Was hat dich so lange aufgehalten, Schwesterherz?« Er trat an ihren Tisch und wollte soeben die Hand nach dem Brief ausstrecken, dessen Tinte noch trocknete, aber Agatha war schneller. Sie verstellte ihm den Weg und schubste ihn zurück. »Das geht dich rein gar nichts an, Leonard Reginald Thomas Ford!«

Er ließ es sich gefallen und tat gespielt taumelnd einige Schritte. Leo war nicht nur drei Jahre älter als sie, sondern auch einen guten Kopf größer und natürlich breiter in den Schultern. Sie würde ihn niemals aus dem Gleichgewicht bringen können. »Was, schreibst du etwa Liebesbriefe?« Er verzog den Mund zu einem stummen Lachen. Seine hellen braunen Augen blitzten. »Schwesterherz, wirst du etwa gerade rot? Für wen ist der Brief?« Er beugte sich vor, sodass Agatha zurückweichen musste, um aus seiner Reichweite zu gelangen.

Leider hatte er recht, sie wurde wirklich rot. Sie hasste diese verräterische Wärme auf ihren Wangen. »Natürlich erröte ich, weil es Dinge im Leben einer Frau gibt, die sie einfach für sich behalten möchte«, sagte sie. »Und ich schätze es nicht sehr, wenn du deine Nase da hineinsteckst.« Sie nahm die London-Karte sowie Jeevans Brief und legte beides so auf ihr Regal, dass das Kuvert nicht zu sehen war.

Leonard streckte eine Hand aus, bog die Finger und fauchte wie eine Katze. Im nächsten Moment verschwand er lachend auf dem Gang. Verärgert warf Agatha die Tür hinter ihm zu, öffnete ihren Kleiderschrank und verstaute den angefangenen Brief darin. Zwar traute sie Leo nicht zu, in ihrer Abwesenheit hier herumzuschnüffeln, aber sicher war sicher. Sie legte die Fingerspitzen an den Hals und spürte ihren Puls pochen. Ihre Haut war warm.

Für wen ist der Brief?

Allein die Erinnerung an den anzüglichen Ton machte sie wütend. Wenn Leo *an solche Dinge* dachte, dann lag er so falsch, dass sie ihm am liebsten hinterhergerannt und es ihm an den Kopf geworfen hätte. Das zwischen Jeevan und ihr war eine Freundschaft – die beste, die sie sich vorstellen konnte, aber nichts weiter. Sie respektierten sich gegenseitig zu sehr, und Agatha würde niemals zulassen, dass etwas dieses wundervolle Band zwischen ihnen zerstörte.

6

Agatha rührte in ihrer Teetasse und versuchte, sich zu erinnern, wann ihre Bewunderung für Celia Marlowe nachgelassen hatte. Es war nicht so, dass sie die junge Dame nicht mochte – nicht junge Frau; Celia war eine Dame durch und durch. Aber der Drang, die um ein Jahr ältere Freundin zu vergöttern und all das sein und tun zu wollen, was Celia ihr vorgab, hatte deutlich nachgelassen. Vielleicht war das ein Teil des Erwachsenwerdens. Vielleicht liebte Celia auch einfach dieses Leben, das ihre Mutter für sie gewählt hatte und das so sehr mit Linda Fords Vorstellungen übereinstimmte, und daher entfernten sie und Agatha sich immer mehr voneinander.

In den Jahren des Kriegs war Celia neben Isabelle oft Agathas einzige Freundin gewesen, und eine lange Zeit auch ihr großes Vorbild. Sie war nicht schön im eigentlichen Sinne, besaß aber das Talent, sich interessant und geheimnisvoll zu geben, sodass der schiefe Mund und die ungleich großen Augen plötzlich unwichtig erschienen. Ihre Eltern gehörten zum alten Landadel. Obwohl Birch House sich nicht verstecken musste, war Agatha das Heim der Marlowes stets wie ein kleines Schloss vorgekommen mit seinen Erkern, den Türmchen, zahlreichen Nebengebäuden und endlosen Stallungen. Die Pferde hatten es Agatha besonders angetan, als sie noch ein Kind gewesen war. Sie hatte sich vorgestellt, mit wehenden Kleidern auf dem Rücken eines Rappen davonzureiten, immer dem Wind hinterher, bis sie das exotische Indien erreichte, aus dem Jeevans und Malatis Eltern stammten.

Ihrer Mutter war der Kontakt zu Gleichaltrigen wichtig, und sie hatte darauf geachtet, dass sich die Mädchen regelmäßig trafen. Celia hatte Agatha beigebracht, wie man sich die Haare machte oder Make-up auflegte. Sie waren beide auf die Magdalen College School in Oxford gegangen, wenn auch in verschiedene Klassen, und hatten in den Pausen gemeinsam auf dem Schulhof gekichert. Jahre später hatten sie durch Zeitschriften geblättert und die Bilder von Ava Gardner und Veronica Lake bewundert. Für die Freizeit waren das wundervolle Zerstreuungen, und auch Agatha konnte sich der Faszination der Mode nicht entziehen. Sie sah nur nicht, wie sie Kleider und gesellschaftliche Veranstaltungen zu ihrem Lebensmittelpunkt machen konnte.

Celia hatte genau das getan, und sie schien äußerst glücklich damit. Agatha freute sich für sie, aber Celias Weg war nicht mehr der ihre. Das kleine Mädchen, das seiner Freundin so gern hinterhergestolpert war, hatte eine andere Abzweigung gewählt.

»Pa sagt, dass man versucht, manche Bereiche in der Stadt schnell wieder herzurichten«, sagte Celia und stellte ihre Tasse so lautlos wieder ab, wie sie am Tee genippt hatte. Das weißblonde Haar fiel in perfekten Innenwellen auf die Schultern. »Der ganze Schutt wird vorläufig in angrenzende Stadtteile gebracht, bis er für den Wiederaufbau mancher Gebäude gebraucht wird.«

Die Stadt war London, und Celia und ihre Mutter hatten vor, bereits in den kommenden Wochen dorthin zu fahren. Agatha versuchte, ihre Unruhe zu verbergen. Ob sie sich anschließen konnte?

»Aber das ist doch wahnsinnig viel zusätzliche Arbeit«, sagte sie, legte ihren Löffel ab und strich über den marineblauen Stoff ihres Kleids. Mit seiner Zierreihe aus cremefarbenen Knöpfen sowie dem Gürtel in derselben Farbe konnte es mit den Outfits von Celia und ihrer Mutter mithalten. »Warum lässt man den Schutt nicht einfach, wo er ist, bis man ihn braucht?«

Celia schenkte ihr ein herzliches Lächeln. »Weil London an manchen Ecken wieder vorzeigbar werden muss. Nicht nur für die Olympischen Spiele, sondern auch, damit das Leben zurückkehrt. Eine Stadt ist nur dann eine Stadt, wenn die Bürger sie als solche nutzen. Es wird allen guttun, wenn wir wieder etwas Normalität hineinbringen. Und so, wie es jetzt dort aussieht, wird sicher keine Weihnachtsstimmung aufkommen.«

Beide Mütter nickten, und Agatha tat es ihnen gleich. Trotzdem kam sie nicht umhin, sich zu fragen, wie normal Feste, geschmückte Tannenbäume und Kunstveranstaltungen derzeit sein konnten. Die widersprüchlichen Stimmen zur Lage in der Hauptstadt und zu den besten Maßnahmen zum Wiederaufbau verwirrten sie. Bei allem konnte sie aber erst mitreden, wenn sie es mit eigenen Augen gesehen hatte.

»Und du, Agatha?« Mrs. Marlowe lächelte sie an. »Wie sehen deine Pläne aus? Ich nehme doch an«, sagte sie zu Agathas Mutter, »dass die Welt der jungen Damen bald endlich wieder so ist, wie sie sein sollte.«

»Du hast so recht.« Agathas Mutter seufzte leise. »Das wünsche ich für uns alle. Es wäre eine große Hilfe für Mrs. Willis, wenn sie sämtliche Zutaten wieder im Ort kaufen und sich nicht permanent in ihren Planungen einschränken müsste. Aber am meisten freue ich mich, endlich wieder nach Paris zu reisen. Wie habe ich das Flair dort vermisst.«

»Zum Glück steht es noch«, sagte Agatha, ehe sie sich den Mund mit der Serviette betupfte. »Hitler wollte Paris beim Abzug seiner Truppen zerstören lassen. Die Sprengladungen waren bereits angebracht. Man hätte lediglich den Auslöser drücken müssen!«

Auf ihre Worte folgte eine kurze, aber haarscharfe Stille, und sie erkannte ihren Fehler augenblicklich: Der Krieg war vorbei, und mit ihm seine Entbehrungen. Niemand am Tisch wollte darüber reden.

»Woher hast du nur immer diese Informationen?« Celia lachte und zwinkerte ihr zu. Die Stimmung entspannte sich wieder, und Agatha lächelte dankbar.

Von ihrem Vater, aber sie wollte ihn nicht bei ihrer Mutter in Schwierigkeiten bringen. »Stellt euch nur vor – Paris ohne den Eiffelturm oder Notre-Dame oder all die schönen Brücken.« Das Thema war sicheres Terrain.

»Nicht auszudenken«, sagte Mrs. Marlowe und stellte ihre Tasse ab. »Meine liebe Agatha. Du bist zwar ein Jahr jünger als Celia, aber auch du solltest dich in der Gesellschaft blicken lassen.«

Agatha lächelte. Derartige Verpflichtungen in London wären die ideale Ausrede, um Jeevan zu treffen. Doch ihre Mutter schüttelte wie erwartet den Kopf. »Was George von seinen Geschäftsreisen berichtet, ist mir einfach noch zu unsicher.«

Agathas Herz zog sich ein Stück zusammen. So gern ihre Mutter sie auch in der schillernden Welt der Londoner Gesellschaft sehen wollte, die sich noch vor vielem anderen aus den Trümmern erhob – ihr Drang, alles zu ignorieren, was mit dem Krieg zusammenhing, war größer.

Celia beugte sich zur Seite und legte ihre Hand auf Agathas. »Was wirst du nur die ganze Zeit allein hier anstellen? Oder hast du vor, den Herren der umliegenden großen Häuser die Köpfe zu verdrehen?«

Agatha lachte leise. »Damit skandalöse Geschichten auf dich warten, wenn du wiederkommst? Tut mir leid, da muss ich dich enttäuschen. Ich habe mir vorgenommen, meinem Vater ein wenig zur Hand zu gehen.«

»Inwiefern?« Gleich zwei Stirnen legten sich in Falten.

»Ich kümmere mich um seine Papiere. Nichts Großartiges. Ich ordne sie für den Buchhalter vor, kontrolliere die Einträge, all so etwas. Es ist … spannend.«

Aus der Richtung ihrer Mutter kam ein kaum hörbarer Laut der Missbilligung, und Celia hob eine Augenbraue. »Spannend? Agatha, ich glaube, ich kann dich in der kommenden Saison wirklich nicht allein lassen. Du wirst ein wenig wunderlich.«

Agatha nahm sich ein Gebäckstück mit Puderzucker. So war sie beschäftigt, da sie beim Verzehr auf ihr Kleid achten musste. Sie wusste, ihre Mutter missbilligte die Tatsache, dass sie Einblicke in Ford Birmingham erhalten wollte. Ihr Vater ließ sie gewähren, auch wenn sie nicht glaubte, dass er ernsthaft erachtete, ihr eines Tages eine Aufgabe dort zu überlassen. Dafür war Leonard zuständig, der die Firma erben würde und sich bereits jetzt mit einigen Details befasste. Selbst heute hatte er es unter dem Vorwand, sich noch in die Geschäftsbücher vertiefen zu müssen, vorzeitig vom Tisch verabschiedet und war nach oben gegangen. Niemand hatte ihn aufgehalten, ihn nicht einmal missbilligend angesehen. Auf einmal wollte sie ihre eigenen Wünsche nicht mehr verstecken müssen. »Vielleicht finde ich später einen interessanten Arbeitsplatz«, sagte sie und ärgerte sich über den schwärmerischen Unterton in ihrer Stimme.

Ihre Mutter sah das anscheinend ähnlich. »Das wirst du nicht müssen.« Es klang streng.

Betont langsam wischte sich Agatha die Fingerspitzen an der Serviette ab. »Ich würde gern einige Länder sehen«, sagte sie bemüht sachlich.

Celia nickte. »Wer weiß, vielleicht nimmt dein zukünftiger Ehemann dich mit auf eine spannende Reise ins Ausland. Vielleicht sogar auf einem Schiff!«

»Ja«, sagte Agatha leise. »Wäre das nicht wundervoll?« Bei ihrem letzten persönlichen Gespräch hatte Jeevan von Schiffen erzählt. Vielmehr von Booten, ausgelegt mit riesigen Tüchern in den schillerndsten Farben, auf denen die Teeblätter Indiens transportiert wurden. Er hatte ihr beschrieben, wie der Wind die Ladung leise rascheln ließ und die Sonne den Fluss in ein Feuermeer verwandelte, sobald sie sich dem Horizont näherte. Agatha wusste, dass er absichtlich übertrieb, um ihr eine Freude zu machen. Wenn sie nun die Augen schloss, würde sie seine Stimme hören und die Wärme darin, mit der er erzählte.

Wie es wohl wäre, mit Jeevan die Kontinente zu bereisen und nicht mit einem Ehemann, den sie erst noch kennenlernen musste? Wenn sie an der Seite ihres guten Freunds war, der sie besser kannte als jeder andere Mensch auf der Welt? Der manchmal wusste, wie sie sich fühlte oder was sie dachte, auch wenn sie selbst es nicht in Worte zu fassen vermochte? Oder wenn …

Nein.

Verärgert über sich selbst, nahm sie noch einen Schluck Tee. Jeevan und sie, das war zu kostbar, um es auf irgendeine Weise zu gefährden. Zwischen ihnen konnte niemals etwas anderes sein.

Die Stimmen am Tisch rissen sie zurück in die Gegenwart. Nur fiel es ihr heute so schwer, die Gespräche zu ertragen!

Als hätte Celia ihre Gedanken gelesen, streckte sie Agatha eine Hand entgegen. »Was sagst du, schlendern wir noch ein wenig durch euren Garten? Die Luft heute ist so wundervoll klar. Das heißt, wenn Sie nichts dagegen haben, Mrs. Ford.«

»Nein nein, geht nur, Mädchen.«

Die beiden erhoben sich und traten kurz darauf, gehüllt in ihre Jerseymäntel, nach draußen. Die Wolkendecke war dicht, aber dünn, und fahles Licht streute sich über die Gegend. Celia hakte sich bei Agatha unter und führte sie weg vom Haus und somit aus der Hörweite aller auf dem Anwesen. Mit jedem Schritt wurde der süße Duft nach Gebäck schwächer. Agatha spürte die wachsende Unruhe der Freundin, als sie auf den Pavillon neben den Beeten zuhielten, und ihr wurde klar, dass Celia nicht nur sie hatte retten wollen. »Was ist los?«

Celia führte sie bis zu der kleinen Bank unter dem Spalier. Dort ließ sie sich fallen und zog Agatha mit sich, ehe sie sich halb zu ihr umdrehte. Ihre blauen Augen blitzten. »Gerard will meinen Vater fragen, ob er mich heiraten darf!«

Agatha war überrascht, freute sich aber mit ihr. Sie hatte Gerard Jenkins nur zweimal getroffen, glaubte aber, dass er genau der Richtige war, um Celia das Leben zu bieten, das sie sich wünschte. »Das ist großartig!« Sie beugte sich vor und umarmte ihre Freundin. »Weißt du schon, wann ihr euch verloben werdet?«

»Wenn alles klappt, in einem Monat. Auf jeden Fall noch vor dem Weihnachtsfest.«

»Du gehst also als vergebene Frau nach London?«

Celia lachte. »Wir werden als Traumpaar des Jahres über die frisch gebohnerten Parkette schweben.« Sie starrte ins Nichts, als würde sie die Szene bereits vor sich sehen. Ihr Gesichtsausdruck bekam etwas Sanftes, Entrücktes. Dann blinzelte sie und zwinkerte Agatha zu. »Ich habe gehört, dass Harold Wilson dir Briefe geschickt hat?«

Agatha spürte einen Stich der Verlegenheit. »Ich habe Harold bereits gesagt, dass ich keinerlei Interesse habe.«

»Ach Agatha, du brichst ihm vielleicht damit das Herz. Der arme Kerl hat zumindest eine Chance verdient, findest du nicht auch?«

»Warum, wenn er doch nicht der passende Mann für mich ist?«

»Wie willst du das wissen, wenn du keine Zeit mit ihm verbracht hast?« Celia runzelte die Stirn, unterließ es aber sofort wieder. Vermutlich war ihr ebenso wie Agatha eingebläut worden, dass auf diese Weise unschöne Falten entstehen konnten.

Die Frage erstaunte Agatha. »Ich habe bei einigen Anlässen Zeit mit ihm verbracht.«

»Das ist schon eine Weile her. Und ihr wart nicht allein.«

»Natürlich waren wir das nicht. Und hätte ich damals den Wunsch verspürt, mit ihm allein zu sein, würde ich ja auch ganz anders darüber denken. Aber er …« Sie zuckte die

Schultern und suchte nach den passenden Worten. »Er war einfach nur ein netter Mensch. Wenn da jemals mehr sein sollte, dann hätte doch bereits die erste Begegnung mit ihm etwas Besonderes sein müssen.«

»Liebes«, sagte Celia und griff nach Agathas Hand, was sie ärgerte. Ihre Freundin hatte jenen Ton angeschlagen, den sie auch Kindern gegenüber nutzte – oder besonders begriffsstutzigen Erwachsenen. »Die große, romantische Liebe auf den ersten Blick ist etwas für die Leinwand, nicht für das echte Leben.«

Agatha zählte innerlich bis drei, um nicht unhöflich zu wirken. Erst dann zog sie langsam ihre Hand zurück. »Davon rede ich ja auch nicht. Aber es muss doch eine Grundlage gegeben sein, wenn mehr daraus werden soll. Bei Harold Wilson hatte ich permanent das Gefühl, zwanghaft Konversation machen zu müssen.«

»Ach Agatha, du …«

»Celia?« Der Ruf dröhnte durch den gesamten Garten. Wenn Mrs. Marlowe wollte, hatte sie ein Organ wie ein Hafenarbeiter. »Celia, wir fahren!«

Celia seufzte. »Ich lasse sie besser nicht lange warten. Demnächst bleibt uns hoffentlich mehr Zeit.«

»Ja«, sagte Agatha und stand auf. »Das wäre schön.«

Die beiden hakten einander unter und machten sich auf den Rückweg. Agatha musste sich zusammenreißen, um kurz darauf neben ihrer Mutter dem Wagen der Marlowes zu winken, bis er von der Auffahrt auf die Straße gebogen war. Äußerlich ruhig, schlüpfte sie in der Diele aus Mantel und Schuhen und machte sich anschließend gemessenen Schrittes auf den Weg in ihr Zimmer, obwohl sie am liebsten gerannt wäre.

Am oberen Treppenabsatz merkte sie, dass etwas nicht stimmte. Dann begriff sie, dass ihre Zimmertür geöffnet war. Dahinter stand Leonard und hielt etwas in den Händen.

Ein scharfer Stich raste durch Agathas Magen und verwandelte sich in ein Brennen, als sie den Briefbogen erkannte. In der nächsten Sekunde war sie bei ihrem Bruder und riss ihm das Papier aus den Händen.

»Was soll das, Leo?« Vor Wut war ihre Stimme lauter als sonst – so laut, dass kurzzeitig ein Hauch schlechten Gewissens durch Leonards Erstaunen blitzte. Agatha versteckte Jeevans Brief hinter ihrem Rücken, auch wenn das jetzt überflüssig war. Wie lange war ihr Bruder bereits hier? Wie viel hatte er gelesen? »Seit wann schnüffelst du in meinen Sachen herum?« Das Brodeln wurde mit jeder Silbe stärker und übertünchte das schreckliche Gefühl, bei etwas Verbotenem erwischt worden zu sein.

Er trat einen Schritt zurück. »Beruhige dich. Das habe ich nicht getan. So gut solltest du mich doch kennen.«

»Woher hast du dann den Brief?«

»Deine Tür war zu, aber er blitzte darunter hervor. Er muss dir heruntergefallen sein, als du das Zimmer verlassen hast. Ich habe es vorhin nicht bemerkt, aber als ich jetzt nach unten wollte, weil die Marlowes endlich weg sind, ist er mir aufgefallen.« Er musterte sie eingehend. »Was soll das, Agi? Wer ist dieser Kerl?«

»Ein Freund«, sagte sie rasch und presste die Lippen aufeinander.

Leonard legte den Kopf schräg, eine Winzigkeit nur, doch sie fühlte sich augenblicklich, als stünde sie auf dem Prüfstand. »Aus London? Woher kennst du ihn? Ich habe wirklich nicht viel gelesen, aber das wenige klang recht vertraut.«

Sie richtete sich ein Stück weiter auf. »Und wenn dem so wäre?«

»Agi.« Er seufzte. »Jeevan Raje. Das klingt nicht danach, als stamme dein *Freund* aus unseren Kreisen.«

»Muss er das?«

»Je nachdem, wie eng diese Freundschaft ist – ja, wenn du keinen Skandal auf dich ziehen möchtest. Einen Skandal, der übrigens hier im Haus beginnen würde.«

Dass er recht hatte, machte es Agatha nicht leicht. Beide Eltern würden weder Jeevan noch Malati als passende Gesellschaft für sie akzeptieren, selbst wenn sie noch so oft beteuerte, wie sehr sie von den Gesprächen und allein aus Jeevans Briefen lernte. Nur weil jemand arm und aufgrund seiner Lebensumstände nicht besonders angesehen war, bedeutete das kaum, dass er nichts in einer Unterhaltung beitragen konnte. Im Gegenteil. Sie wusste um Jeevans Scharfsinn, seinen Ehrgeiz und seinen Stolz, mit dem er sich und seine Schwester durch das Leben brachte. Er kümmerte sich seit so vielen Jahren allein um sie – seitdem ihre Eltern tot waren. Die Raje-Geschwister konnten sich uneingeschränkt aufeinander verlassen. Würden sich all diese Eigenschaften in Harold Wilson vereinen, würde er ganz sicher als geeigneter Kandidat für Agatha betrachtet werden. Und vermutlich stünde dann auch bald die Frage nach einer Verlobung an.

»Es ist nicht … *so*. Wir kennen uns schon lange Jahre, und wir sind wirklich nur Freunde. Wir schreiben Briefe, das ist alles. Aber es bedeutet mir sehr viel. Jeevan versteht mich manchmal so gut wie niemand sonst.«

Leonard runzelte die Stirn. »Agatha. Ich frage dich das nur einmal: Wo hast du diesen Mann zum ersten Mal getroffen?«

»Beim Zirkus. An meinem siebten Geburtstag.« Obwohl die Frage sie zunächst wütend gemacht hatte, musste sie nun beinahe lachen, als sie Leonards perplexen Gesichtsausdruck sah.

»Dieser Jeevan ist was, ein Akrobat?«

»Er war ein Tierpfleger«, sagte sie so würdevoll wie nur möglich. »Jetzt arbeitet er in einem Londoner Geschäft. Er ist intelligent, er wird es weit bringen.«

»Ein Tierpfleger«, wiederholte ihr Bruder tonlos.

»Leo.« Agatha trat vor und legte eine Hand auf seine. »Bitte erzähl niemandem davon. Jeevan und seine Schwester sind mir so liebe Freunde geworden, ich möchte sie nicht verlieren.«

Er zögerte, drückte dann aber ihre Finger. »Aber nur, wenn du mir jetzt noch einmal schwörst, dass du mir die ganze Wahrheit gesagt hast. Das zwischen euch sind nur Gespräche.«

»Ich schwöre es dir.«

Er überlegte. »Also gut. Wobei mir nicht wohl dabei ist, unseren Eltern so etwas zu verheimlichen.«

Sie wagte ein Grinsen. »Ich erzähle ihnen ja auch schon lange nichts von all den Dingen, die du so tust.«

Sein Blick flackerte. »Ich habe keine Ahnung, wovon du redest.« Er ließ sie los.

Agatha atmete innerlich auf. Die Anspannung verflog. »Ich rede von all den Mädchen, die du heimlich hinter der Hecke unten an der Auffahrt geküsst hast. Susan Whitcombe war darunter, dann Carolyne Enns, und letzten Monat …«

»Schon gut, schon gut.« Er lachte. »Dein Geheimnis ist bei mir sicher. Aber wirklich, Agi, stell keinen Unsinn an. Du weißt, wie viel Schaden Gerede anrichten kann.«

»Ich weiß ja nicht, was du von mir denkst, aber zumindest treibe ich mich nicht in dunklen Ecken herum«, sagte sie und schob ihn aus ihrem Zimmer. Bemüht langsam schloss sie die Tür, öffnete ihre Schublade und verstaute den Brief sorgfältig ganz hinten. Sie schlenderte zum Fenster und starrte über das Grün der Bäume zum Horizont. Irgendwo dort lag London. Und auch, wenn sie nicht vorhatte, irgendwelche Skandale heraufzubeschwören, so würde sie einen Weg finden, die Parfett Street aufzusuchen.

Laura

7

Laura atmete auf, als sie sich auf Danis Sofa fallen ließ. Lichterketten umrahmten die Fenster, in denen rotorangene Leuchtsterne hingen und warmes Licht verströmten – Dani gewann jedes Jahr das Rennen um die früheste Weihnachtsdekoration. Es war so gemütlich, als ob jede Faser und Ecke des Raumes Harmonie und Geborgenheit ausstrahlten. Dazu kam der schwärmerische Gesichtsausdruck, der auf Danis Gesicht lag, seit vor einigen Minuten ihr Handy geklingelt hatte.

»Natürlich vermisse ich dich. Total«, sagte Lauras beste Freundin gerade und warf ihr einen entschuldigenden Blick zu. Dani und Jens waren seit etwas über einem Jahr zusammen und noch immer so verliebt, dass sie kaum einen Tag ohne einander auskamen – auch wenn Dani das niemals zugeben würde. Selbst wenn Jens auf Geschäftsreise war, so wie jetzt, konnte sie sicher sein, dass er sie anrief und beteuerte, wie sehr er sie vermisste.

Laura lehnte sich in den Kissen zurück und schloss die Augen. Oliver hatte sich selten gemeldet, wenn er beruflich eingespannt war, und sie hatte es nach einer Weile als Normalzustand hingenommen.

»Tut mir leid.« Dani kehrte zurück, warf ihr Handy auf den Tisch und ließ sich neben Laura auf das Sofa fallen. »Aber wenn ich nicht rangegangen wäre, hätte er vermutlich gedacht, ich wäre beim Fensterputzen ohnmächtig geworden und von der Leiter gefallen. Oder ich hätte einen Unfall gebaut. Das wollte ich ihm nicht antun.«

Laura schmunzelte. »Kann es nicht auch einfach sein, dass du gern seine Stimme hören wolltest?«

»Ja, das auch.« Dani schnappte sich eine Haarsträhne, zwirbelte daran herum und lehnte ihren Kopf an Lauras Schulter. Eine lange Weile saßen sie einfach nur da und starrten ins Nichts. Laura versuchte wie so oft in den vergangenen Tagen, ihre Gefühle zu ordnen, was gar nicht mal so leicht war. Es wurde immer deutlicher, dass die Trauer, die sie empfand, nicht ausschließlich auf Oliver abzielte, sondern auf die gemeinsame Zukunft, die sie sich ausgemalt hatte. Nicht nur er hatte ihr etwas vorgemacht, sondern auch sie selbst.

»Warst du eigentlich bei dieser Frau?«, fragte Dani plötzlich und setzte sich auf. »Die vom Bücherschrank? Du hattest mich da übrigens auf eine Idee gebracht. Ich habe gestern Abend mein Regal ausgemistet und werde einiges in den Schrank stellen.«

Laura nickte. »Ja, ich habe auch eine Ladung von Olivers alten Büchern im Wagen. Er meinte, dass es sich nicht lohnt, sie mit nach San Francisco zu nehmen. Und behalten will ich sie nicht.«

Dani blinzelte. »Bist du sicher, dass du sie in den Bücherschrank stellen willst? Da verbreiten sich Olivers schlechte Vibes bestimmt weiter. Ich denke, du solltest sie anzünden und einmal rund ums Feuer tanzen. Am besten in einer Vollmondnacht. Ist demnächst Vollmond?« Sie griff nach ihrem Handy und rief irgendeine App auf.

Laura schüttelte den Kopf. »Du spinnst.« Aber Dani hatte erreicht, was sie vermutlich beabsichtigt hatte: Ihre Laune stieg beträchtlich.

»Aber nun erzähl, was es mit der geheimnisvollen Agnes auf sich hat. Wohnt sie noch dort?«

»Agatha. Und, ja, tut sie. Aber es war ein seltsamer Besuch. Fast schon unangenehm. Ich glaube, es hat ihr gar nicht gefallen, dass ich mit dem Buch und dem Foto bei ihr aufgetaucht bin. Sie war ein wenig unfreundlich.«

»Inwiefern?«

»Sie wollte definitiv nichts mehr mit den Sachen zu tun haben und hat mich beschuldigt, ihre Vergangenheit aufzuwühlen und in fremden Angelegenheiten zu schnüffeln.«

»Bitte was?« Danis Augen waren kugelrund. »War sie … nun, du weißt schon.« Sie ließ einen Finger neben ihrer Schläfe kreisen.

»Nein, das definitiv nicht. Im Gegenteil, sie scheint ziemlich klar im Kopf zu sein. Und sie ist sehr direkt, besonders wenn es darum geht, Anweisungen zu geben.«

»Oh, hatte sie früher mal Angestellte? Oder Dienstboten?«

Laura kuschelte sich in ihr Kissen. »Kann sein. Die Inneneinrichtung sah auf jeden Fall edel aus. Ich war nur so erstaunt über ihre Reaktion. Es war nicht leicht, höflich zu bleiben, und als sie mich irgendwann direkt angegriffen hat, bin ich gegangen. Ich habe einfach die Nerven verloren.«

»Was meinst du damit, sie hat dich angegriffen? Krückstock oder Mundwerk?«

»Letzteres. Sie sagte, dass es nicht schön sei, wenn Dinge aufgewühlt werden, die man hinter sich lassen will, und dass ich das wohl noch lernen müsste. An sich klingt das nicht schlimm. Aber ich war so erstaunt über ihre Reaktion, und dieser Satz hat mich unvorbereitet getroffen.«

»Wegen der dummen Sache mit Oliver«, sagte Dani und legte einen Arm um sie. »Das ist völlig verständlich, dass dich das mitnimmt. Vor allem, da du nur nett zu dem alten Drachen sein wolltest. Du hast gerade so viel um die Ohren und machst eine miese Zeit durch, ansonsten hättest du dir das sicher nicht so zu Herzen genommen.«

Laura entspannte sich wieder. »Ich war nur ziemlich erschrocken. Aber vermutlich hat Agathas Reaktion mehr mit ihr selbst zu tun als mit mir. Es war fast so, als ob sie in mich hineinsehen könnte und wusste, dass etwas in meinem Leben passiert war und sie mich mit ihren Worten treffen konnte.«

»Das bildest du dir ein. Die alte Agatha ist vermutlich ein Drachen, Süße, und keine Hexe. Apropos Hexe.« In der nächsten Sekunde war Dani auf den Füßen und streckte eine Hand aus. »Ich habe einen Plan für heute. In der Stadt hat ein neuer Teeladen aufgemacht, die *Kleine Kräuterhexe*. Da fahren wir jetzt hin, du suchst dir was Schönes aus, dann holen wir uns eine Flasche Rotwein oder auch drei und machen uns einen schönen, gemütlichen Abend.«

»Den Laden kenne ich noch nicht, sehr gern!«

Dani nahm Laura bei der Hand und zog sie vom Sofa. »Aber zuerst halten wir am Bücherschrank und stellen die Comics deines Ex-Freunds hinein, damit du die ein für alle Mal los bist.«

Laura biss die Zähne zusammen, um nicht loszulachen. »Es sind Fachbücher und Krimis.«

»Die er sicher nur aus Schein gelesen hat. Ich erinnere mich noch an den Tag, als er mir mit einem Donald-Duck-Comic in der Hand die Tür geöffnet hat. Aber los, du fährst!«

»Also gut.« Laura schnappte sich ihre Handtasche. Danis Idee war im Grunde genau richtig – je eher sie sich von Olivers Habseligkeiten trennte, desto schneller konnte sie mit der Vergangenheit abschließen.

Die Sonne hatte sich hinter die Wolken zurückgezogen und die Blücherschule jetzt, da der Unterricht vorbei war und sie verlassen dalag, in einen Moloch verwandelt. Lediglich die weißen Papiersterne in den Fenstern milderten den Eindruck ab. Der Bücherschrank davor wirkte wie ein Wächter, ebenfalls dunkel und massig, doch weit weniger bedrohlich.

Der Eindruck verschwand, als Laura den Karton auf dem Boden abstellte und sich wieder aufrichtete. Hinter den Glasscheiben herrschte fröhliche Unordnung. Die Bücher lagen kreuz und quer auf den vier Regalen, als hätte ein Wirbelsturm sie durcheinandergebracht. Wahrscheinlicher war es, dass die Schüler sich hier ausgetobt hatten. Laura entdeckte zwei recht zerfledderte Jugendbücher, die sie im vergangenen Jahr öfter in den Buchhandlungen gesehen hatte, zudem einen Roman von Astrid Lindgren sowie einen Harry Potter, auf den jemand ein großes, rot glitzerndes Herz gemalt hatte.

»Autsch«, sagte Dani. »Das Chaos hier tut ja sogar mir weh. Wie fühlst du Ordnungsfanatikerin dich erst?«

Laura machte sich daran, die Bücher nebeneinander aufzureihen. »Keine weiteren Witze, bitte. Ich mach das jetzt nur, damit unsere Exemplare noch reinpassen und wir sie nicht wieder mit zurückschleppen müssen. Kümmerst du dich um die andere Seite?«

Dani salutierte, schnappte sich ihren Plastikkorb und verschwand. Laura hörte das leise Quietschen der Tür. Nach einer Weile der Stille drang ein erstauntes »Oh« zu ihr herüber.

»Was ist los?«

Es kam keine Antwort – ganz und gar untypisch für ihre Freundin.

»Dani?«

Verwundert trat Laura um den Schrank herum. Dani starrte auf etwas in ihrer Hand.

Sie hob den Kopf und drehte ihre Hand so, dass Laura die Innenfläche sehen konnte. Ein gelbes Post-it klebte darauf. »Ich denke, das ist für dich. Es war im Bücherschrank, ganz vorn auf dem mittleren Regal. Was meint sie mit Tränen?«

»Bitte was?« Laura nahm den Zettel an sich. Er war eng mit einer gleichmäßigen, altmodisch wirkenden Schrift beschrieben. Tinte, kein Kugelschreiber. An einer Ecke waren die Buchstaben ein wenig zerlaufen.

An Fräulein Nikolai.

Die Zeile war unterstrichen. Laura starrte kurz auf das K, das dort nicht hingehörte.

Ich möchte Sie noch einmal sprechen. Kommen Sie am Donnerstag um 19 Uhr dieser Woche zu mir. Gedrückte Stimmung oder gar Tränen müssen ja nun nicht sein. A. Sperlich

Sie las die kurze Notiz ein zweites und dann ein drittes Mal, einfach weil es so skurril war, dass Agatha Sperlich sie über den Bücherschrank kontaktierte – im ihr so eigenen Tonfall. Fast hörte sie die befehlende Stimme, in der ein leichter Tadel gelegen hatte. Dazu passte, dass Agatha sie nicht etwa bat, noch einmal vorbeizukommen, sondern sie regelrecht zu sich zitierte. Auf der anderen Seite war es recht pfiffig, auf diese Weise mit ihr Kontakt aufzunehmen, wobei Agatha ja anzunehmen schien, dass sie den Bücherschrank regelmäßig aufsuchte. Bis Donnerstag waren es nur drei Tage.

Dani gluckste. »Wow. Mit einer Frage oder gar einem *Bitte* hat sie sich erst gar nicht aufgehalten. Was wäre nur passiert, wenn wir den Zettel nicht gefunden und du demnach nicht aufgetaucht wärst? Hätte sie einen Haftbefehl erlassen? Wer weiß, wo die gute Frau Sperlich überall Fäden ziehen kann und welche Verbindungen sie hat!«

»Ich würde sagen, deine Fantasie geht mal wieder mit dir durch«, sagte Laura und schob den Zettel in ihre Hosentasche.

»Und? Fährst du hin?«

Laura überlegte. »Ich weiß es nicht.« Viel Lust hatte sie nicht, sich noch einmal Agathas schlechter Laune auszusetzen. Andererseits war sie neugierig. Wenn die alte Dame es sich anders überlegt hatte und das Buch nun doch zurückhaben wollte, dann würde sie eben über ihren Schatten springen. Sie hatte Zeit, es würde ihr nicht so viel ausmachen, und danach würde sie Agatha ohnehin niemals wiedersehen. »Vermutlich will sie einfach nur ihr Buch zurück, also … ja, ich denke schon. Ich nehme mein Handy mit, damit ich dich anrufen kann, sollte sie mich von irgendwelchen Mafiosi verschleppen lassen.«

»Gute Idee«, sagte Dani mit todernster Miene und nahm eine Armladung Bücher aus ihrem Korb. »Es würde mich nicht wundern, wenn sie mehrere Enkel hätte. Schwere, gut gebaute Jungs.« Sie hielt inne und strahlte Laura an. »Vielleicht ist einer von denen etwas für dich! Dann könntest du ihn zu deinem Ex schicken, ehe der in die Staaten aufbricht.«

»Dani!«

»Was denn?« Dani schenkte ihr einen Blick vollkommener Unschuld. »Er soll ihm ja nichts tun, sondern einfach nur vor ihm stehen und sehr, sehr langsam die Ärmel hochkrempeln.«

Laura schüttelte den Kopf und nahm einige von Olivers Büchern aus dem Karton. Eine leichte Staubschicht lag darauf, wie ein Sinnbild, dass ihre gemeinsame Zeit wirklich vorüber war.

»Ich habe es leider nicht mehr geschafft, alles auszuräumen. Aber du kannst die restlichen Sachen einfach entsorgen, ich brauch sie nicht mehr.« Es raschelte in der Leitung, und die Silben wurden immer wieder leiser, als ob Oliver mit etwas anderem beschäftigt war und sich hin und wieder daran erinnerte, dass er telefonierte.

Laura wusste nicht, ob sie eher fassungslos oder ungehalten war. »Von welchen Sachen redest du?«

»Kleinigkeiten. Ein paar Kartons, Schuhe, einige Klamotten, die ich in den USA nicht mehr brauche.«

Sie schnaubte leise. »Ich soll für dich zur Altkleidersammlung?«

»Komm schon, Laura.« Seine Stimme klang so vertraulich wie früher. Natürlich, er wollte ja auch etwas von ihr.

»Dafür überlasse ich dir den Hausrat. Geschirr, Besteck, Schränke, alles.«

Du überlässt ihn mir, weil es so für dich am bequemsten ist.

»Laura? Hörst du? Es sind nur die wenigen Sachen. Und ich habe es wie gesagt nicht mehr geschafft, hier Ordnung zu machen. Aber dafür läuft der Mietvertrag nun auf deinen Namen.«

Ja, und für mich allein ist die Miete zu hoch. Doch sie sagte noch immer nichts und bearbeitete die Tapete mit einem Fingernagel.

»So, ich glaube, das war alles.« Nun klang Oliver wieder geschäftlicher. »Ich habe auch nicht viel Zeit heute.«

Bei dem Stichwort ließ Laura den Blick zur Uhr wandern – und erschrak. »Oh«, sagte sie so laut, dass Oliver einen fragenden Laut von sich gab. »Du hast recht, es ist schon später als gedacht. Ich muss gleich los. War es das?« Sie wollte sich jetzt keine Gedanken um die Wohnung in Hamburg machen. Das konnte warten, bis sie vor Ort war.

Einen Moment lang herrschte Schweigen. »Wie, du musst los? Ich dachte, du hast Urlaub?«

»Ja, das stimmt.«

»Was hast du denn dann so Wichtiges zu tun bei euch auf dem Dorf? Wenn du dich mit Danica triffst, kann sie auch mal auf dich warten, denkst du nicht?«

»Ich bin nicht mit Danica verabredet«, sagte sie und ärgerte sich über seinen herablassenden Ton. Er hatte sie beide bereits in verschiedene Kategorien gepackt und bewertet: er, der erfolgreiche Manager, der sogar nach Übersee wegrekrutiert wurde, und sie, die durchschnittliche Frau, die momentan bei ihren Eltern hockte, statt sich um ihre

Karriere zu kümmern. »Aber es gibt auch hier einiges zu erledigen, Oliver, und du weißt, dass ich es nicht mag, zu spät zu einem Termin zu kommen«, sagte sie schärfer als beabsichtigt. Zu dem geplanten Besuch bei Agatha Sperlich passte *Termin* zwar nicht ganz, aber das musste er ja nicht wissen.

Er räusperte sich. »Du kannst es dir noch überlegen, weißt du?«, sagte er leise.

Laura stutzte. Was sollte das denn nun? So energisch und schnell, wie er sie aus seinem Leben geschoben hatte, konnte er wohl nicht den Umzug meinen. »Was genau?« Sie suchte in ihrer Handtasche nach den Wagenschlüsseln.

»San Francisco natürlich. Du würdest sicher auch dort einen Job finden bei deinen Referenzen. Du hast Erfahrung, deine Zeugnisse sind gut, und du weißt dich als Managerin zu verkaufen.«

Laura fand die Schlüssel und schüttelte den Kopf, als könnte sie auf diese Weise all die Worte vergessen, mit denen sie heute nicht gerechnet hatte. »Warum sagst du das jetzt?«

»Weil es stimmt. Du gehst Problemen im Job nicht aus dem Weg, und das ist gut, wenn man neu beginnen will. Das hättest du in Hamburg locker geschafft, also warum nicht in den Staaten? Wenn wir zwei uns die Organisation teilen, können wir uns schneller einrichten und uns auch schneller auf das konzentrieren, was uns wichtig ist. Überleg es dir doch noch einmal.«

Was uns wichtig ist. Laura musste nicht weiter darüber nachdenken. Sie wusste, dass er nicht wirklich sie meinte. Er wünschte sich Laura, die Managerin, an seine Seite, damit seine Anfangszeit in den USA angenehmer verlief, sie sich das, was in einer neuen Stadt anfiel, teilen konnten und er mehr Zeit fand, sich um seinen Job zu kümmern. Vielleicht war es schon immer so gewesen, vielleicht hatte es sich erst mit der Zeit entwickelt. Doch das spielte keine Rolle mehr. Sie wollte nicht mehr vorrangig Managerin sein. Sie wusste nicht einmal, ob sie das überhaupt noch sein wollte.

»Ich muss da nicht noch mal darüber nachdenken, ich habe mich schon neulich in Hamburg entschieden. Dir viel Glück. Meld dich, wenn es noch etwas zu klären gibt.« Sie zögerte einen Moment, der vermutlich zu kurz war, um ihm die Chance auf eine Erwiderung zu geben, und legte auf.

Langsam ging sie zum Fenster und starrte in den Garten. Alles sah aus wie immer, und dennoch hatte sich ihre Welt verändert. Es war, als wäre etwas Massiges, Klobiges verschwunden, um das sie immer einen Umweg hatte machen müssen. Sie begriff, dass es Druck gewesen war – der Druck des ewigen Wettbewerbs, in dem sie und Oliver sich verfangen hatten. Wer von beiden stieg am schnellsten auf? Wer brachte die interessantesten Berichte über Meetings und Gespräche mit dem Vorgesetzten mit nach Hause? Und dieser Wettbewerb im Privatleben passte nicht zu ihr. Nicht dass sie sich zurücklehnen und nichts mehr tun wollte, im Gegenteil. Aber sie musste sich auf ihre Überzeugungen konzentrieren, auf Wünsche, die tief im Herzen geboren wurden und erst ihren Weg an die Oberfläche fanden, wenn sie genau hinhörte. Was sie lange Jahre nicht getan hatte, weil sie in Olivers Gegenwart zu beschäftigt mit anderen Dingen gewesen war.

Es spielte keine Rolle, was andere taten und wie ihre Position im Vergleich zu Lauras aussah. Ab sofort würde sie sich um sich selbst kümmern, und das bedeutete, genau hinzuhören, wenn sie ihre nächsten Schritte plante.

Sie legte eine Hand an die Fensterscheibe. Ihr Gesicht spiegelte sich vage dort; verhaltene Umrisse, die mehr an ein Geheimnis als an einen Menschen erinnerten. »Wir werden sehen«, flüsterte sie sich selbst zu.

8

Dieses Mal stieg sie sofort aus, als sie in der Thomaestraße parkte, damit sie nicht auf die Idee kam, einen Rückzieher zu machen. Ein wenig unwohl fühlte sie sich schon. Was, wenn Agatha einfach nur launisch war und sie heute wieder rauswarf? Aber das war dann das Problem der alten Frau und nicht ihres, entschied Laura, als sie sich das Teebuch unter den Arm klemmte und den Wagen verriegelte.

Die Außenbeleuchtung sprang an, als sie sich dem Haus näherte, warf Schatten in den Vorgarten und ließ ihn kleiner und geheimnisvoller wirken. Die Trauerweide an der Ecke schien die Äste nach Laura auszustrecken. Sie wollte gerade anklingeln, als die Tür auch schon geöffnet wurde.

»Kommen Sie herein«, sagte Agatha, wie auch bei Lauras erstem Besuch auf ihren Gehstock gestützt. Dieses Mal wartete sie jedoch, bis ihr Gast eingetreten war. Sollte das etwa ein Friedensangebot sein?

»Danke«, sagte Laura und ging an Agatha vorbei, die ein grausilbernes, kostümartiges Kleid trug, an dem eine riesige Brosche prangte. Zusammen mit der Frisur, wo kein Haar aus der Reihe zu tanzen schien, erweckte sie den Eindruck, zu einer Abendgesellschaft geladen zu haben.

In der Luft lag eine Mischung aus Teeduft und Haarspray.

»Sie wissen ja vermutlich noch, wo das Wohnzimmer ist«, sagte Agatha und wedelte mit einer Hand in Lauras Richtung.

Die nickte und machte sich auf den Weg. Von der Terrasse warfen Außenstrahler schwaches Licht herein, und aus einer Ecke verströmte eine Stehlampe warmen orangenen Schimmer. Die schweren Möbel schluckten einen Teil davon.

Auf dem Tisch flackerte es. Ein Teelicht in einem Untersatz, auf dem eine Glaskaraffe mit einer hellgoldenen Flüssigkeit wartete. Vermutlich Tee, da zwei Tassen samt Untertassen, Milch und Zucker sowie ein Teller mit Keksen danebenstanden. Auch Agatha hatte sich bereits um Winterdekorationen gekümmert, jedoch weitaus verhaltener als Dani. Die schweren Kerzenständer aus Holz in Form von Sternen und Schneeflocken waren zuvor nicht dort gewesen. Auf den Stühlen lagen Kissen, auf die Sterne sowie Tannenbäume gestickt waren.

»Setzen Sie sich«, sagte Agatha hinter ihr in einem Keine-Widerrede-Ton.

Laura gehorchte. Zum einen würde sie so schneller erfahren, was das Ganze hier sollte, zum anderen bekam sie bei dem gemütlichen Anblick wirklich Lust auf eine Tasse Tee. Sie wählte das Sofa auf der anderen Seite des Tisches, damit Agatha ihn nicht extra umrunden musste. Zufriedenes Nicken verriet, dass sie die richtige Wahl getroffen hatte.

»Bedienen Sie sich, und schenken Sie mir auch eine Tasse ein. Meine Hand ist zittrig von dem langen Tag.« Agatha ließ sich schnaufend in die Polster sinken.

Laura legte das Buch neben sich ab, griff nach der Kanne und schenkte ein, wobei sie darauf achtete, dass kein Tropfen auf das Holz fiel. »Milch? Zucker?«

»Milch und ein Stück Zucker«, sagte Agatha und lehnte den Stock neben sich. Ihr Rücken war gerade, die Hände legte sie parallel auf die Oberschenkel. Dann beobachtete sie Laura.

Es kam ihr vor wie eine seltsame Teezeremonie, eine Art Test, dessen Ausgang darüber entschied, wie Agatha ihr heute gesinnt war. Sie nahm ein Stück Zucker mit der Silberzange und ließ es in die Tasse fallen, gab einen Schuss Milch hinzu und stellte beides vor Agatha ab. Die nickte und wartete, bis sich Laura selbst etwas eingeschenkt hatte.

»Darjeeling«, sagte sie dann. »Abends mag ich es lieber leichter, und, ja, ich trinke ihn mit Milch und Zucker, auch wenn meine Mutter das vermutlich missbilligen würde. Aber in meinem Alter muss man schließlich auf niemanden mehr hören. Und das dort sind Ingwerkekse. Ich esse sie jedes Jahr in der Vorweihnachtszeit.« Sie nahm die Tasse samt Untertasse so vorsichtig, als würde das Geschirr bei der geringsten Berührung zerbrechen, hielt ihre Nase darüber und atmete ein.

Laura dachte über die Bemerkung nach. Mittlerweile war sie sicher, dass Agatha aus England stammte. Oder zumindest aus Großbritannien. Der leichte Akzent, die Möbel, die Tee-Bemerkung – das alles würde gut zusammenpassen. Sie nahm einen Schluck und wartete, aber Agatha schien entweder in Gedanken versunken zu sein oder noch das Aroma ihres Tees zu genießen. Schließlich hob sie den Kopf und sah Laura an. »Sie haben das Buch dabei.«

Laura nickte, stellte ihre Tasse ab und legte es auf den Tisch. Dann schob sie es über die Holzfläche.

Agatha zog es auf ihren Schoß und strich über den Einband. Das Teelicht flackerte und warf gedämpften Lichtschimmer auf ihre Wange.

Nach einer Weile schlug sie das Buch auf und betrachtete die erste Seite. Laura nahm ihre Tasse und wartete, da ihre Gastgeberin eindeutig in Erinnerungen versank. Trotz der Schatten im Raum bemerkte sie, dass Agathas Züge sanfter wurden. Zärtlichkeit schimmerte durch die bisher so schroffe Fassade. Sie blätterte eine Seite weiter, dann noch eine. »Nach Ihrem Besuch habe ich mich zum ersten Mal seit langer Zeit wieder bewusst an meine Vergangenheit erinnert«, sagte sie. »An Dinge, die ich schon vor vielen Jahren vergessen wollte und von denen ich dachte, dass sie für immer verborgen bleiben werden. Irgendwo in den Ecken und Winkeln dort oben.« Sie deutete auf ihren Kopf und atmete tief ein. Dann stieß sie die Luft mit einem Seufzer wieder aus. »Und dann stehen Sie vor der Tür und haben all diese Erinnerungen unter den Arm geklemmt. Das war nicht leicht.«

Laura nickte. Näher an eine Entschuldigung würde sie wohl nicht herankommen. »Hätte ich das geahnt, wäre ich natürlich nicht vorbeigekommen. Aber man findet eher selten Fotos in alten Büchern. Deshalb habe ich gedacht, Sie hätten es übersehen und nicht bemerkt, dass Sie es mit dem Buch weggegeben haben. Wäre das Foto nicht gewesen, hätte ich Sie ganz sicher nicht aufgesucht, Frau Sperlich.«

Agatha nickte und blätterte einige Seiten weiter. Langsam nahm sie einen Schluck Tee. Etwas Flüssigkeit schwappte auf ihre Haut, doch sie schien es nicht einmal zu bemerken.

Nachdem sie die Tasse abgestellt hatte, nestelte sie an ihrer Brosche und zog schließlich etwas aus der Brusttasche. Laura war sofort klar, dass es sich um das Foto handelte.

Agatha sah sie an – kein Lächeln, aber auch kein ganz so finsterer Blick – und platzierte es auf dem Tisch, neben dem Teestövchen, sodass es gerade eben noch vom Licht beschienen wurde. »Diesen Mann und mich hat viel verbunden, ehe ich in dieses Land gekommen bin.« Sogar ihre Stimme war brüchiger geworden. »Für die damalige Zeit zu viel. Und doch ist es niemals genug gewesen.«

Allein diese Aussage sorgte dafür, dass Laura tausend Fragen durch den Kopf schossen, aber sie stellte keine Einzige davon. Agatha zählte wohl nicht zu den Menschen, die plötzlich ihr Herz öffneten und sämtliche Gedanken und Gefühle einem Fremden mitteilten. Aber etwas hatte dafür gesorgt, dass Zärtlichkeit diese strenge Fassade hatte bröckeln lassen, und Agatha würde bestimmen, wann sie ihre Mauer wieder errichtete. Unter Druck würde das nur schneller geschehen.

»Woher kommen Sie ursprünglich, Frau Sperlich?«, fragte sie, als Agatha wieder in Erinnerung zu versinken schien. Das würde sie vielleicht nicht so sehr auf unsicheres Terrain führen wie manch andere Themen.

Agatha sah auf und runzelte die Stirn. »Aus Witney. Das liegt westlich von Oxford.« Mit jeder Silbe wurde ihre Stimme fester.

Laura nickte – nun wusste sie auch, was es mit dem englischen Buch auf sich hatte. Sie wagte ein Lächeln. »Was hat Sie nach Deutschland verschlagen?«

Agathas Brauen hoben sich zu zwei rundlichen, schmalen Bögen. »Natürlich die Heirat. Welch anderen Grund sollte eine junge Frau damals gehabt haben, ihre Heimat zu verlassen?«

Laura fielen einige Gründe ein. Energisch verdrängte sie den Gedanken an Oliver und dass sie selbst zu einer jener Frauen hätte gehören können, die ihrem Partner in ein fremdes Land folgten. »Ihr Mann hat hier eine Stelle angenommen?«

»Nein.« Agatha schlug das Buch so abrupt zu, dass Laura bei dem Knall fast zusammengezuckt wäre. »Mein Mann war Deutscher. Er wurde in Frankfurt geboren.« Jetzt klang sie wieder wie zuvor, als würde sie sich selbst diese weichere Seite verbieten.

»Und ... das Buch?«, fragte Laura. Rasch griff sie nach einem Keks und biss eine Ecke ab. Die Mischung aus Süße und der Würze des Ingwers passte zur Jahreszeit. Ein Hauch Wärme, um der Kälte draußen zu trotzen. Zum ersten Mal in diesem Jahr spürte sie einen flüchtigen Moment lang einen Anflug von Weihnachtsstimmung.

Agatha starrte sie lange an, als fragte sie sich, was diese fremde Frau auf ihrem Sofa zu suchen hatte. Schließlich zuckte sie die Schultern. »Es war ein Geschenk meines besten Freunds. Jeevan.« Sie nickte zum Foto hin. »Wir haben uns kennengelernt, als ich noch ein Kind war.« Mit einer Hand tastete sie nach dem Gehstock, ohne hinzusehen, und drehte ihn zwischen den Fingern. »An meinem siebten Geburtstag, um genau zu sein. Mein Vater hatte mir einen Zirkusbesuch geschenkt, und Jeevan war dort angestellt. Im *Chipperfield Circus.*« Ihr Blick ging ins Leere. »Er kümmerte sich um die Elefanten, seine jüngere Schwester Malati flickte Kostüme und alles, was in dem Wohnwagen anfiel. Gardinen. Tischtücher. Es war eine fremde Welt, die da plötzlich mitten in meiner Heimat auftauchte und sich erdreistete, nach kurzer Zeit auf vier Rädern davonzurollen. Ich war ein Kind und damit verpflichtet, neugierig zu sein.« Sie hob den Stock und stampfte damit auf den Boden. »Natürlich waren die Raje-Geschwister kein Umgang für mich. Kein Mitglied eines Zirkus wäre das gewesen, selbst wenn reinstes, britisches Blut durch seine Adern geflossen wäre. Meine Eltern legten hohen Wert auf Etikette. Mein Vater war Geschäftsmann. Er hatte eine Firma im Textilbereich.«

Laura merkte, dass ihre Hand noch immer vor ihrem Mund schwebte, obwohl der Keks längst aufgegessen war. Langsam ließ sie den Arm sinken.

Agatha runzelte die Stirn und griff nach dem Foto, um es nach kurzer Betrachtung von sich zu schieben. Mit einem Hauch von Bedauern, aber auch einer Spur Zorn. »Wenn man jung ist, ist man trotzig. Und glaubt, irgendwo auf der Welt einen Weg zu finden, um zu bekommen, was man will. Nach einer Weile verbeißt man sich unter Umständen sogar in dieses Vorhaben und folgt ihm weiter, auch wenn man irgendwann alt genug ist, um die Aussichtslosigkeit darin zu erkennen. In meiner Unerfahrenheit habe ich nicht bedacht, wie viele das schon vor mir versucht haben, und dass all diese Wege schon oft betreten wurden. Ich habe diese Lektion leider zu spät gelernt. Jeevan und ich haben eine ganze Weile versucht, eine Lösung zu finden, und uns dabei für clever gehalten.« Der Akzent in ihrer Stimme war zurückgekehrt, teilweise so stark, dass ein ungewohnter Singsang ihre Sätze dominierte. Sie schnalzte mit der Zunge und griff wieder nach ihrer Teetasse. »Was rede ich denn da. Was ich eigentlich sagen wollte, Fräulein Nicolai: Es gibt gesellschaftliche Gepflogenheiten, an die man sich hält, wenn man nicht vollkommen dumm ist. Die Jugend verwechselt allerdings oft Einfalt mit Mut, und diese Erfahrung musste ich machen.« Nun zitterte ihre Stimme. Sie trank den Tee aus und riss sich merklich zusammen, als sie die Tasse zurückstellte.

Laura rang mit sich, aber Agatha hatte bereits so viel erzählt, dass es ihr nicht mehr ganz so unhöflich erschien, weiter nachzuhaken. »Jeevan und Sie«, sie betrachtete das Foto, das klare Gesicht des Mannes und seine freundlichen Augen, »waren ineinander verliebt?«

»Unsinn!« Agatha winkte ab. »Das ist alles, woran junge Frauen heutzutage denken, nicht wahr? Liebe. Jede Geschichte soll eine voller Herzschmerz sein. Aber da muss ich Sie enttäuschen, wir waren kein Paar, nicht für eine Sekunde unseres Lebens. Wir waren mehr als das. Ich sagte vorhin, er war mein bester Freund, aber das beschreibt es nur ansatzweise. Ich bin keine Anhängerin pathetischer oder aufgeblasener Formulierungen, so wie man sie heutzutage überall findet. Trotzdem kann ich sagen, er war mein Seelenpartner. Jemand, den innerlich viel mit mir verband. Anders als die Partnerschaft der Ehe, die damals häufig aus Vernunft geschlossen wurde, haben Jeevan und ich uns gefunden, weil wir uns so ähnlich waren. Manche würden es wohl Schicksal nennen.« Sie winkte ab und zeigte, was sie davon hielt. »Er wusste oft, was ich dachte oder wie ich mich fühlte, auch wenn ich es nicht in Worte fassen konnte. Ich habe viel von ihm gelernt, auch wenn er kaum Schulbildung genießen durfte. Aber er hat damals schon angefangen, sich seinen Weg zu suchen. Und ich bin sicher, dass er ihm weiter gefolgt ist. Er war ehrlich und ehrgeizig und alles andere als dumm.«

»Das heißt, Sie haben keinen Kontakt mehr?«

Agatha schürzte die Lippen und sah auf einmal fast schon wütend aus. »Natürlich nicht. Unsere Lebenswege haben sich getrennt, als ich der Hochzeit mit meinem nun verstorbenen Mann zugestimmt habe und ihm kurz darauf nach Deutschland gefolgt bin. Aber damals war es bereits zu spät. Ich war egoistisch, so wie es die Jugend oft ist, wenn sie glaubt, die Welt drehe sich um sie. Und noch schlimmer: Sie könnten sie verändern. Niemand kann etwas verändern, das sich schon lange zuvor etabliert hat. Doch die Hoffnung hält uns aufrecht, schätze ich. Ich hatte geglaubt, meinen Willen durchsetzen zu können. Mir zu nehmen, was ich mir wünschte. Aber damit habe ich mich in Schicksale eingemischt und Leben erschwert.«

Laura beugte sich vor. »Sie haben vorhin gesagt, Sie glauben, Jeevan sei seinen Weg gegangen?«

Agathas Blick bohrte sich in ihren. »Es gibt Menschen, die machen weiter, auch wenn sie am Boden liegen. Weil sie müssen. Man kann ja schließlich nicht einfach warten, bis man stirbt. Irgendwann steht man wieder auf, tut das, was man tun muss, und wirkt nach außen hin vollkommen normal. Aber niemand weiß, wie es im Inneren aussieht.«

Mit jedem Wort schien die Düsternis im Raum zuzunehmen. Auch wenn Agathas Erzählungen so viele Dinge im Unklaren ließ, spürte Laura die Trauer und auch die Wut über Chancen, die nie ergriffen worden waren. Die alte Dame hatte gesellschaftliche Zwänge angedeutet, Standesunterschiede und eine Heirat, die sie aus England und somit vermutlich von Jeevan weggebracht hatte. War deshalb der Kontakt abgerissen? Hatte ihr deutscher Ehemann ihn verboten?

Obwohl es so viele offene Fragen gab, hatte die Geschichte sie bereits gefesselt. Die Geschichte … oder aber der geheimnisvolle Mann auf dem Foto. Jeevan, den Agatha als Seelenpartner bezeichnete. »Was genau ist passiert?«

Es war die falsche Frage. Agathas Augen wurden schmal, und sie nahm ihren Gehstock fester. Doch dann sackten ihre Schultern herab. Mit der freien Hand nestelte sie an der Brosche herum. »Also gut«, sagte sie dann in dem Befehlston, den Laura bereits zu gut kannte. »Schenken Sie uns noch Tee ein, und drehen Sie um Himmels willen das Licht der Stehlampe heller. An der Seite ist ein Schalter. Ich sehe ja kaum, wohin ich greife, und ich habe wenig Lust, mir Tee über den Rock zu schütten.«

Agatha

9

London, 1948

Der Blick auf die Uhr verriet Agatha, dass ihr noch zehn Minuten blieben, bis der Wagen sie vor dem Hoteleingang abholte. Sie ging zu der Sitzgruppe, die mit ihrem Blätterdruck exotisch wirkte und sie an ferne Länder denken ließ. Es war, als hätte sie ihr Outfit extra abgestimmt. Die Blumen auf dem dunklen Grün ihres Kleids schienen zu leuchten, und das in der Taille geraffte Oberteil ließ sie noch schlanker erscheinen. Die Ärmel fielen von den gestärkten Schulterpartien locker über ihre Oberarme, und sie würde eine Strickjacke überziehen müssen, weil es draußen zu kühl war für nackte Haut.

Aber sie wollte dieses Kleid tragen, wenn sie Jeevan wiedersah; sie fühlte sich darin erwachsen und abenteuerlich. Genau passend für einen Tag wie heute, an dem sie Mut brauchte. Ihr Vater und Leonard hatten ihre Zimmer vor zwei Stunden verlassen, da sie Geschäftspartner von Ford Birmingham trafen, und ihr Ratschläge gegeben, als sie erwähnte, dass sie ein wenig bummeln wollte. Ihr Vater hatte ihr sogar auf einer Karte gezeigt, welche Straßen er als Ziel erlaubte und welche sie tunlichst zu meiden hatte. »Am besten, du bleibst einfach in der Nähe des Hotels.«

Das hatte sie nicht vor. Agatha griff nach ihren farblich abgestimmten dunkelgrünen Handschuhen, zog die Jacke über und nahm ihre Handtasche. Sie sah zum Telefon. Nichts.

Ein Blick zur Uhr, ein weiterer in den Spiegel – ihr dunkles Haar fiel ihr in großen Locken auf die Schultern –, dann drehte sie sich um, ging zum Sekretär und nahm Jeevans Brief aus der Schublade. Zwar hatte sie sich die Adresse eingeprägt, aber es konnte nicht schaden, ihn bei sich zu haben. Nachher waren die Zimmermädchen des Dorchester noch besonders neugierig, wer wusste das schon.

Sie strich über das Papier, das dunkler war als jenes, das sie stets nutzte. Die vertraute Schrift vermittelte ihr einen Hauch des Gefühls, zu Hause zu sein, selbst hier in der fremden Umgebung des Hotelzimmers, in dem bereits so viele Menschen vor ihr übernachtet hatten. Jeevans Brief dagegen gehörte einzig und allein ihr.

Ich mag es noch immer nicht so ganz glauben, dass dein Vater dich allein durch London streifen lässt. Aber meine Bitte im vergangenen Brief hast du mit der dir eigenen, charmanten Selbstverständlichkeit ignoriert, und ich weiß, dass du deine Wünsche durchsetzen wirst. Daher bitte ich dich dieses Mal, vorsichtig zu sein, Agatha. Nimm dir ein Taxi bis vor die Tür und lass den Fahrer warten, sollte ich noch nicht fertig sein mit meiner Arbeit. Ich sorge mich um dich, wenn du allein unterwegs bist. Und diese Gegend kann für jemanden, der sie nicht kennt, ungewohnt sein.

Agatha lächelte. Jeevan hatte ihr gegenüber noch nie schlecht über irgendetwas geredet, sei es eine Person, ein Ort oder Gegenstand … sogar das Wetter schien ihm niemals diese innere Ruhe zu rauben, in der seine positive Einstellung wurzelte. »Du findest überall etwas Schönes«, hatte er ihr bei ihrem zweiten Treffen gesagt, als sie mit ihren neuen Schühchen in einen Elefantenhaufen getreten war, da sie vor lauter Staunen vergessen hatte, nach vorn zu blicken. Anschließend hatte er sie zu einem Waschtrog geschmuggelt, und dort hatte sie die struppigen Ponys streicheln dürfen, die sie zuvor in der Manege bewundert hatte. »Manchmal musst du nur ein wenig suchen. Denk immer daran, Agatha. Viele Menschen vergessen es. Daher sind sie auch oft traurig oder schlecht gelaunt. Aber so wurden sie nicht geboren, sondern es gibt einen Grund dafür. Meist, weil sie nicht nach Schönem Ausschau halten.«

Die Worte hatten sich tief in ihr Herz gegraben, und noch auf der Fahrt nach Hause hatte sie Jeevans Stimme in ihrem Kopf gehört. Sie konnte nicht sagen, dass sie voll und ganz nach diesem Prinzip lebte, da sie oft in ihre gewohnten Verhaltensmuster rutschte, aber sie rief es sich oft ins Gedächtnis und versuchte, danach zu handeln.

So wie sie es heute bei ihrem Abenteuer tun würde, wenn sie Jeevan an seiner Arbeitsstelle traf: dem *Ludlow's* in der Pindar Street. Sie hatte über ihren Karten gegrübelt und lange gebraucht, bis sie die kleine Straße endlich gefunden hatte. Leider war sie nicht sicher, ob sie noch im East End lag, und sie hatte niemanden fragen wollen. So oder so, die Gegend befand sich definitiv ein gutes Stück östlich von hier. Agatha hatte von Celia wahre Horrorgeschichten über den östlichen Teil Londons gehört. Aber sie war sicher, einen Hauch Schönheit auch dort aufzustöbern. Schon allein, weil sie Jeevan treffen würde.

Sie las den Brief zu Ende, obwohl sie ihn auswendig kannte, prägte sich dennoch erneut die Adresse ein und lächelt über seine guten Wünsche der Verabschiedung, für die er stets mehrere Zeilen benötigte und die ihr das Gefühl gaben, der wichtigste Mensch auf der ganzen Welt zu sein. Sie wusste, dass das nicht stimmte, denn für ihn war das Malati, und das war auch gut und richtig so. Dennoch fragte sie sich plötzlich, wie es wohl wäre, wenn dieser Platz ihr gehören würde. *Der wichtigste Mensch in Jeevans Leben.* Ob er auch so oft an sie dachte wie sie an ihn?

Er hatte recht, sie hätte sich ihren Plan niemals ausreden lassen. Diese Gelegenheit war günstig, da ihre Mutter sich ihnen nicht angeschlossen hatte. Unter ihren strengen Blicken hätte Agatha niemals auch nur einen Schritt allein in der Hauptstadt setzen können. Nun aber war sie frei, für wenige, kostbare Stunden, und nichts in der Welt würde sie von ihrem Plan abbringen. Nicht einmal Jeevans gut gemeinte Bitten.

Noch ein Blick zur Uhr. Ihr Herz schlug schneller, als sie erneut vor den Spiegel trat. Ihre Wangen waren stärker gerötet als sonst. Sie zupfte an ihrem Seidenschal. Das Grün ihrer Augen, sonst kaum mehr als ein Hauch, schimmerte durch das Grau, so wie es nur der Fall war, wenn sie weinte oder besonders aufgeregt war.

Was war nur mit ihr los? Sie traf keinen Fremden, sondern den Mann, in dessen Gegenwart sie sich nicht verstellen musste. Jeevan würde sich auch freuen, wenn sie dreckig und zerlumpt auftauchte. Sie legte eine Hand an die Wange und betrachtete ihr Gesicht; die schwungvolle Ober- sowie die deutlich breitere Unterlippe mit der Kerbe in der Mitte, das schmale Gesicht sowie die Nase mit der gerundeten Spitze, die sie stets jünger wirken ließ, als sie war. Auf einmal fragte sie sich, was Jeevan sah, wenn er ihr gegenüberstand. Was er dachte. Ob er ihre Aufregung bemerken würde? Die Sorgfalt, mit der sie sich zurechtgemacht hatte?

»Sei nicht albern«, sagte sie verärgert, da sie ihre Stimme hören wollte. Zumindest die klang noch wie immer, denn andere Dinge hatten sich in den vergangenen Minuten verändert. Womöglich auch in den vergangenen Stunden oder Tagen. Vielleicht Wochen. Monaten. Agatha konnte es nicht sagen, aber eines wusste sie plötzlich mit kristallklarer Sicherheit: Ihr Herz schlug schneller, weil sie mehr für Jeevan empfand als nur reine Freundschaft.

Wann war das passiert? Sie legte eine Hand auf den Bauch, in dem es kribbelte, als könnte sie so eine Antwort finden. Auf einmal wirkte sie blass und befürchtete fast, die Frau im Spiegel könnte den Mund öffnen und das aussprechen, was sie sich nicht eingestehen wollte.

Wenn sie das, was sie fühlte, richtig deutete, dann hatte sie sich in Jeevan verliebt. Wie sonst ließ sich erklären, dass ihr warm vor Aufregung und kalt vor Schreck zugleich wurde, dass ihr Puls schneller an ihren Handgelenken pochte und sie sich vorstellte, wie er seine schlanken Finger darauflegte, um ihr Blut zu beruhigen?

Nur, dass er es damit noch mehr in Wallung bringen würde.

»Hör auf damit«, sagte sie so energisch sie konnte, hob das Kinn und legte eine Hand an ihre Hüfte. Die Frau im Spiegel verwandelte sich in eine unnahbare Dame, gewohnt, dass ihren Wünschen unverzüglich Folge geleistet wurde.

Nur ihr eigenes Herz gehorchte ihr nicht, denn es raste weiter.

Das Telefon klingelte. Agatha fuhr herum und starrte auf den Apparat. Zwei Schritte später hob sie den Hörer ab, presste ihn sich an das Ohr und beobachtete, wie die gedrehte Schnur hin- und herschwang.

»Miss Ford? Ihr Taxi ist soeben eingetroffen«, meldete sich der Mann von der Rezeption. Seine Stimme klang blechern.

»Danke.«

Agatha legte den Hörer wieder auf und starrte an die Wand. Allmählich bekam sie sich wieder unter Kontrolle. Das Taxi war in doppelter Hinsicht genau zur rechten Zeit gekommen.

Sie sah sich noch einmal um, nahm den Zimmerschlüssel aus der Schale neben der Tür und trat auf den Flur. Kurz darauf erreichte sie die Eingangshalle mit dem Empfangsbereich aus edlem Holz und den mit Brokat bezogenen Sitzgelegenheiten. Auf dem Tisch daneben stand ein Blumenbouquet, dessen Weiß fast so sehr strahlte wie der Kristalllüster darüber. Das Klicken von Agathas Schuhen ging beinahe unter in der Unterhaltung einer Gruppe Herren, die in der Ecke saßen und rauchten. Ein Page kam ihr entgegen und grüßte höflich, indem er eine Hand an seine Mütze hob.

Im *Dorchester* mit seiner altehrwürdigen Geschichte und seinem hohen Stand innerhalb der Gesellschaft stieg Agathas Vater zwar normalerweise nicht ab, aber dieses Mal machte er eine Ausnahme. So wollte er mit ihnen feiern, dass die Stadt bald wieder erstrahlen und zu einem Ort werden würde, der die ganze Welt willkommen hieß. Ein Neuanfang, hatte er gesagt, und darauf hingewiesen, dass das

Hotel während des Kriegs als sicherster Ort in ganz London gegolten hatte und auch in Zukunft eine wichtige Rolle spielen würde.

Agatha konnte es sich gut vorstellen. Stand man vor dem Gebäude, erschlug es beinahe durch seine Größe und massive Bauweise. Aber auch die Eingangshalle war so riesig, dass sie sich unwillkürlich selbst größer fühlte. Wie eine Schauspielerin oder eine andere wichtige Persönlichkeit, die hier drinnen neue Energie tankte.

Die Tür öffnete sich wie von Geisterhand, als sich Agatha ihr näherte. Vor dem Eingang wartete das Taxi im Nieselregen. Sie wollte dem Pagen soeben zunicken, der den Kopf senkte und mit dem Zeigefinger seine schwarze Mütze berührte, als sie den Mann bemerkte, der im Stechschritt auf sie zuhielt.

O nein.

Agatha blickte sich um, aber es war bereits zu spät, um sich zurückzuziehen – vor allem, da der Fahrer, der ihr die Tür aufhielt, ihr auffordernd zulächelte. Daher beschleunigte sie ihren Schritt, senkte den Kopf und nestelte an ihren Haaren herum, um vielleicht ihr Gesicht zu verbergen. Eine dumme Hoffnung.

»Agi?«

Sie blieb stehen. Leonard sah gut aus in Hemd und Anzug, aber er wirkte vor allem erstaunt. »Was hast du vor?«

Sie runzelte die Stirn. Jetzt bloß möglichst natürlich wirken, und dazu gehörte, dass seine überflüssige Fragerei sie nervte. »Ich habe euch doch gesagt, dass ich bummeln gehe, wenn ihr geschäftlich unterwegs seid. Ich habe mir bisher die Zeit auf meinem Zimmer vertrieben, aber es ist mir zu langweilig geworden.«

»Hm.« Er musterte ihren Aufzug, warf einen Blick über die Schulter zum Taxi und zog die richtigen Schlüsse. »Nun, dann ist es ja gut, dass Dad die restlichen Gespräche allein übernommen hat. So kann ich dich begleiten.« Er hielt ihr einen Arm entgegen. »Wollen wir?«

Agathas Gedanken rasten. »Das ist aufmerksam von dir, aber ich würde lieber allein fahren. Ich hatte vor, euch mit einer Kleinigkeit zu überraschen. Da du das nun bereits weißt, wäre es schön, wenn du nicht sofort erfährst, für welche Mitbringsel ich mich entscheide.« Sie zog einen Schmollmund und trat ein Stück vom Eingang weg, aber so, dass sie noch immer unter dem Baldachin stand. Schließlich musste nicht jeder mitbekommen, worüber sie sich unterhielten, auch wenn die Angestellten äußerst diskret sein sollten.

Leonard folgte ihr und gab dem Taxifahrer einen Wink, zu warten. Mit ernster Miene wandte er sich wieder zu ihr um. »Schwesterherz, ich kenne dich seit dem Tag deiner Geburt, und ich merke, wenn du mich anlügst. Also?«

Sie schulterte ihre Handtasche und verschränkte die Arme vor der Brust. Da war es wieder, das Herzklopfen, nur fühlte es sich dieses Mal nach Anspannung und Bedauern an. »Ich habe keine Ahnung, wovon du redest.«

Er forschte noch eine Weile in ihrem Gesicht. »Wir zwei gehen nun zurück nach oben. Ich begleite dich auf dein Zimmer, und wenn du möchtest, spielen wir noch ein wenig Karten.«

Agatha glaubte, sich verhört zu haben. »Was soll das, Leo? Bestrafst du mich für irgendetwas? Wenn eure Verhandlungen nicht gut gelaufen sind und du deshalb schlechte Laune hast, ist das nicht meine Schuld.«

»Bevor meine Schwester versucht hat, mir einen Bären

aufzubinden, hatte ich noch gute Laune.« Er überlegte. »Die andere Option ist, dass wir für eine Stunde einkaufen fahren, und ich bestimme, welche Geschäfte wir aufsuchen. Keine Sorge, ich weiß, wo sich Damen gern umsehen.«

Das ist mir durchaus bewusst.

Ihr Bruder meinte es ernst. »Leo«, versuchte sie es trotzdem. »Ich würde gern allein fahren, ich habe das alles bereits geplant.«

Er schüttelte den Kopf, dann trat er vor und streckte die Hand aus. Zu ihrem Schrecken bemerkte Agatha, dass ein Zipfel des Briefs aus ihrer Handtasche ragte. Ehe sie reagieren konnte, hielt Leonard ihn in der Hand.

»Was fällt dir ein? Gib das sofort wieder her!«

Erst beim zweiten Versuch bekam sie das Papier zu fassen und zog vorsichtig, da sie den Briefbogen nicht zerreißen wollte. Leonard ließ ihn los. Seine gekräuselten Lippen verrieten, dass er bereits genug gesehen hatte.

»Agi«, sagte er leise und mit dem leicht drohenden Unterton, den sie so wenig mochte. Er erinnerte sie daran, dass Leo ihr als älterer Bruder weisungsbefugt war, vor allem, da sie erst in drei Jahren einundzwanzig und somit volljährig wurde. »Was hast du vor? Hat dein Plan für den Tag etwas mit diesem Schreiben zu tun? Willst du etwa deinen ominösen Brieffreund treffen?«

Sie konnte nichts dagegen tun, dass ihre Wangen warm wurden. Wütend darüber, dass er sie erwischt hatte, faltete sie den Bogen zusammen und schob ihn zurück in ihre Tasche. »Er ist nicht nur ein Brieffreund. Und nein, da ist nicht mehr zwischen uns. Aber ich habe ihm geschrieben, dass ich ihn in London besuche und mir den Laden ansehe, in dem er arbeitet, und ich möchte dieses Versprechen gern halten. Bitte, Leo.« Sie legte ihre Hand auf seinen Arm. »Ich schwöre dir, ich habe vor Jeevan nichts zu befürchten. Außerdem möchte ich auch Malati wiedersehen.«

Er blinzelte. »Malati?«

»Seine Schwester. Wir sind Freundinnen.« Sie hätte ihm gegenüber Malati von Anfang in den Mittelpunkt ihrer Freundschaft stellen sollen – nur hätte sie dann keine Erklärung dafür gehabt, dass nicht sie, sondern Jeevan ihr schrieb. »Eigentlich hatte ich vor, Geschenke für die beiden zu besorgen. Jeevan arbeitet so hart, er hat eine Freude verdient. Ich werde dem Taxifahrer die Adresse nennen und ihn bitten zu warten, bis ich im Laden bin. Nach meinem Besuch wird Jeevan mir ein Taxi für den Rückweg rufen und mich zum Wagen begleiten.«

Er starrte sie an. »Wo ist der?«

»Wer?«

»Dieser Laden, wo dein Freund arbeitet.«

Nein!

Sie wusste, dass sie ihn jetzt nicht mehr anlügen durfte. »In der Pindar Street«, sagte sie leise.

»Entschuldigung«, rief Leonard dem Pagen an der Tür zu. »Die Pindar Street?«

Der Mann richtete sich ein Stück weiter auf. »Richtung Osten, Sir. Nähe Liverpool Street.« Das *dort wollen Sie nicht hin* schwang deutlich in den Worten mit.

Leonard lachte, aber es klang alles andere als amüsiert. »Fast hättest du mich gehabt, Schwesterchen. Aber da wirst du ganz sicher nicht allein hinfahren.«

Agatha sah von ihm zum Taxi, dann zu dem Mann neben dem Eingang, der in die Ferne starrte und vorgab, nichts mitzubekommen. »Gut. Was ist, wenn du mich begleitest?

Dann sitze ich mit meinem Bruder in einem Wagen, da kann wirklich nichts passieren.« Es war keine ideale Lösung, aber ein Kompromiss, mit dem sie wohl leben musste.

In Leonards Augen flackerte es. »Diese Malati … sieht sie gut aus?«

Agatha schlug ihm gegen den Oberarm und lief los. Innerlich atmete sie so sehr auf, dass sie sich erheblich leichter fühlte. Sie würde Jeevan sehen, wenn auch mit einem Aufpasser im Schlepptau.

Während der Fahrt betrachtete Agatha die Gegend genau. Je näher sie dem Ziel kamen, desto weniger störte sie Leonards Anwesenheit. Im Gegenteil, mittlerweile war sie froh, dass er sie begleitete. Sie hatte davon gehört, dass die Auswirkungen des Krieges noch immer zu sehen sein würden, und sie wusste auch, dass die Stadt im Westen ein geeigneterer Ort für einen Besuch war als hier. In manchen Straßen lag so viel Geröll herum, als wären die Gebäude soeben erst von den Bombern zerstört worden. Sie sah zwei riesige Stein- und Schutthaufen, die einst Gebäude gewesen waren. An einem ragte noch eine Mauer in die Höhe, wie die Wirbelsäule eines Skeletts. An einer Ecke standen zwei Lieferwagen. Vor ihnen, ausgebreitet im Schmutz, Kleiderberge. Zahlreiche Frauen in Kitteln und mit Kopftüchern sowie einige Männer wühlten darin herum und achteten nicht darauf, dass die Stoffe dreckig wurden. »Was ist das?«, rutschte es ihr heraus. Vielleicht hatte jemand Kleiderspenden für die Leute hergebracht? Aus einer der großen Fabriken?

»Das ist ein Flohmarkt«, sagte Leonard so ruhig, als hätte er das bereits mehrmals gesehen. »Keiner von der hübschen Sorte wohlweislich.«

Agatha schwieg dazu. Immerhin hatte der Regen aufgehört, aber das machte die Eindrücke nicht weniger grau. Ihr Blick fiel auf zwei Frauen, die an einer Hauswand auf dem Gehweg saßen, die Beine lang von sich gestreckt und jeweils ein Kleinkind auf dem Schoß. Schräg gegenüber standen drei Jugendliche vor einem Zeitungshändler und rauchten. Sie begafften das Taxi und blickten ihm hinterher, als ob sie mit ihrer Zeit sonst nichts anzufangen wüssten. Kinder rannten aus einem Haus erst auf den Gehweg, dann auf die Straße, und als Agatha den Blick hob, sah sie eine Frau an einem Geländer im ersten Stock stehen. Sie trug eine knielange Arbeitsschürze, hatte die Haare mit einem Tuch zurückgebunden und rauchte eine Zigarette, während sie die Kleinen beobachtete. War das die Mutter? Sollte sie dann nicht besser aufpassen, damit ihre Kinder nicht in Gefahr gerieten?

Der Fahrer hupte; die Jungs lachten und schossen zurück in das Haus, dessen Tür noch immer offen stand.

Das Leben der Menschen schien sich auf der Straße abzuspielen. Hier und dort hatte man Kinderwagen mit schlafenden Säuglingen darin abgestellt. In den schmaleren Gassen flatterte Wäsche an zwischen den Häusern gespannten Leinen; Menschen standen zusammen und redeten oder aßen. In einem Hinterhof bauten drei Kinder aus Trümmerstücken einen Turm, während hinter ihnen ein kleines Mädchen im Dreck saß und mit beiden Händen wieder und wieder in eine Pfütze schlug, bis sein Gesichtchen und das helle Kleid über und über mit dunklen Spritzern bedeckt waren.

Es war nicht so sehr die Zerstörung, sondern die Düsternis vieler Straßen, die Agatha aufs Gemüt drückte, sowie der Mangel an Privatsphäre. Sie konnte sich nicht vorstellen, alles unter den Augen der Nachbarn zu tun. Aus dem Haus zu treten und sofort mitten im Geschehen zu sein und nicht in die Ferne und auf Wiesen zu blicken. Aber auf eine gewisse Weise war es auch aufregend. »Achtet denn niemand auf die Kinder?«, murmelte sie. »Sie klettern teilweise in den Ruinen herum. Das ist doch gefährlich.«

»Das ist hier normal«, sagte Leonard. »Es wird noch eine Weile dauern, bis man alles durchgeputzt hat, und die Leute, die hier wohnen, haben viel zu tun.«

Agatha warf ihm einen Blick zu, schwieg aber.

Hier und dort entdeckte sie Läden, die ihre Fassaden mit Werbeschildern zugepflastert hatten. Viele bestanden aus Papier und hingen herab oder waren zerstört worden, sodass sie die Schriftzüge nicht lesen konnte. Als das Taxi langsamer wurde, atmete Agatha auf, da diese Straße nicht so düster und unheimlich wirkte wie manch andere. Zwar flatterte auch hier Wäsche, aber es gab zwei Gehwege, die jeweils breit genug für zwei Personen waren, und das Kopfsteinpflaster dazwischen war weitgehend sauber. Lediglich alte Zeitungen trieben über den Boden oder hatten sich irgendwo verfangen.

»32 Pindar Street«, ließ der Fahrer verlauten und lenkte an den Straßenrand.

Agatha sah von einer Straßenseite zur anderen. Jeevan hatte ihr nicht verraten wollen, welche Waren sein Laden verkaufte. *Das ist eine Überraschung*, hatte in seinen Briefen gestanden. *Vielleicht kommst du ja auch selbst darauf.*

Dann entdeckte sie den Eingang; *Ludlow's* stand dort in geschwungenen Buchstaben. Mr. Ludlow war Jeevans Arbeitgeber. Sie hatten es gefunden! Während Leonard den Fahrer bezahlte und ihn anwies zu warten, stieg sie aus. Sie musterte die Steinfassade, die zwar dunkel angelaufen, aber halbwegs sauber war, das große Blechschild mit der Aufschrift *Lyons Tee – Stets der beste*, die Auslagen hinter dem Schaufenster. Schräg darüber war ein kleineres angebracht, das für *Colman's Senf* warb. Unterhalb des Schaufensters war *Tee, Kaffee und mehr* zu lesen. Ungeduldig wartete sie, bis Leonard ein paar Worte mit dem Taxifahrer gewechselt hatte, dann überquerte sie an seiner Seite die Straße. Ein Fahrrad sauste an ihnen vorbei. Der Mann auf dem Sattel klingelte und fuhr einen so engen Schlenker, dass Agatha mit einem erschrockenen Laut auf den Bordstein sprang. Helles Gelächter drang durch die Luft, dann war der unverschämte Kerl verschwunden.

Durch das Schaufenster erkannte sie zwei Gestalten, aber sie standen zu weit im Inneren, um die Gesichter auszumachen. Wieder legte ihr Herz einen kleinen Dauerlauf hin. Unauffällig kontrollierte sie Kleid und Handschuhe. Alles saß noch immer perfekt.

»Was ist?« Leonard klang amüsiert. »Willst du nicht hineingehen?«

»Einen Augenblick noch, ich möchte erst alles von hier betrachten.« Zunächst musste sie sich ein wenig beruhigen. Sie trat an die Glasscheibe und ließ den Blick über die Auslage gleiten, die durch mehrere Regale abgeteilt war. Auf einigen standen Teedosen und -päckchen, dekoriert mit kleinen Pflanzen, Blättern und Blüten. Auf Keramikschälchen lag ein wenig loser Tee, stets mit einem beschrifteten Pappschildchen versehen: Darjeeling, Masala Gewürzchai, Assam, grüner Tee. Auf dem Regal daneben stapelten sich Kaffee und gräuliche Biskuits, von denen ebenfalls einige auf einem Teller arrangiert worden waren. Rote Blütenblätter verliehen ihnen einen Tupfer Farbe und ließen sie fast schon appetitlich erscheinen.

Darüber hinaus gab es Tassen und Kannen in unterschiedlichsten Ausführungen sowie Kräuter und Gewürze, ebenfalls nett hergerichtet.

Obwohl Agatha das *Ludlow's* zum ersten Mal sah, war sie stolz auf das Lädchen, in dem Jeevan arbeitet. Es sah hübsch aus, und sie hoffte, dass es genügend Kunden fand. Wie schön wäre es, wenn Mr. Ludlow so viel einnehmen würde, dass er sich vergrößern konnte?

Sie wandte sich zu Leonard um. »Möchtest du hier draußen warten?« Als er die Augen verdrehte, fügte sie hastig hinzu: »Ich weiß nicht, was du von mir denkst, aber in einem öffentlichen Laden werde ich wohl kaum unanständige Gespräche führen.«

Er lachte, zog das Silberetui mit seinen Zigaretten aus der Tasche und deutete zum Taxi. »Nun gut, ich werde mich mit dem Mann unterhalten, bis dein Jeevan für heute fertig ist. Aber du wirst nicht drum herumkommen, ihn mir vorzustellen.«

Agatha nickte, froh, zumindest das erste Treffen nach all der Zeit nicht unter den Argusaugen ihres Bruders zu erleben. Jetzt konnte sie es kaum erwarten, den Laden von innen zu sehen. Sie hörte noch, wie Leonard ein Zündholz anriss, dann drückte sie die Türklinke nach unten und trat ein. Ein Glöckchen erklang, und ein angenehmer Duft strömte ihr entgegen. Ein wenig Kaffeearoma, aber auch Blumen und, darunter, eine weichere Note.

Eine Frau in einem beigefarbenen Kleid reichte soeben einen Schein über die Theke, hinter der ein älterer Mann mit strengem Mittelscheitel stand. Von Jeevan keine Spur.

Vielleicht hatte er in einem anderen Bereich des Ladens zu tun? Es musste ja ein Lager geben. Agatha wollte den Verkäufer nicht bei seiner Arbeit stören und bummelte an den Regalen entlang, berührte die braunen Packungen, auf denen die Namen der Teesorten standen. Auch hier waren kleine Pappschilder angebracht worden und informierten die Kunden über Stärke und Herkunft der Sorten.

Agatha nahm eine blaue Kanne zur Hand. Ein schlichtes Modell, das ihre Mutter als zu durchschnittlich aus dem Haushalt verbannt hätte. Aber es war gut und sauber gearbeitet und würde seinem Besitzer sicher Freude bereiten. An einer Wand hing ein großes Bild einer wunderschönen, hügeligen Landschaft. Sie hatte etwas Fremdes an sich und zog Agatha auf magische Weise an.

»Kundschaft«, rief der Herr hinter der Theke in den Raum, und fast sofort wurden eilige Schritte laut. Agatha zählte mit, und als sie bei sieben war, tauchte Jeevan auf. Ein Strahlen glitt über sein Gesicht und erhellte den gesamten Laden.

»Miss Agatha Ford«, sagte er mit seiner warmen Stimme, die dafür gemacht zu sein schien, Menschen lächeln zu lassen. »Die schönste Überraschung, die mir dieser Tag bereiten konnte.«

Sie wollte ihm sagen, dass er ihre Gedanken ausgesprochen hatte, aber sie schwieg und sah stattdessen zu, wie er sich umblickte und wohl versicherte, dass der Herr hinter der Theke sie nicht beobachten konnte. Dann nahm er ihre Hände, drückte sie und hauchte einen Kuss darüber in die Luft. Fast spürte Agatha die Berührung dennoch, und allein das brachte diese Unsicherheit zurück, von der sie noch immer nicht wusste, ob sie grausam oder kostbar war.

Jeevan sah wundervoll aus. Das dunkle Haar glänzte, seine Haut wirkte so weich, dass sie am liebsten ihre Fingerspitzen darauf gelegt hatte. Er war wie immer glatt rasiert, und so konnte sie den energischen Schwung seiner Kinnlinie nachverfolgen. Doch am schönsten waren seine Augen: warmes Braun in einer wundervollen Form, bei der die äußeren Winkel leicht nach oben zeigten. Sie erinnerten sie an den geheimnisvollen Prinzen, den sie im Zirkus kennengelernt hatte. Doch abgesehen davon war Jeevan zu einem sehr attraktiven, jungen Mann geworden.

Er trug eine dunkle Hose und ein helles Hemd und sah aus, als gehörte er genau hierher. »Ich freue mich so, dich zu sehen«, sagte sie und wünschte sich, er würde ihre Hände noch ein wenig halten. Aber er ließ sie los, nicht ohne erneut einen raschen Seitenblick zu dem Mann hinter der Ladentheke zu werfen, der noch immer mit der Kundin redete. »Und welch hübscher Laden!« Sie drehte sich zu den Regalen um, deutete aber auf das Bild an der Wand.

Jeevans Lächeln blieb. »Ja, Mr. Ludlow hat sich viel Mühe gegeben und achtet sehr auf Ordnung und Sauberkeit.« Er klang stolz, und Agatha argwöhnte, dass Mr. Ludlow beides seinem Angestellten zu verdanken hatte. »Trotzdem wäre es mir lieber, du wärst weniger hartnäckig, Agatha. Allein herzukommen ist nicht das Richtige für dich.«

Beide warfen einen Blick zum Schaufenster. Das Taxi war nicht zu sehen, aber Leonard rauchte sicherlich schon seine zweite Zigarette.

Agatha zuckte die Schultern. »Ich bin nicht allein hier. Mein Bruder hat mich erwischt, als ich das Hotel verlassen wollte, und sich nicht abschütteln lassen. Er wartet draußen.«

Sie erkannte einen Anflug von Sorge in seinen Augen – um sie, nicht um sich selbst. »Was hast du ihm gesagt?«

»Die Wahrheit. Dass ich einen Freund treffen möchte, der mir sehr wichtig ist.« Ihr wurde warm bei diesen Worten. »Er war nicht erfreut, als er die Adresse erfahren hat. Seine Begleitung ist also ein Kompromiss.«

»Ein sehr guter!« Jeevan wirkte beruhigt. »Nun kann ich aufhören, mir Sorgen um dich zu machen, und dich herumführen. Falls du das möchtest.«

»Aber natürlich!« Sie lachte, nicht zu laut, um keine Aufmerksamkeit auf ihr Gespräch zu lenken. Besser, Mr. Ludlow – denn das musste der Mann hinter der Theke sein – hielt sie für eine normale Kundin. »Es ist wirklich hübsch hier. Und es duftet so angenehm!«

Jeevan senkte den Kopf, als wollte er sich für das Lob bedanken. »Das kommt von den kleinen Proben, die wir ausgelegt haben. Es gibt unseren Kunden einen Vorgeschmack auf das, was sie erwartet. Sie können auch an den Tee- und Kaffeesorten oder den Gewürzen schnuppern. Nur bei den Biskuits geht das leider nicht, aber die kennt hier ohnehin jeder.«

»Kommt diese Idee gut an? Ich meine …« Sie deutete zur Tür, und auf einmal schämte sie sich ein wenig, weil sie nicht wusste, wie sie ihre Frage am besten formulieren konnte, ohne seine Gefühle zu verletzen. Aber sie grübelte, ob man in dieser Gegend überhaupt Wert auf die unterschiedlichen Aromen von Tee oder Kaffee legte oder einfach nur froh war, wenn man sich etwas davon leisten konnte. Sie wusste, dass manche Lebensmittel noch immer rationiert und schwer erhältlich waren. In Birch House hatte das jedoch kaum jemals ein Problem dargestellt, da Mrs. Willis sehr gut darin war, den Speiseplan abwechslungsreich und interessant zu gestalten. Sogar während des Kriegs hatte Agatha nur sehr selten bestimmte Gerichte vermisst. Doch Jeevan und Malati waren weniger privilegiert, und sie wusste nichts über ihre genauen Lebensumstände, die Jeevan ihr auch niemals im Detail hatte schildern wollen. Das Letzte, was sie wollte, war, seinen Stolz zu beleidigen.

Wie so oft brauchte es nur einen kurzen Blickwechsel zwischen ihnen. »Du meinst, ob die Menschen hier Sinn für diesen Luxus haben«, sagte Jeevan sanft.

Es war keine Frage, aber dennoch nickte sie.

Er lächelte und berührte leicht ihre Hand als Aufforderung, ihr zu folgen. Ein Schauer rann über Agathas Nacken, und sie war froh darüber, Handschuhe zu tragen, da er sonst vermutlich ihre Gänsehaut bemerkt hätte. Jeevan blieb vor dem Bild stehen, das sie zuvor bestaunt hatte.

»Das ist eine Teeplantage in den Nilgiri-Bergen im Süden Indiens. Zuvor hing dort ein Foto, das Soldaten zeigte, die in einer Pause zwischen den Gefechten Tee tranken.«

»Wie … ungewöhnlich«, sagte Agatha, die sich nicht vorstellen konnte, dass die mutig kämpfenden und sich stets in Gefahr befindlichen Männer dafür Zeit gehabt hatten.

»Absolut nicht«, sagte Jeevan und strich sich sein Haar zurück. Es war zu voll, als dass es sich lange hätte bändigen lassen. »Für die Soldaten war Tee eine Erinnerung an ihr Zuhause. Er brachte nicht nur Wärme, sondern das Aroma sorgte auch dafür, dass sie einen winzigen Moment lang dem Schrecken entfliehen konnten. Zurück in die Küche ihrer Eltern oder Frauen. Düfte können eine Menge bewirken. Manchmal genügt es, etwas zu riechen, das man sehr mag, und schon hellt sich die Stimmung auf.«

Agatha dachte darüber nach. »Vermutlich mögen wir deshalb auch Blumen so gern.«

Jeevans Lächeln wurde breiter. »Genau. Wann immer es möglich ist, streuen wir hier im *Ludlow's* einige frische Blütenblätter in die Auslage im Schaufenster. Die Welt mag manchmal grau sein, Agatha, aber man findet kleine Dinge, mit denen man sie aufhellen kann.«

Oder Menschen. Manchmal genügt ein kurzes Gespräch mit einem besonderen Menschen, um sie leuchten zu lassen, diese Welt. »War das deine Idee?«, fragte sie rasch, ehe das Schweigen zwischen ihnen zu lang wurde und sie sich womöglich verriet. Jeevan war zu gut darin, zwischen den Zeilen zu lesen. »Die Blütenblätter und die Proben in den Schalen?«

Er zuckte die Schultern. Natürlich war es seine Idee gewesen.

Agatha lächelte. »Ich bin so stolz auf dich. Das hier … es passt so sehr zu dir. Auch wenn ich glaube, dass die Elefanten im Zirkus dich wahnsinnig vermissen werden.«

»Ich vermisse sie auch. Aber ich fühle mich sehr wohl. Diese Stelle ist genau das Richtige.« Er senkte die Stimme zu einem Flüstern. »Wenn es um Tee geht, fragen unsere Kunden oftmals lieber mich als Mr. Ludlow um Rat, weil sie offenbar denken, ich sei frisch von einer Plantage angereist.«

Jede Silbe fand ihren Weg direkt unter Agathas Haut. Ihr Atem ging schneller, und sie versuchte, sich nichts anmerken zu lassen. Diese Befangenheit war nicht nur aufregend, sondern machte sie plötzlich auch traurig. Sie wollte sich wieder so unbeschwert fühlen wie früher, wenn sie mit Jeevan redete.

Ohne darüber nachzudenken, legte sie eine Hand auf seinen Arm. »Ich freue mich sehr für dich, Jeevan.« Beide blickten nach unten, wo das Grün des Stoffes einen interessanten Kontrast zu seiner Haut darstellte. In diesem Moment klingelte das Glöckchen an der Tür. Agatha sah hoch und direkt in Leonards Augen. Erst, als ihr Bruder die Stirn runzelte, bemerkte sie, wie nah sie und Jeevan beieinanderstanden. Aber da trat er auch schon einen Schritt zurück und strahlte sie an. Er musste an der Ähnlichkeit zu ihr erkannt haben, wer der neue Kunde war. »Aber nun erzähl mir, wie es dir ergangen ist, Agatha. Was macht das Leben in Birch House?«

10

Als das Taxi erneut hielt, dieses Mal in der Parfett Street, wirkte die Häuserfassade nicht ganz so freundlich. Unsicher musterte Agatha die hohen Mauern, die grau und wenig einladend waren. In den Fenstern hingen keine hübschen Gardinen wie in Witney, sondern derbe Stoffe. Eines war sogar von innen mit Zeitung abgedeckt. Ob diese Gemäuer wirklich ein Zuhause bieten konnten?

Sie hielt ihr Lächeln, schon allein, um Jeevan nicht zu kränken. Nachdem seine Arbeit im *Ludlow's* für heute erledigt gewesen war, hatte er zunächst Leonard begrüßt und dann vorgeschlagen, dass er und Malati die Ford-Geschwister an einem hübschen Ort in der Stadt trafen. »So müsst ihr zwei nicht warten, und du kommst so selten her und kannst dir etwas ansehen, Agatha. Es gibt schon wieder viele schöne Ecken in London.«

Aber Agatha hatte sich durchgesetzt und darauf bestanden, Malati abzuholen. Zum einen, da sie wusste, dass Jeevan kein Geld für ein Taxi erübrigen konnte und sie befürchtete, ihre gemeinsame Zeit würde auf ein Minimum schrumpfen. Zum anderen, weil sie wirklich neugierig war. Sie wollte sehen, wie er lebte. Erst jetzt gestand sie sich ein, dass ihm das eventuell unangenehm war. Das gefiel ihr nicht, da es eine Grenze zwischen ihnen erschuf. Jeevan hatte nie einen Hehl aus seiner finanziellen Situation gemacht noch sich dafür geschämt. Aber bisher kannte sie nur sein Heim im Zirkus, den kleinen, bunten Wohnwagen, der so sehr aus dieser Welt herausfiel, dass Bewertungsstandards nicht galten. Das war nun anders.

Sie strahlte ihn an, um diese Tatsache zu überspielen. »Ich freue mich so, Malati wiederzusehen.«

Er nickte ihr und Leonard zu. »Ich hole sie. Es könnte etwas dauern, je nachdem, ob Mrs. Whitecliff Zeit hat, mich zu begleiten. Sie hält es sehr streng mit den Etagen – auf der obersten sind keine Männer erwünscht. Und manchmal haben die Mädchen dort zu viel Spaß und hören nicht, wenn ich zu ihnen hinaufrufe.«

Agatha dachte, dass sie in solchen Fällen vermutlich einfach nach oben schleichen würde, aber Jeevan war da anders. Er würde nie etwas tun, das die Ehre eines Menschen oder Hauses verletzte oder gar seine Schwester in Schwierigkeiten brachte. »Ich könnte ja mitkommen«, sagte sie und sah Leonard fragend an. »Wenn du unten auf mich wartest, hole ich sie, Jeevan. Das wäre doch eine schöne Überraschung.«

Leonard überlegte ein, zwei Sekunden, dann nickte er. Trotz der Situation, in der er sie und Jeevan in Mr. Ludlows Laden angetroffen hatte, konnte auch er sich dem Charme ihres Freunds nicht entziehen. Die zwei hatten auf der Fahrt hierher zunächst einige höfliche Floskeln gewechselt, sich aber bald über den Aufbau des Ladens unterhalten. Agatha hatte staunend zugehört, als Jeevan von seinen Plänen erzählte, sich stärker mit dem Teeimport zu befassen.

Jetzt stieg er aus, nachdem er auf ihren Vorschlag hin geschwiegen und seine Hände betrachtet hatte, und hielt ihr die Tür auf.

»Bis gleich, Leo!« Sie zog den Kopf ein, ergriff Jeevans Hand, trat auf die Straße und ließ sie so schnell wie möglich wieder los. Schließlich wollte sie Leonard nicht verärgern.

Jeevan manövrierte sie an einem Wasserrinnsal vorbei, das einen Teil des Asphalts überflutete, und öffnete kurz darauf die Eingangstür des Hauses. Dieses Mal trat er zuerst hindurch und wartete drinnen auf sie. Agatha folgte ihm und war froh, da es freundlicher aussah als auf den ersten Blick. Zwar baumelte auch hier über ihr die obligatorische Wäsche, und das Geländer der Treppe, die sich drei Stockwerke in die Höhe zog, sah zerkratzt aus – an mehreren Stellen fehlten sogar Holzstreben –, aber alles schien sauber und ordentlich zu sein.

Neben dem Eingang verbreiterte sich der Flur und wurde von einem braunen Vorhang abgeteilt. Der bewegte sich nun, dann steckte eine Frau den Kopf hindurch. »Ah, Raje.« Sie musste um die fünfzig sein, vielleicht auch jünger.

Agatha wusste, dass viele Arbeiterinnen durch die langen Stunden und vielen Entbehrungen oftmals älter wirkten, als sie waren. Die Frau trug ihr Haar kinnlang und eingedreht; die Locken wollten nicht so recht zu ihrem strengen Gesicht mit den kaum vorhandenen, feuerrot angemalten Lippen passen. Über ihrem Kleid in undefinierbarer Farbe trug sie eine Schürze, aus der sie nun einen Schlüssel kramte. Ihr Blick fiel auf Agatha, wobei sie die Augen zusammenkniff und den Kopf leicht vorstreckte. »Du weißt, dass es hier keinen Damenbesuch gibt.« Beim Sprechen bewegte sich nur ein Mundwinkel.

Jeevan nickte. »Dies ist Miss Agatha Ford, eine gute Freundin. Wir sind lediglich hier, um meine Schwester zu treffen. Mit Ihrer Erlaubnis wird Agatha im dritten Stock an die Tür klopfen und Malati holen.«

»Als Überraschung«, fügte Agatha hastig hinzu, da sie nicht stumm herumstehen wollte.

»Eine Freundin, soso.« Mrs. Whitecliff zog die Brauen zusammen und kam näher. »Das Licht hier blendet mich so.« Es war eher zu dunkel, befand Agatha, aber vermutlich wollte die Hausherrin nicht zugeben, dass sie eine Brille benötigte.

»Ich freue mich, Sie kennenzulernen, Mrs. Whitecliff«, sagte sie und streckte eine Hand aus. »Jeevan hat mir bereits erzählt, wie froh er und Malati sind, bei Ihnen wohnen zu dürfen.«

»Hm.« Die Frau betrachtete Agathas Handschuhe, als fragte sie sich, woher man so etwas bekam, und schüttelte dann ihre Hand. Der Druck ihrer Finger war etwas zu fest. »Guten Tag, Miss. Gut, gehen Sie. Sind nur zwei Türen auf jedem Stockwerk, eine für das Bad und eine zum Wohnen, aber das erkennen Sie schon. Sie müssen in den dritten Stock. Da klopfen Sie an.«

»Natürlich«, sagte Agatha. »Ich bin gleich wieder da.« Sie war froh, der unmittelbaren Gegenwart der Frau zu entkommen. Mrs. Whitecliff hatte etwas an sich, das ihr unangenehm war – die stechende Aufmerksamkeit vermutlich.

Es war kühl im Treppenhaus. Die Stufen unter ihr knarrten. Manche waren in der Mitte so ausgetreten, dass sie glaubte, sie gäben unter ihren Füßen nach. Je höher sie stieg, desto stärker wurde der Geruch nach nasser Wäsche.

An der Tür im ersten Stock prangte ein dickes Holzschild mit der Aufschrift *privat*. Dröhnendes Gelächter und

Stimmen aus der Etage über ihr drangen an Agathas Ohren. Sie beeilte sich, den zweiten Stock schnell hinter sich zu lassen, denn die Vorstellung, dass sich die Tür öffnete und sie sich einem Fremden erklären musste, war ihr unangenehm.

Mittlerweile mischte sich der Wäschegeruch mit dem nach Schweiß, Lebensmitteln und Zigarettenrauch. Kurz darauf erreichte sie den obersten Treppenabsatz und betrachtete die Türen – beide aus schlichtem Holz, das an manchen Stellen eingedellt war. Hinter einer hörte sie Stimmen, das musste der Wohnraum sein. Sie straffte die Schultern und klopfte an.

Die Stimmen verstummten. Agatha zählte in Gedanken bis fünf, dann klopfte sie noch einmal und öffnete. Vor ihr lag ein riesiges Zimmer, das durch Dachschrägen verwinkelt war und in mehrere Nischen abgeteilt werden konnte. Zwei Trennwände, die Agatha an ein Krankenhaus erinnerten, schufen etwas Privatsphäre, ebenso riesige Tücher und Laken, die von der Decke hingen. Einige waren zurückgezogen, und daher zählte Agatha allein auf den ersten Blick zehn Betten. Hinter den Trennwänden mussten weitere stehen. Zwei große Schränke mit schiefen Türen standen an einer Seite. Die Fenster mussten mal wieder geputzt werden, aber so sah man zumindest die Mauern davor nicht ganz so deutlich. Hier war es nicht unbedingt wärmer, und Agatha unterdrückte den Drang, ihren Kragen hochzuziehen.

Mehrere Augenpaare starrten ihr aus einem der vorderen Betten entgegen. Drei Frauen hatten sich hineingekuschelt, die mittlere hielt eine Zeitschrift in ihrem Schoß. Sie alle hatten braunes oder schwarzes Haar, das ihnen entgegen der Mode in langen Zöpfen über den Rücken fiel, und trugen mehrere Oberteile übereinander, die ihnen bis zu den Knien reichten, sowie schmale Hosen. Ein ungewöhnlicher Aufzug.

Agatha lächelte. »Entschuldigen Sie vielmals die Störung, aber ich bin auf der Suche nach Malati Raje«, sagte sie klar und deutlich, damit man sie im gesamten Zimmer hörte.

Die drei lächelten unsicher zurück und schwiegen. Dafür raschelte etwas im hinteren Teil des Zimmers. Eines der Tücher wurde zur Seite gezogen, und ein bekanntes Gesicht erschien.

»Agatha?«

Sie musste zweimal hinsehen, bis sie Malati erkannte. Wie ihre Freundin gewachsen war! Bei ihrem letzten Treffen hatte sie noch so kindlich gewirkt mit ihrem runden Gesicht und den dichten Brauen. Jetzt hatten sich Wangenknochen herausgebildet, die Stirn war höher geworden, und die dunklen Balken über den Augen hatten sich in zwei geschwungene Bögen verwandelt. Malati war noch immer schmal und zierlich, doch auch ihre Bewegungen verrieten, dass sie eine junge Frau geworden war. Mit ihrem strengen Mittelscheitel, den im Nacken zusammengesteckten Haaren und den riesigen Augen hatte sie etwas von einer Fee aus jenem magischen Reich, dem auch Jeevan entsprungen war.

»Hallo Malati!« Auf einmal fühlte sich Agatha nicht mehr fehl am Platz. Ihre Freundin rannte los und warf sich in ihre Arme.

»Jeevan hat gesagt, dass du zu Besuch kommen willst, aber ich konnte es nicht ganz glauben!« Sie war ungefähr so groß wie Agatha und an sich ein ruhiger Mensch. Jetzt aber vibrierte sie nur so vor Energie. Die drei Frauen auf dem Bett starrten sie an, steckten die Köpfe zusammen und tuschelten. Malati lachte. »Du siehst einfach wundervoll aus, Agatha! Wie eine echte Dame. Ich bin so froh, dass ich heute eher von der Arbeit nach Hause gekommen bin.« Ehrfürchtig betrachtete sie Agathas Aufmachung und strich vorsichtig über den Saum ihres Kleids und ihre Handschuhe.

Agatha entschied, sie ihr zum Abschied zu überlassen. Wenn sie das bereits jetzt tat, würde Leonard nur darauf aufmerksam werden.

»Und du bist so erwachsen geworden, Malati. Du siehst nicht aus wie sechzehn, sondern wie eine junge Dame.« Die Röte auf Malatis Wangen rührte sie. Ihre Freundin war schon immer so bescheiden gewesen, dass sie mit Komplimenten nichts anzufangen wusste. Dabei – oder unter anderem deshalb? – war sie eine Schönheit, selbst in ihrem einfachen geblümten Kleid, unter dem sie ein Oberteil mit langen Ärmeln trug, und den robusten Schuhen. Als sie den Kopf wandte, um an ihrem Rock herumzuzupfen, sah Agatha eine wunderschöne Brosche in Form einer Blume, die sie in ihren Haarknoten gesteckt hatte. Ob das ein Erbstück ihrer Eltern war? »Und Jeevan hat mir gar nichts von deiner Arbeit verraten. Was genau machst du denn?«

Es war ein seltsames Gefühl, dass das jüngere, zierliche Mädchen Geld verdiente.

Malati strahlte. »Ich hatte Glück und verkaufe Lebensmittel in einem Laden in der Nähe des Krankenhauses. Mr. Ludlow hat dort ein gutes Wort für mich eingelegt. Es gefällt mir sehr. Die Ärzte und Schwestern kommen oft vorbei und plaudern.«

»Wie interessant. Du musst mir unbedingt mehr davon erzählen. Ich bin übrigens hier, um dich abzuholen. Jeevan und mein Bruder warten unten. Wir dachten, wir kaufen Gebäck und bummeln an der Themse entlang, was denkst du?«

»Dein Bruder?« Malatis riesige Augen wurden noch größer.

Agatha seufzte. »Eigentlich wollte ich allein kommen. Aber er hat mich erwischt und darauf bestanden, mich zu begleiten.«

»Das ist auch gut so.« Zum ersten Mal schwang ein leichter Tadel in Malatis Stimme mit. In ihren Augen war Agatha schon immer eine Prinzessin gewesen, die nicht allein durch die Welt streifen sollte. Das Schicksal trieb sein Spielchen mit ihnen, da beide die jeweils andere als jemanden sahen, der aus einem magischen Teil dieser Welt stammte.

»Also«, sagte Agatha. »Wollen wir? Hol deinen Mantel. Hast du eine Tasche?«

Malati nickte, verschwand hinter dem Vorhang und kehrte kurz darauf mit einem Modell zurück, das aus der Vorkriegszeit zu stammen schien. Immerhin war es sauber und gut gepflegt. Die beiden winkten den noch immer schweigenden Frauen zu und verließen unter leisem Gekicher den Raum. Dabei versuchte Agatha von sich zu schieben, wie schrecklich sie die Vorstellung fand, ein Zimmer mit anderen Personen zu teilen.

Kurz darauf entdeckte sie Jeevan und Leonard, die in ein Gespräch vertieft waren und es nun unterbrachen, um sich ihnen zuzuwenden. Auf Jeevans Gesicht lag der so gewohnte, ruhige Ausdruck, Leonard dagegen war eindeutig erstaunt. Er musterte Malati, als hätte er noch nie in seinem Leben ein weibliches Wesen gesehen. Agatha fragte sich, was er sah. Den aus der Mode gekommenen Mantel? Ein Mädchen, eine Frau? Oder die exotische Schönheit?

»Das«, sagte sie, und deutete auf Leonard, »ist mein Bruder, Leonard Ford. Leo – meine liebe Freundin Malati.«

»Sehr angenehm«, sagte er und fand mühelos in seine Rolle als Charmeur, indem er eine Hand ausstreckte.

Malati warf Agatha einen unsicheren Blick zu, folgte dann aber der Aufforderung, wobei sie ihre Finger mehrere Millimeter über Leonards Handfläche in der Luft schweben ließ. Er schloss seine sehr vorsichtig darum. »Es ist mir eine Ehre. Sind Sie bereit für einen Ausflug auf die andere Seite der Themse? Ich kenne einen Laden in Mayfair, der hervorragende Obstkuchen herstellt.«

»Du hast mir noch gar nichts von deinen Plänen erzählt«, sagte Agatha und tupfte sich die Lippen, obwohl sie behutsam gegessen hatte und sicher war, dass keine Krümel daran klebten. Mittlerweile hatte sich ihr Herz wieder beruhigt, und sie war einfach nur froh über Jeevans Nähe, genoss jeden Augenblick und jede Sekunde mit ihm. »Du möchtest dich stärker mit Tee befassen?« Ihr Blick glitt über die Grünflächen des Hyde Parks. Der Wind war frischer geworden, daher hatten sie sich entschieden, der Themse den Rücken zu kehren und stattdessen im Park zu flanieren. Die Menschen saßen trotz des kühlen Wetters auf Decken oder Holzstühlen auf den Wiesen; aus der Ferne drangen Stimmen zu ihnen herüber. Agatha beschattete die Augen mit einer Hand und erkannte eine kleine Menschenmenge, die sich um etwas versammelt hatte. Das musste die berühmte Speakers Corner sein, wo die freie Rede zelebriert wurde. Agatha erinnerte sich an die Berichte über eine Rakete, die kurz vor Kriegsende genau dort niedergegangen war und drei Menschen getötet hatte, und erschauerte.

»Ist dir kalt?«, fragte Jeevan.

»Nein, ich habe gerade nur an etwas Unschönes gedacht. Aber du versuchst abzulenken. Magst du mir nicht davon erzählen?« Hinter ihnen lachte Malati, und als sie sich umdrehte, sah Agatha ihre Freundin und Leonard in ein Gespräch vertieft. Beide knabberten noch immer an ihren Obstkuchen. Sie war froh darüber, dass sie sich so gut verstanden, vor allem, weil sie Jeevan so ganz für sich hatte und Leonard sie nicht andauernd beobachtete. »Also?«

Jeevan strich sich die Haare aus der Stirn. »Noch kann ich dir leider nicht so viel berichten. Aber Mr. Ludlow hat mich von Anfang an mit dem Teesortiment betraut – weil er denkt, dass es besser ankommt, wenn ich die Kunden berate.« Er schüttelte den Kopf. »Ich war so erstaunt, dass es funktioniert. Als wollten die Menschen getäuscht werden.«

»Du hast deine Wurzeln dort, woher viele Teesorten stammen«, sagte Agatha. »Das reicht wohl, um sie zu überzeugen.«

»Ja, das ist wohl wahr. Und ich finde Tee und seinen Anbau faszinierend. Aber noch fehlen mir wichtige Kenntnisse, und das möchte ich ändern, damit ich die Menschen guten Gewissens beraten kann. Ich habe mich vom ersten Tag meiner Anstellung an mit der Qualität und den Lieferkonditionen befasst, aber ich möchte dich damit nicht langweilen. Kurz gesagt: Es macht mir viel Freude, und das Thema fasziniert mich von Tag zu Tag mehr.«

»Das klingt so wundervoll, Jeevan.«

In seinen Augen glomm ein Feuer, das sie bisher nur selten an ihm gesehen hatte. Jeevan hatte auch seinen Job im Zirkus geliebt, aber jetzt strahlte er förmlich. »Ich bin sicher, dass die Menschen in einigen Jahren Tee noch mehr wertschätzen als jetzt, vielleicht mit einem schönen Stück Zucker, wenn er wieder für jeden uneingeschränkt erhältlich ist. Und wenn es so weit ist, möchte ich bereit sein und alles darüber wissen, was ich wissen muss.«

Agatha lächelte. »Erzähl mir etwas. Über Tee.«

Er musterte sie. »Ich weiß, wie gern du reisen möchtest, Agatha, und ich bin sicher, dass du das eines Tages tun wirst. Vielleicht wird dein Weg dich dann nach Indien führen, wo du die großen Plantagen des bengalischen Anbaus bestaunen kannst. Erst im vergangenen Jahrhundert ist der Tee dort wichtig geworden, und mittlerweile hat er essenzielle Bedeutung für die Händler hier in England. In den fernen Bergen kannst du endlos in die Weite sehen, über Hänge und kleine Ortschaften. Oft verfangen sich Wolken zwischen den Felsformationen, und dann sieht es aus wie ein Land aus dem Märchen.«

»Ich möchte das so gern eines Tages erleben«, sagte Agatha leise. »Am liebsten zusammen mit dir. Du könntest mir die Plantagen zeigen und erklären, wann der Tee bereit ist für die Ernte.«

Er lächelte, sagte jedoch nichts. Obwohl sie den Grund dafür kannte, kränkte es sie. Jeevan war zu sehr Realist. Ihnen beiden war bewusst, dass sie niemals zusammen reisen würden, aber es war so schön, zumindest hin und wieder davon zu träumen. Sie starrte auf den Weg vor ihnen, doch ihre Gedanken schweiften ab.

»Weißt du«, sagte sie nach einer Weile, »ich beneide dich manchmal darum, wie klar du deine Zukunft siehst. Du hast all diese Pläne. Ich dagegen weiß nicht, was mich erwartet. Ich werde bei Tisch schon seltsam angeguckt, wenn ich erwähne, dass ich gern reisen möchte. Meiner Mutter wäre es am liebsten, wenn sich meine Interessen auf den Haushalt beschränken.« Sie zögerte. »Überall im Land ist so viel zerstört worden, und die Leute bauen es wieder auf. Genau das sollte ich auch tun, nicht wahr? Eine Zukunft bauen. Aber ich weiß nicht, wie.« Sie ärgerte sich darüber, wie verzweifelt sie klang, und räusperte sich. »Entschuldige, das ist hochmütig. Ich sollte mich nicht beschweren.«

»Wie sähe sie denn aus? Die Zukunft, die du gern bauen würdest?«

Sie musste nicht lang überlegen. Wie immer, wenn sie Jeevan traf, wuchs ihre Neugier auf die Welt, und auf einmal genügten ihr Karten oder die wenigen Gespräche mit ihrem Vater nicht mehr.

»Ich würde in einem Haus mit Blick auf das Meer leben«, sagte sie voller Überzeugung. »Mit gerade genug Mauern, um zu schützen, aber nicht zu vielen, damit man sich nicht eingesperrt fühlt.« Sie lachte. »Vielleicht wäre ein Schiff angemessener als ein Haus.«

Er zwinkerte ihr zu. »Ich glaube, das wirst du niemals herausfinden, wenn du nicht beginnst, meine Liebe. Und wenn es ein Haus wird und dir nicht gefällt, dann überlässt du es jemand anderem. Du musst nicht dein Leben lang dort wohnen. Oder du verlässt es und besteigst ein Schiff, das jetzt einfach noch nicht existiert. Aber womöglich legt es eines Tages an.«

Seine Worte vibrierten in Agathas Kopf. »Du glaubst wirklich, dass die Zukunft nicht festgelegt ist?«

»Ich kenne keinen einzigen Hellseher in dieser Welt, Agatha. Niemand weiß, was der nächste Tag oder gar das nächste Jahr für ihn bereithält. Nur weil ich plane, bedeutet das nicht, dass ich eher weiß als du, was mich erwartet. Es kann sich immer alles ändern. Was ich aber glaube, ist, dass du nicht einfach nur warten darfst. Wenn du stillstehst, dann wirst du unzufrieden, und die Welt passt sich dir an. Bist du in Bewegung, dann tut sie es dir gleich. Außerdem«, er lachte und berührte endlich ihren Arm, wenn auch nur sehr flüchtig, »passt es nicht zu dir, nur abzuwarten. Du warst schon immer am fröhlichsten, wenn du etwas Neuem begegnet bist.«

»Ja«, sagte sie langsam und fragte sich, warum sie soeben traurig und unwahrscheinlich glücklich zugleich war. »Ich glaube, da hast du recht.«

Malatis Lachen hinter ihr riss Agatha aus ihren Grübeleien. Als sie sich umwandte, hatte ihre Freundin eine Hand vor den Mund geschlagen. Ihre Wangen waren rosig, und ihre Augen glänzten. Doch sie hatte keinen Blick für den Hyde Park oder die Bäume und Menschen rund um sie herum. Ihre gesamte Aufmerksamkeit galt Leonard.

11

Witney, 1951

Mein lieber Jeevan,

seit unserem letzten Treffen ist viel Zeit vergangen, sogar seit meinem letzten Brief. Ich vermute, du bist so sehr im Laden eingebunden, dass du noch keine Zeit gefunden hast, mir zu antworten. Heute schreibe ich dir also wieder, und ich hoffe, es geht dir gut und du freust dich über diese Zeilen.

In den vergangenen Tagen muss ich oft an meinen ersten Besuch in London nach dem Krieg denken. Das ist nun schon drei Jahre her! Erinnerst du dich an unseren Spaziergang im Hyde Park und das Gespräch über Häuser und Schiffe? Nun, ich argwöhne, dass es in meinem Fall eher das zweite sein wird, damit ich besser ins Wasser springen und fortschwimmen kann.

Nach meiner gescheiterten Verlobung mit Harold Wilson (dem ich keine Träne nachweine, der seine Spielsucht sicher noch immer in ganz Oxfordshire auslebt, und den ich ohnehin niemals heiraten wollte, aber ich fand zu jener Zeit nicht mehr die Kraft, mich dem Drängen meiner Mutter entgegenzustellen), haben meine Eltern mir Zeit für mich zugestanden. Aber ich fürchte, diese wird bald zu einem Ende kommen. Immer häufiger ist bei Tisch die Rede von einer erneuten Verlobung, schließlich bin ich nicht mehr so jung, wie meine Eltern es gern bei einer Heirat gehabt hätten. Mir läuft die Zeit davon. Lange Jahre fand ich es ganz und gar nicht schlimm, noch keinen Mann an meiner Seite zu haben. Ich verrate dir nun auch, dass ich mich noch immer oft nach Indien träume, auf die Teeplantagen, von denen du mir erzählt hast. Und warum nicht an deiner Seite? Wer sonst kennt mich so gut, dass ich ihm mein Herz ausschütten kann?

So tue ich es auch jetzt, denn allmählich holt mich die Angst vor der Zukunft wieder ein. Ich kann mir das Haus oder Schiff nicht allein aussuchen, Jeevan. Es wird jemand anderem gehören, und ich werde Dauergast sein.

Aber ich will nicht nur von mir reden. Wie geht es dir? Dein letzter Brief klang so ernst. Aber du lernst eine Menge und hattest den Wunsch, deinen eigenen Teeladen zu eröffnen. Ich bin sicher, dass sich dieser erfüllen wird! Ich wünsche es mir mit dir. Denn auch das hast du mich gelehrt: Man muss in Bewegung bleiben, wenn man etwas erreichen will. Und genau das tust du.

Agatha brach ab und starrte aus dem Fenster, wo sich zwei Tauben attackierten und wild mit den Flügeln schlugen. Ihr Blick glitt zu dem Datum, das sie immer unter ihrem Namen am Ende des Briefs platzierte. Vor über fünf Monaten hatte sie ihn abgeschickt und noch immer keine Antwort erhalten. Allmählich machte sie sich Sorgen.

Sie faltete ihn zusammen und legte ihn in die Kiste, in der sie ihre Korrespondenz aufbewahrte. Schon früh hatte sie sich angewöhnt, sämtliche wichtigen Briefe doppelt zu schreiben. Auf diese Weise wusste sie stets, worauf die Antworten sich bezogen, und zudem konnte sie so noch einmal durch ihre eigenen Gedanken wandern. Manchmal ersetzten die Briefe an Jeevan ein Tagebuch. Manchmal begriff sie Dinge erst im Nachhinein. Und manchmal wünschte sie sich, noch etwas offener gewesen zu sein. Ihm geschrieben zu haben, dass sie sich vielleicht nicht nach dem sehnte, was sich die meisten anderen Frauen wünschten, die sie kannte – einem Mann und einem Zuhause, in dem bald Kinder ihre gesamte Aufmerksamkeit forderten. Weil sie wusste, dass sie es niemals mit *ihm* haben konnte.

Oder war sie zu deutlich gewesen, und er hatte sich deswegen zurückgezogen? Nein, das würde er nicht tun. Er würde es ansprechen. Ob Jeevan etwas geschehen war? Oder Malati? Es war schwierig, an Informationen zu kommen.

In den vergangenen Monaten war ihr Vater so eingespannt bei Ford Birmingham gewesen, dass er nicht in Betracht gezogen hatte, sie noch einmal mit in die Hauptstadt zu nehmen. Leonard war dagegen häufig dort und leitete mittlerweile einen eigenen Bereich der Firma. Sie würde noch bis zur nächsten Woche warten, und wenn sie dann nichts von Jeevan gehört hatte, würde sie Leo bitten, in ihrem Namen bei *Ludlow's* vorbeizufahren. Er hatte die Raje-Geschwister kennengelernt und gemocht. Diesen Wunsch würde er ihr sicher nicht abschlagen.

Doch vielleicht zerbrach sie sich umsonst den Kopf, da Jeevan alles daransetzte, sich seinen Traum zu erfüllen und schlicht und einfach hart arbeitete. Agathas Handflächen kribbelten, als sie sich vorstellte, dass er ins Ausland gereist war und über jene Plantagen spazierte, die sie auf dem Bild im *Ludlow's* gesehen hatte. Etwas rührte sich in ihr, sammelte sich in ihrem Bauch. Eine Wärme, die einen feinen Schmerz mit sich brachte. Agatha brauchte eine Weile, bis sie Sehnsucht erkannte. Auf einmal brannten ihre Augen. Sie blinzelte, weil sie nicht so töricht sein und weinen wollte. Es gab keinen Grund dafür! Mit geballten Fäusten versuchte sie, das Gefühl zu verdrängen, indem sie an etwas Schönes dachte: die Sonne am Morgen, die den Nebel beleuchtete und die Gegend rund um Birch House verzauberte. Der warme Duft des Tees, den sie in den vergangenen Jahren zu lieben gelernt hatte. Sie hatte Mrs. Willis dazu gebracht, mehr Sorten als sonst im Haus zu haben. Ceylon und Earl Grey für den Morgen, Darjeeling als leichtes Getränk am Nachmittag und den malzigen Assamtee, falls Besuch am frühen Abend eine Tasse wünschte. Ihre Mutter hatte darüber die Stirn gerunzelt, sie aber gewähren lassen. Vermutlich war sie froh darüber, dass Agatha endlich Anstalten machte, sich mit dem Haushalt zu befassen.

Es funktionierte; in ihrem Inneren kehrte Ruhe ein. Agatha wischte mit den Fingerspitzen vorsichtig über die Augen und probte ein Lächeln.

»Agatha!«

Der Ruf aus dem Erdgeschoss war gedämpft, aber die Stimme ihres Vaters kräftig genug, um sie auch bei geschlossener Tür deutlich zu hören. Eigentlich hatte er in seinem Arbeitszimmer bleiben wollen, bis zum Essen gerufen wurde. War etwas geschehen?

Agatha sprang auf, öffnete die Tür und eilte auf den Flur. »Hier bin ich!«

Ihr Vater stand am unteren Treppenabsatz. Er hatte sich heute noch nicht umgezogen, seitdem er heimgekehrt war, wie so oft, wenn er nach einem raschen Essen wieder in seinen Büchern und Unterlagen versank. Er sah müde aus.

»Einer meiner Geschäftskontakte wird uns zum Abendessen Gesellschaft leisten. Ronald Sperlich kommt aus Deutschland und ist ein guter Händler und ein ehrlicher Mann. Bitte mach dich entsprechend zurecht.«

Agatha verstand. Wenn er sie schon extra darauf hinwies, dann war dies mehr als ein bloßer Geschäftsbesuch. Das Kribbeln kehrte in ihren Bauch zurück, nur fühlte es sich dieses Mal nicht gut an. Vielmehr schnürte es ihr die Luft ab.

»Natürlich.« Irgendwie schaffte sie ein Lächeln.

Ihr Vater erwiderte es und verschwand. Für ihn war damit alles geklärt, doch Agatha hatte tausend Fragen. Herr Sperlich würde sie begutachten, daran bestand kein Zweifel. Sie wusste, dass sich ihre Eltern seit ihrer gelösten Verlobung um einen zukünftigen Ehemann sorgten, aber da sie diesen Gesprächen oft auswich, ahnte sie nicht, wie dringlich es den beiden war. Sie war nun einundzwanzig, was manche schon als alt für eine Hochzeit betrachteten. Leider zählte Agathas Mutter dazu, da sie glaubte, in Gepflogenheiten der Vergangenheit einen Hauch der Herrlichkeit zu finden, die vor dem Krieg zelebriert worden war. Dass junge Frauen heutzutage oftmals einen Beruf ausübten, ehe sie heirateten, entlockte Linda Ford stets nur ein abfälliges Schürzen der Lippen.

Mittlerweile durfte Agatha zwar einen Teil der Geschäftskorrespondenz ihres Vaters erledigen – das Tippen hatte sie sich selbst beigebracht und war durch Übung sehr gut darin geworden –, aber in einer anderen Firma würde ihre Mutter das ganz sicher nicht erlauben.

Agatha ging zurück in ihr Zimmer und ließ sich auf ihr Bett sinken. Über den Namen Ronald Sperlich war sie noch nie gestolpert. Ausgerechnet ein Deutscher! Ihre Eltern würden sie doch wohl nicht dorthin verheiraten wollen? Nein, das war absurd.

Vielleicht war es auch nur ein normales Essen mit einem geschäftlichen Gast. So oder so, sie würde ihre Familie nicht blamieren.

Als sie mit der Suppe fertig waren und Mrs. Willis die Teller abräumte, hatte Agatha Ronald Sperlich als für sie harmlos eingestuft. Er unterhielt sich hauptsächlich mit ihrem Vater über Geschäftliches und plauderte ansonsten genau so viel mit ihr wie mit ihrer Mutter über Dinge wie den Garten von Birch House. Darüber hinaus ließ er keinerlei Anmerkungen fallen, die darauf hindeuteten, auf der Suche nach einer Ehefrau zu sein. Zudem war er sicherlich fünfzehn Jahre älter als sie. Hochgewachsen, mit einem energischen Gesicht und rötlichem Haar. Er hinkte leicht und war daher nicht für den Kriegsdienst eingezogen worden. Das war das Einzige, was er über jene Zeit fallen ließ, und sie wollte das Thema auch nicht darauf lenken. Trotzdem grübelte sie, als sie ihn verstohlen musterte, wie er zu alldem stand. War er einer derjenigen gewesen, die Hitler vom Straßenrand aus zugejubelt hatten? Hätte er voller Überzeugung für sein Land gekämpft, wenn es ihm möglich gewesen wäre? Und wie war es für einen Deutschen, Geschäftskontakte im Ausland zu pflegen? Warf man ihm seine Landeszugehörigkeit vor? Oder wurde die Vergangenheit für den Profit unter den Tisch gekehrt?

Sie erschrak, als er ihr den Kopf zuwandte, so als hätte er ihren Blick bemerkt. Rasch gab sie vor, sich mit ihrem Besteck zu beschäftigen.

»Was ist mit Ihnen, Agatha?«, fragte er. »Ich habe gehört, Sie unterstützen Ihren Vater bei Ford Birmingham?« Sein Akzent war zwar zu hören, doch zum Glück war es nicht dieses abgehackte Stakkato, das sie bereits vernommen hatte, wenn Deutsche englisch redeten. Von ihrem Vater wusste sie, dass er einen Großteil seiner Zeit außerhalb seines Heimatlands verbrachte.

Agatha betupfte sich die Lippen mit ihrer Serviette und warf ihrem Vater einen Blick zu. Er nickte aufmunternd. »Nun, ich beherrsche die Arbeit an der Schreibmaschine und unterstütze meinen Vater sehr gern bei seiner Korrespondenz«, sagte sie nicht ganz ohne Stolz.

Herr Sperlich schien nicht erstaunt zu sein. »Wir haben kürzlich zwei junge Frauen dafür eingestellt, die zuvor einen entsprechenden Kurs besucht haben. Neben dem Umgang mit der Schreibmaschine haben sie Grundlagen des kaufmännischen Geschäfts gelernt. Nichts Ausführliches, aber es hilft enorm, sodass man ihnen kleinere Zuarbeiten überlassen kann. Wie war das bei Ihnen, Miss Ford?«

Agatha lächelte und vermied den Blick zu ihrer Mutter. Sie ahnte, dass ihr die Richtung des Gesprächs ganz und gar nicht gefiel. »Oh, ich habe mir das Schreiben selbst beigebracht, an einer alten Maschine meines Vaters.«

»Ich bin beeindruckt«, sagte Herr Sperlich, doch es klang höflich statt überrascht. »Mit welchem Modell arbeiten Sie?«

»Mit einer Smith Corona Skyriter.« Das gute Stück mit seiner grünen Tastatur war ihr mittlerweile bestens vertraut.

»Natürlich achtet Agatha darauf, ihre häuslichen Pflichten nicht zu vernachlässigen«, warf ihre Mutter ein. Sie hatte sich zum Abendessen für ein dunkelrotes Kleid mit verstärkten Schultern entschieden und es mit unauffälligem Schmuck kombiniert, damit der Gesamteffekt nicht unangemessen für den Anlass erschien. Ihre Lippen waren im Kontrast dazu umso blasser, aber sie hielt ihre Ansicht aufrecht, dass rote Farbe darauf in einem guten Haus nichts zu suchen hatte.

Agatha hatte ein Kleid in vornehmen Cremetönen mit eng anliegendem Oberteil und vollem Rock gewählt. Obwohl es adrett aussah, fühlte sie sich darin abenteuerlich.

Der Einwurf ihrer Mutter war ihr unangenehm. Sie hatte soeben angefangen, sich wohlzufühlen. Herr Sperlich zeigte wirklich Interesse an ihren Fähigkeiten, zumindest hatte sie es so interpretiert.

»Wie auch immer«, sagte sie und versuchte, nicht trotzig zu klingen. »Die Arbeit für meinen Vater macht mir großen Spaß, und ich freue mich, wenn ich etwas über seine Geschäfte lernen kann.« Sie murmelte einen Dank, als Mrs. Willis einen Teller mit Fleisch, Kartoffeln und feinen Erbsen vor ihr platzierte. Aus der Richtung ihrer Mutter schien eine Eisbrise zu ihr herüberzuwehen, doch Herr Sperlich nickte anerkennend. Leider nicht in ihre Richtung, sondern in die ihres Vaters. Er fragte sie noch, ob sie jemals in Deutschland gewesen war, was Agatha als absurd empfand und höflich verneinte. Dann drehte sich das Gespräch erneut um die Geschäfte und Dinge, die sie nicht oder nur ansatzweise verstand. Sie und ihre Mutter verbrachten den Rest des Abendessens weitgehend schweigend.

Die Tür aus auf Hochglanz poliertem Holz war verschlossen, doch sie hörte, wie ihr Vater im Inneren auf und ablief. Agatha hob eine Hand und klopfte an.

»Komm herein.«

Sie öffnete und hielt kurz die Luft an, als ihr ein Schwall kalten Zigarrenrauchs entgegenwogte. Nach dem Essen hatte sie sich von Herrn Sperlich verabschiedet. Er hatte sich mit ihrem Vater zum Gespräch hierher zurückgezogen, während ihre Mutter in den Salon und Agatha auf ihr Zimmer gegangen war, um zu lesen. Nachdem sie Motorengeräusche vor dem Haus gehört und beobachtet hatte, wie ihr Besucher davongefahren war, hatte sie schon damit gerechnet, dass man nach ihr rufen würde.

»Papa?«

Er deutete auf einen der mit dunklem Brokat bezogenen Sessel. »Bitte, setz dich.«

Eigentlich wollte sie lieber stehen, da sie ahnte, dass es hier um eine Zukunft ging, über die sie nicht allein entscheiden durfte. Wenn sie dabei halb in den weichen Tiefen versank, würde sie sich nur noch hilfloser vorkommen. Aber da ihr Vater Platz nahm, musste sie seinem Beispiel folgen. Sie stellte beide Füße fest nebeneinander auf den Boden, drückte die Schultern durch und machte den Hals lang. »Du möchtest mit mir über Herrn Sperlich reden«, sagte sie, als er umständlich an seiner Krawatte zupfte und offenbar nach

Worten suchte, um das Gespräch zu eröffnen. Ihr war es lieber, wenn sie es schnell hinter sich brachten.

Er legte den Kopf schräg und musterte sie eingehend. In dieser Haltung sah er mit seinem – wenn auch mittlerweile ein wenig schütteren – dunklen Haar und der gerundeten Nase Leonard unglaublich ähnlich. »Was hältst du von ihm?«

»Er ist sehr höflich und scheint ein zuverlässiger Geschäftspartner zu sein«, sagte sie die Worte auf, die sie sich bereits zurechtgelegt hatte.

Ihr Vater gab einen missbilligenden Laut von sich. »Du weißt, was ich wissen will. Ich habe bei deiner ersten Verlobung nicht genau aufgepasst und mache mir noch immer Vorwürfe. Einen solchen Fehler werde ich nicht noch einmal begehen.«

»Das mit Harold Wilson war nicht deine Schuld«, sagte Agatha hastig. »Wir waren alle überrascht. Ich am allermeisten.« Sie erwähnte nicht, dass sie auch erleichtert gewesen war. Harold war ein auf den ersten Blick angenehmer Mensch, Sohn eines Mannes, der sein Geld vor dem Krieg in der Baubranche gemacht und sich seitdem zurückgezogen hatte. Das Vermögen der Wilsons war groß genug, dass sie sich keine Sorgen um die Zukunft machen mussten. Ihr einziger Sohn Harold hatte schon vor Jahren ein Auge auf Agatha geworfen, und seitdem ihn seine Geschäfte regelmäßig nach Oxford führten, waren sie sich häufiger begegnet.

»In der Stadt geht es wie immer und überall um das Geld«, hatte er mit einem gefälligen Lächeln erklärt. Agatha hatte angenommen, dass er von der Arbeit redete. Es war so leicht gewesen, Zeit mit ihm zu verbringen. Harold hatte sie an einen plätschernden Bach erinnert, und wenn sie schon jemanden heiraten musste, so konnte sie es sich bei ihm zumindest halbwegs vorstellen. Er sich offenbar auch, denn nach nur wenigen Gelegenheiten, bei denen sie allein im Garten flaniert waren, hatte er ihren Vater um die Erlaubnis gefragt. Erst nachdem die Verlobung offiziell geworden war, fand Agatha heraus, dass nicht die Arbeit ihn regelmäßig nach Oxford führte, sondern seine Spielsucht. Wegen Harold schrumpfte das Vermögen seiner Familie stetig.

Als Agathas Vater davon erfuhr, warf er Harold erzürnt an den Kopf, dass er keinen Cent des Ford-Vermögens bekommen würde. Die Verlobung war noch am selben Tag gelöst worden. Agatha war trotz allem erleichtert gewesen, und ihre Mutter hatte sich für einige Wochen von gesellschaftlichen Treffen zurückgezogen, bis Gras über die Sache gewachsen war.

Jetzt aber schien sich das Schicksal wieder gegen Agatha zu wenden. Dennoch verstand sie die Sorgen ihres Vaters. Ein Fehlgriff bei der Wahl des zukünftigen Schwiegersohns sorgte zwar für skandalösen Tratsch, machte aber aus Agatha und ihrer Familie lediglich bedauernswerte Opfer. Doch bei einem weiteren Fehlgriff würde das auf sie alle zurückfallen. Der Druck lastete also vorrangig auf den Schultern ihres Vaters, und das machte ihr Angst. Wer wusste schon, inwiefern das seine Entscheidung beeinflusste. Eine Entscheidung, die aus lauter Wunsch nach Sicherheit vielleicht Ronald Sperlich hieß.

»Papa?«, fragte sie, da er in Gedanken versunken war.

Er fuhr sich mit einer Hand über den Schnurrbart. »Ich kenne Ronald nun seit einigen Jahren. Er ist ein guter Geschäftspartner. Zuverlässig, genau, fair. Höflich, aber auch direkt, wenn es sein muss. Er handelt mit Maschinenteilen und hat seine Firma nach dem Krieg von seinem Vater übernommen. Sie ist etabliert und wird nicht innerhalb der kommenden Jahre bankrottgehen.«

Agatha kämpfte gegen den Wunsch an, aufzustehen und sich zu bewegen. Die Worte einfach abzuschütteln – vielmehr das, was sie ankündigten. »Das ist gut und schön, aber …«

»Er mag dich. Sagte, du wärst eine angenehme Gesprächspartnerin. Es hat ihm imponiert, dass du mir zur Hand gehst. Er würde dich gut versorgen, Agatha.«

Obwohl sie wusste, warum sie hier war, machten seine Worte sie fassungslos. »Er ist deutlich älter als ich. Und dazu ein Deutscher!«

Ihr Vater winkte ab. »Um seine Gesinnung musst du dir keine Sorgen machen. Er stand niemals auf Hitlers Seite. Im Gegenteil, er spricht nur sehr ungern von seinem Land in Bezug auf den Krieg, und wenn, dann mit Abscheu. Agatha.« Er stand auf. Sie tat es ihm gleich, und als er vor ihr stand, nahm er ihre Hände in seine. »Du bist einundzwanzig Jahre alt. Es wird Zeit, zu heiraten und eine Familie zu gründen. Ich muss dich abgesichert wissen.«

»Ich weiß«, stammelte sie. Seine Sorge schmolz die Protestworte dahin, die sie sich zurechtgelegt hatte. Aber so sehr sie es auch versuchte – noch schaffte sie es nicht, ihre Träume zu begraben. »Was, wenn ich versuche, mein eigenes Geld zu verdienen? Ich helfe dir bereits aus, und Herr Sperlich hat von diesen Frauen erzählt, die …«

»Agatha.« Er ließ sie wieder los. In seine Stimme mischte sich ein Hauch Verärgerung, aber auch Belustigung. »Diese Frauen stammen aus anderen Verhältnissen. Deine Mutter würde das niemals für dich wollen.«

Sie nahm ihren ganzen Mut zusammen. »Und du?«, fragte sie leise. »Würdest du es wollen, wenn es mein Wunsch wäre?«

Kurz wurde sein Blick weicher, aber dann wandte er sich ab und griff nach seinem Glas, in dem goldene Flüssigkeit schwappte. »Das kommt nicht infrage«, sagte er und leerte es.

Agatha fühlte sich urplötzlich unglaublich schwer. Die Chance war nicht sehr groß gewesen, dass er zustimmte, aber sie hatte dennoch darauf gehofft. »Ich hätte gern noch Zeit, um darüber nachzudenken«, flüsterte sie.

»Natürlich. Wir reden später.« Mit langsamen Schritten ging er zurück zu seinem Sessel, setzte sich und nickte in Richtung Tür – der Hinweis, dass er allein sein wollte.

Agatha bemühte sich um ruhige Bewegungen, während sie den Raum verließ und die Tür hinter sich zuzog. Dabei wäre sie am liebsten gerannt, die Treppe hinauf und in ihr Zimmer. Später, hatte er gesagt. Wie sollte sie bis dahin herausfinden, ob sie bereit war, ihre Freiheit gegen Sicherheit einzutauschen, die aus ihr eine Gefangene machen würde? Wo befand sich überhaupt der englische Wohnsitz von Herrn Sperlich? Er musste einen solchen haben; er war ja häufig im Land. Sie hätte fragen sollen.

Ich möchte dich abgesichert wissen.

Sie konnte ihrem Vater nicht einmal einen Vorwurf machen.

Zum Glück gelangte sie ungesehen in ihr Zimmer. Dort starrte sie aus dem Fenster und betrachtete die Bäume an der Einfahrt. Es regnete. In ihrem Kopf herrschte Leere. Ein dankbarer Zustand; zumindest an diesem Abend.

Ein Klopfen an der Tür ließ sie zusammenfahren. Zunächst spielte sie mit dem Gedanken, nicht zu öffnen. Das konnte nur ihre Mutter sein, die vermutlich bereits mit ihrem Mann gesprochen hatte und gekommen war, um ihr ins Gewissen zu reden. Aber sie kannte schon sämtliche Argumente, und sie hatte momentan weder Kraft noch Energie für ein solches Gespräch.

Dann aber klopfte es noch einmal. »Agi, mach auf. Oder hast du wenig an?« Leonard!

Sie lief zur Tür und riss sie auf. Ihr Bruder trug noch seine Reisekleidung. Sein Haar war feucht. »Leo!« Sie zog ihn herein.

»Was ist los, verfolgt dich jemand?«, fragte er gut gelaunt und ließ sich trotz Feuchtigkeit und Straßenstaub auf ihr Bett sinken.

»Bist du gerade erst angekommen?« Leonard war in der letzten Zeit häufiger in London als ihr Vater. Er musste sich einarbeiten, hieß es in den Familiengesprächen bei Tisch immer, aber Agatha glaubte, dass ihm die Hauptstadt einfach unwahrscheinlich gut gefiel.

Er zupfte an seinem Kurzmantel. »Wonach sieht es denn aus?«

»Wie war London?« Agatha ließ sich auf die Bank vor ihrem Schminkspiegel nieder.

Er stopfte sich die Kissen in den Nacken und grinste. »Irgendwie habe ich das Gefühl, du plauderst mit mir, um mich von etwas abzulenken.«

Agatha überlegte. Es gab keinen Grund, ihm ihre Sorgen zu verschweigen. Früher oder später würde er ohnehin alles erfahren. »Wir hatten einen Gast zum Abendessen.« Sie erzählte ihm von Herrn Sperlich und dem anschließenden Gespräch mit ihrem Vater.

Leonard wirkte nicht besonders erstaunt. »Ich habe ihn kennengelernt. Er ist kein übler Kerl, wenn auch nicht mehr ganz so jung. Und sein Akzent ist lustig, findest du nicht?«

Agatha verschränkte die Arme vor der Brust. »Nein, finde ich nicht.«

Er nahm eines der kleinen Kissen und zielte absichtlich schlecht. Es flog weit an ihr vorbei. »Na komm, Agi. Schlimmer als Harold ist er sicher nicht. Wer weiß, vielleicht magst du ihn ja, wenn du ihn näher kennenlernst!«

Sie strich sich eine aberwitzige Haarsträhne zurück. »Er hatte genug Gelegenheit, mich kennenzulernen, hat aber lieber mit Papa über Geschäftliches geredet.«

Sein Grinsen wurde breiter. »Ah, du bist also einfach nur beleidigt?«

»Nein, bin ich nicht!« Nun musste auch sie lachen. »Es war mir ganz recht so. Ich hatte nur nicht den Eindruck, dass er Interesse an mir hat, und das würde auf Gegenseitigkeit beruhen.«

Leonards Grinsen schwand um eine, zwei Nuancen. »Irgendwann musst du dich wieder für jemanden entscheiden, Schwesterherz. Und so wie ich unsere Eltern kenne, hast du da nicht mehr allzu viel Zeit.«

»Ich weiß«, sagte sie energisch und wiederholte es noch einmal leiser. Dann räusperte sie sich. »Aber nun erzähl von deiner Reise. Lenk mich ab.« Er schien zu überlegen. Sein prüfender Blick verwunderte sie. »Was ist los, Leo?«

Er setzte sich aufrecht hin und steckte eine Hand in die Innentasche seines Mantels. »Ich habe überlegt, wann ich ihn dir geben soll. Aber es sieht ganz so aus, als bräuchtest du eine Aufmunterung.«

»Du hast mir ein Geschenk mitgebracht?« Das rührte sie, aber sie fühlte sich nicht danach, aufzuspringen und ihn zu drängen, sie nicht auf die Folter zu spannen. Im Gegenteil, sie war erschöpft. »Das ist lieb von dir.«

Er schien zu überlegen, stand auf und trat zu ihr. Als er die Hand aus seiner Tasche zog, lag ein Stück Papier darin. »Kein Geschenk. Ich war nicht sicher, ob ich ihn dir überhaupt zeigen soll, aber vielleicht heitert er dich ja auf.«

Perplex starrte sie auf das Papier – bis sie die kleine, ordentliche Handschrift erkannte, mit der ihr Name darauf geschrieben war. Es war ein Briefumschlag!

Sie sprang auf und riss ihn aus Leonards Hand. »O mein Gott Leo, ich habe mich heute noch gefragt, ob ihm etwas zugestoßen ist, da ich so lange nichts gehört habe! Wo hast du ihn getroffen? Warum hast du mir nicht erzählt …«

»Agi.«

»Er arbeitet doch noch bei *Ludlow's*, oder?«

»Agatha.«

Überrascht starrte sie auf Leonards Finger, die plötzlich auf ihrer Hand lagen und sie davon abhielten, den Brief zu öffnen. Als sie den Kopf hob, bemerkte sie seinen harten Gesichtsausdruck. »Was? Was ist mit ihm?«

Leonard schüttelte den Kopf. »Agatha, das muss aufhören. Ich habe dir diesen Brief mitgebracht, weil ich nicht will, dass du dich unnötig sorgst. Aber du musst dir Jeevan Raje ein für alle Mal aus dem Kopf schlagen. Glaubst du, ich weiß nicht, dass du die Sache mit der Heirat nicht ernst nimmst, weil er dir noch immer im Kopf herumspukt?«

Seine Worte fachten ihren Puls an, doch ihr Atem stockte in ihrer Kehle. »Das ist Unsinn«, stieß sie hervor. »Ich habe dir schon oft gesagt, dass er ein lieber Freund ist. Und um einen solchen sorgt man sich, wenn man lange nichts von ihm hört. Welch ein Mensch wäre ich denn, wenn mich sein Schicksal kaltlassen würde?« Sie musste Atem schöpfen, so energisch waren die Worte hervorgesprudelt. »Selbst wenn es so wäre, wie du behauptest – und das ist es nicht! –, weiß ich sehr wohl, dass Papa einer Verbindung mit Jeevan niemals zustimmen würde.«

»Ganz abgesehen von unserer Mutter, die du damit in größte Aufregung stürzen würdest«, sagte Leonard. »Dass beide dich bei einem Abendessen mit Herrn Sperlich bekannt gemacht haben, sagt sehr viel aus. Mutter möchte dich in der Herrlichkeit alter Zeiten an einen gut betuchten Herrn übergeben, aber Dad wollte dir immer die freie Wahl lassen. Die du einfach nicht triffst, Agi. Daher bedient er sich nun anderer Methoden.«

Agatha suchte nach dem ihm so üblichen Schalk in der Stimme, doch vergeblich. Er sprach aus, was sie selbst verdrängt hatte. »Ich weiß.« Auf einmal fühlten sich ihre Schultern zentnerschwer an.

Er legte zwei Finger auf den Umschlag. »Ich überlasse ihn dir nur, wenn du mir versprichst, nicht Hals über Kopf nach London aufzubrechen.«

Sie wollte sich zusammenreißen, aber seine kryptischen Worte ließen Angst und Argwohn in ihr aufsteigen. »Wieso sollte ich so plötzlich nach London wollen? Was ist los, Leo? Hat es etwas mit Jeevan zu tun? Ist er krank? Spann mich nicht so auf die Folter. Das ist nicht fair!«

Er schüttelte den Kopf und wandte sich zum Gehen. »Vielleicht lässt du die Geschwister einfach eine Weile in Ruhe.«

»Aber warum? Was ist denn passiert?«

»Ich habe Jeevan nur sehr kurz getroffen. Und jetzt möchte ich mich wirklich umziehen. Bis später, Agi.« Damit wandte er sich um und ließ Fragen und Geheimnisse zurück.

Agatha öffnete mit zitternden Fingern den Umschlag. Das Blatt darin war ordentlich zusammengefaltet, aber als sie es aufklappte, sah sie enttäuscht, dass die Nachricht lediglich wenige Sätze lang war.

Meine liebe Agatha,

ich hoffe, du bist bei bester Gesundheit.

Bitte entschuldige die lange Stille. Momentan ist sehr viel auf der Arbeit zu tun. Wie geplant kümmere ich mich stärker um die Importe unseres Sortiments. Malati ist gesundheitlich ein wenig angeschlagen, aber ich bin sicher, dass es ihr rasch wieder besser geht.

Beste Wünsche
Jeevan

Sie las den Brief ein zweites Mal, fassungslos über den unpersönlichen Ton und die Knappheit der Worte. So kannte sie Jeevan nicht. Also was war der wirkliche Grund? Hatte Leonard ihn überrascht, sodass er den Brief in dessen Beisein geschrieben hatte und daher betont sachlich geblieben war? Oder hatte er geargwöhnt, Leo würde den Brief öffnen? Hatte es mit Malatis Gesundheit zu tun, und seine Gedanken waren so sehr bei seiner Schwester, dass er sich auf nichts anderes konzentrieren konnte? Oder … Agatha faltete den Brief wieder zusammen und schob ihn zurück in den Umschlag. Oder er hatte jemanden kennengelernt. Eine Frau.

»Nein«, flüsterte sie, lief zu ihrem Toilettentisch und starrte in den Spiegel. Das hätte er ihr gewiss mitgeteilt. Mit zitternden Fingern legte sie den Brief ab. Frage um Frage schoss durch ihren Kopf und verursachte ein Pochen an den Schläfen. Sie brauchte Antworten, und die würde sie nur finden, wenn sie nach London fuhr.

12

Ein seltener Sonnenstrahl brach durch die Wolken und ließ die Abertausenden Regentropfen auf den Fensterscheiben der Jaguar-Limousine in sämtlichen Farben schillern. Er fiel auf Celias eindrucksvollen Ring, woraufhin sie die Hand von einer Seite auf die andere drehte und Agatha einen begeisterten Blick zuwarf. »Endlich mal wieder ein schöner Anblick«, sagte sie. »Bei dem da draußen werde ich depressiv.«

Agatha wusste genau, was sie meinte. Bis gerade eben hatte es geregnet, und selbst die Areale Londons, die nicht zerstört worden waren, wirkten grau und wenig einladend. Vermutlich trug auch die lange Fahrt Schuld an diesen Eindrücken.

Sie, Celia und Mrs. Marlowe waren am frühen Morgen in Oxford aufgebrochen, wo sie die Nacht verbracht hatten, und obwohl ihr Fahrer Pausen eingelegt hatte und sie sich bei Spaziergängen die Beine hatten vertreten können, fühlte sich Agatha ausgelaugt. Nicht einmal die letzten Meilen der Fahrt, die sich vor allem durch zunehmend stockenden Verkehr auszeichneten und ihre Lebensgeister durch den Anblick Londons wecken sollten, hatten daran etwas geändert.

Das Hupen hatte eine Weile an ihren Nerven gezerrt, war dann aber in den Hintergrund geraten und hatte sie schläfrig neben Celia zurückgelassen. Sie hatte aus dem Fenster gestarrt, bis die Umrisse – Autoschlangen in der Nähe und London in der Ferne – zu einem Brei aus Grautönen verschwommen waren. Selbst Celias fröhliches Geplapper war nach einer Weile verstummt. Mrs. Marlowe war bereits vor einiger Zeit in den Schlaf gefallen. Ihr Kopf war auf die Seite gesunken, und ihr Mund stand offen. Hin und wieder entkamen ihr leise, quiekende Schnarchgeräusche. Da sie ihren Hut nicht hatte ablegen wollen, war er verrutscht, verdeckte einen Teil ihres Gesichts und verlieh ihr etwas Verwegenes. Lediglich der Fahrer saß kerzengerade am Steuer und fuhr sanft an, sobald sich die Kolonne vor ihnen wieder in Bewegung setzte, aber er hatte die ganze Fahrt über kein Wort gesprochen.

Jetzt spiegelte sich das durch Celias Brillantring gebrochene Licht an der Innendecke und brachte neues Leben mit sich. Agatha streckte die Arme und lockerte die Beine, so gut es ging. Je mehr die Schläfrigkeit der Reise verflog, desto aufgeregter wurden sie. Celia klebte ihre Nase fast an die Scheibe. Ihr kinnlanges Haar leuchtete.

»Ich muss heute unbedingt noch ein Abendkleid für übermorgen finden. Eines, das Gerard den Atem raubt!« Obwohl sie sich sonst immer überlegen gab, verriet der helle Unterton in ihrer Stimme, wie vernarrt sie in ihren Verlobten war.

Celia und ihre Mutter nahmen am Wochenende an gesellschaftlichen Verpflichtungen teil, wie sie es nannten, und hatten zwei Tage zum Einkaufen eingeplant, ehe sie ihre Männer trafen. Celia hatte Agatha gefragt, ob sie sich anschließen wollte. Eine perfekte Gelegenheit, um endlich herauszufinden, was mit Jeevan war.

Seitdem Leonard ihr den Brief überreicht hatte, waren weitere Monate vergangen, und obwohl sie noch am selben Tag zurückgeschrieben und den Umschlag am nächsten Morgen Mrs. Willis in die Hand gedrückt hatte, war seither keine Antwort eingetroffen. Mit jedem Tag hatte sich Leonards Warnung, nicht nach London aufzubrechen, mehr und mehr in ihren Gedanken festgesetzt und sich dort allmählich ins Gegenteil verwandelt. Dies war die ideale Gelegenheit. Zum ersten Mal war Agatha froh darüber, dass ihre Mutter Reisen dieser Art ablehnte. Dafür vertraute sie den Marlowes und ihrem guten Ruf mehr als genug, um ihre Tochter in ihre Obhut zu geben. Nun musste Agatha nur noch einen Weg finden, sich für eine Weile abzusetzen, um sich ein Taxi zu nehmen und zu Jeevan und Malati fahren zu können. Die Vorstellung behagte ihr ganz und gar nicht, aber wenn sie den Wagen stets nur kurz verließ, würde ihr schon nichts geschehen.

Bisher hatte sie allerdings noch keine Idee, wie genau sie das bewerkstelligen sollte.

Als jemand direkt neben ihnen hupte, schreckte Mrs. Marlowe hoch und bemühte sich, dabei vollkommen natürlich auszusehen. »Mr. Johnson, bitte bringen Sie uns direkt zum Hotel«, sagte sie und klang noch leicht verschlafen. »Wir werden uns erst frisch machen und einen Tee zu uns nehmen, ehe wir weiter zum Britischen Museum fahren.«

»Sehr gern. Ich schätze, in einer halben Stunde sind wir da.«

»Eine halbe Stunde«, seufzte Mrs. Marlowe und warf Celia einen gequälten Blick zu. »Viel länger werden meine

Nerven diesem Lärm dort draußen auch nicht standhalten.«

Das *Imperial* am Russell Square erinnerte Agatha durch seine Größe, mit der es in den Himmel ragte und einen guten Teil davon verdeckte, wenn man direkt davorstand, an ihren letzten Aufenthalt im *Dorchester* am Rande des Hyde Parks. Damals war sie ähnlich aufgeregt gewesen. Mit klopfendem Herzen betrachtete sie die Statuen und Wasserspeier aus rotem Backstein und die Türme über dem Mansardendach aus grünem Kupfer. Trotz der verspielten Jugendstil-Fassade hatte das Bauwerk etwas Erschlagendes.

Agatha atmete bewusst ein und aus, während der Wagen eine Kurve beschrieb und direkt vor dem Eingang hielt, von wo aus ein Page auf sie zueilte.

Auf einmal begriff sie, dass jetzt der ideale Moment war, um ihr Vorhaben in die Tat umzusetzen. Sie durfte es gar nicht erst zu Diskussionen kommen lassen – sie hatte bessere Karten, wenn sie Mrs. Marlowe und Celia überrumpelte. Also setzte sie sich abrupt aufrecht. »Wäre es möglich, dass ich mir Ihren Fahrer kurz ausleihe, Mrs. Marlowe? Mir ist nicht nach Tee, aber ich könnte schon einmal rasch die Mitbringsel für meine Mutter besorgen.«

»Wir haben doch noch morgen genug Zeit, um zu bummeln«, sagte Mrs. Marlowe verwundert.

Agathas Gedanken rasten. »Aber ich weiß schon genau, was ich kaufen möchte. Mein Bruder hat es entdeckt und mir den Laden genau beschrieben. Er liegt in der Nähe des Kensington-Palasts. Ich würde gern so schnell wie möglich hinfahren und nachsehen, ob die hübsche Statuette noch zu haben ist. Sonst lässt es mir heute Nacht keine Ruhe.« Sie fühlte sich bei der Lüge unwohl, aber das musste nun sein. Ihr Herz klopfte so sehr, dass sie unwillkürlich tiefer und langsamer atmete, um es zu beruhigen.

»Kensington«, sagte Celia. »Soll ich mitkommen?«

»Nein Unsinn, ruh dich aus. Es tut mir leid, wenn meine Frage Unannehmlichkeiten bereitet. Aber ich dachte, dass es so für alle am bequemsten ist.« Agatha bemühte sich um ein strahlendes Lächeln. »Ich verstehe, wenn es nicht möglich ist«, fügte sie leise an.

»Natürlich ist es möglich«, sagte Celia laut und nahm Agathas Hand. »Wenn es dir so wichtig ist, wird Mr. Johnson dich selbstverständlich hinbringen. Nicht wahr, Mutter?«

»Sicherlich«, sagte Mrs. Marlowe nicht allzu überzeugt. »Aber sieh zu, dass du auf dich aufpasst, Agatha.«

Celia verdrehte die Augen. »Sie wird es schon unversehrt vom Wagen bis in ein Geschäft schaffen. Kommst du dann wieder zum Hotel, Agatha?«

»Wir können uns auch direkt am Museum treffen. Dann nehme ich mir einfach ein Taxi.« Agatha strahlte. »Wann soll ich denn dort sein?«

»Mutter hat eine Führung um vier vereinbart. Bis dahin ist noch genug Zeit. Und nutz du ruhig unseren Wagen, wir werden uns ein Taxi zum Museum rufen. Aber dann müsstest du, bis wir wieder zurück im Hotel sind, in deinem Reisekleid herumlaufen. Ist dir das nicht unangenehm, so ohne eine Erfrischung?«

Agatha warf einen Blick auf die riesige Uhr an der Fassade des *Imperial*. Behutsam strich sie über ihr mintfarbenes Kleid mit dem eng anliegenden Oberteil samt V-Ausschnitt, der von einem Kragen eingefasst wurde. Sie hatte während der Fahrt sehr genau darauf geachtet, dass der Rock nicht verknitterte. Den schmalen Gürtel hatte sie etwas gelockert, um es unterwegs bequemer zu haben. »Das ist so lieb von dir! Und kein Problem, ich halte bis dahin durch. Es ist ja eine Ausnahme, und ich habe Parfum bei mir.« Sie berührte ihre Handtasche. »Wenn deine Mutter einverstanden ist?« Mrs. Marlowe war in der Zwischenzeit ausgestiegen und stand neben dem Pagen, der soeben ihre Koffer auslud.

Celia zwinkerte. »Ich erkläre es ihr schon, keine Sorge. Viel Spaß, wir sehen uns später!« Sie hüpfte aus dem Wagen und schlug die Tür hinter sich zu. Agatha winkte, und dann sprang der Motor auch schon wieder an. Mr. Johnson fuhr einen Bogen, um zurück auf die Straße zu gelangen.

Agatha lehnte sich im Polster zurück und starrte nach vorn. Der erste Teil ihres Plans hatte funktioniert, nun musste sie nur noch den zweiten hinter sich bringen. Sie wartete, bis sie den Russell Square halb umrundet hatten und Mr. Johnson an einer roten Ampel hielt. Dann beugte sie sich vor. »Mr. Johnson?«

»Miss?«

»Können wir bei nächster Gelegenheit anhalten?«

Er warf einen verwunderten Blick über die Schulter. »Geht es Ihnen gut?«

»Ja«, sagte sie rasch. »Es ist alles in Ordnung. Ich möchte nur etwas wegen der Route besprechen.«

Sie sah seine gerunzelte Stirn im Rückspiegel und ahnte, was er dachte: dass er keine Ahnung hatte, warum sie über die Route reden wollte, die er nur zu gut kannte. Vermutlich glaubte er, dass sie einen Umweg für das Sightseeing wünschte. Aber er war zu höflich, um ihre Bitte abzuschmettern, und hielt wirklich bei der nächsten Möglichkeit an. Zu Agathas Erleichterung entdeckte sie zwei der typischen schwarzen Taxis ganz in der Nähe. Wieder klopfte ihr Herz schneller. »Mr. Johnson, ich würde von hier gern ein Taxi nehmen, wenn es Ihnen recht ist.«

»Miss?« Nun wandte er sich um.

Agatha war es unangenehm, zum zweiten Mal in so kurzer Zeit lügen zu müssen. Aber es ging nicht anders. Mrs. Marlowe wäre vermutlich bereits in Ohnmacht gefallen, wenn Agatha vorgeschlagen hätte, bei *Ludlow's* Tee zu kaufen.

»Ich würde so gern einfach mit einem Taxi durch die Stadt fahren«, sagte sie und bemühte sich um eine feste Stimme. Ihr Wunsch mochte mädchenhaft klingen, aber sie musste dennoch selbstbewusst auftreten, wenn sie den Mann überzeugen wollte, dass sie allein zurechtkam. »Es verleiht ein besonderes Gefühl. Man kommt sich vor wie eine echte Londonerin.«

Er zog die dichten Brauen zusammen. »Sie sind in Obhut von Mrs. Marlowe hier, für die ich arbeite. Ich kann Sie nicht einfach allein durch die Stadt fahren lassen.«

Agatha lächelte. »Ich werde doch in einem Taxi sitzen. Und mir auf der Strecke einige Sehenswürdigkeiten ansehen. Was halten Sie davon, wenn ich Sie hier wiedertreffe? Dann nehme ich einen der Wagen direkt dort vorn.« Sie deutete auf die dunklen Fahrzeuge. Zwei Männer lehnten an der Karosserie und rauchten. »Sagen wir, ich bin in anderthalb Stunden zurück?« Das würde sicher knapp werden, aber sie würde es zumindest versuchen. »Bitte, Mr. Johnson. Mein Vater belächelt es, wenn ich ihm sage, wie gern ich die Umgebung aus einem echten Londoner Taxi betrachte. Und Celia und ihrer Mutter möchte ich das nicht zumuten. Sie würden sich tödlich langweilen. Ich bitte Sie!«

Als er endlich widerstrebend nickte, riss sie sich zusammen, um nicht vor Erleichterung aufzulachen. »Also gut. Ich gebe Ihnen die anderthalb Stunden. Aber Sie müssen mir versprechen, dann wieder hier zu sein.«

Sie nickte. »Hoch und heilig versprochen.«

»Und Sie werden nicht aussteigen.«

»Nein, natürlich nicht«, sagte Agatha und kreuzte insgeheim die Finger.

Mr. Johnson betrachtete sie noch immer, als könnte er ihre Gedanken lesen, wenn er nur aufmerksam genug war. Dann stieß er einen tiefen Seufzer aus. »Ach Himmel, ich habe doch auch eine Tochter in Ihrem Alter, und ich kann Sie sogar verstehen. Bitte halten Sie sich an die Abmachung. Ich möchte nicht, dass Ihnen etwas geschieht. Das könnte mich meine Anstellung kosten.«

Sie wagte ein Lächeln. »Das wird nicht passieren. Ich danke Ihnen! Ich werde einen der Männer dort bitten, mich zu fahren.«

»Sie haben Geld?«

Sie deutete auf ihre Handtasche. »Natürlich.«

»Eine Uhr?«

Sie lächelte und zupfte ihren Ärmel ein Stück in die Höhe und zeigte ihm die kleine goldene Armbanduhr mit dem schmalen Lederband. »Auch die.«

»Gut. Dann bis später, Miss Ford.«

Agatha nickte ihm zu. »Ich danke Ihnen tausendmal!« Sie öffnete die Wagentür und stieg aus. Ihre Schritte fühlten sich leicht an, während sie auf die Taxis zuging, aber gleichzeitig stand ihr Körper unter Hochspannung.

Ehe sie einstieg, winkte sie Mr. Johnson noch einmal zu und hoffte, er würde ihren kleinen Ausflug wirklich für sich behalten.

Dieses Mal schüchterte die Gegend sie nicht ein. Agatha achtete lediglich auf die Straße, damit sie mit keinem Radfahrer zusammenstieß, und betrat kurz darauf das Haus von Mrs. Whitecliff. Im Inneren roch es nach Gebratenem und kaltem Zigarettenrauch. Die Hausherrin stand im Flur und unterhielt sich mit einer anderen Frau, die ihre Hände in die Hüfte gestemmt hatte. Beide wandten Agatha die Köpfe zu und musterten sie von oben bis unten. Ihr war bewusst, wie deutlich sie sich von ihnen abhob.

»Mrs. Whitecliff«, sagte sie und lächelte. »Vermutlich erinnern Sie sich nicht an mich. Ich bin Agatha Ford, eine Freundin von Jeevan und Malati Raje. Ich bin hier, um sie zu besuchen. Sind sie da?«

Mrs. Whitecliff sah aus wie bei ihrer ersten Begegnung: strenger Blick, eingedrehtes Haar, das bei den maskulinen Zügen etwas von einer Perücke hatte, knallroter Lippenstift. »Die wohnen beide nicht mehr hier.«

»Wie bitte? Oh, ich …« Damit hatte sie nicht gerechnet. »Wann sind sie denn ausgezogen?« Und vor allem warum? Hatten sie etwas anderes gefunden, jetzt, da Jeevan noch mehr arbeitete als zuvor?

Mrs. Whitecliff zuckte die Schultern. Die andere Frau legte den Kopf in den Nacken und starrte hoch zu der Wäsche, die auch heute wieder im Hausflur trocknete. »Die sind doch schon n paar Monate hier raus. Schnell abgezogen sind se! Aber immerhin waren se leise. Muss ihnen wohl das Geld ausgegangen sein, schätz ich.« Ihre Lippen bewegten sich kaum, und ihre Stimme kratzte, als würde sie zu viel rauchen.

Jedes Wort bohrte sich tief in Agathas Magen. »Das Geld? Aber sie hatten doch beide eine Anstellung.«

Die beiden Frauen sahen sich an, dann lachte die Fremde kurz auf. »Na, die Kleine vermutlich nich mehr.«

Agatha verstand gar nichts. Hieß das, Malati hatte ihren Job verloren? Aber es brachte nichts, in diese Richtung weiterzubohren, denn sie hatte das Gefühl, dass die andere Frau nur darauf wartete, über ihre Freunde herzuziehen. »Wissen Sie zufällig, wo ich sie finden kann? Ich würde sie gern besuchen.«

Mrs. Whitecliff gab ihr mit einer Geste zu verstehen, dass sie warten sollte, und verschwand hinter ihrem Vorhang, während die andere Frau hustete, ohne die Hand vor den Mund zu halten. »Warum is jemand wie du mit denen befreundet?«

Was sollte man auf solch eine Frage antworten? »Wir kennen uns schon eine Weile.«

Die Frau tat ihre Worte mit einem Schnauben ab. Agatha atmete auf, als Mrs. Whitecliff wieder erschien, ein Notizbuch in der Hand, das aussah, als wäre es aus alten Zeitungen zusammengestellt worden. »Ich notier mir immer die neue Adresse, wenn es eine gibt. Falls mir im Nachhinein auffällt, dass etwas kaputtgegangen ist oder fehlt. Aber hier hab ich es. Ming Street in Poplar. Hausnummer ist«, sie kniff die Augen ein wenig zusammen, »sechsundvierzig.«

»Ich danke Ihnen.« Agatha lächelte und verabschiedete sich. Sie wollte keine Sekunde länger als nötig bleiben. Schnell wandte sie sich um und trat aus dem Haus. Die Frau mit der Rauchstimme rief ihr noch etwas hinterher, aber sie lief weiter und atmete erst auf, als sie im Taxi saß, das auf sie gewartet hatte.

Während sie durch die Straßen fuhren, warf sie einen Blick auf die Uhr und hoffte, dass ihr noch genügend Zeit blieb. Dann lehnte sie sich zurück und schloss die Augen. Es würde einen guten Grund für den Umzug geben, und Spekulationen brachten sie jetzt nicht weiter.

»Ming Street«, riss sie die Stimme des Fahrers nach einer Weile aus ihren Gedanken.

Agatha setzte sich aufrecht, sah aus dem Fenster und stutzte. Gegen diese Häuserfront wirkte das Haus von Mrs. Whitecliff nahezu hell und freundlich. Der lang gezogene Bau neben ihnen hatte mehrere Etagen. Manche Fenster waren blind, andere nicht mehr intakt oder von innen mit Stoff verhangen. Natürlich baumelte auch hier überall die Wäsche: auf den Etagenläufen, über der Straße, vor den Häusern. Ein riesiger Schutthaufen, in dem sich Müll gesammelt hatte, ragte an einer Seite empor. Jemand kippte soeben einen Eimer mit vermutlich Putzwasser auf die Straße, und zwei Kinder, die an der Wand gelehnt hatten, traten beiseite. Ihre Wangen waren schmutzig, ihre Haare strähnig, und es schien ihnen an Energie zu fehlen.

»Nummer sechsundvierzig?« Auch Agathas Stimme hatte an Kraft verloren.

»Wir stehen direkt davor, Miss.«

»Gut, ich … danke. Würden Sie bitte auch hier warten?«

»Solange Sie zahlen, warte ich.«

»Natürlich«, sagte sie hastig und stieg aus. Unangenehme Gerüche schlugen ihr entgegen. Ein struppiger Hund jagte ganz in der Nähe eine Taube und schnüffelte dann an einer Haustür. Seine Rippen sah Agatha selbst auf die Entfernung durch das Fell stechen. Verkehrslärm drang an ihre Ohren, und in der Ferne wummerte es. Dort mussten die Docks liegen.

Es war eine schreckliche Gegend. Was hatte Jeevan und Malati nur dazu gebracht hierherzuziehen? Agatha war immer sicherer, dass Jeevan aus unerfindlichen Gründen seine Anstellung verloren hatte und es sein Stolz verbot, ihr davon zu erzählen. Das würde zumindest sein langes Schweigen erklären.

Etwas knirschte unter ihrem Schuh. Als sie hinabblickte, sah sie eine undefinierbare Masse. Das flaue Gefühl in ihrem Magen wurde stärker. Sie strich mit der Spitze ihres Schuhs über das Kopfsteinpflaster und versuchte erst gar nicht herauszufinden, worum es sich handelte. Eilig lief sie weiter und lächelte lediglich den beiden Kindern zu. Sie starrten sie an, sie reagierten aber nicht.

Neben der Tür, auf die der Fahrer gezeigt hatte, stapelten sich Kisten. Eine Hausnummer entdeckte sie nirgends. Sie klopfte und dann noch einmal lauter, als niemand antwortete. Drinnen scharrte etwas, dann näherten sich Schritte, und jemand riss die Tür auf. Im wahrsten Sinne, denn sie ruckelte und schrammte über den Boden. Eine Frau stand im Rahmen und starrte Agatha an. Sie war schon älter, mit zahlreichen Falten um die Mundwinkel, und trug einen knielangen Hauskittel zu Schuhen, die an den Nähten aufquollen. Um die Haare hatte sie sich ein Kopftuch geschlungen. Eine Hand lag an der Tür, als wartete sie nur darauf, sie wieder zuzuknallen. Die Finger waren an den Spitzen gelb verfärbt. »Ja?« Es klang wie eine Zurechtweisung.

»Guten Tag. Ich bin auf der Suche nach Jeevan und Malati Raje. Man sagte mir, sie würden hier wohnen?« Sie deutete auf das Haus und hoffte inständig, dass die Frau verneinte. Zwar war es dort drinnen zu düster, um mehr zu erkennen, aber sie hatte kein gutes Gefühl.

Die Frau kniff die Augen zusammen. »Und wer will das wissen?«

Agatha schluckte ihren Ärger hinunter. Es würde ihr nichts bringen, wenn sie nun unhöflich oder energisch wurde. »Mein Name ist Agatha, ich bin eine Freundin der beiden.«

»Hm.« Die Frau zog die Nase hoch und wischte mit dem Ärmel darunter her. »Das Mädchen wohnt hier, ja. Er zahlt nur die Miete für das Zimmer.«

»Ist sie da?«

Ein weiterer Blick, der zwischen Neugierde und Misstrauen schwankte. Die Frau zuckte die Schultern und trat einen Schritt zurück. »Meinetwegen kommen Sie rein.«

»Vielen Dank«, murmelte Agatha, obwohl sie am liebsten draußen geblieben wäre.

Im Haus roch es nach Gekochtem. Es hing keine Wäsche, aber wohl lediglich, weil es keinen Platz dafür gab. Mit den drei Kinderwagen, die Seite an Seite standen, war der Hausflur voll. Eine schmale Treppe führte in das obere Stockwerk.

»Sie müssen schon da hoch«, sagte die Frau. Über ihren Köpfen kratzte etwas. Eine Taube balancierte am Treppengeländer entlang. Weiße Flecken klebten auf dem Holz.

»Ja, natürlich, danke.« Agatha drängte sich an den Kinderwagen vorbei und zuckte zusammen, als aus einem ein Quäken drang. Sie blickte in ein rundes Babygesicht, auf dem schief ein Mützchen saß, dann beeilte sie sich, nach oben zu flüchten, wobei sie darauf achtete, das Treppengeländer mit dem Taubenmist darauf nicht zu berühren.

Wie auch im Haus von Mrs. Whitecliff gab es auf der oberen Etage zwei Zimmer, doch nur eine Tür war geschlossen. Im Raum hinter der anderen saßen Menschen auf Matratzen und starrten ihr entgegen.

Sie wurde rot, als die Blicke sie trafen, und fühlte sich unwohl dabei, sie zu erwidern. Behutsam klopfte sie an den Türrahmen. Erst jetzt fiel ihr auf, dass Frauen und Männer anwesend waren und es keine Tücher oder andere Trennmöglichkeiten gab. Sie hatte Einblick in den gesamten Raum, in dem die Luft schlecht war und wo Menschen den Eindruck erweckten, jedwede Hoffnung auf die Zukunft aufgegeben zu haben.

Agatha räusperte sich und wandte den Blick zur Seite, als sie bemerkte, dass sich ein Mann mit grauen Haaren an der rechten Wand heftig unter seinem Oberteil kratzte. »Entschuldigen Sie die Störung, das ist mir wirklich unangenehm«, sagte sie. »Ich bin auf der Suche nach Malati Raje«, fügte sie lauter hinzu. Keine Reaktion. »Malati Raje?«, versuchte sie es noch einmal. Ausgerechnet der Mann deutete auf die Matratze hinter sich. Dort lag jemand und wandte ihr den Rücken zu. Derjenige schien zu schlafen, zumindest bewegte er oder sie sich nicht. »Malati?«, versuchte Agatha es noch einmal, zählte innerlich bis drei und betrat das Zimmer. Unter leisen Entschuldigungen balancierte sie zwischen Schlaflagern, Wäsche, Füßen und braunen Papiertüten her und lächelte den alten Mann unsicher an, der nicht die geringsten Anstalten machte, ein Stück beiseitezurücken, sodass sie seine Knie streifte. Endlich erreichte sie ihr Ziel. Die Gestalt auf der nackten Matratze war schmal und hatte die Beine angezogen. Langes dunkles Haar fiel in einem dicken Zopf auf den Boden.

»Malati?«, flüsterte Agatha und ging langsam in die Hocke.

Unterdrücktes Schluchzen antwortete ihr. »Du solltest nicht hier sein, Agatha«, hörte sie die vertraute Stimme. »Wie hast du das Haus überhaupt gefunden?«

»Mrs. Whitecliffe hat mir die Adresse gegeben«, sagte Agatha. »Ich war zuerst bei ihr.« Sanft legte sie eine Hand auf Malatis Oberarm. »Was ist denn los? Möchtest du mich nicht sehen?«

Malati schüttelte den Kopf, woraufhin ihr ganzer Körper bebte. Sie unterdrückte ein Schluchzen. Verwunderung wich Bestürzung, und Agatha drückte beruhigend ihre Schulter, versuchte, sie herumzuziehen. Malati gab nach und wandte ihr zunächst das Gesicht zu, auf dessen Wangen Tränen glänzten und das erschreckend hager und schmal war. Dann rollte sie sich ganz herum.

Agatha schaffte es gerade noch, einen Laut des Erstaunens zu unterdrücken. Mit offenem Mund starrte sie auf Malatis Bauch. »O mein Gott«, murmelte sie. »O mein Gott, du bekommst ein Kind.«

Malati legte beide Hände auf die Rundung, als könnte sie es so verbergen. Neben ihren Fingern klaffte ein Loch in dem schlichten Kleid. Sie blickte nicht auf, nickte aber, so als schämte sie sich, es zuzugeben.

Agatha überlegte, dann ließ sie sich auf die Matratze sinken. Behutsam nahm sie Malatis linke Hand und zog sie an sich. »Meinen Glückwunsch«, sagte sie leise und streichelte die schmalen Finger.

Zu ihrer Bestürzung begann Malati zu weinen. Sie entriss ihr die Hand und verbarg ihr Gesicht. Agatha hasste dieses

Zimmer dafür, dass es keine Privatsphäre für eine Frau in einem solchen Zustand gab. Der ältere Mann beobachtete sie und wandte selbst dann den Blick nicht ab, als sie ihn zornig anstarrte.

»Ist schon gut«, sagte sie hilflos und streichelte ihrer Freundin sanft den Rücken. »Geht es dir schlecht? Brauchst du etwas?« Augenblicklich kam sie sich dumm vor. Es war deutlich zu sehen, dass Malati eine ganze Menge Dinge brauchte. Zwar hatte sie nicht die geringste Ahnung von einer Schwangerschaft, aber diese durchgelegene Matratze konnte nicht gut für sie sein. Hatte Malati überhaupt genug zu essen? Es war eindeutig, dass etwas geschehen war, das unter anderem mit Geld zu tun hatte. Sonst hätte Jeevan seine Schwester niemals hier untergebracht. Agathas Sorge um ihn war mittlerweile so groß, dass sie es kaum noch aushielt, aber nun würde sie sich erst einmal um Malati kümmern müssen. Das Haar ihrer Freundin war zwar ordentlich geflochten, aber glanzlos. Auf einmal schien das Zimmer Agatha zu erdrücken.

Energisch beugte sie sich vor und suchte den Bereich hinter der Matratze ab. »Ich möchte mich gern allein mit dir unterhalten, lass uns doch ein wenig an die frische Luft gehen, ja? Wo sind deine Schuhe? Und vielleicht ein Halstuch?«

Malati zögerte, wischte dann die Tränen von ihren Wangen und beugte sich vor, um etwas unter einer Tüte hervorzuziehen. Entsetzt bemerkte Agatha die löcherigen, dünnen Sohlen, aber sie schwieg und wartete, bis Malati das Paar Schuhe sowie einen Mantel angezogen hatte und sich mit ihrer Hilfe auf die Beine kämpfte. Dafür, dass ihre Schwangerschaft noch nicht so weit fortgeschritten zu sein schien –

zumindest war der Bauch nicht riesig –, machte sie einen schwachen, fast kränklichen Eindruck. Agatha bemühte sich, sie zu stützen, es aber möglichst beiläufig wirken zu lassen. Endlich verließen sie das Zimmer und kämpften sich die Treppe nach unten. Malatis Atem rasselte leise. Sie klammerte sich an das Geländer, als hätte sie Angst, zu fallen. Zum Glück war die Frau verschwunden, die das Zimmer vermietete. Agatha hatte wenig Lust, sie noch einmal zu treffen. Es wäre ihr schwergefallen, ihre Empörung im Zaum zu halten.

Als sie ins Freie traten, atmete sie auf. Malati bewegte sich vorsichtig, als fehlte ihr die Kraft. Agatha war froh, als sie das Taxi entdeckte. Der Fahrer hatte sich im Sitz zurückgelehnt und die Augen geschlossen.

Sie schlenderten weiter, bis sie eine Stelle fanden, an der sich die Sonne über die Dächer gemogelt hatte und den Boden erreichte. Hier blieben sie stehen. »Geht es?«

Malati nickte, sah sie aber nicht an.

Agatha überlegte, was sie sagen sollte. Vorsichtig fasste sie die Hände ihrer Freundin. »Wer … wer ist der Vater?«

Kopfschütteln. Obwohl Malati keinen Laut von sich gab, liefen ihre Tränen wieder stärker.

»Es ist in Ordnung«, sagte Agatha hastig. »Du musst es mir nicht verraten. Aber sag mir bitte zumindest, ob er von dem Kind weiß. Oder dir beisteht.«

Malati betrachtete ihre Füße. Das genügte wohl als Antwort. Agatha wollte weitere Fragen stellen, mehr herausfinden, aber sie hielt sich zurück. Malati hatte nicht vor, darüber zu reden, und wenn sie sie nun bedrängte, würde sie das vermutlich nur weiter von ihr wegtreiben. Jetzt ging es nicht darum, ihre Neugierde zu befriedigen, auch wenn ihr tausend Fragen unter den Nägeln brannten. Stattdessen musste sie Malati so gut wie möglich helfen.

»Du kannst nicht in diesem Haus bleiben, erst recht nicht in deinem Zustand«, sagte sie leise. »Warum seid ihr bei Mrs. Whitecliff ausgezogen?«

Malati presste die Lippen aufeinander. Ein Ruck lief durch ihren Körper, und sie hob den Kopf, als hätte etwas ihr neue Energie verliehen. »Ich konnte so nicht weiterarbeiten«, sagte sie fest und deutete auf ihren Bauch. »Mrs. Menners sagte, es macht einen schlechten Eindruck auf die Kundinnen und wirft kein gutes Licht auf ihr Geschäft.«

»Sie hat dich rausgeworfen, weil du schwanger bist?«

Malati zuckte die Schultern, als wäre es keine große Sache. »Anfangs war mir oft übel und schwindelig. Ich hätte es schon geschafft, zur Arbeit zu gehen, aber Jeevan sagte, das dürfe ich nicht. Er besorgt mir immer wieder teure Medizin. Sobald man den Bauch sah, musste ich ohnehin bei Mrs. Menners gehen. Damit waren die Zimmer bei Mrs. Whitecliff zu teuer. Jeevan muss nun für uns beide arbeiten. Und für das Baby. Daher sind wir umgezogen.«

»Aber es ist schrecklich hier!«

Zum ersten Mal seit ihrem Besuch sah Malati ihr in die Augen. In dem Braun schimmerte eine Stärke, mit der sie nicht gerechnet hatte. »Es ist in Ordnung«, sagte sie fest. »Ja, es ist ungewohnt, sich das Zimmer auch mit Männern zu teilen, aber man kann sich arrangieren.«

»Aber Malati, ich habe doch gesehen, wie schmutzig …«

»Ich sagte, es ist in Ordnung!«

Überrascht starrte Agatha auf die gerunzelte Stirn und die geballten Fäuste … und begriff. Auf einmal war es ihr unangenehm, einfach aufzutauchen und Urteile zu fällen, obwohl sie die Hintergründe nicht kannte. »Mrs. Whitecliff sagte, Jeevan wohnt nicht hier. Wo lebt er dann? Geht es ihm gut?«

Malatis Gesicht wurde wieder weicher. »Ja, mit ihm ist alles in Ordnung, du musst dich nicht sorgen. Er schläft im Laden, kommt aber regelmäßig vorbei, um mich zu besuchen.«

Er schlief im Laden! Ob Malatis Medizin so viel Geld kostete? Schon jetzt zerbrach sich Agatha den Kopf, wie sie die Geschwister dazu überreden konnte, ihnen helfen zu können. Doch sie wusste um den Raje-Stolz.

»Er hat sich lange nicht gemeldet«, sagte sie leise. »Daher bin ich hergekommen. Ich habe mir Sorgen um euch gemacht.«

»Er arbeitet viel. Wirklich Agatha, mach dir bitte keine Gedanken. Ich weiß, auf den ersten Blick kann es hier etwas unheimlich wirken, aber es ist ein guter Ort. Ich bin sicher und kann mich darauf vorbereiten, mein Baby zu bekommen.«

Und dann, wollte Agatha fragen. Vermutlich würde man Malati vor die Tür setzen, wenn das Geschrei eines Neugeborenen das ganze Zimmer wachhielt. Brauchte sie zudem nicht Windeln und Strampler und Decken? Gut, bis zur Geburt war es sicher noch eine Weile. »Hast du denn alles, was du benötigst?« Verlegen schob sie sich die Haare hinter das Ohr. »Entschuldige, ich kenne mich mit Schwangerschaften noch nicht so aus.«

»Ich weiß, wohin ich muss, wenn es so weit ist. Es gibt Frauen, die mir helfen.« Malati deutete zurück zum Gebäude.

Agatha unterdrückte ein Schaudern. Sie versuchte, es sich so einfach vorzustellen, wie es klang, doch vergeblich. Auch wenn Malati es ihr weiszumachen versuchte – jenes Haus dort strahlte keinen Schutz aus, keine Gemütlichkeit. Nicht einmal Erträglichkeit. Es erweckte in ihr den Wunsch, so schnell wie möglich Malatis Sachen zu packen und mit ihr zu verschwinden. Aber ein Blick genügte, und sie wusste, dass ihre Freundin ihr niemals folgen würde. Unter all ihrer Sanftheit lag Entschlossenheit, so hart, dass es Agatha einen Hauch Hoffnung schenkte. Hoffnung, dass Malati sich und ihr Kind durch diese Misere hindurchmanövrieren würde. Und sie hatten Jeevan.

O Gott, sie musste ihn einfach sehen.

Malati legte eine Hand an ihren Bauch und bog den Rücken durch. Sie war so dünn! »Ich bin erschöpft, Agatha, ich möchte wieder nach oben.«

»Natürlich, ich bringe …«

»Nein!« Beide starrten sich ob der Lautstärke erschrocken an. »Danke, aber nein«, sagte Malati dann leiser. »Das schaffe ich allein. Ich freue mich so sehr, dass du an mich gedacht hast, und ich hoffe, dass wir uns bald wiedersehen, wenn der Kleine da ist.«

Agatha zwang sich zu einem Lächeln. »Du denkst, es wird ein Junge?«

»Ich bin mir sicher.« Auf einmal war Malatis Stimme ganz sanft.

»Malati.« Agatha strich ihr eine Haarsträhne aus der Stirn, die der Wind dort tanzen ließ. »Ich möchte dich nicht allein zurücklassen.«

»Aber ich bin nicht allein. Meine Freundinnen kommen bald aus der Fabrik zurück. Und Jeevan wird mich besuchen.«

Agatha spürte die Abwehr wie eine Mauer, und es schmerzte. Hier würde sie nicht weiterkommen. »Also gut«, sagte sie und war überrascht, wie mutlos sie klang. »Dann … fahre ich wieder.«

»Danke, dass du hier warst.«

Agatha zögerte, warf einen raschen Blick zum Taxi und öffnete dann kurz entschlossen ihre Handtasche. Ohne groß hinzusehen, rupfte sie einige Scheine aus ihrer Geldbörse und drückte sie Malati in die Hand. »Hier. Nimm zumindest das. Bitte.«

Malati presste die Lippen aufeinander und schob das Geld zurück in Agathas Hand, als wäre es etwas Unanständiges. »Nein, Agatha. Nein. Ich danke dir, aber ich brauche so etwas nicht.« Rasch beugte sie sich vor und küsste sie auf die Wange. »Auf bald, meine liebste Freundin. Achte auf dich.« Ehe Agatha reagieren konnte, wandte sie sich ab und eilte zum Haus zurück.

Obwohl die Zeit knapp wurde, um rechtzeitig am Treffpunkt zu sein und den Wagen zu wechseln, blieb Agatha eine Weile im Taxi sitzen und starrte auf die Fassade des *Ludlow's*. Alles sah aus wie bei ihrem ersten Besuch: das Schaufenster, die Schilder. Doch sie nahm es nur am Rande wahr. Ihre Gedanken waren bei Malati.

Sie hatte den Stolz ihrer Freundin verletzt, doch jedwede Entschuldigung hätte es nur noch schlimmer gemacht. Sie hatte sie gehen lassen müssen.

Während der Fahrt hatte sie sich den Kopf zerbrochen, warum Malati ihr nicht verraten wollte, wer das Kind gezeugt hatte. War es womöglich keine freiwillige Empfängnis gewesen? In dieser Gegend konnte ein Mann einer jungen

Frau durchaus in einer dunklen Gasse auflauern. Der Gedanke bereitete ihr Übelkeit. Die Vorstellung, wie jemand dieses zarte, sanfte Mädchen – nein, diese Frau – zu Dingen zwang … An dieser Stelle hatte Agatha die Augen geschlossen und gehofft, dass ihre Befürchtungen fehlgingen. Es war allerdings auch möglich, dass Malati einem Mann genug vertraut hatte, um sich ihm hinzugeben, nur um dann von ihm im Stich gelassen zu werden.

Agatha schüttelte die Wut ab, die sie bei diesem Gedanken befiel. Energisch drückte sie die Tür mit so viel Schwung auf, dass sie selbst erschrak.

»Soll ich wieder warten?« Der Taxifahrer lehnte sich zurück.

Agatha warf einen Blick auf die Uhr an ihrem Handgelenk. Das würde wirklich knapp werden! »Ja bitte«, sagte sie und hastete los. Einige Sekunden später öffnete sie die Tür des Ladens. Das Klingeln des Glöckchens sowie der angenehme Duft beruhigten ihre Nerven ein wenig.

Sie war nicht die einzige Kundin, trotzdem kam der Mann mit dem strengen Mittelscheitel, der bei ihrem ersten Besuch hinter der Theke gestanden hatte – Mr. Ludlow – auf sie zu. »Wie kann ich Ihnen helfen?«

»Ich möchte gern Mr. Raje sprechen«, sagte Agatha und bemühte sich, möglichst großes Selbstbewusstsein auszustrahlen. »Ich habe einige Fragen zu Ihren Teesorten, und man sagte mir, dass er dafür Experte sei.«

Es funktionierte. Mr. Ludlow deutete zur Seite. »Er ist gerade in einem Kundengespräch.«

»Ich warte gern. Vielen Dank.« Agatha lächelte und wandte sich der Auslage zu. Mr. Ludlow brummte Zustimmung und entfernte sich.

Agatha gab vor, sich mit Tassen und kleinen Dosen zu befassen, bis hinter ihr eine Stimme ertönte. »Entschuldigen Sie die Wartezeit, ich …«

Agatha musste lächeln, als sie sich umdrehte. Wie sehr hatte sie ihn vermisst! Ihn und seine wunderbare, warme Stimme. »Hallo Jeevan.«

Er sah erstaunt aus, aber auch bestürzt. In seinem schlichten, aber adretten Hemd und mit der geraden Haltung wirkte er so unglaublich erwachsen. Nur seine Augen waren noch immer voller Geheimnisse. Am liebsten hätte sie ihn umarmt.

»Agatha.« Hastig wandte er den Kopf, aber Mr. Ludlow wog soeben etwas für einen Kunden ab. »Was tust du hier? Bist du in Begleitung?«

Seine Reaktion enttäuschte sie auf eine Weise, mit der sie nicht gerechnet hatte. Jeevan hatte sich ihr gegenüber nie verstellt, was schlicht bedeutete, dass er nicht dieselbe Freude über dieses Wiedersehen empfand wie sie. »Nein«, sagte sie, und ihre Stimme zitterte leicht. »Daher würde ich es begrüßen, wenn du meinem Bruder nichts erzählst, sobald ihr euch wieder einmal in London begegnet.«

»Er hat dir den Brief überreicht.«

»Einen nichtssagenden Brief, Jeevan«, flüsterte sie und trat näher. »Was ist denn los? Habe ich etwas falsch gemacht? Ich habe so lange nichts von dir gehört und war besorgt, und dann bringt mir Leonard diese Zeilen, die ebenso gut von einem flüchtigen Bekannten hätten stammen können!« Sie zuckte die Schultern, als er schwieg. »Bitte sag mir, ob ich unverschämt bin, wenn du einfach zu viel zu tun hast und keine Zeit, um zu schreiben. Wegen … wegen Malati. Oder ob …« Das Atmen fiel ihr schwerer. »Oder ob es jemanden in deinem Leben gibt, der diese Freundschaft schwierig macht. Das verstehe ich, und dann tut es mir leid, dass ich hier einfach so auftauche.« Sie holte Luft. »Aber diese Unsicherheit, die habe ich einfach nicht mehr ausgehalten.«

Etwas in seinem Gesicht wurde weicher, und ein Teil des Mannes schimmerte durch, den sie kannte und liebte. Erst jetzt begriff sie, wie anders er sich gab. Als würde er sich hinter einer Fassade verstecken, die nicht zu ihm passte. »Glaub mir, Agatha, ich freue mich unwahrscheinlich, dich zu sehen.« Seine Hand streifte ihre Schulter, eine Geste, die ein Beobachter für einen Zufall hätte halten können. »Aber in meinem Leben passiert gerade so viel, dass ich dich unweigerlich damit belastet hätte. Das wollte ich nicht.«

»Du meinst, weil Malati schwanger ist und nun in einem Haus wohnt, das ich ganz und gar schrecklich finde?« Kaum waren die Worte heraus, wünschte sie, den Satz zurücknehmen zu können. »Ich meine, dass ich es bei Mrs. Whitecliff angenehmer gefunden habe, weil Männer und Frauen dort getrennt leben. Gerade in der Schwangerschaft ist das doch sicher besser«, schob sie hastig nach.

»Ich weiß, dass es nicht die schönste Gegend ist.« Jeevan fuhr mit einem Finger über das Regal vor ihnen, obwohl dort kein Körnchen Staub lag. »Aber es ist unserer Situation angemessen. Ich will dich nicht anlügen, Agatha. Das wäre falsch, denn du hast die Wahrheit verdient. Aber Malati macht diese Schwangerschaft zu schaffen, auch wenn sie es nicht zugibt. Obwohl sie ihre Anstellung verloren hat, ist sie oft zu erschöpft, um sich auf den Beinen zu halten. Sie braucht viele Vitamine und Stärkungsmittel.«

Agatha dachte an Malatis vorsichtige Bewegungen und daran, wie sehr sie abgenommen hatte. »Gibt es denn Komplikationen? Mit dem Baby, meine ich?«

»Nein. Sie geht regelmäßig zu Untersuchungen. Dem Baby geht es gut, es entwickelt sich normal. Nur war meine Schwester noch nie besonders robust.«

Immerhin das beruhigte sie etwas. Plötzlich nervös, nahm sie einen Teefilter aus Metall vom Regal. »Ich habe sie gefragt, wer der Vater ist, und sie wollte es mir nicht sagen.«

Auf ihre Worte folgte Stille, so tief, als hätte sich unter ihnen ein Graben aufgetan, der bis zum Erdkern reichte. Jeevan deutete auf ein anderes Regal, wo abgepackter Tee stand, und sie begriff, dass er weiterhin den Anschein wahren wollte, sie zu beraten. »Ich weiß es auch nicht«, sagte er leise. »Immer wenn ich sie frage, beginnt sie zu weinen. Sie leidet dann so sehr, dass ich sie in Ruhe lasse.«

»Denkst du«, Agatha fuhr sich über die trockenen Lippen, »denkst du, man hat sie gezwungen?« Zu ihrer Bestürzung füllten sich seine Augen mit Tränen.

»Ich grüble jeden Tag und jede Nacht darüber nach«, sagte er leise. »Aber so lange sie schweigt, bleibt mir nur zu hoffen, dass dem nicht so war. Ich könnte den Gedanken nicht ertragen.«

»Ich auch nicht.« Agatha vergewisserte sich, dass sie aus dem vorderen Bereich des Ladens nicht zu sehen waren, und griff nach seiner Hand. Dankbar drückte er sie für wenige Sekunden so fest, dass es wehtat. Aber Agatha gab keinen Laut von sich. Sie waren füreinander da. Sie würden es immer sein.

Viel zu früh ließ er sie wieder los, was ihr Herz noch etwas mehr quälte als seine Verzweiflung. Er wischte sich über die Augen und zwang ein Lächeln auf seine Lippen. Agatha wünschte sich so sehr, ihm seine Sorgen nehmen zu können, wenn auch nur für einen Tag. »Natürlich gibt es da niemanden, von dem ich mir die Freundschaft zu dir schmälern lassen würde, Agatha. Ich habe dir nichts von alldem geschrieben, weil ich nicht wollte, dass du dich sorgst. Aber ich wollte auch nicht so tun, als wäre alles in bester Ordnung. Ich würde dich niemals anlügen. Daher sind meine Zeilen so knapp ausgefallen. Natürlich hat dir genau das noch mehr Sorgen bereitet, daran hätte ich denken müssen. Es tut mir leid.« Er rückte ein Tellerchen zurecht. »Aber eines Tages tauchte dein Bruder hier auf und fragte, ob etwas geschehen sei, weil du auf eine Nachricht warten würdest. Also bat ich ihn um einige Minuten und habe im Lagerraum diese wenigen Zeilen verfasst. Es tut mir alles so leid, Agatha.«

»Ach, Jeevan«, sagte sie und wünschte sich, mehr Zeit zu haben. Zeit, um zu warten, bis seine Schicht beendet war, damit sie zusammen zur Themse gehen, Gebäck essen und für eine Weile alle Sorgen vergessen konnten. Sie sehnte sich nach seiner Gesellschaft. »Ich möchte euch so gern helfen. Aber Malati wollte nicht einmal etwas Geld annehmen.«

»Nein, natürlich nicht.« Sein Lächeln kehrte zurück. »Das werde ich auch nicht. Aber würdest du mir eine viel größere Freude machen?«

»Natürlich. Jede.«

»Sag mir, dass für dich alles gut ist und du dein Leben so führst, wie du es dir wünscht.«

Eine feine Klinge schien sich in Agathas Kehle zu bohren, wie eine Warnung. Auch sie wollte nicht lügen, aber sie musste ihm zumindest etwas verheimlichen. Später, wenn sich seine Situation wieder beruhigt hatte, würde sie alles nachholen. »Mir geht es gut, Jeevan.« Energisch verdrängte sie das Abendessen mit Herrn Sperlich und all die Gespräche mit ihren Eltern über ihre Zukunft als Ehefrau. »Aber du und Malati, ihr habt ebenfalls ein schönes Leben verdient. Sie sagt, du übernachtest hier?«

»Hinten im Lager. Es ist sehr bequem.«

Auch wenn er es klingen ließ, als wäre es das Normalste der Welt, tat ihr die Vorstellung weh.

»Und ich beschäftige mich wie geplant stärker mit dem Teeimport. An den Wochenenden helfe ich an den Docks aus. Dort lerne ich eine Menge.«

»Du hast noch eine andere Stelle?«

Jeevan nickte. »Es passt in meine Pläne. Ich weiß, dass ich ein paar Jahre wirklich hart arbeiten muss, aber dann werde ich mich selbstständig machen. Ich werde es im Teegeschäft zu etwas bringen, Agatha, und dann werden wir drei wieder durch London flanieren und feines Gebäck essen.«

»Lass mich dir helfen, Jeevan«, sagte sie atemlos. »Euch beiden. Ich kann euch unterstützen, jetzt, wo Malati Medizin benötigt. Es macht mir nichts aus. Ich brauche das Geld nicht einmal!« Doch schon bei den ersten Silben wusste sie, wie sinnlos ihre Bitten waren.

Jeevan überlegte und nahm dann, auch auf die Gefahr hin, dass Mr. Ludlow oder ein Kunde es sehen konnte, ihre Hand, drehte sie und hauchte einen Kuss auf ihre Haut, genau am Saum ihres Handschuhs. Dort, wo ihr Puls raste. »Du weiß, dass ich so etwas nicht annehmen kann, meine Liebe. Aber du tust mir einen großen Gefallen, wenn ich die Sicherheit habe, dass ich mir um dich keine Sorgen machen muss. Denn dann freue ich mich auf den Tag unseres nächsten Treffens, wenn in mir wieder Sommer ist.« Er legte eine Hand auf seine Brust. »Ich habe Hoffnung für eine Zukunft, in der wir wieder fröhlichere Gespräche führen können.«

»Ich auch«, flüsterte Agatha und blinzelte, da die Umgebung auf einmal verschwamm.

»Jeevan! Der Tee aus Nilgiri?«, rief Mr. Ludlow.

Hastig trat Agatha einen Schritt zurück.

Jeevan schenkte ihr ein Lächeln. »Es tut mir so leid, aber ich muss nach vorn. Bitte komm gut zurück ins Hotel. Und vergiss nicht: Ich denke immer an dich, auch wenn ich momentan nicht so oft schreibe.«

»Ich denke auch immer an dich«, sagte sie voller Sehnsucht in der Stimme. Sie streckte noch einmal eine Hand aus, berührte ihn aber nicht, als sie Schritte hörte. Mit einem knappen Nicken murmelte sie einen neutralen Dank, wandte sich um und ging eilig zur Tür.

Es war kurz vor halb fünf, als sie vor dem Britischen Museum hielten. Celia und Mrs. Marlowe warteten auf den breiten Stufen und sahen missgelaunt aus. Bei ihrem Anblick rührte sich Agathas schlechtes Gewissen, das sie bislang verdrängt hatte, da ihr zu viel im Kopf umherging. Sie war heilfroh, dass sie noch daran gedacht hatte, etwas zu kaufen, ehe sie sich beim Treffpunkt mit Mr. Johnson hatte absetzen lassen. Er hatte ihr nur knapp mitgeteilt, dass sie zu spät war, aber ansonsten seine neutrale Miene beibehalten. Sie hatte sich entschuldigt, und nachdem er losgefahren war, flogen ihre Gedanken zu Jeevan und Malati. Auf einmal sehnte sie sich zurück in die bedrückenden, kalten Straßen von Poplar. Sie wollte ihre Freunde dort nicht allein lassen. Aber sie hatte es Jeevan mehr oder weniger versprochen.

Sie öffnete die Tür, kaum dass Mr. Johnson gehalten hatte. »Es tut mir so leid«, rief sie. »Entschuldigen Sie, Mrs. Marlowe. Und Celia! Wirklich, es tut mir so unendlich leid. Die schöne Führung durch das Museum.«

»Ach.« Mrs. Marlowe winkte ab, doch ihr Gesicht behielt den verkniffenen Ausdruck. »Die findet statt, sobald wir es wünschen. Aber wo warst du, Agatha? Ich bin für dich verantwortlich, und wenn ich dich schon allein losziehen lasse, dann setze ich voraus, dass du dich an Abmachungen hältst. Mr. Johnson?«

Agatha warf einen Blick über die Schulter. Zeit für die nächste Lügengeschichte. Augenblicklich fühlte sie sich noch schlechter. »Mr. Johnson trifft nicht die geringste Schuld. Aber ich musste lange warten, bis mich jemand bediente, und die kleine Statue war nicht im Regal. Aber sie war bereits nachgeliefert worden, und ich habe darauf bestanden, dass sie jemand aus dem Lager holt, obwohl Mr. Johnson mich mehrmals auf die Zeit hingewiesen hat. Und dann der Verkehr … wirklich, entschuldigen Sie bitte die Verspätung. Das wird nie wieder vorkommen.«

»Natürlich nicht«, sagte Mrs. Marlowe, während Celia schon wieder grinste – natürlich so, dass ihre Mutter es nicht bemerkte. »Weil ich dich nicht noch einmal allein losziehen lasse. Ab sofort verbringst du jede Minute mit Celia und mir.«

»Selbstverständlich«, sagte Agatha und senkte den Blick. Sie wartete, bis Mrs. Marlowe losgestapft war, und folgte ihr dann Schulter an Schulter mit Celia. Die deutete auf das eingeschlagene Päckchen in Agathas Händen.

»Und, hat es sich gelohnt?«

»O ja«, sagte Agatha und blickte in die Ferne. »Sehr.«

Laura

13

Laura brauchte einen Moment, bis die Bilder der Vergangenheit schwächer wurden und sie aus Agathas Geschichte auftauchte. Im Zimmer war es totenstill, und sie konnte nicht sagen, wie viel Zeit mittlerweile vergangen war. Da die Stimmung der Szenen aus Agathas Jugend ihr noch nachhing, griff sie nach ihrer Tasse und trank einen Schluck Tee. Er war kalt geworden.

Agatha starrte ins Nichts, als hätte sie ihre sämtliche Energie aufgebraucht oder als wäre ihr Geist bei Jeevan und Malati in der Vergangenheit geblieben. Ihr Gesicht lag halb im Schatten, der die Tränensäcke unter den Augen betonte. Von der so energischen Frau war nur noch wenig übrig.

Laura stellte die Tasse behutsam wieder ab, um kein Geräusch zu verursachen. Die Stille erschien ihr richtig, und es war an Agatha, sie zu beenden.

Welch eine Erzählung! Agatha hatte also den Mann geheiratet, den ihr Vater für sie ausgesucht hatte. Ronald Sperlich. Keine Wendung, die Laura sich gewünscht hätte. Warum hatte Agatha keinen Weg gefunden, mit Jeevan glücklich zu werden? Hatte sie ihn nach ihrem Besuch im *Ludlow's* noch einmal wiedergesehen?

Draußen setzte Regen ein, und als das sanfte Geräusch an der Fensterscheibe lauter wurde, stand Agatha auf und ging zu einem Schrank neben der Zimmertür. Obwohl das Licht kaum bis dorthin reichte, öffnete sie ihn und kehrte mit einem dicken Buch zurück. Sie setzte sich, schlug es auf und blätterte. Schließlich reichte sie Laura ein Foto. »Das wurde zu jener Zeit aufgenommen.«

Es zeigte eine junge Frau mit dunklen, schulterlangen Haaren, die mit auf einer Stuhllehne abgestützter Hand für den Fotografen posierte. Sie trug eine Bluse mit hohem Kragen und einen dunklen Rock. Die Lippen waren leicht geöffnet. In dem schmalen, hellen Gesicht stachen besonders die Augen hervor. Bereits damals zeichneten sich leichte Schatten darunter ab. Im ersten Augenblick glaubte Laura, dass der Blick so energisch war wie der, den sie von Agatha kannte, doch dann entdeckte sie die Sehnsucht darin. Diese junge Frau hatte Träume und war gewillt, sie zu verfolgen. Sie fragte sich, wann Agatha ihre Wünsche für eine Zukunft mit Jeevan aufgegeben hatte – und warum.

»Sie waren wirklich sehr schön«, sagte sie und meinte es ernst. Vielleicht wäre diese Agatha auf der Straße oder in einer Menschenmenge untergegangen. Aber sobald man näher hinsah und die Energie bemerkte, die der Fotograf eingefangen hatte, entstand Faszination.

Laura stand auf, um es Agatha zurückzureichen, und legte es neben Jeevans auf den Tisch, als diese nicht reagierte. Gemeinsam starrten sie auf die beiden Gesichter der gelblich-dunklen Fotografien. Menschen, die so verschieden waren und dennoch gespürt hatten, dass sie zusammengehörten.

»Sie haben also Herrn Sperlich geheiratet.«

Endlich erwachte Agatha aus ihrer Starre. »Ja.« Sie räusperte sich. »Das habe ich getan«, sagte sie dann und klang fast wieder so energisch wie bei ihrer ersten Begegnung.

»Aber warum?«

Die alte Frau schnaubte. »Warum? Es gibt sicherlich viele Gründe, von denen nicht einmal ich alle kenne. Das grundlegende Problem müssten Sie mittlerweile erkannt haben, Frau Nicolai. Jeevan und ich lebten in einem Land, stammten aber aus unterschiedlichen Welten. Es gab so viele davon damals, allein in London. Nach diesem Besuch in Poplar hatte ich Albträume davon, wie Malati durch die Straßen läuft und verfolgt wird. Ich habe mir vorgestellt, wie man ihr auflauert und sie überfällt, obwohl sie allein ist und schwach und schwanger. Oder vielmehr genau deshalb.« Sie rieb mit einem Daumen über den Handrücken. »Ich wollte nicht, dass er sich Gedanken um mich macht, also habe ich ihm nie davon erzählt. Er hatte, wie er mir an diesem Tag deutlich machte, genug Sorgen.« Sie nahm ihr Foto, legte es zurück in das Album und streckte noch einmal die Hand aus. Einen Atemzug lang schwebte sie über dem zweiten Foto, dann zog Agatha sie zurück. »An diesem Tag habe ich die Raje-Geschwister zum letzten Mal gesehen, abgesehen von einem kurzen … geschäftlichen Besuch.«

Wo Laura bisher gespannt zugehört hatte, stockte ihr jetzt der Atem. Sie hatte mit vielem gerechnet, mit Tränen und Drama und einer verzweifelten jungen Agatha, die nicht gegen die Weisungen ihrer Eltern ankam, da sie so sehr in Gepflogenheiten und Normen verstrickt war. Aber nicht mit einem so abrupten Ende der Geschichte zweier Menschen, die so viel füreinander gewesen waren und es doch niemals hatten aussprechen können.

»Aber warum?«, flüsterte sie. Mittlerweile erschien ihr Agathas Geschichte nicht mehr ausschließlich wie die einer anderen Frau. Sie ging ihr nahe, mit jeder Minute mehr, so als ob sie selbst Jeevan und Malati gekannt und sich ein Wiedersehen mit ihnen gewünscht hatte.

»Können Sie es sich nicht denken?«

»Sie haben sich für Ihren Mann entschieden, weil Sie wussten, dass Jeevan und Sie keine Zukunft haben. Aber warum den Kontakt abbrechen? War es der Wunsch Ihres Mannes?«

»Nein«, sagte Agatha fest. »In seinem Fall hatte mein Vater recht. Ronald war ein guter Mensch. Keiner mit einem übermäßigen Interesse an mir, das hat mich am Anfang unserer Ehe sehr verstört. Aber ich konnte mich dennoch nie beklagen. Ich wusste lange Zeit selbst nicht, ob ich überhaupt mit ihm eine Familie gründen wollte oder ob in diesem Punkt der Trotz aus mir sprach. Aber Ronald und ich, wir haben einen Weg gefunden, respektvoll zusammenzuleben.«

Laura zögerte. Hatte die Zuneigung zwischen den beiden nur für eine lockere Freundschaft gereicht? Letztlich spielte das für die eigentliche Geschichte keine Rolle. »Also lag es nicht an … ihm?«

»Nein. Ich habe ihm zwar niemals von Jeevan erzählt, aber er hätte mir auch nicht den Kontakt mit ihm verboten. Er war kein eifersüchtiger Mann, und ich war eine treue Ehefrau.«

»Aber was war es dann?«

Abrupt stand Agatha auf. Sie lief zum Fenster und starrte hinaus, obwohl sie im Garten nichts erkennen konnte. Das schwache Licht im Raum zeichnete einen Teil ihres Gesichts auf das Glas. Sie hob eine Hand, als wollte sie sich über die Wange wischen, verharrte dann aber. »Ich habe das Bild von Malati nicht mehr aus dem Kopf bekommen«, sagte sie. »Dieses Zimmer, in dem sie wohnte. Das schreckliche Haus. Und vor allem, dass sie bei alldem schwanger war. Ich wusste damals, dass sie mich beruhigen wollte. Dass sie sehr stolz war, so wie Jeevan. Dass sie sich vermutlich geschämt hat, ist mir zu spät in den Sinn gekommen.« Sie gab ein Schnauben von sich, das verdächtig nach einem Schluchzen klang. »Ich war in mancher Hinsicht noch reichlich naiv. Nachdem ich zurück war in Birch House, hat es mir keine Ruhe gelassen. Jeevan schlief im Lager des Ladens, dort war es trocken und warm, und es gab sogar eine Toilette und ein kleines Waschbecken. Malati aber hatte nichts dergleichen. Irgendwann habe ich geträumt, dass sie ihr Ungeborenes verloren hat.«

»O mein Gott, Frau Sperlich.«

Agatha winkte ab. »Daraufhin habe ich meinen Vater um Geld gebeten für Malati und ihr Baby. Er war sehr ungehalten, dass ich über so viele Jahre Kontakt zu Jeevan hatte. Anfangs hat er geglaubt, es wäre etwas zwischen uns vorgefallen, ein Kuss oder … Intimeres, und wir gerieten in einen heftigen Streit. Ich war fassungslos, dass er mir diese Dinge vorwarf.« Sie schwieg und ließ ihre Hand wieder sinken. In der Stille glaubte Laura, einen Hauch der jüngeren Agatha in der Fensterscheibe zu entdecken.

»Was hat er gesagt?«, flüsterte sie.

»Dass er mir offenbar zu viele Freiheiten gelassen habe.« Agatha klang so mutlos, dass Laura fast aufgestanden wäre, um sie zu trösten. »Ich weiß noch genau, wie ungerecht ich ihn fand. Niemals habe ich etwas getan, das Schande über meine Familie gebracht hat. Ich war stets eine gute Tochter.« Sie drehte sich um und strich ihren Rock glatt, ehe sie sich wieder auf das Sofa fallen ließ. »Letzten Endes hat er nachgegeben.«

Laura runzelte die Stirn. »Er hat Malati Geld geschickt?«

»Nicht ihr, sondern Jeevan. Er hat seine Beziehungen spielen lassen und Kontakt mit Mr. Ludlow aufgenommen, Jeevans Chef. Ich nehme an, dass auch er eine kleine Summe erhalten hat dafür, dass er Jeevans Lohntüten regelmäßig einen Extrabetrag mitsamt einer kurzen Notiz hinzufügte, den mein Vater ihm überwies.«

»Warum auf diese Weise? Warum haben Sie ihm das Geld nicht einfach … ich weiß nicht …«

»Direkt zukommen lassen?« Agatha hob die Brauen und verkündete so, wie begriffsstutzig Laura war. »Damals hatte nicht jeder ein Konto oder bunte Plastikkarten, so wie heute. Jeevan bekam seinen Lohn wie viele andere in Papiertüten ausgehändigt. Zudem weder er noch Malati das Geld von mir angenommen hätte, dafür waren die Raje-Geschwister zu stolz. Damals, mit der überbordenden Geschwindigkeit und dem Herz der Jugend, habe ich das nicht verstanden. Heute kann ich es ihnen nicht verübeln. Aber ich wusste auch, dass Jeevan sich Mr. Ludlow gegenüber niemals die doppelte Blöße geben und das Geld ansprechen, ganz zu schweigen zurückgeben würde. Also habe ich dem Vorgehen meines Vaters zugestimmt.« Sie hob das Kinn, so als gäbe es keinen Zweifel an dieser Entscheidung. »Im Gegenzug musste ich versprechen, Ronald zu heiraten und ihm nach Deutschland zu folgen. Und zwar innerhalb weniger Wochen. Es fiel mir sehr schwer. Ich konnte mir nicht vorstellen, darauf zu verzichten, Jeevan zumindest sehen zu dürfen, und ich warf meinem Vater insgeheim vor, mich wie einen Gegenstand einzutauschen. Aber ich war damals noch sehr jung. Naivität nimmt erst mit der Zeit ab, und umso langsamer, wenn man dort bleibt, wo man aufgewachsen ist. Veränderungen helfen, eine neue Sichtweise einzunehmen, das habe ich bei meinem Umzug nach Deutschland gelernt.«

»Ich finde es nicht naiv«, sagte Laura und zögerte. Wo war nur die fantasievolle, dickköpfige Agatha an diesem Punkt der Geschichte geblieben? »Eher grausam. Sie haben einen Mann geheiratet, den Sie nicht liebten, um zwei Freunden beizustehen, die einen Platz in Ihrem Herzen hatten und von denen Sie sich für immer verabschieden mussten. Ich finde, Sie haben doppelt bezahlt.«

»Ach.« Agatha winkte ab.

Laura fragte sich, wie lange sie gebraucht hatte, bis die Erinnerungen zu einer neutralen Erzählung geworden waren. Zu Worten, die nicht mehr das Herz erreichten, sondern im Kopf blieben.

»Es gibt mehrere Formen von Liebe«, sagte Agatha energisch, als wollte sie dem Thema das Rührselige nehmen. »Nicht nur die große, romantische, von der alle träumen. Würden die Menschen das endlich mal begreifen, hätten es viele von ihnen einfacher. Sie essen doch auch nicht Ihr ganzes Leben lang nur Torte! Manchmal müssen es eben Ingwerkekse sein.« Jetzt klang sie wieder so, wie Laura sie kennengelernt hatte. »Mein Mann und ich haben uns arrangiert. Wir mochten uns, sind Freunde geworden. Unsere Zeit miteinander war gut, und mehr konnte ich nicht verlangen.«

»Und was war mit Ihrem Bruder?«, fragte Laura. »Hat er die beiden noch weiterhin getroffen?« Vielleicht hatte Agatha zumindest über ihn erfahren, wie es den Geschwistern ging.

»Leonard ist kurz darauf gestorben. Ein Reitunfall. Es war ein schwerer Schlag für meine Eltern. Ich lebte bereits hier in Deutschland, als es geschah, und habe meinem Vater angeboten zurückzukehren. Auch, um ihm bei seinen Geschäften zu helfen. Doch er wollte nichts davon wissen. Seine Firma hielt sich über Wasser.«

Laura stellte fest, wie erschöpft Agatha auf einmal wirkte, und entschied, nicht weiter nachzubohren. Agatha war niemand, der einem beinahe Fremden ihr gesamtes Herz ausschüttete. Allein dieses Gespräch war vermutlich ein großer Schritt für sie.

Sie wollte das Thema in eine angenehmere Richtung lenken und deutete auf das Foto auf dem Tisch. »Man findet immer noch sehr viel von früher in Ihnen, wissen Sie?«

»Ich erkenne pure Schmeicheleien, Frau Nicolai. Und ich mag sie nicht.«

Laura schüttelte den Kopf. »Gut, es war eine Schmeichelei. Aber mit Wahrheit darin. Warten Sie.« Sie zog ihr Handy aus der Tasche, hielt es in die Höhe und deutete auf Agatha. »Darf ich?«

»Wenn Sie unbedingt müssen. Ich weiß ja, dass die jungen Menschen heute keinen Schritt mehr ohne ihre Apparate setzen können. Als gäbe es da eine seltsame Nabelschnur, und jemand könnte sterben, wenn er zu lange nicht auf seinem Handy herumgeklickt hat.«

Laura hob die Brauen, schwieg jedoch und öffnete die entsprechende App. Sie schoss ein Foto, rief es auf und erhöhte die Helligkeit. Nach kurzem Zögern beugte sie sich vor und fotografierte auch das Bild auf dem Tisch. Anschließend hielt sie Agatha das Handy entgegen und wischte zwischen den beiden Schnappschüssen hin und her. »Sehen Sie? Die Ähnlichkeit ist unverkennbar.«

Agatha beugte sich vor, schüttelte den Kopf, presste die Lippen aufeinander und schüttelte ihn noch einmal. Dann schlug sie eine Hand vor den Mund. Da war sie wieder, diese Traurigkeit.

Laura erschrak. Das hatte sie nicht gewollt. Aber sie hatte von Anfang an nicht darüber nachgedacht, was sie mit ihren Fragen aufwühlte. »Ich denke, ich habe Ihnen genug Zeit gestohlen«, sagte sie, stand aber erst auf, als Agatha nickte.

»Es ist auch schon spät, ich bin es nicht mehr gewohnt, so lange Besuch zu haben. Das verstehen Sie sicher!« Der Feldwebel-Ton war zurück, aber es war anders als zuvor. Nun wusste Laura, dass Agatha sie nicht angriff, sondern sich selbst schützte. Sie nahm ihr Handy und warf noch einen Blick auf Jeevans Foto, ließ es aber auf dem Tisch liegen. An der Haustür kämpfte sie gegen den plötzlichen Impuls an, Agatha zu umarmen, hob aber nur eine Hand und verabschiedete sich. Die Tür schlug hinter ihr ins Schloss, aber als sie im Wagen saß, glaubte sie zu sehen, wie sich eine der Gardinen bewegte.

Es war früher Abend, als Laura die Haustür ihrer Eltern schloss. Die Geschichte ließ sie nicht los. Bereits auf der Fahrt hatte sie gegrübelt. Über die Menschen, von denen Agatha erzählt hatte, aber auch über die Zustände in London zur damaligen Zeit und über Jeevans Wunsch, sich im Teehandel hervorzutun. Sie hatte das Gefühl, ihn ein wenig zu kennen. Zudem verband sie die Liebe zu Tee.

»Ich bin zurück«, sagte sie, als sie ins Wohnzimmer trat. Ihre Eltern saßen vor dem Fernseher und sahen sich eine Quizshow an. Vor ihrem Vater stand eine Flasche seines alkoholfreien Lieblingsbiers, ihre Mutter trank Wasser. Sie winkte, eine Begrüßung und zugleich der Hinweis, leise zu sein.

Laura ging weiter in die Küche und zog die Tür hinter sich zu. Die abendliche Show war ihren Eltern so heilig wie ihre festgelegten Rituale und Gepflogenheiten, und sie wollte dabei weder stören noch sich dazusetzen, da sie sonst innerhalb kürzester Zeit vor Langeweile einschlafen würde. Sie füllte Wasser in den Kocher, schaltete ihn ein und wählte nach kurzer Überlegung aus ihrer Teesammlung einen grünen Tee mit Mangoaroma. Sie öffnete die Dose und schnupperte daran. Es roch fruchtig und frisch; ein perfekter Energiekick für diesen Abend, an dem sie noch einiges vorhatte.

Kurz darauf schlich sie mit dem dampfenden Becher und einigen Erdnussplätzchen nach oben, wo sie in ihrem alten Zimmer auf dem Gästesofa schlief. Sie stellte Teller und Becher auf dem Tisch ab, öffnete ihren Laptop und ließ sich in die Polster fallen. Vorsichtig nahm sie einen Schluck. Wieder dachte sie an Jeevan. Vielleicht hätte er sagen können, aus welcher Region die Teeblätter stammten, und vielleicht hätte er darüber die Nase gerümpft, dass sie aromatisiert waren.

Augenblicklich hatte sie wieder Agathas Stimme im Kopf. Energisch und neutral, doch immer weicher werdend, je weiter sie zurück in die Vergangenheit reiste. Laura nahm noch einen Schluck und öffnete die Suchmaschine. Unter *Jeevan Raje* fand sie zuallererst Profile in den sozialen

Medien. Sie klickte eines nach dem anderen an und sah junge Männer am Strand oder auf einem Surfbrett, mit Freunden vor einer mit Graffiti besprühten Wand. Dazu einen YouTube-Kanal mit Tanzvideos, untertitelt in einer Sprache, die sie nicht verstand. Es folgten Namensverzeichnisse, eine Studentenliste einer Universität in Neu-Delhi sowie mehrere Links, mit denen sie nichts anfangen konnte. Laura surfte weiter. Auf Seite drei der Suchergebnisse bemerkte sie, dass ihr Tee abgekühlt war. Sie lockerte den Nacken und atmete tief durch. Das dritte Ergebnis auf dieser Seite deutete auf einen englischen Bericht hin. Das neue Fenster öffnete sich und fesselte ihre Aufmerksamkeit zunächst mit einem wunderschönen Foto. Darauf war ein Steinhaus abgebildet, das mit seinen unzähligen Erkern und einem Rundturm an einer Seite regelrecht erhaben wirkte. Es war von zu einer Seite abfallenden, bewaldeten Gärten umgeben, in denen sie Rhododendren, Azaleen und Rosen entdeckte – wundervolle Farbtupfer in dieser Palette aus Grün. Dass der Himmel über dem Haus grau und damit nicht einladend war, tat dem Gesamteffekt keinen Abbruch. Welch einen Ausblick musste man von dort haben!

Laura scrollte etwas nach unten. Es handelte sich um einen Artikel, und die fettgedruckte Überschrift lautete *Die Gärten von Kent – Wohlfühlort für Naturfreunde*.

Laura las die ersten Zeilen über die Fülle an Burgen und Herrenhäusern, sanft geschwungene Landschaften und natürlich die berühmte Gartenvielfalt jener Region im Südosten Englands. Sie überflog die Einleitung, in der es darum ging, dass viele gut situierte Menschen sich dorthin zurückzogen, um ihren Lebensabend zu verbringen, und entdeckte Jeevans Namen weiter unten im Text.

Auch der ehemalige Londoner Unternehmer Jeevan Raje hat seinen Ruhestand nach Kent verlegt. Sein Anwesen Crane Place bettet sich in die malerische Landschaft zwischen Dover und Canterbury. Bei klarem Wetter kann man vom Grundstück aus den Ärmelkanal sehen.

Das Foto darunter zeigte leider keinen Mann, sondern eine lange, gewundene Einfahrt mit einem Haus, das fast völlig durch Bäume und Hecken verborgen wurde.

»Der Londoner Unternehmer«, murmelte Laura und überflog den Folgetext, aber der handelte von einer ehemaligen Primaballerina, die eine alte Windmühle in Ashford hatte renovieren lassen. Offenbar ging es den beiden Autoren darum aufzuzeigen, dass Menschen, die finanziell jede Wahl hatten, sich ausgerechnet für Kent entschieden. Mehrere Werbeanzeigen von Anbietern aus der Grafschaft rundeten den Artikel ab.

Laura scrollte wieder nach oben und betrachtete erneut das Bild von Crane Place. War dieser reiche Unternehmer Agathas Jeevan? Hatten Fleiß und Ehrgeiz ihn den ganzen langen Weg nach oben gebracht? Nach allem, was sie von Agatha erfahren hatte, war das gut möglich. Zudem wäre es eine schöne Vorstellung, dass zwei Menschen wie Jeevan und Malati, die zunächst in Armut leben mussten, dieser irgendwann entkommen waren.

Sie öffnete ein neues Fenster und suchte nach *Crane Place, Kent*.

Es gab keine weiteren direkten Hinweise, sondern lediglich hier und dort kurze Erwähnungen. An einer Stelle wurde Crane Place als denkmalgeschütztes georgianisches

Landhaus mit einem riesigen Park beschrieben, an einer anderen wurde erwähnt, dass der einst sehr gut besuchte Hofladen leider schließen musste. Früher war es einmal ein Hotel gewesen, das sich auf Hochzeiten spezialisiert hatte. Es existierten Bilder von Paaren, die sich in einem Rosengarten oder vor den imposanten Steinmauern verliebte Blicke zuwarfen. Endlich fand Laura auch eine Außenansicht des Hauses: Die hohe Fassade war an einer Seite mit Ranken bedeckt, Fenster- und Türrahmen setzten sich in strahlendem Weiß davon ab, und die geschwungene Treppe ließ alles noch herrschaftlicher wirken. Sie konnte sich gut vorstellen, wie romantisch eine Hochzeit in diesem Ambiente sein musste. Gerade im Sommer, wenn der Rosenduft die Luft tränkte. Aber auch jetzt im Winter, kurz vor Weihnachten, wenn mit etwas Glück die Bäume und Wiesen mit Schnee bedeckt waren und Lichter in den hohen Fenstern Wärme ausstrahlten.

Wenn die Bewohner von Crane Place morgens aufwachten, hörten sie sicher lediglich Vogelgezwitscher. Zumindest fand Laura auf den Karten im Internet keine größere Straße in der Nähe.

Sie dachte an die letzten Urlaube mit Oliver zurück, an die Hotels in Spanien, Griechenland oder auf den Malediven, die stets durch Luxus geglänzt, aber niemals Ruhe ausgestrahlt hatten. Laura hatte noch so früh aufstehen können, niemals hatte sie einen der umliegenden Pools leer vorgefunden. Natürlich war das nicht schlimm gewesen; Sonne und das Meer hatten sie stets entschädigt. Aber oft war es auch bei Strandbesuchen geblieben, da Oliver wenig Interesse daran gehabt hatte, die Umgebung zu erkunden.

Kent hätte er von vornherein als zu kalt und uninteressant abgelehnt. Lauras Blick dagegen blieb an der Blumenpracht hängen, an dem Haus, und sie stellte sich vor, wie im Inneren ein Kamin brannte, vor dem Menschen saßen und Tee tranken. Wie behaglich musste das vor allem bei Regenwetter sein! Sie seufzte und rief das nächste Suchergebnis auf.

Eine Stunde später hatten sich zwei Gedanken in ihrem Kopf festgesetzt. Zum einen hielt sie es für gut möglich, dass es sich bei dem Geschäftsmann Jeevan von Crane Place um Agathas ehemaligen Freund handelte, denn sie fand seinen Namen auf einer Seite über Teeanbieter, zusammen mit einer Firma namens Vishraam Ltd. Von einem soliden kleinen Teeimperium war die Rede, das sich als lokaler Händler in Zusammenarbeit mit Plantagen in Indien einen Namen gemacht, es aber verpasst hatte, mit der Zeit zu gehen und sich im Kampf gegen die Konkurrenz hervorzutun. Dazu kam der Hinweis, dass Mr. Raje den Grundstein für sein Geschäft vor vielen Jahren in London gelegt hatte.

Die Seite von Vishraam Ltd. gab leider nicht allzu viel her. Offenbar arbeiteten sie mit ausgewählten Teeproduzenten zusammen und sorgten dafür, dass der Tee exportiert wurde und seinen Weg zu nationalen Großhändlern fand.

Alles im Leben dieses Jeevan Raje drehte sich um Tee. Das passte – auch zu *The World of Indian Tea*. Mit jedem Klick schlug Lauras Herz schneller, vor allem, da sie jetzt auch wusste, wo Crane Place lag – der Ort, an dem sich der Geschäftsmann Jeevan für seinen Lebensabend zurückgezogen hatte.

Was sie zu ihrem zweiten Gedanken führte, der ihre Haut kribbeln ließ. Im ersten Augenblick tat sie ihn als Hirngespinst ab, da er so spontan gekommen war. Aber als sie *Kent* in die Bildersuche eingab und all die Eindrücke von Grün, Blumengärten und Häusern voller Geheimnisse sah, war ihre Neugier geweckt.

Warum eigentlich nicht? Noch hatte sie frei, da sie bei Gaum & Weber so viel Urlaub angesammelt hatte und den neuen Job in Hamburg erst im neuen Jahr antreten musste. Natürlich könnte sie auch einfach versuchen, in Crane Place anzurufen, aber was sollte sie sagen? Dass sie aufgrund der Geschichte einer alten Frau gern in der Vergangenheit des Geschäftsführers herumschnüffeln würde? Das wäre mehr als unangenehm, und sie glaubte nicht, dass es zu einem Ergebnis führte. Zudem wollte sie nicht nur forschen. Auf einmal hatte sie auch ein wahnsinniges Bedürfnis danach, zu erleben. Dinge zu sehen, die ihr Herz berührten, und noch einmal tief durchzuatmen, ehe sie in ein Leben sprang, von dem sie nicht so recht wusste, wie sie ihm gegenüberstand. Natürlich hatte sie die Blütenpracht der Gärten längst verpasst. Aber allein die Landschaft weckte in ihr den Wunsch, sie mit eigenen Augen zu sehen.

»Nein«, sagte sie laut, um diesen Gedanken zu verscheuchen, der unbedingt zu einem Plan ohne Planung werden wollte. »Das ist Unsinn.« Sie hatte noch genug zu tun – sie musste sich um den Umzug kümmern. Darum, was sie mit der Hamburger Wohnung machen sollte, sich gegebenenfalls eine andere nehmen. Sie konnte jetzt nicht einfach verschwinden und nach einem Mann suchen, den sie lediglich aus einer Erzählung kannte.

»Das ist eine großartige Idee«, brüllte Dani, und Laura war froh, die Lautsprecherfunktion am Handy eingestellt zu haben, um nebenher Tee mischen zu können. Nach ihrer Recherche war sie wieder auf den Geschmack gekommen und hatte mehrere köstliche Mischungen im Internet gefunden, die sie unbedingt ausprobieren musste. Ganz abgesehen von dem leckeren Gebäck, das auf den Fotos dazu gereicht wurde, aber da würde sie später recherchieren. »Was spricht dagegen? Zum einen lenkt es dich ab, zum anderen klingt es gut. Gartenpavillons und Kamine und Tee und Herrenhausherren von der alten Schule. Sicher bekommst du dort den einen oder anderen Handkuss. Oder Gurkensandwiches! Und ein Butler verbeugt sich vor dir.« Dani kicherte und brach dann in Gelächter aus.

Laura schüttelte den Kopf und wog die Rosenblüten ab. »Eigentlich wollte ich von dir die Bestätigung, wie unpassend es jetzt wäre wegzufahren«, sagte sie, als sich Dani wieder beruhigt hatte. »In Anbetracht der Tatsache, dass ich echt noch viel um die Ohren habe.«

»Was denn? Das Umzugsunternehmen musst du nicht vorbereiten, das taucht eines Tages bei dir auf und verlädt die Kartons. Die du und ich an einem einzigen Tag packen werden, weil es nicht mehr so viel Zeug ist. Und dann fahren wir hinter dem Transporter her, zählen mit, wie oft die Jungs anhalten, um Fleischwurstbrötchen an Tankstellen zu kaufen oder ins Gebüsch zu pinkeln, und beaufsichtigen sie, wenn sie alles hochtragen. Dauer: ein Tag. Alles andere kannst du per Telefon und Internet machen. Oder willst du etwa höchstpersönlich quer durch Hamburg laufen und nach Zu-vermieten-Schildern in irgendwelchen Fenstern Ausschau halten?«

»Unsinn, Dani. Aber du weißt genau, was ich meine.«

»Nein, weiß ich nicht«, gab ihre Freundin unbekümmert

zurück. »Ich sehe mir gerade Bilder von Kent an und finde es hübsch, auch wenn es um diese Jahreszeit recht regnerisch sein soll. Aber du bist nicht weit vom Strand entfernt und könntest Schlösser und Burgen besuchen. Ich habe hier eine Liste von Sehenswürdigkeiten gefunden, die ist ziemlich lang. Unter anderem stehen die weißen Klippen von Dover drauf, die habe ich mal als Teenager gesehen. Eigentlich schade, dass ich seitdem immer geflogen bin, wenn es nach London ging. Der Anblick hat schon etwas, wenn man mit der Fähre auf die Felsen zuschippert, und bei Sonnenuntergang …« Ihre Stimme bekam einen schwärmerischen Ton. Typisch Dani! Sie ließ sich wahnsinnig schnell von Dingen begeistern und würde jetzt ganz sicher nicht zögern, sondern hätte bereits einen Flug oder eine Überfahrt mit der Fähre gebucht.

Nachdenklich zerrieb Laura ein Blütenblatt zwischen den Fingern. Das Aroma erinnerte sie an die Fotos des Rosengartens von Crane Place. »Es war nur … weißt du, nach allem, was Agatha erzählt hat, kam mir mein Leben seltsam ruhig vor. Damit meine ich nicht, dass es langweilig ist, ich habe immer genug zu tun. Aber irgendwie erscheint mir ihres …« Auf einmal hatte sie Probleme, ihre Gefühle in Worte zu fassen.

»Es erscheint dir größer«, schlug Dani vor. »Weil es bei Agatha um Menschen ging, um ihre Freunde, und um Entscheidungen, die nicht nur ihr Leben beeinflusst haben, sondern auch andere.«

Laura dachte darüber nach, ehe sie die Rosenblütenstückchen von ihren Fingern rieb. »Ja, das kann gut sein. Agatha hat viel gewagt und letztlich einen hohen Preis bezahlen müssen. Vielleicht denke ich deshalb drüber nach. Um ihre

Geschichte irgendwie abzuschließen, denn sie hat einen Schluss verdient. Es erscheint mir unfair, dass sie nach allem, was passiert ist, den Kontakt zu Jeevan verloren hat.«

»Warum hast du sie nicht gefragt, ob sie jemals nach ihm gesucht hat?«

»Sie sagte, sie habe ihn danach nur noch einmal gesehen, und zwar für einen Geschäftstermin. Das Gespräch hatte sie schon genug aufgewühlt, da wollte ich nicht weiter nachbohren.« Laura schraubte das Gefäß mit den Rosenblüten wieder zu und starrte auf die bunte Mischung in der Schale. »Aber vielleicht hast du recht. Wenn ich erst einmal in Hamburg bin, muss ich bis zum nächsten Urlaub warten, um nachzuforschen.«

»Genau. Wer weiß, ob die gute Agatha bis dahin noch lebt.«

»Dani!«

»Ist aber doch leider wahr. Also: Tu etwas Gutes, und schenke der grummeligen Madam ein Happy End. Entweder ist der Jeevan, den du gefunden hast, der ehemalige Zirkustyp, und wenn nicht, machst du dir eine schöne Zeit, entspannst dich, ehe es hier wieder losgeht, und bringst mir etwas Tolles mit. Besonders Letzteres ist extrem wichtig. Wenn ich recht darüber nachdenke, solltest du schon allein wegen meines Mitbringsels fahren. Na gut, auch wegen Agatha.«

Laura nickte, auch wenn ihre Freundin es nicht sehen konnte. Ja, das waren gute Gründe. Sie würde nach Kent reisen, für Agatha. Und auch für sich selbst.

14

Nachdem sie Dover hinter sich gelassen hatte und die Häuserreihen zunehmend durch Felder und Wiesen ersetzt wurden, entspannte sich Laura hinter dem Steuer. Das Fahren auf der linken Straßenseite war ungewohnt.

Nach kurzem Abwägen hatte sie sich entschieden, ihren Wagen zu nehmen und nicht nach London zu fliegen, um dort einen zu mieten, und war noch in der Dunkelheit in Richtung Calais aufgebrochen. In Belgien hatte sie mehrere Pausen eingelegt. Nachdem sie sich endlich in die Autoschlangen an der Ablegestelle eingereiht hatte, war sie einfach nur froh gewesen. Der Wind hatte aufgefrischt und verschaffte einen ersten Eindruck von dem Wetter draußen auf See.

Nachdem Laura trotz Nieselregens bei der Anfahrt die weißen Klippen von Dover bestaunen konnte, war sie auf den ersten Kilometern der Fahrt sehr angespannt gewesen. Auf der Fähre hatte ein niederländischer Familienvater ihr in aller Brandbreite von dem Unfall berichtet, den er beinahe bei seinem ersten Besuch in England gebaut hatte, nachdem er beim Abbiegen wie gewohnt auf die rechte Spur gezogen war. Seine Frau war kurz darauf von der Toilette zurückgekehrt, zwei kleine Kinder im Schlepptau, und hatte ihn zum Glück von weiteren Horrorgeschichten abgehalten.

Aber unendlich viele Menschen hatten keinen Unfall gebaut, beruhigte Laura sich. Es war alles nur eine Frage der Gewohnheit. Die restliche Überfahrt lang hatte sie in Agathas Teebuch gelesen. Sie hatte es als eine Art Wegweiser eingepackt; einen Talisman. Es hatte sie zu Agatha und dieser Geschichte geführt, und vielleicht würde es sie auch zu Jeevan bringen.

Jetzt flogen die Bäume und Heckenwälle an ihr vorbei, und sogar der Regen hatte nachgelassen. Die Route bis Crane Place hatte sie zwar in ihrem Handy gespeichert, erinnerte sich aber auch so daran. Der Fahrtwind drückte die letzten Regentropfen auf der Scheibe zur Seite, und Laura atmete tief durch. Sie hatte das Fenster ein Stück herabgelassen; die Luft war kühl und frisch. Im Internet hatte Laura gelesen, dass Herbst und Winter in Südengland dank des Golfstroms zwar vergleichsweise mild waren, aber der Dezember sich in diesem Jahr als deutlich kühler entpuppte als in den vorhergehenden. Passend dazu waren einzelne Häuser und Gärten bereits weihnachtlich geschmückt. Hier und dort blinkten Sterne in den Fenstern oder rote Kugeln in den Gärten.

Links zweigte eine schmale Straße ab. Spontan setzte sie den Blinker und fuhr über den nicht gerade ebenmäßigen Asphalt. Die Steinmauern, mit denen hier so häufig die Wiesen und Weiden begrenzt wurden, waren hoch und teilweise grün bewachsen. Sie glänzten feucht vom Regen. Bäume an beiden Seiten neigten sich einander zu, sodass ein grünes Dach entstand. Laura war, als fuhr sie durch einen Tunnel.

Ein hübscher Anblick, wenn hier und dort Licht hindurchfiel. Als an einer Seite eine Lücke klaffte, erkannte sie in der Ferne unregelmäßige weiße Tupfen. Schafe. Das Bild erinnerte sie an die Fotos auf dem Webauftritt des Rosebank House, ihrer Pension. Sie lag in der Nähe von Marley und damit nur wenige Fahrminuten von Crane Place entfernt. Von dort würde sie sowohl die Küste als auch Canterbury schnell erreichen; somit blieben viele Möglichkeiten für Sightseeing.

Sie hatte ein weiteres Mal überlegt, ob sie versuchen sollte, sich anzukündigen, sich aber erneut dagegen entschieden. Agathas Geschichte am Telefon von einer fremden Frau zu hören, hätte nicht sehr vertrauenerweckend geklungen, womöglich sogar wie ein Scherz. Ein spontaner Besuch erschien ihr am sinnvollsten, selbst wenn Jeevan – oder wer auch immer – sie des Grundstücks verweisen würde. Letztlich war es stets am einfachsten, sich zu unterhalten, wenn man sich dabei in die Augen sehen konnte.

Einzig die Tatsache, dass ihre Gedanken ab und an zu Oliver schweiften, störte sie. Dabei vermisste sie ihn nicht. Vielmehr fragte sie sich, warum der Mensch, mit dem sie eine so lange Zeit verbracht hatte, keine tieferen Spuren in ihrem Leben hinterlassen hatte. Müsste sie sich zumindest jetzt nicht an ihre gemeinsamen Urlaube denken, da sie durch ein fremdes Land fuhr? Stattdessen war sie erleichtert, den Platz neben sich leer zu sehen. Oliver würde sich über das Wetter und die Eintönigkeit der Landschaft beschweren, die Laura mit jeder Minute zauberhafter fand.

An der nächsten Kreuzung bog sie nach Osten Richtung Denton ab und entdeckte kurz darauf ein Schild, das sie zur A256 geleitete, die direkte Verbindung zwischen Dover und

Canterbury. Sie würde ihr eine Weile folgen und kurz hinter Bishopsbourne abfahren, von wo aus es nicht mehr weit sein dürfte.

Die Sonne brach endgültig durch die Wolken und ließ weiße und hellrosa Blüten aufleuchten, die sich tapfer bis in den Dezember hinein behauptet hatten. Laura kam an kleinen Dörfern vorbei, in denen sich die Häuser aus grauem, oder seltener, rotem Stein an die Straßen schmiegten. Hin und wieder entdeckte sie Dächer aus Reetgras oder Fachwerk mit großen, uralt wirkenden Holztoren. Immer wieder schimmerte das Rot von Hagebuttensträuchern und Stechpalmen durch dunkles Grün hindurch. Hier und dort baumelte ein Pubschild über einem Eingang oder ein Café präsentierte sein Angebot auf einer Schiefertafel. So klein die Ortschaften auch waren, jede verfügte zumindest über eine Kirche, neben der sich meist Grabsteine in Schieflage befanden, und einen Pub. Der Verkehr hielt sich in Grenzen, und die Menschen schienen langsamer zu laufen. Laura fühlte sich, als wäre sie nicht in ein anderes Land, sondern eine andere Zeit gereist, für die ihr Puls noch zu schnell schlug.

Zwischen den Ortschaften erstreckten sich endlose Wiesen. Sie erinnert sich daran, gelesen zu haben, dass Kent aufgrund der Fülle an Obstbäumen und Blumengärten als der Garten Englands bezeichnet wurde. Im Internet hatte sie mehrere Firmen entdeckt, die im Sommer Tagestouren durch die schönsten Gärten der Grafschaft anboten.

Nachdem sie an einem Golfplatz entlanggefahren war, stieg das Gelände leicht an, ehe eine Kreuzung vor ihr auftauchte. Die meiste Zeit über war sie allein gewesen auf den schmalen Straßen, aber nun kam ihr ein anderes Auto entgegen, den Blinker gesetzt. Laura vergewisserte sich, dass die Straße auf beiden Seiten frei war, ehe sie die Kreuzung überquerte und geradeaus weiterfuhr.

Sie erschrak, als es am hinteren Teil des Wagens krachte. Ein harter Ruck fuhr durch ihren Körper. Nein, durch den gesamten Wagen! Er drehte sich, und sie verlor die Kontrolle. Auf einmal konnte sie nur noch schwer Luft holen und umklammerte das Lenkrad mit beiden Händen, während sie versuchte, etwas Sinnvolles zu tun. Gegenlenken, nicht in der Steinmauer landen und vor allem keine Panik bekommen. Zu ihrer Erleichterung kam sie fast sofort wieder zum Stehen.

Nach dem kurzen Chaos herrschte Stille, lediglich Lauras Herz donnerte. Mit weit aufgerissenen Augen starrte sie auf die Bäume vor sich und merkte, dass sie quer auf der Straße stand. Ihr Blick fiel auf ihre Finger. Sie hob einen nach dem anderen vom Lenkrad und brauchte drei Versuche, ehe sie den Sicherheitsgurt lösen konnte.

Die Tür ließ sich nicht öffnen, zumindest nicht sofort. Sie nahm ihren Fuß zur Hilfe. Metall schrammte, doch dann, endlich, flüchtete sie aus dem Peugeot auf die Straße. Mit beiden Händen fasste sie ihre Haare zusammen, da sie sich irgendwo festhalten wollte, und drehte sich langsam um, wobei sie hoffte, dass ihre Beine sie weiterhin tragen würden. Es würde sie nicht wundern, wenn sie jeden Augenblick nachgaben.

In der Fahrerseite prangte eine riesige Delle; die Hintertür hatte am meisten abbekommen. Zwei, drei Meter entfernt stand der Wagen, der ihr vorhin entgegengekommen war. Er war abgebogen und hatte offenbar nicht darauf geachtet, dass sie geradeaus hatte weiterfahren wollen – oder gedacht, es noch vor ihr zu schaffen. Vielleicht hatte der Fahrer auch gar nicht gedacht. Zumindest war er bisher nicht einmal ausgestiegen.

Die Erkenntnis schickte Eiseskälte durch Lauras Adern, während sie auf den Unfallgegner zuhielt. Sie fühlte sich, als steckte sie in einem fremden Körper, der sich nur mit Mühe kontrollieren ließ. Das Logo des roten Autos erkannte sie nicht sofort, erinnerte sich dann aber daran, dass es sich um die britische Marke Vauxhall handelte. Die Karosserie war an der rechten Vorderseite ähnlich demoliert wie ihr Peugeot. Der Motor stotterte, als würde jemand versuchen, ihn anzulassen, und verstummte dann wieder.

»Hallo?« Ihre Stimme zitterte so sehr wie ihre Hände, und ihr Herz schien sich in ihrer Brust zu überschlagen. *Bitte, lass niemanden ernsthaft verletzt sein!* »Hallo, geht es Ihnen gut?«

Sie schrie auf, als die Fahrertür aufgestoßen wurde und ein Mann ausstieg, mit so harten, wütenden Bewegungen, dass Laura unwillkürlich zurückwich. Er beachtete sie nicht weiter, sondern starrte erst auf seinen Wagen, dann auf ihren, ehe er ausholte und gegen den Kotflügel trat.

»So ein verdammter Mist!«

Nicht verletzt, ging es Laura durch den Kopf. Sie begriff nicht, dass er sie einfach ignorierte, obwohl er die Schuld an dem Unfall trug.

Er räusperte sich lautstark und spuckte auf die Straße, dann trat er noch einmal gegen den Kotflügel und riss die hintere Wagentür auf. Er brauchte zwei Versuche, da seine Bewegungen vor lauter Wut fahrig waren. Endlich geschafft, zog er eine Segeltuchtasche von der Rückbank und hängte sie sich über die Schulter. Er schlug die Tür zu und wandte sich ab.

Allmählich färbte Wut eine heiße Spur in Lauras Schock. »Entschuldigung?« Ihre Stimme klang wieder fest, nur das Zittern in ihren Armen und Beinen hatte noch nicht nachgelassen. Die Engländer waren doch angeblich höfliche Menschen. Dieses Exemplar allerdings nicht. »Hey, könnten Sie bitte mal zurückkommen?«

Der Mann blieb wirklich stehen, schnaubte laut und drehte sich um. »Ja, wir hatten einen Unfall. Schön. Vielmehr nicht schön. Mein Dreckswagen springt nicht mehr an, also gehe ich jetzt zu Fuß weiter. Wenn Ihrer noch fährt, dann herzlichen Glückwunsch.« Aus seinen Worten sprach noch immer Wut, aber auch eine Portion Ungeduld. Laura schätzte ihn auf Mitte oder vielleicht Ende fünfzig. Es war schwer zu sagen. In seinem dunklen Haar zeigte sich keine einzige graue Strähne, dafür war die Haut rund um Augen und Mund faltig. Generell wirkte sein Gesicht müde und erschöpft. Vielleicht hatte er etwas getrunken, obwohl er nüchtern wirkte.

»Sie können jetzt doch nicht einfach gehen«, sagte Laura. »Wir hatten gerade einen Unfall …«

»Und wir haben ihn beide überlebt. Also?«

»… an dem Sie übrigens die Schuld tragen! Ich würde es sehr begrüßen, wenn Sie sich nicht einfach aus dem Staub machen, sondern mit mir warten, bis die Polizei eintrifft.«

Er lachte, aber es klang alles andere als amüsiert. »Hier warten?« Er tippte sich gegen die Schläfe. »Vielleicht fährt Ihre Karre ja noch.« Er schüttelte den Kopf, wandte sich ab und murmelte weiter vor sich hin. Es klang wie der nächste Wutanfall oder eine Schimpftirade. Kleine Steine stoben auf, als er gegen die Mauer trat. Dann sprang er in die Luft, bekam den oberen Rand zu fassen und zog sich hoch, wobei er sich mit den Füßen am Stein abstützte. Oben angekommen, balancierte er kurz aus und sprang dann auf der anderen Seite wieder herunter. Leises Rascheln war zu hören. Dann nichts mehr.

Laura starrte auf das Grau vor sich und suchte nach Worten. Sie drehte sich um, blickte über die Schulter, als würde der Mann wie von Zauberhand wieder auftauchen. Wie konnte dieser Kerl so unverfroren sein? Damit machte er sich doch strafbar, zumindest in Deutschland. Oder war er losgezogen, um Hilfe zu holen? Hatte er denn kein Handy?

Sie ging zurück zu ihrem Wagen. Ihre Handtasche war bei dem Aufprall vom Beifahrersitz in den Fußraum gerutscht. Ihre Sachen lagen dort verteilt, manche waren unter den Sitz gerollt. Laura tastete, bis ihre Finger ihr Handy berührten. Schnell richtete sie sich auf, schaltete es ein und … Tatsache, sie hatte keinen Empfang. Also was, sollte sie warten, bis der unfreundliche Kerl zurückkam? Oder den Notruf wählen?

Unsicher ging sie zur Mauer und blickte daran empor, bezweifelte aber, dass es etwas bringen würde, wenn sie ihm hinterherkletterte. Ganz abgesehen davon, dass sie an der Unfallstelle bleiben und sich um Hilfe kümmern musste. »Hallo?«, versuchte sie es dennoch, doch auf der anderen Seite der Mauer blieb alles still. Irgendwas sagte ihr, dass der Wahnsinnige schon längst außer Hörweite war. Laura ging zurück zur Kreuzung und sah in alle Richtungen. Erst jetzt fiel ihr auf, dass der Weg vor ihr nicht wie eine Straße wirkte, sondern etwas von einer privaten Zufahrt hatte.

»Also gut«, sagte sie, um sich selbst zu beruhigen. Immerhin schlug ihr Herz wieder in gewohntem Rhythmus. Wäre dies ein normaler Unfall, würden sie und der andere Fahrzeughalter sich nun gemeinsam die Details ansehen und alles Notwendige in die Wege leiten. Aber das hier war nicht normal. Ja, andere Länder, andere Sitten, und vielleicht herrschten diese auch auf dem Land. Doch eines nach dem anderen.

Laura ging im Geiste noch einmal die letzten Sekunden vor dem Unfall durch. Sie traf eindeutig keine Schuld, und demnach war schon einmal klar, dass die Versicherung des Fremden für den Schaden aufkommen musste. Kurz rollte der Gedanke durch ihren Kopf, dass er vielleicht keine besaß und sich daher aus dem Staub gemacht hatte, aber das war Unsinn. Schließlich hatte er sein Fahrzeug zurückgelassen.

Und wenn es gestohlen war?

»Hör auf damit, Laura!« Sie imitierte die Stimme ihrer Mutter, und es wirkte doppelt: Die unsinnige Vorstellung verschwand, und sie musste lachen. Erst nur ein wenig, dann immer lauter, bis sie sich den Bauch hielt. Als sie sich halbwegs beruhigt hatte, betrachtete sie den Schaden an ihrem Peugeot genauer. Die Delle war nicht schön, und als sie probierte, die Hintertür zu öffnen, hatte sie kein Glück. Versuchsweise setzte sie sich noch einmal hinein und versuchte, den Motor zu starten. Zunächst wehrte er sich, aber beim dritten Mal sprang er an. Klang da etwas seltsam? Laura konnte es nicht genau sagen. Darum sollte sich eine Werkstatt kümmern. Noch einmal stieg sie aus und ging zur Mauer. »Hallo? Hey!«

Da war nichts bis auf entferntes Blöken und Vogelgezwitscher. Ihr blieb nichts anderes übrig, als erst einmal das Warndreieck aufzustellen – schließlich stand der andere Wagen halb auf der Kreuzung.

Anschließend griff sie wieder nach ihrem Handy, ließ es aber sinken, als sie ein Motorengeräusch hörte. Es kam von vorn, also aus der Richtung, in der sie ein Privatgrundstück vermutete und wo nichts vor der Unfallstelle warnte. Zwar war es Nachmittag, aber dadurch, dass sich die Bäume über die schmale Straße beugten, wie um sie zu schützen, würde der unaufmerksame Fahrer womöglich zu spät auf die Bremse treten. Rasch lief sie los und winkte, als sie den Wagen entdeckte. Es war ein Landrover, der seine besten Tage bereits hinter sich hatte oder einfach nur lange nicht gewaschen worden war. Er fuhr langsamer, als er sie beinahe erreicht hatte, und blieb dann stehen. Laura warf einen Blick über die Schulter. Wenn er hier durchkommen wollte, mussten sie erst einmal die Straße räumen.

Ein Pärchen stieg aus, beide ungefähr in Lauras Alter. Sie trugen robuste Kleidung, Turnschuhe zu Jeans und Übergangsjacken, und machten zum Glück einen entspannten Eindruck. Zeitprobleme schienen sie schon einmal nicht zu haben.

»Entschuldigung«, rief Laura. »Hier hat es einen kleinen Unfall gegeben. Ich versuche mal, meinen Wagen zur Seite zu fahren. Leider ist der andere Fahrer verschwunden.« Sie zuckte die Schultern. Das hörte sich einfach nur schräg an.

»Oh, Dad«, seufzte die Frau. Sie hatte ihr dunkles Haar am Hinterkopf zu einem stylish-unordentlichen Dutt gebunden. Ihr Gesicht war sehr hübsch, mit fein geschnittenen Zügen und großen Augen, deren Braun selbst auf die Entfernung strahlte.

Dad? Laura stutzte. Entweder sie hatte sich verhört oder der Stress wirkte sich auf ihre Sprachkenntnisse aus.

Hoffentlich wurde das nicht schlimmer, sie hatte wenig Lust, vor den beiden herumzustammeln.

Der Mann kam auf sie zu und hielt ihr eine Hand entgegen. »Ich bin Joshua«, sagte er locker und beäugte bereits den Schaden an ihrem Wagen.

»Laura. Aus Deutschland«, fügte sie hinzu, um zu verdeutlichen, dass sie möglicherweise ein wenig hilfloser war als die durchschnittliche englische Unfallteilnehmerin, obwohl er sicherlich ihren Akzent bemerkte.

Joshua nickte und fuhr sich über die Stirn. Er hatte ebenso dunkle Haare wie die Frau, die er kurz trug, und wundervolle braune Augen. Wenn Laura es recht bedachte, sahen sich die zwei sogar ziemlich ähnlich. Geschwister? »Bist du nicht mit unserem Linksverkehr klargekommen?«

Laura glaubte, sich verhört zu haben, atmete tief durch und sagte sich, dass die Annahme vermutlich naheliegender war, als dass ein Kamikazefahrer in ihren Wagen bretterte, um sich anschließend aus dem Staub zu machen. »Mit dem komme ich hervorragend klar, solange man mir nicht die Vorfahrt nimmt.«

Sollte er sich über die Tatsache wundern, dass sie hier allein herumstand, so ließ er sich nichts anmerken. Eine Weile schien er nachzudenken und musterte sie dabei, als würde er ihr nicht so ganz glauben, aber dann nickte er langsam. »Verstehe. Ich sehe mir nur eben den Vauxhall an. Em! Holst du schon einmal das Abschleppseil?«

Die Frau hob einen Daumen, während Joshua auch den zweiten Wagen begutachtete. Er stieg ein und versuchte, ihn anzulassen – der Fremde war also nicht nur verschwunden, sondern hatte auch seine Schlüssel stecken lassen! Das wurde ja immer schräger. Joshua stieg aus und schüttelte den Kopf, als könnte er diese ganze Situation nicht glauben. Da waren sie schon zwei. Er fuhr sich über das Gesicht und starrte in den Himmel. Laura fielen seine langen, schlanken Finger auf. Als sich die Frau zu ihnen gesellte, atmete er aus, als hätte er eine schwere Entscheidung getroffen.

»Erst einmal möchte ich mich entschuldigen, Laura«, sagte er dann ruhig.

Sie winkte ab, obwohl sie nicht wirklich verstand, was hier vor sich ging. »Du kannst ja nichts dafür.«

»Nein, aber unser Vater. Er hat uns angerufen, damit wir das gute Stück abholen.« Er deutete auf den Vauxhall.

Laura drehte sich um und starrte zunächst den Wagen an, dann die Delle im Peugeot und zum Schluss Joshua. »Der Wahnsinnige ist dein Vater?«

»Unser Vater«, sagte er rasch und nickte in Richtung der Frau, als würde das die Sache besser machen. Also waren die beiden wirklich Geschwister.

»Ich bin Emma«, sagte die und hob eine Hand. »Joshs Halbschwester.«

Laura schenkte ihr ein Lächeln, wurde jedoch schlagartig wieder ernst. Vielmehr fassungslos. »Passiert das öfter? Dass euer Vater sich von Unfallorten entfernt und seine Kinder anruft, damit sie alles für ihn regeln?«

»Beschwör es bloß nicht herauf«, sagte Emma. »Eine solche Situation haben wir zum Glück zum ersten Mal. Allerdings passt es zu ihm, ja. Manchmal hat er ein kleines Aggressionsproblem.«

»Also sollte ich froh sein, dass er einfach gegangen ist und mich nicht angebrüllt hat?« Laura räusperte sich. »So leid es mir tut, aber der Unfall ist die Schuld eures Vaters. Ich kam von dort …« Sie wandte sich zur Kreuzung um, aber Joshua winkte ab.

»Mach dir keine Sorgen. Man erkennt, was passiert ist, und wir kümmern uns darum.« Trotzdem klangen seine Worte steif, als würde er sie selbst nicht ganz glauben oder Laura insgeheim Vorwürfe machen. Ob es daran lag, dass er sich um seinen Vater sorgte? Aber was hätte sie tun sollen? Es war alles viel zu schnell gegangen, um auszuweichen. »Erst einmal bringen wir die alte Karre nun nach Hause. Es ist nicht weit. Springt dein Wagen noch an?«

»Vorhin hat er das getan.«

»Gut. Was hältst du davon, wenn du uns folgst, und dann regeln wir alles vor Ort? Ich kenne den Besitzer einer Werkstatt in der Nähe. Und du kannst dich bei einem Tee erst einmal etwas von dem Schock erholen.« Seine Stimme war dunkel und warm, und allein deshalb hätte sie fast sofort zugesagt. Nach dem Schrecken wäre es schön, wenn sie nicht alles allein regeln musste.

»Das hört sich nach einer guten Idee an.« Sie zögerte. Trotz allem waren die beiden Fremde. »Ist es denn weit?«

Er deutete in die Richtung, aus der sie gekommen waren. »Wenn wir sehr vorsichtig fahren, sind es höchstens zehn Minuten bis Crane Place.« Er nahm das Abschleppseil von Emma entgegen.

»Moment mal«, sagte Laura. »Crane Place? Das Haus von Jeevan Raje?«

Die beiden warfen sich einen Blick zu. »Du kennst Onkel Jeevan?«, fragte Emma. »Oh, hast du es auf den Hofladen abgesehen? Dann tut es mir leid, den gibt es schon seit vielen Jahren nicht mehr, auch wenn er hier und dort noch im Internet auftaucht. Wir haben ihn von sämtlichen Portalen gelöscht, aber manchmal finden sich alte Bewertungen ehemaliger Kunden, die Leute achten nicht auf das Datum, und schwupps, stehen sie vor dem Haus und sind enttäuscht, dass es nichts zu kaufen gibt.«

»Emma«, sagte Joshua. »Laura wird wohl kaum eigens aus Deutschland angereist sein, um Tee oder Zubehör bei uns zu kaufen. Oder?«

»Nein, ich bin nicht zum Teekaufen gekommen. Aber ich hatte gehofft, euren Onkel zu sprechen.«

»Eigentlich ist er unser Großonkel.«

Einen Augenblick lang faszinierte sie das Funkeln in Joshuas Augen so sehr, dass sie ihn einfach nur anstarrte, aber dann riss sie sich zusammen. »Es tut mir leid, ich hätte mich wahrscheinlich vorher anmelden sollen, aber ich dachte, ich verbinde es einfach mit Urlaub, und habe eine Unterkunft ganz in der Nähe von Marley gebucht …« Auf einmal wusste sie nicht weiter. So viel also zu spontanen Planungen! Natürlich wiesen die früher oder später Lücken auf, die man mit mehr Vorbereitung hätte umgehen können. Vielleicht wünschte Jeevan Raje überhaupt keinen Besuch, und sein Rückzug nach Kent war wirklich ein sprichwörtlicher; nämlich fernab von Menschen, die irgendetwas von ihm wollten. Womöglich war er auch gar nicht zu Hause? Nur weil er älter war und sich zurückgezogen hatte, bedeutete das nicht, dass er die Gegend niemals verließ.

Obwohl sich Laura über sich selbst ärgerte, konnte sie die Aufregung zwischen all den Zweifeln nicht unterdrücken. Sie war hier richtig! Crane Place lag ganz in der Nähe, und ein Jeevan Raje lebte dort. Nun musste sie nur noch herausfinden, ob es sich um Agathas alten Freund handelte. »Es war vermutlich eine blöde Idee«, sagte sie leise.

Die beiden sahen sich an und hatten offenbar keine Ahnung, was sie ihnen mitteilen wollte.

»Eines nach dem anderen.« Joshua schwenkte das Seil. »Wir bringen nun erst einmal Dads Auto nach Hause. Du fährst hinter uns her, wenn dein Wagen anspringt. Oder …« Er zögerte, und da war er wieder, dieser Blick, als würde die Situation mehr Vorsicht erfordern, als sie es wirklich tat. »Ich kann auch deinen Wagen nehmen, falls du dich nach dem Zwischenfall nicht mehr ans Steuer setzen willst. Das ist … vielleicht besser so.«

Es waren nicht nur die Worte, die Laura innehalten ließen, sondern auch der Unterton darin. Er verzerrte das, was man als Sorge verstehen konnte, und verwandelte es in eine Art Vorwurf. Sie dachte an seinen Kommentar zum Linksverkehr. Hielt Joshua Frauen für unfähig, wenn es ums Autofahren ging? Wie einer dieser Machos wirkte er gar nicht. »Keine Sorge«, sagte sie. »Das schaffe ich schon.«

»Gut. Alles Weitere klären wir dann dort.«

Sie sollte recht behalten mit dieser Straße: Wer hier einbog, hatte sich entweder verfahren oder war auf dem Weg nach Crane Place. Als sie sich in eine von Säulen gesäumte Einfahrt verwandelte und Laura erste Blicke auf das Haus werfen konnte, vergaß sie sogar die seltsamen Motorgeräusche, die ihr Sorgen bereitet hatten.

Das Haus und vor allem seine Umgebung waren noch viel imposanter, als die Bilder im Internet vermittelt hatten. Nach und nach blitzten Details zwischen den Bäumen und hohen Hecken hervor. Es war, als würde das Haus auf den Spannungseffekt setzen. Nachdem sie die Säulen passiert hatten, entdeckte Laura auf der rechten Seite ein kleines

Gebäude – vermutlich hatte einst ein Pförtner darin gewohnt. Über der Haustür baumelte ein riesiger weiß-goldener Stern. Es ging einen Weg entlang, der von alten Buchen gesäumt wurde.

Als die Zufahrt schließlich in einen rechteckigen Platz auslief, an dessen Ende das Wohnhaus stand, entdeckte Laura weitere Gebäude, die sich an der rückwärtigen Seite anschlossen. Das mussten einst entweder Stallungen oder Unterkünfte für die Bediensteten gewesen sein. Zur Linken erstreckte sich eine akkurat gemähte Wiese, rechts verlief ein halb von Hecken und Ginsterbüschen verdeckter Garten.

Joshua und Emma hielten. Laura parkte mit deutlichem Abstand hinter ihnen, stieg aus und blickte sich um. Von irgendwo her drangen Stimmen, doch abgesehen davon war es totenstill. Laura schloss die Augen und lauschte auf das ferne Rauschen von Verkehr, auf das Blöken von Schafen, Rasenmäher, Hundegebell … doch nichts. Wie sie es sich vorgestellt hatte!

Sie öffnete die Augen wieder und musterte die Backsteinfassade des Hauses mit je fünf Fenstern auf den beiden unteren Etagen und dreien im Dachgeschoss. Lichterketten schmückten die Nadelbäume zu beiden Seiten des Eingangs und glommen jetzt am Tag sehr verhalten. Oben an den Fenstern sowie über der Tür waren Tannenzweige mit Goldsternen und weiteren Lichtern angebracht. In der friedlichen Umgebung strahlte das Gesamtbild eine Gemütlichkeit, aber auch eine Erhabenheit aus, die sie in Wiesbaden höchstens bei den alten Stadtvillen fand, die stets miteinander um den schönsten Eindruck konkurrierten. Hier draußen gab es jedoch nur Crane Place, eingebettet in unzählige Hektar Land. Es musste umwerfend sein, das alles jeden Tag genießen zu können.

Möglichst unauffällig musterte sie die Geschwister, die soeben die beiden Wagen voneinander entkoppelten. Ob sie auch hier lebten? Oder ihr Vater?

»Laura!« Emma winkte ihr zu, und sie gesellte sich zu den beiden. »Willkommen auf Crane Place.«

»Danke.« Laura sah noch einmal zum Haus, obwohl sie es sich bereits im Detail eingeprägt hatte. »Es ist wirklich wunderschön.«

»Ja, als Kind war es schon ziemlich toll.«

»Ihr wohnt nicht mehr hier?«

»O nein.« Sie lachte. »Meine Jungs würden mangels Freunden und Abwechslung irgendwann vor Langeweile eingehen, und ich müsste ihnen noch mehr Zeug anschleppen, als sie ohnehin schon besitzen, um sie halbwegs bei Laune zu halten.«

Joshua schnalzte mit der Zunge. »Du könntest sie auch einfach morgens aus dem Haus jagen und ihnen sagen, dass sie erst am Abend zurücksein müssen. Bei mir hat das damals funktioniert.«

»Du warst einfach pflegeleicht, Josh.« Von irgendwo her drang lautes Kreischen, dann rief ein kleiner Junge in so weinerlichem Ton nach seiner Mutter, dass er jeden alarmierte, der schon einmal einen Tobsuchtsanfall bei einem Kleinkind erlebt hatte. »Auweia«, sagte Emma. »Keine Ahnung, was Aidan hat, aber ich geh besser schnell nachsehen, ehe es zu spät ist. Wir sehen uns, Laura!« Sie hob eine Hand und joggte los, wobei ihr Haarknoten auf und ab wippte.

Joshua hob die Brauen in einem Ausdruck gespielter Verzweiflung, richtete sich auf und rollte das Abschleppseil zusammen. »Ich hoffe, sie kommt noch rechtzeitig, sonst ist es mit der Ruhe vorbei. Wenn Aidan einmal loslegt, helfen nur Musik und ein sehr, sehr guter Lautsprecher, um ihn zu übertönen. So, ich werde die Werkstatt anrufen und nachhaken, wann sie Zeit für uns haben. Besser, wir bringen deinen Wagen heute schon vorbei. Und dann telefoniere ich am besten auch gleich mit Dads Versicherung.«

Laura zögerte. »Es ist sehr nett, dass du dich drum kümmerst, Joshua, aber ich brauche einen fahrbaren Untersatz. Schon allein, um heute zu meiner Pension zu kommen.«

Er rieb sich den Nacken und starrte in die Ferne, dann schüttelte er den Kopf. »Kein Problem, wir finden eine Lösung. Was hältst du davon, einfach eine Nacht hierzubleiben? Das wäre für alle am einfachsten. Es gibt Gästezimmer, und Mrs. Mandell braucht nicht lange, um eines herzurichten.«

»Hierbleiben?« Sie warf einen verstohlenen Blick zum Haus. Natürlich würde sie wahnsinnig gern wissen, wie es darin aussah. Noch wichtiger war die Frage, ob sie hier richtig war. Aber es musste einfach so sein. Bisher passten die Puzzlestücke zu gut zusammen. »Das ist sehr freundlich, aber du weißt ja nicht einmal, warum ich hergekommen bin.«

»Stimmt, das würde ich wirklich gern erfahren.« Joshua sah amüsiert aus. Die Bartstoppeln auf Kinn und Wangen ließen ihn zu energisch erscheinen für den Goldton seiner Augen, der hin und wieder aufblitzte – als lägen in ihren Tiefen Geheimnisse, die er nur Menschen verriet, die ihn schon lange kannten. »Also. Warum bist du auf der Suche nach meinem Großonkel? Ausgerechnet jetzt?«

»Wenn er der Jeevan Raje ist, den ich gern finden würde, dann haben er und ich eine gemeinsame Bekannte. Agatha Sperlich. Früher hieß sie mal Agatha Ford.«

Er runzelte die Stirn. »Noch nie gehört. Wer ist das?«

Das war eine gute Frage. »Wir wohnen in derselben Stadt. Sie ist eine ältere Dame und kannte in ihrer Jugend einen Jeevan.« Erst jetzt fiel ihr auf, was er zuvor gesagt hatte. »Warum sagtest du aus*gerechnet jetzt*?« Sie sah sich auf dem riesigen Anwesen um.

Für den Bruchteil einer Sekunde verdüsterte sich seine Miene, aber es war so schnell wieder vorbei, dass sie es sich auch eingebildet haben konnte. »Meine Familie liebt dieses Haus zwar, aber wir kommen nicht oft hier zusammen, erst recht nicht für längere Zeit. Jeder ist zu sehr in sein Leben eingebunden, und manchmal gibt es auch Streit. Aber das ist wohl bei allen Familien so. Meistens treffen wir uns, um den Geburtstag meines Großonkels zu feiern. Er wird dieses Jahr fünfundneunzig, und wir haben geplant, auch in der Zeit zwischen seinem Geburtstag und Weihnachten hierzubleiben. Eben weil er nicht mehr der Jüngste ist und wir nicht wissen, ob wir noch ein weiteres Fest mit ihm erleben. Gerade für meine Neffen ist das an manchen Tagen recht eintönig. Wir haben sie daher schon das Haus schmücken lassen, auch wenn es dafür eigentlich noch zu früh ist.« Er deutete auf die Winterdekoration aus Zweigen und Sternen und presste die Lippen aufeinander. »Leider geht es ihm momentan nicht sehr gut. Normalerweise würde Mrs. Mandell – das ist Onkel Jeevans Haushälterin – jetzt bereits alles planen und die ersten Kuchen backen, aber wir wollen lieber warten, ob es ihm in den kommenden Tagen besser geht. Momentan schleichen wir alle auf Zehenspitzen durchs Haus und hoffen, ihn nicht zu stören.«

»Oh«, sagte Laura und fühlte sich auf einmal so fehl am Platz, dass ihre Wangen warm wurden. »Das tut mir leid. Und jetzt habt ihr auch noch mich am Hals.« Aber auch wenn es ihr unangenehm war, zu solch einer Zeit aufzutauchen, trug im Grunde Joshuas und Emmas Vater die Schuld daran, dass ihr Wagen in die Werkstatt musste. Ob er auch hier irgendwo steckte? Sie hatte wenig Lust, dem trampeligen Kerl noch einmal zu begegnen. »Hör mal, vielleicht können wir eben zur Werkstatt fahren, und dann ...«

»Unsinn.« Joshua war die Ruhe in Person, trotz der Energie, die er ausstrahlte. »Das mit der Werkstatt regle ich schon. Und du störst wirklich nicht. Wie gesagt, wir warten hier alle mehr oder weniger auf den Startschuss und langweilen uns tödlich miteinander. Oder regen uns über alles und jeden auf, so wie mein Dad.«

»Ja, das habe ich gemerkt.« Laura überlegte, ob sie etwas zu der Sache mit der Werkstatt sagen sollte – es war ihr Wagen, und sie konnte das durchaus selbst mit dem Mechaniker klären –, aber Joshua redete bereits weiter.

»Und allein deshalb würde ich mich freuen, wenn du bleibst und dich als Gast fühlst. Quasi als Entschädigung, bis alles mit deinem Wagen geklärt ist. In der Zwischenzeit erzählst du mir mehr von deiner Agatha. Vielleicht kannte sie meinen Großonkel ja wirklich, das wäre spannend. Em würde sich sicher auch freuen.«

Er klang, als hätte er noch einen Haufen weiterer Argumente, um sie zu überzeugen, dabei war das gar nicht mehr nötig. Crane Place schien ein zauberhafter Ort zu sein, und Laura hatte nichts dagegen, dass Joshua ihr die Mühen rund um den Blechschaden abnehmen wollte. Letztlich war sie hergekommen, um Jeevan zu finden, und was konnte ihr da Besseres passieren, als hier ein Zimmer zu beziehen?

»Gut, vielleicht für eine Nacht. Ich müsste dann nur schnell im Rosebank House anrufen, dass sie heute nicht mehr mit mir rechnen müssen.«

»Telefone haben wir auch«, sagte er. »Wo ist dein Gepäck?«

»Im Kofferraum, aber das kann ich wirklich allein tragen.«

Er schüttelte den Kopf. »Nichts da. Dich erwartet der volle Entschädigungsservice der Familie Raje. Also dann! Suchen wir die wahre Herrin des Hauses auf und finden ein Zimmer für dich.«

15

Mrs. Mandell war klein und zierlich, besaß aber den energischen Gesichtsausdruck einer Vorstandssekretärin. Zudem war sie stumm, was aber kein Problem darstellte, da – so viel hatte Laura bereits mitbekommen – sie genau wusste, wie sie jedes Familienmitglied mit knappen Gesten dazu brachte, das zu tun, was sie von ihm wollte. Nur wenige Minuten, nachdem sie sich kennengelernt hatten, begriff Laura, was Joshua mit der wahren Herrin des Hauses gemeint hatte. Auf dem Weg zu ihrem Zimmer waren sie Emma und ihren beiden Jungs begegnet, die wie Wirbelwinde durch die Eingangshalle – eindrucksvoll mit der breiten Steintreppe, dem Kristalllüster, etagenhohen Fenstern, in die Buntglas im Blumenmuster eingelassen worden war, sowie einem riesigen, aber noch ungeschmückten Tannenbaum – getobt waren. Mrs. Mandell hatte lediglich einen Arm gehoben und einmal mit den Fingern geschnippt, um die beiden auf der Stelle erstarren zu lassen. Nach einem Blick zu Emma waren sie sittsam weitergelaufen und hatten ihre Füße so vorsichtig aufgesetzt, dass kaum ein Laut zu hören gewesen war.

Anschließend hatte Mrs. Mandell Laura zu ihrem Zimmer gebracht und sie mit einem hoheitsvollen Blick allein gelassen. Trotzdem war Laura ebenso behutsam aufgetreten wie die beiden Jungs zuvor.

Der Raum hätte jedem Prospekt über Herrenhäuser in England Ehre gemacht. Mit dem Holzbett, das von vier dicken, mit Schnitzereien überzogenen Pfosten eingefasst wurde, den Samtvorhängen, den altrosa Seidentapeten und der blassgrünen Sitzgarnitur erfüllte es jedes Klischee. Der orientalische Teppich mit dem Blumenmuster und anderen Verzierungen war zwar verblasst, aber gut gepflegt, und die Fäden an den Enden lagen akkurat nebeneinander, als hätte sie jemand gekämmt. Die Luft war klar und frisch – ein Fenster war geöffnet –, und in einer Vase auf dem Beistelltisch standen Amaryllis in sämtlichen Farben von Weiß bis Rot. Laura trat näher und fuhr mit einem Daumen erst über die Blüten und anschließend über die Goldornamente auf der Vase. Kreise und reich verzierte, halbmondförmige Gebilde reihten sich auf dem Weiß aneinander. Sie erinnerten an die Mandalas in dem Ausmalbuch, das Dani ihr vor einigen Jahren zum Geburtstag geschenkt hatte. *Damit du dich mal entspannst und richtig wild austoben kannst! Nimm so viele Farben wie möglich!* Sie mochte die verschlungenen Formen, hatte aber nie die Zeit gefunden, sich hinzusetzen und nach Stiften zu greifen.

Sie nahm ihre Tasche und legte sie auf das Bett. Auf dem Überzug prangten ähnliche Ornamente wie auf der Vase; die Bettwäsche darunter bestand aus feinstem Satin. Laura dachte an die Geschwister aus Agathas Erzählungen, die in einer der armen Gegenden Londons gelebt hatten.

Ein wenig ärgerte sie sich, nicht daran gedacht zu haben, Joshua und Emma gegenüber auch den Namen der Schwester zu erwähnen, Malati – dann hätte sie schnell Gewissheit gehabt, hier richtig zu sein oder eben auch nicht. Vielleicht war Malati ja ebenfalls Teil dieser Familie und auf Crane Place, um Jeevans Geburtstag zu feiern. Aber nach dem Unfall waren ihre Gedanken einfach woanders gewesen.

Von draußen klangen gedämpfte Stimmen herein. Laura trat an das Fenster, und die Aussicht begeisterte sie. Eine lang gezogene, von Bäumen und Hecken eingerahmte Rasenfläche erstreckte sich bis zu einem Waldstück in der Ferne. Viele Kronen waren bereits kahl, doch der Anteil der Nadelbäume schuf ein dunkelgrünes Meer. Laura hatte gelesen, dass es im Süden Englands selten schneite, aber weiß bedeckt würde diese Landschaft an ein Märchen erinnern. Auch im Garten waren einzelne Bäume bereits dekoriert worden: Laura fand weitere Lichterketten sowie Sterne aus Holz und Stroh in den Zweigen. Immer wieder funkelten Stecklichter in Sternenform oder die roten Früchte der Stechpalme wie Perlen durch das Grün. Hier und dort standen weiße Bänke oder Gartentische samt Stühlen. Es gab einen Teich, mehrere Steinstatuen sowie adrett in Form gebrachte Büsche. Ein Pavillon aus Marmor ragte an einer Seite in die Höhe. Doch der eigentliche Blickfang befand sich direkt unter dem Fenster: ein längliches Beet mit Blumen, die in voller Pracht blühten. Erstaunt beugte sich Laura vor und erkannte Christrosen in Weiß, hellem Rosa, Gelb, Pink und sogar vollem dunklem Violett. So etwas hatte sie noch nie zuvor gesehen. Von hier erinnerte es an ein wogendes Meer, in dem nicht nur die Farben, sondern auch Stimmungen miteinander verschmolzen. Wie musste es hier erst im Frühling und Sommer sein?

Wenn sie sich ein Stück weiter hinauslehnte, sah sie eine Ecke des Gartens an der anderen Seite des Hauses. Eine

Frau hockte zwischen den Reihen. Laura erkannte ihr Gesicht nicht, aber sie trug ihr dunkles Haar geflochten und hatte sich einen Arbeitskittel übergeworfen, unter dem farbenfrohe Kleidung hervorblitzte. Emma konnte es nicht sein, es sei denn, sie hatte sich für die Gartenarbeit umgezogen und war irgendwie ihre beiden Jungs losgeworden.

Laura kam nicht umhin, sich vorzustellen, wie es wäre, hier draußen zu leben und nicht in der Großstadt. Würde sie die Stille auch nach Wochen oder gar Monaten lieben oder die Stadt mit all ihren Angeboten und Ablenkungen vermissen? Die Rajes konnten von hier aus nicht mal eben um die Ecke zum Supermarkt gehen oder diskutieren, ob sie lieber in ein Sushi-Restaurant oder zum Italiener wollten. Dafür hatten sie ... all das hier.

Laura schloss das Fenster und wandte sich um. Ihr Blick fiel auf das Teeservice auf dem Nachttisch neben dem Bett. Sie hob den Deckel der Kanne und schnupperte, dann goss sie sich ein. Es war schwarzer Tee, und es gab ein Kännchen mit Milch, eines mit braunem Zucker sowie ein Schälchen mit Gebäck: winzige Kuchen mit weißer Glasur, auf denen veilchenfarbige Zuckerblüten prangten. Laura nahm eines, biss hinein und schloss genießerisch die Augen. Die waren definitiv selbst gebacken, und die Glasur war unglaublich cremig mit einem Hauch Zitrone. Sie aß den Rest des Küchleins und trank einen Schluck Tee. Er war gut und stark, genau das Richtige nach dem Unfall und dem langen Anreisetag.

Unschlüssig blickte sie sich um. Am besten, sie machte sich ein wenig frisch. Joshua hatte erwähnt, dass die Familie später zum Abendessen zusammenkommen würde. Sie hoffte nur, dass sein und Emmas Vater nicht dabei war. Vielleicht hatte sie Glück, und er reagierte seine Wut in einem Pub ab. Der nächste war sicher nicht weit.

Doch zunächst holte sie das Teebuch aus ihrer Tasche und legte es auf ihren Nachttisch. Es passte perfekt in dieses Zimmer. Anschließend ging sie ins angrenzende Bad – es war klein, aber ebenso stilvoll eingerichtet wie der Rest des Hauses und mit frischen Handtüchern und Seife bestückt. Nachdem sie den Inhalt ihres Rollkoffers inspiziert hatte, entschied sie sich für eine schlichte, aber elegante Bluse zur dunklen Jeans. Sie bürstete sich das helle Haar und band es locker im Nacken zusammen. Noch etwas Lipgloss, und schon fühlte sie sich bereit, der Familie zu begegnen.

Im Haus herrschte Leben, wenn auch gedämpft. Laura fragte sich, wo sich wohl Jeevans Zimmer befand und ob die anderen soeben Rücksicht auf seine Gesundheit nahmen oder die Weitläufigkeit sowie die dicken Teppiche dafür sorgten, dass alles gedämpft klang. Im Vorbeilaufen strich sie über die Tannengestecke auf den Fensterbänken, deren Zapfen verhalten golden schimmerten. Während sie die Treppe nach unten ging, betrachtete sie die Bilder an den Wänden. In einem solchen Haus hätte sie Gemälde erwartet, überlebensgroße Erinnerungen an Menschen, die in massiven Goldrahmen und mit strengem Blick posierten. Vorfahren der jetzigen Bewohner vielleicht oder die Erbauer des Hauses, die zur getragenen Atmosphäre der alten Mauern passten.

Jeevan Raje hatte sich jedoch für riesige Fotografien entschieden. Sie zeigten grüne, terrassenartige Landschaften, die an manche Bilder aus *The World of Indian Tea* erinnerten, palmengesäumte Flüsse oder vom Sonnenlicht rot gefärbte Gebirgszüge, die an manchen Stellen mit Schnee bedeckt waren. Sie alle wurden von schlichten, aber eleganten Rahmen eingefasst. Auf den ersten Blick ein Bruch mit der Architektur durch Modernität, auf den zweiten passte es perfekt. Laura blieb stehen und nahm die Atmosphäre in sich auf; diese klare Weite und Ruhe, die von den Motiven ausging. Es musste wunderschön sein, dort zu wandern und alles vor Ort zu erleben.

Sie durchquerte die Halle und trat aus der geöffneten Haustür. Mittlerweile war die Sonne durchgebrochen, doch das Blau des Himmels war sehr hell, beinahe weiß, wie man es oft im Winter sah.

Nachdem sie sich umgesehen hatte, lief sie am Haus entlang, auf die angrenzenden Gebäude zu. Das erste besaß ein geschwungenes Holztor, dessen Bogen mit Mustern verziert war, die denen auf Bettdecke und Vase in Lauras Zimmer ähnelten. *Vishraam Hofladen* stand in großen goldenen Buchstaben darüber – das hatte Emma also gemeint. Laura versuchte, die Tür aufzudrücken, doch ohne Erfolg.

»Wir haben dir doch gesagt, dass du hier nichts mehr kaufen kannst.«

Sie fuhr herum und starrte in Joshuas Gesicht. »Tut mir leid, ich wollte nicht herumschnüffeln«, sagte sie hastig, obwohl sie genau das getan hatte, wie ihr soeben bewusst wurde. Schon wieder spürte sie, dass sie rot wurde.

Er winkte ab. »Unsinn. Wenn ich an deiner Stelle wäre, hätte ich auch versucht, einen Blick hineinzuwerfen. Es ist ja nicht so, als wärst du in ein Zimmer eingebrochen, um durch die Wäscheschubladen zu wühlen.«

Allein bei der Vorstellung wurde ihr noch wärmer. »Selbst wenn mich jemand gezwungen hätte, genau das zu tun, wäre ich im Boden versunken, wenn du mich dabei erwischt hättest. Irgendein Loch hätte sich aufgetan und mich verschluckt, und ich wäre froh darum gewesen.«

Wenn sein Lächeln breiter wurde, zwinkerte er kaum merklich, und diese unverschämt langen Wimpern berührten seine Haut, wie der Flügelschlag eines filigranen Vogels. »Und das hätte ich ganz sicher nicht gewollt. Aber es gibt gute Nachrichten: Antonio von der Werkstatt sagt, dass er sich deinen Wagen vermutlich schon morgen ansehen kann. Dads Klapperkiste muss dann warten.«

Laura fiel ein Stein vom Herzen, dass alles so glimpflich abzulaufen schien. Ein Teil von ihr war jedoch beinahe enttäuscht, dass ihr Besuch auf Crane Place nur kurz sein würde. »Das ist wundervoll, danke.«

»Wenn du allerdings mit Onkel Jeevan reden magst, wird das noch warten müssen. Mrs. Mandell hat mir vorhin zu verstehen gegeben, dass es ihm heute nicht besser geht und jeder, der es wagt, ihn zu stören, mit grauenhaften Strafen rechnen muss.«

»Ich hoffe, dass er schnell wieder gesund wird«, sagte Laura und zögerte. »Joshua, es ist wirklich sehr lieb von dir und den anderen, dass ich hier übernachten kann. Aber in Anbetracht der Umstände verstehe ich es völlig, wenn die Familie unter sich sein möchte. Ich meine …« Falls dein Großonkel stirbt, hatte sie sagen wollen, hielt sich aber im letzten Moment zurück. Auch wenn der Tod nicht abwegig war bei einem Mann in Jeevans Alter, wollte nicht sie diejenige sein, die so etwas aussprach. Ihr als Gast stand es nicht zu, Sorge zu schüren. Vielleicht verdrängte Joshua die schlimmste Möglichkeit ja, da er sehr an Jeevan hing?

Er schüttelte den Kopf und hielt sein Gesicht Richtung Sonne, die sich bereits dem Horizont näherte. »Genieß einfach den Aufenthalt«, sagte er und lächelte so leicht, dass man es nur bemerkte, da sich die feinen Fältchen neben seinen Mundwinkeln verstärkten. »Würdest du dich besser fühlen, wenn ich dir sage, dass ich dich auch aus Eigennutz gern hier hätte? In Gegenwart eines Gasts reißt sich meine Familie vielleicht zusammen, was ganz gut ist, wenn wir noch eine Weile aufeinanderhocken.«

Laura musste lachen. »Das klingt, als würdet ihr euch sonst an die Kehle gehen.«

»Ganz so schlimm ist es nicht, aber wer weiß, was die Zeit mit unseren Nerven anstellt. Du bist quasi eine Vorsichtsmaßnahme, und für diesen Beitrag zur Sicherheit aller bieten wir dir Unterkunft und Verpflegung.«

Laura strich sich eine Strähne zurück, die ihrem Zopf entkommen war. »So gesehen ist das natürlich etwas anderes.«

»Wunderbar.« Er hielt ihr mit übertriebener Geste den Arm hin. »Also dann, darf ich dich zum Essen geleiten? Mittlerweile müsste Mrs. Mandell aufgetragen haben, und wir werden Ärger bekommen, wenn wir zu spät erscheinen.«

Laura hob die Brauen, hakte sich dann aber bei ihm ein. Trotz der übertrieben altertümlichen Geste fühlte es sich gut an und nicht etwa unangenehm, wie es oft der Fall war, wenn man einen Fremden berührte. Es musste an seiner ungezwungenen Art liegen. Daran, wie sehr er es beherrschte, auch befangenen Situationen etwas Gutes abzugewinnen. Auf einmal hatte sie Lust, dieses Spiel mitzuspielen. »Wie sähe denn dieser Ärger aus?«

Joshua blinzelte. »Auf jeden Fall ein gefürchteter Blick – und glaube mir, ich habe mich noch nie kleiner gefühlt als nach einem Eispfeil aus Mrs. Mandells Augen. Wenn es hart auf hart kommt, serviert sie dir am Tisch kleinere Portionen, und wenn du es dir ganz mit ihr verscherzt hast, musst du dich mit Haferbrei begnügen.«

Laura musterte ihn so lange von der Seite, bis sie seinen Mundwinkel zucken sah. »Eine schreckliche Vorstellung.«

Er wandte den Kopf und sah ihr direkt in die Augen. »Bis zum Haferbrei ist noch niemand gekommen. Aber ich halte es für gut möglich, dass diese Option existieren könnte.« Mittlerweile hatten sie die Eingangshalle erreicht. Joshua führte sie an der Treppe vorbei in eine Diele, die in einen Gang überging. Auch hier hingen Fotos wundervoller Landschaften, und in den Fensternischen standen Tischchen aus dunklem Holz, von denen aus Blumenbouquets die Stimmung erhellten. Stimmen drangen zu ihnen herüber, zudem klapperte Geschirr.

»Diese Fotografien sind wunderschön«, sagte Laura. »Ich habe vorhin die neben der Treppe bewundert.«

Joshua nickte. »Onkel Jeevan hat sie vor Jahren von einem befreundeten Fotografen anfertigen lassen. Immer wenn ich sie betrachte, nehme ich mir vor, dorthin zu reisen, aber irgendwie bekomme ich es zeitlich nie unter.«

»Zu viel Stress im Job?« Oder meinte er eine Familie? Emmas Kinder hatte sie bereits gesehen, vielleicht hatte er ja auch welche.

Er nickte. Helles Lachen scholl ihnen entgegen und übertönte sein leises Seufzen. »Ich bin gerade in einer unsicheren Geschäftsphase. Planen, vorbereiten, rechnen, zweifeln, dieser ganze Kreislauf. Derzeit könnte ich England nicht verlassen, selbst wenn ich es wollte.« Er schüttelte energisch den Kopf. »Das hätte ich dir nicht erzählen sollen.«

»Das ist kein Problem, ich …«

»Nein, aber … es geht dich ja nichts an.«

Laura blinzelte. Dieses Mal war sie so perplex, dass ihr nicht einmal eine entsprechende Bemerkung einfiel. Sie konnte es nicht einmal auf ihre Sprachkenntnisse schieben, denn die waren gut – im Job hatte sie oft genug mit englischsprachigen Kunden zu tun gehabt. So höflich und offen Joshua die meiste Zeit über war; er schien irgendein Problem mit ihr zu haben. Sie entschied, es zu ignorieren. Sie war wegen Jeevan hier und würde zudem nicht allzu lange bleiben.

Sie erreichten das Esszimmer, mit einem Tisch, an dem gedrängt sicherlich zwanzig Menschen Platz fanden. Auf dem dunkelblauen Tischläufer blitzten goldene Sternenstickereien, und in der Mitte prangte ein Gesteck aus Tannen- und Stechpalmenzweigen, in denen vier goldene Kerzen steckten. Auch hier gab es dunkle Holzmöbel, Goldschattierungen auf Dekogegenständen sowie gleich zwei Kristalllüster. Dazu riesige Pflanzenkübel und einen Schrank, unter dem man eine ganze Fußballmannschaft begraben konnte. Die zartrosa Tapete mit Ornamentbesatz lenkte nicht von der Einrichtung ab. Laura entdeckte eine weitere Tür, die vermutlich in die Küche führte. Das Fenster zur Linken gewährte einen Blick auf Wiesen und Wald.

Die Ruhe dort draußen sowie die Erhabenheit des Raums standen in starkem Gegensatz zu der Energie am Tisch. Emma saß zwischen ihren beiden kleinen Söhnen, die versuchten, sich gegenseitig das Silberbesteck zu stehlen. Ihr gegenüber hatte die Frau mit dem Zopf Platz genommen, die Laura zuvor im Garten gesehen hatte und die zu jung war, um Malati zu sein, und neben ihr saß der Kamikazefahrer. Emmas und Joshuas Vater.

Er entdeckte sie in dem Augenblick, als ihr Blick auf ihn fiel. Seine Augen weiteten sich, sein zuvor so gelangweilter Gesichtsausdruck wurde hart.

»Was will sie denn hier?«

Schlagartig herrschte Stille. Sämtliche Anwesenden starrten erst ihn an, dann Laura. Dieser Frontalangriff war so sehr ein Schlag ins Gesicht, dass sie zunächst nicht wusste, was sie sagen sollte.

»Nun«, sagte Emma und drückte die Fäuste ihrer Kinder, die beide vor Erstaunen noch immer in die Luft hielten, mit aller Seelenruhe zurück auf den Tisch. »Vermutlich etwas essen, so wie wir alle. Also reg dich ab, Dad, und mach dich nicht lächerlich.«

Der ältere der beiden Jungs kicherte, und sie strich ihm mit einem Augenzwinkern über den hellen Haarschopf. Emmas Vater dachte jedoch nicht daran, auf sie zu hören. Inmitten der so freundlich wirkenden Menschen stach er hervor. Nicht nur durch die Aggressionen und die unterdrückte Wut, die ihn zu umgeben schien wie eine Aura, sondern auch durch die tristen Farben seiner Kleidung. Selbst sein Gesicht besaß einen Grauschimmer.

»Diese Frau und ich hatten einen Autounfall. Ich will sie nicht hierhaben.«

»Einen Unfall, den *du* verursacht hast«, sagte Joshua und bedeutete Laura durch eine leichte Berührung am Arm weiterzugehen. Nun klang er wieder so, als wären seine abweisenden Worte von zuvor niemals gefallen. »Ich war mit Em vor Ort, wie du nur zu gut weißt, um den Vauxhall abzuschleppen, und es ist eindeutig, dass du Laura die Vorfahrt genommen und in ihren Wagen geknallt bist.« Seine Stimme klang durchgehend freundlich und heiter, aber in den letzten Worten lag eine deutliche Aufforderung.

Obwohl es ihr mittlerweile vorkam, als hätte sich der Raum auf unangenehme Weise aufgeladen, trat Laura auf den Tisch zu, ohne den Mann aus den Augen zu lassen, der sie nicht hier haben wollte. Sie fühlte sich mittlerweile alles andere als wohl.

Die Frau mit dem dunklen Zopf wandte sich um und lächelte ihr zu. Sie war hübsch, mit feinen Zügen und Augen, die durch die gezupften Brauenbögen noch größer wirkten. Bis auf den dunkelroten Lippenstift war sie dezent geschminkt. Zu ihrer goldenen Hose trug sie ein Oberteil in Rot- und Orangetönen, das ihr bis zu den Knien reichte. »Willkommen, Laura«, sagte sie und deutete auf den Stuhl neben sich. »Bitte, setz dich doch. Ich bin Helen, Joshuas Mutter.« Ein liebevoller Blick streifte ihren Sohn.

Doch Joshuas und Emmas Vater gab nicht auf. »Ich will erst recht nicht, dass sie mir gegenübersitzt.«

»Dev«, sagte Helen, und ihre zuvor so liebevolle Stimme schnitt durch die Luft.

Joshua zog den Stuhl zurück wie ein Signal, und Laura hatte keine andere Wahl mehr, als Platz zu nehmen. Sie kam sich vor, als würde sie auf einem Minenfeld stehen. Am liebsten wäre ihr gewesen, Dev würde verschwinden oder sie einen Grund finden, sich wieder auf ihr Zimmer zurückzuziehen, ohne dass es wie eine Flucht wirkte.

Ihr Blick traf Joshuas, und er schüttelte kaum merklich den Kopf, als hätte er ihre Gedanken erraten. »Lass es gut sein, Dad. Du kannst nicht Unfälle verursachen und dann die Menschen anfeinden, die dich im Grunde verklagen könnten. Überleg dir besser, wie du dich bei Laura entschuldigst.« Es klang noch immer freundlich, aber die Schärfe hinter seiner Aussage war nicht zu überhören.

Emma schmunzelte, ehe sie sich wieder auf ihre Söhne konzentrierte. Dev dagegen starrte von seinem Sohn zu Laura. In diesem Augenblick trat eine Gestalt mit kurzen Locken durch die Verbindungstür zur Küche: Mrs. Mandell hielt eine riesige Keramikterrine in den Händen, die beinahe ihren gesamten Oberkörper verdeckte, und beendete jedwede Diskussionen im Raum. Niemand machte Anstalten, ihr zu helfen.

Joshua beugte sich in Lauras Richtung. »Sie mag es nicht, wenn man in ihre Arbeit pfuscht. Dazu zählt auch, ihr unter die Arme zu greifen. Ich wollte ihr mal eine Schüssel abnehmen, da hat sie mir auf den Fuß getreten. Und zwar sehr energisch«, raunte er ihr ins Ohr. Schon wieder schien er geahnt zu haben, was ihr durch den Kopf geschossen war, und sie entschied, seine Bemerkung von zuvor zu vergessen. Vielleicht hatte sie seine Worte einfach falsch verstanden oder aber er hatte es nicht so scharf gemeint, wie es herausgekommen war.

Aromatischer Duft breitete sich neben Rauchschwaden aus, als Mrs. Mandell die Terrine auf dem Tisch abstellte. Sie blickte in die Runde, schenkte Laura ein breites Lächeln und hob den Deckel. Bei dem Inhalt handelte es sich um eine Suppe. Cremefarbener Eierstich bedeckte die Oberfläche wie ein Schaumteppich. Emma schnupperte, nahm einen Teller und hielt ihn der Haushälterin entgegen.

Wie auf ein Stichwort änderte sich die Atmosphäre. Das Klirren von Geschirr, der würzige Duft sowie Gemurmel über Mrs. Mandells Kochkünste beherrschten die Szenerie, als hätte es die Auseinandersetzung zuvor niemals gegeben.

Selbst Dev starrte nicht mehr Laura an, sondern die Haushälterin.

»Laura«, sagte Helen und schenkte ihr ein strahlendes Lächeln, nachdem sie einen Teller Suppe entgegengenommen und vor ihr abgestellt hatte. »Ich muss mich entschuldigen, wenn diese Familie dich überrollt hat. Aber alle haben auf die eine oder andere Weise den Raje-Dickkopf geerbt, daher hat es manchmal den Anschein, als wären doppelt so viele Personen im Raum, als es eigentlich der Fall ist. Ich musste mich auch erst daran gewöhnen.«

»Dein Dickkopf ist auch nicht zu verachten, Mum«, sagte Joshua freundlich.

Helen hob die Brauen. »Würde ich keine Ruhe in diesen Kessel bringen, wäre er schon längst explodiert. Also, Laura.« Sie hob einen Löffel Suppe an die Lippen und probierte vorsichtig. »Meinen Mann Dev ignorierst du heute am besten. Er ist nicht immer so. Und meinen Sohn sowie meine Stieftochter hast du ja bereits kennengelernt.«

Emma winkte von der anderen Seite des Tisches, als würden sie sich zum ersten Mal begegnen. »Meine Söhne Aidan und Jeremy auch. Wobei ich dir momentan nicht sagen kann, wer gerade die größere Trotzphase durchmacht.«

»Aidan macht das«, sagte der ältere Jeremy, woraufhin sein Bruder versuchte, ihm den Löffel wegzunehmen. Suppe schwappte auf die Tischdecke, und Mrs. Mandell klatschte mit einem missbilligenden Zischen in die Hände. Sofort setzten sich beide Jungs gerade hin. Die Haushälterin sah zufrieden aus, wandte sich ab und verschwand.

Allmählich entspannte sich Laura, auch weil Dev sich mit seinem Teller befasste. Sie probierte ihrerseits die Suppe, die sie an zu Hause erinnerte, an damals, als ihre Oma noch Brühe selbst gekocht hatte. »Die schmeckt toll.«

»Ja, es sind eine Menge Kräuter aus dem Garten drin. Wir trocknen sie hinten in der Küche.« Helen sah zufrieden aus.

»Ich habe dich vorhin gesehen, in den Beeten«, sagte Laura.

In Helens Augen blitzte es auf. »Ja, der Garten ist meine Leidenschaft. Wenn du magst, führe ich dich nach dem Essen noch ein wenig herum, auch wenn kaum noch etwas wächst. Aber ich zeige dir unsere Christrosen, sie sind mein ganzer Stolz. Es wird noch hell genug sein.«

Laura lächelte. »Gern. Wenn ich auch den Kräutergarten sehen darf?«

»Oh, du interessierst dich für Kräuter?«

Sie nickte. »Und für Tee.«

Helen wechselte einen Blick mit Joshua. »Bist du deshalb hier und möchtest Jeevan sehen? Wegen Vishraam Ltd.?«

»Nein«, sagte Laura rasch. »Also nicht direkt. Ich bin hier, da ich einen Jeevan Raje suche, und, ja, den Ausschlag dafür hat meine Begeisterung für Tee gegeben. Vielmehr ein Buch, das sich mit Tee befasst.«

Helen zog die Augenbrauen zusammen. »Das verstehe ich nicht ganz. Joshua?«

Er zuckte die Schultern und brummte etwas, beschäftigte sich aber weiterhin vorrangig mit seiner Suppe und löffelte sie so schnell in sich hinein, als gäbe es etwas zu gewinnen. Emma auf der anderen Seite des Tisches handhabte das ebenso, und hin und wieder warfen sich die Geschwister einen Blick zu.

»Das hört nie auf«, murmelte Helen. »Die beiden müssen immer ihren eigenen Wettbewerb austragen. Aber bitte Laura, verrate mir, was dich hergeführt hat.«

Laura tupfte sich die Lippen mit der Serviette ab und erzählte. Von dem Buch aus dem Bücherschrank, dem Foto sowie dem Besuch bei Agatha. Bei der Geschichte aus der Vergangenheit fasste sie sich kurz, schließlich hatte Agatha es ihr unter vier Augen erzählt, und sie wollte dieses Vertrauen nicht enttäuschen.

Helen wirkte interessiert. »Das klingt ja nach einer echten Spurensuche.« Sie legte den Löffel ab. »Leider wissen wir alle sehr wenig aus Jeevans Vergangenheit. Er redet kaum über die Zeit in London, ehe er ins Teegeschäft eingestiegen ist.«

Laura wollte gerade nach Malati fragen, als es sie wie ein Blitz durchfuhr. Dev.

Auf einmal wünschte sie, das Thema wäre niemals hier am Tisch angeschnitten worden, und gleichzeitig schossen ihr Fragen und Möglichkeiten durch den Kopf. War Dev, dieser unfreundliche Mann ohne Manieren, etwa Malatis Sohn? Wenn Jeevan Joshuas und Emmas Großonkel war … sie versuchte, einen Stammbaum im Kopf zu erstellen, aber ihre Nervosität machte ihr einen Strich durch die Rechnung, und sie verhakte sich. Ihre Aufmerksamkeit flackerte zu Dev, der mit den Fingern einige Suppennudeln auf seinen Löffel schob. Wusste er von Agatha? Hatte seine Mutter – sollte es sich um Malati handeln – ihm von ihr erzählt? Und war sie gestorben? Das wäre eine Erklärung, warum sie nicht hier war.

Als hätte er ihren Blick bemerkt, hob er den Kopf und starrte sie an wie ein Bluthund, kurz davor, für die Jagd von der Leine gelassen zu werden. »Warum interessierst du dich so sehr für meine Familie?« Sein Ton war hart und kalt.

»Dev«, sagte Helen tadelnd und wandte sich wieder an Laura, ehe sie in Verlegenheit kam, antworten zu müssen. »Hast du zufällig das Foto dabei? Das du in diesem Buch gefunden hast? Ich würde es gern Jeevan zeigen, wenn es ihm besser geht.«

»Gute Idee.« Joshua hatte den Suppenwettkampf gegen seine Schwester verloren und reichte seinen Teller soeben Mrs. Mandell, die wieder aufgetaucht war, ohne dass Laura es bemerkt hatte. »Es passt alles ganz gut zusammen, oder? Ein Foto in einem Buch über Tee? Es könnte wirklich Onkel Jeevan sein, den du suchst.«

Mist! Das Foto! Sie hätte daran denken sollen, es abzufotografieren. Wobei sie auch niemals damit gerechnet hatte, statt auf Jeevan Raje auf seine Familie zu treffen, die bis auf eine Ausnahme sehr freundlich war. »Nein, leider nicht. Aber ich habe Bilder von Agatha.« Sie zog ihr Handy hervor, scrollte zu ihrer Galerie und rief den ersten Schnappschuss auf, den sie gemacht hatte. »Das ist sie zu der Zeit, als sie Jeevan kennengelernt hat.« Sie wischte zur Seite. »Und so sieht sie heute aus.«

Joshua und Helen beugten sich vor und betrachteten das Bild.

»Sie war sehr hübsch«, sagte Joshua. »Und auch sehr energisch. Sieht aus, als hätte diese Agatha gewusst, was sie wollte.«

Laura schmunzelte. »Oh, das weiß sie heute noch, und sie hat auch nichts dagegen, es sehr direkt mitzuteilen.«

Sie alle blickten auf, als Mrs. Mandell den nächsten Gang auf einem silbernen Servierwagen hereinbrachte und die

Deckel von den Schüsseln nahm. Neben gebackenen Kartoffeln gab es gemischtes Gemüse, Braten samt Soße sowie grünen Salat.

Helen legte Laura flüchtig eine Hand auf den Arm. »Würdest du mir die Fotos schicken, wenn ich dir nachher meine Handynummer gebe? Ich zeige sie Jeevan, sobald es ihm gut genug geht, dann wissen wir mehr.«

»Natürlich«, sagte Laura und ignorierte das Brummen aus Devs Richtung. Wieder mal wünschte sie sich, das Thema nicht hier am Tisch angeschnitten zu haben. Nur zu gern hätte sie nach Malati gefragt, aber ehe sie noch einen Streit auslöste, sparte sie sich das lieber für später auf.

Joshua rettete sie, indem er ihr eine Flasche vor die Nase hielt. »Weißwein? Er ist trocken.«

»Gern.« Sie wartete, bis er ihr und Helen eingeschenkt und die Flasche an seine Schwester weitergereicht hatte, dann hob sie ihr Glas gemeinsam mit den anderen. Emmas Söhne brüllten einen Toast, der etwas mit Spiderman und PlayStation zu tun hatte, und endlich lockerte sich die Atmosphäre im Raum. Sogar Dev sah auf einmal weniger finster aus, und Joshua schlug sein Glas leicht gegen ihres. »Willkommen auf Crane Place, einem hübschen Ort, an dem der Wahnsinn wohnt«, sagte er leise und trank einen Schluck.

Erleichtert widmete sich Laura ihrem Teller. Das restliche Abendessen verlief ohne Komplikationen. Sie lauschte den Gesprächen der Familie und unterhielt sich mit Joshua und seiner Mutter. Dev ignorierte sie. Aber als sie sich später erhob und Joshua nach draußen folgte, spürte sie, wie sich seine Blicke in ihren Rücken bohrten.

»Ich muss mich noch mal für meinen Vater entschuldigen.« Joshua lehnte sich auf seinem Platz im Pavillon zurück, der Laura mit seinen Verzierungen und Säulen an antike römische Architektur denken ließ. Die Sonne war bereits untergegangen, und die Dunkelheit sowie die Sternenlichter, die überall im Garten aufblitzten, verwandelten die Umgebung in einen Ort voller Geheimnisse. Die Geräuschkulisse hatte sich daran angepasst, war gedämpfter und getragener geworden, und die Temperaturen waren deutlich gesunken.

Laura schüttelte den Kopf. Sie wollte die friedliche Stimmung nicht durch ein Gespräch über Dev zerstören. »Ist schon in Ordnung«, sagte sie, drehte ihr Glas zwischen den Fingern und dachte an das Essen zurück. Beim Nachtisch, gerade als sie Agathas Foto an Helen schickte, hatte es einen kleinen Zwischenfall gegeben. Aidan und Jeremy hatten mit ihren Gabeln um das angeblich besser gefüllte Schälchen gekämpft, und Aidan hatte seinem Bruder aus Versehen die Forken in die Haut gegraben. Zum Glück nicht allzu tief. Daraufhin hatte Helen die Gartenbesichtigung auf den Folgetag verschoben, um Emma zu helfen, die zwei zu beruhigen. Beide hatten geweint – Jeremy aus Schmerz, Aidan aus Reue und beide vor Schreck. Dafür hatte Joshua Laura auf einen Spaziergang gebeten.

Joshua musterte sie nachdenklich. »Ich habe gemerkt, dass du meiner Mutter vorhin noch mehr erzählen wolltest, dich aber vermutlich wegen Dad zurückgehalten hast, nicht wahr?«

Laura hörte auf, das Glas zu drehen, und strich stattdessen feine Kondenstropfen vom Außenrand. Sie hatte nicht der Grund für weitere Missstimmung am Tisch sein wollen, und sie wollte auch jetzt Joshua gegenüber nicht andeuten, dass ihre Zurückhaltung mit seinem Vater zusammenhing. Sie musterte sein Gesicht. Die Außenbeleuchtung tauchte es in sanftes Gold und zeichnete die Kinnlinie weicher. »Agatha hat ihren Jeevan in einem Zirkus kennengelernt. Sie war Gast, er hat dort gearbeitet und sich um die Tiere gekümmert.«

Joshua trank einen Schluck Wein. Sein Blick wanderte in die Dunkelheit.

»Onkel Jeevan hat nie viel von früher erzählt. Emma und ich haben ihn gelöchert, als wir noch klein waren, aber er hat aus vielen Dingen ein großes Geheimnis gemacht. Er hatte diese Art, uns abzulenken – nicht mit Süßigkeiten oder Ähnlichem, sondern mit Erzählungen von seinen Teeplantagen. Sie waren so bunt und spannend, dass wir gar nicht mehr daran gedacht haben, was wir eigentlich von ihm wollten.«

»Was hat er erzählt?« Laura warf einen Blick in den Himmel, wo sich die Sterne zeigten. Hier draußen war es genauso friedlich, wie sie es sich vorgestellt hatte.

Joshua fuhr sich über das Gesicht. »Oje, sag bloß nicht Emma, dass ich dir das verraten habe, sie bringt mich sonst um. Onkel Jeevan hat diesen Mitarbeiter erfunden, Emmanuel. Zumindest bin ich mir ziemlich sicher, dass es ihn nicht wirklich gegeben hat. Emmanuel war so etwas wie der Magier in Jeevans Truppe.«

»Weil er so viel von Tee verstand?«

Joshua lachte. »Nein, er war jemand, dem einfach alles gelang, zumindest in den Geschichten. Einmal hat mein Onkel einen Ring in einer Plantage verloren, der ihm viel bedeutete und auch nach stundenlanger Suche nicht wieder aufgetaucht ist. Emmanuel hat gewartet, bis es Nacht war, und ist dann noch einmal raus. Und siehe da, der Vollmond schien genau auf die Stelle, wo den Ring lag. Es gab viele solcher Geschichten, und Emma war ein klein wenig in Emmanuel verliebt.«

Laura lehnte sich zurück und bedauerte, dass heute kein Vollmond am Himmel stand. Was er wohl in dieser Nacht beschienen hätte? »Eine schöne Vorstellung, so einen Emmanuel an der Seite zu haben. Und keine Sorge, ich werde Emma nicht sagen, dass du mir den Namen ihrer großen Liebe verraten hast.«

Joshua legte beide Hände um sein Glas und deutete eine Verbeugung an. »Ich stehe in deiner Schuld, Laura aus Deutschland.«

Auf einmal schoss ihr etwas durch den Kopf, und sie setzte sich ruckartig auf. »Emmanuel.«

»Was?« Joshua war eindeutig verwirrt.

Laura wollte ihm antworten, aber erst musste sie sich Agathas Geschichte ins Gedächtnis rufen. Sie hatte den Zirkus erwähnt und die Elefanten. Und Laura war sicher, dass eines der Tiere den Namen Emmanuel getragen hatte. Und ein weiteres … »Emmanuel und … und Emma«, flüsterte sie.

»Laura?« Joshua trat näher, und sie roch die Reste von Sandelholz, die sich hinter dem Wein verflüchtigten.

Sie musterte ihn und fasste sich ein Herz. »Ist dein Vater ein Einzelkind?«

Ihr plötzlicher Ernst irritierte ihn sichtlich, aber dann nickte er. »Seine Mutter – meine Oma – ist früh gestorben. Jeevan hat ihn großgezogen.«

Sie zögerte. Trotz allem tat ihr Dev dafür leid. »Hieß deine Oma Malati?«

Joshua starrte sie an, nicht überrascht, sondern als hätte er bereits gewusst, dass sie diese Frage stellen würde. Dann hielt er ihr sein Glas entgegen. »Herzlichen Glückwunsch, Suchende. Du bist hier richtig.«

Kurz bedauerte Laura den Tod von Jeevans Schwester, die in Agathas Erzählungen stets so zauberhaft gewesen war. Trotzdem schlug ihr Herz schneller, und endlich verschwand diese Befangenheit, die sich im Laufe des Abends bei ihr eingestellt hatte. Jeevan Raje war wirklich der Mann, den Agatha geliebt, aber aufgegeben hatte, um ihm und seiner Schwester ein gutes Leben zu ermöglichen! Ihre Hand zitterte leicht, als sie mit ihrem Glas Joshuas berührte. Einige Sekunden lang war der feine Silberton das einzige Geräusch im Pavillon, dafür überschlugen sich Lauras Gedanken. Sie konnte sich nur schwer vorstellen, dass der schlecht gelaunte Dev wirklich der Sohn der sanften und zurückhaltenden Malati sein sollte. Warum war sie früh gestorben? Was war damals passiert? Energie peitschte durch ihren Körper, und auf einmal fiel es ihr schwer, sitzen zu bleiben.

»Laura? Ist alles in Ordnung?«

»Bitte was?«

Joshua deutete auf ihr Glas, das sie noch immer in die Luft hielt. Vorsichtig stellte sie es ab. »Ja. Ich meine … doch, ja. Ich habe es gehofft, war aber einfach nicht sicher. Wow.« Sie blickte sich um. »Das ist wundervoll. Also nicht, dass Malati gestorben ist, das ist schrecklich, und es tut mir sehr leid. Aber dass der junge Mann, der so hart gearbeitet hat, auch so weit gekommen ist, das ist großartig. Und dass ich ihn wirklich für Agatha gefunden habe.« Sie überlegte. »Weißt du, woran sie gestorben ist? Deine Oma?«

»Nein. Darüber schweigt sich Onkel Jeevan aus. Wir haben gelernt, bestimmte Themen nicht anzusprechen, wenn er es nicht möchte.«

»Fällt es dir schwer?«, fragte sie leise. »Im Dunkeln darüber gelassen zu werden? Immerhin stammst du von ihr ab.«

Joshua überlegte. »Ich habe sie niemals kennengelernt. Jeevan dagegen war immer Teil meines Lebens. Wenn es ihm besser geht, weil er keine schmerzhaften Erinnerungen aufwühlen muss, dann ist das für mich in Ordnung. Und für Em und Dad auch.«

»Ich hoffe von ganzem Herzen, dass er wieder gesund wird, Joshua.«

Er seufzte leise. »Ja, ich auch. Ich kann mir diese Familie nicht ohne ihn vorstellen. Vermutlich wird alles im Chaos enden, sollte er uns allein lassen.«

Laura senkte den Kopf, um ein Gähnen zu unterdrücken. All die neuen Eindrücke und Aufregungen waren anstrengender gewesen als erwartet. »Entschuldige«, murmelte sie.

Joshua stand auf. »Nichts da, ich halte dich schon viel zu lange vom Schlafen ab. Lass uns zurückgehen. Ich rede nachher noch einmal mit Mum. Und ich würde mich freuen, wenn du mir mehr erzählst. Ich meine, die Dinge, die du von Agatha erfahren hast. Über den Jeevan von früher.«

»Gern.« Laura erhob sich ebenfalls und stieg neben Joshua die Treppen des Pavillons hinunter. Aber dann zögerte sie. »Ich möchte hier niemandem zu nahetreten. Auch deinem Vater nicht. Bei Tisch hat deine Mutter vermieden, über Jeevans Vergangenheit zu reden, und wenn er nun erfährt, dass ich …«

Eine federleichte Berührung an ihrer Schulter ließ sie verstummen. »Mach dir keine Sorgen. Dad ist speziell, seine Launen kommen und gehen, und wir alle haben gelernt, damit mehr oder weniger umzugehen. Nun, alle bis auf Emmas Mutter. Sie hat ihn verlassen, weil sie mit seiner Art auf Dauer nicht zurechtkam. Dad ist …«, er überlegte und schüttelte schließlich den Kopf, während sie langsam in Richtung Haus liefen, »chronisch unzufrieden ist wohl die beste Beschreibung. An manchen Tagen unterdrückt er es, an anderen schlägt es durch. Aber du bist nicht hier, um dir die Familienprobleme anderer Leute anzuhören.«

Sie schwiegen, bis sie die Haustür erreichten.

Joshua drückte sie auf und ließ Laura den Vortritt. »Soll ich dich noch zu deinem Zimmer bringen?«

»Das ist nicht nötig.« Sie überließ ihm ihr Glas, als er die Hand danach ausstreckte. »Danke für den schönen Abend, Joshua.«

»Ich muss mich bedanken. Schließlich hast du mich davor gerettet, als Kissenschlacht-Kumpel für die Kids herzuhalten. Also: Wir sehen uns morgen.«

»Ja«, sagte sie leise und stellte fest, wie gut sich diese Worte aus seinem Mund anhörten. »Bis morgen.«

16

»Laura!« Emmas jüngerer Sohn Aidan saß allein im Esszimmer, als sie den Kopf zur Tür hereinsteckte, und winkte ihr so enthusiastisch zu, dass er sein Frühstücksei samt Becher vom Tisch schleuderte. Er sprach ihren Namen englisch aus, mit einem lang gezogenen O-Laut in der ersten Silbe.

»Guten Morgen, Wildfang.« Sie hängte ihre Tasche über die Lehne des Stuhls neben ihm und beugte sich hinab, um das Ei aufzuheben. Zum Glück hatte er es noch nicht angeschnitten. »Du frühstückst ganz allein?«

Er schob sich ein Riesenstück Toast in den Mund und kaute mit vollen Wangen und einem so breiten Grinsen, dass ein Fetzen Brot zurück auf den Teller fiel.

Mrs. Mandell erschien, als hätte sie nur darauf gewartet, dass sich etwas im Esszimmer tat. Sie deutete auf die Anrichte, auf der mehrere Schüsseln standen, und anschließend auf Lauras Tasse.

»Ob du Kaffee oder Tee trinkst, will sie wissen«, sagte Aidan, der den Bissen mit einem deutlichen Schluckgeräusch heruntergewürgt hatte. »Oder Kakao, so wie ich!«

»Oh. Tee wäre wundervoll, Mrs. Mandell«, sagte Laura schnell. »Ich danke Ihnen.«

Die Haushälterin nickte ihr hoheitsvoll zu und verschwand.

»Ich bin Aidan.« Er strahlte sie an, nahm das Ei und schlug es gegen seinen Kopf, ehe er es sorgfältig in seinem Becher platzierte.

Laura lachte. »Das weiß ich bereits.«

»Bist du in Grandpas Auto gekracht, weil du ganz schnell herkommen wolltest?«

Laura nahm amüsiert eine Scheibe Toast aus dem Halter. »Wenn man es genau nimmt, ist dein Grandpa in mein Auto gekracht.«

»Du bist also nicht schnell gefahren?« Aus unerfindlichen Gründen sah er enttäuscht aus.

»Nein, ganz normal.«

»Aber du kannst schnell fahren?«

Laura bestrich den Toast mit Butter und Orangenmarmelade. »Wenn es nötig ist. Aber ich muss mich ja wie alle anderen an die Geschwindigkeitsbegrenzungen halten.«

»Stimmt.« Aidan aß sein Ei und ließ sich auch nicht stören, als Mrs. Mandell eine Silberkanne auf dem Tisch abstellte und mit einem Nicken wieder verschwand.

Laura schenkte sich gerade den Tee ein, als Emma in das Esszimmer trat. »Krümel, hier steckst du noch immer. Wie lange willst du denn noch frühstücken? Guten Morgen Laura, hast du gut geschlafen?«

»Wie ein Baby. Und viel zu lange.« Trotz der ungewohnten Umgebung war sie kein einziges Mal aufgewacht. Das breite Bett war dermaßen gemütlich und sie so müde gewesen, dass sie vermutlich nicht einmal das schlimmste Gewitter aus dem Schlaf hätte reißen können.

»Das hast du dir nach dem Schreck gestern verdient.« Emma ließ sich auf den Platz ihr gegenüber fallen, nahm ein

Stück Toast und tunkte es trotz Protest in Aidans Frühstücksei. »Komm, ich helfe dir, sonst wirst du nie fertig.«

»Mum!« Ein lang gezogener Jammerlaut. Hektisch blickte Aidan den Tisch entlang, als überlegte er, ob überhaupt noch genug Frühstück für ihn übrig war, jetzt, da ihm dieser Bissen fehlte.

Emma ignorierte ihn. »Was hast du heute vor, Laura?«

»Ich muss mich um den Wagen kümmern. Herausfinden, wie lange die Werkstatt braucht und das alles.«

Emma winkte ab. »Überlass das mal meinem Bruder. Ich bewundere dich eh, wie ruhig du bei der ganzen Sache bleibst. Ich hätte mich tierisch aufgeregt und vermutlich gestern schon nach einem Scheck verlangt. Schmerzensgeld.«

Laura nahm ihre Tasse. »Mir ist ja nichts passiert.«

»Ach, hör bloß nicht auf mich«, sagte Emma. »Aidan, jetzt mach schon, du isst ja mehr als wir alle zusammen. Was treibst du denn da unter dem Tisch?«

Mit einem breiten Grinsen hob Aidan die rechte Hand. Darin hielt er ein Handy, auf dessen Oberfläche die Aufforderung für den Sicherheitscode prangte.

Emma stand auf und riss es ihm aus der Hand. »Ich fasse es nicht! Woher hast du das denn schon wieder?«

Es sah verdächtig nach Lauras Handy aus, und als sie in ihrer Handtasche danach suchte, stellte sie fest, dass es verschwunden war. »Ich denke, das ist meines.«

»Aidan!« Er hatte immerhin den Anstand zusammenzuzucken, als Emma losdonnerte. »Doch nicht bei Gästen! Überhaupt gar nicht! Wie oft haben wir schon darüber geredet, dass die Taschen anderer Leute für dich tabu sind? Egal ob Jacke, Hose oder was auch immer!«

Aidan senkte den Blick und schob die Krümel auf seinem Teller zusammen, hatte aber Mühe, sein Grinsen zu verstecken.

Emma reichte Laura das Handy zurück. »Tut mir leid, das ist eine blöde Angewohnheit von ihm, und wir wissen einfach nicht, von wem er das hat. John, mein Mann, ist oft auf Geschäftsreise, aber wenn er zurückkommt, bringt er uns etwas *mit* und nimmt niemandem etwas *weg.*« Der letzte Satz war eindeutig an ihren Sohn gerichtet. »Was ist, wenn Laura ihr Telefon ganz dringend gebraucht hätte? Oder sie traurig gewesen wäre, weil sie geglaubt hätte, es verloren zu haben? Ihr Auto ist doch schon kaputt, da braucht sie nicht noch mehr Ärger, Aidan William!«

Das Grinsen verschwand, und in Aidans Augen trat eine Mischung aus Einsicht und Schuldbewusstsein. Er wandte sich ihr zu. »Tut mir leid, Laura.«

Ihr lag das *Ist schon gut* bereits auf der Zunge, aber damit hätte sie womöglich Emmas Bemühen untergraben, ihrem Sohn Verständnis für fremde Besitztümer einzubläuen. Aidan schien einen talentierten Taschendieb abzugeben. Sie hatte nicht einmal bemerkt, dass er ihr Handy stibitzt hatte. »Danke«, sagte sie, nahm es von Emma entgegen und platzierte es sicherheitshalber neben ihrem Teller, um es im Auge zu behalten.

Emma zwinkerte ihr zu. »Ist es okay für dich, wenn wir dich allein lassen? Jeremy ist schon lange fertig, und der junge Herr hier muss sich noch umziehen und Zähne putzen. Wir fahren heute zu einer Bekannten, damit die Jungs ein wenig unter Kindern sind während unserer Zeit in Kent.«

Laura nahm einen Schluck Tee. »Ja klar, gar kein Problem. Dann geht es Jeevan noch nicht besser?«

»Zumindest gibt es keine Veränderung seit gestern. Aber selbst wenn er eine schlagartige Genesung erleben sollte, was wir uns alle wünschen, dann wären wir innerhalb einer Stunde wieder hier. Also dann, mach dir einen schönen Tag. Und lass dich von Mr. Evans in der Werkstatt nicht zu sehr nerven. Wenn der merkt, dass du ohne Mann reist, hast du ihn am Rockzipfel.«

Laura verschluckte sich beinahe. »Danke für die Warnung. Dann bis später. Viel Spaß, Aidan!«

Der Kleine sprang auf die Füße, winkte ihr und war im nächsten Atemzug bereits an der Tür. Fußgetrampel und seine aufgeregte Stimme wurden leiser und leiser, bis sie schließlich ganz verstummten. Laura stand auf, um nachzusehen, was sich in den Schüsseln auf der Anrichte befand, aber Emmas Worte kreisten durch ihren Kopf.

Wenn der merkt, dass du ohne Mann reist, hast du ihn am Rockzipfel.

Nahm Emma an, dass ein Mann in Deutschland auf sie wartete? Oder war sie einfach zu höflich gewesen, um Laura nicht sofort in die Single-Ecke zu stecken? Einen flüchtigen Moment lang fühlte sie sich einsam, aber es war so schnell wieder vorbei, dass sie sich fragte, ob sie es sich nur eingebildet hatte. Sie wandte sich um und sah aus dem Fenster, betrachtete die Natur, die gestern Abend eine so friedliche Stimmung verströmt hatte. Oliver hätte spätestens nach zwei Stunden darauf gedrängt, wieder aufzubrechen, sich eine der größeren Städte der Umgebung anzusehen, vielleicht in einem guten Hotel mit Spa einzuchecken. Und sie wäre mit ihm gefahren, weil sie vielen Dingen und Situationen etwas abgewinnen konnte.

Aber jetzt, da sie allein reiste, merkte sie, wie sehr sie

hier aufatmete. Dass ein Ort wie dieser schon länger genau das Richtige für sie gewesen wäre. Und auf einmal wusste sie ein für alle Mal, dass sie nicht Oliver vermisste, sondern die Zweisamkeit. Den Luxus, jemanden an der Seite zu haben, der zuhörte, erzählte, diskutierte, lachte, umarmte oder auch forderte. Sie vermisste diese Energie, die zurückstrahlte und die eigene vervielfachte, oder aber die Ruhe, in die man sich schmiegen konnte, wenn man eine Auszeit benötigte, um wieder aufzutanken.

Um sich nicht in dieser melancholischen Stimmung zu verlieren, nahm sie den Silberdeckel von der ersten Schüssel und fand Rührei, von dem noch Dampfschwaden aufstiegen. Außerdem gab es Speck, Tomaten, Champignons und Würstchen. Laura lud sich Tomaten und Eier auf ihren Teller und bestrich sich dazu eine Scheibe Toast dick mit Butter. Dazu goss sie sich noch eine Tasse goldenen Tee ein. Sie schnupperte daran und fragte sich, ob er von den Plantagen stammte, mit denen Jeevan zusammengearbeitet hatte. Er schien ein interessantes Leben gehabt zu haben. Ob die anderen Familienmitglieder in seine Fußstapfen getreten waren? Arbeitete Joshua vielleicht im Teegeschäft?

Kurz ehe sie fertig war, erschien Mrs. Mandell, um den Tisch abzuräumen. Dabei machte sie ihr mit energischen Gesten klar, dass sie keine Hilfe wünschte, und scheuchte Laura letztlich mit einem verhaltenen Lächeln aus dem Raum.

Sie schlenderte zurück in Richtung Eingangshalle und überlegte, was sie nun tun sollte. Vielleicht fand sie Joshua irgendwo, und sie konnten ihren Wagen in die Werkstatt bringen.

Sie trat an eines der riesigen Fenster zum Hof und blickte hinaus: Der Platz, auf dem sie geparkt hatte, war leer. Laura runzelte die Stirn und wollte gerade weitergehen, als sie Stimmen hörte. Sie kamen von draußen und klangen alles andere als freundlich. Zumindest eine davon war laut und aggressiv. Das war eindeutig Dev.

Sie neigte den Kopf, um mehr zu erkennen. Und wirklich war dort Dev und gestikulierte energisch, wie um seinen Zorn zu untermalen. Ihm gegenüber stand Joshua. Seine Haltung wirkte angespannt, aber immer noch deutlich lockerer als die seines Vaters. Obwohl er sich kaum bewegte, sah er nicht aus, als würde er akzeptieren, was ihm soeben an den Kopf geworfen wurde – sondern vielmehr, als würde er keinen Sinn in einer Antwort sehen. Erst als Dev Luft holte, hob Joshua eine Hand und sagte etwas. Laura verstand die Worte nicht, aber Devs Reaktion sprach Bände: Er presste die Lippen zusammen, sein Gesicht verzerrte sich. Nach einem weiteren kurzen Wortwechsel wandte sich Joshua ab und hielt auf das Haus zu. Sein Vater rief ihm etwas hinterher, doch er reagierte nicht und schob die Hände in die Hosentaschen. Sein dunkles Haar war leicht zerzaust, die sonst so geschwungenen Lippen bildeten einen geraden Strich.

Rasch trat Laura zurück. Im Nachhinein war es ihr unangenehm, dass sie ihren Streit mitangesehen hatte.

Joshua öffnete die Tür und blieb stehen, als er sie bemerkte. Seine Brust hob und senkte sich vernehmlich – die Emotionen, die sein Vater herausbrüllte, ohne auch nur eine Sekunde darüber nachzudenken, schienen tief in ihm zu brodeln. Selbst die dunklen Brauen waren noch gerunzelt, entspannten sich aber, als er sie entdeckte.

»Guten Morgen«, sagte Laura, da sie nicht wusste, was sie sonst sagen sollte.

Joshua musterte sie mit nachdenklichem Blick. »Hast du Lust auf eine Spazierfahrt? Ich will eine Weile hier weg und könnte dir die Gegend zeigen.«

Sie zögerte. »Ich habe gerade gesehen, dass mein Wagen nicht mehr da ist.«

»Stimmt, den hat der Sohn vom alten Evans heute früh abgeholt. Der legt oft bei Tagesanbruch los, und ich konnte eh nicht schlafen und hab kurz mit ihm geredet.« Mit jedem Wort wurde seine Stimme wieder ruhiger. »Ich kann ja erst einmal nachsehen, wie weit er ist, und dich im Anschluss hier abholen.«

Laura schüttelte den Kopf. »Da es um meinen Wagen geht, werde ich dich wohl in die Werkstatt begleiten.« Im Grunde war es eine gute Idee, sich jetzt sofort darum zu kümmern. Joshua bekam den Abstand, den er brauchte, und vielleicht hatte die Werkstatt ja schon Wunder gewirkt. Wobei Laura es gar nicht mehr so eilig hatte wegzukommen. Sie fühlte sich hier sehr wohl, und fast wünschte sie sich, dass Mr. Evans und sein Sohn noch eine Weile brauchen würden. »Ich geh eben hoch und hole meine Jacke und meine Tasche.«

»Okay, ich warte hier. Bis gleich.«

»Wir müssen bis Chartham, das sind aber nur wenige Meilen«, sagte Joshua, während das Anwesen im Rückspiegel kleiner und kleiner wurde. Zuvor hatte ihnen ein kurzer Regenschauer die Sicht verschleiert, aber nun hatten sie die Fenster einen Spalt geöffnet, und die frische Luft wehte zu ihnen herein. Laura lehnte sich zurück und entspannte sich, während sie die sanft gewellte Landschaft mit den unzähligen Schafweiden betrachtete, deren Grün an manchen Stellen eine blasse Raureif-Färbung aufwies. Der Himmel bildete einen Kontrast in Pastell. Die Idylle wirkte beruhigend. Selbst als sie die Stelle passierten, an der Dev und Laura den Unfall gehabt hatten, blieb sie entspannt.

Ein Schaf trat gegen das Holz seines Gatters, nachdem Joshua abbog, und blökte ihnen entgegen. Kurz darauf ragte an einer Seite eine Steinkirche in die Höhe; zwischen den Grabsteinen des anliegenden Friedhofs spazierten die Tiere umher.

»Ist das so beabsichtigt?« Laura deutete darauf.

Joshua zuckte die Schultern. »Möglich. Vielleicht haben sie auch einfach eine Absperrung durchbrochen. Die Schafe hier sind dickköpfiger als jeder Mensch. Vor einigen Jahren hat mich mal eines gejagt.«

»Was?« Laura lachte. »Was hast du getan?«

»Nichts«, sagte er und klang fast entrüstet. »Ich war für Jeevans Geburtstag hier und habe noch ein Wochenende drangehängt. Ein Freund und ich waren in einem Pub in Canterbury, und das Taxi hat mich ein paar Minuten vor Crane Place rausgelassen. Ich wollte den Rest laufen, um einen klaren Kopf zu bekommen. Einige Schafe waren auf die Straße gelangt und haben es nicht eingesehen, sie mit mir zu teilen.«

Laura hielt eine Hand vor den Mund, um ihr Kichern zu unterdrücken. »Was ist passiert?«

Er sah sie an und schüttelte den Kopf, als wollte er sie dafür tadeln, die Geschichte nicht mit dem nötigen Ernst zu betrachten. »Eines wollte die anderen vermutlich vor mir verteidigen. Zum Glück hatte es keine Hörner und gab nach einem kurzen Sprint auf, aber der hatte es in sich.«

Laura stellte sich die Szene vor. »Immerhin warst du noch in der Lage zu rennen.«

»Ja, und seitdem lasse ich mich immer bis vor die Haustür bringen, wenn ich ein Taxi nehme.«

Sie lachte, lehnte sich zurück und hielt das Gesicht in den Wind. Der verhaltene Duft nach Winter lag darin. »Wo wohnst du? Auch auf dem Land?«

»Ja und nein. Ich lebe in Taunton, drüben in Somerset, allerdings am Rand der Stadt. Zu Fuß bin ich innerhalb von zehn Minuten im Grünen, und das gemütlich und ganz ohne ein Schaf in meinem Rücken.«

»Ist es dort so hübsch wie hier?« Die Gegend faszinierte sie. All die alten Häuser, die pittoresken Weiden mit ihren Steinmauern oder Holzzäunen, bei denen es selten eine gerade Linie gab, und die lang gezogenen Felder mit den Baumreihen dazwischen.

Nachdem die Straße eine Weile angestiegen war, konnte sie einen Teil der Gegend überblicken, und es schien ewig so weiterzugehen. Natürlich wusste sie, dass Canterbury ganz in der Nähe lag und sich dort wie in jeder Stadt die Häuser ballten und die Außenbezirke mitunter trist und dreckig sein konnten, aber jetzt und hier zeigte sich Kent von seiner Bilderbuchseite. Als wäre es auf eine Weise zeitlos, die den Entdeckergeist weckte.

Joshua überlegte. »Das habe ich mich auch oft gefragt. Ich liebe Taunton, bin aber nicht ganz sicher, ob es mein Zuhause ist. Versteh mich nicht falsch, die Stadt hat viele Vorteile, und ich mag es, essen zu gehen oder auch das Leben in den Straßen. Aber … keine Ahnung, wie ich das beschreiben soll. Etwas in mir atmet jedes Mal auf, wenn ich hier bin und keine Sirenen oder Autoschlangen höre.«

»Ich glaube, ich weiß sehr gut, was du meinst.«

»Weil du in der Stadt wohnst?«

»Oh, das ist eine längere Geschichte. Momentan steht mir ein Umzug bevor. Ich gehe nach Hamburg, bisher wohne ich in Wiesbaden.«

»Hamburg.« Joshua dachte kurz nach. »Ich war einmal dort, für ein langes Wochenende. Da fand ich es unglaublich spannend. Also bist du eher ein Stadtmensch?«

»Wenn ich das mal wüsste. Ich hatte das mit dem Umzug etwas anders geplant.«

»Inwiefern?«

Sie zögerte. Sollte sie ihm von dem unrühmlichen Ende ihrer Beziehung erzählen? Sie ging ungern mit solchen Geschichten hausieren, und außerdem kannten Joshua und sie sich kaum. Trotzdem wünschte sie sich auf einmal, es laut auszusprechen. Vielleicht, weil sie es selbst hören musste. »Da spielt eine gescheiterte Beziehung eine Rolle«, sagte sie schließlich. »Mein Ex-Freund und ich hatten einen Neuanfang geplant, aber seitdem es zwischen uns aus ist, bin ich mir nicht mehr ganz sicher, was ich will. Vorher hat mich die Idee mitgerissen, in Hamburg durchzustarten. Aber jetzt wirkt die Großstadt anders auf mich.« Sie lachte. Es klang nervös. »Versteh mich nicht falsch, es ist ein faszinierender Ort. Aber ich glaube, seit der Trennung betrachte ich das alles in einem anderen Licht. Als wären wichtige Dinge plötzlich weniger wichtig. Und andersherum.«

Joshua nickte langsam. »Also bist du nicht nur hier, um nach Agathas Jeevan zu suchen.« Bei ihm klang es, als wäre die Sache glasklar und vor allem logisch, und sie begriff, dass er recht hatte. Dies war nicht nur eine Suche, sondern auch eine Auszeit, um den Kopf freizubekommen, da sie nicht wusste, ob sie den Weg, den sie so lange Zeit vorbereitet hatte, überhaupt beschreiten wollte. »Ja, ich denke schon.«

»Keine Sorge, diese Gegend ist ideal geeignet, um Gedanken zu ordnen. Nachdem wir in der Werkstatt waren, können wir noch herumfahren, wenn du magst. Einfach nur so, ohne ein festes Ziel.« Er schwieg eine Weile. »Und es tut mir leid.«

Laura betrachtete ein weiß getünchtes Haus, das von Fliederbäumchen eingerahmt wurde. »Was tut dir leid?«

»Das mit deiner Trennung. Es klingt, als sei das erst vor Kurzem passiert.«

Sie überlegte. »Trotzdem kommt es mir manchmal vor, als läge dieser Teil meines Lebens schon einige Jahre zurück.«

Joshua wandte den Kopf, und seine Augen funkelten ihr entgegen. »Vielleicht ist das ja auch genau so.«

Laura betrachtete den Himmel, der so weit und unendlich wirkte.

Ja, vielleicht.

Mr. Evans war groß und klapperdürr, trug aber dennoch eine zu enge Latzhose über einem braunen Pullover und dazu eine Menge Ölflecken auf der Kleidung und im Gesicht. Er stand in seiner Werkstatt, die Hände in die Hüften gestemmt, und beobachtete ein Beinpaar, das unter einem Kleinbus herausragte. »Mein Sohn Antonio«, sagte er und deutete mit dem gefleckten Tuch auf die Turnschuhe, ehe er sich damit die Stirn abwischte und dabei ein wenig Öl darauf verteilte.

Unter dem Bus murmelte jemand eine Begrüßung.

»Und Sie müssen die Deutsche sein.« Mr. Evans musterte Laura von oben bis unten. Er hatte die gegerbt wirkende Haut eines Mannes, der den Großteil seiner Zeit unter freiem Himmel verbrachte, und einen schütteren Haarkranz. »Sind Sie denn allein unterwegs? Wo ist Ihr Mann, warum kümmert der sich nicht darum?« Er deutete über die Schulter. Dort schimmerte das vertraute Grau ihres Peugeots. Es sah nicht danach aus, als hätten Vater und Sohn bereits daran gearbeitet. Unter anderen Umständen hätte Laura das ebenso geärgert wie seine Frage, aber nun war es ihr fast gleichgültig.

Sie dachte an Emmas Worte über Mr. Evans und unterdrückte ein Grinsen. »Na ja, weil ich mich darum kümmere. Und ich bin ja nicht wirklich allein unterwegs, nicht wahr?« Sie nickte in Joshuas Richtung, der sich bisher in der Werkstatt umgesehen hatte und nun zu ihnen kam.

Der Werkstattbesitzer wirkte fast schon ein wenig enttäuscht. »Ja, das ist wohl wahr. Hey, Joshua.«

»Enzo.« Joshua schüttelte die Hand des Mannes und scherte sich nicht darum, wie ölig sie war. »Wie geht's?«

Mr. Evans winkte ab. »So wie immer. Was soll sich auch ändern? Mir geht es gut, den Fahrzeugen schlecht, wenn sie zu mir kommen, aber wenn sie abgeholt werden, schnurren sie wie große Katzen.«

Joshua grinste. »Klingt hervorragend. Dann lass uns mal sehen, dass wir dasselbe für den Wagen unseres Gastes tun können.« Er wandte sich an Laura. »Willst du hier warten?«

Sie zögerte. Da war es wieder, dieses Verhalten. Als würde Joshua ihr nicht zutrauen, ihre Angelegenheiten selbst zu regeln. »Ich weiß nicht«, sagte sie ruhig. »Gibt es einen Grund dafür? Ich meine, ich kann den Schaden nicht selbst beheben, aber Gespräche mit Fachleuten bekomme ich hin.« Ihr freundlicher Ton nahm den Worten die Spitze.

Einige Sekunden lang herrschte Stille. In Joshuas Augen flackerte etwas, das sie nicht einordnen konnte, aber dann nickte er. »Natürlich. So habe ich das nicht gemeint, ich …« Er sah Mr. Evans an.

Der begriff. »Also, zum Wagen.« Er kratzte sich am Kopf, wischte sich die Finger am Tuch ab und steckte es in die Fronttasche seiner Latzhose. Nun hatte er etwas von einem Kind, dem man zum Essen eine Serviette umgebunden hatte. »Wir werden eine Weile brauchen, weil seit gestern noch einige Fälle reingekommen sind. Der Bus hat schon mal Vorrang.« Er deutete auf das Fahrzeug, unter dem Antonio nun grunzte und fluchte. »Beth und Edith brauchen ihn, um Lebensmittel auszuliefern, und wir wissen noch nicht … Tonio! Wissen wir schon, wie lange wir da brauchen?«

Ein weiterer Fluch war die Antwort, und Mr. Evans zuckte die Schultern. »Heute wird er also nicht mehr damit fertig. Und ich muss am Honda meiner Cousine herumschrauben. Sie hat ihn schon wieder zu Schrott gefahren. Da kann ich nicht mit warten, tut mir wirklich leid. Sonst hab ich ihr Gekreische noch wochenlang im Ohr. Ist schon der dritte Wagen, den sie in diesem Jahr plattgemacht hat«, sagte er zu Laura. »Ihr Freund ist aber noch schlimmer. Ich hab den beiden schon so oft gesagt, dass sie das ganze Geld lieber für ein Taxi sparen sollen. Aber auf mich hört ja keiner.«

»Oh.« Laura sah von ihm zu Joshua. »Ich denke, ich nehme mir besser einen Mietwagen.«

Joshua winkte ab. »Wenn du irgendwo hinmusst, fahre ich dich. Und du kannst gern weiter auf Crane Place wohnen. Ich sehe nicht ein, dass du dich mit der Sache herumärgern musst, wenn Dad schuld daran ist.«

Mr. Evans zog das Tuch wieder hervor. »Wenn Sie doch noch mieten wollen: Ich kann Ihnen da gern bei der Suche helfen.«

»Das ist nicht nötig, aber danke«, sagte Joshua. »Also los, Enzo, gib Laura eine Schätzung. Wie lange, bis der Peugeot wieder fit ist?«

»Zwei Tage mindestens.«

Laura zögerte. »Okay.«

»Gut.« Joshua sah fast schon fröhlich aus. »Super. Dann melde dich einfach bei mir.«

Enzo Evans nickte. »Mach ich. Bis dann!« Er hob eine Hand und winkte. »Ich ruf an, wenn es Neuigkeiten gibt.«

»Danke, Enzo. Machs gut.«

Mr. Evans brummte zustimmend, wechselte noch einige Worte und Erklärungen mit Laura, wandte sich ab und begann, in einer Werkzeugkiste zu kramen. Auch sein Sohn rief etwas, das eine Verabschiedung hätte sein können oder auch ein weiterer Fluch, und kurz darauf stand Laura wieder vor der Werkstatt.

»Wird das für dich ein großes Problem, so lange auf deinen Wagen zu warten?« Joshua sah nur wenig schuldbewusst aus. »Ich meine, du wirst doch eh in der Gegend bleiben, bis es Onkel Jeevan besser geht, oder?«

Etwas schlich sich in seine Augen, wie ein Schleier, der das Funkeln darin ein wenig abschwächte. Aber es lag auf der Hand, was er dachte.

Falls es ihm besser geht.

Laura zögerte. Sie fühlte sich in Joshuas Gegenwart wohl. Aber wie würde das nach wenigen Tagen sein, wenn sie ein schlechtes Gewissen bekam, weil sie sich der Familie in einer so schweren Zeit aufdrängte? »Na ja, ich habe ja noch mein Zimmer in der Pension …«

»Wo du dann festsitzen würdest.« Joshua runzelte die Stirn. »Hier fahren zwar Busse, aber nicht sehr regelmäßig, und ich denke, das ist in Marley nicht anders. Das kann ich dir nicht antun.«

»Ich möchte eure Gastfreundschaft wirklich nicht überstrapazieren.« Sie dachte an den Streit mit seinem Vater an diesem Morgen. Vielleicht würden weitere folgen, wenn Joshua sie gegen Devs Willen einlud.

Er überlegte. »Was hättest du denn getan, wenn du Onkel Jeevan nicht gefunden hättest? Oder wenn er nicht derjenige gewesen wäre, den du suchst?«

»Und wenn ich keinen Unfall gehabt hätte? Mir die Gegend angesehen. Urlaub gemacht, du weißt schon.« Sie vollführte eine vage Geste und begriff im selben Moment, dass er vielleicht wusste, wovon sie redete, aber sie selbst nicht. Bisher waren Urlaube für sie mit festen Terminen verbunden gewesen: Flugpläne, Poolzeiten, Mahlzeiten, Hotel- und Strandzeiten. Die Wahrheit war wohl eher, dass sie nicht wusste, was sie stattdessen getan hätte.

Das Blitzen kehrte in Joshuas Augen zurück. »Was wir jetzt ausgiebig tun könnten.«

»Was, Urlaub machen? Wir zwei?«

»Warum nicht? Ich könnte den Reiseführer für dich spielen.«

Der Unterton in seiner Stimme ließ sie aufhorchen. »Du hast also schon eine Idee?«

»Das kommt ganz auf dich an. Zum einen können wir direkt jetzt zum Sightseeing übergehen, ja. Wir gondeln durch die Gegend, und wenn du möchtest, zeige ich dir Canterbury.«

»Ich habe gelesen, dass die Kathedrale in natura noch viel eindrucksvoller sein soll als auf Fotos.«

»Sie ist nicht zu verachten, das gebe ich zu. Ich persönlich finde die alten Weberhäuser am Stour interessanter. Sie passen besser in das Flair der Stadt.«

Laura überlegte. »Das klingt gut. Aber du sagtest *zum einen*. Was wäre die andere Möglichkeit?«

»Nun, bei der ersten fahren wir abends zurück nach Crane Place, überstehen ein weiteres Essen mit meiner Familie und ziehen morgen wieder los, natürlich nur, wenn du das möchtest. Bei der zweiten wäre unsere Strecke länger.«

Laura blinzelte gegen die Sonne. »Inwiefern länger?«

»Ein paar Stunden.« Er trat eine Winzigkeit zur Seite, sodass sein Schatten auf ihr Gesicht fiel. »Wir würden Richtung Westen fahren.«

»Was? Warum?«

»Nenn es Recherche. Dort gibt es zwei Orte, denen ich in den kommenden Tagen ohnehin einen Besuch abstatten wollte, quasi als Orientierung für ein Projekt, das ich in nächster Zeit anstoßen werde.«

»Welche Orte meinst du?«

Er hob die Brauen. »Das ist eine Überraschung. Aber ich bin sicher, sie werden dir gefallen.«

Laura überlegte. Wollte er sie noch immer für den Unfall entschädigen oder sich eine kurze Auszeit von seiner Familie nehmen? »Aber wenn wir ein paar Stunden hin und auch zurück brauchen plus der Aufenthalt vor Ort … willst du die Nacht durchfahren? Wobei wir uns ja auch am Steuer abwechseln könnten. Ich finde den Linksverkehr zwar noch immer seltsam, aber man gewöhnt sich dran.«

Er zögerte. »Mit meinem Wagen bin ich eigen. Den fahre nur ich.«

Sie hob die Augenbrauen. »Was ist das mit dir und Autos? Gerade in der Werkstatt …«

Er winkte ab. »Es ist nichts Persönliches, wirklich. Nur ... schlechte Erfahrungen.« Es klang ehrlich zerknirscht, und daher glaubte sie ihm. »Aber überleg es dir, Laura. Wir könnten natürlich heute Nacht zurückkommen. Oder aber wir suchen uns irgendwo ein hübsches Bed and Breakfast. Um diese Jahreszeit sind zwar noch einige Touristen hier, aber mit ein wenig Geduld findet man auf jeden Fall eine Unterkunft.«

»Du willst über Nacht wegbleiben?« Das klang, als wären sie zwei Teenager! »Ich meine, einfach so?«

»Ja«, sagte er. »Einfach so. Die schönsten Ausflüge sind die spontanen.«

»Und du willst mir wirklich nichts über unser Ziel verraten?«

»Noch nicht.«

Auf einmal klang er geheimnisvoll. Aber es gefiel ihr. Sie fühlte sich wohl und hatte den Eindruck, als ginge es ihm ebenso – als würde er das hier nicht nur für sie tun. Sondern auch für sich selbst. Dani oder auch Maja säßen an ihrer Stelle bereits angeschnallt auf dem Beifahrersitz und würden herumhibbeln, bis Joshua endlich einsteigen und den Motor starten würde.

»Also gut«, hörte sie sich sagen. »Aber nur, wenn wir vorher meine Reisetasche holen.«

17

Nach der Stippvisite auf Crane Place kam es Laura jetzt, im Inneren des Wagens und im gemeinsamen Schweigen mit Joshua, noch immer so vor, als würden ihre Ohren klingeln.

Als sie zurückgekehrt waren, hatten sie Aidan und Jeremy aufgescheucht. Die beiden waren kreuz und quer über den Hof gerannt und hatten lautstark gefordert, dass Joshua und Laura sie begleiteten, *um die Festung hinter dem Haus vor den bösen Riesen zu verteidigen.* Ihr Gebrüll hatte Emma und dann zu allem Überfluss auch Dev auf den Plan gerufen, die wissen wollten, was der Werkstattbesuch ergeben hatte, und sich nicht daran störten, dass sie gleichzeitig redeten.

Laura war es gelungen, ins Haus zu flüchten, als Helen in der Tür erschienen war, um das Chaos zu schlichten. Auf ihrem Zimmer hatte sie alles Nötige für eine Nacht in ihre Tasche gepackt und sich gefragt, was sie da eigentlich tat. Nach kurzem Überlegen hatte sie ihr Handy genommen und Maja sowie Dani je eine Nachricht geschickt. Sie hatte sich bei beiden gemeldet, nachdem sie sich entschieden hatte, auf Crane Place und nicht im Rosebank House zu übernachten, aber nicht mehr auf die neugierigen und – in Majas Fall – mit vielen Herzchen bestückten Antworten reagiert.

Liebe Grüße aus Kent! Die Werkstatt braucht ein wenig, um den Peugeot wieder hinzubekommen. Ich mache in der Zwischenzeit mit Jeevan Rajes Großneffen Joshua einen Kurztrip durch Südengland und komme vermutlich morgen zurück. Meld mich dann wieder. Vermiss dich!

Sie hatte gerade fertig gepackt, als ihr Handy einen hellen Glockenton von sich gab, dann direkt noch mal. Laura schmunzelte und rief die beiden Antworten auf. Es war ein schönes Gefühl, dass sie sich so auf ihre Schwester und ihre beste Freundin verlassen konnte! Die erste Nachricht stammte von Maja.

Kaum da und schon mit einem Fremden unterwegs? Über Nacht? Einfach so? Bist du es wirklich, Laura? Was ist mit dir passiert? Liegt es am Cider? Du musst mir unbedingt alles erzählen – es ist gar nicht nett, mich so neugierig zu machen und dann halb im Dunkeln zu lassen. Aber ich freue mich, dass du dich wohlfühlst, und wünsche dir viel Spaß mit Mister Unbekannt. Hab dich lieb!

Dani hatte die Neuigkeiten mit weniger Fragen und mehr Enthusiasmus aufgenommen:

Das ist super! Schick mir asap ein Foto von diesem Joshua, damit ich ihn auf meiner Passt-zu-dir-oder-nicht-Skala einordnen kann. Am besten eines mit nacktem Oberkörper. Also: Go, go, go Laura! Mach aus deinem Urlaub, was ich daraus machen würde, wenn es Jens nicht gäbe! Ist der Typ eigentlich reich oder hat er vielleicht sogar einen Adelstitel? In diesem Sinne: Schnapp ihn dir! Ich will dich mit Hütchen beim Pferderennen sehen!

Jetzt musste sie wirklich lachen. Kopfschüttelnd steckte sie das Handy ein. Es war nur logisch, dass Maja und vor allem Dani den Eindruck bekamen, dass sie sich für Joshua interessierte – was absurd war, sie kannte ihn ja kaum.

Sie machte sich auf den Weg, wobei ihr Blick bedauernd das Bett streifte. In einem solch herrschaftlichen Ungetüm würde sie so schnell nicht mehr übernachten. Aber vielleicht gewährte das Schicksal ihr ja noch eine weitere Nacht auf Crane Place.

Als sie aus dem Haus trat, wartete Joshua bereits im Hof und befreite sich behutsam aus Jeremys Klammergriff.

»Verstehst du nun, dass es eine gute Idee ist, gleich zwei Tage wegzubleiben?«, rief er, nur um von Aidan übertönt zu werden, der aus einem Gebüsch auf sie zurannte und sich mit dem Fuß in einer Wurzel verhakte. Wie zwei Komplizen waren sie rasch eingestiegen und losgefahren, noch ehe der Kleine sich befreien und den Wagen hatte erreichen können.

Jetzt, umhüllt von Ruhe, dem Surren von Reifen auf Asphalt und hin und wieder dem sanften Klicken des Blinkers, genossen sie ihre Atempause. In ihren Sitz gekuschelt, fühlte sich Laura zufrieden und leicht schläfrig.

»Alles in Ordnung?« Joshuas Stimme war leise.

Sie lächelte. »Ja. Und bei dir? Hast du überhaupt irgendwem gesagt, dass wir länger weg sein werden?«

»Meiner Mutter. Und Mrs. Mandell. Ich habe sie gefragt, ob sie einverstanden ist. Du weißt schon, wegen Onkel

Jeevan. Sie sieht mehrmals täglich nach ihm, sie kennt seinen Zustand am besten. Aber sie meinte, dass es eine gute Idee wäre, wenn ich etwas Abstand nehme. Vielleicht beruhigt sich Dad dann auch wieder.«

Laura fuhr mit einem Finger über die Seitenverkleidung. »Was ist vorgefallen zwischen dir und deinem Vater? Ich meine … ich habe nicht den Eindruck, dass es nur daran liegt, dass er mich nicht als Gast haben will.«

»Da hast du recht. Du bist nicht der eigentliche Grund für seine Launen.« Plötzlich klang er so erschöpft, dass er ihr leidtat.

»Ich möchte mich nicht einmischen, Joshua.« Es fühlte sich seltsam intim an, seinen Namen auszusprechen, jetzt, da das Gespräch auf einer so persönlichen Ebene angelangt war. Als er daraufhin den Kopf wandte und sein Blick ihren traf, wurde sie unruhig. Unwillkürlich dachte sie an die Nachrichten zurück, die Maja und Dani geschickt hatten. Ob Joshua ebenfalls glaubte, dass sie sich zu ihm hingezogen fühlte? Ja, er war ein attraktiver Mann, aber … Beinahe hätte Laura den Kopf geschüttelt. Sie war schließlich gerade dabei, ihr Leben von Wiesbaden nach Hamburg zu verlagern und sollte sich über so etwas keine Gedanken machen.

Er schüttelte sanft den Kopf. »Das tust du nicht.« Wieder nahm die Stille überhand, doch dieses Mal vibrierte etwas darin, eine Spannung, von der Laura hoffte, dass sie schnell wieder verschwinden würde. »Ich erzähle es dir später«, sagte Joshua dann. »Wenn es regnet oder wir liegen bleiben, weil ein Reifen platzt. Oder wenn wir gemütlich irgendwo sitzen. Ich will nicht gleich zu Beginn unserer kleinen Reise für trübe Stimmung sorgen. Es ist kein … Thema für eine Autofahrt.« Er versuchte eindeutig, sorglos zu klingen, aber

Laura bemerkte den Unterton. Die Probleme mit seinem Vater machten ihm zu schaffen.

Zeit für einen Themenwechsel. »Wie hat Mrs. Mandell dir das alles eigentlich gesagt? Das mit Jeevan. Hat sie es aufgeschrieben?«

Er lachte. »Ich kenne sie, seitdem ich auf der Welt bin, und irgendwann lernt man zu verstehen, was sie von einem will. Früher, als ich klein war, hat sie mir Zettel überreicht, als ich ihre Gesten und Mimik noch nicht so gut deuten konnte, aber mittlerweile ist das nicht mehr nötig. Die Unterhaltungen mit ihr funktionieren so gut, dass wir nur selten Gebärdensprache nutzen. Die Grundlagen kennen wir natürlich. Ich bin froh, dass es sie gibt. Sie wird die Bande schon im Zaum halten. Und Onkel Jeevan ist bei ihr in den besten Händen.«

»Ja, den Eindruck hatte ich auch.«

Die Spannung war wieder verschwunden, sodass sich Laura zufrieden zurücklehnte. Nach einer Weile wurde die Bebauung dichter. Zunächst verkleinerte sich der Abstand zwischen den Häusern oder Höfen, dann nahm die Anzahl der Felder ab und wurde durch reine Grasflächen oder kleine Wälder ersetzt. Immer wieder sah sie Schafe, selbst in manchen Gärten rupften die Tiere mit stoischen Bewegungen Gras vom Boden. Lichterketten oder Winterdekorationen in den Vorgärten bildeten erste Vorboten des Weihnachtsfests. Laura deutete auf ein Haus, an dessen Tür ein überdimensionaler Kranz aus Tannenzweigen hing. »Ich habe gelesen, dass es hier selten schneit. Schade, das alles sähe in einer weißen Landschaft umso zauberhafter aus.«

»Es stimmt, das Klima ist im Süden Englands eher mild«, sagte Joshua und ging vom Gas. »Der Herbst war vergleichsweise warm, aber in den nächsten Tagen sollen die Temperaturen deutlich fallen. Es heißt, wir würden einen ungewöhnlich kalten Winter bekommen. Wer weiß, vielleicht sogar mit Schnee.«

Als sich die Häuser aneinanderreihten und Straßenzüge aufkamen, zeigte sich London am Horizont. Sie umrundeten die Hauptstadt auf der M25 im Süden, passierten Leatherhead und Basingstoke. Beinahe vermisste Laura die weichen Hügel Kents, die Straßen, in denen manchmal keine zwei Autos nebeneinanderpassten und ohne Haltebuchten und andere Ausweichmöglichkeiten nichts funktionieren würde. Jetzt fädelten sie sich als eines von unzähligen Fahrzeugen in den Blechstrom auf dem Motorway ein.

Sie fuhren bis Frome, einer Stadt in der Grafschaft Somerset am östlichen Rand der Mendip Hills – ihr erstes Ziel für heute, zumindest das verriet Joshua ihr. Auch hier war viel los, und sie brauchten eine Weile, bis sie einen Parkplatz fanden. Doch als Joshua Laura durch enge, gepflasterte Straßen führte, in denen die denkmalgeschützten Häuser Charme versprühten und wirkten, als hätte sie jemand aus dem Mittelalter in diese Zeit versetzt, kehrte das Urlaubsgefühl zurück.

Mehr und mehr Menschen begegneten ihnen; neben Stimmengemurmel drang bald auch eine leise Melodie an ihre Ohren. Sie wurde lauter, als sie einen Platz erreichten, und Laura blieb überrascht stehen.

Hier hatte der Winter, von dem Joshua auf der Fahrt erzählt hatte, bereits Einzug gehalten. Vor ihnen standen zehn kleine Holzhütten. Sie alle waren mit weißen Sternen und Monden, Silbergirlanden, Stechpalmen- und Tannenzweigen geschmückt. Der Boden rundherum war mit Kunstschnee bedeckt. Zwei kleine Kinder fuhren mit den Händen hindurch und warfen die weißen Flocken laut lachend in die Luft. Auf einem Holzschlitten stapelten sich Geschenke, und an einem gusseisernen Tannenbaum baumelten rotweiße Zuckerstangen sowie Papierstücke. Es roch nach Süßem und Gewürzen, und nun erkannte Laura auch die Melodie: *Now Winter Comes Slowly* von Sting.

»Das ist wunderschön«, murmelte sie.

Die kleinen Geschäfte der Cafés am Rand des Platzes hatten ihre Auslagen und Schaufenster ebenfalls passend geschmückt; auf den Tischen standen flammend rote Christsterne, und über den Stühlen hingen dicke Decken mit Weihnachtsmotiven. Der Anblick der wetterunempfindlichen Engländer, die teilweise luftige Kleidung trugen und draußen saßen, wirkte in der Kulisse fast schon skurril.

Joshua lächelte. »Der Wintermarkt findet in diesem Jahr zum dritten Mal statt. Es sind alles Menschen aus der Gegend, die Handgefertigtes anbieten. Wie sieht es aus, möchtest du erst etwas essen oder dich umsehen?«

»Erst umsehen«, sagte sie, und er ließ ihr mit einer Geste den Vortritt.

Langsam schlenderten sie von Stand zu Stand. Joshua hatte nicht zu viel versprochen: Es gab Holzschnitzereien, selbst gemachte Honigprodukte und Wintermarmeladen mit Gewürzen, Handschuhe, Stulpen und Taschen aus Filz, Gebäck und vieles mehr. An einem Stand verkaufte ein stämmiger Mann Weihnachtsschmuck aus Metall und erklärte, dass er auch den eisernen Baum geschmiedet hatte, an den jeder einen persönlichen Wunsch heften konnte. Dafür waren also die Zettel mit den silbernen Fäden gedacht! Laura und Joshua wechselten einen stummen Blick und nahmen sich jeder einen. Nachdem Laura eine Weile auf den Stift in ihrer Hand gestarrt hatte, schrieb sie: *Ich wünsche mir, dass alles an den richtigen Platz rückt*, faltete den Zettel zusammen und suchte sich einen Zweig.

Joshua lächelte sie an, während er seinen Wunsch an den Baum hängte. »Ich wollte dir unbedingt diesen Ort zeigen. Wenn ich in der Gegend bin, komme ich fast immer nach Frome. Ich liebe das Flair. Aber jetzt sterbe ich vor Hunger. Wie sieht es bei dir aus?«

Sie warf einen Blick in die Runde und atmete die Aromen ein. Mit einer solchen Kulisse fühlte sich der Tag beinahe schon weihnachtlich an. »Es geht mir ähnlich.«

»Gut. Du suchst aus.« Seine Geste fasste den gesamten Platz ein.

Laura wählte ein kleines Eckcafé mit dem klangvollen Namen *Einhorn & Schoßhund*, das mit innovativem Wandschmuck aus Glassteinen, Muscheln und getrockneten Zweigen aufwartete. Sämtliche Stühle und Tische waren in unterschiedlichen Tönen gestrichen, und wild gemusterte Sitzkissen vervollständigten das Farbmeer. Doch auch hier fanden sich Wintermotive: Über den Stuhllehnen hingen rot-weiße Decken mit Schneeflockendruck. Die Bedienung, eine junge Frau mit kahl geschorenem Kopf und riesigen Ohrringen, empfahl ihnen nach einer kurzen Unterhaltung Sandwiches mit gegrillten Auberginen und Humus. Es schmeckte köstlich, und nachdem sie noch einmal über den Wintermarkt und anschließend durch den Ort gebummelt waren, um sich die Beine zu vertreten, ging die Reise weiter.

Eine knappe Stunde später erreichten sie am frühen Nachmittag Blagdon, ein Tausendseelendorf mit einer Aussicht auf den gleichnamigen See. Die geschwungenen Hügel, die den Himmel um einiges weiter wirken ließen und immer wieder von Zäunen oder Baumgruppen unterbrochen wurden, erinnerten Laura an Kent.

Joshua ging vom Gas. »Wir sind fast da.«

»Du machst es ganz schön spannend.«

Da war er wieder, dieser Wimpernschlag, so schnell, dass es auch ein Zwinkern hätte sein können. »Ich will ja schließlich nicht, dass du dich langweilst.«

Laura lachte. »Der Markt in Frome hat mir schon gut gefallen. Wenn du das Level hältst, ist alles in Ordnung.«

»Ich hoffe doch, dass ich es noch steigern kann.« Er setzte den Blinker.

Vor ihnen ragten, umgeben von Hecken, graue und mit unzähligen Rohren verkleidete Gebäude empor, die an eine kleine Fabrik erinnerten. Nicht das, was Laura erwartet hatte. Joshua bog ab, dann noch einmal, sodass sie sich dem Areal von der anderen Seite näherten und auf eine T-Kreuzung zuhielten. Zwei Schilder standen dort, und Laura beugte sich vor, um sie zu lesen. In den beiden oberen Hälften prangte, von je einem großen weißen Herz umgeben, der Schriftzug *Yeo Valley Family Farm*.

»Was ist das hier? Eine Molkerei?« Sie sah sich um, entdeckte aber keine Kühe. Vielleicht lagen die Weiden und Ställe auf der anderen Seite des Komplexes?

»Nicht ganz.« Joshua deutete auf ein weiteres Schild: *Eingang Organic Garden*.

Laura strich sich eine Haarsträhne hinter das Ohr. »Hat dieser Garten etwas mit deinem Job zu tun?« Sie hatte schon wieder nicht daran gedacht, Joshua zu fragen, was er beruflich machte.

Er schüttelte lediglich den Kopf und starrte nach vorn, als würde der Weg plötzlich seine gesamte Aufmerksamkeit erfordern. Ein harter Ausdruck huschte über sein Gesicht. Wenn er nicht über seinen Beruf reden wollte, konnte er ihr das doch einfach mitteilen.

Schließlich räusperte er sich leise. »Mir gefällt es einfach hier. Es gibt diesen Biogarten seit über achtzehn Jahren, und noch immer wird kontinuierlich daran gearbeitet. Mittlerweile findest du hier essbare Pflanzen neben Zierblüten auf einer Fläche von anderthalb Hektar Land. Was ist, hast du Lust, ihn dir mal anzusehen? Wir haben Glück, er hat in diesem Jahr noch wenige Tage lang geöffnet.«

»Ziemlich große sogar.« Laura wollte sich die Laune nicht verderben lassen, nur weil Joshua manche Dinge über sein Leben für sich behalten wollte – das war schließlich sein gutes Recht. Zudem war der Tag bisher so schön gewesen, es wäre schade, wenn die Stimmung nun umschlagen würde. Sie betrachtete das lang gestreckte Steingebäude. Glasfassaden erlaubten den Blick ins Innere. Zwischen Holztischen standen Grünpflanzen, und die breite Fensterbank war mit Trockengestecken aus Tannenzapfen, Zweigen und Blättern geschmückt. Als Joshua geparkt hatte und sie ausstiegen, hörte Laura in der Ferne die Kühe, die sie zuvor vermisst hatte.

Im Gebäude musste sie sich zusammenreißen, um nicht augenblicklich ein Stück der verführerisch duftenden Kuchen zu bestellen oder etwas anderes, das auf der Karte und den hohen Wandtafeln stand. Gläser mit Kräutern, hübsch angerichtet auf einem Sideboard, erinnerten sie an ihre eigene Küche. Sie kauften zwei Eintrittskarten und machten sich auf den Weg.

Der Gartenbereich war größer, als Laura vermutet hatte, und in mehrere Bereiche unterteilt. Auf einer riesigen Fläche standen Steinskulpturen sowie eine entzückende Vogeltränke in Form einer Seerose. »Das ist die Wildwiese«, sagte Joshua und blieb stehen. »Jetzt sieht sie trist aus, aber vor einigen Monaten gab es hier Unmengen an Wiesenklee, Löwenzahn und Goldrutenstauden. Im Frühjahr und Sommer wächst hier noch viel mehr. Sollten wir dieses Jahr wirklich Schnee bekommen, wird es großartig aussehen.« Er deutete auf die Steinskulpturen, die Engel oder Tänzerinnen darstellten, und jetzt entdeckte Laura, dass an jeder ein Scheinwerfer angebracht war. Sie konnte es sich gut vorstellen, wie warme Lichter hier draußen, wo es still und friedlich war, den Schnee zum Glitzern brachten und den Garten in eine Märchenwelt verwandelten. Das Bild begleitete sie, während sie langsam weiterschlenderte und immer tiefer durchatmete. Es musste wundervoll sein, all das direkt nach dem Aufstehen vor Augen zu haben!

»Wow.« Sie sah zur Seite, wo sich eine Barriere aus flauschig wirkenden Silberkerzen erhob und wie Metall schimmerte. Dahinter setzten Christrosen Farbakzente.

Joshua deutete zur Seite, wo sich eine gut bepflanzte Kiesfläche erstreckte. »Da liegt der Kräutergarten.«

Vieles war bereits abgeerntet worden, aber die Flächen wurden durch helle Kiesel abgegrenzt und waren noch immer beschriftet. Thymian, Rosmarin, Bergbohnenkraut und weitere Gewächse trotzten dem fortschreitenden Jahr. Eine Wiese schloss sich an und zog sich bis zu der Baumgruppe am Horizont. Immer wieder ragten Hagebuttensträucher in den Himmel.

»Ich könnte mir gut vorstellen, hier zu arbeiten. An den Beeten entlangzuschlendern und zu überlegen, wo man am besten loslegt, was umgepflanzt, was geerntet oder für nächstes Jahr vorbereitet werden muss.«

»Ja, ich weiß genau, was du meinst«, sagte Joshua. »Und so etwas würde übrigens gut zu dir passen.«

»Vielleicht. Allerdings sind Kräuter lediglich ein Hobby für mich. Eine Leidenschaft.«

Sein intensiver Blick ließ sie unruhig werden. »Was machst du, wenn du dich nicht mit Pflanzen beschäftigst?«

»Beruflich? Ich arbeite im Marketing und stehe gerade vor dem, was man wohl einen Schritt auf der Karriereleiter nennt. Daher ziehe ich auch nach Hamburg. Ich übernehme die Leitung der Marketingabteilung eines Unternehmens, das andere Firmen hinsichtlich ihrer Produktentwicklung berät.«

Er hob die Brauen. »Wow. Das habe ich nicht erwartet.«

»Warum? Traust du mir das etwa nicht zu?« Es klang weniger wie ein Scherz als beabsichtigt.

»Doch natürlich. Aber du passt an einen Ort wie den hier. Das ist mir schon aufgefallen, als wir durch Kent gefahren sind. Vielleicht hat das Schicksal dich daher nach Crane Place gebracht.«

Laura spürte die Röte auf ihren Wangen und winkte ab. »Vermutlich ist jeder so entspannt wie ich, wenn er eine Weile nicht arbeiten muss und einfach in den Tag hineinlebt.«

Wen beschrieb sie da eigentlich gerade? Ganz sicher nicht sich selbst. Sie liebte es, im Vorhinein zu wissen, was auf sie zukam. Wäre der Autounfall nicht gewesen, würde ihr Aufenthalt in England anders aussehen. Aber Dev Raje hatte ihr einen Strich durch die Rechnung gemacht.

»Laura?«

Sie fuhr zusammen, als Joshua sanft ihre Schulter berührte. »Ja?«

»Ich wollte dich nicht erschrecken, tut mir leid. Du warst in Gedanken. Wollen wir uns setzen?« Joshua deutete auf eine Holzbank vor einer Reihe Hagebuttensträuchern. In die Rückenlehne waren Schmetterlinge geschnitzt, was hervorragend passte – auch wenn derzeit keine Exemplare unterwegs waren. Vor einigen Monaten musste es hier von ihnen nur so gewimmelt haben.

Joshua streckte die langen Beine aus und lehnte sich zurück. Er schaffte es, auf der kleinen Bank bemerkenswert elegant zu wirken. Aus dem Augenwinkel musterte sie seine schlanken Finger und sein Profil. Seine Haare besaßen nun beinahe einen Blauschimmer. Jetzt erinnerte er sie an den Jeevan von Agathas Foto, obwohl die Ähnlichkeit normalerweise kaum zu sehen war. Jeevan war attraktiv gewesen, so wie Joshua, und sie verstand, was Agatha zu ihm hingezogen hatte. Dieser speziellen Mischung aus Ruhe und Energie war sie noch nicht allzu oft begegnet.

»Ich kann hier aufatmen. Für mich sein. Die Situation in meiner Familie ist nicht nur wegen Jeevans Zustand angespannt. Du hast ja den Streit heute früh mitbekommen«, sagte er leise. »Es ging um Jeevans Firma. Er hat Vishraam Ltd. vor vielen Jahren aufgebaut. Natürlich hatte er Angestellte, aber die Entscheidungen hat er immer allein getroffen. Em und ich haben lang für Vishraam gearbeitet; ich im Einkauf und in der allgemeinen Organisation; sie hat den Hofladen mitbetreut. Mit Jeremy hat das funktioniert, aber als Aidan auf die Welt kam, musste sie aufhören. Zur selben Zeit hat sich Jeevan zurückgezogen, weil seine Gesundheit ihm Probleme bereitete, und wir haben den Hofladen geschlossen. Aber seit er so krank ist, kann er sich nur noch mit den wichtigsten Dingen befassen; mit Lieferanten telefonieren oder das Sortiment erstellen. Sich neue Teeproben ansehen, all so etwas. Allmählich wirkt sich sein Zustand auf die Firma aus, und daher möchte er sie überschreiben. Und zwar ausschließlich an jemanden aus der Familie. Da ist er eisern.« Er räusperte sich. »Im Grunde wäre mein Vater die logische Wahl, schließlich ist er Jeevans Neffe, und Jeevan hat selbst keine Kinder. Aber …« Er zögerte lange. »Sagen wir, Dad ist nicht für das Geschäft gemacht. Du hast sein Temperament bereits kennengelernt, aber das ist leider nicht alles.«

»Okay«, flüsterte Laura. Dev Rajes Welt war nicht die ihre, und sie wollte ganz sicher keinen weiteren Blick hinter die Kulissen erhalten.

»Keine Sorge, er motzt zwar ganz gern herum, aber er wird niemals handgreiflich. Meist richtet sich seine Wut gegen sich selbst.« Wieder schien Joshua ihre Gedanken erahnt zu haben. »Nein, Dad ist einfach verdammt unzuverlässig. Und er geht viel zu gern ins Casino, wenn sein Konto es zulässt. Er kann nicht mit Geld umgehen, und das ist etwas, das Onkel Jeevan schon immer kritisiert hat. Mit ihm als Kopf der Firma …« Er fuhr mit den Fingernägeln eine Rille im Holz entlang. »Es ginge nicht gut. Er würde Vishraam früher oder später in den Ruin treiben. Und deshalb wünscht sich Onkel Jeevan, dass ich übernehme.«

Seine Worte waren leise geworden und hingen schwer in der Luft. Der Wunsch seines Onkels machte Joshua eindeutig zu schaffen. »Aber das willst du nicht«, sagte Laura.

»Genau das ist das Problem. Er hat mehrmals mit mir darüber geredet, und es fällt mir jedes Mal schwer, es ablehnen zu müssen. Und jetzt, wo es ihm so schlecht geht und er mich erneut gefragt hat, wollte ich ihm nicht noch mehr Sorgen bereiten und ihm wieder sagen, dass ich meine Zukunft nicht bei Vishraam sehe. Aber ich habe jahrelang dort gearbeitet, mich mit Zahlen und Aufträgen befasst, und festgestellt, dass ich das nicht für immer machen möchte. Würde ich in die Fußstapfen meines Onkels treten, wäre das nicht mein Weg. Und das ist das Problem. Ich will Jeevan vor allem jetzt unterstützen. Aber ich kann einfach nicht tun, was er sich wünscht.«

Laura konnte die Schwere auf Joshuas Schultern beinahe spüren. An seiner Entscheidung hing viel. Sie kämpfte lediglich mit sich selbst, mit ihren eigenen Erwartungen, für die sie Opfer bringen musste. Bei Joshua sah die Sache anders aus. Da waren eine Familie sowie ein Unternehmen, dessen Zukunft in seine Hände gelegt werden sollte.

»Ist dein Vater wütend, weil ohne dich das Geschäft nicht mehr in der Hand der Rajes liegen und Jeevan es auslaufen lassen wird?«

»Nein. Dad ist wütend, weil Onkel Jeevan mich für geeignet hält und ihn nicht. Mir wird angeboten, was er als sein rechtmäßiges Erbe betrachtet, und ich will es nicht einmal. Er denkt, ich wäre verwöhnt und undankbar. Deshalb hat er sich dir gegenüber auch so schrecklich verhalten, Laura. Er ist nicht nur auf Crane Place, um den Geburtstag meines Onkels zu feiern, sondern auch, um ihn zu überreden, seine Meinung zu ändern. Mit jedem Tag, an dem er das nicht tun kann, wird er unruhiger. Er … fühlt sich nutzlos.«

Er war also eifersüchtig auf seinen Sohn. Das machte Dev nicht gerade sympathischer. »Und wann wolltest du deiner Familie das sagen?«

»Ich hatte gehofft, ihnen in diesen Tagen endlich reinen Wein einzuschenken.« Er verschränkte die Hände im Nacken und starrte in den Himmel. »Natürlich wusste ich, dass es Jeevan nicht gut geht, aber wir alle hatten gehofft, dass es eine vorübergehende Sache ist, vielleicht eine Erkältung.« Er fuhr sich mit einer Hand über das Kinn und zögerte. »Weißt du, ich …«

Laura wandte sich ihm zu, als er nicht weitersprach. In seinen Augen lag eine Zerrissenheit, die sie nicht verstand – nicht nach allem, was er ihr soeben anvertraut hatte. »Joshua?« Ihre Stimme war kaum ein Flüstern.

Sein Blick wurde weicher, als er ihrem begegnete, doch dann schüttelte er den Kopf. »Ich wollte dir den Nachmittag nicht mit meinen Problemen verderben. Komm, es gibt hier noch eine Baumallee, die du dir unbedingt ansehen musst.« Er stand auf, drehte sich noch in der Bewegung und hielt ihr mit einer gespielten Verbeugung eine Hand entgegen.

Laura starrte darauf, legte ihre hinein und ließ sich hochhelfen. Schon wollte sie ihn wieder loslassen, aber die Wärme seiner Haut auf ihrer faszinierte sie zu sehr. Zwei, drei Sekunden lang musterte sie ihre Finger, die so zerbrechlich in seinen wirkten, ehe sich Hitze auf ihre Wangen schlich.

»Danke.« Sie drehte sich um und lief langsam los, während sie sich fragte, warum Joshuas bloße Berührung sie mehr verunsicherte als seine Geheimnisse oder auch sämtliche Anfeindungen, die Dev ihr entgegengeschleudert hatte.

18

»Hier.« Geschirr klirrte leise, als Joshua ein Tablett auf dem Balkontisch abstellte. »Zwar viele Stunden zu spät, aber es geht nicht, dass du an deinem zweiten Tag in Südengland noch keinen Cream Tea hattest. Zum Glück war unsere Gastgeberin da meiner Meinung und hat schnell noch etwas hergerichtet.« Vorsichtig zwängte er sich zwischen Tisch und der Brüstung hindurch und nahm auf dem anderen Stuhl Platz.

Mehr als die beiden Sitzgelegenheiten passten nicht auf den Balkon, aber Laura fand es dennoch urgemütlich. Sie hatte eine der dicken Decken aus ihrem Zimmer über ihre Beine gebreitet und die zweite für Joshua bereitgelegt. »Danke.« Sie betrachtete die Glasschälchen, den Teller mit Gebäck, einen mit Toastbrot sowie die Teekanne. Langsam atmete sie aus, lehnte sich zurück und ließ den Blick über den weitgehend im Dunkeln liegenden Garten wandern. Er gehörte Anna, ihrer Vermieterin für eine Nacht. Sie hatte Feuer in einer Eisenschale entzündet, das rotgoldene Akzente in die Dunkelheit warf.

Nach ihrem Besuch im *Yeo Valley Organic Garden* waren sie knapp eine Stunde bis in die Nähe von Axminster im östlichen Teil der Grafschaft Devon gefahren. Hier hatte Joshua sie mit Mary Benger bekanntgemacht, einer faszinierenden älteren Dame und Besitzerin der *Burrow Farm Gardens*, die sich auf über dreizehn Hektar erstreckten und für viele Bewohner der Grafschaft und auch manche Touristen als der schönste Garten Englands galten.

»Das alles hier war früher ein Hof für Milchkühe, und mein Mann hat auch bis in die Achtzigerjahre in dem Bereich gearbeitet«, hatte Mary gesagt und Laura dabei verschmitzt zugeblinzelt. »Aber nach und nach habe ich immer größere Stücke vom Besitz für meinen Garten abgezwackt. Anfangs hat er mich schräg angeguckt, aber dann habe ich ihn wohl überzeugt.« Sie breitete die Arme aus wie die Königin ihres kleinen Reichs. Wie zuvor der *Yeo Garden* zeigte dieser eine faszinierende Vielfalt an Pflanzen, Blumen und Gewächsen. Im *Woodland Garden*, dem ältesten Teil der Grünanlage, blühten in den warmen Monaten riesige Rhododendren.

»Der Gute hier hat mich vor vielen Jahren auf die Idee gebracht, die Farm Gardens anzulegen«, sagte Mary und tätschelte die Rinde eines beeindruckenden Feldahorns. »Da waren Sie beide noch nicht einmal auf der Welt.« Sie führte ihre beiden Gäste weiter herum und machte mit knappen Gesten auf Besonderheiten aufmerksam. Neben einer am Waldrand liegenden Wiese zog sich ein Meer aus rötlichen Blüten der Skimmie entlang. Die dunklen Beeren des Ligusters sowie die weißen der Schneebeere bildeten einen faszinierenden Kontrast. Jeder Weg und jede Biegung präsentierte etwas Neues, bekannte und unbekannte Pflanzen. Obwohl die Aufteilung geplant war, wie Joshua Laura verriet, wirkte es, als hätte Mary damals sämtliche Samen vermischt und in die Luft geworfen. Aber genau das machte die Faszination aus.

Vom *Woodland Garden* aus schlenderten sie in den *Millenium Garden*, der zur Feier der Jahrtausendwende angelegt worden war. Ein schmaler Bach plätscherte hindurch, daneben führten unregelmäßige Treppenstufen zu einem Teich.

Mary entschuldigte sich nach einer Weile. »Ich muss euch nun leider allein lassen, es wartet ein Berg Arbeit, und ich höre ihn immer lauter rufen. Aber Joshua kennt sich ja von all meinen Stammbesuchern am besten aus.« Sie wollte sich schon abwenden, überlegte es sich dann aber anders. »Mein Junge.« Sie berührte Joshuas Arm. »Ich freue mich, dass du endlich wieder jemanden hierher mitgebracht hast. Das wurde auch Zeit.« Mit einem vergnügten Winken ging sie zurück zum Hauptgebäude.

»So«, sagte Laura und nahm im Steinpavillon Platz, von dem aus sie einen guten Blick auf das umliegende Land hatte. »Du bist also öfter hier.« Eigentlich hatte sie fragen wollen, was Mary mit *Das wurde auch Zeit* gemeint hatte, doch sie ahnte, dass er dieses Thema selbst anschneiden musste.

Joshua ließ sich neben sie fallen. »Eine Weile war ich das wirklich, ja. Fast jeden zweiten Tag. Ich …« Er starrte in die Ferne, seltsam unsicher. Als sein Seitenblick sie streifte, schien er erstaunt. »Mary hat recht.«

»Womit?«

»Ich habe lange niemanden mitgebracht. Es ging nicht. Aber du …« Er räusperte sich leise. »Der Tag heute war schön.«

Sie hielt seinen Blick mit all den Fragen darin. »Das fand ich auch.«

Ein leichtes Lächeln umspielte seine Mundwinkel und ließ die Unsicherheit verschwinden.

»Komm mit«, sagte Joshua, stand in einer fließenden Bewegung auf und nahm Lauras Hand. »Es gibt da noch eine Sache, die ich dir zeigen will.«

Sie ließ sich mitziehen. Kurz darauf betraten sie ein kleines Gewächshaus. Laura atmete augenblicklich langsamer, als die feuchtwarme Luft sie wie eine Decke umhüllte.

Joshua blieb vor einer Reihe grüner Pflanzen stehen, die Laura teilweise bis zur Schulter reichten und im Abstand von anderthalb bis zu zwei Metern in die Erde gesetzt worden waren. Behutsam rieb sie an einem Blatt und schnupperte. Es verströmte einen zimtartigen Duft. »Kardamom?« Sie runzelte die Stirn.

»Kardamom. Am allerbesten in Tee.«

»Was hat Kardamom in Tee zu suchen?«

Joshua blickte sie an, als hätte sie den Verstand verloren. »Sag nur, du hast noch nie schwarzen Tee mit Kardamom probiert? Dann hast du was verpasst. Ein paar Blätter geben ein schönes Aroma. Du findest Kardamom zum Beispiel in vielen Chai-Mischungen.« Er überlegte. »Warte hier.« Er ging zu einer Arbeitsecke, wo an einer Metallkonstruktion mehrere Gartenwerkzeuge hingen, und kehrte mit einer Handschaufel und einem Untertopf aus Plastik zurück. Dann hockte er sich vor eine der kleineren Pflanzen.

»Was machst du da?« Laura blickte ihm über die Schulter.

»Dir eine Kardamompflanze ausgraben. Als Souvenir, damit du in Deutschland damit herumexperimentieren kannst.«

»Denkst du denn, Mary ist damit einverstanden?«

»Sie hat mir schon oft Pflanzen mitgeben wollen. Bisher habe ich stets abgelehnt, daher wird dieser kleine Kerl nun auswandern.« Er stellte die Pflanze mit den starken, kräftig grünen Blättern in den Topf und drückte die Erde rundherum vorsichtig fest. Anschließend füllte er das Loch im Boden mit umliegender Erde auf und sprang auf die Füße. »Bitte schön.« Mit großer Geste reichte er Laura den Topf.

Sie lachte und deutete einen Knicks an. »Vielen Dank. Ich hoffe, er überlebt die Reise.«

»Wird er. Du passt schon drauf auf. Dann hast du etwas, das dich an deinen Besuch erinnert.«

Zunächst hatte sie geglaubt, er würde sagen *das dich an mich erinnert*, und schon wieder schoss diese leichte Wärme in ihre Wangen. Ihre Finger kribbelten bei der Erinnerung, wie er sie zuvor berührt hatte.

»Ich werde es mit Kardamom im Tee versuchen und mich melden, wenn das Ergebnis grausam schmeckt«, versuchte sie, den Anflug von Verlegenheit zu überspielen.

Joshua nickte. »Ich bitte darum.« Seine Stimme klang ernst, und als sein Blick Lauras traf, lag etwas Unruhiges darin. Als würde er sich zurückhalten. Viel zu schnell – aber auch zum Glück – war dieser Moment vorbei. »Komm, gehen wir wieder nach draußen.«

Kurz darauf waren sie in eine Fachsimpelei über die besten Teezusammensetzungen verstrickt. Wo Joshua kaum glauben konnte, dass Laura abgesehen von Tee mit Kardamom noch niemals weißen Tee probiert hatte – »eines der edelsten Getränke der Welt!« –, überzeugte sie ihn davon, wie gut Tulsiblätter, Ingwer und Orange harmonierten. Als es dämmerte, hatten sie eine Liste an Kompositionen erstellt, die sie unbedingt ausprobieren wollten. Sie verabschiedeten sich von Mary und brachen auf, um noch ein Bed and Breakfast für die Nacht zu finden. Zum Glück mussten sie nicht lange suchen und kamen bei Anna unter, die mit ihren beiden Kindern in einem weiß getünchten Haus lebte. Viel Platz gab es nicht, die zwei vermieteten Zimmer waren winzig. Aber Lauras hatte immerhin diesen Balkon.

Jetzt saßen sie hier, während das Licht von drinnen sowie mehrere Kerzen die Nacht erhellten. Als Laura nach den typischen Landesspezialitäten gefragt und zugegeben hatte, noch niemals einen Cream Tea probiert zu haben, hatte Joshua das nicht auf sich sitzen lassen. Und nun stand die Köstlichkeit vor ihnen und flüsterte Laura zu, dass sie durchaus Appetit hatte.

»Also. Was genau muss ich tun?«

Er nahm die Kanne und goss ihnen ein – aromatischen, dunklen Tee. »Du nimmst einen Scone und bestreichst ihn mit der Erdbeermarmelade und der Clotted Cream. Und das da«, er deutete auf das Schälchen mit einer hellgelben Creme, »ist Lemon Curd für den Toast. Eine Creme aus Eiern, Butter und Zitronen. Anna hat sie heute frisch gemacht.«

Laura überlegte und griff nach einem der Scones, die sie mehr an Kuchen erinnerten. Vorsichtig schnitt sie ihn auf, dann schwebte ihr Messer über den beiden Glasschälchen. »Was zuerst?«

»Kommt darauf an. In Cornwall streicht man die Creme auf die Marmelade, in Devon macht man es andersherum.«

Laura überlegte, entschied sich dann aber zunächst für die Clotted Cream, da die Konsistenz sie neugierig machte. Nachdem sie einen dicken Klecks Marmelade hinzugefügt hatte und hineinbiss, schloss sie die Augen. »Wow«, sagte sie, nachdem sie den Bissen heruntergeschluckt hatte, und leckte sich die Marmelade von den Fingern.

Joshua hob seine Tasse, als wollte er darauf anstoßen. Kurz starrte er in die Ferne, als könnte er dort die Antwort auf eine Frage finden, die durch seinen Kopf kreiste.

»Ich bin froh, dass du dich entschieden hast, mit mir herzukommen. Es hat Spaß gemacht, dir die Gärten zu zeigen. Und ich habe die ganze Rückfahrt darüber nachgedacht, was Mary gesagt hat.«

»Dass es an der Zeit war, dass du wieder jemanden mitgebracht hast«, flüsterte Laura.

Joshua nickte und starrte in den Himmel. Einzelne Sterne blitzten auf, so als würden sie ihnen zuzwinkern. »Ich war nicht ganz ehrlich zu dir, Laura. Und ich habe mich teilweise schrecklich unhöflich benommen. In der Werkstatt beispielsweise.«

»Weil du glaubst, dass Frauen und Autos nicht zusammenpassen?«, neckte sie ihn.

Er sah ehrlich entsetzt aus. »O Gott, so kommt es an, nicht wahr? Aber nein, das ist es nicht.« Er griff nach seiner Tasse und drehte sie in den Händen. Der Kerzenschein vertiefte die Sorgenfalte über seinem Nasenrücken. »Vor einigen Jahren hatte ich die schlimmste Trennung meines Lebens.« Er hielt in der Bewegung inne. »Wenn du das nicht hören möchtest, sag es bitte. Ich würde es dir nicht übel nehmen. Aber ich will es dir gern erzählen. Weil ich das Gefühl habe, dass du es verstehst.«

Hinter seinen Worten steckte so viel, dass Lauras Atem schneller ging. Sie forderte ihn mit einer stummen Geste auf weiterzureden.

Er schluckte deutlich. »Maggie hat mir zwar nicht das

Herz gebrochen, aber mein Vertrauen für eine lange Zeit zerstört.« Die Tasse klirrte, als er sie abstellte. »Wir waren etwas über ein Jahr zusammen, haben uns aber nur selten gesehen. Sie arbeitete in Northumberland, und ihr Job stand bei ihr an erster Stelle. Für mich war das in Ordnung, da ich bereits damals darüber nachgedacht habe, mich selbstständig zu machen. Die Eltern eines Bekannten hatten einen landwirtschaftlichen Betrieb, wollten ihn aber verkaufen und in den Ruhestand gehen. Ich bin mit ihnen ins Gespräch gekommen, und nach einer Weile haben sie mich als möglichen Käufer in Betracht gezogen. Ich dachte daran, Gewürze anzubauen. Oder Tee. Damals habe ich mich noch nicht so weit von dem wegbewegen wollen, was ich durch Jeevans Firma kannte.« Er lachte auf, doch es klang alles andere als fröhlich. »Natürlich hielt ich Maggie täglich über Neuentwicklungen auf dem Laufenden, und zum ersten Mal, seit wir uns kannten, interessierte sie sich mehr für mich als für ihren Job in der Finanzbranche. Irgendwann hat sie mich besucht, und wir waren mit dem Wagen unterwegs. Maggie hatte an jenem Tag übersprudelnde Laune und wollte unbedingt fahren. Ich ließ sie, und in ihrer Euphorie gab sie zu viel Gas. Ich habe vergeblich versucht, den Unfall zu verhindern. Totalschaden.«

»O nein, Joshua.« Sie legte eine Hand auf seine.

Behutsam verschränkte er seine Finger mit ihren. »Ihr ist zum Glück nichts geschehen. Ich dagegen hatte einige Brüche, einen Kapselriss an der Hand und eine geprellte Hüfte. Man hat mich operiert, aber seltsamerweise tat die Prellung am meisten weh. Insgesamt war ich eine Weile außer Gefecht gesetzt.« Er verzog das Gesicht, als könnte er die Schmerzen noch spüren. »Als ich aus der Klinik zurückkehrte, war besagter Landwirtschaftsbetrieb bereits verkauft. An Maggie.«

»Bitte was?«

»Tja.« Er hob die Arme und ließ sie wieder fallen. »Sie hat den Deal als lukrativ erkannt und sich mit ihrem Bruder eingebracht, statt mich zu besuchen. Keine Ahnung, was sie den Andersens erzählt oder angeboten hat, aber ich habe von ihnen oder auch von ihr nie wieder gehört. Sie und ihr Bruder sind nun Inhaber eines Gewürzbetriebs. Ich hörte, er läuft gut.«

Laura hatte mit vielem gerechnet – aber nicht damit. »Ich weiß ehrlich nicht, was ich sagen soll. Es tut mir so leid.« Sie bewegte leicht ihre Finger und spürte der Wärme nach, die von seiner Hand auf ihre überging. »Wolltest du deswegen nicht über deine beruflichen Pläne reden?«

»Bingo. Dumm, ich weiß. Du bist nicht sie.«

»Nein«, sagte Laura nachdrücklich. »Und ich kann dich nur zu gut verstehen.«

Er zog seine Hand zurück, um dann so leicht über ihre Haut zu streicheln, dass sie erschauerte. »Ich habe einfach dichtgemacht. In jeder Hinsicht. Aber dann kommst du, auf der Suche nach meinem Onkel, um ihn für jemand anderen zu finden. Irgendwie habe ich das Gefühl, dir alles erzählen zu können. Und ich kann nicht beschreiben, wie dankbar ich dir dafür bin.« Er beugte sich vor und zupfte eine Haarsträhne von ihrer Wange.

Hitze strömte durch Lauras Körper, und sie wünschte sich, er würde sie noch einmal berühren. »Hast du mir deshalb die Gärten gezeigt?« Ihre Stimme kratzte nur ein wenig. »Sind sie eine Inspiration für dich? Beruflich, meine ich?«

Sein altes Lächeln war zurück, ohne Unsicherheit oder Bedauern. »Vor etwas über einem Jahr habe ich angefangen, neue Businesspläne zu entwerfen, und, ja, ich werde mich endlich selbstständig machen. Mein Ziel ist Landschaftsplanung mit besonderer Ausrichtung, ähnlich wie die Gärten, die ich dir gezeigt habe. Mit bestimmten Auflagen, nach ökologischen Kriterien und auch mit Kooperationen, die sich auf den Anbau nationaler Pflanzen beziehen. Wusstest du zum Beispiel, dass neunzig Prozent aller in Großbritannien verkauften Blumen aus der ganzen Welt eingeflogen werden? Dabei haben wir das nicht nötig. Ansonsten ... solche Orte muss man sehen, um die Faszination dafür zu verstehen, und da will ich hin. Für viele Menschen bleiben sie sonst eine Ansammlung von Unkraut und Hecken und Gräsern auf irgendwelchen Fotos im Internet. Ich will also zum einen mehr öffentliche Anlagen wie diese schaffen und zum anderem mit dafür sorgen, dass Blumen nur kurze Strecken reisen müssen, ehe sie verkauft werden.«

»Das klingt wunderbar.« Am liebsten hätte Laura seine Hand genommen, um sie zu drücken und ihm zu sagen, wie sehr sie ihn verstand. Und dass seine Pläne ihr gefielen. »Und Mary hat nicht ganz zufällig etwas damit zu tun?«

Er grinste. »Die Burrow-Gärten habe ich für meine zukünftige Firma im Auge. Mary möchte etwas Verantwortung abgeben, und unsere Vorstellungen der Zukunft des Projekts und seiner Gestaltung stimmen in vielen Punkten überein.«

»Das wäre ein großartiger Start für deine Firma.«

»Ja, das wäre es«, sagte er nachdenklich.

»Und es wäre möglich? Ich meine finanziell?«

»Ja. Thomas, mein zukünftiger Geschäftspartner, ist seit vielen Jahren Landschaftsgärtner. Er hat die nötigen Kontakte zu Städten und offiziellen Stellen, und ich habe mich, wenn neben Vishraam Zeit dafür blieb, mehr und mehr bei ihm eingebracht. Meine Familie sieht es als Zeitvertreib an, den ich nebenher pflege, um mal etwas anderes zu sehen. Aber das ist es nicht. Im Gegenteil, ich weiß nun, was ich wirklich will – ich hatte mich nur zuvor nicht so weit in neues Terrain vorgewagt. Wahrscheinlich sollte ich Maggie sogar dankbar sein.«

Seine Familie denkt, es ist nur ein Hobby. »Deshalb kannst du Vishraam nicht übernehmen.« Allmählich begriff sie, in welcher Zwickmühle er steckte.

Joshua seufzte tief. »Ich hatte gehofft, ihnen in diesen Tagen endlich reinen Wein einzuschenken. Thomas und ich haben mit mehreren Interessenten gesprochen, und in der Tat wäre jetzt die passende Zeit, um es offiziell zu machen und im Frühjahr richtig durchzustarten. Aber jetzt geht es Jeevan so schlecht.«

Laura überlegte, wie sie an seiner Stelle handeln würde. Aber das war keine Entscheidung, die man innerhalb weniger Minuten traf. Trotz des Chaos, das sie auf Crane Place erlebt hatte, glaubte sie, dass Joshua und seine Familie sich nahestanden und er seine Wünsche nicht leichtfertig über die der anderen stellte. Es war fast schon tragisch, dass die Erfüllung seines persönlichen Zukunftswunschs gleichzeitig bedeutete, seinen Onkel vor den Kopf zu stoßen. Und vermutlich für einen kleinen Eklat in der Familie zu sorgen. Dass die Rajes Temperament besaßen, hatte sie schließlich mitbekommen.

»Bisher weiß übrigens nur Emma ansatzweise von meinen Plänen, also bring es bitte nicht als Tischgespräch auf.«

»Keine Sorge.« Sie war erstaunt, dass er ihr etwas anvertraute, das nicht einmal seine Eltern wissen sollten. »Und danke, dass du es mir erzählt hast.«

»Es war leicht. Du hast sofort verstanden, worum es mir wirklich geht.«

Die Worte waren leise in der Dunkelheit, aber gerade das ließ Laura aufhorchen. Sie hatte sich nicht bewegt, ebenso wenig wie Joshua, aber auf einmal schien er ihr viel näher zu sein. Die Wärme der Kerzen breitete sich aus, flutete den Balkon und legte sich auf ihre Haut. Kaum wahrnehmbar, wie ein sanfter Strom, der mit den Härchen darauf spielte.

»Du lässt deine Familie nicht im Stich, falls du das denkst.« Der Ruf eines Käuzchens übertönte beinahe ihre Worte. »Du hast lange Zeit alles getan, um Jeevans Firma zu unterstützen, aber niemand kann dir vorschreiben, welchen Weg du gehst.« Ihre Gedanken verselbstständigten sich. Bilder von Crane Place mischten sich mit denen der Bank oder des Steinpavillons, wo sie Seite an Seite mit Joshua gesessen und die Atmosphäre der Gartenoase genossen hatte, sowie mit Eindrücken aus Deutschland: Umzugskartons, die sich im Flur stapelten, das letzte Gespräch mit Oliver, der Verkehr vor ihrer neuen Wohnung in Hamburg. Und zuletzt der Bahnsteig, auf dem sie einsam gewartet hatte, bis ein Zug einfuhr, der sie zurück nach Wiesbaden brachte. »Es ist wundervoll, dass du nach allem, was passiert ist, deine wahren Ziele gefunden hast. Dass du es trotz allem wagst, auch wenn du lange Zeit etwas ganz anderes geplant hast und es so schiefgelaufen ist.«

Sie schob Krümel zusammen und fragte sich, ob sie ihn darum beneidete. Auf der Fahrt hatte sie ihm von Oliver erzählt und warum sich ihre Wege getrennt hatten. Sie hatte ihre Bedenken angedeutet, und Joshua hatte zum ersten

Mal laut ausgesprochen, was sie sich in den vergangenen Tagen nicht hatte eingestehen wollen: dass sie den räumlichen Abstand nutzte, um ihr Leben grundlegend zu durchdenken.

Joshua überlegte. »Die Sache mit Maggie hat mich eines gelehrt: Ich würde mir so viel Zeit nehmen, wie ich brauche, um herauszufinden, was wirklich in mein Leben gehört. Wenn ich denke *Das hier bin ich. Hier gehöre ich hin* – dann bin ich richtig. Wenn ich vollkommen hinter einer Sache stehe, finden sich auch Lösungen. Für alles. Davon bin ich fest überzeugt, Laura.«

Sie nickte, weil so viel in seiner Aussage lag, über das sie nachdenken musste. Joshua gab ihr die Zeit. Beide lehnten sich zurück und starrten in die Nacht hinaus.

Joshua hatte recht. Er hatte die Worte gefunden, die sie nicht hatte aussprechen wollen, da sie eine unangenehme Wahrheit zutage förderten: Hamburg war nie ihr Ziel gewesen, sondern ein Kompromiss. Aber sie war ihn aus Gewohnheit eingegangen. Sie hatte nicht überlegt, was wirklich richtig für sie war, da sie ausschließlich auf ihren Kopf gehört hatte. Ja, Oliver hatte sie verletzt mit seiner Entscheidung, die Chance in Übersee über das gemeinsame Glück zu stellen. Aber das zwischen ihnen hatte auch nicht ausgereicht, um ihm zu folgen und eine Lösung für eine gemeinsame Zukunft zu finden.

Leise räusperte sie sich. »In letzter Zeit frage ich mich, wohin ich gehöre.« Die Worte klangen wie eine Frage, und letztendlich waren sie es auch.

Eine Kerze flackerte stärker, nur um dann zu verlöschen. Sie nahm einen Teil von Lauras Gedanken mit sich und schuf Platz für andere. Sie schluckte, da ihre Kehle plötzlich trocken war. »Ich bin nicht nur wegen Agatha und Jeevan hergekommen.« Diese Worte waren für sie selbst bestimmt.

Sie zuckte zusammen, als Joshua eine Hand auf ihre Schulter legte. Nur kurz, aber die Berührung war so tröstlich, dass Laura es bedauerte, als sie vorbei war. »Jede Entscheidung braucht ihre Zeit, aber ich bin sicher, dass du die richtige treffen wirst.« Er zögerte. »Wenn du reden willst – ich bin da.«

»Danke.«

Wieder schwiegen sie und lauschten den Geräuschen der Nacht. Es war so friedlich, dass Laura nach einer Weile ihre Grübeleien vergaß. Aber als auch die zweite Kerze erloschen war und es kühler wurde, stand Joshua auf. »Es ist schon spät. Ich gehe besser rüber.«

Sie bedauerte es, da sie noch stundenlang mit ihm hier draußen hätte sitzen können. »Das ist wohl eine gute Idee, wenn wir noch ein wenig Schlaf bekommen wollen.« Sie schob ihren Stuhl zurück, nahm die beiden Kerzenhalter und trug sie ins Zimmer. Joshua folgte mit dem Teetablett.

»Stell es einfach auf dem Tisch ab«, sagte Laura. »Ich nehme es morgen früh mit in die Küche.«

Das Geschirr klirrte leise. Als Joshua sich wieder aufrichtete, schenkte er ihr eines dieser Lächeln, die ihr bereits so ans Herz gewachsen waren. »Schlaf gut, Laura. Und zerbrich dir nicht den Kopf. Du bist jetzt hier, und das wird einen Grund haben. Vielleicht weiß dein Unterbewusstsein mehr als du.«

Sie zuckte die Schultern. »Aber was, wenn ich nicht so viel Zeit habe, wie ich brauche?«

Eine Berührung an ihrer Hand ließ sie wieder aufblicken. Joshuas Finger hatten sich daraufgelegt, so sanft, dass sie es kaum spürte, aber trotzdem schickte es ein Kribbeln über ihre Haut, das jedwede Müdigkeit auslöschte. »Ich glaube, du hast alles, was du brauchst.« Damit beugte er sich vor, ein Stück nur, wie eine Frage, auf deren Antwort er noch warten wollte. Sie gab sie mit einem kaum merklichen Nicken, und er legte sanft seine Lippen auf ihre. Es war ein zarter Kuss. Sie war wie erstarrt, wollte nicht, dass sich diese behutsame Berührung veränderte, und doch so viel mehr von ihm. Joshua schlang einen Arm um ihre Taille und zog sie an sich, und Laura legte ihre Hände an seine Wangen, bis er den Druck seiner Lippen kurz verstärkte, um sich dann von ihr zu lösen. Sämtliche Worte schienen sich in Luft aufgelöst zu haben, dafür spürte sie nur zu deutlich, wie ihr Puls an den Handgelenken donnerte.

Joshua zögerte, trat dann aber an ihr vorbei und verließ das Zimmer mit einem leisen »Gute Nacht«.

Laura hörte das Klicken, als die Tür ins Schloss gezogen wurde, wandte sich um und starrte die helle Holzfläche an. Erst als draußen das Käuzchen rief, wandte sie sich um und schloss die Balkontür. Aber als sie näher an die Scheibe trat, bemerkte sie das Funkeln in den Augen ihres Spiegelbilds.

Ich glaube, du hast alles, was du brauchst.

Sie waren gerade in die Einfahrt von Crane Place eingebogen, als Joshua fluchte und so abrupt auf die Bremse trat, dass Laura und er in den Sitzen nach vorn geworfen und von ihren Gurten wieder zurückgerissen wurden. Hastig griff Laura nach ihrer Kardamompflanze im Fußraum und hielt sie fest. Kies spritzte auf und traf Aidan und Jeremy, die sich eine wilde Verfolgungsjagd lieferten und nun stocksteif stehen blieben. Beide kreischten, zunächst vor Schreck, dann aber vor Begeisterung, als sie den Wagen erkannten. Wie zwei junge Hunde hüpften sie herum, bis Joshua sein Fenster herunterließ. »Jungs! Wie oft haben wir darüber geredet, dass ihr hier vorn vorsichtig sein müsst? Ich hätte euch beinahe angefahren.«

Aidan, der den Ernst der Situation offenbar nicht begriffen hatte, kicherte, während Jeremy zumindest zerknirscht aussah. »Aber er hat mir meinen Spiderman geklaut!«

»Den du dir auch später hättest zurückholen können. Du bist der große Bruder, Jeremy, du musst aufpassen.«

Jeremy legte den Kopf schief und offenbarte eine bezaubernde Zahnlücke. »So wie Mama früher auf dich aufgepasst hat? Sie sagt, du bist von Kühen gejagt worden, als sie kurz weggesehen hat, und musstest einen Hang herunterrollen, um dich zu retten.«

»Kühe?«, fragte Laura leise. »Und Jahre später dann Schafe. Ich erkenne ein Muster.«

»Reiner Zufall.« Joshua versuchte, sein strenges Gesicht beizubehalten, scheiterte aber kläglich. »Na los, ab auf die Rückbank, alle beide. Und anschnallen!«

Die zwei gehorchten unter lautem Geschrei und brauchten ganze fünf Minuten, bis sie sich zurechtgezappelt und die Sicherheitsgurte geschlossen hatten. Erst dann fuhr Joshua langsam an, behielt aber Schrittgeschwindigkeit bei.

»Laura!«, brüllte Aidan so laut, dass ihr Ohr fiepte. »Ist dein Auto wieder besser?«

»Nein, wir haben von unterwegs bei Mr. Evans angerufen, und er sagt, es muss noch einen Tag in der Werkstatt bleiben.«

»Dann schläfst du wieder hier?« Als hätte die Neuigkeit ihn unter Strom gesetzt, zappelte er wie wild auf der Rückbank herum.

Joshua seufzte. »Wenn wir Pech haben, zerlegt er den Wagen, ehe wir am Haus ankommen. Jeremy, kannst du deinen Bruder ein wenig unter Kontrolle bekommen, damit Laura nicht ganz so einen schlechten Eindruck von uns hat?«

Sie schmunzelte. »Nun muss ich schon als Druckmittel herhalten?«

Er beugte sich in ihre Richtung. »Du bist gerade so etwas wie meine Geheimwaffe. Ich mache das auch wieder gut und werde aushandeln, ob du die Spiderman-Figur mit auf dein Zimmer nehmen darfst.«

Auf der Rückbank herrschte schlagartig Schweigen. Laura blickte sich rasch um, sah in zwei entsetzte Gesichter und unterdrückte ein Grinsen. Es kam ihr vor, als hätte sie sämtliche Sorgen und alles, was sie gestern so nachdenklich gemacht hatte, in eine Schublade gesperrt, um sich später damit zu befassen. Selbst ihre Befürchtung, nach Joshuas Kuss ihm gegenüber befangen zu sein, hatte sich als unbegründet herausgestellt. Im Gegenteil, sie fühlte sich ihm auf eine tiefe Weise verbunden. Etwas, das nicht sehr oft passierte. In seiner Gegenwart war es, als würde sie unter Strom stehen, was sich jedes Mal, wenn er sie rein zufällig berührte, auf unglaubliche Weise verstärkte. Geküsst hatten sie sich nicht noch einmal, aber sie genoss dieses Kribbeln – und sah an seinem Blick, dass es ihm ebenso ging.

Nachdem Aidan und Jeremy ihren Schock verdaut hatten, lachten sie los. Die gute Laune erlosch schlagartig, als Joshua parkte und die Haustür aufgerissen wurde. Dev trat nicht heraus, er stapfte, die Arme starr neben dem Körper und die Hände zu Fäusten geballt. Ein Blick in sein Gesicht verriet, wie es um seine Stimmung bestellt war.

Die beiden Jungs hielten sich an den Vorderlehnen fest, um mehr mitzubekommen, ließen sich aber bei dem Anblick sofort wieder nach hinten sinken. Es lag auf der Hand, dass Dev nur auf ihre Ankunft gewartet hatte.

»Byeeee!« Jeremy wusste, wann es Zeit war zu gehen. Er öffnete die Tür, packte Aidan am Kragen, und in der nächsten Sekunde tobten die zwei Richtung Garten, dass der Kies nur so flog.

Joshua atmete geräuschvoll durch die Nase aus und schnallte sich ab. »Es führt wohl kein Weg dran vorbei. Danke für den schönen Tag, Laura. Besser, du machst es dir irgendwo außerhalb meiner und seiner Reichweite gemütlich. Wir sehen uns später.«

»Ja, gut.« Sie wünschte sich, Dev hätte Joshua zumindest die Zeit gelassen, in Ruhe anzukommen. Stammte all die Wut wirklich aus der Enttäuschung darüber, im Familiengeschäft übergangen zu werden? Konnte man so eifersüchtig auf den eigenen Sohn sein?

Sie öffneten die Türen und stiegen aus. Am liebsten wäre sie einfach gegangen und hätte Joshua mit sich gezogen, aber das wäre trotz allem unhöflich gewesen. Sie war noch immer Gast, und auch wenn Dev nicht auf Crane Place lebte, so zählte er zur Familie des Besitzers.

»Guten Tag«, sagte sie rasch und wollte sich abwenden, was Dev mit einem Schnalzen verhinderte, als würde er einem Hund einen Befehl geben. Überrascht drehte sie sich um und fuhr zusammen, da er sie anstarrte.

Sie. Nicht Joshua.

»Ich hatte gehofft, Sie wären schlau genug, um sich die ganze Sache anders zu überlegen und nach Ihrem Auftritt gestern nicht mehr aufzutauchen.« Seine Stimme war so düster, dass sie nicht wusste, ob sie sich die Drohung darin nur einbildete.

»Wie bitte?«

»Dad.« Joshua schlug seine Tür energischer zu als nötig, aber Dev beachtete ihn nicht einmal.

»Sie tauchen hier auf, setzen sich an den gedeckten Tisch meiner Familie und halten es für selbstverständlich, dass man Sie hätschelt, durch die Gegend kutschiert und auch sonst in jeder Hinsicht bedient, nicht wahr? Und warum? Weil Sie mit seltsamen Geschichten aus der Vergangenheit aufwarten und mit Namen und Fotos um sich werfen?«

»Ich …«

Er trat näher, und Laura musste sich zusammenreißen, um nicht zurückzuweichen. »Sagen Sie endlich, weshalb Sie wirklich hier sind! Was bezwecken Sie mit dieser wirren Geschichte, mit der Sie hoffen, einen alten Mann um den Finger zu wickeln?«

»Dad! Es reicht jetzt wirklich!« Joshua trat neben Laura.

Sie schloss die Finger fester um ihre Handtasche. Noch nie im Leben hatte man sie derart angegriffen, und sie wusste nicht einmal, was Devs Wut auf sie angestachelt hatte. Möglichst lautlos räusperte sie sich. »Ich habe keine Ahnung, was Sie mir gerade vorwerfen. Und ich möchte noch einmal daran erinnern, dass ich mich nun vermutlich in meiner Pension befinden würde, hätten Sie mir nicht die Vorfahrt genommen. Warum ich hier bin, habe ich beim Essen offen gesagt, und ich mache auch sonst kein Geheimnis daraus. Ich will herausfinden, ob Ihr Onkel Agatha Sperlich kennt. Wenn Sie etwas anderes vermuten, dann müssten Sie es schon aussprechen, damit wir darüber reden können.« Mit ihm zu reden war das Letzte, was sie sich wünschte, aber sie würde Ruhe bewahren, egal, wie sehr er sich danebenbenahm.

»Ihre Pension!« Er spuckte die Worte aus, als hätte er etwas Schlechtes gegessen. »Selbst wenn Sie dort übernachtet hätten, würden Sie jetzt hier herumschleichen.«

Auf einmal störte es Laura, dass er größer war als sie. Er besaß ebenso dunkle Augen wie Joshua. Aber was seinen Sohn geheimnisvoll und attraktiv wirken ließ, verlieh Dev Kälte.

»Es geht Ihnen um das Geld, nicht wahr? Darum sind Sie hier. Aber was Sie sich auch immer denken und welche Agatha Sie auch immer vorschieben, Ihnen steht nichts zu!«

»Das reicht.« Wo sein Vater vor unterdrückter Wut bebte und den Eindruck machte, jederzeit loszubrüllen, klang Joshua kalt, beherrscht und sehr einschüchternd. »Ich höre mir das nicht länger an. Von den drei Personen, die hier stehen, hat nur eine ein Geldproblem, und das ist nicht Laura.«

Dev richtete sich weiter auf, bis er fast so groß war wie sein Sohn. »Von den drei Personen hier mischt sich nur eine in fremde Familienangelegenheiten ein!«

Er deutete so energisch auf Laura, dass ihr nun wirklich die Worte fehlten. Was hatte sie getan, dass er sie so sehr hasste?

»Dev!« Die helle Stimme schnitt durch die Spannung. Helen stand neben dem Haus, ihre gelben Gartenhandschuhe passten nicht zu ihrem farbenfrohen Ensemble aus hellgrüner Hose und einem in Pastellfarben gemusterten Oberteil unter einer dicken Outdoor-Weste. »Ich weiß nicht, worum es geht, aber halte dich zurück!« Sie starrte ihren Mann noch eine Weile an und wandte sich dann an Laura. »Mir ist gerade eingefallen, dass ich dir noch immer eine Führung schulde. Hättest du gerade Zeit und Lust?«

Laura zögerte. Jeder hier wusste, dass Helens Angebot nur ein Vorwand war. Aber es war auch die ideale Möglichkeit, um diese Situation zu beenden, auch wenn sie nicht den Eindruck erwecken wollte, vor Dev zu fliehen. Kurz spielte sie mit dem Gedanken, abzulehnen und auf ihr Zimmer zu gehen, um ihre restlichen Sachen zu holen und sich ein Taxi zu rufen. Es wäre das Leichteste. Für sie alle. Sie könnte Joshua morgen an der Werkstatt treffen und ihn fragen, ob es Jeevan besser ging. Und wenn nicht ... nun, Agatha wusste nicht einmal, dass sie hier war und würde daher auch nicht enttäuscht sein, wenn sie zurückkehrte, ohne mit Jeevan gesprochen zu haben.

Aber dann dachte sie an Joshuas Blicke, seine ruhige Stimme auf dem Balkon, das Gefühl seiner Lippen auf ihren. Sie würde sich von Dev nicht so einfach vergraulen lassen.

»Gern«, sagte sie und sah dabei Joshua an.

Der nickte. »Ich komme später zu euch.« Damit trat er zu seinem Vater, fasste ihn an der Schulter und zischte ihm etwas zu.

Helen empfing sie mit einem Kopfschütteln. »Es tut mir so unglaublich leid, Laura. Ich dachte, er wäre auf unserem Zimmer vor dem Fernseher. Hätte ich das geahnt ...«

Laura winkte ab. »Du kannst nichts dafür. Allerdings ist es vielleicht für alle besser, wenn ich mich vorläufig verabschiede. Du könntest mich anrufen, wenn es Jeevan besser geht.«

»Ich verstehe, wenn du dir so etwas wie gerade nicht mehr antun willst. Und ich kann dich nur bitten zu bleiben und mich von ganzem Herzen für diesen Zwischenfall entschuldigen. Alle anderen freuen sich, dass du hier bist. Selbst Mrs. Mandell ist aufgeregt, weil sie hofft, dass dieser kleine Gruß aus der Vergangenheit Jeevan wieder auf die Beine bringt. Und glaub mir, Mrs. Mandell ist selten aufgeregt. Zumindest zeigt sie es nie.« Sie schüttelte Erdbrocken von ihren Handschuhen. »Du musst uns alle für wahnsinnig unhöfliche und egoistische Menschen halten.«

»Nein.« Laura sah sich noch einmal um, ehe sie um die Ecke bogen. Joshua und Dev standen so nah beieinander, dass sich ihre Gesichter fast berührten. Aber immerhin brüllte niemand mehr. »Nein, das tue ich nicht.« *Zumindest nicht alle.*

Helen wirkte erleichtert. »Da bin ich erleichtert, Laura, wirklich. Mein Mann ist wegen Jeevan angespannter, als er jemals zugeben würde. Schließlich hat sein Onkel ihn aufgezogen, und er hatte ganz lange niemanden außer ihn.«

Laura dachte an das, was Joshua ihr gestern erzählt hatte – dass Jeevan Dev nicht zutraute, das Familiengeschäft weiterzuführen. Unter diesen Umständen musste das noch einmal härter für ihn sein. Aber Jeevan würde schon gute Gründe haben für seine Entscheidung. Dann erinnerte sie sich an den Abend mit Joshua im Garten.

»Ich weiß von Agatha, dass Jeevan eine Schwester hatte und sie zu jener Zeit schwanger war, als sie Kontakt hatten«, sagte sie, während sie neben Helen in Richtung der Beete schlenderte. »Malati.«

»Eine weitere tragische Geschichte der Raje-Familie, auch wenn wir alle sehr wenig über sie wissen. Jeevan wollte nie zurückblicken. Immer nur nach vorn. Nun gibt es nicht mehr den geringsten Zweifel, dass du hier richtig bist.« Helen atmete tief durch. »Weißt du, Laura, wenn ich dieses Anwesen betrachte, kann ich mir manchmal kaum vorstellen, dass hinter der Fassade etwas anderes als Glück existiert. Aber es ist nicht anders als irgendwo sonst. Es gibt schlechte Gefühle, so wie es gute gibt. Ebenso wie schlimme Erinnerungen. An manchen Tagen schlagen sie durch, ohne Ankündigung oder auch nur den kleinsten Hinweis, und man hat kaum eine Chance, sich dagegen zu wappnen.« Sie strich im Vorbeigehen über einen Buchenzweig. »Das klingt so unglaublich dramatisch und als wollte ich irgendwas rechtfertigen. Ich …« Sie brach ab und hob die Schultern. »Irgendwas an deiner Geschichte über Agatha hat Dev noch mehr aufgebracht. Vielleicht liegt es daran, dass er selbst so wenig von seiner Mutter weiß. Er redet niemals über sie.« Mit einem Mal sah sie so verzweifelt aus, dass Laura nach den Händen in den Gummihandschuhen griff.

»Ist schon in Ordnung, Helen. Du hast alles getan, damit ich mich hier wohlfühle.« Die Worte kamen aus tiefstem Herzen. Bis auf Dev mochte Laura die gesamte Familie wirklich gern. Davon abgesehen besaß Crane Place mit seinen riesigen Gärten eine Magie, der sie sich nur schwer entziehen konnte.

Helen atmete aus. »Ich danke dir.« Sie zögerte. »Gehen wir weiter. Ah, da hinten ist ja auch Emma.«

Emma stand vor einer Hecke, während zwei kleine Gestalten um sie herumflatterten: Aidan versuchte, Jeremy zu fangen, vielleicht war es aber auch umgekehrt, da die beiden die Richtung zu oft und schnell änderten. Emma stand auf, streckte ihren Rücken und winkte. Zu alten Jeans trug sie ein viel zu großes Langarmshirt, auf dem zwei kämpfende Dinosaurier zu sehen waren, und hatte die Haare zusammengebunden.

»Hey!« Sie wischte sich über die Stirn und deutete zur Seite, wo Jeremy seinem Bruder soeben einen Grashalm ins Nasenloch steckte. »Verstärkung, wie schön. Die zwei sind heute noch aufgedrehter als sonst. Ich fürchte, bald jagen sie das Haus in die Luft. Laura, achte bitte nicht auf dieses Shirt. Meine Söhne haben es mir zum Geburtstag geschenkt und online die größte Größe eingegeben, und mein Mann hat sie machen lassen, weil er es witzig fand. Aber wie war euer Ausflug? Hat sich mein Bruder benommen?«

»Es war wirklich schön. Und ja, hat er.« Sie überlegte, was sie preisgeben konnte, ohne sich zu verplappern. »Wir haben ...«

Ihre restlichen Worte gingen in Gebrüll unter, so laut und panisch, dass Emma herumfuhr und im nächsten Moment bei ihren Söhnen war. Aidan stand steif wie eine Statue, den Kopf gesenkt und die Hände hinter dem Körper verborgen, während Jeremys Gesicht nass von Tränen war. Er streckte Emma eine Hand entgegen, auf der es rötlich schimmerte: Blut.

»O mein Gott, Jeremy.« Emmas Stimme war ruhig, doch die Panik darin ließ sie vibrieren. »Aidan, was hast du ...« Ihre Hand fuhr an die Hintertasche ihrer Jeans und tastete dort. Mit einem Fluch fasste sie Aidans Arme und zog sie nach vorn. In den kleinen Fingern hielt er eine Gartenschere, die er unter Emmas stechendem Blick fallen ließ und nun auch mit den Tränen kämpfte.

Emma dagegen kämpfte mit ihrer Beherrschung. »Aidan, ich bin es leid, dass du in fremde Taschen greifst. Nun siehst du, was dabei passieren kann. Du hast deinem Bruder wehgetan!« Sie griff nach Jeremys Hand, wo der Schnitt bereits aufgehört hatte zu bluten.

Aidan nutzte den Moment, schoss an ihr vorbei und warf sich gegen Helens Beine, um sie wie ein Ertrinkender zu umklammern. Helen streichelte seinen Kopf, ging in die Hocke und murmelte ihm etwas zu.

Laura trat zu Jeremy und Emma, setzte sich auf eine der Randbegrenzungen der Beete und betrachtete Jeremys Hand, die er noch immer von sich streckte, als würde er sie am liebsten loswerden. Von Nahem sah es weniger schlimm aus. Der Schreck war mit Sicherheit größer als der Schmerz.

Jeremy, der die zusätzliche Aufmerksamkeit bemerkte, streckte ihr sofort seine Hand entgegen, die andere hielt er vor sein Gesicht. Sein Weinen war zu einem Schluchzen geschrumpft. Laura nahm sie vorsichtig und musterte den Kratzer. »Oha. Denkst du, so sieht es auch aus, wenn man gegen den gekämpft hat?« Sie deutete auf den Saurier auf Emmas Shirt, der das Maul mit den riesigen Zähnen weit aufgerissen hatte.

Jeremys Schluchzen wurde leiser, und er blinzelte zwischen den Fingern hindurch. Er starrte Laura an, dann seine Mutter, und schließlich nickte er langsam.

»Wow.« Laura ließ ihn wieder los. »Da muss man ganz schön mutig sein.«

Emma verbiss sich ein Lächeln. »Ja, das habe ich auch immer gedacht. Wenn ich mal so einem Vieh begegne, würde ich die Beine in die Hand nehmen und rennen. Aber zum Glück habe ich ja zwei mutige Söhne, die mich beschützen und retten würden, nicht wahr?« Sie strich Jeremy über den Schopf.

Der schob die Unterlippe vor. Dann warf er sich an Emmas Brust und verbarg das Gesicht an ihrer Schulter. Sie umarmte ihn und flüsterte ein »Danke« in Lauras Richtung. Die hob einen Daumen und stand langsam wieder auf. Nach dem Crescendo zuvor herrschte nun paradiesische Stille. Beide Jungs ließen sich trösten, und der Frieden war wiederhergestellt. Zum Glück! Nicht auszudenken, was mit der Gartenschere alles hätte geschehen können.

Eine Bewegung weckte ihre Aufmerksamkeit: Jemand winkte ihnen zu. Laura kniff die Augen zusammen, dann erkannte sie die Gestalt. »Helen, Emma? Ich glaube, Mrs. Mandell möchte etwas von euch.«

Die zwei wandten sich um, ohne die Jungs loszulassen. Mrs. Mandell hob eine Hand, deutete nach oben, nach vorn, und beschrieb dann eine Schleife in der Luft, mit der Laura nichts anfangen konnte.

Emma wuschelte Jeremy erneut über den Kopf. »Sie meint dich, Laura.«

»Mich?« Laura fragte sich, woran sie das festmachte, schließlich standen sie alle recht nah beieinander. »Woher weißt du das?«

»Sie hat für jeden von uns eine eigene Geste. Die gerade bedeutete *Gast*. Und weil Mrs. Mandell dazu nach oben zeigt, denke ich, dass es etwas mit Onkel Jeevan zu tun hat.«

»Geht es ihm denn besser?« Laura wandte sich zu Helen um, aber die hob lediglich die Schultern.

»Bisher wissen wir von nichts, wobei das die schönste Neuigkeit des Tages wäre.« Ein Leuchten erschien auf ihrem Gesicht, sanft und verhalten, so wie alles an ihr. Helen war niemand, der seine Gefühle nach außen trug oder große Gesten liebte, aber wenn man aufmerksam war, wusste man schnell, wie es in ihr aussah. »Wenn er erst mit dir reden möchte, dann hat Mrs. Mandell ihm sicher Agathas Fotos gezeigt.«

Agathas Fotos! Laura dachte an die alte Geschichte, an die Tragik dahinter, und auf einmal war sie aufgeregt. So groß waren manche Schicksale; sie rissen die Menschen auch Jahrzehnte später noch mit. Wie war es wohl, wenn man Teil davon war? Wie würde sich Agatha fühlen, wenn sie wüsste, dass Laura in den kommenden Minuten Jeevan kennenlernte?

Vermutlich würde sie mir den Kopf abreißen und mir sagen, dass sie lieber ihren Tag mit einem Dutzend brummiger Teenager verbringen würde als zuzulassen, dass jemand seine Nase so tief in ihre Angelegenheiten steckt, wie ich es soeben tue.

Ihre Finger wurden kalt, und Laura schob sie in die Taschen ihrer Jacke. »Mrs. Mandell«, sagte sie und zwang sich zu einem Lächeln, als sie die Haushälterin erreichte, die sich nicht vom Fleck gerührt hatte. »Sie wollten mich sprechen? Geht es um Mr. Raje?«

Ein knappes Nicken, gefolgt von einer Geste, die bedeutete, ihr zu folgen. Mrs. Mandell wandte sich mit der Zackigkeit eines Feldwebels um und hielt auf das Haus zu.

Laura hoffte, nicht auf Dev zu treffen. Zwar vermutete sie, dass Mrs. Mandell seine Unhöflichkeit nicht dulden würde, aber sie musste sich jetzt darauf konzentrieren, was sie sagen sollte. Warum hatte sie sich nicht besser vorbereitet? Ihr Herz schlug schneller, und sie zupfte an einem Faden, der sich aus dem Saum ihrer Hose gelöst hatte.

Sei nicht albern, Laura, es ist schließlich kein Vorstellungsgespräch!

Mittlerweile hatten sie die Treppe erreicht. Ihre Schritte verursachten kaum einen Laut. Auf einmal war die Welt zart und leicht, ohne störende Geräusche darin.

Am oberen Treppenabsatz strich sich Mrs. Mandell die Schürze glatt. Mit ihrem schwebenden Gang lief sie den Flur entlang, der mit gerahmten Bildern und wenigen Dekomöbeln so aussah wie die anderen Zimmer von Crane Place. Der einzige Unterschied bestand in den üppigen, winterlichen Gestecken, die in regelmäßigen Abständen aufgestellt worden waren. Laura zählte die Türen – zwei rechts, eine links, massig mit geschwungenen Messingklinken. Am Ende des Gangs blieb Mrs. Mandell stehen und nickte Laura zu, ehe sie zweimal fest anklopfte. Anschließend drückte sie die Klinke nach unten. Sie machte keine Anstalten einzutreten, und Laura begriff, dass dieses Gespräch nur ihr und Jeevan gehören würde. Da war es wieder, das Herzklopfen. Sie spürte es bis in die Fußsohlen, als sie mit den Lippen einen Dank formte und dann, endlich, das Zimmer des Hausherrn von Crane Place betrat.

Es war riesig, sicherlich doppelt so groß wie ihres, mit einer Tür, die zum Badezimmer führen musste.

Laura ging zögernd weiter, vorbei an einer Sitzecke aus dunklem Holz und gestreiften Überzügen sowie einem Sideboard, auf dem sich Ziergegenstände sowie Bücherstapel aneinanderreihten. Auf der gegenüberliegenden Seite des Zimmers reichten Regale bis zur Decke. Im hinteren Bereich waren die Vorhänge vor den riesigen Fenstern halb zugezogen; in einer Ecke schimmerte eine Standlampe. In den roten und weißen Kissen lag eine Gestalt.

Laura zuckte zusammen, als der Boden unter ihr knarrte. Es kam ihr unnatürlich laut vor. »Mr. Raje?«

Etwas bewegte sich in dem Bett. Eine Hand?

»Kommen Sie bitte näher.« Die Stimme war leise, aber klar.

Sie lief schneller. Neben dem Bett stand ein Nachtschränkchen, das beinahe Schreibtischausmaße besaß und mit Schüsseln, Medikamenten sowie einem Tablett mit Tee und kleinen Kuchen vollgestellt war.

Im Bett lag Jeevan Raje. Es bestand kein Zweifel daran, dass es sich um den Mann aus Agathas Erzählungen handelte: das kantige Gesicht, die dichten, zur Seite gekämmten Haare, in die sich weiße Strähnen gemischt hatten und die sonst noch erstaunlich dunkel waren, die ebenso dichten und nun buschigen Brauen über von unzähligen Falten umkränzten Augen, die trotz Krankheit hellwach leuchteten. Auf den ersten Blick wiesen lediglich Jeevans Lippen darauf hin, dass etwas nicht stimmte – sie waren schmal und hatten sich bläulich verfärbt. Kinn und Wangen waren glatt, wenn auch schlaff, und Laura fragte sich, wer ihn wohl rasierte.

Jeevan hob eine Hand. Die Finger zitterten, und Laura nahm sie rasch in ihre. »Ich bin Laura Nicolai. Vielen Dank, Mr. Raje, dass Sie sich Zeit für mich nehmen.«

Sein Blick wanderte zur Seite. Sie begriff und zog sich einen Sitzhocker heran. Es gab noch einen schweren Sessel, in dem sie allerdings halb verschwinden würde.

Jeevan ließ die Hand wieder sinken; eine kraftlose Bewegung. »Ich muss Ihnen danken, Frau Nicolai. Sie sind hergekommen, um mir zu sagen, dass Agatha Ford noch immer auf derselben Erde wandelt wie ich.« Er sprach leise, so als würde er sich seine Kraft einteilen.

»Bitte, nennen Sie mich Laura.«

Sein Adamsapfel bewegte sich in seinem Hals. »Sehr gern, wenn Sie mir dieselbe Ehre erweisen und mich mit meinem Vornamen anreden.« Seine Art, sich auszudrücken, hatte etwas Altertümliches, aber auf eine liebenswürdige Weise. Laura mochte seinen Akzent, einen harmonischen, angedeuteten Singsang. Schon jetzt hörte sie ihm gern zu. Wie es wohl damals gewesen sein musste, als er noch ein junger Mann gewesen war? Sicher war Agatha nicht die einzige Frau, die – obwohl sie es niemals zugeben würde – ihr Herz an ihn verschenkt hatte.

»Abgemacht. Ich danke Ihnen. Und ich hoffe, dass es Ihnen nicht zu schlecht geht für ein Gespräch, Jeevan. Ich kann auch gern später wiederkommen. Mein Wagen ist in der Werkstatt, und ich werde sicher noch eine Weile auf Crane Place bleiben. Ich meine ... wenn Sie damit einverstanden sind.«

Er verzog die Lippen und atmete langsam durch die Nase aus – seine Version eines Lachens. Mehr durfte sich sein geschwächter Körper nicht erlauben. »Die gute Mrs. Mandell hat es mir berichtet. Ich bin leider an mein Bett gefesselt, aber ich erfahre alles, was auf diesem Grundstück vor sich geht.«

»Oh.« Laura wusste nicht so recht, was sie sagen sollte. Sie hoffte, dass es Jeevan nicht zu sehr aufgeregt hatte.

»Als Erstes möchte ich mich für meinen Neffen entschuldigen. Das ist nicht die Art, wie wir hier in England Gäste behandeln. Erst recht nicht diese Familie. Aber Dev hatte keine leichte Kindheit, und so sehr ich auch versucht habe, ihm seine Probleme zu nehmen oder sie auszugleichen ... er war ein schwieriger Junge.« Er schloss die Augen, als hätte die lange Rede ihn erschöpft.

»Es tut mir leid, dass Ihre Schwester verstorben ist.«

Jeevans Lächeln kehrte zurück, dann schlug er die Augen wieder auf. »Manchmal kann ich Malati in ihm erkennen. Er hat nichts von ihrer Sanftheit geerbt, aber ihre Haltung und die Art, wie er den Kopf neigt, wenn er über etwas nachdenkt. Ich bin ihm nicht gerecht geworden, und er weiß es. So lange Zeit habe ich versucht, ihm die Mutter zu ersetzen, aber ich bin leider nur ein Mann.« Sein Gesicht verzog sich. Es war keine kokette Bemerkung. Jeevan meinte jedes Wort genauso, wie er es sagte.

Es machte Laura auf eine Weise traurig, mit der sie niemals gerechnet hatte. Sie konnte sich nicht vorstellen, Mitgefühl mit Dev zu haben. Aber es musste schwer sein, ohne seine Mutter aufzuwachsen und nur einen Onkel als Familie zu haben, der permanent arbeitete, um sich selbst und seinen Neffen zu ernähren. Der nie die nötige Zeit aufbringen konnte, selbst wenn er es wollte.

Laura beugte sich vor und unterdrückte den Impuls, nach Jeevans Hand zu greifen. »Was ist passiert? Mit Malati?«

Er schloss die Augen. »Entschuldigen Sie, wenn ich egoistisch das Thema wechsle und Ihre Frage erst später beantworte. Aber bitte berichten Sie mir von Agatha. Was hat sie Ihnen erzählt? Wie geht es ihr? Ist sie gesund?«

»Es geht ihr gut. Sie lebt in Wiesbaden, in Deutschland.« Seine Gesichtszüge entspannten sich, aber er schwieg. »Sie heißt mittlerweile Agatha Sperlich. Ihr Mann ist vor einiger Zeit gestorben.«

Nun öffnete er die Augen wieder. »Sie lebt allein?«

»Ja. Sie besitzt ein sehr hübsches Haus.«

Jeevan wirkte besorgt. »Ist sie glücklich? Ich kann mir Agatha nicht allein in einem Haus vorstellen. Sie war stets so voller Leben, und sie musste es mit anderen teilen, da sie sonst vor Energie übergesprudelt wäre.«

War Agatha glücklich? Eine gute Frage. Laura wusste es nicht – Agatha war zu geübt darin, niemanden hinter ihre Fassade blicken zu lassen.

Doch sie wollte Jeevan keine Sorgen bereiten. Und da er zuvor das Thema gewechselt hatte, konnte sie das ebenfalls tun. »Agatha hat mir erzählt, wie Sie sich kennengelernt haben. Von Ihrem Job bei *Ludlow's* und …« Sie suchte nach Worten, die nicht zu persönlich waren. »Davon, dass sie nach London gefahren ist, um Sie beide zu besuchen, und dass Malati da bereits schwanger war. Sie hat gesagt, danach hat sie Sie nur noch einmal wiedergesehen.«

Jeevans linkes Lid zuckte, und seine Finger krümmten sich um die Bettdecke. »Ich erinnere mich noch genau an jenen Tag. Agatha trug ein hellgrünes Kleid. Sie war so wunderschön. Nach ihrem Besuch haben wir noch eine Weile Briefkontakt gehalten.« Seine Worte wurden leiser, als würde er in diese Vergangenheit abdriften.

Laura beugte sich vor. »Was ist damals passiert?«

Seine Finger krümmten sich weiter, hielten sich an der Decke fest. Die Falten in seinem Gesicht vertieften sich, und dann wandte er ihr seinen Kopf so ruckartig zu, als hätte er zuvor Kraft für diese Bewegung gesammelt. »Der Nebel.«

Jeevan

19

London, 5. Dezember 1952

Mr. Ludlow war in Panik. Das reine Stresslevel hatte er bereits vor einer halben Stunde hinter sich gelassen, und nun flackerte etwas in seinen Augen, das ihn seltsam ohnmächtig erscheinen ließ.

»Jeevan.« Es klang wie ein Hilferuf. »Jeevan, du musst anrufen, wenn die Teelieferung nicht rechtzeitig ankommt.« Er blickte nur kurz auf, um sich dann wieder seinen Manschettenknöpfen zu widmen. Das helle Hemd aus Nylonstoff knisterte, seine Hände zitterten.

»Sie ist bereits heute Morgen eingetroffen«, sagte Jeevan in dem ruhigen Ton, den er früher beim Zirkus stets den Elefanten gegenüber angeschlagen hatte. Er hatte seinen Boss direkt informiert, nachdem er die neuen Bestände kontrolliert und alles in die Unterlagen eingetragen hatte, aber die Nervosität musste die Information aus Mr. Ludlows Kopf gelöscht haben.

Seit einem halben Jahr lebte sein Chef in Trennung von seiner Frau, was ihm von Woche zu Woche mehr zusetzte. In den vergangenen Monaten waren ihm zunehmend Fehler unterlaufen. Zum Glück gestand er sie ein und nutzte seinen Status nicht aus, um sie zu vertuschen oder gar jemand anderen dafür in die Verantwortung zu nehmen. Er hatte seinem Angestellten immer mehr Aufgaben übertragen.

Jeevan hatte sich nicht beschwert, sondern alles, was er lernte, begierig aufgesogen. Mittlerweile hielt er den Kontakt mit den Lieferanten und erstellte Mr. Ludlow im Anschluss eine Übersicht seiner Vorschläge für kommende Bestellungen, die dieser in beinahe allen Fällen absegnete. In dieser Zeit lernte er mehr über das Geschäft und die wundervolle Vielfalt der Teesorten, als er jemals zu träumen gewagt hätte.

Vergangene Woche hatte sich Mr. Ludlows Blatt gewendet: Ein Anruf seiner Frau hatte ihn zunächst bleich, dann rot vor Aufregung werden lassen. Anscheinend zog sie es in Betracht, ihm eine zweite Chance zu geben, und heute durfte er sie zum Essen ausführen.

»Heute Morgen?« Mr. Ludlow nestelte am zweiten Manschettenknopf und zupfte an seinem Kragen. »War alles in Ordnung?«

Jeevan strahlte ihn an, während er die Silbersterne des Weihnachtsschmucks richtete. »Mehr als das. Die Plantage in Idukki macht sich hervorragend. Es war eine gute Entscheidung, mit dem Geschäft umzuziehen und sich zu spezialisieren, Mr. Ludlow. Ein solch qualitatives Angebot gehört in eine Gegend wie diese.« Er hörte selbst, wie sehr der Stolz seine Stimme schwingen ließ. Der Tee dieser Plantage war ein echter Geheimtipp und wäre in der Parfett Street eine Verschwendung gewesen. Nicht, weil ihn die Menschen dort nicht wertschätzten, sondern weil er einfach zu teuer war und im Laden verstauben würde, bis sich das Aroma verflüchtigte. Dennoch war das Geschäft so gut gelaufen, dass Mr. Ludlow den Sprung in die Nähe der City of London gewagt hatte. Mit Jeevans Hilfe hatte er die Veränderung des Sortiments sorgsam geplant, nachdem er ein gutes Angebot für Räumlichkeiten in der Milton Street bekommen und zugegriffen hatte. Bereits von außen machte das Geschäft etwas her; die großen Schaufenster boten einen guten Blick auf die Auslagen im Inneren. Dort hatte Jeevan das dunkle Holz poliert. Mr. Ludlow hatte die Lampen so angebracht, dass sie warmes Licht in jeden Winkel des Ladens warfen. Die deckenhohen Regale an den Wänden sowie die kleineren, die den Raum aufteilten, waren ebenfalls aus dunklem Holz und in gutem Zustand. Besonders stolz war Jeevan jedoch auf die sanft geschwungene Theke und die beigefarbene Kasse mit den runden Tasten.

Sie stellten sich nun nicht mehr breit auf, sondern boten ausschließlich Tee an. Seitdem zählten viele Liebhaber zu ihren Kunden, die bereit waren, gutes Geld im *Ludlow's* zu lassen.

Bereits jetzt träumte Jeevan von weiteren Entwicklungen in der Zukunft, vor allem in Bezug auf das Sortiment. Beispielsweise von einer Auswahl weißer Tees, dem Getränk der Könige, mit den sorgfältig handgerollten Blättern. Seit einigen Tagen boten sie zwei aromatisierte Schwarztees als Winter- und Weihnachtsedition an, und sie liefen hervorragend.

»Gehen Sie ruhig, Boss.«

Mr. Ludlow hielt inne, und endlich schien er sich ein wenig zu entspannen. »Es tut mir leid, Jeevan. Aber ich bin so nervös wegen Irene.«

»Sie werden einen wunderschönen Tag mit ihr verbringen, ich kümmere mich hier um alles«, sagte Jeevan und rückte einige Tassen gerade. »Vergessen Sie die Pralinen nicht. Sie liegen auf der vorderen Lagertheke. Ich habe sie in Papier eingeschlagen.«

Er sah aus dem Fenster. In den vergangenen Tagen waren die Temperaturen noch einmal gesunken. Die Straße war nur schemenhaft zu erkennen, was vor allem an dem Nebel lag, der bereits heute früh zaghaft über dem Kopfsteinpflaster gewabert hatte. Kurz kehrte die Sorge um Malati zurück. Sein Lohn hatte sich etwas erhöht, seit er angefangen hatte, für Mr. Ludlow zu arbeiten, und dann war da noch diese zusätzliche Summe, die ihm jedes Mal die Schamesröte ins Gesicht trieb. Mr. Ludlow hatte beim ersten Mal, als sich mehr Geld als abgesprochen in Jeevans Lohntüte befunden hatte, nur wenige Worte dazu gesagt. Dass es von der Familie Ford aus Witney stammte und Jeevan sowie seine Schwester unterstützen sollte. Aber ihm war dabei ebenso unwohl gewesen wie Jeevan selbst, und seitdem herrschte zwischen ihnen die stillschweigende Übereinkunft, das Thema ruhen zu lassen.

Jeevan legte die zusätzliche Summe jedes Mal sorgfältig beiseite. Es war weder sein noch Malatis Geld. Was blieb, war der reguläre Lohn, mit dem er nun drei Mäuler stopfen musste. Es reichte, wenn auch knapp. Jeden Tag schmerzte sein Herz bei dem Gedanken, dass er Malati keine bessere Unterkunft bieten konnte. Aber sie wäre die Erste, die ihm Vorwürfe machen würde, sollte er das Geld der Fords anrühren. Sie beklagte sich nie, und jetzt, da Dev auf der Welt war, funkelte das Glück hell in ihren Augen.

Trotzdem sorgte er sich. Mrs. Walpole, seine neue Vermieterin, hatte es so arrangiert, dass Malati jeden Tag Zeit in ihrer Küche verbringen konnte, wo sie den Kleinen stillte. Aber was waren schon wenige Stunden am Tag gegen ein

Zimmer, in dem der eine oder andere nicht in den Schlaf fand und selbst in der Nacht plapperte, bis Dev aufwachte und quengelte?

Mr. Ludlow seufzte lautstark und riss ihn aus seinen Gedanken. »Hoffentlich wird das draußen nicht wieder so eine Erbsensuppe. Das habe ich schon gestern Abend gedacht. Ich möchte einen schönen Tag für mich und Irene.«

»Den werden Sie haben.« Die Türglocke klingelte und ließ zwei Frauen ein, die sich angeregt unterhielten. »Viel Spaß, Boss, ich muss mich um unsere Kundinnen kümmern.« Er zupfte sein Hemd zurecht, obwohl es makellos saß. Die Damen schienen ihn gehört zu haben und bedeuteten ihm, sich erst in Ruhe umsehen zu wollen.

Mr. Ludlow musterte seinen Angestellten. »Jeevan, meine gestrige Bemerkung war ernst gemeint. Du hast ein gutes Händchen für Tee, und ich würde es gern sehen, wenn du an meiner Stelle reist und dich vor Ort um neue Kontakte kümmerst. Wir werden über eine Beteiligung für dich reden. Es wäre gutes Geld.«

Ja, das wäre es, vor allem jetzt. Mit Mr. Ludlows Angebot eröffneten sich ihm neue Möglichkeiten. Er würde vielleicht für sich, Malati und den kleinen Dev eine eigene Wohnung suchen können. Aber konnte er die zwei wirklich allein hier in London lassen, wenn er auf Reisen war?

»Ich verspreche Ihnen, dass ich über dieses Angebot nachdenken werde. Ich muss das mit meiner Schwester durchsprechen.«

»Ah!« Mr. Ludlows Gesicht erhellte sich. »Wie geht es denn Mutter und Kind?«

»Wunderbar.« Jeevan behielt sein Lächeln, auch wenn jede Silbe dieser Frage ihm einen Stich verursacht hatte. In

Devs Fall stimmte es. Er war ein kräftiger Säugling mit einer lauten Stimme, die er aber nur nutzte, wenn er sehr hungrig war – zum Glück, da Mrs. Walpole ihn und Malati sonst möglicherweise vor die Tür gesetzt hätte. Malati allerdings hatte sich noch immer nicht ganz erholt. Die Geburt war schwierig gewesen und sie viel zu schmal und zart, und selbst jetzt, viele Monate später, hatte sie ihre Kräfte noch nicht zurückerlangt. Jeevan tat, was er konnte, brachte ihr heiße Suppe, kaufte ihr frisches Obst und steckte Jamira, einer der anderen Mieterinnen, etwas Geld zu, damit sie ein Auge auf Malati hatte. Mehrmals hatte er sie bereits aufgefordert, mit ihr ins Krankenhaus zu gehen oder eine der Hebammen zu sehen, die in die Häuser kamen, aber Malati hatte zu große Angst davor. »Wenn sie mitbekommen, wie wir leben, werden sie sagen, dass es nicht gut genug ist für ein Baby«, beteuerte sie immer wieder. »Und dann nehmen sie ihn mir weg.«

Die Geschichten, die abends in der Ming Street die Runde machten, trugen nicht dazu bei, Malati zu beruhigen. Mindestens zwei Frauen hatten von Kindern erzählt, die von einer Untersuchung im Krankenhaus niemals zurückgekehrt waren.

»Jeevan?« Mr. Ludlow berührte ihn am Arm. »Alles in Ordnung?«

»Natürlich. Ich werde heute Abend ab- und morgen pünktlich aufschließen. Grüßen Sie Ihre Frau.«

»Das mache ich. Bis morgen.« Mr. Ludlow hob eine Hand zum Abschied, und Jeevan wandte sich zu den Kundinnen um, die soeben die Aufmachung der Regale bestaunten und mit den Fingern über die Porzellanblüten strichen, die er dort platziert hatte.

Er war so sehr in seine Arbeit vertieft, dass er erst nach einer Weile merkte, wie schlecht er die Schrift auf den Etiketten entziffern konnte. Stirnrunzelnd blickte er auf – die Tür zum Verkaufsraum stand offen. Normalerweise genügte das, um ausreichend Licht in den vorderen Bereich des Lagers fallen zu lassen.

Jeevan warf einen raschen Blick auf die Uhr. Es war erst kurz nach drei. Bald würde die Dämmerung einsetzen, aber noch war es viel zu früh. Parkte etwa ein Lieferwagen vor dem Schaufenster und nahm dem *Ludlow's* das Licht? Er trat in den Verkaufsbereich. Die Umrisse von Straße und Häusern waren schlecht zu erkennen, und die Weihnachtsdekorationen in den Läden gegenüber glitzerte tapfer gegen das Dämmerlicht an.

Jeevan trat näher heran und wischte mit einem Unterarm über die Scheibe, als wäre sie schmutzig. Der Nebel hatte zugenommen und tauchte die Umgebung in einen gelblich-düsteren Schleier.

Das war nicht gut. Nebel war für ihn als Londoner nichts Neues, aber er hatte ohnehin Probleme, Malati bei seinen Besuchen nach Feierabend zu einem Spaziergang zu überreden, und heute würde sie sich zurecht sträuben. Der Dunst dort draußen war nicht gut für ihre Lunge, besser also, sie blieb in warme Decken gehüllt im Haus. Er würde ihr eine Suppe bringen, mit Dev spielen und zusehen, wie sein Neffe die Fingerchen um alles schloss, was er greifen konnte.

Jeevan richtete sich auf, als die Türglocke bimmelte. Zwei Damen huschten ins *Ludlow's* und schlossen die Tür hinter sich, als wären sie auf der Flucht.

»Meine Güte!« Die größere trug einen beigefarbenen Hut zu ihrem Mantel im Karomuster. »Das da draußen wird ja von Minute zu Minute schlimmer.« Sie wischte sich über die Wange und betrachtete mit gerunzelter Stirn ihren hellen Handschuh, ehe sie die Fingerspitzen aneinanderrieb.

Die andere, so klein und rundlich, dass ihre Handtasche wirkte wie eine Miniaturausgabe ihrer selbst, zupfte an ihrem Haar. »Ja, das ist heute wieder eine schlimme Brühe. Aber das haben wir ja jeden Winter, Mary.«

»Ich weiß nicht.« Mary fuhr sich durch die Haare und schüttelte sich leicht, als wollte sie etwas loswerden. »Es riecht dieses Mal auch so komisch, findest du nicht? Was meinen Sie, Mr. Raje?« Sie lächelte Jeevan zu.

Erst jetzt fiel ihm ein, dass er sie bereits einmal bedient hatte. Marys Freundin, deren Name ihm entfallen war, hatte kurz nach der Neueröffnung Unmengen an Tee als Geschenk für ihre Verwandten erstanden, die auf dem Land lebten.

»Ich habe das *Ludlow's* seit heute am frühen Morgen leider noch nicht verlassen, die Damen«, sagte er und deutete eine Verbeugung an, was die meisten der weiblichen Kundinnen in Entzückung versetzte. »Aber ich freue mich, Sie wieder begrüßen zu dürfen. Suchen Sie etwas Bestimmtes?«

Auf Marys Lippen zeichnete sich ein Lächeln ab. »Um ehrlich zu sein, sind wir eher hierher geflüchtet. Ich wollte etwas Angenehmeres riechen.«

»Aber wenn wir schon einmal hier sind …« Ihre Freundin blickte sich um. »Haben Sie neue Sorten, die Sie uns empfehlen können?«

»Ich wäre ein schlechter Geschäftsmann, wenn ich verneinen würde«, sagte Jeevan und forderte beide Frauen mit einer eleganten Geste auf, ihm zu folgen. Er führte sie an das große Teeregal, weg von dem Schaufenster, wo die Konturen immer stärker vom Nebel weggeschmolzen wurden. In der Bewegung betätigte er den Lichtschalter. Der Raum wurde in orangefarbenen Schimmer getaucht, der nicht nur das Dämmerlicht verscheuchte, sondern auch die bedrückende Stimmung. »Ich habe einen Lady Grey im Angebot, der mit einer ansprechenden Mischung aus Zitrusfrüchten und Bergamotte versetzt ist. Eine leichte, elegante Sorte für jene, denen der Earl Grey zu schwer ist, und zudem passt sie hervorragend in die Winterzeit.« Er öffnete eine Dose und hielt sie den Damen entgegen. Mary griff danach, atmete tief ein und schloss genießerisch die Augen. »O ja«, murmelte sie. »Das ist schon viel besser.« Sie reichte die Teedose an ihre Freundin weiter. »Davon nehme ich etwas.«

»Sehr gern.« Während er den Deckel locker auf die Dose legte, um sie zur Waage zu tragen, fiel sein Blick auf Marys Handschuhe. Sie waren an den Fingerspitzen dunkel verfärbt.

Der Geruch war Jeevan bereits vor einer ganzen Weile aufgefallen. Er war so, wie seine Kundinnen ihn beschrieben hatten: stechend, säuerlich, und er erinnerte an Ammoniak. Für einen Freitagnachmittag war der Betrieb eher ruhig gewesen, doch jeder, der seinen Weg ins *Ludlow's* fand, redete vom Nebel, von seiner gelblichen Färbung, der ungewöhnlichen Dichte und dem schmierigen Gefühl, das manche auf der Haut zu spüren glaubten. Aber mehr noch: Er war so dicht, dass er Londons Verkehr zum Erliegen brachte. Fahrzeuge standen still, da die Straßenbegrenzungen nicht mehr zu erkennen waren. Busse wurden von Männern zu Fuß durch die Blechschlangen geführt, die sich überall gebildet hatten. Der Londoner Airport hatte den Flugverkehr bereits im Laufe des Vormittags eingestellt. Der Nebel hatte es geschafft, die Hauptstadt innerhalb eines halben Tages stillzulegen. In den Nachrichten war die Rede davon, dass er einige Tage anhalten würde, und man sprach von einem Sturm über London, obwohl sich in den Straßen kein Lüftlein rührte.

Seit dem Nachmittag war die Sicht immer schlechter geworden. Mittlerweile sollte Jeevan die Straßenlichter erkennen, aber das dort draußen war wie eine Wand, die jeden verschluckte, der waghalsig genug war, durch seine Tür zu treten.

Was er in den kommenden Minuten tun würde. Das »Geschlossen«-Schild hing bereits im Fenster, wobei Jeevan bezweifelte, dass irgendjemand es lesen konnte. Er hatte aufgeräumt, die Theke, die Waagen und das Zubehör abgewischt, gefegt und im Lagerraum alles geordnet, was er für den morgigen Samstag benötigte. Nun musste er nur noch abschließen.

Er hoffte, dass sich der stechende Geruch nicht im Inneren verfangen würde. Geruch und Geschmack waren untrennbar miteinander verbunden, und die angenehme, sanfte Stimmung im Laden wurde unter anderem durch den Duft der Tees erzeugt. Er hatte sicherheitshalber noch einmal sämtliche Dosen im Verkaufsraum kontrolliert, aber sie alle waren fest verschlossen.

Kurz ehe er die Tür erreichte, bewegte sich etwas zu seinen Füßen. Abrupt blieb er stehen und erwartete im ersten Moment, eine Kakerlake oder Ratte zu sehen. Doch dies war eine gute Gegend. Zudem legten er und Mr. Ludlow größten Wert auf Sauberkeit. Dann blinzelte er und bemerkte, dass die Bewegung noch immer da war und mit dem

Licht zusammenhing. Jeevan verengte die Augen und trat einen Schritt beiseite, sodass er keinen Schatten auf den Bereich warf. Und da begriff er. Nebelschwaden. Sie quollen durch den haarfeinen Schlitz zwischen Tür und Boden und waberten in der Luft. Es war ein unheimlicher Anblick. Langsam ging Jeevan in die Hocke und schnupperte. Ja, da war er, der eigentümliche Geruch, der sich heute im *Ludlow's* immer dann verstärkt hatte, wenn neue Kundschaft eingetroffen war. Er fuhr sich mit einer Hand über das Gesicht, stand wieder auf, legte eine Hand auf den Griff, drückte ihn nach unten und stieß die Tür auf.

Draußen herrschte eine eigentümliche Stille; der Nebel schluckte einen Großteil des Londoner Lebens. Jeevan starrte auf die Dunstwand, die wirklich so dicht war, als hätte jemand eine Mauer vor dem Eingang errichtet. Unwillkürlich atmete er flacher, und dann schlug er die Tür wieder zu und schloss energischer ab als nötig.

Das dort draußen war nicht normal. Zu dicht, zu beißend. Er musste so schnell wie möglich zu Malati und dem Kleinen.

Unschlüssig blickte er sich um, eilte dann in den Lagerraum, tränkte mehrere Tücher mit Wasser und legte sie vor die Tür, damit der schmale Spalt, den man mit bloßem Auge kaum sehen konnte, abgedeckt wurde. Er ging ins Lager, schloss die Verbindungstür, nahm Schal, Jacke und seine Mütze und trat durch den Hinterausgang nach draußen. Auch hier platzierte er mehrere Tücher in der Hoffnung, dass sie am folgenden Tag noch dort sein würden und das Innere vor dem Nebel und seinen Gerüchen schützten. Rasch zog er sich an und schlug den Kragen der Jacke hoch. Er dachte an die verschmutzten Handschuhe der Kundin vom Nachmittag und strich sich unwillkürlich über die Wange. Fühlte es sich wirklich so an, als wäre sie von einer hauchzarten, stumpfen Schicht bedeckt, oder bildete er sich das nur ein? Sein Fahrrad musste er hinter dem Laden stehen lassen, bei den Sichtverhältnissen würde er sonst nur einen Unfall bauen.

Langsam lief er los. Mit jedem Schritt schälten sich mehr und mehr Konturen heraus. Noch immer war es ungewöhnlich still; der übliche Feierabendverkehr hatte sich der Tatsache gebeugt, dass Fahrten bei der Sicht unmöglich waren. Selbst die Straßenbeleuchtung war immer erst zu erkennen, wenn man in ihre Nähe kam, und so arbeitete sich Jeevan von Laterne zu Laterne vor. Es war eiskalt, und er schob die Hände tief in die Taschen. Mittlerweile kannte er die Abkürzungen und Querstraßen auf dem Weg zur Ming Street. Zum ersten Mal zählte er seine Schritte. Nach kurzer Zeit musste er die Hände zur Hilfe nehmen, da er oftmals nicht sah, ob sich etwas vor ihm befand. Es war seltsam und unangenehm, mit ausgestreckten Armen durch die Gegend zu laufen, und wenn andere Fußgänger ihm nahe genug kamen, sodass sie sich gegenseitig erkennen konnten, ließ er die Hände stets peinlich berührt sinken.

Die Stadt hatte sich verwandelt, war eine andere geworden, und Jeevan wollte nicht riskieren, auch von dem mysteriösen Nebel verschluckt zu werden.

Obwohl er die Gegend gut kannte, fand er sich zweimal an Stellen wieder, die ihm zunächst fremd erschienen, bis er sich endlich orientieren konnte – und begriff, dass er zuvor falsch abgebogen war. Der Nebel drückte auf seinen Brustkorb. Jeevan hustete und widerstand dem Drang, auf den Boden zu spucken. Ein ekelhafter Geschmack hatte sich in seinem Mund ausgebreitet, und nach einer Weile zog er sich den Schal bis zur Nase.

Er war nicht der Einzige, dem es so ging. Ein Teil der Menschen, die zu Fuß unterwegs waren, hustete oder hielt sich Tücher vor die untere Gesichtshälfte. Manche liefen gebeugt. Hin und wieder wurden Geräusche von Automotoren laut, langsam, da sich die Leute nicht trauten, die Schrittgeschwindigkeit zu überschreiten. An einem Wagen war das Fenster heruntergelassen, da der Fahrer vermutlich hoffte, sich auf diese Weise besser zu orientieren. Als er Jeevan bemerkte, fragte er ihn, ob er wisse, wo er sich befände, und klang verwirrt und gestresst.

Wo die Straßen nicht leer waren, stand der Verkehr still, Stoßstange an Stoßstange. Manche Fahrzeuge waren verlassen. Die Umrisse der Doppeldeckerbusse erhoben sich über die anderen und bewegten sich ruckartig weiter. Leute riefen, gaben Anweisungen, und eine Gruppe Mütter mit Kindern hatte eine Kette gebildet, in der sich alle an den Händen hielten, um nicht verloren zu gehen. Jeevan presste sich an eine Häuserwand und zählte fünfzehn Menschen. Er war froh über jeden Kontakt an diesem gespenstischen Tag; es lenkte ihn kurzzeitig ab. Denn seine Sorge wuchs mit jeder Sekunde. Zwar gab es keinen Grund für Malati, bei diesem Wetter das Haus zu verlassen, aber dennoch hatte er das Gefühl, auf eine Weise zu spät zu kommen, die er noch nicht verstand.

Er schickte ein Stoßgebet zum Himmel, als er endlich Mrs. Walpoles Haus erreichte. Die Tür war bereits abgeschlossen, aber er kam häufig nach der Arbeit vorbei, also klopfte er zunächst drei- und dann noch zweimal, so wie es mit der Hausbesitzerin abgesprochen war.

Er hörte Mrs. Walpole husten, lang ehe sie öffnete. Das war an sich nichts Ungewöhnliches, nur klang es heute intensiver, alarmierender, ohne lange Pausen zum Luftholen dazwischen.

»Ah, Mr. Raje. Sie kommen aber spät.« Mrs. Walpoles Gesicht wurde von der Deckenlampe beleuchtet und wirkte im Nebel seltsam hager. Sie hatte ihre Haare auf Wickler gedreht und trug bereits einen Morgenmantel.

Jeevan zog seine Mütze vom Kopf, und der Stoff fühlte sich stumpf an. »Es tut mir leid, jetzt noch zu stören«, sagte er und neigte kurz den Kopf. »Aber die Sicht in den Straßen ist schlecht, ich bin nur langsam vorangekommen.«

Sie kniff die Augen zusammen, dann drehte sie sich zur Seite und hustete. Wie ein Echo hallte das Geräusch aus dem oberen Stockwerk wider, und zwar aus mehreren Kehlen. Jeevans eigene zog sich zusammen.

»Keine Sorge«, sagte Mrs. Walpole, nachdem sie sich mit dem Handrücken über den Mund gefahren war und seinen Blick offenbar bemerkt hatte. »Sie ist nicht oben. Ich kann ja ein Kind bei der Suppe nicht im großen Zimmer lassen. Das Teufelszeug kriecht durch jede Ritze. Nur in meiner Küche ist es einigermaßen klar. Und nun kommen Sie schon rein, ehe wir hier gar nichts mehr sehen!« Sie zog ihn ins Innere, ehe sie die Tür zuknallte und sich auf den Weg zu ihrer Wohnung machte.

Jeevan folgte ihr. Beim Anblick des Hausflurs mit seinen Tauben, die durch Löcher im oberen Dach schlüpften, zog sich sein Herz zusammen. Seine Vermieterin hatte nicht übertrieben: Der Nebel hing in jeder Ecke, wie ein Eindringling, der die Stadt eingenommen hatte und nicht mehr hergeben wollte. Mrs. Walpole drückte die Tür auf und winkte ihn ungeduldig herein. Nachdem er seine Schuhe abgestreift hatte – denn im Gegensatz zum Hausflur hielt Mrs. Walpole ihre Wohnung sauber –, folgte er ihr in die Küche. Augenblicklich spürte er die Kälte durch seine Fußsohlen kriechen, aber da er darauf zu dieser Jahreszeit stets vorbereitet war, hatte er ein weiteres Paar Socken dabei. Immerhin war hier wirklich keine Spur des Nebels zu sehen. Er roch ihn nicht einmal mehr, aber vermutlich war das auch unmöglich, nachdem er mitten hindurchgestolpert war.

Malati saß zusammengesunken auf einem Stuhl in einer Ecke der Küche und hielt Dev in den Armen. Zu Jeevans Erleichterung war es angenehm warm, und der Geruch nach Essen lag in der Luft. Sein Magen knurrte, und kurz dachte er an das Sandwich, das sich noch in seiner Arbeitstasche befand.

»Ich kann Sie nicht beide durchfüttern.« Mrs. Walpole verengte die Augen und ließ sich auf den größeren Stuhl fallen, dessen Sitzfläche wie poliert glänzte. »Ihre Schwester hatte schon einen Teller.«

»Nein, natürlich nicht, ich bin gar nicht so hungrig, wie es sich anhört«, sagte Jeevan und wollte soeben Malati begrüßen, als sie sich krümmte und so heftig hustete, dass ihr gesamter, schmächtiger Körper geschüttelt wurde.

Alarmiert sah Jeevan zu Mrs. Walpole. Die zuckte lediglich die Schultern. Doch selbst ihre schroffe Art konnte die Sorge in ihren Augen nicht überspielen.

In der nächsten Sekunde kniete er neben Malati, eine Hand auf ihrem Arm. Es war schrecklich, wie sie sich verkrampfte und immer wieder versuchte zu entspannen. Dev in seiner dicken Decke wimmerte.

»Malati.« Jeevan hasste es, wie hilflos er klang.

Sie hob eine Hand, hustete noch einmal und richtete sich dann wieder auf. Ein Lächeln lag auf ihrem Gesicht, als sie sich ihm zuwandte, und er wusste, wie unecht es war. »Wie schön, dass du noch gekommen bist.« Ihre Stimme war nur ein Flüstern. Als Dev noch einmal quengelte, strich sie ihm mit dem Finger über seine volle Wange. »Es tut mir leid, wenn ich dich erschreckt habe, mein Schatz. Es ist alles gut.« Sie strahlte noch ein wenig mehr. »Er ist so ein liebes Kind.« Sie hatte sichtlich Mühe, ihn hochzuheben, um ihn Jeevan zu reichen. Der schlug rasch seine Jacke auf, um das Baby nicht an den kalten Stoff zu drücken, und nahm das Bündel entgegen. Dev bewegte sich unter der festgezurrten Decke und öffnete das runde Mündchen wie ein Fisch. Seine Augen bewegten sich rasch hin und her, als versuchte er, sein Gegenüber zu finden. Aber dann verhakte sich sein Blick mit Jeevans, und er quäkte fröhlich.

»Hallo, Kind meines Herzens.« Jeevan schnitt eine Grimasse, obwohl er nicht wusste, ob das gut war oder nicht. Vielleicht erschreckte er seinen Neffen, vielleicht erkannte der kleine Dev aber auch nicht einmal, was sein Onkel da tat. Weder er noch Malati hatten viel Erfahrung mit Babys. Aber Dev strahlte ihn an, also schien er irgendetwas richtig zu machen. »Na, mein Kleiner, wie geht es uns heute?« Er beugte sich vor und hauchte ihm einen Kuss auf die glatte, weiche Stirn. Ein weiteres Quäken war der Dank, und als Dev heftiger strampelte, reichte er ihn Malati zurück.

Sie warf einen Blick auf die zugezogenen Vorhänge am Fenster. »Er freut sich, dass sein Onkel auch heute den Weg hierher auf sich genommen hat, obwohl die Welt es ganz schrecklich mit uns meint.«

Mrs. Walpole stand auf und begann, Geschirr herumzuräumen. »Das Zeug ist der Teufel. Lilly Inglings war heute draußen und hat geschrubbt, drüben an den Docks. Musste aufhören, weil sie nichts mehr gesehen hat, und als sie nach Hause kam, waren ihre Klamotten dunkel.« Sie lachte ohne jeden Funken Fröhlichkeit auf. »Der verdammte schwarze Nebel kriecht bis in die Unterwäsche, ich sags Ihnen. Sehen Sie sich doch an, Mr. Raje!« Erschrocken blickte Jeevan auf: Mrs. Walpole deutete auf einen kleinen, schmucklosen Spiegel an der Wand. Ein dicker Riss lief mitten hindurch, und die Hälfte war blind, aber dennoch erkannte er den Film auf seiner Haut. Wie eine dünne Rußschicht. Als hätte er auf der Straße gestanden, während über ihm ein Schornsteinfeger einen Kamin reinigte.

»Du meine Güte.« Er trat näher und wischte über seine Stirn. Da war es wieder, dieses stumpfe Gefühl, als hätte sich seine Haut in etwas anderes verwandelt. Mrs. Walpole reichte ihm kommentarlos ein feuchtes Tuch.

»Ich danke Ihnen.« Er säuberte sich das Gesicht, dann die Finger, und war froh, dass Malatis Haut sauber aussah. Vielleicht konnte sie hier auf dem Boden schlafen, wenn er ihre Matratze nach unten trug?

»Mrs. Walpole ...« Er hielt inne, als es an der Tür klopfte – dasselbe Zeichen, das auch er zuvor benutzt hatte: zunächst drei Schläge, dann zwei.

Mrs. Walpole fluchte, schlurfte aber augenblicklich aus der Küche und kam kurz darauf mit einer zweiten Frau wieder. Sie trug einen dicken Wollrock sowie ein unförmiges Oberteil und hatte ihr rotblondes Haar im Nacken zusammengebunden. Mit ihrer Leibesfülle hatte sie Probleme, in der Küche nirgendwo anzustoßen. Auf den zweiten Blick begriff Jeevan, dass sie ein Baby an ihre Brust drückte. Ihre mächtigen, schneeweißen Arme waren nackt, als würde ihr die Kälte nichts ausmachen. »Hab mir schon gedacht, dass Malati hier ist«, sagte sie mit Polterstimme zu Mrs. Walpole und ließ sich an den Tisch fallen, als gehörte sie hierher. Erst dann sah sie Jeevan an. »Und du bist?«

»Das ist mein Bruder. Jeevan.« Im Vergleich zu den anderen Frauen klang Malati noch schwächer als zuvor.

»Ach, schon viel von dir gehört. Ich bin Ellie.« Die Frau streckte eine Hand aus und drückte ordentlich zu, als Jeevan sie ergriff. »Das zweite Findelkind hier unten.«

Mrs. Walpole gab ein Schnauben von sich. »Ich kann ja die Kleinen schlecht oben bei all den alten Säcken lassen, die nur darauf warten, euch auf die Brüste zu glotzen, wenn ihr stillt.« Sie stapfte zu ihrem Herd, nahm den Kessel und ließ Wasser einlaufen. Jeevan musste zugeben, sie unterschätzt zu haben. Ja, ihre Zimmer waren kalt und ungemütlich und sie eine harte Frau, wenn man sie kennenlernte. Aber selbst sie hatte weiche Stellen in ihrem Inneren, auch wenn es kein ganzer Kern sein mochte.

Malati und Ellie unterhielten sich leise. Dev gurgelte, und dieses Mal klang es nicht süß und verspielt, sondern fordernd. Als Malati ihn darauf an sich presste und leicht vor- und zurückschaukelte, wurden die Geräusche lauter und verwandelten sich in ein Weinen. Es schnürte Jeevan die Kehle zu.

»Er hat Hunger«, sagte Malati, und zu Jeevans Entsetzen lief eine Träne über ihre Wange. Sie wischte sie mit einer beiläufigen Bewegung weg.

Er räusperte sich. »Ich warte draußen, wenn du … na ja, wenn er trinken möchte.«

Nun weinte Malati wirklich. Hilflos starrte Jeevan seine Schwester an und fragte sich, was er falsch gemacht hatte. Oder hatte das etwas mit den Hormonen oder der lang anhaltenden Schwäche nach der Geburt zu tun? Malati hatte mehrere Tage im Krankenhaus verbringen müssen und dann darauf bestanden, wieder nach Hause zu gehen.

Nach Hause.

Eines Tages würde er ihr eines bieten. Ein richtiges Zuhause, mit Zimmern, durch die Licht flutete, einem riesigen Garten und genug Platz, damit Dev toben und spielen konnte. Einen flüchtigen Moment lang dachte er an Agatha, verdrängte es aber dann energisch. Sie war kein Teil seiner Welt mehr. Hier und jetzt ging es um Malati, Dev und ihn. Sie waren eine Familie.

Als seine Schwester nicht antwortete und ihr Gesicht an Devs Bäuchlein verbarg – was diesen nicht beruhigte –, zuckte Ellie die Schultern. »Das geht schon seit zwei Tagen nicht bei ihr. Zu wenig Milch in dem Knochengerippe. Gib ihn mir, Malati, das kann ich nicht mit ansehen. Los, Babytausch.«

Malati murmelte schwachen Protest, gehorchte dann aber. Verblüfft beobachtete Jeevan, wie Dev in Ellies Arm wanderte und sie ihn kurz und so breit angrinste, dass man den schwarzen Zahnstumpf in ihrem Unterkiefer sah, nur um ihr eigenes Kind mit einer beiläufigen Bewegung Malati in die Arme zu drücken. Es schien zu schlafen, zumindest hatte es die Augen geschlossen, und bis auf die zuckenden Fingerchen einer Hand bewegte es sich nicht.

Ohne sich um Jeevan zu kümmern, zog Ellie ihr Oberteil in die Höhe. »Ich hab genug Milch«, sagte sie. Die Gegenwart eines Mannes schien sie nicht zu stören.

Jeevan brummte etwas, das hoffentlich nach Zustimmung klang. »Ich warte draußen.«

»Unsinn.« Mrs. Walpole winkte ihn zu sich heran. »Hier, Sie können mir mit dem Tee helfen, dann müssen Sie nicht auf diese riesigen Dinger glotzen.« Hinter ihnen lachte Ellie, so rau und tief, wie er noch nie eine Frau hatte lachen hören.

Also nahm er Mrs. Walpole die Teedose aus der Hand und bedeutete ihr mit einer Kopfbewegung, sich wieder zu setzen. »Ich mache das schon.« Malati hinter ihm erlitt einen weiteren Hustenanfall, und es tat ihm beinahe körperlich weh. Trotzdem war er unendlich dankbar. Diese Frauen, mochten sie auch noch so rau wirken, waren füreinander da, wenn es darauf ankam. Kinder, ihr aller Erbe, schweißte sie zusammen. Auf einmal musste er lächeln und spürte hier, an diesem schrecklichen Tag, inmitten dieser kleinen, vollgestopften Küche und trotz Malatis Zustand einen Anflug von Hoffnung, der ihn innerlich wärmte. Sie würden es schaffen. Alles, was vor ihnen lag.

Er öffnete die Teedose und schnupperte verhalten. Eine gewöhnliche, günstige Sorte, aber dennoch war er dankbar für die Wärme, die der Kessel ausstrahlte. Vielleicht spendierte Mrs. Walpole ja auch etwas Zucker, der würde Malati kräftigen. Bei seinem nächsten Besuch würde er als Dank eine Packung aus dem *Ludlow's* mitbringen.

Er gab Tee und Wasser in die Kanne, und als er fertig war, bemerkte er, dass Devs Greinen verstummt war. An seine Stelle waren verhaltene Schmatzgeräusche getreten. Er schloss die Augen und betete, dass dieser Frieden anhalten und sich auf Malatis Leben legen würde. Er würde dafür sorgen, dass es ihr wieder gut ging.

20

Seit über zwei Stunden war es nun im *Ludlow's* still wie in einem Grab. Jeevan nutzte die Zeit, um den Verkaufsraum gründlich zu putzen und einige Tannenzweige aufzuhängen, nachdem er die Waren im Lager so gut wie möglich gegen Einflüsse von außen gesichert hatte. Trotz seiner Vorkehrungsmaßnahmen roch er den Nebel in jeder Ecke. Es gab keine Möglichkeit, frische Luft einzulassen. Die Verbindungstür zum Lagerraum hielt er geschlossen, da sich der Nebel dort bereits ausgebreitet hatte. Die dunkle Schicht bedeckte jede Oberfläche, und irgendwann hörte er auf zu zählen, wie oft er den Wischlappen in den Wassereimer tauchte. Immer wieder prüfte er, ob die Teedosen fest verschlossen waren. Es wäre der finanzielle Ruin des *Ludlow's*, wenn sie ihr gesamtes Angebot entsorgen müssten.

Die Tücher, die er am Vorabend an die Eingangstür gelegt hatte, waren noch immer leicht feucht. An der vorderen Seite hatte sich eine dicke dunkle Linie gebildet.

Die vergangene Nacht hatte er auf Mrs. Walpoles Wohnzimmerboden verbringen dürfen, während sich Malati auf dem Sofa neben ihm immer wieder in Hustenanfällen krümmte. Irgendwann war er aufgestanden, um ihr Wasser einzuflößen, und danach hatte er sie so lange gehalten, bis sie wieder eingeschlummert war. Noch im Halbschlaf hatten die Hustenanfälle sie geschüttelt, und Dev war mehrmals aufgewacht, erschrocken von den lauten Geräuschen. Jeevan machte sich riesige Sorgen. Wenn es ihr heute nicht besser ging, würde er ihren Protest ignorieren und sie in ein Krankenhaus bringen.

Falls man sie dort überhaupt aufnehmen würde. Von einem Mann, den er heute Morgen auf der Straße getroffen hatte, wusste er, dass Kliniken und Arztpraxen bereits zum Bersten gefüllt waren. »Sogar Krankenwagen bleiben bei der Brühe liegen«, hatte der Herr gesagt, ein Tuch vor den Mund gepresst, und war weitergehastet.

Die Sicht hatte sich seit gestern noch verschlechtert. Männer liefen mit Fackeln durch die Straßen, um Busse anzuleiten. Sämtliche Fahrer hatten ihre Türen geöffnet und blickten immer wieder nach draußen, da die Fensterscheiben völlig verklebt waren.

Jeevans eigenes Tuch, das er um Mund und Nase gebunden hatte, war grau, und als er die Hälfte der Strecke zu Fuß zurückgelegt hatte, war der erste Hustenanfall gekommen. Es hatte sich angefühlt, als wollte seine Lunge die ekelhafte Schicht loswerden, die überall festklebte.

Aber das Schlimmste waren die Echos. Überall husteten Menschen, keuchten und spuckten, und bei manchen klang es, als bekämen sie keine Luft mehr. Mehr als einmal stieß Jeevan beinahe mit anderen Passanten zusammen, da ihre Schritte verschluckt wurden und die Sicht nicht mal zwei Fuß bemaß. Ein Mann hatte den Arm einer Frau um seinen Hals geschlungen und seinen um ihre Taille, da sie zu geschwächt war, um allein zu laufen. Sie krümmte sich und würgte, als sie stehen blieben, und Jeevan trat peinlich berührt beiseite, ehe er ihr half, sich wieder aufzurichten. Es tat ihm in der Seele weh, nichts weiter tun zu können, aber er musste sich beeilen, wenn er das *Ludlow's* rechtzeitig aufschließen wollte.

Jetzt wünschte er, sich mehr Zeit gelassen zu haben. Niemand kam vorbei, um etwas zu kaufen – kein Wunder, die Menschen hatten andere Sorgen – oder sich eine kurze Auszeit zu gönnen. Hier, in den vertrauten Räumlichkeiten, befiel ihn plötzlich eine Einsamkeit, die er so noch nie zuvor erlebt hatte. Erneut blickte er zur Uhr, obwohl er genau wusste, dass sein Boss vor über einer Stunde hatte hier sein wollen. Hoffentlich war ihm nichts geschehen dort draußen in den Straßen, wo Unfälle und andere Schrecken lauerten. Und hoffentlich ging es seiner Frau gut.

Und Malati.

Zu Jeevans Erstaunen verschwamm das Ziffernblatt vor seinen Augen. Energisch fuhr er sich mit einem Handrücken über das Gesicht und prüfte anschließend eilig sein Äußeres in dem kleinen Handspiegel, den sie unter der Theke aufbewahrten. Auch wenn es unwahrscheinlich war, dass sich heute ein Kunde blicken ließ – er musste stets adrett auftreten. Er vertrat das *Ludlow's* und durfte sich daher keine Rührseligkeiten leisten.

Energisch drängte er seine Gedanken von Malati weg. Sie wanderten unbeirrt zu der anderen Frau, die ihm mehr wert war als sein Leben. Agatha. Auch wenn er wusste, dass es richtig gewesen war, den Kontakt zu beenden, damit sie so frei sein konnte, wie sie es verdiente, wünschte sich ein Teil von ihm, ihre Stimme zu hören. Manchmal redete er in seinem Kopf mit ihr, niemals jedoch laut, da er sonst vielleicht eine Tür aufstoßen würde, die sich nur schwer würde schließen lassen. Aber wenn ganz London ein einziges Chaos war, durfte er sich vielleicht auch eine kleine Abweichung gestatten.

Jeevan ging zu seiner Jacke, die am Haken neben der Tür zum Lagerraum hing, und zog seine Geldbörse heraus. Agathas Foto steckte hinter Malatis und dem seiner Eltern. Sie hatte es ihm mitgebracht, nachdem ein Fotograf ihre Familie zum Geburtstag ihres Vaters abgelichtet hatte. Sie trug darauf ein helles Sommerkleid und einen passenden Blumenclip in den Haaren, die ihr in großzügigen Locken auf die Schultern fielen.

Jeevan ließ sich auf den kleinen Hocker hinter der Theke sinken und strich über die Aufnahme. Agatha schenkte dem Betrachter das ihr so eigene Lächeln, strahlend und selbstbewusst, doch Jeevan bemerkte auch, dass sie etwas zurückhielt. Er wusste genau, wie schwer es ihr manchmal fiel, die folgsame Tochter zu sein, die ihre Eltern von ihr erwarteten. »Ich wünschte, ich könnte Malati zu dir schicken«, flüsterte er. »Raus aus der Stadt, bis sich der Nebel wieder verzogen hat. Der Mann heute früh war fest davon überzeugt, die Kraftwerke drüben in Battersea, Bankside und Kingston seien schuld an allem. Aber dann wäre es ja jeden Tag hier so schwarz wie jetzt.« Wenn er das Foto drehte und das Licht in einem anderen Winkel darauf fiel, schien sich Agathas Gesichtsausdruck zu verändern. Wurde fordernder, energischer. Jeevan seufzte, schloss die Augen – und stand so abrupt auf, als das Türglöckchen ertönte, dass der Hocker schwankte und beinahe umgefallen wäre.

Doch es war nicht Mr. Ludlow, wie er erwartet und erhofft hatte, sondern eine schlanke, teuer gekleidete Frau, die ihn stumm ansah und sich ihr Spitzentaschentuch vor den Mund presste. Ihre Brust hob und senkte sich, ehe sie es langsam sinken ließ und sich umblickte. »Entschuldigen Sie, servieren Sie auch Tee? Ich glaube, ich könnte bei all dem Schrecken dort draußen eine Tasse gebrauchen.«

Obwohl bis zum Ende des Tages nur zwei weitere Kunden aufgetaucht waren, hatte Jeevan das *Ludlow's* erst nach der offiziellen Öffnungszeit geschlossen. Er hatte allen einen Tee gebrüht und so zumindest das Gefühl gehabt, etwas Gutes an diesem schrecklichen Tag getan zu haben.

Mr. Ludlow hatte sich nicht blicken lassen, und mittlerweile machte sich Jeevan auch um ihn große Sorgen. Er schrieb ihm eine Nachricht und hinterließ sie gut sichtbar auf der Ladentheke, während er überlegte, auch am morgigen Sonntag herzukommen, um den Verkaufsraum erneut zu putzen. Aber vielleicht hatten sie ja Glück, und der Nebel verzog sich über Nacht. Jeevan betete für dieses kleine Wunder, während er den Kragen seiner Jacke hochklappte, sich ein feuchtes Tuch um die untere Gesichtshälfte band und mit tief in den Taschen vergrabenen Händen loslief. Es dauerte nicht lange, bis er ein Kratzen im Hals spürte, und irgendwann konnte er nicht mehr gegen den Hustendrang anschlucken. Er zerrte das Tuch herunter, hustete und spuckte aus. Wie am Vortag schmeckte es säuerlich und nach Ruß, und so schnell wie möglich bedeckte er Mund und Nase erneut. Zunächst erschien ihm alles wie am Vorabend, aber bald bemerkte er, dass etwas schlimmer geworden war. Nicht der Nebel – Jeevan glaubte nicht, dass der überhaupt dichter werden konnte –, sondern die Londoner, die ihm trotzig die Stirn boten. Gestern hatte es sich bei vielen lediglich nach einer schlimmen Erkältung angehört, wenn sie husteten, doch nicht heute. Die Menschen keuchten, würgten und rangen nach Luft.

Vielleicht bildete er sich das aber auch nur ein.

Die meisten Geschäfte, an denen er vorbeikam, hatten bereits geschlossen. Er fand einen Pub, in dem sich die Menschen drängten, tranken und husteten. Während Jeevan auf seine Bestellung Fish and Chips wartete, lauschte er den Gesprächen. Nur wenige handelten von dem Nebel, andere von Fußball, Eheproblemen, der bevorstehenden Weihnachtszeit, und die beiden Männer neben ihm zogen über den schottischen Speyside Whisky her. »Wässriges Zeug«, sagte der fülligere von beiden, dem der Bart fast bis zur Brust reichte. »Höchstens geeignet, um meiner Tochter damit den Hintern abzuwischen, ehe sie eine neue Windel bekommt.«

Hier drinnen kehrten die meisten zu ihren alten Gewohnheiten zurück und sperrten das Rätsel aus, das ihnen die Stadt seit nunmehr zwei Tagen bot. Jeevan bedankte sich und zahlte, als eine junge Frau aus der Küche trat und ihm sein in Zeitungspapier eingewickeltes Abendessen reichte, dann machte er sich wieder auf den Weg.

Das Haus in der Ming Street schälte sich erst aus dem Nebel, als Jeevan die Straße halb überquert hatte. Die Tür schwang auf, ehe er anklopfen konnte, und er erkannte Ellie, die soeben einen Eimer ausleeren wollte.

»Ha, Malatis Bruder.« Sie schnupperte. »Du hast Fisch dabei. Keine Sorge, ich raube dich nicht aus, aber seitdem meine Kleine auf der Welt ist, hab ich den Geruchssinn eines Hundes. Hartes Los bei der Suppe hier. Na los, komm schon rein, Malati ist unten. Geht ihr nicht so gut.«

Er ließ sich nicht lange bitten. Beide atmeten sie auf, als die Tür hinter ihnen ins Schloss fiel. Ellie strich sich die Haare zurück, die ihr in die Stirn gefallen waren. »Wir haben oben alles zugestopft, aber es bringt nicht so viel, der schwarze Mist kommt trotzdem durch. Mrs. Walpole lässt Malati und mich erst einmal bei sich wohnen, wegen den Kleinen. Aber selbst da …« Sie zuckte die Schultern und deutete auf den Eimer.

Jemand hustete, ein qualvoller Laut, der den gesamten Hausflur auszufüllen schien. Jeevans Herz verkrampfte sich. Es war Malati, das erkannte er sofort. »Entschuldigung.« Ehe sie reagieren konnte, war er auch schon losgelaufen und hatte die Tür aufgedrückt, die Ellie zuvor nur angelehnt haben musste. »Mrs. Walpole?«

Ihm antwortete ein noch schlimmerer Hustenanfall. »Malati!« Er stürzte durch die Diele in das Wohnzimmer, wo Mrs. Walpole auf dem Sofa saß und Malati an den Schultern festhielt. Den Nebel bemerkte er schon nicht mehr, aber er wusste, er war hier, kroch durch jede noch so kleine Ritze. Selbst in die reichen, riesigen Häuser der wohlhabenden Gegenden war er gedrungen, stets bereit, sobald sich eine Tür öffnete oder ein Fenster.

Mrs. Walpole nickte ihm zu, eine stumme Einladung, während sie Malati sanft über den Rücken strich. Bei der Geste schnürte sich Jeevans Kehle noch mehr zusammen. Fast wäre es ihm lieber gewesen, die Hauswirtin würde ihre sonst so übliche, ruppige Art an den Tag legen. Weil es bedeuten würde, dass Malati harsche Worte vertrug, und das wiederum hieße, dass sie nicht so krank war, wie sie klang.

Bei ihrem nächsten Hustenanfall rasselte etwas, das nicht da sein sollte. Er legte seine Tasche sowie das eingeschlagene Abendessen auf dem Tisch ab und war im nächsten Moment an ihrer Seite. »Malati.« Er nahm ihre linke Hand in seine. Sie war eiskalt, und automatisch massierte er sie sanft mit den Daumen.

Malati hatte die andere vor den Mund gepresst und ließ sie nun langsam sinken, um ihm ein Lächeln zu schenken. Es wirkte gequält, aber noch schlimmer traf Jeevan der bläuliche Ton ihrer Lippen, den er selbst im trüben Licht der Wohnzimmerlampe bemerkte. Dabei war es warm im Raum, so warm wie selten zuvor. Mrs. Walpole schien gegen den Schrecken anheizen zu wollen.

Jeevan streichelte Malati über das Haar. »Ich habe dir etwas zu essen mitgebracht.«

Ihre Finger krampften sich kurz um seine, aber dann verbreiterte sich ihr Lächeln. Doch ihn konnte sie nicht täuschen. Er war ihr Bruder, er hatte sich beinahe ihr ganzes Leben lang allein um sie gekümmert, seitdem sich ihre Eltern viel zu früh verabschieden mussten, nachdem sie der Grippe erlagen, so wie einige andere Mitglieder des Zirkus. Malati ging es schlecht, aber sie versuchte, tapfer zu sein.

»Das ist so lieb von dir, aber ich habe keinen Hunger. Nimm du es. Ich weiß, dass du heute noch nichts …« Die nächsten Worte gingen in einem erneuten Hustenanfall unter. Ihr schmaler Körper krampfte sich zusammen.

Jeevan umarmte sie und hielt sie fest, da er nicht wusste, was er sonst tun sollte. Über Malatis Schulter hinweg traf sein Blick den von Mrs. Walpole, als im Schlafzimmer nebenan Babygeschrei einsetzte. *Dev. O nein, Dev.*

»Ich kümmer mich um den Kleinen«, sagte Ellie und schob sich so selbstverständlich an ihm vorbei, als wäre dies ihre Wohnung.

»Wie lange geht das schon so?«

Mrs. Walpole runzelte die Stirn. »Letzte Nacht ist es schlimmer geworden, und heute hört es einfach nicht auf. Ich habe ihr schon Honig in den Tee gerührt, aber die Hälfte hat sie wieder ausgespuckt. Von Essen wollen wir gar nicht erst reden.« Sie warf einen Blick zu dem Durchgang in Richtung Küche.

Jeevan drehte seine Schwester behutsam ein Stück zur Seite und drückte sie dann in die Polster. Sie ließ es geschehen und lehnte den Kopf mit geschlossenen Augen zurück. Ihr Gesicht wirkte schmal und durch die Schatten unter den Augen, als wäre sie seit gestern um viele Jahre gealtert.

»Es geht mir schon besser«, flüsterte sie mit gepresster Stimme, die deutlich zeigte, dass sie einen weiteren Hustenkrampf unterdrückte. »So schlimm ist es gar nicht.« Sie schluckte mehrmals.

Mrs. Walpole schüttelte den Kopf, als wollte sie sagen, dass das großer Unsinn war, tätschelte ihr die Hand und stand auf.

Jeevans Gedanken liefen auf Hochtouren. »Ich bringe dich in ein Krankenhaus.«

Malati schlug ihre Augen auf – dunkle Glitzerseen in einem Gesicht aus fahlem Gold. »Unsinn, ich brauche kein Krankenhaus. Und was sollte dann aus Dev werden?«

»Den nehmen wir eben mit.«

»Nein, Jeevan«, sagte sie so energisch wie immer, wenn sie ihn überzeugen wollte. In den meisten Fällen kam sie damit durch. Es fiel ihm einfach zu schwer, ihr einen Wunsch abzuschlagen, und Malati handelte fast immer vernünftig. Nur nicht jetzt.

»Du klingst nicht gut, Malati. Besser, wir lassen dich untersuchen. Sicherheitshalber. Du musst auch an Dev denken.«

»Ich denke an Dev, fast den ganzen Tag. Nur manchmal zweige ich den einen oder anderen Gedanken ab. Manche für meinen überbesorgten Bruder.«

»Der gleich ein Taxi rufen und mit dir ins Mile End fahren wird.«

»Taxi kann man vergessen«, brüllte Mrs. Walpole aus der Küche. »Die fahren nicht bei den Sichtverhältnissen draußen. Und die Hospitäler sind brechend voll. Die Arztpraxen auch, sagt Josie von nebenan.«

»Man muss doch an eine Untersuchung kommen, wenn es einem so schlecht geht.« Jeevan schaffte es, weiterhin normal und freundlich zu klingen, obwohl es ihn ärgerte, dass Mrs. Walpole ihm so in den Rücken fiel.

Die schnaubte, dann erklang das Geräusch von laufendem Wasser. »Ja, das schafft man, wenn man Geld auf den Tisch legt. Dann werden die Leute hübsch in einen Rollstuhl gesetzt und in der Warteschlange ganz nach vorn geschoben.«

In Jeevans Kopf rumorte es. Stolz kämpfte gegen Sorge, und beide waren so stark geworden, dass er nicht mal ahnte, welche Seite gewinnen würde. Er zuckte zusammen, als eine sanfte Berührung ihn in die Gegenwart zurückriss, und blickte auf. In Malatis Augen sah er, dass sie genau wusste, woran er gedacht hatte.

»Nein.« Nur ein Wort, aber so energisch gesprochen, dass sie geklungen hatte wie früher.

Das schenkte ihm Hoffnung. Trotzdem musste er der Vernünftige von beiden sein. »Es geht hier nicht darum, auf

Dinge zu verzichten, Malati. Sondern um deine Gesundheit.«

Ihre Mundwinkel zuckten. »Ich habe Husten, und das ist kein Wunder bei dem Wetter dort draußen. Selbst Ellie hat heute gehustet, und sie ist die kräftigste Person, die ich kenne.«

»Ellie ist ein Brauereipferd, wenn es um ihre Gesundheit geht«, rief Mrs. Walpole aus der Küche.

Jeevan schüttelte den Kopf. »Ellie ist kein Teil meiner Familie. Du und Dev dagegen schon.« Erneut griff er nach der Hand seiner Schwester. »Wenn es hart auf hart kommt, haben wir Geld. Und damit bringe ich dich bis zum Chefarzt, wenn es sein muss.«

»Wir wollten dieses Geld niemals anrühren.«

Die Worte trafen ihn tief, da sie ihn an den Schwur erinnerten, den er sich selbst gegeben hatte. Aber er würde ihn brechen, wenn er Malati damit half. Jeder Bruder würde das tun. »Damals habe ich auch nicht mit so etwas gerechnet.« Er nickte in Richtung Fenster. »Ich spare das Geld einfach wieder an. Wenn ich mich anstrenge und hin und wieder für einige Wochen in Mr. Ludlows Namen auf den Teeplantagen verhandle, zahlt er mir mehr. Agatha wird niemals erfahren, dass ich ihr Geld angerührt habe.«

Malati verzog das Gesicht. »Ich glaube nicht, dass Agatha weiß, was damit geschieht. Wir haben nichts mehr von ihr gehört, seitdem die erste Zahlung eingegangen ist. Sie will uns helfen, aber irgendwann musste es auch so kommen, dass der Kontakt zu ihr abbricht. Sie wird ihr Leben in einer anderen Weise führen als wir, und weder du noch ich haben das Recht, sie bei uns zu halten. Ich bin sicher, das weiß sie auch.«

Jeevan biss die Zähne zusammen, nickte aber. Er wusste, dass Agatha und er in unterschiedliche Welten gehörten. Dass ein Leben an der Seite eines Mannes auf sie wartete, der ihr weitere Türen aufstoßen und ihr einen roten Teppich ausrollen würde. Dass sie mit ihrem Dickkopf und ihrer Energie alles erreichen konnte. Und er wünschte ihr jedes Glück dieser Welt.

Trotzdem hatte er sie für ihre Einmischung verflucht. Nach all den Jahren war es gewesen, als würde ihm jemand eiskaltes Wasser über den Kopf gießen. Er wollte keine Almosen. Er brauchte sie nicht. Das hatten ihm schon seine Eltern beigebracht, als er ein kleiner Junge gewesen war. »Wir sind noch nicht ganz zu Hause in diesem Land«, hatte sein Vater gesagt und Jeevans kleine Hände in seine großen genommen. »Wir werden Hilfe brauchen. Und das ist bis zu einem gewissen Maß in Ordnung, mein Sohn. Du kannst jemanden nach dem Weg fragen. Oder einen Tee akzeptieren. Aber lass niemals zu, dass man dich bemitleidet, sei es mit Worten oder mit Taten. Das hier«, er hatte eine Faust auf seine Brust gelegt, »schlägt stark in unserer Familie. Wir werden unsere Ziele erreichen, das verspreche ich dir.«

Jeevan hatte oft gegrübelt, wie er Agatha das Geld zurückgeben konnte, aber es in einem Umschlag zu schicken, erschien ihm zu riskant. Damit fiel ihm nur Mr. Ludlow als Bote ein. Und ihn wollte er damit nicht weiter behelligen. Trotzdem waren da so viele Fragen. Woher kannte Mr. Ludlow Agatha plötzlich so gut, dass er der Sache zugestimmt hatte? Vielleicht hatte aber auch Agathas Vater seine Hände im Spiel. Mr. Ford musste einfach davon wissen. Wie hätte Agatha sonst an das Geld kommen können? Ihrer Familie würde es nicht fehlen, aber Jeevan hatte sich gefühlt, als würde die Stadt mit all ihren Gebäuden höher und höher wachsen, bis er den Himmel kaum noch sehen konnte. Anfangs hatte er geglaubt, dass es sich um eine einmalige Zahlung handelte.

Bis die nächste eintraf. Die Regelmäßigkeit war ein weiterer Schlag ins Gesicht. Er hatte sich geschworen, Agatha alles zurückzugeben, sollten sie sich eines Tages wiedersehen. Ein Teil von ihm hoffte so sehr darauf. Ein anderer flüsterte ihm zu, dass es die schönste und schwerste Begegnung seines Lebens sein würde.

Manchmal argwöhnte er, dass diese wirre Idee nicht von ihr stammte, sondern von ihrem Vater. Agatha hatte ihre Briefe und Besuche in London stets zu verheimlichen versucht – aus gutem Grund. Ihre Eltern hätten den Kontakt niemals erlaubt. War Mr. Ford dahintergekommen? War das Geld dazu da, um sie beide voneinander fernzuhalten?

Jeevan seufzte tief. Tat er das Richtige, da er es nicht anrührte? Oder war er ein schlechter Bruder? Wobei Malati es momentan gut und warm hatte hier unten bei Mrs. Walpole. Und den Nebel würde er auch mit allem Geld der Welt nicht verschwinden lassen können.

Dann kam ihm ein anderer Gedanke: War Devs Vater irgendwo dort draußen und stolperte durch die plötzlich so fremde Stadt?

Bis heute weigerte sich Malati, den Namen des Mannes preiszugeben, der es geschafft hatte, sie zu verführen. Jedes Mal, wenn Jeevan dieses Thema anschnitt, lief sie rot an und verbarg ihr Gesicht in den Händen. Normalerweise wies sie Männer freundlich ab. Selbst wenn sie auf der Straße angesprochen wurde, senkte sie den Blick und wich mit einem Lächeln aus. In den vergangenen Jahren hatten zwei junge Bewunderer versucht, sich mit ihr zu treffen. Malati hatte beide zu Jeevan geschickt, der sie ablehnte, da seine Schwester zu jung für eine solche Verabredung gewesen war. Was also hatte sich verändert? Wo und warum hatte Malati Schwäche gezeigt und dem Werben eines Mannes nachgegeben?

Nach einer Weile hatte Jeevan nicht mehr nachgehakt, vor allem, als die Schwangerschaft so schwer für sie geworden war. Mittlerweile lebten sie in dem stummen Einverständnis, dass Devs genaue Herkunft für immer ein Geheimnis bleiben würde.

In all den Monaten, in denen Dev gewachsen und rundlicher geworden war, hatte sich Malati nie gänzlich von der Geburt erholt. Vielleicht hätte er aufmerksamer sein müssen. Doch sein Leben hatte sich um die Arbeit gedreht, um neue Aufgaben und Mr. Ludlows Lob, das möglicherweise auch ihm und Malati eines Tages eine weitere Tür öffnete. Zudem verstand er nichts von Schwangerschaften und Geburten und hatte geglaubt, dass sich ihr Zustand nach einer Weile bessern würde.

Er hatte sich geirrt. Und jetzt riesige Angst, einen schrecklichen Fehler begangen zu haben. Jeevan starrte auf seine Hände und fragte sich, wann sich die Innenflächen mit einem Schweißfilm überzogen hatten. Hastig wischte er sie an der Hose ab.

»Sei bitte ehrlich. Ich kann nicht einschätzen, wie es um dich steht.« Er stupste sie gegen das Knie, wie er es immer getan hatte, als sie noch klein gewesen war und aufgeheitert werden musste.

Ihre Mundwinkel zitterten, dann riss sie die Augen auf. Im nächsten Moment krümmte sie sich, presste eine Hand vor den Mund und hustete. So intensiv, dass Mrs. Walpole aus der Küche kam. Jeevan beugte sich vor, stützte seine Schwester und betete stumm, dass dieser schreckliche Anfall ein Ende haben würde. Malatis Lider flatterten, dann sackte sie zurück in die Polster. Ihre Hand fiel auf ihre Knie, und entsetzt bemerkte Jeevan die Flecken darauf. Sie waren so dunkel wie Malatis Lippen.

Sein Herz donnerte los; die Schläge schienen seinen gesamten Körper auszufüllen. Jeder Einzelne brachte eine Angst mit sich, die er kaum ertrug, aber auch nicht verdrängen konnte.

»Malati.« Er spürte lediglich, dass er ihren Namen flüsterte, aber er hörte es nicht. Ihm war eiskalt. Hastig legte er zwei Finger an ihren Hals und fand ihren Puls. »Mrs. Walpole, haben Sie etwas Warmes zum Überziehen? Oder hat Malati ihre Jacke hier?«

»Was haben Sie vor?« Zum ersten Mal, seit er sie kannte, klang sie unsicher, hastete dann aber in die Diele und kam mit einer dicken Jacke und einem Schal zurück. Jeevan bedeutete ihr, ihm zu helfen, und gemeinsam zogen sie der Bewusstlosen den wärmenden Stoff über.

»Ich bringe sie ins Krankenhaus. Wir finden schon eines, das uns aufnimmt. Können Sie sich bitte um den Kleinen kümmern? Ich werde es natürlich bezahlen, aber …«

»So ein Unsinn«, fuhr sie ihn an, tätschelte Malatis Wangen und redete leise auf sie ein, doch ohne eine Reaktion zu erhalten. »Jetzt reden wir nicht über Geld, Mr. Raje! Allerdings fürchte ich, dass Sie wirklich kein Taxi bekommen werden. Bei der Brühe fährt niemand. Und wenn jemand so lebensmüde ist, dann wird er nicht weit kommen.«

Jeevan biss die Zähne zusammen. »Ich trage sie.« Er musste nur schnell genug sein.

Malati fühlte sich in seinen Armen an wie ein Kind – schmal, gebrechlich, viel zu leicht. Er würde mit ihr sämtliche Krankenhäuser Londons ablaufen, wenn es sein musste. »Ich komme wieder, so schnell ich kann.«

»Warten Sie!« Mrs. Walpole holte ihn ein, als er die Haustür erreichte. In den Händen hielt sie ein Tuch und legte es über Malatis Nase und Lippen. »Achten Sie darauf, dass es nicht verrutscht. Viel Glück. Machen Sie sich keine Sorgen um Dev.«

Jeevans Augen brannten, aber er musste nun stark sein. »Danke.« Er zog seinen Schal bis zur Nasenspitze und stürmte hinaus in den Nebel.

Später erschienen ihm die folgenden Stunden wie ein Rausch. Er erinnerte sich an nichts mehr außer an das Geräusch seiner Schritte, Malatis stummes, bleiches Gesicht unter der Decke, das im Nebel zu einem diffusen Etwas wurde, und an den Geruch von Schwefel, als würde er durch die Hölle selbst laufen. Irgendwann bemerkte er eine Gruppe von Menschen. Die meisten schwiegen und sahen merkwürdig aus, und in seiner Sorge begriff Jeevan zunächst nicht, dass sie Masken vor den Gesichtern trugen. Keinen Schal oder anderen Stoff, sondern echte Atemmasken, am Hinterkopf zusammengebunden. Als Lichter durch den Nebel schimmerten und das Gewirr von Stimmen ihn einhüllte, ahnte er, dass er sein Ziel erreicht hatte.

Malati war in der Zwischenzeit aufgewacht, regte sich aber nur sehr schwach, und als Jeevan eine Hand ausstreckte, berührte er die Mauern des Mile End Hospitals. Er hatte trotz des Nebels den Weg gefunden. Vor Erleichterung gaben seine Beine beinahe nach. Er hatte es geschafft!

Angesichts der Situation erschien Jeevan der künstliche, zerrupft wirkende Weihnachtsbaum mit den wenigen Lamettafäden neben dem Eingang wie blanker Hohn. Im Bereich zwischen der ersten und der zweiten Flügeltür war es brechend voll. Menschen lehnten an den Wänden oder schoben sich vorwärts, murmelten, fragten, riefen. Ein Kind weinte, vielleicht auch eine Frau. Doch das Schlimmste waren die Hustengeräusche. Manche verhalten, andere stark und rasselnd. Jeevan stieß gegen ein Hindernis und begriff erst, als er sich vorbeugte, dass es sich um eine Krankenliege handelte. Jemand lag darauf. Ein Arm baumelte Richtung Boden. Zögernd trat Jeevan näher und erkannte das Gesicht einer Frau. Sie hatte die Augen geschlossen, war seltsam bleich und rührte sich nicht. Atmete sie überhaupt noch? Ein Teil von ihm wünschte sich, jemand würde den Arm zurück auf die Liege verfrachten; jemand, der hier arbeitete. Verwirrt blickte er sich um, doch es war schwer, Krankenhauspersonal auszumachen. Der Nebel hatte seinen Weg auch in das Mile End gefunden und die Kranken mit sich gebracht. Viel zu viele von ihnen.

Neben ihm hustete ein Mann so dröhnend, dass Jeevan einen Schritt beiseitetrat. Malati bewegte sich in seinen Armen und schlug die Augen auf.

»Wo …?«

Er zog seinen Schal nach unten. »Es ist alles gut. Wir sind im Krankenhaus. Es ist etwas voll, aber ich kümmere mich darum.« Er war froh, dass seine Stimme ruhig klang. Fast so, als hätte er wirklich alles unter Kontrolle. Malati nickte lediglich; vermutlich zu erschöpft, um ihn wie so oft zu durchschauen.

Vor ihm wurde das Gemurmel leiser, nur um dann wieder aufzubranden. Die Menschen teilten sich und machten Platz für eine Gestalt, die zu Jeevan an die Liege trat. Eine Krankenschwester, ungefähr in seinem Alter. Das Häubchen auf ihrem Kopf saß schief, und wenn er ihren Gesichtsausdruck bei den Sichtverhältnissen richtig deutete, arbeitete sie heute schon zu viele Stunden. Sie fasste den Arm, jedoch nicht, um ihn zurück auf die Liege zu heben, sondern um den Puls zu fühlen. Nach einer Weile schüttelte sie den Kopf und ließ ihn wieder fallen. Einfach so, als wäre das vor ihr kein Mensch, sondern lediglich eine Puppe.

»Die Frau liegt hier sicher schon seit einiger Zeit«, sagte Jeevan und trat näher an die Schwester heran. Die Menschen redeten auf sie ein, doch sie schüttelte lediglich den Kopf.

»Da kommen wir leider zu spät.« Schon wollte sie sich wieder abwenden, aber Jeevan schob sich zwischen sie und die anderen und schnitt ihr so den Weg ab. Er schämte sich für diese Dreistigkeit, aber es ging um Malati. Nichts anderes war nun wichtig.

»Für meine Schwester ist es noch nicht zu spät.«

Die Frau mit dem kinnlangen Haar musterte Malati. Ihre Schultern hoben und senkten sich, und sie sah dabei so verzweifelt aus, dass sich Jeevan beinahe entschuldigt hätte. »Sie sehen doch, was hier los ist. All diese Menschen wollen zu einem Arzt. Wir sind überfüllt. Besser, Sie versuchen es in einem der anderen Krankenhäuser.«

»Bitte, ich habe Geld.« Es war das Erste, was ihm in den Sinn kam.

Jetzt wirkte sie verärgert. »Was soll das? Versuchen Sie etwa gerade, mich zu bestechen?«

Jeevan senkte den Kopf. »Entschuldigen Sie vielmals, das war sehr dumm von mir. Aber ich weiß nicht, wie ich Sie sonst überzeugen soll. All diese Menschen hier ... ich verstehe, dass sie auch dringend untersucht werden müssen. Aber sie stehen auf ihren eigenen Beinen. Sie husten und rufen und drängeln. Meine Schwester kann das alles nicht mehr. Sie hat vor über zwei Stunden Blut gespuckt und war seitdem fast die ganze Zeit ohnmächtig. Ich weiß nicht, was passiert, wenn ich mit ihr zu einer anderen Klinik laufe. Bitte, ich flehe Sie an, helfen Sie ihr.«

Sie sah sich um, fuhr sich mit einer Hand über die Stirn und legte die andere dann an Malatis Hals. Schließlich nickte sie. »Also gut. Folgen Sie mir.« Sie bahnte sich den Weg durch die Menschenmenge. Die Stimmen ringsherum veränderten sich, wurden lauter und wütender. Jemand stieß Jeevan in die Seite und beschimpfte ihn als Schmarotzer, der hier nichts zu suchen hatte, ein anderer rief ihm zu, dass er zurück an den Straßenstand gehen sollte, an dem er wohl arbeitete. Jeevan spürte, wie sich seine Wangen röteten, aber er ahnte auch, dass all diese Anfeindungen aus Angst geboren waren. Die Menschen litten, wussten nicht, was wirklich dort draußen vor sich ging, und selbst der hartgesottenste Londoner musste zugeben, dass dieser Nebel nicht normal war. Angst brachte Menschen dazu, schreckliche Dinge zu sagen. Sie trieb sie auseinander, wo sie zusammenhalten sollten.

Er heftete den Blick auf den Rücken der Krankenschwester und beugte sich über Malati, als jemand nach ihr greifen wollte. So schnell er konnte, hastete er vorwärts, durch die zweiten Flügeltüren, die die Schwester für ihn aufhielt, und dann einen Gang entlang. Nach einer Weile wurde es ruhiger, die Sicht besser – aber das bedeutete noch längst keinen Normalzustand. Auch dieser Flur war voller Menschen auf Liegen, in Rollstühlen und am Boden. Viele hatten sich an die Wand gelehnt und hielten die Augen geschlossen, die meisten trugen einen Schutz vor Mund und Nase. Obwohl das Stimmengewirr hinter ihnen zurückgeblieben war, klang das Husten der Anwesenden hier noch gespenstischer. Es schien von überall zu kommen: aus den Fluren, den Behandlungsräumen, sogar aus der Etage über ihnen. Aber die Mauern des Hospitals waren dick; vermutlich spielte die Fantasie ihm einen Streich. Jeevan blinzelte; seine Augen brannten. Auch hier roch es nach Schwefel, der sich mit den Gerüchen eines Krankenhauses und der Ausdünstung der Menschen mischte.

»Kommen Sie.« Die Schwester bog noch einmal ab und deutete auf einen Durchgang.

»Danke. Ich danke Ihnen so sehr.« Jeevan trat hindurch – und starrte zu seiner Verwunderung auf Regale voller Schachteln, Dosen und Fläschchen. »Ein … ein Lagerraum?«

»Das ist das, was ich Ihnen derzeit bieten kann. Legen Sie Ihre Schwester auf diese Liege.« Sie nahm einige der großen Schachteln, stapelte sie auf dem Boden, und wirklich kam darunter eine Liege zum Vorschein. »Ich bringe einen Arzt her, sobald einer verfügbar ist.«

Jeevan zögerte, dann legte er Malati vorsichtig ab. Sie rührte sich erneut, hatte aber die Augen wieder geschlossen. »Aber … wird es lange dauern?«

»Ich kann es nicht sagen.« Das Bedauern in ihrer Stimme war echt. Sie trat an die Liege und tastete nach Malatis Handgelenk, dann beugte sie sich über sie und machte sich an ihrem Gesicht zu schaffen.

Jeevan musste dieser Frau vertrauen. Sie war Krankenschwester und würde wissen, was sie tat. Endlich richtete sie sich wieder auf. »Ihre Vitalzeichen sind schwach, aber stabil. Ich benötige noch einige Angaben von Ihnen, in Ordnung?« Sie hatte warme Augen, das fiel ihm erst jetzt auf. Vielleicht war es Schicksal, dass er im Eingangsbereich auf sie getroffen war. Nun würde alles gut werden.

»Gern. Alles, was Sie wissen möchten. Und ich werde warten, wo immer ich warten soll. Solange es sein muss.«

Zum ersten Mal lächelte sie. »Ich denke, in all diesem Chaos kann ich Sie vorläufig bei Ihrer Schwester lassen. Allerdings müssten Sie gehen, wenn ein Arzt zugegen ist und eine Untersuchung vornimmt.«

»Natürlich, das ist überhaupt kein Problem.« Jeevan verbeugte sich leicht, eine alte Gewohnheit aus dem Zirkus, die er vor vielen Jahren abgelegt hatte. Aber sie war noch immer Teil von ihm, wie so vieles, das vielleicht in Vergessenheit geraten war. »Also, was wünschen Sie zu wissen?«

Sie deutete über die Schulter nach hinten. »Wenn Sie Ihre Schwester einen winzigen Moment allein lassen würden, fangen wir mit Ihrem Namen an.«

Laura

21

Das plötzliche Schweigen riss Laura in die Gegenwart zurück. Verwirrt blinzelte sie; zu sehr hatte die Geschichte sie in ihren Bann gezogen. Jeevan hatte leise geredet. Die besondere Melodie seiner Stimme und die Beschreibungen hatten eine fremde Welt zum Leben erweckt.

Als die letzten Bilder davontrudelten, blickte sie Jeevan an. Er hielt die Augen geschlossen, und sie erschrak. War es zu viel gewesen? Er hatte lange erzählt, und er war noch sehr geschwächt. Dann aber bemerkte sie das Glitzern auf seinen Wangen. Jeevan weinte.

In der nächsten Sekunde war sie auf den Beinen. »Mr. Raje.« Sie wagte lediglich ein Flüstern. »Geht es Ihnen nicht gut? Brauchen Sie etwas? Oder soll ich jemanden holen, vielleicht Mrs. Mandell?«

Er schüttelte den Kopf. Als er Luft holte, stockte die Bewegung seines Brustkorbs, dann atmete er rasselnd aus und hob eine Hand. Sie zitterte. Unsicher starrte Laura darauf, nahm sie dann aber sanft in ihre. Es fühlte sich seltsam an, zu intim für diesen Menschen, den sie kaum kannte.

Jeevans Finger krümmten sich, hielten sich fest, als hätte er genau das gebraucht, um sich nicht im Strudel seiner Erinnerungen zu verlieren. Langsam ließ Laura ihre Hand mit seiner darin sinken, bis sie auf der Bettdecke lagen.

Hätte sie ihn irgendwann unterbrechen und darauf bestehen sollen, an einem anderen Tag wiederzukommen? Sie wusste nicht einmal, wie spät es war, so sehr hatten seine Worte sie gefangen genommen, aber jetzt wollte sie auch nicht ihr Handy hervorziehen, um die Uhrzeit zu prüfen.

Eine Träne rollte sein Kinn hinab. Laura sah sich um und entdeckte eine Schachtel mit Papiertüchern auf dem Nachttisch. »Warten Sie kurz. Ich bin nur eine Sekunde lang weg.« Sie drückte seine Hand und stand auf, zog ein Tuch aus der Schachtel und schob es ihm zwischen die Finger.

Jeevans Mundwinkel zuckten – der Hauch eines Lächelns. »Ich danke Ihnen.« Seine Stimme war leise, aber fast so fest wie zu Beginn ihres Besuchs. Er tupfte sich die Wangen, dann die Augen. »Es sind die Erinnerungen.« Er öffnete sie und wandte den Kopf. Sein Blick irrlichterte kurz umher, ehe er ihren fand. »Manchmal sind sie schwerer, wenn man sie lange beiseitegeschoben hat. Für eine Weile vergisst man, wie stark die Trauer war, und gibt ihr damit die Macht, einen zu überrollen. Es ist einfacher, wenn man nicht vergisst. Wenn man jeden Tag einen Moment lang an die Lieben denkt, die man zurücklassen musste. Die Welle ist dann nicht so übermächtig, und man hält ihr stand.«

Laura zögerte. »Ihre Schwester ist gestorben, nicht wahr?« Automatisch griff sie wieder nach seiner Hand.

Jeevan schenkte ihr ein winziges Lächeln – genug Dankbarkeit, um sie durch den Tag zu bringen, egal, was noch geschehen würde. Es verblasste schlagartig, als er an die Decke starrte, so als würde er seine Vergangenheit dort noch einmal vor sich sehen. »Am Sonntag hatte sich der Smog noch nicht gebessert. Ich hatte kaum geschlafen und bin ins *Ludlow's* zurück, da die Krankenschwester mich doch noch weggeschickt hat. Aber die Menschen starben überall, nicht nur in den Hospitälern. Ich hatte zwei Gestalten in den Straßen gesehen, und in meiner Sorge dachte ich automatisch an Bettler, an arme Leute ohne das Glück einer Unterkunft. Also bin ich weitergegangen. Ich hatte nichts dabei, das ich ihnen hätte geben können.« Seine Lider flatterten. »Erst später wurde mir bewusst, dass ich höchstwahrscheinlich an zwei Leichen vorbeigegangen war, und habe gebetet, dass ihre Seelen in Sicherheit sind. Aber ich möchte einer jungen Dame mit dieser Tristesse nicht den Tag verderben.«

»Das tun Sie ganz und gar nicht«, sagte Laura. »Deshalb bin ich doch hier. Um zu hören, was Sie mir von damals erzählen wollen.«

»Gut«, murmelte er. »Gut.« Es folgte eine lange Pause, und Laura glaubte bereits, er hätte vergessen, dass sie da war. Aber dann nickte er, wie um sich selbst etwas zu bestätigen. Ihre Hand hielt er noch immer umklammert. »Wie gesagt. Sonntag hatte sich nichts gebessert. Ich putzte die halbe Nacht den Laden, um mich abzulenken, und hörte noch immer nichts von Mr. Ludlow. Am Vormittag bin ich wieder ins Mile End. Es war schlimm dort. Wirklich schlimm. Leute lagen im Eingangsbereich, manche röchelten, andere streckten die Hände nach mir aus. Ich habe die Schwester vom Vortag nicht gefunden, aber eine andere führte mich zu Malati.« Er starrte wieder zur Decke. »Sie war in der Nacht gestorben. Ich durfte sie ein letztes Mal sehen, mit ihren dunkelblauen Lippen und ihrem lieben Gesicht. Jemand hatte ihr die Hände auf der Brust gefaltet.«

»O mein Gott.« Laura blinzelte mehrmals. »Das tut mir so leid.«

»Ihre Lungen waren zu schwach für den Großen Smog. So hat man ihn später genannt. Malati hatte sich nie richtig von der Geburt erholt, und diese zwei Tage hatten ihr die letzte Kraft geraubt. Viel später haben wir erfahren, dass in dieser Zeit des Nebels über viertausend Menschen den Tod gefunden haben. Und später noch einmal doppelt so viele durch die Folgen. Staub und Ruß hatten sich überall abgesetzt, in den Kleidern, Haaren, unter den Nägeln. Aber eben auch in den Lungen der Menschen. Sie sind erstickt.« Er machte eine Pause. »Am Montag, einen Tag nachdem ich vor dem toten Körper meiner Schwester stand, wurde es besser. Nach und nach verschwand der Nebel, wurde immer durchlässiger, fast als wollte er uns vorgaukeln, wie harmlos er sei. Nur hat er so viel mitgenommen. So viel.« Seine Stimme brach, und er räusperte sich. »Es hatte mit der Wetterlage zu tun und der minderwertigen Kohle, die damals genutzt wurde. Es war kalt in jenem Dezember, daher heizten die Leute besonders stark. Wenn sie gewusst hätten …« Er drückte ihre Hand, dann ließ er sie los. »Es hat lange gedauert, bis die Entscheider des Landes zugaben, dass es nicht nur ein Wetterphänomen gewesen ist. London hatte diese Katastrophe selbst heraufbeschworen. Eine Stadt dieser Größe, die zu lange ohne nachzudenken in den Tag hineinlebt, musste früher oder später die Rechnung für ihre Sorglosigkeit bezahlen.«

»Was haben Sie getan? Danach, meine ich.«

»Ich habe mich um alles gekümmert. Formalitäten, Malatis Beerdigung, Dev. Zum Glück hatte ich Hilfe von Ellie, der Frau, die bei Mrs. Walpole gelebt hat. Sie hat auf meinen Neffen aufgepasst und ihn gestillt, solange es ihr möglich war. Anfangs war alles etwas problematisch, da ich natürlich die angekündigten zusätzlichen Arbeiten im *Ludlow's* nicht annehmen konnte. Aber ich habe meine Stelle behalten dürfen, auch wenn ich mir in den Wochen nach Malatis Tod öfter freinehmen musste.«

»Ihr Chef hat den Nebel überlebt?«

»Seine Frau war erkrankt, und er hat sie nicht allein lassen wollen. Daher ist er in diesen schlimmen Tagen nicht aufgetaucht. Aber er hat es überstanden, ja. Seine Frau auch.«

Laura wusste nicht, was sie sagen sollte. Sie hatte zum ersten Mal von diesem Kapitel der Londoner Geschichte gehört. Es war eine schreckliche Vorstellung, dass so viele Menschen bei dieser Katastrophe ums Leben gekommen waren – gestorben durch den giftigen Nebel. Etwas, auf das so viele Menschen über Jahre hinweg zugesteuert waren, ohne es vermutlich zu ahnen. Und das so kurz vor Weihnachten, ein Fest, das die meisten mit ihren Angehörigen feiern wollten. So vielen war das nicht mehr vergönnt gewesen.

Sie dachte an Dev, an seine aufbrausende Art und die ablehnende Haltung ihr gegenüber. Befürchtete er, dass sie diesen schrecklichen Teil der Vergangenheit und den Tod seiner Mutter wieder aufwühlen würde? Auf einmal wünschte sie sich, niemals hergekommen zu sein. Sie hatte zuerst nur die Chance für Agatha gesehen und sich dann von diesem Haus in der faszinierenden Landschaft beeindrucken lassen. Nicht eine Sekunde hatte sie darüber nachgedacht, welche Geschichten hinter diesen Mauern verborgen waren und wie viel Leid sie beinhalteten. Jeevan war krank, und trotzdem hatte er ihr von den Tagen erzählt, die zu den schlimmsten seines Lebens gehörten. Das musste ihn wahnsinnige Kraft gekostet haben.

»Laura.« Sie blickte auf, direkt in seine Augen, die zwar etwas wässrig, aber noch immer von faszinierendem Braun waren. »Ich danke Ihnen, dass Sie mir zugehört haben. Es war nicht leicht, sich alles von der Seele zu reden, aber wenn ich länger damit gewartet hätte, wäre es noch schwerer geworden. Ich habe dieses Kapitel meines Lebens von meiner Familie ferngehalten. Sie sollte meine Trauer nicht teilen müssen. Für sie zählt die Zukunft, nicht eine Vergangenheit, die meine Lieben nicht selbst gelebt haben. In den vergangenen Tagen grübelte ich oft, ob das die richtige Entscheidung war. Aber mit den eigenen Nachkommen ist es nicht immer so einfach.«

Ein Hauch Erleichterung flutete ihren Körper. »Ich habe Ihnen sehr gern zugehört, Jeevan.«

Er nickte. »Manche Geschichten wehren sich, wenn sie zu lange eingesperrt werden. Man merkt es hier oder aber auch hier.« Er berührte seine Stirn, dann seine Brust. »Ich ahnte das bereits damals. Nach dem Tod meiner Schwester habe ich wieder angefangen, Briefe zu schreiben.«

»An Agatha?«

»Ja. Sie war nach Malati und Dev noch immer die wichtigste Person in meinem Leben. Es hat mir geholfen. Ich habe ihr alles erzählt und ihr gesagt, dass mir noch ein Lichtblick geblieben ist: die Hoffnung, dass es ihr gut geht und sie ihr Leben so führt, wie sie es verdient hat. Abgeschickt habe ich diesen Brief allerdings nie, ebenso wenig alle anderen, die ich ihr danach geschrieben habe. Ich hätte sie ihr beinahe gegeben, aber dann fehlte mir doch der Mut.«

Nun war es Laura, die sich verstohlen eine Träne aus dem Augenwinkel wischte. »Sie beide haben sich noch einmal getroffen, nicht wahr?«

»Ein einziges Mal, aber nicht allein. Es fühlte sich daher nicht an wie eine echte Begegnung. Mehr wie ein Schauspiel, in dem wir beide Dinge gesagt haben, die jemand anderes zuvor niedergeschrieben hat. Agatha war mit ihrem Vater in London und hat mich im *Ludlow's* aufgesucht, um mir zu sagen, dass sie heiraten und ihrem Mann nach Deutschland folgen wird. Ich werde niemals ihr wunderschönes Gesicht vergessen. Ihr Vater ist währenddessen durch den Laden gegangen und gab vor, sich für unseren Tee zu interessieren. Es war alles schwer genug für sie, und daher habe ich das Gespräch oberflächlich gehalten. Höflich. Mir blieb nur noch, ihr alles Glück der Welt zu wünschen und ihr zum Abschied und zur baldigen Vermählung ein Buch zu schenken.«

»Ein Buch? Etwa *The World of Indian Tea*? Darüber haben Agatha und ich uns kennengelernt.«

Jeevan blinzelte zweimal rasch nacheinander. Es berührte Laura tief, wie sehr diese eine Erinnerung ihn mitnahm. »Sie hat es also all die Jahre behalten.«

»Das hat sie.« Diese kleine Lüge musste sie auf sich nehmen.

Sein Gesichtsausdruck bekam etwas Wehmütiges. »Ich wollte ihr etwas Schönes mit auf den Weg geben. Etwas, das uns trotz allem auf eine Weise verbindet, die ihr niemals Probleme bereiten würde.« Er drehte sich ein wenig umständlich halb auf die Seite und deutete auf ein Regal, in dem neben Büchern auch andere Gegenstände zu sehen waren. »Dort.«

Laura erhob sich und ging darauf zu. Sie sah Teegeschirr, Fotos von Teeplantagen, gerahmte Karten aus Indien, alte Siebe und noch einiges mehr. Doch etwas anderes stach ihr sofort ins Auge: ein nur zu bekannter Buchrücken. *The World of Indian Tea*. »Sie haben auch ein Exemplar.« Eine Verbindung zu Agatha. Behutsam strich sie darüber und ging zurück zu Jeevan.

Er wartete, bis sie sich wieder gesetzt hatte. »Immer wenn ich es zur Hand genommen habe, dachte ich an sie und sandte ihr meine besten Wünsche.« Über sein Gesicht huschte ein Lächeln, so traurig, dass Laura ihn am liebsten umarmt hätte. »Ich hatte stets geahnt, dass ich sie eines Tages ziehen lassen muss. Es war gut, dass uns nur wenig Zeit für eine letzte Unterhaltung geblieben ist, so habe ich nichts von Malati oder Dev erzählt. Oder über dieses andere Thema geredet, für das ich mich damals so sehr geschämt habe.«

»Sie meinen die Zahlungen.«

»Ja. Zudem ich mich nicht traute, da Mr. Ford in der Nähe war. Ich wollte nicht undankbar erscheinen oder Agatha in eine unangenehme Situation bringen.« Sein Blick glitt erneut in die Ferne. »Bis heute habe ich es nicht angerührt. Nach Malatis Tod habe ich mir Vorwürfe gemacht, aber nachdem die Trauer schwächer wurde, war mir klar, dass ich sie mit der größten Summe der Welt nicht hätte retten können. Selbst wenn sie in einem Palast gewohnt hätte, wäre ihr geschwächter Körper durch den Smog über seine Grenzen getrieben worden. Außerdem … dieses Geld war nicht gut. Es lag auf der Hand, dass Mr. Ford sich damit auf die eine oder andere Weise das Kontaktverbot zwischen seiner Tochter und mir erkaufte. Und vielleicht noch mehr.«

»Was haben Sie stattdessen damit gemacht?«

Jetzt war sein Lächeln geheimnisvoll. »Es beiseitegelegt in der Hoffnung, es Agatha eines Tages zurückgeben zu können, auch wenn das eine Fantasievorstellung war. Später habe ich ein Sparkonto eröffnet. Aber ich möchte Sie nun nicht mit Kurswerten und Paritäten langweilen.« Er schmunzelte. »Nach vielen Jahren habe ich es investiert und mich an einer Tee-Exportfirma beteiligt, um zu verhindern, dass es an Wert verliert. Es hat sich seitdem gut gemacht, dieses Geld, aber dennoch ist es nicht meins. Nicht hier.« Er tippte zweimal auf seinen Brustkorb. »Nur Dev weiß davon, und womöglich zürnt er mir noch immer deshalb. In seinen Augen gehört es ihm. Er begreift nicht, dass es noch nie sein Besitz war, sondern Agathas. Ich habe lediglich für sie darauf geachtet. Und durch Sie, Laura, habe ich nun endlich die Gelegenheit, ihr zu zeigen, dass auch ich das Leben angenommen habe. Jede noch so kleine Herausforderung. Und sie alle haben mich hierhergebracht, nach Crane Place.« Etwas rasselte in seiner Kehle. Er räusperte sich und hustete.

Laura legte eine Hand auf seinen Arm und fragte sich, was sie da losgetreten hatte. Sie hatte das alles zu wenig durchdacht. Beide, Agatha und Jeevan, hatten damals mit vielen Schwierigkeiten zu kämpfen gehabt. Womöglich hatte Agatha ihre Gründe, warum sie auch nach dem Tod von Ronald Sperlich niemals nach ihrer großen Liebe gesucht hatte.

Nun war sie hier, und dieser Mann mit den sanften Augen hoffte, mit ihrer Hilfe etwas wiedergutzumachen, das nicht seine Schuld war. Was, wenn er sich wünschte, dass sie den Kontakt mit Agatha herstellte, damit er ihr dieses Geld zurückzahlen konnte? Wie viel mochte das wohl heute sein? Sie wollte Jeevan keinen Wunsch abschlagen, aber es war etwas anderes, nur mit Grüßen im Gepäck nach Wiesbaden zurückzukehren als mit der Ankündigung, dass demnächst eine größere Summe den Besitzer wechseln würde.

»Brauchen Sie noch etwas? Ein Glas Wasser vielleicht?«, fragte sie.

Er schüttelte den Kopf. »Ich fürchte, ich muss jetzt erst wieder Kraft sammeln. Aber ich danke Ihnen von Herzen, dass Sie mir zugehört haben. Ich unternehme hin und wieder einen Ausflug in die Vergangenheit, vermeide aber, allzu lange dort zu bleiben. Es ist zu schwer. Mit Ihrer Hilfe war es mir möglich.«

Es wurde immer deutlicher, warum sich Agatha vor so vielen Jahren in Jeevan verliebt hatte. »Ruhen Sie sich aus, Mr. Raje. Soll ich jetzt vielleicht doch Mrs. Mandell holen?«

»Das wäre sehr freundlich von Ihnen.«

Mit einem letzten Blick auf sein erschöpftes Gesicht wandte sie sich ab und ging zur Tür, wobei ihre Schritte von dem dicken Teppich verschluckt wurden. Auf halbem Weg blieb sie stehen. »Mr. Raje?« Sie flüsterte. Falls er bereits eingeschlafen war, wollte sie ihn nicht wecken.

»Ja?«

»Haben Sie Agatha geliebt?«

»Natürlich.« Es klang erstaunt. »Immer. Aber in dieser Welt war es uns niemals bestimmt, zusammen zu sein. Und was hätte ich ihr auch bieten können?«

»Ihre Liebe und Freundschaft«, platzte es aus ihr heraus. »Sie waren Seelenverwandte. Ich glaube nicht, dass man so jemanden allzu häufig findet.«

»Ja«, sagte er leise. »Da haben Sie wohl recht. Aber das Leben hat so viele Seitenstraßen, dass man sich darin verlieren kann, wenn man nicht aufpasst. Ich habe meinen

Weg gewählt, und er war angefüllt mit schönen Momenten. Agatha hatte einen starken Willen und war eine so liebevolle Frau, dass ich fest davon überzeugt bin, dass es ihr ebenso ging. Auch wenn es mich traurig macht, dass sie nun verwitwet ist.« Er gluckste. »Wobei sie auf dem Foto, das Mrs. Mandell mir gezeigt hat, immer noch aussieht, als hätte sie alles gut im Griff.«

Laura lachte auf. »Das kann man so sagen.«

»Möchten Sie ihr auch ein Foto von mir zeigen?«

»Ich … natürlich.« Rasch zückte Laura ihr Handy. Für wenige helle Sekunden lächelte Jeevan seine Krankheit weg. Als sie fertig war und ihm zunickte, wandte er den Kopf und schloss die Augen. Nur Sekunden später erfüllten gleichmäßige Atemzüge das Zimmer.

Laura öffnete so leise wie möglich die Tür und schlüpfte hinaus.

»Deshalb bist du also wirklich hier.«

Sie fuhr zusammen und ließ die schwere Klinke vor lauter Schreck so schnell los, als hätte sie sich verbrannt. Dev trat aus dem Flur, der zur Linken abzweigte und in dem es stockdunkel war. Sein Gesichtsausdruck war nicht minder düster, und er hielt die Arme vor der Brust verschränkt.

»Meine Güte, haben Sie mich erschreckt.« Laura versuchte, ihr rasendes Herz unter Kontrolle zu bekommen.

»Es geht dir um das Geld.« Er ging nicht einmal auf ihre Bemerkung ein. »Hat die alte Agatha dich geschickt, um es nach all den Jahren wiederzuholen?«

»Bitte was?« Laura brauchte eine Weile, bis seine Worte zu ihr durchgedrungen waren. Dann aber schlug die Fassungslosigkeit hoch. Glaubte er das wirklich? »Natürlich nicht. Haben Sie etwa gelauscht?«

Er zuckte die Schultern. »Scheint gut zu sein, dass ich es getan habe. Mir war das von Anfang an nicht geheuer, dass du hier einfach so auftauchst, Mädchen, mit dieser ach so romantischen Geschichte im Gepäck. Ich habe den wahren Grund geahnt. Du willst *mein* Geld.« Seine Stimme war laut. Zwischen den Silben schwang etwas mit, das sie beinahe zurückweichen ließ.

»Ihr Onkel ist soeben eingeschlafen, vielleicht sollten Sie etwas leiser reden«, sagte sie scharf.

Dev hob das Kinn und trat einen Schritt näher. »Weil du nicht willst, dass noch jemand mitbekommt, was hier wirklich vor sich geht?«

Jetzt reichte es ihr. Der zu geringe Abstand zwischen ihnen schüchterte sie zwar ein, machte sie aber auch wütend. »Sie bilden sich da etwas ein«, sagte sie betont ruhig, drehte sich um und ging. Sie hasste, dass es ihr vorkam, als ergriffe sie die Flucht, aber diese Konfrontation konnte zu keinem guten Ergebnis kommen. Innerlich zitterte sie. Sie wusste, wie verschieden Dev und Jeevan über das Geld dachten, das regelmäßig aus Agathas Familie in diese geflossen war. Vielleicht war er deswegen so aufgebracht. Geld hatte, gerade in großen Summen, diesen Effekt auf manche Menschen.

Als sie Devs Schritte hinter sich hörte, wurde ihr kalt. »Davonlaufen ist in diesem Fall nichts anderes als eine Weigerung, die Wahrheit zuzugeben.«

Laura biss die Zähne zusammen. Sie fragte sich, ob das Zimmer im Rosebank House noch immer frei war, während sich ein Teil von ihr auf Devs Schritte konzentrierte.

Zu ihrer großen Erleichterung erreichte sie die Treppe ohne Zwischenfall, aber darauf schien Dev gewartet zu haben: Hier war genug Platz, um sie zu überholen. Er beschleunigte, trat an ihr vorbei und versperrte ihr den Weg nach unten. »Was hast du nun vor, hm? Zurück nach Deutschland fahren und der Alten sagen, dass alles noch da ist? Wie will sie es sich wieder holen, mit einem Anwalt?«

»Nichts will sie sich wieder holen!« Nun war auch Laura lauter geworden. »Agatha Sperlich weiß nicht einmal, dass ich hier bin.«

»Das soll ich glauben? Oder ist Agatha Sperlich gar keine Bekannte, die du auf irgendeine seltsame Weise kennengelernt hast, sondern du bist mit ihr verwandt? Dann käme das alles hier natürlich auch dir zugute.«

Allmählich verlor sie die Geduld. »Wissen Sie, Dev, es ist mir egal, was Sie glauben, aber Ihre Anschuldigungen sind vollkommen aus der Luft gegriffen. Ich werde nun nach unten gehen, und wenn Sie nicht augenblicklich zur Seite treten, werde ich schreien.« Sie legte ihre Hand auf das Treppengeländer.

In seinen Augen blitzte es auf. Vielleicht hatte er auf so etwas gewartet: eine Auseinandersetzung, in der er sich abreagieren und womöglich einen Teil der Wut loswerden konnte, die sich über Jahre hinweg in ihm angesammelt hatte.

»Was ist denn da oben los?« Laura musste sich zusammenreißen, um nicht erleichtert aufzuseufzen, als Emma am unteren Treppenabsatz erschien. »Dad? Laura, ist alles in Ordnung?«

Laura nutzte den Moment, um sich an Dev vorbeizuschieben und so ruhig wie möglich weiterzugehen. »Ich denke, es ist besser, wenn ich abreise.«

Hinter ihr lachte Dev, ein so kalter Laut, dass sich ihr die Haare im Nacken sträubten. »Ja, das habe ich mir schon gedacht. Schön mit den neuen Informationen verschwinden.

Wie lange wird es dauern, bis eure deutschen Anwälte sich melden?«

Emma blickte verwirrt von einem zum anderen. Sie hielt eine Spielzeugschaufel in den Händen; ihre Schuhe waren verdreckt. Vermutlich hatte sie mit einem oder beiden ihrer Jungs draußen gespielt. »Welche Anwälte? Und warum?«

»Weil sie uns nicht die ganze Geschichte erzählt hat«, sagte Dev, ehe Laura den Mund öffnen konnte. »Unser *Gast* ist hinter dem Geld her, das Jeevan über Jahre hinweg angespart hat.«

»Das ist einfach nicht wahr!« Laura strich sich so energisch eine Haarsträhne zurück, dass es an ihrer Kopfhaut riss. Allmählich brodelte die Wut in ihrem Bauch.

Emmas Dutt wackelte, als sie den Kopf schüttelte. »Könnte mir bitte jemand genau erklären, worum es geht? Ich bin nämlich ein wenig verwirrt.« Sie deutete auf sich und zog ein übertrieben perplexes Gesicht, das Laura unter normalen Umständen zum Lachen gebracht hätte. »Dad. Welches Geld? Und was hat das mit Laura zu tun?«

Dev trat langsam näher. »Als meine Mutter mit mir schwanger war, hat Jeevans alte Bekannte Agatha regelmäßig Geld an ihn überwiesen, um Mom damit zu unterstützen.«

Emma runzelte die Stirn. »Agatha?« Sie blickte zu Laura, dann wieder zu ihrem Vater. »Deine Bekannte Agatha, Laura? Aber warum?«

»Warum nicht?« Dev zuckte die Schultern. »Die einen waren arm, die anderen reich, und sie hatten sich entschieden, etwas abzugeben. Aber Jeevan war zu stolz, es anzurühren. Er hat sich sogar geweigert, Mom damit zu retten, als sie krank war. Daher ist sie gestorben.«

»Das ist nicht wahr«, sagte Laura bemüht ruhig. »Malati war schwach und ist an den Folgen der Smogkatastrophe in London gestorben, wie viele andere Menschen auch. Damals ist Nebel, der unter anderem durch all die Abgase entstand, bis in die Häuser gekrochen. Jeevan hätte Malati nicht mit allem Geld der Welt davor abschirmen können.«

Emmas Kopf ruckte zu ihr zurück, als würde sie ein Tennismatch verfolgen. »Woher weißt du davon?«

»Dein Großonkel hat mir die Geschichte gerade eben erzählt.«

»Warum?«

Zunächst irritierte der Tonfall Laura, aber dann entdeckte sie einen Hauch des Misstrauens in Emmas Augen, das sie von Dev kannte. »Er wollte mich kennenlernen. Weil Mrs. Mandell ihm die Fotos von Agatha gezeigt hat«, antwortete sie ein wenig perplex. »Deshalb bin ich doch überhaupt hier, weil ich nach Agathas Jeevan gesucht habe. Das habe ich von Anfang an gesagt.«

»Aber du hast nichts von Geld gesagt?« Es war eine Frage, kein Vorwurf.

Laura ignorierte Devs triumphierenden Gesichtsausdruck. Vor allem, da Joshua im Hintergrund auftauchte. Er blieb im Eingangsbereich stehen und musterte einen nach dem anderen. Allein seine Gegenwart sorgte dafür, dass sie sich sicherer fühlte. Er würde nicht zulassen, dass Dev weitere Anschuldigungen aus der Luft griff. »Nein, das habe ich nicht, weil ich davon auch erst gerade eben erfahren habe. Alles, was ich wusste, war, dass es einen Mann mit seinem Namen gibt, der Agatha in jungen Jahren sehr wichtig gewesen ist. Nachdem Mrs. Mandell mich vorhin zu Jeevan gebracht hat, hat er mir von seiner Zeit in London berichtet.«

Sie zuckte die Schultern und vermied es, in Devs Richtung zu sehen. »Es ist eine traurige Geschichte, und ich bin nicht sicher, ob ich Agatha das alles überhaupt erzählen soll.«

»Ah, auf einmal will sie angeblich einen Rückzieher machen?« Dev ignorierte sie nun ebenso wie sie ihn; seine Worte galten seinen Kindern. »Ich hatte von Anfang an Zweifel an diesem Märchen. Ein Name und ein Foto in einem Buch! Wie groß sollen die Zufälle denn noch sein? Vermutlich ist Agatha ihre Großtante oder Oma oder zur Hölle weiß wer.«

Laura wollte etwas darauf erwidern, aber Emma kam ihr zuvor. »Ich verstehe immer noch nicht, woher dieses plötzliche Geld stammen soll. Nicht dass ich wild darauf bin, es wird in dieser Familie nur für Streitigkeiten sorgen, das wisst ihr ebenso wie ich. Aber warum sollte Jeevan das einer Wildfremden erzählen und nicht uns?«

Laura fühlte sich seit dem Streit mit Dev, als würde sie ein Gewicht mit sich herumschleppen, und nun wurde es noch einmal schwerer. Auch wenn sie Emma erst vor Kurzem kennengelernt hatte und nach diesem Aufenthalt vermutlich nie wiedersehen würde, tat es weh, plötzlich als *Wildfremde* bezeichnet zu werden. »Du glaubst das doch nicht auch, oder? Dass ich wegen Jeevans Geld hergekommen bin?«

Emma zögerte. Sie schlug mit der Schaufel gegen ihr Bein, immer und immer wieder. Sandbröckchen fielen auf den gewienerten Boden. »Ich weiß es nicht. Tut mir leid, Laura, ich mag dich, aber ich kenne dich einfach zu wenig. Dad hat recht, die ganze Geschichte ist schon seltsam.«

»Ich …« Erst als sie angesetzt hatte, bemerkte sie, dass sie nicht mehr wusste, was sie sagen sollte. Dass Emma so offen an ihr zweifelte, hatte sie nicht erwartet. Ihr Blick glitt zu

Joshua. Etwas tief in ihrem Bauch begann zu brodeln, als sie seine vor der Brust verschränkten Arme bemerkte. warum schwieg er? Er glaubte seinem Vater doch nicht etwa auch? Sie musste sich zusammenreißen, um ihn nicht anzusprechen, aber sie wollte nicht vor den anderen um Beistand betteln. Er musste doch wissen, dass es ihr nicht darum ging, sich ein fremdes Vermögen zu erschleichen! Sie hatte ihm von sich erzählt und ihm einen Blick in ihr Privatleben gewährt, auf dem Balkon von Annas kleinem weißem Haus. Und er verstand sie, das hatte sie gespürt. Mehr noch, etwas war zwischen ihnen entstanden, eine sanfte Verbindung, die vor allem auf Vertrauen basierte. Nur schien davon nichts geblieben zu sein. Aber sie hatte sich das doch nicht eingebildet!

Laura hielt den Atem an, als sie ihm ins Gesicht sah. Augenblicklich wünschte sie sich, es nicht getan zu haben. Weder lächelte Joshua noch wirkte er erstaunt. Im Gegenteil, sie fand … Ablehnung. Es fühlte sich an wie ein Hieb in den Magen. Und das Schlimmste war, dass sie einfach nicht verstand, was hier soeben vor sich ging. Ein Teil von ihr wollte, dass sie sich zurückzog, aber ein anderer begehrte auf. Sie hatte sich nichts vorzuwerfen. Und wenn niemand das sah, nicht einmal Joshua, gab es keinen Grund, noch länger zu bleiben.

»Es ist schade, wenn dieser Eindruck entstanden ist«, sagte sie klar und deutlich. »Ich wollte lediglich eine alte Geschichte ans Licht bringen, in der sich zwei Menschen vor langer Zeit aus den Augen verloren haben. Aber unter diesen Umständen ist es wohl besser, wenn ich abreise. Joshua, da mein Wagen noch nicht aus der Werkstatt zurück ist, könntest du mich zum Rosebank House fahren? Vielleicht habe ich Glück, und mein Zimmer ist noch frei.«

Lange Sekunden starrte er sie nur an. »Gut«, sagte er dann mit einer so gleichgültigen Stimme, dass ihr noch kälter wurde. »Allzu viel hast du ja nicht dabei, das Packen wird also schnell gehen. Wir sehen uns in zehn Minuten auf dem Hof.« Er wandte sich um und trat ohne ein weiteres Wort nach draußen.

Wo Dev Laura einfach nur wütend machte und Emma sie enttäuschte, traf sein Verhalten sie wie eine eiskalte Dusche. Hinter ihr ertönte ein Lachen, knapp und abgehackt und voller Triumph. Sie wusste genau, wie Dev sie ansehen würde, wenn sie sich nun umdrehte, und das durfte sie sich nicht antun. Mit einem letzten Blinzeln in Emmas Richtung – die sich nicht gerührt hatte und verwirrt und nachdenklich aussah – drehte sich Laura um und ging zu ihrem Zimmer, wobei sie versuchte, die Tränen der Enttäuschung und der Scham wegzublinzeln. Dev rief ihr etwas hinterher. Sie schaffte es, die Worte auszublenden, nicht aber den Spott darin. Er brannte sich unter ihre Haut und breitete sich aus, bis sie schneller lief, auch wenn es wie eine Flucht aussehen musste.

Aber das war es ja auch. Sie flüchtete vor diesem Haus, den nur halb erzählten Geschichten und all dem Schmerz, der unter der Oberfläche lauerte – unter den beeindruckenden Bildern, weichen Teppichen und riesigen Möbeln. Aber nichts war so mächtig wie eine Geschichte. Sie ließ sich nicht von Wohlstand oder Grundstücken aufhalten, die bis zum Horizont reichten. Sie fand stets einen Weg, um an die Oberfläche zu gelangen. Und wenn sie erst einmal zu einem Gedanken und dann zu einer Erinnerung geworden war, existierte sie für eine lange Zeit. Mitunter für immer.

Laura trat in ihr Zimmer und schlug die Tür fester als nötig hinter sich zu. Wenn Dev all die Jahre einen Sündenbock gesucht hatte, weil sein Onkel ihm das Geld vorenthielt, so war sie für ihn wohl zur rechten Zeit gekommen. Natürlich könnte sie ihm sagen, dass er selbst mit Jeevan reden sollte, aber das war zum einen nicht ihre Aufgabe, und zum anderen hatte sie sich bereits zu sehr eingemischt – und ihre Lehre daraus gezogen. Noch einmal würde ihr ein solcher Fehler nicht unterlaufen.

Joshua hatte recht: Sie hatte in kürzester Zeit gepackt, da sie alles einfach in ihre Reisetasche stopfte. Ihre Sachen würden bei ihrer Ankunft vollkommen verknittert sein, aber das war ihr egal. Wenn sie nicht auf ihren Wagen warten müsste, würde sie noch heute zurück nach Deutschland fahren. Zuletzt schob sie *The World of Indian Tea* in ihre Tasche und dachte an das Exemplar in Jeevans Zimmer. Für eine Weile hatten sich zumindest beide Bücher unter einem Dach befunden.

Nach kurzem Zögern nahm sie den Kardamomableger, wickelte ihn behutsam in ihr Halstuch und platzierte ihn ganz oben in ihrer Reisetasche. Den Reißverschluss bekam sie kaum noch zu, aber sie brachte es einfach nicht übers Herz, die Pflanze hierzulassen. Nachher warf Joshua sie noch weg, und das hatte sie nicht verdient.

Der Gang vor ihrem Zimmer leer, was Laura seltsamerweise enttäuschte. Insgeheim hatte sie gehofft, dass Mrs. Mandell auftauchen würde, um die Rajes mit der ihr so eigenen Autorität in die Schranken zu weisen und ihnen klarzumachen, welchen Unsinn sie sich da zusammenreimten. Also blieb ihr lediglich, den Weg nach unten anzutreten.

Joshua wartete bereits vor seinem Wagen, die Hände tief in die Taschen geschoben. Sein dunkles Haar glänzte, und mit dem schlichten Shirt zur Jeans wirkte er schmerzlich vertraut. Lediglich sein Gesichtsausdruck passte nicht zu ihm: Er war noch immer so düster wie zuvor. »Die Werkstatt hat gerade angerufen«, sagte er so neutral, als würde er wirklich mit einer Fremden reden. »Dein Wagen ist fertig. Ich kann dich also direkt bei Evans absetzen.«

»Das ist eine gute Idee«, sagte sie, um ihm nicht zu zeigen, wie verletzt sie war. »Dann muss ich auch nicht mehr nach einem Zimmer fragen und kann sofort nach Deutschland aufbrechen.«

Er zuckte die Schultern, öffnete die Fahrertür und stieg ein. Es kam Laura vor, als würden sich Blicke aus dem Inneren des Hauses in ihren Rücken brennen, und sie beeilte sich, seinem Beispiel zu folgen. Ihr Gepäck verstaute sie zuvor auf der Rückbank.

Am liebsten wäre sie sofort wieder ausgestiegen. Die Stimmung war angespannt, aber Joshua hatte den Motor bereits angelassen, legte den Gang ein und setzte so abrupt zurück, dass Kies aufflog. Kurz darauf lenkte er ebenso ruppig durch die Einfahrt von Crane Place und bog auf die Straße ab. Er schwieg hartnäckig, was anstrengender war als der schlimmste Lärm es hätte sein können. Laura hielt ihre Handtasche mit beiden Händen umklammert und wünschte sich, er hätte zumindest das Radio eingeschaltet. Es juckte ihr in den Fingern, das nachzuholen, aber dann würde sie diese Kluft zwischen ihnen nur verstärken – und trotz allem wollte sie das nicht. Sie wollte verstehen.

Eine Weile rang sie mit sich, aber dann sagte sie sich, dass sie ohnehin nichts mehr zu verlieren hatte. In wenigen Stunden würde sie am Fähranleger stehen und auf die Überfahrt nach Frankreich warten. »Was ist los, Joshua? Glaubst du etwa auch, dass ich nur hier bin, weil ich Geld will, von dem ich nicht einmal wusste, dass es existiert?«

Sie warf ihm einen Seitenblick zu. Er starrte auf die Straße und hatte das Lenkrad mit beiden Händen umfasst. Auf seiner Wange zuckte es, und sein Unterkiefer bewegte sich, als würde er die Zähne zusammenbeißen. Offenbar wollte er nicht antworten. Aber mehr als ihm eine Hand zu reichen konnte sie nicht tun.

Häuser und Wiesen zogen an ihnen vorbei, auf einer Weide drängten sich die Schafe an den Zäunen. Der Süden Englands war wunderschön, aber in der nächsten Zeit würde sie ihn von ihrer Reiseliste streichen. Sie lehnte sich zurück und schloss die Augen, um das alles auszublenden.

»Ich glaube dir, dass du nichts von dem Geld wusstest.« Seine Stimme ließ sie zusammenfahren, vor allem, da sie noch immer so düster und feindselig klang. »Und mir ist es auch egal, welche Summen Onkel Jeevan wo hortet. Aber ich war der Meinung, dass ich dir vertrauen kann, und da habe ich mich wohl getäuscht.«

Laura schlug die Augen wieder auf und runzelte die Stirn. »Wenn es nicht um dieses Gespräch mit Jeevan geht, habe ich absolut keine Ahnung, wovon du redest.«

»Ich dachte, das hätte ich soeben gesagt.«

»Nein, du hast etwas angedeutet, auf das ich mir keinen Reim machen kann.«

Er schnaubte. »Du willst wirklich die Unschuldige spielen?« Es klang noch immer wütend, aber auch ungläubig.

Laura schüttelte den Kopf. »Ich *habe* keine Ahnung, wovon du redest. Es würde helfen, wenn du es mir erklärst.«

»Mein Projekt!« Zum ersten Mal, seitdem sie losgefahren

waren, wandte er sich ihr zu. »Ich hatte dich gebeten, meiner Familie nicht von meinen Plänen zu erzählen.«

»Und daran habe ich mich gehalten«, sagte sie verwundert.

Jetzt hörte sie das Knirschen seiner Zähne. »Dann muss es wohl ein seltsamer Zufall sein, dass Dad und Mum mich auf genau das angesprochen haben, das ich so lange geheim halten konnte – kurz nachdem ich einem anderen Menschen davon erzählt habe. Dir.« Jetzt schwang noch etwas anderes in seiner Stimme mit. Enttäuschung.

Laura drehte sich halb auf ihrem Sitz. »Ich habe niemandem etwas davon gesagt. Das habe ich dir versprochen, und ich halte mein Wort! Vielleicht hat jemand etwas vermutet, weil du kein Interesse am Familiengeschäft zeigst?«

Er rieb sich über die Stirn. »Ich wüsste nicht, wie sie sonst davon erfahren haben, Laura. Mein Vater hat mir vorhin ganz sicher keine Szene gemacht, weil er etwas *vermutet*.«

Das erklärte, warum Dev heute noch schlechtere Laune hatte als sonst. »Von mir weiß er es auf jeden Fall nicht.«

Das war eindeutig nicht das, was Joshua hören wollte. »Wie auch immer, es hat sich ja nun erledigt. Du hast Jeevan gesprochen, was ja dein Plan war, und nun gibt es keinen Grund mehr, länger zu bleiben. Besser, du reist ab, damit ich meine Angelegenheiten regeln kann. Und sich diese Familie wieder beruhigt.«

»Ja«, sagte sie. Vor ihrer Abfahrt hatte sie geglaubt, nicht noch enttäuschter sein zu können. »Das scheint wirklich besser zu sein.«

Sie hatten Chartham beinahe erreicht, und vor ihnen zeigten sich die vertrauten Umrisse der Werkstatt. Joshua ging vom Gas. »Es ist alles bereits geregelt. Du kannst sofort losfahren.«

»Gut«, sagte sie, da ihr sonst nichts einfiel. Wollte er nicht einmal mehr mit reinkommen? War er das also – ihr Abschied, nachdem sie geglaubt hatte, in Joshua jemanden gefunden zu haben, der sie verstand? Zu dem sie sich womöglich sogar hingezogen fühlte? Wie sehr man sich täuschen konnte! Der Kuss schien ihm nichts bedeutet zu haben, und das Gefühl der Vertrautheit, das sie im Anschluss bis in ihre Träume begleitet hatte, war verschwunden. Vielleicht hatte sie sich von der Schönheit des Landes verführen lassen und manche Dinge überbewertet. Wenn sie Joshua nun musterte, sah sie noch immer einen attraktiven Mann, aber sie konnte sich nicht vorstellen, ihn noch einmal zu küssen.

Als er vor der Werkstatt an den Straßenrand fuhr und mit laufendem Motor wartete, schlich sich erneut Wut in Lauras Gewühlswirrwarr. Sie starrte ihn noch einmal an, dann stieg sie aus und knallte die Tür hinter sich zu. »Vielen Dank fürs Herbringen«, sagte sie, nachdem sie ihre Tasche von der Rückbank genommen hatte.

»Gerne.« Sein Tonfall besagte das genaue Gegenteil. »Und gute Fahrt zurück nach Deutschland.« Er sah sie nicht einmal an.

Laura schloss auch diese Tür und betrat den Hof der Werkstatt. Im selben Augenblick wurde der Motor schon wieder lauter, dann schoss Joshua an ihr vorbei und verschwand.

22

Lauras Arme schmerzten von all den Kartons, die sie gestern und heute getragen hatte. Sie hätte froh sein sollen über diese Pause, in der sie im Wagen saß und auf die Häuserreihe neben sich starrte. Jetzt wäre sie am liebsten zurückgefahren, um auch für den Rest des Tages schwere oder staubige Dinge zu schleppen. Aber sie musste das hier hinter sich bringen, um endlich mit dem Thema abschließen zu können.

Nach ihrer Rückkehr aus England hatte sie Joshuas Telefonnummer blockiert und sich geschworen, ihn und seine Familie zu vergessen. Gar nicht mal so leicht. Es funktionierte, wenn sie beschäftigt war, aber wenn es ruhiger wurde und die Dämmerung hereinbrach, brachte sie oft jene Fragen mit sich, die bereits die ganze Zeit im Hintergrund lauerten.

Laura nahm ihre Tasche sowie die Mappe vom Beifahrersitz und stieg aus. Zu ihrem Erstaunen hatten sie während der Fahrt feine Schneeflocken begrüßt, die sich nun wie ein dünner Schleier über die Vorgärten legten und sich noch nicht entschieden hatten, ob sie bleiben wollten oder nicht. Laura legte den Kopf in den Nacken und genoss die kühlen Berührungen auf der Haut, ehe sie die Straße überquerte und vor Agathas Tür stehen blieb. Ein letztes Zögern. Die alte Dame war auf jeden Fall zu Hause. Im Inneren brannte Licht. Vielleicht hatte Agatha es auch nur vergessen auszuschalten oder sie ließ es generell brennen, wenn sie unterwegs war. Zum Beispiel, um Einbrecher abzuhalten.

»Hör auf, dir eine Ausrede zu suchen«, murmelte Laura, betätigte die Klingel und lauschte. Im Haus tat sich nichts. Vielleicht war Agatha einkaufen.

Ihre Gedanken rissen bei dem Gepolter im Erdgeschoss ab. Jemand murmelte oder fluchte. Die Tür schwang auf, und Agatha blickte sie mit der Missbilligung an, die Laura nicht mehr persönlich nahm – sie gehörte ebenso zu der älteren Dame wie die wellige, leicht helmförmige Frisur, die heute wieder mit viel Haarspray fixiert worden war.

Agatha kniff ihr kleineres Auge zusammen. »Frau Nicolai. Was ist, wollen Sie etwa weitere Geschichten hören? Da muss ich Sie enttäuschen, mehr gibt es nicht. Ich bin ja schließlich kein Glaskasten, in dem jeder alles sehen kann und soll.«

Fast musste Laura lächeln. »Nein, keine Sorge, heute müssen Sie mir nichts erzählen«, sagte sie und schwenkte die Mappe. »Heute bin ich dran.« Es gelang ihr, fröhlich und unbeschwert zu klingen, dabei war es gut möglich, dass Agatha ihr gleich den Kopf abreißen würde.

Die presste zunächst einmal die Lippen zusammen. Sie trug ein Wollkleid in Waldgrün mit einer großen silbernen Brosche am Kragen. Die dunkle Farbe ließ sie noch energischer erscheinen. »Ich habe keine Ahnung, was Sie sich in den Kopf gesetzt haben, aber ich kann Sie ja schlecht bei dem Wetter draußen stehen lassen.« Sie winkte mit ihrem Gehstock, drehte sich um und überließ es wieder mal Laura, die Tür zu schließen.

Dieses Mal ging Agatha in ihre Küche. Es war kein riesiger Raum, aber für eine Person mehr als ausreichend, und vor allem nutzte Agatha jeden Zentimeter. Die beigefarbenen Einbauschränke waren entweder recht neu oder sehr gut gepflegt. Auf den Regalen an der Wand reihten sich säuberlich Vorratsgläser und Dosen. Das Herzstück der Küche war ein schwerer Holztisch mit sechs Stühlen.

»Ein Überbleibsel aus der Zeit meiner Ehe«, sagte Agatha, der Lauras Blick aufgefallen sein musste. »Unsere Familien kamen öfter zu Besuch. Nun, als meine noch lebte.« Sie nahm einen Keramikkessel vom Herd. »Ich wollte mir einen Nachmittagstee machen, ehe Sie angeklingelt haben, und verschiebe das ungern.«

»Machen Sie nur«, sagte Laura und legte die Mappe auf den Tisch, der bereits mit Tasse, Teller und einem kleinen Set aus Milch und Zucker bestückt worden war. Agathas Worte hatten steif geklungen, nicht strafend. Ob ihre gesamte Familie tot war? Sie hatte nur einen Bruder und ihre Eltern gehabt, also lag es nah. Ein trauriger Gedanke. »Was ist mit der Familie Ihres Mannes? Kommt da niemand mehr zu Besuch?«

Agatha füllte Wasser in den Kessel und setzte ihn auf den Herd. »Manche Stricke reißen, wenn die Hauptverbindung gekappt wird.« Sollte sie das bedauern, so ließ sie es sich nicht anmerken. Trotzdem fand Laura die Vorstellung traurig, so viele Jahre mit einem Mann verheiratet gewesen zu sein, nur um dann schlagartig allein dazustehen. Vielleicht war ihr Besuch hier gar keine so schlechte Idee. Wenn eine geringe Chance bestand, dass Agatha die mitgebrachten Bilder Freude bereiteten, dann war es das wert.

Agatha stellte sich auf Zehenspitzen, um eine der Dosen vom Regal zu nehmen, und stützte sich dabei auf ihren Stock. Laura wollte anbieten, ihr zu helfen, hielt sich dann aber zurück. Agatha kam allein klar und würde es vermutlich als Beleidigung betrachten, wenn jemand das infrage stellte. Also beobachtete sie, wie die ältere Frau ein Sieb aus einer Schublade holte und gewissenhaft Tee hineingab. Erst da fiel ihr auf, dass es sich bei den Behältnissen auf den Regalen um Teedosen handelte.

»Sind die alle gefüllt?«

Agatha bedachte sie mit strengem Blick. »Natürlich. Ich halte nicht viel von unnützem Zierrat in der Küche.«

»Ist das alles Tee? So viele Sorten?«

»Kaffee kommt mir nicht ins Haus.«

Da hatten sie schon mal etwas gemeinsam.

Laura wartete, während Agatha mit eisiger Miene ein zweites Service auflegte und Gebäck auf einem dritten Teller stapelte: Shortbread.

Laura schnupperte verhalten, als Agatha ihn vor ihr platzierte. »Haben Sie die selbst gebacken?«

»Nein, und Sie sollten froh darüber sein. Ich mag die Küche, weil ich dort meine Mahlzeiten und meinen Tee bekomme, aber Kuchen und Kekse waren nie meine Glanzstücke. Das Shortbread stammt aus einer Bäckerei am anderen Ende der Stadt. Es ist jedes Mal eine halbe Weltreise, um es zu kaufen, aber ich habe auch Jahre gesucht, bis ich jemanden gefunden habe, der es halbwegs ordentlich hinbekommt.«

Als Agatha den schwarzen Tee in die Tassen gefüllt und die Kanne auf einem Stövchen platziert hatte, setzte sie sich auf den Stuhl Laura gegenüber. »Also. Was wollen Sie heute von mir, Frau Nicolai?«

Nun wurde Laura doch nervös. Sie zwang sich, einen Schluck Tee zu trinken, der allerdings noch viel zu heiß war. Während Agatha zwei Stücke braunen Kandis sowie einen Schuss Milch in ihre Tasse gab, drehte sie die Mappe so, dass sie beide hineinsehen konnten, und schlug sie auf.

Sie hatte die Fotografien auf DIN-A4-Papier ausgedruckt. Die oberste war unverfänglich und zeigte die Frontansicht von Crane Place mit seinen drei Etagen und den gleichmäßig angeordneten Fenstern. Durch die teils von Wolken verdeckte Sonne und die vom Druck leicht verfälschten Farben wirkte die Backsteinfassade düster. Trotzdem beeindruckte das georgianische Gebäude; das Weiß der Fensterläden schien nahezu zu strahlen.

Laura glaubte, dass Agatha einen flüchtigen Moment lang den Atem angehalten hatte. Ob sie den Baustil ihrer Heimat wiedererkannte? »Ich habe in der vergangenen Woche Urlaub gemacht. Der letzte, ehe ich meine neue Stelle antrete«, sagte sie.

Agatha nippte an ihrem Tee und schwieg.

Laura räusperte sich leise. »Das ist Crane Place, ein Anwesen in Kent. Es liegt in der Nähe von Canterbury.«

»Hübsche Gegend«, sagte Agatha. Es klang völlig neutral.

»Ja, das stimmt, es ist sehr schön dort.« Laura griff nach dem Ausdruck. »Ich habe jemanden besucht.« Das zweite Foto zeigte Emma, die soeben versuchte, ihre Söhne zum Posieren zu überreden – ohne Erfolg. Jeremy und Aidan versteckten sich halb hinter dem Rücken ihrer Mutter, und man sah lediglich eine Schulter samt Arm sowie einen Hinterkopf. Emmas dunkle Augen strahlten. Aus ihrem Haarknoten hatten sich Strähnen gelöst. Laura erinnerte sich noch genau an den Augenblick. Sie hatten viel und so laut gelacht, dass Helen aus dem Garten gekommen war. Da hatten sie noch alle unbeschwert miteinander umgehen können. »Das ist Emma. Das Anwesen gehört ihrem Großonkel. Sie heißt Griggs mit Nachnamen, aber vor ihrer Hochzeit hieß sie Emma Raje.«

Das war das Stichwort. Plötzlich hätte man eine Nadel fallen hören können. Agatha rührte sich nicht und machte noch immer einen so teilnahmslosen Eindruck, als wartete sie darauf, dass die Erzählung weiterging. Doch Laura bemerkte, dass die Finger, mit denen sie ihre Tasse hielt, schneeweiß geworden waren. Besser, sie erzählte schnell weiter und machte es nicht allzu spannend. Agatha hasste Überraschungen und war eher jemand, der ein Pflaster mit einem Ruck von der Haut zog. Also legte sie auch diese Kopie zur Seite.

»Die Geschichte Ihrer Jugend hat mich ziemlich beschäftigt nach meinem letzten Besuch, Agatha.«

Nun war das Innere von Crane Place mit der imposanten Treppe, dem Tannenbaum und dem Kristallleuchter zu sehen. Buntes Licht fiel durch die Fenster auf den Boden. Es hatte noch ein Foto gegeben, auf dem Joshua inmitten der bunten Tupfen zu sehen war, aber Laura hatte es nicht über sich gebracht, es länger als nötig zu betrachten.

»Also habe ich im Internet recherchiert und diese Adresse gefunden, ohne zu wissen, ob ich dort richtig bin. Aber wie schon gesagt, die Gegend ist sehr schön, also habe ich mir eine Unterkunft gemietet und Crane Place einen Besuch abgestattet.« Sie blätterte zur nächsten Kopie. »Das ist Helen. Ihr Mann heißt Dev, aber leider lässt er sich nicht so gern fotografieren.« Das war die Untertreibung des Jahres. Mittlerweile raste ihr Puls, als wäre sie einen Marathon gelaufen. Das Foto, auf dem Helen in einem farbenfrohen Sari vor den Kräuterbeeten posierte, war das vorletzte. Sie atmete tief durch. Nun zitterten auch ihre Finger. »Und das ist Devs Onkel. Ich glaube, Sie kennen ihn.« Sie legte das Blatt zur Seite.

Die letzte Kopie zeigte Jeevan in den wenigen Sekunden, in denen er im Bett den Kopf gehoben hatte. Auf dem Bild wirkte er beinahe gesund, und seine Augen strahlten, als wäre dies der schönste Tag seines Lebens. Die Facetten seines Charakters spiegelten sich in seinem Blick wider: die Höflichkeit, die Freude an vielen kleinen Dingen und der Wille, stets aus eigener Kraft weiterzukommen. Selbst jetzt, da er so krank war, wirkte er nicht wie ein gebrochener Mann, sondern wie jemand, der noch eine Menge zu geben hatte.

Laura wagte es kaum, Agatha anzusehen. Ob sie all das auch bemerkte? Wie schnell würde sie den Schock verdaut haben? Wäre sie bereit, Jeevan zu besuchen? Falls ja, musste Laura ihr unbedingt mitteilen, wie krank er war – die zweitschwerste Aufgabe an diesem Tag. Sie gab sich einen Ruck. »Jeevan.« Ihre Stimme war kaum zu hören. »Ich habe seinen Namen im Internet gefunden, war aber nicht sicher, ob es der Richtige ist. In dem Bericht war von einem Londoner Unternehmer die Rede, aber ich habe es darauf ankommen lassen. Jeevan war sehr freundlich, ich durfte sogar auf seinem Anwesen übernachten. Wir haben uns unterhalten, und da wusste ich, dass ich richtig bin. Ich habe ihn gefunden, Agatha! Er lebt! Er hat mir erzählt, dass ...«

Agatha zog ihre Hand so abrupt zurück, dass der Silberlöffel auf dem Unterteller klirrte. »Ich will nichts mehr davon hören.« Sie stand auf, nahm die noch halbvolle Teekanne und stellte sie auf der Spüle ab. Kurz blickte sie sich um, ehe sie ein Tuch nahm, es anfeuchtete und etwas abwischte. Mit jeder Sekunde wurde die Stimmung im Raum eisiger.

Während sie die Ausdrucke langsam wieder zusammenlegte, grübelte Laura, was sie tun sollte. Ja, sie hatte damit gerechnet, dass Agatha über diese Einmischung in ihr Privatleben wütend sein würde. Aber nicht, dass sie komplett dichtmachte. »Agatha«, sagte sie vorsichtig. »Ist es Ihnen denn gleichgültig, dass wir jetzt wissen, wo Jeevan ist? Sie haben sich so viele Jahre nicht gesehen, und …«

»Und das hatte seinen Grund. Hätte ich wissen wollen, ob er noch lebt und wo, hätte ich einen Privatdetektiv engagiert.«

Die Botschaft war unmissverständlich: Alter kam nicht zwangsläufig mit Hilflosigkeit daher, aber das hatte Laura auch niemals andeuten wollen. Die andere Aussage jedoch konnte sie nicht einfach so stehen lassen. »Sie wollen ihn wirklich nicht mehr sehen?«

Agathas Hand schwebte in der Luft, dann faltete sie das Tuch sorgfältig zusammen. »Nein. Er gehört in einen anderen Teil meines Lebens, und den habe ich hinter mir gelassen.«

»Aber …«

»Aber! Aber halten Sie Kontakt zu allen Menschen, mit denen Sie sich einmal gut verstanden haben?« Nun wanderten Agathas Brauen so sehr in die Höhe, dass sich die Haut darunter glättete.

»Natürlich nicht.«

»Aha.« Für Agatha schien die Sache damit erledigt zu sein, aber Laura dachte gar nicht daran, jetzt aufzugeben.

»Aber das ist doch etwas ganz anderes. Jeevan war Ihr … Ihr Seelenmensch!«

Das Tuch fand seinen Platz in einer dafür vorgesehenen Halterung. »Ich dachte, ich hätte Ihnen gerade etwas über Lebensabschnitte gesagt, und ich hatte den Eindruck, dass es bei Ihnen angekommen ist«, sagte Agatha und trocknete sich die Hände ab.

Laura wählte ihre Worte sorgfältig. »Ich verstehe durchaus, dass Jeevan seit langer Zeit keine Rolle mehr in Ihrem Leben spielt, weil Sie verheiratet waren und nach Deutschland gezogen sind. Aber das können Sie jetzt ändern! Ich habe ihm ein Foto von Ihnen gezeigt, und er hat sich sehr gefreut und mir erzählt, dass ...«

»Stopp!«

Erschrocken fuhr Laura zusammen. Agatha war zurück an den Tisch getreten. Die Deckenbeleuchtung spiegelte sich in ihrer Brosche.

»Ich wiederhole mich nur ungern, und es war eindeutig ein Fehler, Ihnen aus meiner Vergangenheit zu erzählen. Es hat etwas dort oben angestellt, in Ihrem von Netzflix und all den anderen Dingen völlig überflutetem Gemüt.« Sie tippte sich an die Stirn. »Doch ein Leben ist keine Geschichte, die man einfach so ändern kann. Oder will. Haben Sie das nun endlich begriffen?«

Laura schüttelte den Kopf und nahm ihre Tasse, nur um sie wieder abzustellen. »Aber möchten Sie ihn denn nicht noch ein einziges Mal sehen? Man kann alles ändern, wenn man es will.«

»Ach ja? Da fassen Sie sich doch besser an die eigene Nase.«

Laura zwang sich zu einem Lächeln, aber es fühlte sich traurig an. »Ich ändere gerade sehr viel in meinem Leben. Morgen ziehe ich nach Hamburg. Um die meisten Dinge hat sich ein Umzugsunternehmen gekümmert, aber ich fahre den Rest mit einer Freundin hoch.«

Agatha holte Luft, vielleicht schnaubte sie aber auch. »Änderungen in jemandem finden nicht statt, nur weil man plötzlich in einer anderen Stadt lebt. Aber jetzt packe ich Ihnen das Shortbread ein, ich bin müde und habe keine Lust mehr auf Besuch.« Sie zog eine Schublade auf und holte Butterbrotpapier hinaus. Auf einmal sah sie wirklich erschöpft aus.

Laura räumte ihre Tasse in die Spüle – leise Schritte, langsame Gesten. Aus unerfindlichen Gründen hatte sich Stille über die Küche gesenkt, fast so, als wären sie beide mit ihren Gedanken schon ganz woanders.

Es schneite auch in Hamburg. Schon auf der Hinfahrt waren einzelne Flocken auf der Frontscheibe gelandet. Dani am Steuer hatte deswegen begeistert vor sich hingebrabbelt und ohnehin gute Laune gehabt, da sie einfach gern unterwegs war. Das bevorstehende Wochenende war für sie ein Kurzurlaub und sie fest entschlossen, die schönsten Ecken Hamburgs zu finden. »Und wenn die ganze Stadt im Schnee versinkt und ich mich durchgraben muss.«

Laura hatte die zwischenzeitlich vorbeiziehenden, hell gepuderten Hecken, Wiesen und Waldstücke beobachtet und nicht vermeiden können, dass ihre Gedanken nach Südengland schweiften. Ob dort auch Schnee lag? Joshua hatte gesagt, dass man in diesem Jahr damit rechnete. Zu ihrem Erstaunen vermisste sie Kent mit den zahlreichen Gärten. Sie vermisste Crane Place sowie die Steinhäuser und Cottages in der Umgebung, die sie stets einen winzigen Moment lang in die Vergangenheit entführt hatten. Und sie vermisste die

Gemütlichkeit, sich bei einem guten Tee und Gebäck zu entspannen – am besten in angenehmer Gesellschaft. Außerdem fragte sie sich, wie es Jeevan ging und ob er in der Lage gewesen war, seinen Geburtstag zu feiern.

An diesem Punkt setzte sie sich ruckartig auf, sodass Dani auf dem Fahrersitz zusammenzuckte und sofort über sich selbst lachte. Zum Glück konnte ihrer Freundin heute nichts und niemand die Laune verderben, und für den Rest der Fahrt tat Laura ihr Bestes, um sich davon anstecken zu lassen. Dani hatte darauf bestanden, Lauras Wagen zu fahren. »Ich komm nicht mehr so oft dazu, und ich möchte einfach mal wieder ein Gaspedal durchtreten.« Rückbank und Kofferraum waren vollgestopft mit Kleinigkeiten – vor allem Pflanzen und Kräutern, die Laura nicht in die Obhut der Möbelfirma hatte geben wollen, auch wenn die Mitarbeiter ihr versicherten, dass der Transport von Pflanzen so alltäglich für sie war wie eine Blinddarmoperation im Krankenhaus. Der kleine Kardamom stand in einem Karton im Fußraum des Beifahrersitzes.

Dani schnippte ihr gegen die Schulter. »Woran denkst du?«

»An den Schnee.«

»Spinnerin.«

»Na gut, an einiges. Irgendwie schwirrt gerade so viel durch meinen Kopf, dass ich es nicht ordnen kann. Ich frage mich, ob der Schnee in der Stadt schon zu grauem Matsch geworden ist, und ich will nicht, dass der erste Eindruck vom neuen Zuhause am Umzugstag grau und trist ist. Ich weiß noch immer nicht, wie ich die Wohnung halten soll. Ich hätte jetzt gern eine Tasse Tee. Und findest du nicht auch, dass die Landschaft hier so … unspektakulär ist?« Sie deutete zur Seite. Ein Autobahnschild schoss an ihnen vorbei, hinter dem sich Wiesen um eine kleine Ortschaft ausbreiteten.

»Puh.« Dani blies sich eine Haarsträhne aus der Stirn. »Also. Ich denke, du bist ganz einfach nervös. Du ziehst um, und all die Veränderungen stressen dich, das ist alles.«

»Hm.«

»Was war noch? Ah ja, die Wohnung. Ich bin immer noch der Meinung, dass du dir eine Mitbewohnerin suchen solltest. Oder einen scharfen Mitbewohner.«

Laura stöhnte. »Momentan steht mir der Sinn nicht nach filmreifen Romanzen. Und findest du nicht, dass wir allmählich aus dem WG-Alter raus sind?«

»Ist eine WG für Frauen in den allerbesten, knackigscharfen Jahren nicht mittlerweile sogar total angesagt in Großstädten?«

Laura schwieg, da ihr wieder einmal aufging, wie sehr sie Dani vermissen würde. Natürlich war sie nicht aus der Welt, aber die Strecke zwischen Hamburg und Wiesbaden fuhr man auch nicht jeden Tag. »Eine Mitbewohnerin … das wäre noch etwas, an das ich mich gewöhnen müsste.«

»Vorher hast du auch mit Oliver zusammengelebt. Au!« Dani lachte, als Laura ihr einen Klaps auf den Oberarm verpasste. »Ansonsten … du hättest gern eine Tasse Tee? Kein Problem. Da ist welcher in der Thermoskanne im Netz hinten an deinem Sitz. Und was die Landschaft angeht – die ist mir herzlich egal. Aber kann es sein, dass du noch immer an den Herrn aus Kent denkst?«

Laura seufzte. »Momentan denke ich eher an den schönen Garten von Crane Place.« Natürlich hatte sie Dani die ganze Geschichte erzählt. Schließlich waren Freundinnen dazu da, sich mitzuempören und zu echauffieren, wenn sich jemand so verhielt wie Joshua oder Dev Raje. Was Dani ausreichend getan und anschließend die Taktik eingeschlagen hatte, die Reise nach England ganz schnell aus Lauras Erinnerungen streichen zu wollen. »Es ist wie ein schlechter Klassenausflug«, hatte sie gesagt. »Erst kommt es einem wie das Riesendrama vor, aber nach einigen Jahren erinnert man sich kaum noch daran, wer sich auf welchem Zimmer übergeben und wem unter den Rock gegriffen hat.«

Laura hoffte, dass sie recht behielt. Es war nicht leicht, dass Joshua immer wieder durch ihre Gedanken geisterte, dicht gefolgt von Agatha. Beide hatten sie mit ihren Reaktionen und Entscheidungen vor Rätsel gestellt, und normalerweise blieb sie hartnäckig, wenn es galt, solche zu lösen. Nur würde sie von beiden keine weiteren Antworten erhalten.

Sie verrenkte sich auf ihrem Sitz, um an die Thermoskanne zu kommen, schraubte sie auf und goss sich einen Tee ein. Würziger Kräuterduft breitete sich im Innenraum aus.

Dani strich ihr kurz über das Knie. »Mach dir keine Sorgen, Süße. Wenn wir ankommen, stehen deine Möbel schon, und wir müssen nur noch Feinarbeiten machen – und zwar morgen. Heute werden wir uns ein hübsches Café suchen, das du in Zukunft regelmäßig besuchst, und das so tolle Tees und Kuchen anbietet, dass du England und all seine megablassen Einwohner in kürzester Zeit vergessen wirst!«

Das *Little Sunflower* befand sich vielleicht in der Nähe ihrer Wohnung in der Arnoldstraße, vielleicht aber auch nicht –

Dani hatte Laura kreuz und quer durch das Viertel gezerrt, sodass sie den Überblick verloren hatte. Aber hier hatten sie den Volltreffer gelandet.

Der gemütliche, erstaunlich große Raum war in Pastelltönen gehalten. An den Tischen standen entweder Stühle in Bonbonfarben oder hellgelbe Sessel. Grünpflanzen und Spiegel mit vergoldeten Rahmen bildeten einen hübschen Kontrast, dazu zeigten Fotodrucke an den Wänden Detailaufnahmen wie den Dampf über einer Tasse, losen Tee auf einem Unterteller oder Teedosen. Über dem Eingang stand in weißen Buchstaben *Teefé*, und die Menükarte wies darauf hin, dass es sich bewusst um kein Café handelte. In der Tat bestand die Getränkekarte nur aus Teesorten sowie einigen kalten Angeboten. Dazu gab es Gebäckspezialitäten, die Appetit machten, ob man Hunger hatte oder nicht.

»Wie soll man sich denn da entscheiden?« Dani fuhr sicherlich zum fünften Mal die Karte mit dem Finger hoch und runter, während die Frau mit dem weißblonden Zopf geduldig neben ihnen wartete. »Ich nehme den Friesentee mit Sahne und Kandis. Und dazu ein Stück Ananaskuchen.«

Laura hob die Brauen. »Wilde Mischung, Dani.«

»Nach der Fahrt brauche ich das. Und du?«

Laura zögerte. Mehrmals war ihr Blick über den Cream Tea gehuscht, den sie in England so geliebt hatte und der hier ebenfalls angeboten wurde. Aber es war nicht gut, wenn sie diese Erinnerungen wieder aufleben ließ. »Ich nehme einen Schokoladen-Chai, bitte mit Milch, und ein Stück grünen Teekuchen bitte.«

»Der ist mit Matcha«, sagte die Frau, während sie sich die Bestellung notierte. »Ich sage das extra, da manche den leicht bitteren Geschmack nicht mögen.«

»Das ist in Ordnung«, sagte Laura und klappte die Karte zu. Leider waren manche Erinnerungen hartnäckig: die warmen Scones auf Annas Balkon. Oder auch Josh, dem sie sich an jenem Tag nahe gefühlt hatte. So nahe, dass er ihr Herz hatte flattern lassen. Josh, der sie geküsst hatte, als wäre sie das Wertvollste auf der Welt.

Es war einfach nicht fair. Immer, wenn sie glaubte, die Sache halbwegs vergessen zu können, brachte irgendetwas die Bilder zurück.

»Hey.« Dani berührte ihre Hand. »Denkst du wieder an ihn?«

Laura lehnte sich zurück. »Tut mir leid. Vielleicht sollte ich in der nächsten Zeit einfach alles meiden, was mit Tee zu tun hat. Und mit England. Und mit Blumen. Und Kräutern.«

Dani schnaubte. »Vergiss es. Tee und Blumen und Kräuter und Gärten waren schon da, bevor sich dieser Kerl dir gegenüber aufgeführt hat, als wäre er nicht ganz normal im Kopf. Also denk nun bloß nicht daran, diese Dinge mit ihm zu verknüpfen. Vorübergehend erlaube ich dir das, aber nicht für lange!« Sie bewegte einen Zeigefinger mit so strenger Miene hin und her, dass Laura lachen musste.

»Du hast ja recht.« Sie lockerte ihre Schultern. Der Tag hatte an ihren Nerven gezerrt.

Die Möbelpacker waren noch in der Wohnung gewesen und gerade dabei, den letzten Schrank aufzubauen, als Laura mit Dani eingetroffen war. Sie hatte mit dem Chef des Trupps alles inspiziert, ehe sich die Männer verabschiedet hatten. Zurückgeblieben waren Laura, Dani und eine Stille, die sie so noch nie erlebt hatte und die auf eine tiefe, seltsame Weise endgültig gewesen war. Von Oliver war nach seiner kurzen Zeit in der Wohnung nicht einmal ein Echo geblieben.

Die Kellnerin brachte ihre Bestellung. Dankbar gab Laura Milch in ihren Tee, nahm die große, bauchige Tasse in beide Hände und atmete das Aroma nach Gewürzen und dunkler Schokolade ein.

Dani aß ein Stück Kuchen, verdrehte entzückt die Augen und hielt Laura den Teller hin. »Großartig. Das hier wird unser Stammcafé, wann immer ich dich besuchen komme.«

»Teefé.« Laura probierte den Kuchen und musste zugeben, dass er wirklich gut war.

»Was auch immer. Aber ernsthaft, Laura, denk über eine Mitbewohnerin nach. Bis du hier eine neue Wohnung findest, vergeht sicher einiges an Zeit. Das Arbeitszimmer und auch dein Schlafzimmer sind beide groß genug, dass man Bett und Schreibtisch hineinbekommt.«

Laura griff nach ihrem Teller und probierte ein Stück des grünen Kuchens, der mit einer dicken Schicht Puderzucker bedeckt war. Der Matchageschmack passte perfekt dazu. Sie hielt ihn Dani hin, aber die schüttelte den Kopf. »Ich muss mir in Ruhe überlegen, ob ich mit einer Fremden zusammenleben möchte.«

Dani grinste. »Würdest du mit mir zusammenziehen?«

»Was für eine Frage! Natürlich.«

»Na siehst du. Du musst deine zukünftige Mitbewohnerin nur erst kennenlernen. Weißt du was? Wir geben eine Anzeige auf. So richtig altmodisch mit Chiffrenummer. Oder gibt es so etwas gar nicht mehr?«

Laura lachte. »Ich denke schon.« Sie trank noch einen Schluck Tee und starrte in die sanften Schwaden, die aus ihrer Tasse aufstiegen. »Ich könnte es versuchen.«

»Genau. Du musst ja niemandem zusagen. Aber vielleicht ist jemand dabei, mit dem du dich auf Anhieb verstehst, und dann hättest du hier sofort Begleitung, mit der du auf Männersuche gehen kannst, um ihn zu vergessen.«

Laura schüttelte den Kopf. »Ich muss Joshua nicht vergessen, das war nicht …«

»Ich habe von Oliver geredet.«

Laura wollte etwas sagen, schwieg dann aber. Zu ihrem eigenen Erstaunen füllten sich ihre Augen mit Tränen. Dani beugte sich vor und griff nach ihren Händen.

»Au weia, Süße. In was hast du dich da nur hineingeritten?«

Laura schluckte. »Ich weiß es nicht«, flüsterte sie und starrte nach vorn, wo die Bilder an den Wänden verschwammen. »Ich weiß es einfach nicht.«

23

Der Tee war bereits kalt geworden, da sie bisher noch nicht dazugekommen waren, sich zusammenzusetzen. Verstohlen blickte Laura auf ihr Handy – Ariane maß seit einer halben Stunde das zu vermietende Zimmer aus, in dem sie und Oliver ein gemeinsames Büro hatten einrichten wollen, und machte sich Notizen. Anfangs hatte Laura ihr Gesellschaft geleistet, aber irgendwann angemerkt, dass sie rufen sollte, wenn sie fertig war oder Fragen hatte. Seitdem beschäftigte sie sich mit Kleinigkeiten in der Küche.

Sie war vor fünf Tagen eingezogen. Gestern hatten sich zwei Studenten um die letzten Anschlüsse und Lampen gekümmert, die sie im Baumarkt gekauft hatte, und nun fehlten nur noch wenige Dinge. Die Möbel aus ihrer alten Wohnung – die große Sofaecke in dunklem Blau sowie die hellen Schränke und Regale, das Bett mit dem geschwungenen Kopfteil sowie die Kommode im Flur, die Maja ihr einst geschenkt und zuvor mit Keramikgriffen in verschiedenen Farben versehen hatte – verströmten einen Hauch Vertrautheit. Laura hatte das ursprüngliche Wohnzimmer zu ihrem Zimmer gemacht, und neben Sofa, Sideboard und Bücherschrank war noch ausreichend Platz für ihren Schreibtisch.

Die Wände hatte sie weiß gelassen und mit Fotodrucken von Waldimpressionen geschmückt. Einige Nachbarn hatte sie bereits flüchtig kennengelernt – eine alleinerziehende Mutter mittleren Alters, einen älteren Herrn sowie die Studenten-WG im Dachgeschoss. Keine Probleme, keine Stolperfallen.

An den vergangenen Abenden hatte sie auf dem Sofa gesessen und in den Hinterhof gestarrt, wo eine Kastanie traurig vor sich hinwuchs und versuchte, einen Kontrast zum Beton zu bilden, auf dem der Schnee bereits geschmolzen war. Der Baum sah nicht sehr gesund aus.

»Frau Nicolai?«

Laura hatte bereits zweimal angeboten, sie beim Vornamen zu nennen, aber das spielte nun auch keine Rolle mehr. Sie war sicher, Ariane auf keinen Fall zuzusagen. »Fertig?«, fragte sie, als die junge Frau mit dem Pagenkopf aus dem Zimmer trat.

»So weit ja. Ich musste ein wenig umdenken, da der Raum länglicher ist als erwartet. Die anderen Räume passen dagegen wunderbar. Ich nehme an, dass wir die Regale in Küche und Bad jeweils zur Hälfte nutzen? Oder bringen wir noch zusätzliche an? Es gibt eine ungerade Zahl an Regalen, das wäre dann ja unfair einer von uns gegenüber«, fügte sie hinzu, da sie Lauras verwirrten Blick bemerkt haben musste.

Laura nickte. »Das ließe sich machen, ja.«

»Gut, und in der Küche müssten wir sehen, für welches Service wir uns entscheiden, denn beide werden wohl kaum in die Schränke passen. Nur sollten dann Gäste vorsichtig sein, denn meines stammt von meinen Urgroßeltern und ist sehr empfindlich. Oder wir halten das Geschirr für besondere Anlässe im Keller und holen es wenn nötig nach oben.

Wenn ich ehrlich bin, möchte ich meine Sachen allerdings ungern dort lagern. Aber das können wir ja dann noch entscheiden. Wann melden Sie sich? Ich würde gern noch in diesem Jahr einziehen.«

»Wenn ich alle Interessenten kennengelernt habe. Ich habe ja Ihre Telefonnummer.«

Nachdem die penible Ariane gegangen war, ließ sich Laura auf einen Stuhl in der Küche fallen und atmete tief ein und aus, obwohl ihr mehr danach war loszuschreien. Im Grunde mochte sie Menschen, die gern planten. Sie gehörte ja selbst dazu. Aber manche schossen einfach über das Ziel hinaus.

Sie zog die Mappe heran, die sie auf dem Tisch platziert hatte, schlug sie auf und strich *Ariane Winter* doppelt durch, ehe sie noch einmal über die Namen las. Bisher hatten sich neun Interessenten das Zimmer angesehen, von denen fünf nicht infrage kamen. Zuerst war ein Mann erschienen, obwohl sie in ihrer Anzeige explizit nach einer Frau suchte, dann zwei achtzehnjährige Studentinnen, die sich das Zimmer teilen wollten, dann eine Frau mit zwei Hunden. Laura liebte Hunde, aber ihr Mietvertrag erlaubte sie nicht – etwas, das sie ebenfalls in der Anzeige erwähnt hatte.

»Hallo Hamburg«, murmelte sie und malte ein verschlungenes Muster auf den Zettel. Drei Interessenten hatten sich noch angemeldet, eine heute, zwei morgen, aber mittlerweile war sie nicht mehr allzu optimistisch. Vielleicht war es doch sinnvoller, nach einer kleineren Wohnung zu suchen. Oder sie redete mit ihrem neuen Personalchef über das Problem. Vielleicht beteiligte sich ProdScale an einem Hotelzimmer für die Übergangszeit, wenn sie ein günstiges fand. Nur müsste sie dann überlegen, wo sie ihre Besitztümer zwischenlagerte.

Wie sie es auch drehte und wendete, es ging vorn und hinten nicht auf. Laura ärgerte sich dabei vor allem über sich selbst. Normalerweise passierte ihr so etwas nicht. Aber ihre Gedanken waren im Vorfeld so sehr vom Ende ihrer Beziehung, Agatha und der Reise nach England abgelenkt gewesen, dass sie sich nicht genug um die Wohnungsfrage gekümmert hatte. Zum ersten Mal in ihrem Leben hatte sie ein Problem vor sich hergeschoben, und das hatte sie nun davon.

Sie schloss die Augen, legte die Ellenbogen auf die Tischplatte und stützte ihren Kopf darauf. Ja, aller Anfang war schwer, aber dieser wollte einfach nicht gelingen. Seitdem Dani am Sonntagnachmittag zurück nach Wiesbaden gefahren war, wanderten Lauras Gedanken immer wieder zurück zu Joshua, so als gäbe es nun niemanden mehr, der sie davon abhielt. Zweimal war sie kurz davor gewesen, ihn anzurufen, um zu sehen, ob er sich mittlerweile beruhigt hatte und ihr erklären würde, was wirklich an jenem Tag geschehen war und woher seine Eltern von seinen Plänen erfahren hatten. Aber sie hatte es nicht getan. Er hatte eindeutig klargemacht, dass er ihre Gesellschaft nicht mehr wünschte.

Der Türgong riss sie aus ihren Gedanken. Erschrocken fuhr sie hoch und sah zur Uhr: Sie saß hier bereits seit einer Dreiviertelstunde! Sie stand auf, glättete ihr Haar und trat an die Gegensprechanlage. »Hallo?«

»Hallo, ich bin es, Ilina. Wegen des Zimmers!« Es klang atemlos und sehr hell. Vermutlich wieder eine Studentin, die darauf verzichtet hatte, die Altersangabe in der Anzeige zu beachten.

»Es ist im dritten Stock«, sagte Laura und betätigte den Türsummer. Sie lauschte den schnellen Schritten auf der Treppe, und dann erschien ein Gesicht, das deutlich älter war als die Stimme von zuvor. Ilina musste Ende zwanzig oder Anfang dreißig sein, war klein und hatte so helle Haare, dass sie beinahe weiß leuchteten. Sie waren verwuschelt, als wäre sie gerade aus dem Bett gefallen. In den Fingern hielt sie eine gestrickte Wollmütze.

»Hallo!« Sie strahlte über das ganze Gesicht und streckte Laura eine Hand entgegen. »Puh, ich wollte pünktlich sein und habe deshalb eine Viertelstunde unten gewartet, und dann habe ich diesen süßen Hund getroffen, also natürlich mit Frauchen, und wir haben uns verquatscht, und nun bin ich doch zu spät. Tut mir echt leid!«

Laura schüttelte den Kopf. »Schon in Ordnung, ich war ja ohnehin zu Hause. Komm rein.«

»Soll ich die Schuhe ausziehen?« Ilina deutete auf ihre Sneakers in dem schrillsten Gelb, das Laura jemals gesehen hatte. Die bestickte Jeans, die Daunenjacke mit den bunten Pailletten an den Ärmeln und die knallrote Kunstlederhandtasche passten dazu, wenn man Farbwirbel mochte.

»Du kannst sie gern anlassen.« Laura öffnete die Tür weit und bat ihren Besuch hinein. Ilina wirkte sympathisch. Ein wenig zu enthusiastisch vielleicht.

Sie betrat die Wohnung und sah sich um, als wäre sie ein Kind in einem Vergnügungspark. »O wow. Das ist hübsch. Ich mag das Licht. Und das Tischchen.«

»Sieh dich ruhig um. Das freie Zimmer ist hier vorn links.«

»Es ist größer, als ich dachte.« Ilina stand in der Mitte des Raumes, in dem Laura momentan leere Umzugskartons lagerte, und streckte beide Arme aus, als versuchte sie, die Wände zu berühren. Dann trat sie ans Fenster, blickte hinaus und drehte sich einmal um die eigene Achse. »Das würde super passen, ich habe eh nicht so viele Möbel.«

»Wo wohnst du denn momentan?«

»In einer kleinen Wohnung im Schanzenviertel. Mit meiner Cousine. Aber sie zieht nach Luxemburg, und das ist die ideale Gelegenheit, um endlich einige Sachen loszuwerden. Ich will schon seit Jahren versuchen, minimalistischer zu leben.«

Laura nickte. »Hast du einen Job?«

»Klar, ich arbeite im *Café Hemms* in der Ekhofstraße, drüben in Hohenfelde. Ich habe auch meinen Arbeitsvertrag dabei.« Sie öffnete ihre Tasche, aber Laura winkte ab.

»Das ist nicht nötig. Magst du auch die anderen Zimmer sehen?«

»Sehr gern!« Ilina schlenderte durch das Wohnzimmer, das Bad und anschließend die Küche. Hier blieb sie abrupt stehen und sah von einer Seite zur anderen. »Du hast keine Kaffeemaschine!« Sie klang so entsetzt, dass Laura unwillkürlich grinste.

»Ich trinke keinen Kaffee. Nur Tee.« Sie deutete auf ihr sorgfältig eingerichtetes Regal.

Ilina sah aus, als würde sie gleich einen Herzinfarkt erleiden. »Keinen Kaffee? Aber wenn ich hier einziehen würde, dürfte ich eine Maschine mitbringen, oder?« Es klang verzweifelt, fast schon flehend, und nun lachte Laura wirklich.

»Ja, das geht. Ich möchte schließlich nicht dafür verantwortlich sein, dass du morgens nicht aus dem Bett kommst.«

»Oh, keine Sorge, das schaffe ich immer. Aber ohne Kaffee ist das Leben grau und dunkel.«

»Wenn du es bunt magst, empfehle ich aber dann doch Tee. Es gibt mehr Tee- als Kaffeesorten.«

»Uh oh!« Ilina hob eine Hand. »Das würde ich nicht so voller Überzeugung behaupten! Abgesehen davon ist Tee einfach nur ... dünn. Ich meine, als würde er sich nicht trauen, guten Geschmack zu einhundert Prozent zuzulassen.«

»Ich denke, ich muss dich in Zukunft vom Gegenteil überzeugen.« Die Worte waren heraus, ehe Laura wirklich darüber nachgedacht hatte.

Ilina machte große Augen. »Heißt das, ich könnte gute Chancen auf das Zimmer haben?«

Laura betrachtete die Frau vor sich, die sie erst seit wenigen Minuten kannte. Von allen Interessenten war sie bisher mit Abstand die sympathischste, aber morgen standen ja auch noch zwei Besichtigungen auf dem Programm. Sie konnte erst eine Entscheidung treffen, wenn sie alle kennengelernt hatte.

»Morgen kommen noch zwei Frauen, die sich das Zimmer ansehen wollen«, sagte sie.

Ilina nickte. »Klar, du hast bestimmt viele Anfragen bekommen.«

»Ja, ich ...« Laura hielt inne. Hier stand sie in ihrem Zuhause, das sich ganz und gar nicht wie eines anfühlte, und hatte zum ersten Mal mit jemandem gelacht, seitdem sich Dani verabschiedet hatte. Warum also noch lange nachdenken? Das hatte sie ihr Leben lang getan. Außer einmal. Der Besuch in Kent war eine spontane Idee gewesen. »Ach, weißt du was? Wenn du magst, hast du das Zimmer.«

»Was, wirklich?« Ilina strahlte. »Danke! Wenn wir uns besser kennen würden, dann würde ich dich jetzt umarmen.

Das ist super! Ab wann möchtest du denn, dass ich einziehe?«

»Sobald du magst und so schnell wie möglich. Das Zimmer ist frei, und bis auf ein paar Kleinigkeiten ist hier alles fertig. Übermorgen fange ich meinen neuen Job an, dann müssen wir nur einen Plan aufstellen.«

»Ja klar, wer muss wann morgens ins Bad und so, gar kein Problem. Also ich könnte direkt am Wochenende darauf einziehen. Bei mir scharren die Nachmieter schon mit den Hufen, und dann hast du erst einmal ein paar Tage, um dich an den Job zu gewöhnen und musst dich nicht sofort mit einer Mitbewohnerin herumschlagen.«

So schnell! Auf einmal fühlte sich Laura von ihrer eigenen Spontaneität überrannt. Aber worauf wollte sie noch warten? Ob Ilina nächste Woche oder nächsten Monat einzog, machte keinen Unterschied. »Das klingt super. Dann direkt am Samstag?«

»Samstag ist gut. Du hast ja meine Nummer und ich deine. Soll ich dich im Laufe der Woche anrufen, um zu sehen, wann es passt, falls du noch Termine reinbekommst?«

»Gute Idee. Am besten nach neunzehn Uhr, ich weiß noch nicht, wann ich Feierabend haben werde.«

Ilina strahlte. »Kein Problem. Vielen Dank, ich freue mich total! Was hältst du davon, wenn ich dich morgen dafür ins Café einlade? Da habe ich frei, aber es ist wirklich hübsch dort. Es gibt auch Tee. Ein paar Sorten. Also natürlich nur, falls du Zeit hast.«

Laura überlegte. Wenn sie den letzten beiden Interessenten absagte, hatte sie im Grunde morgen nichts vor bis darauf, die Wohnung weiter herzurichten und sich auf den Job vorzubereiten, indem sie die aktuellen Projekte von ProdScale durchging. Aber für all das gab es keine Deadline. »Gern. Ich hatte ohnehin vor, die Cafés der Stadt kennenzulernen.«

»Super, dann können wir auch direkt alles klären, was die Zahlungen betrifft.« Ilina kramte in ihrer Handtasche und zog eine Visitenkarte heraus. »Hier, die ist vom Café. Adresse und Wegbeschreibung sind auf der Rückseite.« Die Karte war einfach, aber hübsch gestaltet, mit verschnörkelten hellen Buchstaben auf dunklem Blau. Unter dem Schriftzug *Hemms* waren ein stilisierter Kuchen sowie Sterne abgedruckt. »Morgen um zwei, passt das?«

»Sogar sehr gut.«

»Großartig.« Ilina grinste breit. »Dann lasse ich dich mal mit dem Schock allein, diese wundervolle Wohnung bald teilen zu müssen.«

Laura begleitete Ilina zur Tür, wo sie sich kurz über Nachbarn unterhielten und über die besten Restaurants, in denen sie jemals gegessen hatten, und dann war sie auch schon wieder allein.

Sie lehnte sich gegen die Tür und starrte zur Decke. Noch immer war sie nicht sicher, das Richtige getan zu haben, aber Hauptsache, sie hatte etwas getan. Ilina war nett, und Laura hoffte, dass sie weiterhin so gut miteinander auskommen würden wie heute. Am besten sagte sie jetzt sofort den beiden Interessenten für morgen ab, und dann konnte sie einen dicken Haken hinter den Punkt *Wohnung* setzen.

Sie dachte an Oliver und wie sich ihr Leben verändert hatte – vor vielen Jahren mit ihm und jetzt durch seine Entscheidung, in die USA zu gehen und ihrer Beziehung damit einen Spiegel vorzuhalten. Die gemeinsame Zeit kam ihr vor, als würde sie sich an einen Film erinnern, den sie irgendwann einmal gesehen hatte. Nichts davon schien noch etwas mit ihr zu tun zu haben. Sie wusste nicht einmal, wie es Oliver ging; ihr Kontakt war völlig abgebrochen.

Und es war ihr gleichgültig.

Anders als die Sache mit Joshua, den sie nur zwei Tage lang gekannt hatte.

Das *Hemms* erinnerte Laura an ein Wiener Kaffeehaus mit seinen runden Marmortischen und den dunklen Stühlen. Vorhänge, Servietten sowie Gedecke waren in Blau und Beige gehalten, und die rückwärtige Spiegelwand ließ den Innenraum noch einmal größer wirken.

Ilina wartete bereits an der Theke und unterhielt sich mit der Bedienung. Als sie Laura entdeckte, winkte sie ihr zu und deutete auf einen Tisch im hinteren Bereich. »Den habe ich für uns reservieren lassen, von dort hat man die beste Aussicht.«

Und wirklich breitete sich auf der anderen Seite des Fensters ein kleiner, sorgsam gepflegter Innenhof aus. Im Hintergrund entdeckte Laura ein Beet und einen Steingarten. »Wow, das ist wirklich hübsch.«

Ilina nickte und schob ihr die Karte entgegen, die sie bereits dort aufgeschlagen hatte, wo die Teesorten aufgelistet wurden. Allzu viele waren es wirklich nicht. »Das Beet hat Manon angelegt. Sie führt den Blumenladen nebenan. Ich habe ihr gesagt, dass sie vorbeikommen und meine neue Mitbewohnerin kennenlernen kann. Ich hoffe, du hast nichts dagegen, aber sie arbeitet sogar sonntags. Im Grunde lade ich sie also immer mit ein, wenn ich mich hier mit jemandem treffe, weil die arme Frau doch auch Pausen braucht.«

»Natürlich habe ich nichts dagegen.« Bei Ilina störten solche spontanen Aktionen sie seltsamerweise wenig. Womöglich erwartete sie das einfach bei einem so quirligen Menschen. Zudem wollte sie ja auch neue Leute in Hamburg kennenlernen.

Da die Teekarte übersichtlich war, bestellte sie einen Sencha und passend zum Ambiente ein Stück Sachertorte. Wenn das so weiterging und sie wirklich die Cafészene der Stadt kennenlernen wollte, musste sie sich bald um einen sportlichen Ausgleich kümmern.

Ilina erzählte von sich – sie kam ursprünglich aus einem kleinen Ort in der Nähe von Leipzig, war vor zwei Jahren für einen Mann hergezogen, nur um sich drei Wochen später allein wiederzufinden. Das hatten sie also schon einmal gemeinsam. Da sie als Sekretärin in seiner Firma für Sportbekleidung gearbeitet hatte, war sie auf der Suche nach einem neuen Job im *Hemms* gelandet. »Aber mit alldem hat das Schicksal mir nur einen Gefallen getan. Leute zu gutem Kaffee zu überreden ist ohnehin mehr mein Ding, als hinter einem Schreibtisch Zahlen zu schubsen.«

Die Angelegenheiten rund um die Miete und Ilinas Einzug handelten sie schnell einvernehmlich ab, und dann schoss Lauras neue Mitbewohnerin auch schon in die Höhe. Ihr Stuhl schabte so laut über den Boden, dass sich andere Gäste umblickten, aber das schien sie nicht zu stören. »Manon! Hier hinten!« Sie winkte.

Die Frau an der Tür winkte knapp zurück, sagte etwas zu der Bedienung hinter der Kuchentheke und eilte mit ausgestreckten Händen auf sie zu, als müsste sie einen jungen Hund beruhigen.

»Hör auf, die Einrichtung zu zerlegen«, lachte sie und umarmte Ilina. Sie war groß, sicherlich eins achtzig, und trug ihr dunkles Haar in einem modischen Kurzhaarschnitt.

Knallroter Lippenstift stand in starkem Gegensatz zu ihrer hellen Haut, passte aber perfekt zu ihr. An ihrer Röhrenjeans sowie dem knielangen Karomantel hatten sich hier und dort kleine Blätter verfangen, und es juckte Laura in den Fingern, sie abzuzupfen. »Und du musst Laura sein.« Manon wandte sich um und hielt ihr eine Hand entgegen, während sie sich auf den freien Stuhl fallen ließ. »Ich habe schon viel von dir gehört.«

»Was, seit gestern?«

Manon nickte. »Wenn Ilina ein Hund wäre, dann ein Golden Retriever. Sie ist bei mir vorbeigekommen, nachdem sie dich getroffen hat, und konnte ihre Begeisterung nicht für sich behalten.«

»Golden Retriever sind sehr süß«, sagte Ilina. »Und ich bin einfach froh, dass ich die Sache mit der Wohnung endlich regeln konnte. Es war an der Zeit.«

»Siehst du«, sagte Manon. »So viele Sorgen, und letztlich ist doch alles gut geworden. Sie hat sich schon Horrorszenarien ausgemalt, an welche Leute sie bei der Zimmersuche geraten könnte«, sagte sie zu Laura und hob die Brauen. »Passionierte Akkordeonspieler und Volksmusikliebhaber oder Vogelspinnenzüchter. Und das sind noch harmlose Beispiele.«

Die Bedienung brachte den Kuchen, Tee und einen Kaffee für Ilina, und Manon bestellte nach einem kurzen Blick ein Wasser und ebenfalls ein Stück Sachertorte.

Laura trank einen Schluck und nickte zufrieden. Das *Hemms* mochte keine große Auswahl an Teesorten haben, aber es bot gute Qualität. »Das habe ich allerdings auch getan. Mir Horrorszenarien ausgemalt.« Sie zögerte. »Mein Leben sah sehr anders aus, ehe ich nach Hamburg gekommen bin. Mein Ex-Freund und ich haben uns getrennt, und auf einmal war da diese Wohnung, die allein doch etwas teuer ist.«

»Ach du meine Güte.« Ilina sah regelrecht entsetzt aus. »Ist das erst vor Kurzem passiert? Das tut mir leid.«

Laura winkte ab und stellte ihre Tasse ab. »Danke, aber es ist nicht schlimm. Wirklich nicht«, sagte sie rasch, als die mitfühlenden Blicke blieben. »Es war im Nachhinein das Richtige.«

Ilina malte mit dem Zeigefinger Kreise in ihren Milchschaum. »Hat er eine andere? Darum geht es doch meist. Um andere.«

»Ilina«, sagte Manon leise. »Das geht uns nichts an.«

»Entschuldige.« Ilina winkte ab. »Ich bin zu neugierig. O Gott, das sollte ich vor dem Einzug wirklich nicht so raushängen lassen, oder?« Ihr Blick in Manons Richtung war so verzweifelt, dass Laura lachen musste.

»Ja, er hat eine andere, sie heißt Lady Liberty. Er hat ein neues Jobangebot in den Vereinigten Staaten angenommen.«

»Das war ihm wichtiger als seine Beziehung? Dann war er nicht der passende Mann für dich.« Ilina rührte energisch in ihrer Tasse.

Manon zog eine Augenbraue in Lauras Richtung hoch. »Ja, sie ist ziemlich neugierig. Aber du solltest sie trotzdem behalten, sie hat ein großes Herz. Abgesehen davon, kennst du schon viele Leute hier in Hamburg?«

»Noch niemanden. Nächste Woche geht es auf der Arbeit los, darauf muss ich mich erst einmal konzentrieren.«

»Verständlich. Wenn du mal jemanden zum Reden brauchst oder etwas Abwechslung, ich bin regelmäßig nebenan.« Manon deutete zur Seite.

»Ich habe schon gehört, dass du einen Blumenladen hast. Das stelle ich mir schön und stressig vor.«

Manon lachte. »Das trifft es ziemlich gut. Vor allem ist es nicht leicht, da es leider nicht das einzige Blumengeschäft in Hamburg ist und der Winter vor der Tür steht.«

»Aber sie ist eine brave Geschäftsfrau und denkt darüber nach, wie sie sich von anderen abheben kann«, warf Ilina ein. »Vielleicht solltest du dich mit Laura darüber unterhalten, sie hat es nämlich mit Kräutern und so, das hatte ich ganz vergessen zu erwähnen. Seht ihr?« Sie blickte triumphierend in die Runde. »Alles erzähle ich dann eben doch nicht.«

Manon stach ein Stück von ihrem Kuchen ab. »Es besteht also doch noch Hoffnung für dich. Aber du arbeitest mit Kräutern, Laura?«

»In meiner Freizeit, ja. Ich liebe Tee, und ich mische meine Sorten gern selbst.«

»Interessant«, sagte Manon und zwirbelte an einer kurzen Haarsträhne. »Wir sollten uns wirklich näher unterhalten.«

»Ist nun jeder auf dem Stand, den er benötigt, oder gibt es noch Fragen?« Während er redete, schloss Lauras neuer Kollege bereits die Fenster auf dem Laptop, die er soeben über den Projektor an die Wand geworfen hatte, klappte ihn zu und stand auf. Laura hatte seinen Namen nicht mitbekommen, da er sich ihr nicht vorgestellt hatte – wie niemand in diesem Meeting. Aber das war schon in Ordnung. Sie hatte zwar erwartet, dass man sie zumindest als neue Marketingleiterin erwähnte, aber weder schien jemand daran gedacht zu haben noch sich über das unbekannte Gesicht in der Runde zu wundern. Laura schob es auf das hohe Tempo, das einem bereits entgegenströmte, sobald man im siebten Stock aus dem Fahrstuhl stieg und die Telefone am Empfang klingeln hörte.

Jetzt reagierte niemand auf die rhetorische Frage, obwohl Laura sicher war, dass es noch Unklarheiten gab, wenn sie die Gesichter der anderen Teilnehmer betrachtete.

Sie selbst musste sich erst einmal hinsichtlich Zeit, Budget und Qualitätsstand in die aktuellen Projekte einarbeiten. Momentan fielen acht in ihren Zuständigkeitsbereich, die bereits die Planungsphase verlassen hatten oder kurz davor waren. Das war viel auf einmal, und bereits nach diesen wenigen Tagen kam es ihr vor, als würde sie in der Masse an Informationen untergehen. Aber das war normal. Die Erfahrung sagte ihr, dass sich das Gefühl spätestens dann legte, wenn sie mit den zuständigen Projektleitern gesprochen und ihre To-do-Listen angelegt hatte.

Sie machte sich auf den Weg in ihr Büro; ihre Schuhe klackten auf dem Marmorboden. Grautöne beherrschten die Szenerie. Es vermittelte Seriosität und Wissen, zudem lenkte es die Aufmerksamkeit auf die wichtigen Dinge – die Inhalte ihres Jobs. Trotzdem fröstelte Laura insgeheim und dachte wehmütig zurück an die Kolleginnen und Kollegen in Wiesbaden, an die warme Atmosphäre, die sie in all den Jahren bei Gaum & Weber erschaffen hatten.

»Frau Nicolai, hätten Sie kurz Zeit?« Herr Lilmann, Vice President und ihr direkter Vorgesetzter, winkte aus seinem Büro und verschwand sofort wieder, ehe sie reagieren konnte.

Laura wechselte die Richtung und betrat den Raum. Herr Lilmann stand am Fenster und blickte hinaus. »Die Tür bitte schließen«, sagte er in einem Ton, als hätte er diesen Satz schon zu oft von sich gegeben. Er arbeitete seit vielen Jahren hier und war ihr bei ihrem ersten Gespräch etwas unnahbar erschienen, aber das lag an all den Aufgaben und Entscheidungen, mit denen er sich befassen musste. Selbst jetzt, im digitalen Zeitalter, quoll sein Schreibtisch über vor Notizen und Papierstapeln. In einer Ecke vertrockneten ein Drachenbaum und eine Grünlilie, was Laura sofort leidtat. Die Pflanzen waren eindeutig nicht mehr zu retten. Kümmerte sich denn niemand darum? Natürlich hatte ein Vice President keine Zeit für so etwas, aber irgendwer musste doch dafür zuständig sein.

»Frau Nicolai, sind Sie schon dazugekommen, sich einen Überblick zu verschaffen?« Eine allgemeine Frage, aber sie ahnte, worauf er hinauswollte.

Obwohl er sie noch immer nicht ansah, nickte sie. »Ich bin die Projekte in der Prototyping-Phase durchgegangen, und …«

»Zwei davon wandern zurück ins Proof of Concept«, sagte er und drehte sich endlich um. Da war sie wieder, die gerunzelte Stirn. »Beide Systementwicklungen haben in den ersten Tests nicht bestanden. Wir setzen den Plan neu und schieben die Marketingbudgets nach hinten.«

Fast hätte sie seinen Gesichtsausdruck imitiert. In der vergangenen Nacht war sie extra bis spät in die Nacht sämtliche Unterlagen durchgegangen, die sie in den ersten Tagen gesichtet und ansatzweise ausgewertet hatte. Nun entschied er so einfach, dass die Projektplanungen noch einmal überarbeitet werden mussten. Das, was er soeben einfach so anordnete, fiel in ihren Zuständigkeitsbereich.

»Sie meinen die 3-D-CAD-Systeme.«

Er ließ sich in seinen Stuhl sinken. »Offenbar haben Sie Ihre Hausaufgaben gemacht.«

Laura entschied, den gönnerhaften Tonfall zu ignorieren. »Ich denke, dass die Teams die Rollouts noch immer halten können. Wenn wir …«

Er beugte sich so abrupt vor, dass sie beinahe erschrak. »Denken Sie in Zahlen, Frau Nicolai, nicht in Projektplänen. Das ist nicht Ihr Bereich, und selbst wenn er das wäre, würde ich Ihnen dasselbe sagen. Reden Sie mit den Zuständigen, und passen Sie die Budgets an. Das ist alles.«

Laura brauchte noch zwei, drei Sekunden, ehe sie verstand, dass es wirklich nichts mehr zu diskutieren gab. Sie rang sich eine Floskel ab, die sowohl Zustimmung als auch einen Gruß zum Abschied ausdrückte, und machte sich auf den Weg in ihr Büro. Das war höchst seltsam gewesen. Vielleicht wollte Lilmann sie schonen oder ihr die Anfangszeit vereinfachen, indem er ihr Entscheidungen abnahm? Trotzdem, sein Tonfall hatte ihr wenig gefallen.

»Pflanzenmörder«, murmelte sie, nachdem sie ihre Tür hinter sich geschlossen hatte und die Miniaturblumentöpfe betrachtete, die sich auf der Fensterbank aneinanderreihten. Sie musste noch nachfragen, ob sie eine große Grünpflanze bekommen konnte, um die Atmosphäre im Raum aufzuhellen. Und dann würde sie Herrn Lilmanns Anweisungen umsetzen und irgendetwas daraus lernen. Er hatte es schließlich vermutlich nicht völlig ohne Fähigkeiten in die oberste Führungsetage geschafft. Aller Anfang war schwer, aber sie war fest entschlossen, sich davon nicht unterkriegen zu lassen. Dies war ihr Neubeginn, und sie würde nicht zulassen, dass irgendwer ihn ihr verbaute.

24

In den kommenden Wochen pendelten sich neue Routinen ein. Laura fand in einen festen Arbeitsrhythmus, stand gegen sechs auf und verließ um kurz nach sieben das Haus, um noch vor acht im Büro zu sein. Das war ideal für Ilina, die im Anschluss das Bad eroberte, da ihre Schicht im Café um zehn begann. Sie hatte sich schnell eingelebt, war eine rücksichtsvolle Mitbewohnerin und hatte die Wohnung bereits weihnachtlich dekoriert – allerdings stilvoll. Laura mochte die Lichterketten in Blattform, die am Abend warmes Licht spendeten.

Abends ging Ilina gern aus, um Freunde zu treffen, während Laura die Zeit nach Feierabend zu Hause verbrachte, um sich tiefer in die Themen von ProdScale einzuarbeiten. Da sie diese Anfangsphase ohnehin einkalkuliert hatte, fiel ihr das Alleinsein nicht besonders schwer. Ilina dagegen bekam jedes Mal, wenn Laura erneut ablehnte, sie zu begleiten, einen halben Herzinfarkt und murmelte etwas von Burn-out und Stockholmsyndrom.

»Du hast einen Stockholm Burn«, stellte sie in Woche zwei fest, und der Begriff entwickelte sich zum Running Gag zwischen ihnen.

Jeden Samstag stattete Laura Manons Blumenladen einen Besuch ab. Er war wirklich groß – so groß, dass Manon eine ganze Ecke freiräumen wollte, um ihre Produktpalette zu erweitern. »Ich muss mehr als Pflanzen anbieten, wenn ich mich von anderen abheben und so über Wasser halten will.«

Jedes Mal, wenn sie das sagte, entstanden vor Lauras geistigem Auge Bilder weiß getünchter Regale voller Tee- und Kräutermischungen sowie die passenden Dekorationen dazu. Sie erinnerte sich an Jeevans Erzählungen, an den Teeladen von Mr. Ludlow, und beschrieb Manon, wie sie das Interesse der Kundschaft wecken konnte, indem sie Proben in kleinen Schalen auslegte. »Du könntest Kräuter- oder Teemischungen verkaufen. Vielleicht auch saisonale Angebote, momentan also viel mit warmen Gewürzen. Und selbst wenn sich das Aroma in den Schalen verflüchtigt, können die Kunden die Proben zumindest direkt sehen oder anfassen. Das macht neugieriger, als wenn alles verpackt ist.«

Manon war alles andere als abgeneigt. Der Platz war vorhanden, und sie war ein großer Fan davon, Dinge auszuprobieren und zu sehen, was sich daraus entwickelte. Also setzten sie sich zusammen und überlegten, wie sie die Ideen am besten in das bestehende Konzept integrieren konnten. Letztlich entschieden sie sich dafür, erst einmal mit Tee zu starten. Laura wusste durch die vielen Jahre, in denen sie ihren Ex-Kollegen bei Gaum & Weber Mischungen zum Testen mitgebracht hatte, was das breite Publikum ansprach und was nicht.

Nach diesen Gesprächen hätte sie am liebsten direkt losgelegt. Sie liebte den Duft und den knarrenden Holzboden in Manons Laden und verbrachte mehr und mehr Zeit dort.

Dabei fragte sie sich manchmal, ob Joshua mit seinem Projekt vorankam.

Damit musste sie dringend aufhören. Es spielte ebenso wenig eine Rolle wie Olivers Fortschritte in den USA. Sie hatte über eine gemeinsame Bekannte erfahren, dass ihr Ex-Freund mittlerweile mit einer Fitnesstrainerin zusammenlebte. Das schlug so sehr in die Klischeekerbe, dass sie darüber nur den Kopf schütteln konnte. Statt Enttäuschung empfand sie Erleichterung. Aber dennoch kam es ihr vor, als wäre sie falsch abgebogen und müsste sich umdrehen, um einen Teil des Weges zurückzugehen.

»Du bist heute noch grüblerischer als sonst.« Manons Stimme riss Laura aus ihren Gedanken. »Aber auch irgendwie aufgebracht. Was ist los?« Sie hatte abgeschlossen, die Tageseinnahmen gezählt und setzte sich nun auf die Holzbank im Hinterraum, wo Laura gerade den Deckel der Vorratsdose mit den Minzblättern so energisch schloss, dass es nachhallte.

Laura griff nach den Sonnenblumenblüten und zog sich einen Messbecher heran. »Ach, auf der Arbeit war es heute … unangenehm«, sagte sie und überlegte, wie sie es am besten zusammenfassen sollte. »Aus verschiedenen Gründen. Ich bin jetzt schon seit Wochen bei ProdScale und komme kein Stück weiter. Es ist nicht mein erster Job, und ich weiß, wie schwer Anfänge sind. Man ist neu im Team, manche sind misstrauisch, andere haben Vorurteile, wieder andere haben vielleicht auf die Position gehofft, die ich nun habe.« Sie drehte den Becher in den Händen.

Manon pustete sich eine Strähne aus der Stirn. »Das klingt alles ziemlich negativ.«

»Hm?«

»Deine Beispiele. Alle negativ. Wenn man neu anfängt, können die Kollegen doch auch neugierig sein oder sich freuen, dass sie endlich Verstärkung bekommen und jemand ihr Team bereichert. Du weißt schon, ihnen hilft. Man gesteht jemandem doch immer erst eine Chance zu.«

Laura nickte langsam. »Genau das ist es. Es ist alles so distanziert und irgendwie leblos, obwohl so viel zu tun ist. Niemand gibt auch nur ansatzweise einen Fehler zu. Und ich komme mir vor wie eine Ermittlerin, weil ich für Lilmann herausfinden soll, wo es bei den beiden Projekten gehakt hat, die wir zurückgestellt haben.«

»Warum weiß er das nicht? Oder fragt selbst?«

Laura zuckte die Achseln. »Ich befürchte, er sieht mich als seine persönliche Sekretärin. Vielleicht nimmt er mich auch nicht ernst.«

»Wie kommst du darauf?«

»Vorgestern hat er mich *Mädchen* genannt, und es war nicht das erste Mal.«

»Bitte?« Manon sah aus, als wüsste sie nicht, ob sie lachen oder empört sein sollte. »Hast du das angesprochen?«

»Natürlich, zweimal. Er hat gemeint, ich solle mich auf die wichtigen Dinge konzentrieren und mich nicht an Kleinigkeiten hochziehen. Das Schlimmste ist, dass solche Aussagen dort normal zu sein scheinen. Einer der Executives hat einer jüngeren Kollegin heute gesagt, ich zitiere: *Lass das mal jemanden machen, der wirklich Ahnung davon hat, Schätzchen, geh brav wieder an deinen Schreibtisch und sieh gut aus.*«

Manon verschluckte sich beinahe. »Das geht gar nicht! Wie hat deine Kollegin reagiert?«

»Raffaela ist noch ziemlich jung, die wusste eindeutig nicht, was sie tun sollte. Sie hat gemurmelt, dass er sich so etwas nicht rausnehmen kann, und ist verschwunden. Ich glaub nicht, dass er überhaupt hingehört hat.«

»Und das war es?« Manons Augen waren riesengroß. »Gibt es bei euch keinen Betriebsrat? Oder eine Personalabteilung, wo sie mal anbringen kann, dass manche Kollegen in der Vergangenheit stecken geblieben sind? Vielleicht schenkt man ihnen dann einen Tischkalender, damit sie begreifen, welches Jahr wir wirklich haben.«

Laura schnupperte an ihrer Mischung und gab noch ein wenig Hagebutte hinzu. »Ich habe schon einen Termin mit der Personalabteilung ausgemacht. Einen Betriebsrat gibt es nicht. Die Kollegin aus der PR meint, dass es für mich nach hinten losgehen kann, wenn ich mich offiziell beschwere. In den obersten Reihen sitzen ausschließlich Freunde des Chefs, und die sind wohl alle so. Aber ich kann das nicht einfach runterschlucken.«

»Du weißt, was Ilina nun sagen würde? Dass du laufen sollst, so schnell und weit du kannst.«

»Ja, und genau deshalb habe ich ihr noch nichts davon erzählt. Ich habe Angst, dass sie plötzlich am Empfang steht und *den Jungen* zu sprechen verlangt.«

Manon lachte. »Ich würde sie dafür feiern.« Dann wurde sie wieder ernst. »Und manchmal habe ich den Wunsch, dich da rauszuholen, wenn du mir diese Geschichten über alte weiße Männer erzählst. Tut mir leid, falls ich dir damit zu nahetrete.«

Laura winkte ab. »Unsinn, das tust du nicht.« Sie öffnete die Dose mit den getrockneten Apfelstücken und schnupperte daran. Das Aroma beruhigte sie. Die süßen Früchte würden wunderbar mit der frisch-säuerlichen Note harmonieren, die sie bisher zusammengemischt hatte. Sie würde noch Ringelblumen und Brombeerblätter hinzufügen. »Weißt du, früher war ich mit Leidenschaft dabei, wenn ich den ganzen Tag mit Projekten, Zahlen und Fakten jongliert habe und stundenlang vor dem Computer oder in Meetings saß. Wenn meine Kalkulationen eingetroffen sind, war das ein großartiges Gefühl. Es hat mir Spaß gemacht, mir auszumalen, wie weit ich in dieser Welt kommen kann, und das hat mich angetrieben. Und jetzt bin ich Marketingleiterin. Oder ich sollte es sein. Aber es war zuvor nie so steinig, und ich grüble schon seit Tagen, ob das wirklich nur an der Firma liegt.«

»Woran denn sonst?«

»An mir?« Laura hob die Hände und ließ sie wieder fallen. »Ich bin einfach nur durcheinander, seitdem ich in Hamburg wohne. Oder … nein, ich war es schon vorher.« Sie schüttelte den Kopf. »Ich weiß selbst nicht, was gerade mit mir los ist. Eigentlich bin ich zu jung für eine Midlife-Krise. Oder? Bitte sag mir, dass ich zu jung bin.«

»Du bist zu jung. Vielleicht haben sich nur deine Ziele geändert.« Manon beugte sich über die Schale, die Laura ihr hinhielt. »Das riecht himmlisch.«

Nachdenklich betrachtete Laura die feinen Kräuter, die Fruchtstückchen, das Potpourri aus Grün-, Gelb- und Rottönen. »Meine Ziele geändert? Einfach so?« Konnte das sein? »Ich kann doch eine Chance wie bei ProdScale nicht wegwerfen, nur weil es momentan schwierig ist.« Wenn sie sich durchbiss, würde es schon werden – das hätte sie sich früher gesagt und weitergemacht. Heute überzeugte es sie nicht so recht.

Manon lächelte. »Das könntest du. Und dann findest du heraus, was du wirklich tun willst.«

Es war das Logischste, was sie sagen konnte, aber Laura schüttelte dennoch den Kopf. »Und noch einmal ganz von vorn anfangen? Alles hinwerfen, wofür ich in den vergangenen Jahren gekämpft habe?«

»Laura.« Manon fasste sie an den Schultern und drehte sie ein Stück zu sich. »Nicht alles, was du in dieser Zeit gelernt hast, hat mit deinen Jobs zu tun. Selbst wenn du die Richtung jetzt komplett ändern würdest, bleiben dir so viele Dinge. Zwischenmenschliches. Diskussionen, gelöste Probleme, Erkenntnisse. Diese Erfahrungen kann dir keiner mehr nehmen.« Sie griff nach Lauras Händen.

»Ja, das stimmt natürlich. Aber … ich weiß nicht, normalerweise gebe ich nicht nach so kurzer Zeit auf.« Verärgert über sich selbst schüttelte Laura den Kopf.

In Manons braunen Augen lag Wärme. »Größere Veränderungen und vor allem Richtungswechsel können schwer sein. Und Angst machen. Ich habe diesen Laden mehr oder weniger spontan übernommen. Vorher habe ich in einer Friedhofsgärtnerei gearbeitet, und meine Mutter kannte Anne, die Vorbesitzerin. Ihr Mann hat Krebs bekommen, und da haben sie entschieden auszuwandern. Sie leben nun auf Mallorca. Und auf einmal war das Geschäft zu haben.« Sie lächelte. »Ich habe innerhalb von drei Wochen zugesagt.«

»Wow. Das war schnell.«

»Glaub mir, ich hatte eine Heidenangst. Ich habe nächtelang nicht geschlafen. Aber dann hab ich mir einfach gedacht: Scheiß drauf. Ich werde dabei nicht sterben.«

»Aber du wusstest noch immer, wer du warst und was du willst.«

»Dann nimm dir alle Zeit der Welt, um genau das herauszufinden. Wer du bist, und zwar jetzt. Nicht wer du vor Monaten warst. Wenn ich eines gelernt habe beim Kauf meines Geschäfts, dann dass es hilft, einfach anzunehmen, was soeben geschieht. Ohne sich selbst zu kritisieren. Bei dir hieße das: Ich bin gerade etwas verwirrt, aber das ist völlig in Ordnung. Ab sofort setze ich alles daran, um herauszufinden, warum.«

Laura zog eine Grimasse. »Das klingt bei dir so einfach.«

Manon lachte. »Das ist es hinterher doch immer. Damit man anderen gute Ratschläge erteilen kann. Ich habe mal gelesen, dass sich ein Mensch im Schnitt alle sieben Jahre grundlegend verändert. Vielleicht ist es bei dir nun so weit.«

Beide schwiegen eine Weile und betrachteten die Gläser mit Verschlüssen in Gold, Weiß und Silber auf dem Regal vor ihnen. Blätter und Schneeflocken prangten darauf. Laura hatte sie im Internet gefunden, eine Kiste anliefern lassen und ihre Teemischungen eingefüllt. Bisher hatte sie fünf Sorten erstellt, die darauf warteten, zum Verkauf angeboten zu werden. Manon hatte sich entschieden, die freigeräumte Ecke im Laden mit Tee und Accessoires zu bestücken.

»Du hast recht«, sagte Laura und stupste mit dem Finger gegen eine der Teedosen. »Ich bekomm das schon hin.«

»Natürlich tust du das.« Manon streckte die Arme aus. »Na los, komm schon her.«

Laura zögerte, trat dann aber vor und legte ihren Kopf an Manons Schulter. Es war ein gutes Gefühl. Auf einmal schienen die Probleme zu schrumpfen, bis sie wieder genug Platz für andere, für schöne Dinge ließen.

»Weißt du«, sagte Manon leise, ohne sie loszulassen. »Ich würde dir ja anbieten, bei mir zu arbeiten. Frau Runge, die ab und zu aushilft, wird einfach zu alt dafür. Aber das ist sicher vor allem finanziell nicht, was du dir vorstellst.«

»Trotzdem danke«, sagte Laura und versuchte sich an einem Lächeln, das niemand sah und nur für sie selbst bestimmt war. »Ich freue mich ja schon darüber, dass du an meine Mischungen glaubst und sie verkaufen willst.«

»Das auf jeden Fall. Aber gutes Stichwort, wollen wir sie vorn aufstellen? Dann kann es direkt morgen losgehen.«

Laura zögerte. »Morgen schon? Willst du sie nicht lieber erst mit einigen Freunden testen? Nachher beschweren sich deine Kunden, wenn wir ihren Geschmack nicht treffen, und dann bekomme ich hier Hausverbot.« Sie zog eine Grimasse.

Manon griff nach zwei Gläsern, die bereits verschlossen und mit einer cremefarbenen Schleife versehen waren. »Wenn ich dir nun erzähle, worüber sich Kunden bereits beschwert haben, kommst du aus dem Lachen nicht mehr raus.« Sie zog Laura in den Verkaufsraum. Ein Teil der Wand sowie die Regale in einer Ecke hatte sie in Shabby White gestrichen und mithilfe von Schablonen Blüten und Blätter – passend zu den Teegläsern – ausgespart. »Ich hole die Gläser, und du legst los mit der Deko, was meinst du?« Sie wartete keine Antwort ab und verschwand wieder im Hinterraum.

Laura drehte sich einmal um sich selbst und wandte sich dann wieder ihrer Ecke zu. Tagsüber, wenn mit etwas Glück die Sonne durch das Fenster fiel, würde das Weiß im Gegensatz zu dem Stein der Wände nahezu aufleuchten. Manon hatte Schälchen bestellt, um Proben der Mischung auszulegen, so wie Laura es ihr geraten hatte. Dazu würde demnächst eine Lieferung filigraner Teesets sowie Dekomotive aus Keramik eintreffen.

Laura strich behutsam über das Holz. Manche Dinge hatten sich hier in Hamburg doch zum Guten verändert.

Etwas klirrte, als sie die Haustür aufschloss und in die Wohnung trat, gefolgt von einem Fluch. Laura zuckte bei beiden Geräuschen zusammen. Das Gespräch mit Manon hatte sie im Nachhinein ziemlich aufgewühlt, und sie war eine Haltestelle eher ausgestiegen, um noch ein Stück zu laufen und den Kopf freizubekommen. Es hatte wieder geschneit, aber zu ihrem Leidwesen war auch diese weiße Pracht nicht liegen geblieben und hatte sich hier, in der Stadt, rasch in grauen Matsch verwandelt. Manon hatte recht – es würde leichter sein, wenn sie sich den Kopf nicht wieder und wieder darüber zerbrach, was gerade los war. Wenn sie länger brauchte, um sich einzugewöhnen, dann musste sie nur Geduld haben, und alles andere würde sich fügen. Aber etwas tief in Laura wisperte ihr zu, dass das Leben selten die einfachen Wege einschlug.

Trotzdem hatten sich ihre Nerven noch nicht ganz erholt, und als jemand in der Küche ein weiteres Mal fluchte, runzelte sie die Stirn. »Ilina, ist alles in Ordnung?«

»Alles bestens!«, kam es zurück, klang aber ganz und gar nicht so.

Laura schlüpfte aus Jacke und Schuhen und machte sich auf den Weg in die Küche. Ilina hockte am Boden, das Kehrblech in der Hand, und fegte einen Haufen aus Erde und gelbweißen Keramikstücken zusammen. Neben ihr lag die Kardamompflanze auf einer alten Zeitung. Der Haupttrieb der Staude war mehrmals gebrochen und stand schräg zur Seite ab.

»Was ist passiert?«

Ilina blickte auf. Sie hatte rote Flecken auf den Wangen, wie immer, wenn sie hektisch war. Ihre Jeans war an den Knien mit Erde bedeckt, ebenso ihre Fingerspitzen. »Es tut mir so leid! Ich habe Musik gehört und bin mit der Hüfte an den Topf gekommen, und da ist er von der Fensterbank gekracht. Ich ersetz ihn dir natürlich.«

Laura nickte und starrte auf die Kardamompflanze, die sie so behutsam aus England mit hierhergebracht hatte, erinnerte sich an den Tag, an dem Joshua sie ihr geschenkt hatte … und brach in Tränen aus. Es war, als hätte sie keine Kontrolle mehr über diese Traurigkeit, die irgendwo in ihr lauerte und immer dann an die Oberfläche schwappte, wenn sie dachte, sich längst wieder gefangen zu haben.

Ilina ließ den Kehrbesen fallen und sprang auf. »Oh.« Sie sah von Laura zur Pflanze, dann wieder zurück, und in ihrem Gesicht war deutlich zu lesen, dass sie keine Ahnung hatte, was soeben wirklich vor sich ging. »Gut. Okay. Also. Das bekommen wir hin.« Sie blickte sich hektisch um und streckte dann beide Hände aus. »Beweg dich nicht, ja? Ich bin sofort wieder da!« Sie stürzte zum Waschbecken, wobei sie darauf achtete, der Pflanze nicht zu nahe zu kommen. Laura hörte, wie sie das Wasser anstellte und sich die Hände wusch, aber sie schaffte es nicht, den Blick von den grünen Blättern des Kardamoms zu nehmen, während ihr die Tränen stumm über das Gesicht rannen. Wahrscheinlich hatte sie gerade einen Nervenzusammenbruch. Anders ließ sich das nicht erklären.

»So, ich bin wieder da, und jetzt …« Ilina hockte sich neben die Pflanze und berührte die geknickten Stellen vorsichtig mit dem Zeigefinger. »Das lässt sich doch sicher reparieren. Wenn wir da Draht drumbinden, wächst sie vielleicht wieder zusammen?«

Laura schniefte. »Du hast keine Ahnung von Pflanzen.«

»Ja, ich weiß.« Ilina schaffte es, gleichzeitig schuldbewusst und unbesorgt zu klingen. »Komm, gehen wir ins Wohnzimmer, dann musst du nicht mehr auf das arme Ding starren. Ich mach hier später sauber.« Sie dirigierte Laura aus der Küche, drückte sie auf das Sofa und verschwand noch einmal, nur um mit einem Paket Taschentüchern und zwei Gläsern zurückzukehren. »Gin Tonic, schön stark, das ist nun genau das Richtige. Los, probier schon.« Wenn sie wollte, konnte sie sehr bestimmend sein.

Laura nahm zuerst ein Papiertuch und putzte sich die Nase. Dann roch sie an dem Glas – in der Mischung war deutlich zu viel Gin – und nahm einen winzigen Schluck. »Entschuldige, ich hatte einen verwirrenden Tag, und als ich dann die Kardamompflanze gesehen habe …« Sie stellte das Glas ab. »Ich weiß selbst nicht, was das gerade sollte.« Es war nur die halbe Wahrheit, aber daran wollte sie nicht weiter denken.

Ilina nahm einen großen Schluck. »Ah, das ist Kardamom? Ich dachte immer, das Gewächs hätte was mit Zimt zu tun. Zumindest riecht es so.«

»Fast. Man nennt es auch Zimtpflanze.«

»Ha! Also lag ich gar nicht so falsch! Keine Sorge Laura, ich besorg dir eine neue. Kardamom, wenn du magst, oder aber auch eine wirklich schöne Blume, mit Blüten dran. Weil sind wir ehrlich, der war schon ein wenig unscheinbar.

Ich will mich nicht rausreden, aber irgendetwas Farbiges heitert dich eventuell auf.« Sie beugte sich vor. »Und ich glaube, du brauchst dringend etwas, das dich aufheitert.«

Laura stellte ihr Glas ab und kuschelte sich in die dicken dunkelblauen Kissen. »Die Pflanze war ein Geschenk. Ich glaube, deshalb war ich so geschockt.«

»Von deinem Ex?« Ilina berührte mitfühlend ihre Hand.

Laura schoss der Gedanke durch den Kopf, dass sie in Hamburg gleich zwei Menschen gefunden hatte, die ihre Sorgen ernst nahmen, selbst wenn sie über eine zerstörte Topfpflanze in Tränen ausbrach. Unter normalen Umständen hätte sie diese dumme Stimmung einfach ignoriert, um morgen wie gewohnt aufzustehen und wieder in ihr Leben zurückzufinden. Aber die Umstände waren eben nicht normal. Waren es nicht mehr gewesen, seitdem sie den Entschluss gefasst hatte, eine alte Frau aufzusuchen, um ein Foto zurückzubringen.

»Nein.« Sie nahm noch einen Schluck vom Gin Tonic und genoss, dass die Flüssigkeit erst kühl durch ihre Kehle rann, um dann ihren Bauch zu wärmen. »Es ist eine etwas skurrile Geschichte.«

Ilina sprang wie von der Tarantel gestochen auf. »Rühr dich nicht vom Fleck!« Schon verschwand sie in der Küche. Es klirrte und klapperte – immerhin ging kein zweiter Blumentopf zu Bruch –, dann kehrte sie mit einem Tablett in den Händen zurück. Eine Schüssel darauf war mit Chips gefüllt, eine kleinere mit Schokolade sowie ein Glas mit Grissini. »So!« Sie stellte es zwischen ihnen auf dem Sofa ab. »Das sollte helfen.« Sie nahm eine Brotstange und knabberte daran. »Leg los. Ich verspreche, ich bin skurrile Geschichten gewöhnt.«

»Also gut. Ehe ich hergezogen bin, habe ich in Wiesbaden eine ältere Dame kennengelernt.«

Anfangs erzählte sie noch stockend – von ihrer Begegnung mit Agatha, den Geschichten aus der Vergangenheit, ihren Recherchen und dem Entschluss, die letzten Urlaubstage zu nutzen, um Jeevan Raje aufzusuchen. Nach einer Weile holperten die Worte weniger, und vor ihren Augen breitete sich erneut die Schönheit Kents aus. Und dann berichtete sie von Crane Place, den Menschen dort, von Devs aufbrausendem Temperament und seinem Misstrauen, von Jeevan und seiner Geschichte, die sie so sehr mitgerissen hatte … und von Joshua. Von den wenigen Tagen, während der er ihr die Welt gezeigt hatte, in der er seine Zukunft sah, von der Vertrautheit, die sich so schnell eingestellt und Platz für dieses Kribbeln tief in ihrem Bauch gelassen hatte. Und von dem Moment, in dem sie sich die Härte in seinen Augen nicht hatte erklären können und sich fühlte, als würde sie rücklings von einer Klippe stürzen.

Ab hier sprach sie wieder langsamer, da sie über jedes Wort nachdachte. Und als sich die Sonne schon längst verabschiedet und Ilina die Stehlampe im Wohnzimmer eingeschaltet hatte, starrte Laura auf ihre Hände, da sie am Ende ihres Berichts angekommen war. »Das war es. Seitdem tue ich mein Bestes, um nicht an ihn zu denken, aber das fällt mir nicht immer leicht.«

Ilinas Hand hing über der Chipsschüssel auf ihrem Schoß. »Du hast dich in ihn verliebt.«

»Das ist vermutlich … zu viel. Er bedeutet mir etwas, ja. Ich meine, so muss es sein, wenn ich immer noch an ihn denken muss, obwohl wir uns kaum kennen, oder? Oder weil ich in Tränen ausbreche wegen einer dummen Pflanze. Ich glaube eher, dass mich die ungeklärte Situation einfach nicht loslässt. Oder dass es der Stress ist. Du weißt schon. Der Umzug. Diese Wohnung. Die Sache mit Agatha. Einfach alles.«

Ilina knibbelte an der Naht des Sofas. »Warum denkst du nicht, dass du dich verliebt hast?«

»Ilina, bitte!« Endlich konnte sie wieder lachen, wenn auch aus den falschen Gründen. »Als ich damals Oliver kennengelernt habe …«

»Nimm es mir nicht übel, aber dein Ex klingt nicht sehr spannend, der kann kein gutes Beispiel sein, für was auch immer. Und sag nicht, dass das mit Joshua nicht echt sein kann! Ich glaube nämlich an Liebe auf den ersten Blick.« Ilina legte beide Hände auf die Brust. »Besonders bei Chris Evans. Oder Ryan Reynolds. Oder Robert Downey Jr. Oder …« Sie schüttelte den Kopf. »Egal. Was ich sagen will, ist: Ich weiß, dass es sie gibt, diese spontane, heftige Liebe. Jeder kennt doch irgendjemanden, der das erleben durfte. Warum sollte das bei dir nicht so sein?«

Laura lehnte sich zurück und schloss die Augen. »Nun, selbst wenn es so wäre, würde es mir nichts bringen. Er konnte es ja kaum erwarten, mich loszuwerden, und hat es auch nicht für nötig gehalten, mir den Grund genauer zu erklären.«

»Hast du ihn denn gefragt?«

»Ich habe es versucht. Vielleicht nicht so direkt, wie du es getan hättest.« Sie stippte mit dem Finger einen letzten Schokoladenkrümel aus dem Schälchen. »Aber er wollte nicht reden.«

»Hm.« Ilina wirkte nicht zufrieden. »Womöglich brauchte er etwas Zeit. Du weißt schon, um den kollektiven Krieger zum Schweigen zu bringen.«

»Den kollektiven *was?*«

»Krieger«, sagte Ilina so selbstverständlich, als redeten sie über das Wetter. »Ein Relikt aus der Höhlenmenschenzeit. Männer tragen ihn immer noch mit sich herum, hier.« Sie berührte die Stelle über ihrem Bauchnabel. »Er ist darauf aus, sich keine Blöße zu geben, also auch keine Schwäche zu zeigen, und der Höhlenfrau zu sagen, wo es langgeht. Und das mit allen Mitteln. Er ist instinktgetrieben und daher leicht zu reizen. Meistens haben die Herren gelernt, sich mit ihm zu arrangieren und auch mal nachzudenken, aber manchmal wird er getriggert und bricht einfach durch, und dann …« Sie hielt beide Hände in die Luft, spreizte die Finger und imitierte eine Explosion.

Laura schnaubte leise. »Wo hast du das denn bitte her?«

»Einen Teil davon irgendwo gelesen, ansonsten zusammengereimt. Ich finde, das trifft die Sache ziemlich gut. Vielleicht schreibe ich eines Tages ein Buch darüber. Aber die Frage ist in Joshuas Fall natürlich, ob er nachtragend ist. Wegen was auch immer. Er hat sich also nicht mehr bei dir gemeldet, seitdem du aus England weg bist?«

»Nein«, sagte Laura. »Ich habe aber auch seine Nummer blockiert.«

»Was?« Schlagartig richtete sich Ilina auf, nahm eines der kleinen Zierkissen und warf es, sodass es eine Handbreit an Laura vorbeiflog. »Warum denn das?«

»Um die Sache abzuschließen. Er hat mir mehr als deutlich gezeigt, dass er kein Interesse an Kontakt hat.«

»Ah.« Ilina sah zufrieden aus, ein wenig so, als wäre etwas eingetroffen, auf das sie gewartet hatte. »Warum hast du sie dann nicht ganz gelöscht?«

Laura versuchte, ihre Gedanken zu ordnen. Die Gefühle

in ihrem Bauch. Ja, warum hatte sie das nicht? Falls Agatha Jeevan wirklich noch sehen wollte, hätte ihre erste Antwort gelautet, aber sie wusste, dass sie unter diesen Umständen leicht Kontakt mit Crane Place hätte aufnehmen können. Es wäre eine Lüge sich selbst gegenüber gewesen. »Darauf gibt es wohl keine eindeutige Antwort«, sagte sie leise. »Ich denke, ich wollte ihn noch eine Weile behalten. Du weißt schon, hier.« Sie berührte ihre Schläfe.

Ilina kratzte sich an der Nase. »Du könntest die Nummer entblocken und ihn anrufen.«

»Nein.« Laura stand auf und stellte die Schüsseln zurück auf das Tablett. Sie ahnte, dass dieses Gespräch sich an diesem Punkt festbeißen würde, da Ilina eine verwegen-romantische Vorstellung von Liebesgeschichten hatte. »Das möchte ich nicht, und das werde ich auch nicht tun.« Sie nahm die beiden Gläser. »Danke, dass du mir zugehört hast. Das hat geholfen. Aber ich werde kein wildes Kopfkino daraus machen, nur weil ich noch immer an diesen Mann denke. Kurz vor dem Umzug war ich gestresst und bin in England zur Ruhe gekommen. Wenn man das mit dem echten Leben verwechselt, kann das gefährlich sein.«

»Ich finde, das klingt nach einer Ausrede.« Ilina kniff die Augen zusammen. »Du solltest …«

»Nein, sollte ich nicht«, sagte Laura und machte sich auf den Weg in die Küche, um das Tablett wegzustellen. »Es wäre sinnfrei, selbst wenn es zwischen uns gefunkt hätte. Ich habe hier mein Leben, er hat dort seins. Ende der Geschichte. Vielleicht musste das alles einfach nur mal raus. Also … danke fürs Zuhören.«

»Aber …«

»Ich denke, ich entspanne mich noch bei einem Buch auf meinem Zimmer. Wir sehen uns morgen.« Ehe Ilina etwas erwidern konnte, schnappte sich Laura ihre Tasche und verschwand.

Sie schloss ihre Zimmertür hinter sich, ließ sich auf das Bett fallen und lehnte sich mit dem Rücken an die Wand. Ihr Körper protestierte. Sie fühlte sich so erschöpft, als wäre sie stundenlang gerannt. Dabei hatte sie nur sehr lange erzählt. Sie hoffte, dass das wirklich die passende Medizin gewesen war. Ein Schritt nach dem anderen, dann würde sie eines Tages wieder dort ankommen, wo sie selbst auf sich wartete.

Einer Eingebung folgend, stand sie auf und trat an das Fenster. Hamburg breitete sich in einem Meer aus Lichtern vor ihr aus. Kein Vergleich zu der Dunkelheit in Kent, in der sie die Sterne am Himmel hatte zählen können. Laura ließ die Ruhe auf sich wirken, sofern möglich – selbst jetzt strahlte die Stadt Hektik aus, und das lag nicht nur an dem nie abreißenden Verkehrsstrom auf der Straße.

»Hallo Fremde«, flüsterte sie, legte eine Hand an die Fensterscheibe und sah zu, wie ihr Spiegelbild immer wieder verschwand, wenn die Scheinwerfer der Autos aufblitzten. Sie ging zum Schreibtischstuhl, zog ihr Handy aus der Handtasche und rief ihre Kontaktliste auf. Eine ganze Weile schwebte ihr Finger über einer Nummer, dann wählte sie und presste das Telefon ans Ohr. Es klingelte unendlich lange, und sie wollte bereits auflegen, als doch noch abgenommen wurde.

»Sperlich!«

Laura räusperte sich. »Hallo, hier ist Laura. Laura Nicolai.«

»Es ist schon spät.«

»Erst kurz nach acht«, sagte Laura und schmunzelte. Bis gerade eben hatte sie nicht gedacht, dass sie sich freuen würde, Agathas militärisch unfreundlichen Tonfall zu hören. »Störe ich Sie denn?«

»Da ich nicht jeden Abend vor dem viereckigen Kasten sitze wie viele andere, eigentlich nicht, nein. Was gibt es?« Es klang ganz danach, als würde Agatha Telefonate nicht sehr mögen. Welch eine Überraschung.

Laura ließ sich auf ihr Bett fallen. »Wissen Sie, ich habe mich gefragt, wie das damals für Sie war. Mit dem Umzug nach Deutschland.«

Schweigen. Etwas rumpelte. »Wie soll das schon für mich gewesen sein?«

»Ich weiß nicht. Vielleicht einsam?«

»Gefällt Ihnen die große Stadt etwa nicht?«

Typisch Agatha. Sie machte es einem nicht leicht. »Doch, Hamburg ist spannend. So viele Sehenswürdigkeiten und kulturelle Angebote. Es gibt viel zu sehen, und ich habe auch schon zwei Freundinnen gefunden. Eine davon ist meine neue Mitbewohnerin.«

Agatha brummelte vor sich hin. »Mitbewohnerin? Das wäre nichts für mich. Aber nun zu Ihrer Frage, ehe wir hier lange am Apparat hängen. Natürlich war der Anfang schwer. Ich hatte zwar noch in Witney Deutschunterricht, aber das war nichts im Vergleich dazu, sich wirklich mit Leuten zu unterhalten. Ich habe mich sehr bemüht, nicht aufzufallen und auch meinen Akzent loszuwerden, aber das hat gedauert. Wenn sich etwas Grundlegendes wie die eigene Sprache ändert, dann fühlt man sich fremd, egal, wie schön die Umgebung auch ist.«

Laura stellte sich vor, wie die junge Agatha in Deutschland versuchte, sich anzupassen. »Also hat es gedauert, bis Sie sich wohlgefühlt haben? Oder sogar zu Hause?«

Agatha brummelte noch einmal, aber es klang sanfter als zuvor. »Kind.« Sie schwieg eine Weile. »Meiner Erfahrung nach gerät man immer dann aus dem Gleichgewicht, wenn sich etwas Grundlegendes ändert oder an den falschen Platz gerückt ist. Ich vermute, das ist das, was Sie so theatralisch versuchen, zu umschreiben. Mein Mann war ein guter Mensch und hat alles getan, um mir den Wechsel angenehm zu machen, aber im Endeffekt musste ich die Zähne zusammenbeißen.« Der Appell war nicht zu überhören. Trotzdem wollte Laura nicht lockerlassen.

»Was meinen Sie mit Grundlegendes? Die Sprache?«

»Unsinn. Denken Sie nach. Ich rede von allem, was einen Menschen ausmacht. Und wenn das hakt, dann müssen Sie selbst ran. Das kann Ihnen niemand abnehmen.«

»Ja«, sagte Laura nachdenklich. »Das stimmt.«

»Gibt es noch andere Fragen? Dann stellen Sie die am besten jetzt. Sie können schließlich nicht andauernd bei mir anrufen.«

Laura lächelte. »Das würde ich niemals wagen.«

»Gut.« Mehrere Atemzüge lang herrschte Stille. »Gut«, bekräftigte Agatha dann noch einmal. »Und suchen Sie sich eine Freizeitbeschäftigung, die Sie mögen, auch wenn Sie glauben, mit der neuen Arbeit viel zu viel um die Ohren zu haben, so wie es die jungen Leute immer denken. Sie müssen auch Ihre Seele mitnehmen an einen neuen Ort, nicht nur Ihren Körper. Sonst wird das alles nichts.«

Schlagartig sah Laura Jeevan vor sich, in seinem Bett, trotz seiner Krankheit mit blitzenden Augen, als er ihr aus der Vergangenheit erzählte. »Haben Sie das getan,

Agatha? Ihre Seele mitgenommen aus England nach Wiesbaden?«

Zunächst glaubte sie, Agatha würde sich weigern zu antworten.

»Es ist spät«, sagte die alte Frau. Es klang angespannter als zuvor. »Ich möchte mich bettfertig machen und habe keine Zeit für solche Albernheiten. Wenn Sie Probleme haben, suchen Sie sich vielleicht einen Arzt. Guten Abend, Frau Nicolai.« Es klackte in der Leitung. Agatha hatte aufgelegt.

25

Es war bereits dunkel, als Laura zwei Tage später die Wohnungstür aufschloss. Musik dröhnte ihr entgegen, irgendeine Oper – Rossini oder Verdi. Ilina war ein großer Fan und drehte die Lautstärke gern auf, was bereits den einen oder anderen Nachbarn hatte anklingeln lassen.

Laura hängte ihren Mantel an die Garderobe, ehe sie aus ihren Schuhen schlüpfte … und aufschrie, als ihr Ilina im Türrahmen entgegenkam.

»Hilfe!« Ihre Mitbewohnerin fasste sich mit beiden Händen an die Brust und eilte zu ihrem Handy, das auf dem Tisch lag. Die Musik verstummte. »Du hast mich zu Tode erschreckt, Laura! Sorry, dass es so laut war.«

»Na, immerhin höre ich so nicht, falls wieder ein Blumentopf zu Bruch geht«, sagte Laura und grinste. Sie hatte ihre gute Laune wiedergefunden. Zum ersten Mal, seitdem sie hier wohnte, grübelte sie nicht über den kommenden Arbeitstag nach.

Der Besuch bei Manon hatte ihr gut getan. Nachdem sie Gläser und Probeschälchen arrangiert sowie Wintergirlanden aus Seide rund um die Regale drapiert hatte, war sie schon ein wenig stolz gewesen auf ihr Werk. Zum ersten

Mal würden ihre Mischungen nicht nur bei Freunden ihren Platz finden. Es war aufregend, aber auf eine positive Weise, und dieses Gefühl hatte den Ärger über ProdScale verdrängt.

Ilina riss die Augen auf und zupfte an ihrem Oberteil herum. »Ein Blumenmord wird in dieser Wohnung nie wieder vorkommen, großes Ehrenwort. Aber wo warst du denn so lange? Ich habe dich zweimal versucht anzurufen.«

»Oh? Entschuldige, ich hatte das Handy lautlos gestellt. Ist alles in Ordnung? Du wirkst nervös.«

»Was? Nein, Quatsch, es ist alles gut. Du warst also bei Manon.«

»Schuldig. Ich habe noch eine Teemischung fertiggestellt, Nummer sechs, und ab morgen kann man alle bei ihr kaufen!« Wieder schoss die Aufregung durch ihren Körper.

»Ha«, sagte Ilina. »Ich werde nach Feierabend rübergehen und eine mitnehmen!«

»Unsinn, du trinkst keinen Tee, und außerdem könntest du den hier umsonst haben. Aber warum hast du versucht, mich zu erreichen?«

Ilina deutete über die Schulter, als würde das alles erklären. Laura runzelte die Stirn, bemerkte dann aber den Duft, der sich von der Küche aus verbreitete. »Was, werde ich etwa bekocht?«

»Genau! Als Dank dafür, dass ich hier einziehen durfte und du kein Drachen bist.« Ilina strahlte, huschte zum Herd, nahm eine Gabel, starrte sie an, als fragte sie sich, was sie damit sollte, und legte sie wieder hin. Sie war noch hibbeliger als sonst. Vielleicht hatte sie ein Date gehabt? Zumindest hatte sie in den vergangenen Tagen öfter den Namen René fallen lassen und länger als sonst vor dem Spiegel verbracht, wenn es um ihre Outfits ging. Aber wenn es etwas zu erzählen gäbe, würde sie schon damit herausrücken. Ilina behielt brennende Themen nicht lange für sich.

Jetzt erst bemerkte Laura, dass sie Hunger hatte. Vor lauter Gesprächen und Teemischungen hatte sie ganz vergessen, dass sie sich eigentlich ein Sandwich aus dem *Hemms* hatte besorgen wollen. Sie ging in die Küche und warf einen Blick in die Töpfe auf dem Herd.

Ilina beobachtete sie. »Schmorgemüse mit Reis und Frikadellen aus Kichererbsen. Ein altes Rezept meiner Mutter.«

Zur Antwort knurrte Lauras Magen. »Das klingt spannend, aber vor allem lecker. Möchtest du einen Wein dazu?«

»Das wär super.«

Laura holte zwei Gläser aus dem Schrank und öffnete die Tür zu der winzigen Abstellkammer. »Rot oder weiß?«

»Was?«

Es klang so verwirrt, dass sich Laura umwandte, je eine Flasche in der Hand.

Ilina starrte mit großen Augen von ihr zum Herd, dann zum Tisch und wieder zurück.

»Der Wein. Möchtest du roten oder weißen? Und bist du sicher, dass du keine Hilfe beim Kochen brauchst?«

Ilina machte ein empörtes Gesicht. »Ich werde dich wohl kaum am Familiengeheimrezept der Filipeks herumpfuschen lassen. Nun setz dich und …« Sie wurde von Schlagzeug und Synthesizern unterbrochen, die urplötzlich durch die Küche dröhnten. Irgendeine Boyband aus den Neunzigern schmetterte von einer Decke, auf der nur zwei Platz hatten. Normalerweise summte Ilina bei dem Klingelton ihres Handys mit, ehe sie abnahm, oder sie tanzte einige

Schritte. In Lauras Augen war sie der einzige Mensch der Welt, der heutzutage noch so etwas hörte. Aber jetzt erstarrte sie, einen Topfdeckel in der Hand, und musterte das Handy auf der Ablage neben sich, als könnte es jeden Moment explodieren.

»Ilina?« Laura stellte die Flaschen auf den Tisch und winkte vor dem Gesicht ihrer Mitbewohnerin herum. »Hey! Dein Handy?« Sie wollte danach greifen, aber Ilina war schneller.

»Bin gleich zurück!« Sie legte den Topfdeckel mit einem Scheppern ab, presste das Handy an ihr Ohr und verschwand im Wohnzimmer.

»Wenn das wegen René so weitergeht, wird das noch lustig«, murmelte Laura, nahm den Deckel und platzierte ihn wieder auf dem Topf. Sollte Ilina nun stundenlang mit ihrer neuesten Errungenschaft flirten, würde sie wohl allein essen müssen, ehe alles kalt wurde. Sie entschied sich für den Rotwein und entkorkte soeben die Flasche, als Ilina den Kopf zur Tür hereinsteckte.

»Laura?«

»Hm?«

Ilina streckte ihr das Handy entgegen. »Hier.«

Der gespeicherte Name auf dem Display lautete schlicht »The man« – der Mann.

René?, formte Laura mit den Lippen und fragte sich, was Ilina von ihr erwartete. Sollte sie ihm etwa Hallo sagen? Ihm erzählen, über welche positiven Charaktereigenschaften ihre Mitbewohnerin verfügte?

Ilina drückte ihr das Telefon in die Hand und verschwand. Laura starrte darauf, zuckte die Achseln und hielt es an ihr Ohr. »Hallo?«

Es rauschte, dann knackte es in der Leitung. »Laura?«

Zunächst herrschte eine Mischung aus Leere und einem riesigen Fragezeichen in ihrem Kopf. Die Stimme war teilweise hinter diesem Rauschen verborgen, und ein Teil von ihr – der logische, rationale – war nicht sicher, sie erkannt zu haben. Ein anderer hielt den Atem an. Ohne hinzusehen, tastete Laura nach einem Stuhl und ließ sich darauf sinken.

»Laura? Hallo?«

Nun gab es keine Zweifel mehr. Der volle Ton, der sanft geschwungene Akzent sowie die Tatsache, dass er die englische Version ihres Namens verwendete.

»Joshua?«

»Bitte leg nicht auf, ja?«

Sie fragte sich, warum sie das nicht tun sollte, aber sie fragte sich ohnehin eine ganze Menge. Warum er anrief. Warum er das auf Ilinas Handy tat. Woher er Ilina kannte. Oder warum sie nicht auflegen sollte. Sie wollte nicht, schon allein, weil seine Stimme etwas in ihr beruhigte, das seit ihrer Abreise aus Kent in Aufruhr war. Aber sie fürchtete auch, dass ein Gespräch mit Joshua sie wieder in diese Grube aus Fragen und Gefühlen stoßen würde, der sie gehofft hatte, entkommen zu sein.

»Hallo?« Joshua klang unsicher.

»Ja, ich bin noch dran«, sagte sie. »Warum rufst du an?«

Joshua räusperte sich. »Es ist nicht das erste Mal. Ich habe oft versucht, dich zu erreichen, aber ich bin nie durchgekommen.« Natürlich nicht, sie hatte seine Nummer schließlich blockiert und niemals in die Anrufhistorie gesehen. Warum auch? »Vermutlich hast du meine Nummer blockiert, und ich kann es dir nicht übel nehmen. Daher habe ich auch nicht von einem anderen Telefon aus angerufen. Du wolltest eindeutig nicht mit mir reden, und ich wollte dich nicht täuschen.«

Jedes Wort trug Laura zurück nach Südengland und in Joshuas Gegenwart. Sie sah das Funkeln seiner Augen, erinnerte sich daran, wie gut und richtig sich seine Gegenwart anfühlte. Aber dann riss sie sich zusammen und erinnerte sich an den Moment, in dem er sie in der Eingangshalle von Crane Place gemustert hatte, als wäre sie seine Feindin. Als würde er auch glauben, dass sie nur des Geldes wegen gekommen war – und um einen kranken Mann mit einer alten Geschichte um den Finger zu wickeln. Er hatte ihr nicht geglaubt, sein Geheimnis bewahrt zu haben.

Sie hielt diese Eindrücke fest, obwohl ihr Herz bereits heftiger schlug.

»Ich verstehe«, sagte sie. Es war eine Lüge. Sie verstand gar nichts. »Woher kennst du Ilina?« Besser, sie hangelte sich an den weniger verfänglichen Themen entlang, bei denen ihre Stimme nicht versagte.

Joshua lachte. Es klang unsicher, machte ihn aber einen Hauch realer. Sie hatte sein Lachen vermisst. »Ich kenne sie nicht. Aber ich weiß, ihr wohnt zusammen, und sie hat seit gestern versucht, mit mir in Kontakt zu treten. Daher habe ich auch meinen Vorsatz gebrochen und mich gemeldet, auch wenn du womöglich nicht mit mir reden möchtest.« Er räusperte sich. »Ilina hat bei Agatha Sperlich angerufen, um Jeevans Nachnamen herauszufinden.«

»O nein«, flüsterte Laura. »Agatha wird auf hundertachtzig sein. Mindestens. Und mich das ganz sicher noch spüren lassen.«

»Nach allem, was Ilina mir erzählt hat, kann ich das leider bestätigen.«

Laura sackte nach vorn und ließ die Stirn auf die Tischplatte sinken. Sie wollte sich gar nicht erst vorstellen, wie das Gespräch verlaufen war. Warum hatte Ilina das getan? Die Antwort wusste sie allerdings genau. Schließlich kannte sie ihre Mitbewohnerin und ihren Hang zu romantischen Geschichten mittlerweile nur zu gut.

»So hat sie unseren Nachnamen erfahren und dann wie du recherchiert«, sagte Joshua. »Oder wild herumtelefoniert, so ganz bin ich aus ihrem Bericht nicht schlau geworden. Sie war sehr aufgeregt. Oder etwas durcheinander. Oder nervös.«

»Durcheinander«, sagte Laura. »Nervös ganz sicher nicht.« Sie wollte noch etwas hinterherschieben, eine ihrer unzähligen Fragen, aber sie bekam keine Einzige heraus.

»Laura …« Joshua räusperte sich und murmelte etwas, das wie ein Fluch klang. Mittlerweile war das Rauschen beinahe verschwunden. Im Hintergrund hörte sie Kindergeschrei und sah auf die Uhr. In England war es erst kurz nach sieben. Vermutlich war er im Garten unterwegs. »Ich finde es schade, dir das am Telefon zu sagen, aber …« Ihr Herz setzte einen Schlag aus. »Ich möchte mich entschuldigen. Das wollte ich schon lange tun.«

Ein weiterer Schlag Stillstand, dann näherte es sich vorsichtig wieder seinem alten Rhythmus an. »Entschuldigen für den Tag, an dem ich abgereist bin?« Ihre Stimme kratzte, und sie starrte auf die Weinflasche.

»Ja«, sagte er entschlossener. »Und ich möchte es dir erklären. Wenn du willst. Ich verstehe auch, wenn ich dich gerade überfahre mit diesem Gespräch und du mehr Zeit brauchst. Oder es einfach auf sich beruhen lassen möchtest.«

»Nein.« Sie richtete sich wieder auf. »Ich mag keine Fragezeichen, und es hat mich wahnsinnig gemacht, nicht zu wissen, was wirklich passiert ist. Denn ich habe dein Geheimnis für mich behalten. Aber du wolltest mit mir nicht weiter darüber reden.« Sie zögerte. »Oder hatte deine Reaktion eventuell doch mit Jeevans Geld zu tun?«

»Was?« Er klang erstaunt. »Nein, auf gar keinen Fall! Ich habe niemals gedacht, dass du deshalb nach Crane Place gekommen bist.«

»Und ich habe niemandem etwas erzählt, Joshua«, sagte sie mit Nachdruck. Leise stand sie auf, ging zur Tür und zog sie ins Schloss. Für dieses Gespräch brauchte sie Ruhe.

»Ich weiß! Ich weiß das jetzt endlich. Verdammt, Laura, ich wünschte, ich könnte es dir persönlich erklären und nicht am Telefon. Ich habe herausgefunden, was passiert ist, und musste dich sprechen. Damit ich mich entschuldigen kann und ...« Er lachte auf. Sie hatte Joshua nie nervös erlebt. »Es war Aidan.«

»Aidan?« Nun begriff sie gar nichts mehr.

»Ich weiß nicht, ob du es mitbekommen hast, aber mein heiß geliebter Neffe hat die Angewohnheit, sich sehr für die Inhalte fremder Taschen zu interessieren. Sein Talent als Dieb ist bemerkenswert.«

»Ja, das weiß ich recht gut.« Laura erinnerte sich daran, wie der Kleine ihr Handy beim Frühstück gemopst hatte – oder auch an den Zwischenfall mit der Gartenschere, bei dem sie und Emma mit einem Schrecken davongekommen waren.

»Gut.« Joshua klang erleichtert. »An dem Tag hatte er es auf mein Handy abgesehen. Es muss im Garten passiert sein, noch ehe Mrs. Mandell dich abgeholt hat, um mit

Jeevan zu reden. Anschließend war ich auf meinem Zimmer, um geschäftliche Dinge durchzugehen, und Em war mit Dad im Garten, während die Jungs hinten am Zaun gespielt haben. Tja, und da hat Thomas angerufen.«

»Dein Geschäftspartner?«

»Genau der. Es ging um eine Projektanfrage. Eine recht große, die wir Mary von den *Burrow Farm Gardens* zu verdanken haben. Aidan hat abgenommen und war stolz, weil er schon alt genug dafür ist. Aber dann hat er es sich doch anders überlegt und es Em gebracht. Die glaubte, ihr diebischer Sohn hätte sich Dads Handy unter den Nagel gerissen, weil sich unsere Modelle ähneln. Dad wusste nicht mehr, wo er seines liegen gelassen hatte, und ist rangegangen. Und Thomas hat nicht sofort gemerkt, dass er mit dem falschen Mr. Raje spricht.«

»Oh«, sagte Laura, während sich die ganze Geschichte wie ein Puzzle Stück für Stück in ihrem Kopf zusammensetzte. »Dann … dann hat er also deinem Dad aus Versehen verraten, was du planst?«

»Haargenau. Es sind zwar nur wenige Sätze gefallen, ehe er es bemerkt hat, aber die haben genügt. Thomas war erst verwirrt, dann erschrocken. Dad war sauer. Nicht nur, weil ich das alles geheim gehalten habe, sondern auch, weil er glaubte, Onkel Jeevan finanziert das Projekt. Und damit kam die alte Geschichte wieder hoch, wegen der er mir Vorwürfe macht.«

»Dass Jeevan dir die Leitung von Vishraam Ltd. überlassen will«, sagte Laura leise. Sie erinnerte sich daran, wie aufgebracht Dev gewesen war, als er vor Jeevans Zimmer auf sie gewartet hatte. An seine schmalen Lippen, die vor Wut blitzenden Augen, aber auch an dieses Brodeln unter der Oberfläche, das er nur mühsam zurückgehalten hatte. Da hatte er schon von den Zukunftsplänen seines Sohns gewusst.

Obwohl Laura niemals Verständnis für sein Temperament aufbringen würde, hatte sie zu einem gewissen Grad Mitleid mit ihm. Ja, er war selbst dafür verantwortlich, dass sein Onkel in ihm keinen würdigen Nachfolger sah, aber sie kannte nicht seine ganze Geschichte. Nur den Anfang, und der war schwer gewesen. Nicht jeder schaffte es, sich wie Jeevan einen guten Platz in einer Welt zu sichern, die sich nicht gerade zu seinen Gunsten drehte. Für Dev musste es ein doppelter Schlag ins Gesicht sein – ein Onkel, der an ihm zweifelte, und ein Sohn, der noch viel mehr tat: seinen eigenen Weg gehen, was mehr Fähigkeiten und Durchsetzungsvermögen erforderte, als Dev vermutlich jemals aufbringen würde. »Joshua?«

»Hm?«

»Er hat mit dir geredet, nicht wahr? Ehe er mich vor Jeevans Zimmer abgepasst hat. Deshalb war er so gereizt.«

»Ja. Nach dem Telefonat mit Thomas hat er mir vorgeworfen, dass ich die gesamte Familie aus reinem Egoismus verrate. Wir sind aneinandergeraten, so heftig und laut, dass Emma dazwischengegangen ist. Mrs. Mandell hat letztlich kurzen Prozess gemacht, mich nach draußen geschickt und Dad befohlen, im Haus zu bleiben, damit wir beide runterkühlen. Ich wundere mich, dass du das Gebrüll nicht gehört hast.«

»Jeevans Geschichte muss mich zu sehr gefangen genommen haben. Was ist danach passiert?«

»Ich bin eine Weile durch den Garten spaziert und war so unglaublich wütend. Ich dachte, auf dich, aber es war noch wegen des Streits mit Dad. Im Grunde wird er mir keine Steine in den Weg legen können, aber ich wollte die Sache einfach in trockenen Tüchern haben, ehe ich die Bombe platzen lasse. Im Garten bin ich alles noch einmal durchgegangen, obwohl ich das bereits so oft getan hatte. Ich habe wieder überlegt, ob es schlecht wäre für Jeevans Gesundheit, wenn er erfährt, dass ich definitiv aussteige. Oder ob Dad ihn dann erst recht in die Mangel nimmt, was auch nicht gut für ihn wäre. In meinem Kopf herrschte ein einziges Chaos. Daher habe ich nicht hinterfragt, ob ich dir wirklich zutraue, etwas Vertrauliches auszuplaudern. Was ich hätte tun sollen, denn dann wäre mir klar geworden, dass die Antwort Nein lautet. Dass du mein Vertrauen nicht missbraucht hast.«

So wie Maggie damals.

Seine Worte beschworen den Tag in Crane Place erneut herauf: der Blick aus Joshuas Augen. Die Fahrt zu Mr. Evans' Werkstatt. Trotzdem hatte sich die Erinnerung verändert. Die Bilder waren heller geworden. Leichter.

»Du hättest mir viel Kopfzerbrechen erspart, wenn du einfach mit mir darüber geredet hättest«, sagte sie leise.

»Ich weiß«, kam die Antwort. »Glaub mir, ich habe auf der Fahrt zur Werkstatt darüber nachgedacht, aber ich war noch immer so aufgebracht. Außerdem war mir die ganze Sache unangenehm. Du bist mitten in meine verkorkste Familie und ihre Probleme geraten. Aber gerade ist es einfach schwer. Wir alle haben Angst um Onkel Jeevan, aber meist sprechen wir es nicht aus. Und je mehr man es verdrängt, desto schlimmer wird es. Sogar Dad ist nicht immer so. Letztlich habe ich mir also gesagt, dass es das Beste ist, wenn du wieder in dein Leben zurückkehrst.«

»Und dann?«

»Nachdem ich dich abgesetzt hatte, konnte ich nicht wieder zurück zu den anderen. Also bin ich weitergefahren und habe mich mit Thomas getroffen. Ich habe zwei Tage in seinem Gästezimmer übernachtet und über alles nachgedacht. Am zweiten Morgen habe ich mich bei dem Gedanken erwischt, dass ich gern mit dir durch den Garten geschlendert wäre. Da habe ich versucht, dich anzurufen, aber erst Tage später begriffen, dass du meine Nummer wohl blockiert hast.«

»Ich dachte, du wolltest nichts mehr mit mir zu tun haben. Ein Gespräch wäre da … also ich wäre …« Sie verhedderte sich hoffnungslos.

Joshua rettete sie. »Erinnerst du dich an die Schmetterlingsbank im *Yeo Valley Organic Garden*?«

»Natürlich.«

»Es hat gut getan, dir alles zu erzählen. Unter anderem, weil du mich verstehst. Und weil du mir deine Gedanken anvertraut hast.«

Laura fuhr mit einem Finger über den Tisch. »Ich vermisse die Gärten von England schon sehr. Ich muss oft daran denken, wenn sich wieder der Verkehr vor unserer Wohnung staut.«

»Das tut mir leid. Wie ist denn der Job?«

»Lass uns besser über etwas anderes reden. Ich weiß noch nicht, ob es eine gute Entscheidung war. Aber dafür helfe ich ab und zu im Blumengeschäft einer Freundin aus. Ab morgen verkauft sie dort einige meiner Teemischungen.«

»Das ist großartig!« Er schwieg, dann räusperte er sich. »Laura, ich möchte dich heute nicht zu lange von irgendwas abhalten. Ilina sagte vorhin, dass sie für euch gekocht hat.

Und außerdem hat sie mich gefühlt hundertmal ermahnt, dich nicht aufzuregen. Aber darf ich mich wieder bei dir melden?«

Ihre Haut wurde warm und kribbelte, als würden winzige Funken darauf tanzen. »Klar«, sagte sie möglichst locker, mit dem Ergebnis, dass ihre Stimme klang, als wäre sie zehn Jahre alt. »Ich entsperre deine Nummer einfach wieder.«

»Das freut mich.« Der dunkle, aber warme Tonfall verstärkte die Funken noch, und Laura begriff, dass es Freude war, gepaart mit Aufregung. »Und ich würde dich gern wiedersehen. Natürlich nur, wenn du möchtest.«

Sie zögerte. Wäre das sinnvoll? Sich noch mehr Fragezeichen aufzuladen in einer Zeit, in der sie ohnehin an so vielen Dingen zweifelte? »Ich weiß nicht, Joshua. Erst einmal muss ich hier einiges für mich ordnen. Aber telefonieren wäre schön.«

»Ja«, sagte er. Es klang wie eine Frage. »Ja«, wiederholte er dann entschlossener. »Ich freue mich darauf. Hab einen schönen Abend, Laura.«

»Du auch.« Sie legte hastig auf, da sie nicht hören wollte, wie er es vor ihr tat. Lange Zeit starrte sie auf das Handy, auf ihre Finger, auf den Tisch. Es war alles nur ein Missverständnis gewesen, und er hatte sich entschuldigt. Mehr noch, er hatte versucht, sie zu erreichen, und sie in Ruhe gelassen, nachdem er den Eindruck bekommen hatte, sie wolle nicht mehr mit ihm reden.

Was sie sich eingeredet und beinahe geglaubt hatte.

Ein Rumpeln riss sie aus ihren Gedanken, dann öffnete Ilina die Tür und stürzte herein. »Hast du ihm etwa gerade gesagt, dass du nur mit ihm telefonieren willst? Hat er dich vorher gefragt, ob er dich noch einmal sehen darf?« Sie fuchtelte mit beiden Händen in der Luft herum.

Laura hielt ihr das Handy entgegen. »Hast du etwa gelauscht?«

Die Hände erstarrten und fielen herab. »Ich … doch, ein wenig. Aber nur ganz zum Schluss, weil er mich vorher gefragt hat, ob ich glaube, dass du ihn noch einmal sehen willst, und ich habe das eigentlich bejaht. Jetzt ist er sicher enttäuscht.« Sie biss sich auf die Lippe. »Ich wusste nicht, wie kompliziert du wirklich bist.«

»Ah.« Laura verschränkte die Arme vor der Brust. »Und wie kompliziert war Agatha Sperlich, als du sie mit deiner Anfrage überfallen hast?«

Zum ersten Mal, seitdem sie sich kannten, wurde Ilina regelrecht bleich. »Oha, Agatha. Ja, das war ein schwieriges Gespräch. Sie hat mir gesagt, dass sie sich gern die Zeit nimmt, mir einen Knigge zu schicken, wenn ich sie danach niemals wieder belästige.«

Laura hob die Augenbrauen … und brach in Gelächter aus. »Typisch Agatha, aber das hast du verdient.« Sie zögerte. »Und, wie habe ich mich sonst gemacht?«

Ilina wog eine Hand hin und her. »Du hättest ihm sagen sollen, dass er seinen Hintern nach Hamburg schaffen und vor dir auf die Knie fallen soll, um dich formvollendet um Entschuldigung zu bitten.«

»Und was hätte ich davon?« Laura griff nach dem Wein und schenkte ihnen beiden ein, ehe sie Ilina ein Glas reichte.

Die nahm einen tiefen Schluck. »Du hättest überlegen können, ob das mit euch eine Zukunft hat!«

Laura verdrehte die Augen. »Welche Zukunft malst du dir in deinen wirren Vorstellungen denn schon wieder aus?«

»Ich weiß nicht«, sagte Ilina nachdenklich. »Aber selbst wenn du hierbleiben würdest und er drüben, ist das doch zu schaffen, wenn man ineinander verliebt ist.«

Da war es, dieses Wort, das bisher einfach nicht zu Lauras Wortschatz gezählt hatte, wenn sie über Joshua nachdachte. Es sorgte dafür, dass etwas in diesem Raum an Festigkeit verlor. Vielleicht der Boden. Vielleicht lag dieses Gefühl, gleich zu fallen, aber auch daran, dass ihre Beine weich geworden waren. »Wir kennen uns kaum.«

Ilina hob die Brauen in unendlicher Empörung. »Ach bitte«, sagte sie mit Nachdruck. Dann trat sie an die Töpfe, rührte darin herum und murmelte etwas, das Laura nicht verstand.

Aber das musste sie auch gar nicht. Ilina hatte schließlich recht.

26

Laura kam sich etwas seltsam vor mit dem weißen Weihnachtsstern im Arm. Aber sie war wenige Minuten vor Ladenschluss in die Blumenhandlung gestürmt und hatte nicht mehr allzu viel Auswahl gehabt: rote Rosen mit Schleierkraut, gelbe Rosen mit Schleierkraut oder der Stern. Rosen waren ihr einfach falsch vorgekommen. Also stand sie nun vor der Tür und überlegte, ob sich Menschen, die versuchten, mit Blumen um Verzeihung zu bitten, so fühlten wie sie.

Schuldig.

»Augen zu und durch.« Mehr als ihr Mitbringsel und ein paar harte Worte ins Gesicht bekommen konnte sie schließlich nicht, also betätigte sie die Klingel und wartete.

Nach einer Weile ertönten Geräusche von drinnen, dann wurde die Tür geöffnet. Im Licht der Außenbeleuchtung blinzelte ihr Agatha entgegen.

»Ah.« Sie kniff die Augen zusammen, vielleicht wegen der Helligkeit, vielleicht aber auch aus Missbilligung. »Da hat die große Stadt Sie aber nicht lange halten können.« Den Weihnachtsstern ignorierte sie.

»Ich besuche meine Eltern und Freunde am Wochenende«, sagte Laura. »Da wollte ich auch bei Ihnen vorbeisehen, ehe ich zurückfahre.« Sie war Freitag direkt nach der Arbeit aufgebrochen und hatte sich die ganze Fahrt über auf die wenigen Tage gefreut – allerdings auch mit leichtem Bauchgrummeln an Agatha gedacht. Sie mochte keine losen oder offenen Enden, das hatte ihr die Erleichterung nach dem Telefonat mit Joshua deutlich gezeigt. »Und mich entschuldigen, weil meine Mitbewohnerin Sie angerufen und das ganze Thema noch einmal aufgebracht hat.« Sie räusperte sich und hielt Agatha ihr Mitbringsel entgegen. »Der ist für Sie.«

Nun gönnte Agatha auch dem Stern Beachtung. Laura dachte bereits, dass sie daran schnuppern wollte, dann aber deutete sie lediglich mit ihrem Gehstock nach drinnen. »Kommen Sie schon rein.«

Laura trat sich die Schuhe vor der Tür ab und ging auf Agathas Gesten hin in die Küche. Dort setzte sie sich, während Agatha Tee machte. Nach einigen Minuten des Schweigens fanden sich beide am Küchentisch wieder. Tee dampfte aus den Tassen vor ihnen, und Agatha gab mit unerschütterlicher Miene Sahne und etwas Zucker in ihren, ohne Laura auch nur anzusehen.

»Oh, da fällt mir noch etwas ein.« Laura öffnete ihre Handtasche und zog das Glas mit dem schneeflockenbedruckten Schraubdeckel und der cremefarbenen Schleife heraus. Auf dem nostalgisch gestalteten Etikett stand in geschwungenen Buchstaben *Winterkräuter mit Kardamom, Orangen und Zichorienwurzel.* »Hier, bitte. Das ist eine meiner Mischungen.«

Agatha las das Etikett, schraubte das Glas auf und roch daran. Laura hätte schwören können, dass ihr Blick für kurze Zeit weicher wurde. »Tee, hm?«, fragte sie und schloss es wieder. »Ich dachte, Sie machen was mit Werbung.«

»Das stimmt. Der Tee ist ein Hobby, aber eine Freundin bietet ihn in ihrem Blumenladen zum Verkauf an.«

»Arbeit neben der Arbeit also. Sie sind zumindest nicht faul.« Agatha stellte das Glas zur Seite, drehte es dann aber, sodass sie das Etikett betrachten konnte. So sah sie also aus, wenn man ihren Geschmack getroffen hatte!

»Warum ich eigentlich hier bin …«

»Sie sagten ja schon, dass es um eine Entschuldigung geht.« Agatha nahm einen Schluck Tee.

Laura folgte ihrem Beispiel. Es war eine gute, kräftige Mischung. Sie gab noch etwas Sahne dazu und beobachtete, wie sie goldene Schlieren zog. »Genau. Ilina, das ist meine Mitbewohnerin, ist manchmal etwas übereifrig, und sie hat es sich in den Kopf gesetzt, mich überraschen zu wollen. Sie wollte Kontakt herstellen zu den Menschen, die ich auf Crane Place kennengelernt habe, aber wusste den Nachnamen nicht. Aber sie kannte Ihren, und da …«

»Warum?«

Laura hielt inne. »Wie bitte?«

»Warum kennt diese mir fremde Person meinen vollständigen Namen, sodass sie mich ausfindig machen und mich anrufen konnte? Haben Sie meine Geschichte in ganz Hamburg herumposaunt?«

Laura spürte, wie ihr die Röte in die Wangen schoss. »Nein, natürlich nicht. Ich habe von Ihnen erzählt, ja, aber nicht sämtliche Details. Und ich habe erwähnt, dass ich jemanden in England aufgesucht und dessen Familie kennengelernt habe.«

Agatha seufzte so tief, dass Laura augenblicklich verstummte. »Sie können ruhig seinen Namen nennen. Ich war vermutlich bei Ihrem letzten Besuch etwas schroff, als es um Jeevan ging. Aber ich habe nach all den Jahren nicht mehr damit gerechnet, jemals wieder etwas von ihm zu hören. In meiner Generation war es nicht so, dass Fremde ihre Nasen überall hineinstecken, aber heutzutage, wo die Hälfte von euch jungen Menschen ihr halbes Leben vor Computern verbringt, ist das vermutlich anders geworden.« Scharfe Worte, aber der Tonfall dahinter war erstaunlich sanft.

Laura stellte ihre Tasse ab. Wäre Agatha nicht Agatha, hätte sie nun nach ihrer Hand gegriffen. »Ich wollte Ihnen damals nichts Böses, und erst recht wollte ich keine schlimmen Erinnerungen wecken. Oder Sie traurig machen. Im Gegenteil.« Sie zuckte die Schultern. »Ich habe wohl auf ein Happy End gehofft. In meinem Leben sah es nicht nach einem aus, und da wollte ich zumindest woanders eines erleben.«

»Nun. Mittlerweile haben Sie möglicherweise bemerkt, dass ich mich hin und wieder ein wenig echauffiere«, sagte Agatha.

Laura hob die Brauen. »Ich wüsste nicht, wie Sie darauf kommen.«

Zur Antwort erhielt sie einen strengen Blick, dann stand Agatha auf und verließ die Küche. Laura lehnte sich zurück und nippte an ihrem Tee. Agatha würde sie schon wissen lassen, wenn sie ihr folgen sollte. Nach einer Weile, als ihre Tasse leer war und sie mit dem Gedanken gespielt hatte, sich eine weitere einzuschenken, stand sie allerdings doch auf.

»Agatha?« Hatte sie die alte Dame mit ihrer scherzhaft gemeinten Bemerkung vergrault? Oder – ihr Herz machte bei dem Gedanken einen Hüpfer, der sich gar nicht gut anfühlte – war etwas passiert? »Agatha?« Sie ging in die Diele, dann ins Wohnzimmer. »Agatha!« Mittlerweile war sie unruhig.

»Ich bin nicht schwerhörig«, kam es aus einem anderen Zimmer, dann erschien Agatha mit einem Pappkarton in der Hand. »Hier. Der ist für Sie.«

Verwundert nahm Laura ihn entgegen und wollte den Deckel aufklappen, was Agatha mit einem Handwedeln verhinderte. Ihr Blick flackerte, als wäre sie nicht sicher, soeben das Richtige getan zu haben.

»Was ist das?«

»Setzen wir uns wieder. Ich will nicht, dass mein Tee wegen Ihrer Fragerei kalt wird«, sagte Agatha und machte sich auf den Weg in die Küche.

Laura verzichtete auf die Bemerkung, dass er das ohnehin bereits war, und folgte ihr. Sie platzierte den Karton auf dem Stuhl neben sich, während Agatha ohne mit der Wimper zu zucken an ihrer Tasse nippte. Auf einmal konnte Laura sie sich wieder als junges Mädchen vorstellen, bei einem gesellschaftlichen Empfang, wo sie ihr steinernes Gesicht wahrte, egal, welche Themen aufkamen oder wie sehr sie diese missbilligte.

Laura wartete, aber Agatha schwieg hartnäckig. »Also gut. Was ist in dem Karton? Oder darf ich ihn erst aufmachen, wenn ich wieder in Hamburg bin?«

Agatha starrte vor sich hin, ehe sie sich sichtlich zusammenriss. »In dem Karton sind Briefe. Ich habe sie während meiner Ehe mit Ronald an Jeevan geschrieben, aber niemals abgeschickt.«

Laura brauchte zwei, drei Sekunden, ehe sie begriff. »Ich soll … darf sie lesen?«

Agatha griff nach ihrem Silberlöffel. Er klirrte gegen die Tasse, also legte sie ihn wieder ab. »Ich habe Ihnen nicht alles von damals erzählt. Es war für mich überraschend, nach so vielen Jahren daran zu denken. Dachte ich.« Sie nahm den Löffel noch einmal und starrte ihn an, als würde sie ihr Spiegelbild betrachten. »Aber wie so viele andere Menschen habe ich mir etwas vorgemacht. Ich hatte es niemals vergessen, da man so etwas nicht vergessen kann. Seitdem Sie aufgetaucht sind mit diesem dämlichen Buch, hat meine Vergangenheit angeklopft. Hier.« Sie berührte ihren Hinterkopf. »Manchmal habe ich nachts davon geträumt. Wirre Sachen. Es war wohl doch nicht alles weg.«

»Das habe ich nicht gewollt, und es tut mir wirklich sehr leid.«

Agatha winkte ab. »Das können wir nun nicht mehr ändern, und es ist auch in Ordnung. Lesen Sie die Briefe, dann erfahren Sie den letzten Teil der Geschichte, den ich erzählen will. Wie gesagt, ich habe Ihnen gegenüber nicht jedes Detail erwähnt. Aber wenn plötzlich eine Fremde im Zimmer steht, macht man sich ja schließlich nicht sofort nackig.«

Trotz allem musste Laura schmunzeln. »Danke, dass Sie mir diese Briefe anvertrauen. Ich werde sie lesen und Ihnen dann zurückbringen, ehe ich morgen Mittag wieder nach Hamburg fahre.«

Zu ihrem Erstaunen schüttelte Agatha den Kopf. »Nein, das müssen Sie nicht. Nehmen Sie sie ruhig mit. Und … nun ja! Wenn Sie noch einmal nach England fahren, dann können Sie ihm die Briefe gern geben. Jeevan, meine ich. Wenn er sie möchte.« Ihre Augen glänzten.

Laura biss sich auf die Lippe. »Sind Sie sicher?«

»Muss ich mich wiederholen? So schwer verständlich war das doch nicht«, sagte Agatha und wedelte eine imaginäre Fliege weg.

Dieses Mal nahm Laura all ihren Mut zusammen und griff nach der runzeligen Hand mit den vielen Flecken. »Danke. Ich passe gut darauf auf, das verspreche ich. Aber ich kann nicht versprechen, dass ich noch einmal nach England fahre. Wenn Sie allerdings möchten, dass ich Jeevan die Briefe bringe …« Allein die Vorstellung, Crane Place noch einmal zu besuchen, verunsicherte sie. Im Grunde hatte sie es seit Joshuas Anruf wie Agatha gemacht – sie hatte versucht, damit zu leben, aber nicht zu sehr daran zu denken. Ja, er hatte sich entschuldigt, und seine Stimme war noch durch ihre Gedanken gegeistert, lange nachdem sie aufgelegt hatte. Aber die Familie Raje schien erst einmal vieles unter sich klären zu müssen, und sie wollte die Wogen nicht weiter aufpeitschen, indem sie Dev gegenübertrat. Das Dasein als rotes Tuch gefiel ihr nicht sonderlich.

Agatha zog das Kinn an die Brust. »Haben Sie sich dann vorhin versprochen, Frau Nicolai?«

»Was? Wobei?«

Agatha hob das Kinn wieder – eine Lehrerin kurz davor, der begriffsstutzigen Schülerin einen Tadel zu verpassen. »Sie sagten, dass es in Ihrem Leben nicht nach einem Happy End aussah. Um meinen Punkt zu verdeutlichen: Sie haben das Präteritum benutzt. Die Vergangenheitsform, falls Ihnen das geläufiger ist. Daher habe ich angenommen, dass sich ein glückliches Ende mit dem Mann eingestellt hat. Wegen dem Sie, wenn ich Ihre Mitbewohnerin Ilina – die mir ihren Nachnamen nie verraten hat, was sehr unhöflich ist, das können Sie ihr bitte mitteilen – richtig verstanden habe, sehr *durch den Wind waren*. Jeevans Großneffe.«

Lauras Wangen erwärmten sich. »Das ist nicht … *so*.« Sie stolperte über diese wenigen Worte. »Wir haben uns nur gut verstanden. Aber die Familie Raje ist …«

Agatha winkte ab, und dieses Mal war es Laura nur recht. Sie stand auf, bedankte sich für den Tee und kramte nach kurzem Zögern in ihrer Handtasche. Sie notierte ihre Telefonnummer auf einem Zettel in ihrem Notizbuch, riss ihn heraus und legte ihn auf den Tisch. »Hier ist meine Nummer, Agatha. Wenn Sie die Briefe wiederhaben möchten oder auch das Teebuch, sagen Sie einfach Bescheid, dann bringe ich sie vorbei.« Sie klemmte sich den Karton unter den Arm.

»Eine gute Fahrt zurück in Ihr neues Zuhause, Frau Nicolai.«

Laura betrachtete die zwei leeren Tassen, die ihr auf einmal so traurig erschienen – und so vertraut. Es fiel ihr schwer, sich von Agatha zu verabschieden. Sie hatte die kratzbürstige Frau ins Herz geschlossen, und der Gedanke, sie mit den Geistern ihrer Erinnerung zurückzulassen, gefiel ihr nicht. Aber Agatha wollte es so, und ihr Dickschädel würde jedes Argument im Keim ersticken.

Trotzdem wartete Laura eine ganze Weile und beobachtete das Haus sowie den Karton auf dem Beifahrersitz, der vor Fragen und Geheimnissen nur so zu beben schien. Erst als die Lichter in den vorderen Fenstern erloschen, startete sie den Motor und fuhr los.

Nachdem Ilina sich zu einer Verabredung mit René aufgemacht hatte, war es still in der Wohnung geworden. Laura saß vor ihrem Schreibtisch und starrte auf die beiden Blätter, die sie aus ihrem Notizblock gerissen hatte. Unschlüssig drehte sie den Kugelschreiber hin und her, dann atmete sie tief aus und zog den ersten Zettel zu sich heran.

Mag ich, wie es ist.

Sie unterstrich den Satz doppelt und starrte auf ihre Schrift, die im Laufe der Jahre an Ebenmäßigkeit verloren hatte, da sie mehr und mehr am Computer arbeitete.

In den vergangenen Tagen hatte sie viel gegrübelt. Und nachdem sie von Agatha zurück zu ihren Eltern gefahren war, war ihr bewusst geworden, dass sich zwar manches ändern musste, aber noch längst nicht alles. Es hatte ihr schon immer geholfen, Dinge zu notieren und sie so direkt vor Augen zu haben. Sie zu ordnen und in Kategorien einteilen zu können.

Sie überlegte eine Weile und starrte aus dem Fenster in die Dunkelheit, wo in der Ferne Lichter blinkten. Die Kastanie wurde leicht von den umliegenden Wohnungen angestrahlt; ihre Zweige bewegten sich im Wind. Schließlich blickte Laura wieder auf das Papier vor sich und setzte den Stift an.

Hamburg und seine Cafés entdecken (zum Beispiel mit Dani oder Maja)

Meine Teemischungen in Manons Blumenladen

Generell Manons Blumenladen

Zwischen den einzelnen Zeilen ließ sie sich Zeit, aber letztlich fiel ihr nichts mehr ein. Es war ja auch nicht Sinn der Sache, sich auf Biegen und Brechen weitere Punkte aus den Fingern zu saugen, und außerdem ging es hier ausschließlich um die Rahmenbedingungen, nach denen sie derzeit lebte.

Sie las die Liste noch einmal. Ja, das erschien ihr richtig, also nahm sie sich den zweiten Zettel vor.

Will ich ändern.

Jetzt zögerte sie. Einerseits hatte sie wenig Lust, schwarz auf weiß beziehungsweise blau auf Recyclingpapier zu lesen, was an ihrem Leben momentan nicht stimmte. Aber es würde ihr helfen. »Also dann.« Dieses Mal musste sie nicht lange nachdenken, aber sie schrieb langsam, als würde sie jeden Buchstaben einzeln malen.

Meinen Job, in dem ich seit Wochen auf der Stelle trete und bei dem ich nicht glaube, dass sich das in naher Zukunft ändern wird.

Ich will keinen Vorgesetzten mehr, der seine Pflanzen im Büro vertrocknen lässt.

Unwillkürlich musste sie grinsen. Es war gar nicht so schwer, wie sie gedacht hatte, der Wahrheit auf diese Weise ins Gesicht zu sehen.

Bei dem nächsten Punkt hielt sie den Atem an, und der Kugelschreiber schwebte eine Weile über dem Papier.

Ich will einen Job, in dem ich mich hundertprozentig wohlfühle.

Ihr Herz stolperte, weil es schlicht und einfach stimmte. Natürlich war die Arbeit nicht dazu da, um den ganzen Tag über lächelnd durch die Gegend zu laufen, die Kollegen heiß und innig zu lieben und permanent von Glücksgefühlen durchströmt zu werden. Aber wochenlang gegen Wände zu rennen oder aber festzustellen, dass sie die Führungsriege niemals respektieren konnte – das war die andere Seite, das Schwarz zu dem soeben gezeichneten Weiß. Und sie konnte nicht abstreiten, dass sie sich genau dort befand: mitten in tiefster Schwärze.

Für den nächsten Punkt brauchte sie lange. Mehrmals setzte sie an, formulierte in ihrem Kopf um, fluchte und schrieb.

Ich will nicht mehr rein nach Logik entscheiden, sondern auch das tun, was mein Gefühl mir sagt.

Sie fuhr die Buchstaben mehrmals nach, bis die Spitze des Kugelschreibers durch das Papier stieß. Diese Worte zu lesen, war ungewohnt und abenteuerlich. Als würde sie über dünnen Boden laufen, unter dem sich Wasser befand und der mit jedem Schritt bebte und wackelte.

Erneut zögerte sie, obwohl sie bereits genau wusste, was noch auf diese Liste gehörte. Dann gab sie sich einen Ruck und malte zunächst ein großes Fragezeichen. Dahinter schrieb sie:

Ich will kündigen.

Ich will Joshua wiedersehen.

Einfach, simpel, und das sagte ihr Bauch ihr in diesem Moment ganz deutlich: wahr. Laura starrte so lange auf die Wörter, bis die Buchstaben zu tanzen begannen und schließlich miteinander verschmolzen. Wieder dachte sie an Agatha, die sich gesagt hatte, dass sie ihrem Mann nach Deutschland folgen und dafür ihre Vergangenheit für immer begraben musste. Und selbst jetzt, als ihre alte Jugendliebe ihren Weg kreuzte, wich sie nicht davon ab.

»Verdammt.« Langsam stand sie auf und trat ans Fenster. Etwas bewegte sich neben der Kastanie, vielleicht eine Taube oder eine streunende Katze.

Auf einmal verfluchte sie Joshua für seinen Anruf, da sie seitdem ständig an ihn denken musste. Sie wollte diese Sache, die zwischen ihnen stand, aus der Welt schaffen, obwohl das längst geschehen war – und in der nächsten Minute wünschte sie sich das blöde Missverständnis zurück, weil es manche Dinge viel einfacher gemacht hatte. Und genau diese Zerrissenheit verriet ihr, dass Ilina richtiglag.

Sie hatte sich in Joshua verliebt.

Laura starrte in die Nacht, sah aber nichts bis auf das Gesicht, das sie auf einmal so sehr vermisste. Irgendwann schlug ihr Herz wieder langsamer, und sie gab sich einen Ruck. Jetzt, da sie sich der Gegenwart gestellt hatte, konnte sie das auch gleich mit der Vergangenheit tun. Dies war der passende Moment, um Agathas Briefe zu lesen.

Sie ließ sich auf ihr Bett fallen, nahm den Karton und hob behutsam den Deckel ab. Vor ihr lagen cremefarbene Umschläge, allesamt mit Agathas gleichmäßiger, geschwungener Handschrift beschrieben und an Jeevan im *Ludlow's* adressiert. Auf dem zweiten war das *London* beinahe unleserlich, da die Tinte verwischt war, und Laura stellte sich vor, wie Agatha ihn tränenüberströmt betrachtet hatte.

Sie griff nach dem ersten Umschlag – der Letzte, den Agatha laut dem in ordentlicher Schrift vermerkten Datum an Jeevan geschrieben hatte – und öffnete ihn vorsichtig. Er war beinahe noch vollkommen glatt. Es waren zwei Briefbögen darin – ebenfalls cremefarben, das Papier weich und seidig. Laura atmete tief durch und begann zu lesen.

Wiesbaden, Juni 1952

Mein liebster Jeevan,

die letzten Zeilen an dich habe ich im Garten von Birch House verfasst, und es kommt mir vor, als wäre das ein ganzes Leben her und nicht nur eine Zahl überschaubarer Monate. Es ist seltsam, dir jetzt wieder zu schreiben. Im Ludlow's hast du mir gesagt, dass es dir gut geht, aber du viel zu tun hast. Ich frage mich, ob du damals bereits wusstest, dass wir uns niemals wiedersehen werden – abgesehen von der kurzen Begegnung im Beisein meines Vaters. Oder ob das ohnehin dein Plan war.

Ich glaube, in der Hinsicht hast du viel mit meinem Vater gemein, auch wenn du das sicherlich nicht hören magst. Aber ihr beide wart immer der Meinung, mich beschützen zu müssen, und daher habt ihr die Dinge getan und entschieden, von denen ihr dachtet, dass sie das Beste für mich sind.

Ich habe eine Weile versucht, dagegen anzukämpfen, das weißt du. All die Jahre, in denen ich dir mein Herz ausschütten konnte, weil du alles trotz meiner manchmal plumpen Worte genau so verstanden hast, wie ich es meinte. Damals konnte ich mich meinem Vater stellen. Aber nachdem du dich von mir abgewandt hattest, änderte sich das. Also habe ich getan, was andere als gut für mich erachteten: Ich habe geheiratet. Mein Mann ist Deutscher, ein Geschäftspartner meines Vaters. Ich bin ihm in seine Heimat gefolgt. Hier lebe ich nun und gebe mein Bestes, um mich an die neue Umgebung zu gewöhnen und an dieses Land, das ich bald das meine nennen werde.

Ich habe dich einmal an etwas erinnert, das du mir beigebracht hast: dass man in Bewegung bleiben muss, wenn man seine Ziele erreichen will. In Bewegung geblieben sind wir beide, du und ich. Und auch wenn es mich schmerzt, nicht zu wissen, was in deinem Leben geschieht, wünsche ich dir von Herzen nur das Beste. Ich werde versuchen, diese Herausforderung anzunehmen und eine vorzeigbare Ehefrau zu sein.

Ronald ist ein guter, aber spezieller Mann. Seit unserer Trauung – und selbstverständlich auch zuvor – hat er mich nicht angerührt, und tief in mir weiß ich, dass sich das auch nicht ändern wird. Ich kenne die Gründe nicht, habe aber meine Vermutungen. Die Vorstellung, wohl niemals eigene Kinder zu haben, schmerzt mich. Und das sind die Augenblicke, in denen ich mich frage, was gewesen wäre, wenn sich Dinge anders entwickelt hätten. Aber noch bleiben uns viele Jahre. Ich bete mit jeder Faser meines Daseins, dass dir das Schicksal wohlgesinnt ist und deine Reise dich an all die Ziele bringt, die du dir erträumt hast.

In Liebe

Agatha

Noch lange starrte Laura auf die Zeilen. Behutsam strich sie über die geschwungenen Bögen des Namens, der energisch auf dem Papier prangte, als hätte Agatha all ihre Entschlossenheit in diese Buchstaben gelegt. Oder sich selbst überreden wollen, endlich Abschied zu nehmen von Jeevan.

In der Ehe mit Ronald Sperlich schien sich nicht viel verändert zu haben; zumindest war sie kinderlos geblieben. Laura vermutete stark, dass er homosexuell gewesen und die Hochzeit mit Agatha nur zum Schein eingegangen war. In der damaligen Zeit war es vermutlich undenkbar gewesen, darüber zu reden. Nachdenklich musterte sie die restlichen Briefe, auf deren Umschlägen ebenfalls Daten prangten – die meisten aus jener Zeit, in der Agatha und Jeevan noch Kontakt gehabt hatten. Es mussten die handschriftlichen Kopien der Briefe sein, die sie an ihn geschickt hatte.

Laura strich über einen Umschlag, dann nahm sie den Stapel aus dem Karton.

Etwas Weißes löste sich vom unteren Ende und segelte im Schein ihrer Nachttischlampe zu Boden. Ein Zettel. Sie legte die Briefe behutsam ab und hob ihn auf. Es standen nur zwei Zeilen darauf, mit Kugelschreiber statt Tinte geschrieben. Laura las sie zweimal; beim dritten Mal verschwammen sie vor ihren Augen.

Ich habe ein Leben gelebt, das nicht meines war. Machen Sie nicht denselben Fehler.

Lange bewegte sie sich nicht, dann legte sie den Zettel behutsam zurück in den Karton und griff nach ihrem Handy. Ihre Finger zitterten, während sie Joshuas Kontakt aufrief, aber die Nachricht an ihn tippte sie innerhalb weniger Sekunden.

Ich würde mich freuen, wenn wir bald wieder reden könnten.

27

Nachdem die letzten beiden Kunden mit einem weihnachtlichen Gebinde den Blumenladen verlassen hatten, war Manon in den Arbeitsraum gegangen und kurz darauf mit Tee zurückgekehrt. Seitdem saßen sie und Laura auf der Holzbank. Der Duft des Kräutertees vermischte sich mit dem der Blumen, als gehörten diese beiden Dinge einfach zusammen.

»Viel war es ja nicht«, sagte Manon, blies den Dampf weg und nahm einen Schluck.

Beide betrachteten die Jutetasche mit dem Aufdruck *Every morning is perfect*.

»Nur Tee und einige Unterlagen.« Mehr hatte Laura in ihrer kurzen Zeit bei ProdScale nicht an ihrem Schreibtisch untergebracht. »Die Pflanzen habe ich der Kollegin aus der PR geschenkt.« Sie atmete tief aus. Noch war sie nicht sicher, wie sie sich fühlte. Ein wenig, als würde Adrenalin sie überfluten, weil jemand das Sicherheitsnetz unter ihr entfernt hatte und permanent zu ihr heraufbrüllte, dass er sie schon auffangen würde. »Und weil ich noch in der Probezeit war, ging es auch so schnell.« Sie schnupperte an ihrem Tee. »Als ich heute Morgen zu Lilmann bin und ihn um ein Gespräch gebeten habe, war ich vollkommen ruhig. Als hätte ich das schon tausendmal geprobt.«

»Hast du?«

»Nein, ganz sicher nicht. Also nicht tausendmal. Vielleicht zehnmal. Er war nicht einmal erstaunt. Im Gegenteil, er hat genickt und dann noch im Gespräch angefangen, seine Mails zu lesen!« Wieder stieg die Fassungslosigkeit in ihr auf, in die sich mit jedem Mal, wenn sie daran zurückdachte, mehr Empörung mischte. »Ich musste immer zu den vertrockneten Pflanzen starren.«

Manon schmunzelte. »Wer seine Pflanzen sterben lässt, kann sich auch nicht um seine Mitarbeiter kümmern. Das hat er eindeutig bewiesen.«

»Er versucht es ja nicht einmal.« Laura trank einen Schluck. »Er hat irgendwas gemurmelt, das *weiterhin alles Gute* hätte heißen können, und das war es dann. Ich bin zur Personalabteilung, habe unterschrieben und meinen Schlüssel abgegeben.« Sie schnaubte. »Das Seltsame ist, dass ich nicht nervös bin. Aufgeregt, ja, aber ich dachte immer, ich würde an einem Tag wie heute in Panik ausbrechen. Ich meine, ich habe keinen Job mehr!« Sie hob die Arme und ließ sie wieder fallen. »Seit der Schule wusste ich immer, was als Nächstes geschieht. Mein Studium, Praktika, der erste Job. Ich hatte nie Leerlauf.«

Manon warf einen Blick zu den Teegläsern auf den Regalen zu ihrer Linken. Obwohl sie bereits mehrmals nachgefüllt hatte, prangten Lücken in den Auslagen. »Wir könnten definitiv darüber reden, das Angebot an deinen Mischungen zu erweitern.«

Laura winkte ab. »Mach dir um mich keine Sorgen. Finanziell halte ich noch eine Weile durch, gerade mit Ilina als

Mitbewohnerin. Sie kocht außerdem immer viel zu viel und zwingt mich mitzuessen.« Sie streckte die Arme nach hinten und genoss das Kribbeln in ihrem Körper. »Wenn es hart auf hart kommt, habe ich auch noch meine Eltern. Oder meine Schwester Maja. Ich habe vorhin mit ihr telefoniert, und sie hat mir angeboten, in ihrem Gästezimmer zu wohnen.«

»Bei deinem Lebenslauf findest du sicher schnell etwas Neues.« Manon musterte sie eingehend. »Es sei denn, du möchtest erst einmal verreisen.«

Laura zögerte. »Ist es so offensichtlich?«

»Es ist logisch.«

»Er hat noch nicht auf meine Nachricht geantwortet.«

»Darauf würde ich nun nichts geben.« Manon lehnte sich entspannt zurück. »Vielleicht hat er viel um die Ohren. Aber ich weiß, wie wenig du ungeklärte Dinge magst. Da du eh schon dabei bist, in deinem Leben aufzuräumen, könntest du auch nach Kent fahren und dich mit Josh treffen. Sehen, wie er auf dich wirkt, nachdem ihr die Sache bereinigt habt.« Die Bank wackelte leicht, als sie ein Bein über das andere schlug. »Was stand noch einmal auf dem Zettel in Agathas Karton?«

»Ich habe ein Leben gelebt, das nicht meines war. Machen Sie nicht denselben Fehler«, zitierte Laura.

Manon hauchte ihr einen Kuss auf die Wange, nahm die beiden Tassen und verschwand im Arbeitsraum. Laura lauschte, wie das Wasser rauschte und Geschirr klirrte. Dann sah sie sich um, in diesem Laden, der ihr so vertraut geworden war. Morgen würde sie sich daranmachen, weitere Teemischungen herzustellen und vielleicht die eine oder andere neue Sorte ausprobieren. Sie musste bei ihren Eltern anrufen und ihnen alles erzählen. Und dann würde sie einen langen Spaziergang unternehmen und sich all die Fragen stellen, die nur sie beantworten konnte.

In ihrer Wohnung brannte Licht, als sie die Arnoldstraße erreichte. Ilina hatte heute frei und war mit Freunden unterwegs gewesen. Mit etwas Glück hatte sie gekocht. Durch den turbulenten Tag hatte Laura bisher nichts runterbekommen bis auf etwas Schokolade, aber jetzt knurrte ihr Magen.

Als sie die Tür öffnete, an der mehrere, mit festlichen Schleifen geschmückte Tannenzapfen baumelten, hörte sie Stimmen aus der Küche. Sie machte etwas mehr Lärm als gewöhnlich, um sich anzukündigen, und entledigte sich Jacke, Schuhen und ihrer Tasche.

»Laura?«

»Ja, ich bin es.« Laura musterte Ilina, die aus der Küche gestürzt kam. »Ist alles in Ordnung?«

Ihre Mitbewohnerin öffnete den Mund, doch ehe sie antworten konnte, erschien eine Gestalt hinter ihr.

Laura erstarrte. Im ersten Moment sagte sie sich, dass sie einfach locker bleiben und nicht den Eindruck eines Rehs im Scheinwerferlicht erwecken sollte. Im nächsten, dass Ilina aufhören musste, sich in die Leben anderer Menschen einzumischen. Und immer wieder schoss ihr durch den Kopf, wie seltsam es war, ihm in ihrer Wohnung gegenüberzustehen.

Joshua sah so aus, wie sie ihn in Erinnerung hatte: anziehend, ein wenig geheimnisvoll und unglaublich aufregend. Er trug ein schwarzes Hemd zur Jeans und hatte sich frisch rasiert. Lediglich seine Haare wollten nicht ganz so wie er; einige standen wild durcheinander. Seine dunklen Augen leuchteten wie damals, als er ihr die Gärten gezeigt hatte, doch es lag auch etwas anderes darin. Unsicherheit und so viele Fragen, dass Laura ahnte, wie er sich fühlen musste. »Hey«, sagte er leise.

Ilina wandte sich zu ihm um, als wäre sie erschrocken. Sie brachte ein Lächeln in Lauras Richtung zustande, so unecht, dass sie niemanden damit hätte täuschen können. Dann murmelte sie etwas von Zimmer und Telefonat und huschte an Laura vorbei. Aber es war ohnehin schwer, den Blick von Joshua zu nehmen. Wo sie gerade noch voller Schwung in das Wohnzimmer getreten war, fühlte sich Laura jetzt seltsam leicht, als könnte sie davontreiben. Die Aufregung, die in ihrem Bauch rumorte, stand im seltsamen Kontrast dazu.

»Hallo«, sagte sie, einfach nur, um irgendetwas zu sagen. Rasch schob sie ein »Was tust du denn hier?« hinterher. Die Frage verschaffte ihr die Zeit, nach dem Sofa zu tasten und sich möglichst unauffällig dagegenzulehnen.

Zu ihrer Erleichterung schien er ebenso unsicher zu sein wie sie: Er starrte auf seine Hände, fuhr sich durch seine Haare und hob dann den Kopf mit einer Entschlossenheit, die seine Kinnlinie hart wirken ließ. »Ich weiß, du wolltest lieber noch mal am Telefon reden, und ich … tut mir leid, Laura. Aber nachdem ich deine Nachricht bekommen habe, musste ich dich einfach sehen.« Er versuchte ein Lächeln. »Es war keine gute Idee, oder?«

Laura schüttelte den Kopf. »Nein, ist schon in Ordnung. Ich habe nur nicht damit gerechnet. Hat Ilina dir etwas angeboten?« Gastfreundschaft war sicheres Terrain!

»Kaffee und Wein, und ich habe beides angenommen. Vermutlich bin ich ein wenig unruhig. Ich fliege nicht jeden

Tag nach Deutschland, um mich bei jemandem zu entschuldigen.«

Ihr Herz schlug bei jedem seiner Worte noch schneller. »Das hast du doch schon am Telefon getan. Dafür hättest du nicht extra herkommen müssen«, sagte sie leise.

»Doch.« Er musterte sie mit diesem Blick, der ihr tief unter die Haut ging. »Das musste ich. Und ich wollte es auch.« Er zögerte, dann deutete er auf das Sofa. »Sollen wir uns setzen?«

Sie nickte, ließ sich auf das Sofa sinken und widerstand dem Drang, eines der riesigen Kissen an sich zu ziehen. Sie wollte nichts zwischen sich und Joshua wissen, aber auf der anderen Seite wäre es ein Schutz, falls das Gespräch nicht so verlief, wie sie es sich erhoffte. Sie kam sich vor wie ein junges Mädchen beim ersten Date. »Wie war dein Flug?«

Behutsam ließ er sich neben sie nieder, mit mehreren Handbreit Platz zwischen ihnen. »Gut. Zu lang.« Er lächelte. »Und zu kurz. Ich habe mir die ganze Zeit überlegt, was ich sagen soll.«

»Wusste Ilina, dass du kommst?«

Er nickte. »Schuldig.« Er betrachtete sie, als würde er sie zum ersten Mal sehen. Laura riss sich zusammen, um nicht wie gebannt auf seine Lippen zu starren.

»Ich habe heute gekündigt«, platzte sie heraus. Darüber konnte sie reden, bis sie halbwegs verkraftet hatte, dass Joshua Raje in ihrer Wohnung saß, nur wenige Zentimeter von ihr entfernt. Zudem ahnte sie, dass er sie verstehen würde.

Joshua legte den Kopf leicht schräg. »Den Job im Marketing?«

Laura nickte stumm.

»Gut« sagte er.

»Gut?«

»Ja. In deinem Gesicht kann man viel lesen, wenn du erzählst. Und ich habe den Unterschied gesehen, wenn dich etwas quält und wenn dich etwas begeistert.«

Bei seinem Lächeln wurde ihr warm. Mit Joshua hier zu sitzen war so aufregend und zugleich so hundertprozentig richtig, dass sie sich fragte, warum sie ihn nicht schon längst zurückgerufen hatte. Dabei wusste sie die Antwort genau, wusste, warum sie zögerte. Sie konnte sich nicht so einfach vollkommen in ihn verlieben. Wenn es schiefging, was aufgrund der Entfernung gut sein konnte, hätte sie zweimal direkt nacheinander etwas Wichtiges in den Sand gesetzt.

Joshua unterbrach ihre Gedanken, indem er eine Hand hob. Als seine Fingerspitzen ihre Haut berührten, fuhr ein feiner Schlag durch ihren Arm und breitete sich aus, als würden Abertausende winziger Blitze darauf tanzen.

»Ich würde gern loswerden, was ich mir den ganzen Flug überlegt habe – und auch vorher am Flughafen. Und auf dem Weg hierher. Ich war sogar kurz davor, es mit Ilina zu proben, weil sie so hartnäckig versucht hat, mich auszufragen.«

Laura war froh, dass er der Situation mit diesem Scherz einen Teil der Anspannung nahm. »Ich glaube, es gibt nichts auf dieser Welt, das Ilina nicht wissen möchte. Aber du kannst gern mit mir üben.«

»Danke.« Er drehte seine Hand eine Winzigkeit. Sie beantwortete seine stumme Frage, indem sie ihre Finger hineinlegte. Sanft schlossen sich seine darum, und ein Teil von Laura wünschte sich plötzlich so sehr, ihn zu küssen, dass es schmerzte. »Es tut mir sehr leid, dass du aus England geflüchtet bist, weil ich ein solcher Idiot war. Ich hätte es besser wissen sollen. Nur weil ich einmal eine schlechte Erfahrung gemacht habe, heißt das nicht, dass so etwas immer wieder passieren wird.«

Sie schüttelte leicht den Kopf. »Ich verstehe, dass du misstrauisch warst oder gedacht hast, ich hätte alles ausgeplaudert. Immerhin kanntest du mich kaum, und …«

Ohne Vorwarnung beugte er sich vor und küsste sie so sanft, dass die Entscheidung bei ihr lag, ob sie den nächsten Schritt tun wollte.

Laura genoss das seidenweiche Gefühl der Berührung, die so voller Fragen war, dann lehnte sie sich ihm entgegen und beantwortete sie alle.

Joshua überwand die Distanz zwischen ihnen und vergrub eine Hand in Lauras Haaren, während sie ihre auf seinen Rücken gleiten ließ und die Muskelstränge unter dem Stoff ertastete. Der Kuss wurde intensiver, drängender, und Laura öffnete ihre Lippen nur zu bereitwillig. Sie wollte überlegen, ob das hier eine gute Idee war, doch sämtliche Gedanken traten in den Hintergrund. Sie ließen Platz für diese Mischung aus Kribbeln und Schweben, die sich schon zuvor angekündigt hatte und nun ganz von ihr Besitz ergriff.

Nach einer Weile löste sich Joshua von ihr, sah ihr in die Augen und strich so behutsam über ihre Wange, als hätte er Angst, etwas zu zerstören, das gerade erst entstand.

»Wow«, murmelte sie. »Entschuldigst du dich immer so?«

»Nein.« Seine Stimme war dunkel und rau. »Ich dachte, ich probiere mal etwas Neues aus.«

»Es scheint, als würden wir beide das gerade tun.«

Er fuhr mit einem Finger die Linie ihres Wangenknochens nach, was sie unwillkürlich erschauern ließ. »Vielleicht mussten wir uns begegnen, um das wirklich zu können. Dinge hinter uns lassen, die wir nicht wollen.«

»Und uns neuen Dingen zuwenden, die wir … ziemlich interessant finden?« Sie musste ihn einfach necken, um dieses atemberaubende Lächeln auf sein Gesicht zurückzubringen. Es funktionierte.

»Ja, das trifft es ganz gut.« Noch einmal küsste er sie, so flüchtig, als hätte sie lediglich ein Windhauch gestreift.

Laura betrachtete ihre miteinander verschlungenen Finger. Das Bild gefiel ihr. »Wie ist die Stimmung auf Crane Place?«

»Ich habe mit Jeevan gesprochen und ihm erklärt, dass ich die Firma übernehmen würde – für die Familie. Aber dass ich damit niemals glücklich sein werde.«

»Wie geht es ihm? Jeevan?«

Das Funkeln in Joshuas Augen trübte sich kurzzeitig. »Er hatte einen schönen Geburtstag, doch er wird nicht mehr gesund, da müssen wir uns nichts vormachen. Er hat sich erholt, seitdem du da warst. Em fürchtet, dass er seine letzten Kräfte sammelt, aber ich denke, dass du ihm mit deinem Besuch neue geschenkt hast. Zumindest vorübergehend. Wir hoffen, dass er den Jahreswechsel noch mit uns erleben kann.«

Der Gedanke an Jeevan machte Laura traurig. Wie gern hätte sie gehört, dass sich sein Zustand besserte. »Wie hat er reagiert?«

»Er hat mir deinetwegen eine Standpauke gehalten. Und mir etwas für dich mitgegeben. Warte.« Widerstrebend ließ er sie los, stand auf und ging zu der Lampe in der Ecke. Seine Reisetasche stand daneben. Eine feine Gänsehaut überlief Laura bei dem Gedanken, dass er vielleicht heute nicht wieder zurückfliegen würde.

Joshua zog etwas aus der Tasche und setzte sich wieder neben sie. »Hier. Er sagt, bei dir wäre es in den richtigen Händen. Betrachte es als verfrühtes Weihnachtsgeschenk.«

Laura nahm den in weißes Seidenpapier eingeschlagenen Gegenstand entgegen und packte ihn vorsichtig aus. Zum Vorschein kam ein schmales, hohes Fläschchen aus Glas, wundervoll mit grünen Blättern und rosa Blüten bedruckt. Der Schraubdeckel war aus Stahl und im Inneren an einem Teesieb befestigt. »Das ist wunderschön«, murmelte sie.

»Es ist ein Teezubereiter. Onkel Jeevan hat sie zum allerersten Mal in seiner Zeit in London verkauft, noch ehe er Vishraam Ltd. gegründet hat. Der hier«, er berührte ihre Finger, die noch immer über das Glas strichen, »stammt aus der Anfangszeit seiner Karriere, als er sich allmählich einen Namen in der Branche gemacht hat.«

»Sag ihm vielen Dank von mir. Ich liebe es.«

»Das werde ich ihm ausrichten.« Er musterte sie, als wollte er sich jeden Zentimeter ihres Gesichts einprägen.

»Was hat er noch gesagt? Zu deinen Plänen?«

Joshua lächelte. »Er möchte keinen seiner Nachkommen unglücklich sehen, aber genau das ist auch der Grund, warum er die Firma nicht an Dad überschreiben will. In seinen Augen wäre der Spaß dann zwar groß, aber schnell wieder vorbei, und das sehe ich auch so. Dad besitzt einfach keinen Geschäftssinn.«

Laura schwieg. Dazu konnte und wollte sie nichts sagen.

»Aber die Lösung lag so nahe, und als sie einmal ausgesprochen war, ging alles ganz schnell«, fuhr Joshua fort. »Onkel Jeevan wird Vishraam an Emma weiterreichen.«

Laura riss die Augen auf. »Ist sie damit einverstanden?«

»Ja. Em hat Talent in solchen Dingen und über all die Jahre viel bei Jeevan gelernt. Natürlich kann sie das mit den Kindern nicht allein stemmen, aber momentan ist im Gespräch, dass ihr Mann sie eventuell unterstützt. Und ich wette mit dir, dass sie sich auch irgendwie mit Dad einigt und ihm eine Position zuschustert, die ihn halbwegs zufriedenstellt. Alles in allem hält es Jeevan für eine gute Idee, Vishraam nicht wieder so groß aufzuziehen, wie es einmal war, um Em nicht ins eiskalte Wasser zu werfen. Ihm ist vor allem wichtig, dass sein Vermächtnis weiterhin existiert, und zwar in der Familie.« Er verschränkte beide Hände im Nacken. »Im Grunde war alles gar nicht so schwer. Ich hätte das schon längst ansprechen und nicht so ein Geheimnis draus machen sollen. Aber ich wollte Jeevan nicht damit belasten.« Er sagte es so liebevoll, dass sich Laura noch mehr nach seiner Berührung sehnte als ohnehin schon. Hier saß sie, auf dem Weg in eine Zukunft, die sie nicht einschätzen konnte, und auf einmal war alles so leicht. Zumindest in der Theorie. »Was ist los, Laura? Ich sehe dir an, dass du über etwas nachgrübelst.«

Sie nickte langsam. »Ich muss an Jeevan denken. Und an Agatha. Ich habe sie noch einmal besucht.«

»Wie war es?«

»Sie hat mir einen Karton gegeben. Darin waren Briefe, die sie an Jeevan verfasst und nie abgeschickt hat.«

Er hob eine Augenbraue. »Hast du sie gelesen?«

»Ja. Sie hat ihm alles geschrieben, Joshua. Warum sie hierhergekommen ist, nach Deutschland. Dass sie es für ihn und Malati getan hat. Sie hat sich solche Sorgen gemacht um sie und das Baby, und ihrem Vater versprochen, in die Hochzeit einzuwilligen, wenn er Jeevan regelmäßig Geld zukommen lässt. Ihre Ehe war offenbar nur Schein. Aber Agatha hat sich gefügt, all die Jahre, sogar nach dem Tod ihres Mannes. Weil sie sich nicht eingestehen wollte, einen falschen Entschluss getroffen zu haben. Ihre Gedanken waren noch lange, nachdem sie England verlassen hat, bei Jeevan.«

In Joshuas Augen flackerte Mitleid für eine Frau, die er noch nie getroffen hatte. »Seitdem du ihn besucht hast, erwähnt er sie immer wieder. Und ich glaube, er wünscht sich von Herzen, sie noch einmal zu sehen.«

Laura zögerte. »Sie sträubt sich. Und das sehr energisch. Dabei hat sie gemeint, dass ich nicht so wie sie ein Leben führen soll, das nicht meines ist.«

»Das hat sie gesagt?«

»Das hat sie gesagt.«

»Vielleicht«, er schenkte ihr diesen so typischen Hauch eines Lächelns, »muss man sie zu ihrem Glück zwingen.« Wieder küsste er sie, so schnell, dass sie nicht reagieren konnte.

Laura lachte leise. »Eine Agatha Sperlich lässt sich zu nichts zwingen.«

Er küsste sie noch einmal, und dieses Mal wartete er, bis sie den Kuss erwiderte, ehe er seine Lippen über ihre Wange zu ihrem Hals wandern ließ.

Laura schloss die Augen, da sich die Welt auf wundervolle Weise drehte und immer schneller wurde. Schließlich hielt sie sich an Joshuas Schultern fest, nur um ihn näher an sich zu ziehen.

Sie fuhren auseinander, als aus dem Wohnzimmer lautes Stampfen ertönte, so als würde ein Miniaturelefant durch die Wohnung toben. Gekünsteltes Husten folgte. »Ich bin dann mal *unterwegs*«, brüllte Ilina und hustete noch einmal, vermutlich, um sicherzugehen, dass man sie gehört hatte. Keine drei Sekunden später knallte die Tür ins Schloss.

»Das haben dann wohl auch die Nachbarn ganz unten mitbekommen«, sagte Laura.

Joshua sah zur Tür, dann wieder zu ihr. »Ob sie uns damit etwas Bestimmtes mitteilen wollte?«

Sie zuckte die Schultern und sah ihn an. Er verstand und schob die Kissen achtlos auf den Boden, ehe er beide Arme um Laura schlang. Sie schmiegte sich an ihn, genoss das Gefühl seines Körpers, seine Wärme und den dezenten Duft nach Frische und einem Hauch Aftershave. Dann ließ sie zu, dass er sich zusammen mit ihr auf das breite Sofa sinken ließ. Sie erwiderte seine Küsse mit einer Leidenschaft, die sie bisher von sich nicht gekannt hatte. Joshua war hier, bei ihr, und trotzdem genügte es nicht. Sie wollte mehr von ihm, jetzt sofort. Mit einem leisen Seufzer fuhr sie durch seine Haare und brachte eine Unordnung hinein, die sie wahnsinnig sexy fand.

Joshua keuchte leise, als sie ein Bein um seine schlang und mit den Fingernägeln hauchzart über die Haut in seinem Nacken fuhr. Als er ihren Pullover hochschob und eine Spur aus Küssen über ihre Brüste und ihren Bauch zog, verschwanden sämtliche Fragen und Unsicherheiten. Wichtig war nur der Moment, und an dem war alles perfekt.

28

Joshua musterte das Haus vom Beifahrersitz aus, dann warf er Laura einen Blick zu. Schnee bedeckte das Dach und den Vorgarten mit einer dünnen hellen Schicht. »Möchtest du das Reden übernehmen oder soll ich? Wenn sie alter englischer Wohlstand ist, wird sie zumindest nicht so unhöflich sein und uns rauswerfen.«

Laura zog eine Grimasse. »Wenn ihr etwas nicht passt, sagt sie das. Und wenn du ihr nicht passt, dann wirft sie dich raus, selbst wenn du vom anderen Ende der Welt hergejettet wärst.«

Joshua hob die Hand, in der er Lauras hielt. »Dann mal los.«

Laura dachte nicht daran auszusteigen, ohne ihn noch einmal zu küssen. Lange und innig. Er schmeckte nach der Süße des Kuchens, den sie vorhin bei Maja gegessen hatten. Laura knabberte an seiner Unterlippe, wich aber aus, als er das erwidern wollte. Dieses kleine Spiel hatte sich in den vergangenen Tagen zwischen ihnen entwickelt, und dennoch war es jedes Mal so neu und aufregend, als würden sie sich zum ersten Mal berühren.

Nachdem sie mitten in der Nacht nach seiner Ankunft eng

umschlungen auf dem Sofa aufgewacht waren, hatten sie es gerade bis in Lauras Zimmer geschafft, nur um dort wieder übereinander herzufallen. Sie konnte ihre Hände nicht von Joshua lassen, und ihm ging es bei ihr ebenso. Keine Sekunde lang brachen die Zweifel durch, die sie vor seinem Besuch gehabt hatte, und sie genoss jeden Moment mit ihm. Es fühlte sich alles so richtig an. Der Rest würde sich finden.

Seit drei Tagen war Joshua nun in Deutschland. Nachdem er ihr beschrieben hatte, wie das Leuchten jedes Mal auf Jeevans Gesicht zurückgekehrte, wenn er an die Zeit mit Agatha dachte, hatte Laura beschlossen, noch einmal mit ihr zu reden. Zwar bestand die Gefahr, dass Joshuas Anblick ein kleiner Schock sein würde, aber die Chance, alte Wunden endlich heilen zu lassen, war zu wichtig.

Gestern waren sie in Lauras Peugeot gestiegen und zu Maja nach Worms gefahren. Ihre Schwester und Joshua verstanden sich blendend, aber das erstaunte Laura nicht weiter. Sie und Maja hatten schon immer die gleichen Antennen gehabt, wenn es um Menschen ging. Nach nur wenigen Stunden hatte Maja sie auf den Balkon gezerrt und ihr »Wenn du den wieder gehen lassen willst, sperre ich euch zusammen ein« zugeflüstert. Laura hatte gelächelt, weil Joshua ihr in diesem Moment durch die Glastür zuzwinkerte. Sie hatte nicht vor, ihn wieder gehen zu lassen.

»Also dann«, sagte sie, lehnte sich im Auto vor Agathas Haus an ihn, strich mit dem Zeigefinger hauchzart über seine Lippen und bemerkte mit Genugtuung, wie er erschauerte. Sie drückte die Fahrertür auf und stieg aus. Da der Schneefall soeben stärker wurde, zog sie den Kopf ein und rannte die wenigen Meter.

Joshua folgte ihr und blieb schräg hinter ihr stehen, als sie anklingelte. Seine Hand legte er auf ihren Rücken, so als wollte er ihr sagen, dass sie sich der befürchteten Empörung nicht allein stellen musste.

Wie immer dauerte es eine Weile, bis Agatha öffnete. Ihr Blick streifte erst Laura, dann Joshua. Falls sie ihn erkannte oder sich denken konnte, um wen es sich handelte, ließ sie sich nichts anmerken. »Ach«, sagte sie und klang nicht im Mindesten überrascht. »Frau Nicolai. Das wird ja fast zur Gewohnheit.«

»Ja, das ist wahr«, sagte Laura und wählte die nächsten Worte sehr sorgfältig. »Aber ich habe ein wenig mehr Zeit als zuvor. Ich habe meinen Job gekündigt.«

»Na sieh einer an.« Agatha verengte die Augen und strich sich den Rock ihres dunkelgrünen Kostüms glatt. Unter dem altmodischen Kragen prangte eine Emaillebrosche von der Größe einer Babyfaust. »Sind Sie etwa hergekommen, um mir das mitzuteilen?«

Laura warf einen Blick über die Schulter und räusperte sich. »Unter anderem. Das hier ist übrigens Joshua. Dürfen wir hereinkommen?«

Es war offensichtlich, dass Agatha mit sich rang. Natürlich wusste sie, wer Joshua war, und Laura hoffte, nicht zu weit gegangen zu sein. Vermutlich war sie das aber, denn Agatha ignorierte ihn und seine ausgestreckte Hand völlig. Dafür zupfte sie an ihrem Oberteil und wandte sich wie erwartet ab, um im Inneren des Hauses zu verschwinden. »Wenn es denn sein muss. Aber ich bin gerade sehr beschäftigt, daher bitte nur kurz.« Laura wechselte einen Blick mit Joshua und folgte Agatha.

Im Inneren des Hauses roch es nach Zitrone und einem

Hauch Chemie. Alles war so ordentlich wie immer, wenn auch etwas düster durch die schweren Wolken am Himmel und das dadurch mangelnde Tageslicht. Laura stellte sich vor, wie Agatha von Zimmer zu Zimmer ging, hier und dort einen Gegenstand zurechtrückte oder einen anderen in die Hand nahm, um in Erinnerungen zu schwelgen, und auf einmal tat sie ihr unwahrscheinlich leid. Sie hatte diese stachelige Hülle um sich gezogen, auch wenn ihr Herz vielleicht etwas anderes wollte. Am liebsten hätte Laura sie in den Arm genommen, aber damit würde sie lediglich eine Rüge und eventuell einen Hieb mit dem Gehstock riskieren.

Agatha lief an der Küche vorbei und bog in das Esszimmer ab, in dem Laura noch nie gewesen war. Ein massiger Holztisch samt Stühlen sah nicht aus, als würde er noch benutzt werden, und im Gegensatz zu Wohnzimmer und Küche mangelte es an Gemütlichkeit. Auch Weihnachtliches suchte man hier vergeblich. Die Botschaft war deutlich: Agatha wollte ihren Besuch so schnell wie möglich wieder loswerden. Unter leisem Ächzen zog sie einen Stuhl zurück, ließ sich mit dem Rücken zu ihnen darauffallen und schwieg.

Laura wechselte einen Blick mit Joshua und umrundete den Tisch, um Agatha gegenüber Platz zu nehmen. Joshua zögerte und setzte sich in die Nähe des Fensters.

Jetzt wurde Laura nervös. »Also, warum wir hier sind …« Am liebsten hätte sie Joshua um Hilfe gebeten.

Agatha gab einen Laut der Missbilligung von sich. »Das würde ich wirklich gern wissen. Wie ich bereits sagte, passt es mir momentan nicht so gut.«

Laura zögerte. Hier kam sie nicht weiter, wenn sie versuchte, Agatha in Watte zu packen. »Ich habe Ihre Briefe gelesen – der Karton ist übrigens im Wagen, falls Sie ihn wiederhaben möchten. Und nachdem ich mit Joshua geredet habe, ist uns klar geworden, dass es zwei Menschen in zwei Ländern gibt, die genau dasselbe sagen. Und sich dasselbe wünschen. Sich noch einmal, nach all den Jahren …«

»Halt!« Es kam so energisch heraus, dass Laura zusammenzuckte. Wie gebannt starrte sie auf die Hand, die Agatha wie einen Schutzschild vor sich hielt. »Ich dachte, mich zu diesem Thema klar und deutlich geäußert zu haben.« Da war er wieder, der aggressive Unterton.

Laura nickte. »Ja, das haben Sie. Aber da waren die Fakten noch andere.«

»Von meiner Seite aus hat sich nichts geändert. Wenn das alles war, dann würde ich Sie bitten zu gehen.«

»Aber …«

Doch Agatha stand bereits auf. Ehe Laura reagieren konnte, war Joshua ihrem Beispiel gefolgt und auf sie zugetreten. »Jeevan Raje ist mein Großonkel«, sagte er in diesem wundervollen, geschwungenen Dialekt, den Laura nie wieder missen wollte. »Wie Sie ja bereits wissen, geht es ihm nicht gut. Seitdem Laura uns besucht und ihm Fotos von Ihnen gezeigt hat, redet er sehr oft von Ihnen. Es würde ihm so viel bedeuten, Sie noch einmal zu sehen, Madam. Es wäre das schönste Weihnachtsgeschenk für ihn.« Als Agatha nicht reagierte und ihn nur anstarrte, senkte er den Kopf. »Meine Neffen denken, es ginge Jeevan besser, weil er seit Tagen mehr Energie hat als in den vergangenen Monaten. Aber ich weiß, dass er sich nicht mehr erholen wird. Und ich denke, Sie wissen das auch. Sie müssen es ahnen, wenn Sie so sehr mit ihm verbunden sind, wie er behauptet.«

Seine letzten Worte waren leise, sodass sie im Dämmerlicht des Zimmers beinahe untergingen.

Eine Weile rührte sich niemand, als hätte die Erwähnung des Mannes aus der Vergangenheit die Gegenwart beiseitegeschoben. Langsam wandte Agatha den Kopf. Laura folgte ihrem Blick und bemerkte eine Reihe von Fotos auf dem Sideboard, einheitlich in Mahagonirahmen mit Silberverzierungen: eine Agatha in mittleren Jahren neben einem Mann, der wohl Ronald Sperlich war. Eine junge Agatha zwischen zwei Erwachsenen in etwas altertümlicher, aber edler Kleidung, vor einem Kamin. Das mussten ihre Eltern sein, Linda und George, in ihrem Haus in Witney. Ein weiteres Foto zeigte eine dunkelhaarige, jugendliche Agatha an der Seite eines jungen Mannes. Beide trugen Reitkleidung und standen vor einem Stall, aus dem ein Pferd den Kopf steckte.

Laura stockte und trat unwillkürlich einen Schritt näher. Der Mann besaß unverkennbar Ähnlichkeit mit Agatha. Er war deutlich größer als sie, hatte ausdrucksvolle Züge und trug sein gelocktes Haar etwas länger. Doch etwas anderes ließ sie stutzen. Seine Körperhaltung, dieses spezielle Lächeln sowie die Form seiner Augen – und vor allem das Funkeln darin – erinnerten sie an Joshua.

Obwohl ihr Verstand es bereits begriffen hatte, hakten und stolperten ihre Gedanken. Sie drifteten zurück zu Agathas und Jeevans Erzählungen. Zu Malati, die den Vater ihres Kindes niemals hatte nennen wollen. Und zu Agathas Bruder, Leonard, der ihr bei seinem Besuch in London so viel Aufmerksamkeit geschenkt hatte. Ihr, der unerfahrenen jungen Frau, die womöglich viel zu leicht von manchen Dingen zu beeindrucken gewesen war.

Es hatte die ganze Zeit auf der Hand gelegen, war aber in der Durchschlagskraft der Geschichte mit all ihren Facetten völlig untergegangen.

»Sie gehen jetzt!« Agatha hatte Lauras Blick bemerkt. »Sie beide. Ich habe keine Zeit für solche Gespräche. Mehr noch, ich wünsche sie nicht. Und ich dachte, das hätte ich deutlich gemacht!« Mit einer für sie flinken Bewegung fuhr sie zu Laura herum. »Entweder sind Sie besonders dreist oder besonders begriffsstutzig, aber das wird im weiteren Leben nicht mein, sondern Ihr Problem sein. Sie verlassen auf der Stelle mein Haus!« Sie lief los, flüchtete vor den Fotos und wartete im Türrahmen. Ihr Gesicht war verzerrt, und Laura konnte nicht sagen, ob vor Zorn oder Schmerz. Sie vermutete beides.

»Natürlich«, murmelte sie. Neben Agatha blieb sie noch einmal stehen. »Es tut mir so leid. Ich wollte Ihnen nie etwas Böses. Ich hatte nur gedacht, dass Sie sich auch wünschen würden, ihn noch ein letztes Mal zu sehen.« Damit verließ sie das Zimmer.

Joshua hinter ihr murmelte eine Verabschiedung, die von Schweigen beantwortet wurde. Wenig später traten sie aus dem düsteren Haus in eine Welt, die hinter einem weißen Vorhang verschwand.

Der Schnee war nicht mehr so dicht wie vor einer halben Stunde, wirkte aber noch immer beruhigend. Er verwandelte die unter ihnen liegende Stadt in eine Spielzeugsiedlung, in der zu dieser noch zu frühen Stunde unzählige Lichter in den Häusern brannten.

Laura war schon oft hier oben auf dem Neroberg gewesen, dem Hausberg Wiesbadens, aber niemals bei Schnee.

Sie fühlte sich geborgen im Wagen neben Joshua, der schweigend den Himmel betrachtete.

Auf der Fahrt hierher hatten sie kaum gesprochen, aber das war auch nicht nötig gewesen. Agathas Reaktion und das Foto ließen keinen anderen Schluss zu. Trotzdem musste es jemand früher oder später aussprechen.

Schließlich fasste sich Laura ein Herz. »Du hast es also auch bemerkt.« Ihr Blick glitt über Joshuas Profil, das sich in der Dämmerung scharf abhob. Hinter ihm trug der Monopteros, der Aussichtstempel im Renaissance-Stil, bereits eine weiße Haube.

Joshua atmete aus. »Dass ich dem Mann auf diesem Foto verdammt ähnlich sehe? Ja.«

»Agathas Bruder, Leonard Ford. Du hast es nicht geahnt?«

»Dass Dads bisher unbekannter Vater höchstwahrscheinlich mit Agatha verwandt ist? Nein. Du?«

Sie schüttelte den Kopf. »Ich wusste, dass sich Malati und Leonard kennengelernt haben. Aber es klang nicht zwangsläufig so, als wäre da mehr gewesen.«

Joshua starrte nach vorn, aber Laura zweifelte daran, dass er die Umgebung überhaupt wahrnahm. »Denkst du, Agatha hat deshalb all das Geld geschickt?«

»Nein, ich glaube nicht.« Laura schob sich eine Haarsträhne hinter das Ohr. »Sie hat heute von Anfang an vermieden, dich richtig anzusehen, weil sie alles, was mit ihrer Vergangenheit und Jeevan zu tun hat, von sich schiebt. Erst im Esszimmer hat sich das geändert.« Agatha hatte so geschockt ausgesehen – als wäre ihr die Ähnlichkeit zwischen Joshua und Leonard erst da bewusst geworden. »Bei allem, was sie mir erzählt oder auch verschwiegen hat … ich glaube nicht, dass sie sich Dinge zurechtbiegt. Sie hat Jeevan und Malati das Geld zukommen lassen, weil sie ihnen und dem Baby helfen wollte. Diese Enge und Armut in den Häusern, in denen die beiden damals lebten, hat sie sehr mitgenommen. Das muss für sie wie ein Kulturschock gewesen sein.«

Joshua starrte an die Wagendecke. »Jeevan sagte einmal, dass wohlhabende Menschen aus den Grafschaften damals nach London gereist sind, um die strahlenden Diamanten der Stadt zu sehen. Riesige Kirchen, Museen, den Zirkus, in dem er einmal gearbeitet hat. Für sie bestand die Stadt aus einer Aneinanderreihung von schönen, unterhaltsamen und faszinierenden Dingen, und viele sind gar nicht erst auf die Idee gekommen, dass es noch eine andere Seite gibt. Ich denke, sie wollten sich nicht damit befassen.«

»Ja, vermutlich«, sagte Laura. »Kaum jemand will die grauen Seiten eines Orts sehen, den er besucht, die Armut oder Gleichförmigkeit. Agatha ist damals quer durch London gefahren, um Jeevan und Malati zu treffen. Kirchen und Museen waren ihr gleichgültig.« Sie versuchte, sich die Hauptstadt von damals vorzustellen. Andere Menschen, andere Geräusche, andere Gerüche. »Was machen wir denn nun?«

»Nichts. Wir können Agatha schließlich nicht gegen ihren Willen nach England verschleppen.«

»Wobei es mir in den Fingern kribbelt, genau das zu tun.« Er lachte leise und schwieg dann eine ganze Weile. »Ich hätte es Onkel Jeevan so gewünscht.«

»Ich auch.« Laura tastete nach seiner Hand, und als sich ihre Finger berührten, schloss er sie behutsam um ihre. »Bleibt die Frage, was wir mit der anderen Information anfangen.«

»Wir müssen genau überlegen, ob wir überhaupt etwas sagen. Wenn wir Dad gegenüber auch nur andeuten, dass sein Vater aus einer wohlhabenden Familie stammt, wird er alles tun, um an das zu kommen, was ihm seiner Meinung nach zusteht. Das wird eine Lawine lostreten. Das willst du Agatha nicht antun.«

Laura drehte sich auf ihrem Sitz, bis sie ihn ansehen konnte. »Aber steht es ihm nicht auch zu?«

Joshua rieb sich die Stirn mit Daumen und Zeigefinger. »Darüber sollten wir in Ruhe nachdenken.«

»Vergiss nicht«, sagte Laura leise, »du bist auch mit Agatha verwandt.«

»Ja, darüber habe ich gerade nachgegrübelt. Sie ist meine Großtante, so wie Jeevan mein Großonkel ist. Und meine Urgroßeltern ...« Er seufzte und schüttelte den Kopf. »Das ist alles so verrückt, Laura.«

»Dein Urgroßvater war ein erfolgreicher Geschäftsmann. Vielleicht hast du das ja von ihm geerbt.«

»Wer weiß.« Es klang nachdenklich. »Das ist ziemlich viel auf einmal. Dabei gibt es anderes, an das ich nun denken sollte. Angenehmere Dinge, die kein Chaos in meinem Kopf anrichten.« Er berührte ihre Wange, fuhr mit der Hand durch ihre Haare und zog sie an sich.

Laura lehnte ihren Kopf an seine Schulter und starrte auf die friedlich daliegende Stadt. So viel hatte sich verändert, seitdem sie auf Crane Place aufgetaucht war. Aber die Vergangenheit konnte sie nicht ändern, und solange sich Agatha weigerte, Jeevan zu sehen, war seine und ihre Geschichte bereits vor langer Zeit zu Ende gegangen.

Laura schloss die Augen, als Joshua ihr einen Kuss auf die Schläfe hauchte. Ihre Geschichte hatte gerade erst begonnen. Und wenn sie eines gelernt hatte, dann, dass es Wagnisse gab, die man überstehen konnte.

Man musste sie nur eingehen.

Das Handy riss sie aus dem Schlaf. Laura ließ es lange klingeln, in der irrigen Hoffnung, der Anrufer würde Erbarmen haben und wieder auflegen. Doch ihr Wunsch erfüllte sich nicht, und sie wollte nicht riskieren, dass ihre Schwester wach wurde. Es war lieb genug, dass Maja sie beide beherbergte.

»Leg ein Kissen darauf«, murmelte Joshua neben ihr. Er hatte einen Arm um sie geschlungen. In der Nacht war sie mehrmals aufgewacht und hatte das Gefühl seiner Haut an ihrer genossen, seinen sanften Atem auf ihrer Schulter, bis sie wieder in ihre Träume gedriftet war.

»Wer ruft so früh an?«, murmelte sie und streckte sich, um den Nachttisch zu erreichen. Sie tastete, fand ihr Handy und warf einen Blick auf das Display: Es zeigte kurz nach acht sowie den Namen des Anrufers. »Das ist Agatha.« Sie setzte sich aufrecht und war schlagartig so wach, als hätte sie den stärksten Tee der Welt intus, und davon mindestens einen halben Liter. »Hallo Agatha, guten Morgen«, sagte sie, nachdem sie abgenommen hatte.

Joshua hatte sich ebenfalls aufgesetzt. Die Decke war herabgerutscht, und Laura musste sich zwingen, nicht auf seinen Oberkörper zu starren, den sie gestern Abend nach ihrer Rückkehr nicht zum ersten Mal ausgiebig erkundet hatte.

»Frau Nicolai«, sagte Agatha, etwas zu laut, wie ältere Leute es oft taten, wenn sie telefonierten. »Guten Morgen.«

»Ist etwas passiert?« Hatte ihr Besuch Agatha im Nachhinein zu sehr mitgenommen? Laura sah zu Joshua, der nur mit den Schultern zuckte.

Agatha schnaubte. Vielleicht stieß sie aber auch gegen den Hörer. »Was soll passiert sein seit gestern? Natürlich ist nichts passiert, und wenn dem so wäre, würde ich einen Arzt rufen und nicht Sie. Aber seien Sie doch bitte so schnell wie möglich bei mir, ja?«

»Aber Agatha, was …«

»Danke. Auf Wiederhören.«

Vollkommen perplex starrte Laura auf ihr Handy. »Sie hat aufgelegt.«

»Und was wollte sie?« Joshua war näher gerückt und streichelte ihren Oberschenkel. Eine zärtliche, vertraute Geste, die sie beruhigen sollte. Die Magie funktionierte; augenblicklich entspannte sie sich und verspürte den Wunsch, sich wieder an ihn zu schmiegen.

»Sie erwartet, dass ich zu ihr fahre. Aber sie hat auch gesagt, dass nichts passiert ist.« Sie stahl sich noch zwei, drei weitere Sekunden, dann schwang sie die Beine aus dem Bett und stand auf. »Ob sie noch einmal über alles reden will?«

Joshua rutschte ein Stück nach oben, sodass er sich mit dem Oberkörper gegen die Wand lehnen konnte. »Könnte sein.«

Laura ging zu ihrem Kleiderschrank, nahm eine Jeans und einen Pulli heraus und drehte sich wieder um. »Beobachtest du mich etwa?«

Er schenkte ihr eines seiner umwerfenden Lächeln, die er in der Öffentlichkeit viel zu selten aufblitzen ließ. »Ich vermute stark, dass wir so schnell wie möglich nach Wiesbaden fahren, weil du wissen willst, was sie möchte.«

»Vielmehr mache ich mir Sorgen«, verbesserte Laura ihn gespielt streng.

»Natürlich auch das. So oder so bedeutet es, dass du das dort«, er nickte in Richtung ihrer Kleidung, »anziehen wirst. Was schade wäre.«

Sie ließ die Haare halb vor das Gesicht fallen und verbarg so ihr Lächeln. »Ich könnte schnell im Bad verschwinden, dann musst du nicht zusehen, wie ich mich anziehe.«

»So grausam wärst du nicht.« Im nächsten Moment schnellte er vor, schlang einen Arm um ihre Taille und zog sie an sich.

Lauras Aufschrei ging in Gelächter über, während er ihren Bauch küsste. »Dafür haben wir nun leider keine Zeit«, murmelte sie, auch wenn sie sich am liebsten einfach wieder auf das Bett fallen gelassen hätte. Seine Lippen legten sich auf die Stelle unterhalb ihres Ohrs. Er blies vorsichtig darüber, um dann an ihrem Ohrläppchen zu knabbern. Schlagartig breitete sich Gänsehaut auf Lauras Haut aus.

Er blinzelte zu ihr hoch. »Wir könnten uns beeilen.«

Sie wartete, bis das Kribbeln abebbte, genoss einen Herzschlag lang die Härte seiner Muskeln und die Weichheit seiner Haare, dann machte sie sich los. »Wenn du mitkommen willst, beeil dich«, rief sie, öffnete die Zimmertür und sah nach, ob Maja in der Nähe war, ehe sie ins Bad huschte.

Etwas über eine Stunde später hielten sie vor Agathas Haus. Mittlerweile machte sich Laura doch Sorgen. Und sie fühlte sich schuldig. Was, wenn Agathas Reaktion mit dem Schock über die Begegnung mit Joshua zu tun hatte? Obwohl der Himmel nach dem Schneefall gestern an manchen Stellen wundervolle Pastelltöne zeigte, konnte sie nicht so recht durchatmen.

Klingeln, klopfen, warten. Mittlerweile wirkte auch Joshua besorgt, und das machte Laura noch unruhiger.

Es dauerte nicht lange, bis die Tür geöffnet wurde. Agatha trug ein graues Kostüm unter einem Mantel in einem helleren Ton sowie einen mintgrünen Hut und sah nicht aus, als ob ihr etwas fehlte. Dafür schwieg sie und sah erst Laura an, dann – eingehender und länger – Joshua. Ihr Gehstock war ein anderer als sonst. Dieser hier besaß einen kunstvoll gestalteten silbernen Griff.

»Wir sind gekommen, so schnell wir konnten«, sagte Laura. »Was ist passiert, Agatha?«

Die Kerben zwischen Agathas Nase und Mundwinkeln wurden tiefer, als sie die Lippen aufeinanderpresste, und sie kniff die Augen zusammen, bis das kleinere beinahe ganz verschwand. »Sie sollten dringend an Ihrem Gedächtnis arbeiten. Wie ich schon sagte, es ist nichts passiert.« Sie zögerte, dann trat sie beiseite. Hinter ihr stand ein dunkler Hartschalenkoffer, auf dem Agatha eine Handtasche abgelegt hatte. »Aber ich bin reisefertig.«

Laura nickte, obwohl sie nichts verstand. Sie starrte auf den Koffer und fragte sich, ob sie das gestrige Gespräch falsch in Erinnerung hatte. »Gut«, sagte sie langsam. »Wollen … wollen Sie, dass wir Sie irgendwo hinfahren?« Sie warf Joshua einen Blick zu.

Agatha tat es ihr gleich. Sie betrachtete ihn so eingehend, als suchte sie in seinem Gesicht nach Hinweisen. Ihre Hand spielte mit dem Zipfel eines Taschentuchs, das aus ihrer Kostümjacke ragte. Schließlich strafften sich ihre Schultern. »Na, wir können auch gern ein Taxi rufen, wenn Ihnen das lieber ist. Ihr Auto können Sie da drüben stehen lassen, die Nachbarn haben noch genug Platz. Parken können Sie ja ganz ordentlich.«

Laura sah sich um, als könnte einer der besagten Nachbarn auftauchen und ihr erklären, was vor sich ging. »Ein Taxi wohin?«

Die altbekannte Strenge kehrte in Agathas Blick zurück. »Zum Flughafen natürlich. Ich habe es mir überlegt nach Ihrem Besuch gestern. Er hat mich zwar ein wenig überrumpelt, und besonders feinfühlig war er auch nicht, aber nachdem ich nun ohnehin die halbe Nacht wachgelegen habe, können wir es auch gleich hinter uns bringen. Vielleicht haben Sie recht, und es gibt noch etwas, das ich klären muss. Am besten tun wir das noch, ehe die Weihnachtsfeierlichkeiten losgehen.« Sie tastete hinter ihrem Rücken nach dem Koffer, und als sie ihn nicht fand, legte sie die Hand auf den Türrahmen.

Laura war sprachlos. Weihnachten war schon morgen, und Agatha wollte jetzt nach Kent?

»Sie möchten mit uns nach England fliegen, um Onkel Jeevan zu besuchen?« Joshua klang perplex.

Laura hätte schwören können, dass die Farbe in Agathas Wangen kurz schwand, nur um dann wieder zuzunehmen. »Das sagte ich bereits. Also, wollen wir? Ich nehme doch an, junger Mann, dass Sie Ihre Zeit nicht ewig in Deutschland verplempern können.«

»Eigentlich lässt mir meine Arbeit momentan viel Freiraum«, sagte er und lächelte Agatha an.

Sie schien jedoch gegen alles immun zu sein, das andere zum Schmelzen brachte. Doch allmählich bemerkte Laura, dass immer öfter Aufregung durch die Fassade blitzte. Oder etwas anderes, das zu schnell wieder verschwunden war, als dass sie es hätte benennen können. Vielleicht Sehnsucht?

»Sie wollen jetzt sofort zum Flughafen?«

Agatha wandte sich zu ihrem Gepäck um. Offenbar fragte sie sich, warum diese beiden Menschen vor ihr so begriffsstutzig waren, jetzt, da sie sich endlich durchgerungen hatte, über ihren Schatten zu springen.

Joshua rettete die Situation. »Wir könnten natürlich sofort los, Madam Sperlich.« Laura liebte den Klang des Namens aus seinem Mund. »Aber Laura und ich müssen noch packen, da uns nicht bewusst war, dass Sie heute schon abreisen möchten.« Er ließ es so klingen, als wäre das alles völlig normal. »Und wir wissen nicht, wann der nächste Flug nach London geht und ob es noch drei freie Plätze gibt. Es wäre doch eine Schande, die Zeit an einem ungemütlichen Flughafen zu verschwenden.«

Agatha legte die Stirn in Falten. »Und ich dachte, so läuft das heute. Man fährt los, man steigt in ein Flugzeug. Das war schon damals, als ich jung war, gar nicht so schwer, und mit all dem Fortschritt dürfte es heutzutage doch sein wie Busfahren.« Jetzt, da sie sich einmal entschieden – oder durchgerungen – hatte, stieß jede Verzögerung auf Unwillen. Laura konnte sie verstehen. Vermutlich war sie unglaublich nervös und innerlich angespannt. Sie musste sich zusammenreißen, um nicht nach Agathas Hand zu greifen.

»Joshua hat recht«, sagte sie. »Aber was halten Sie davon, wenn wir genau das jetzt tun und uns bei Ihnen melden, sobald wir einen passenden Flug gebucht haben? Wir werden Ihnen ein Taxi rufen, das Sie zum Flughafen bringt, und Sie dort treffen.«

Agatha starrte sie an, dann nickte sie. Es war ihr deutlich anzusehen, dass sie nicht weiter gedacht hatte als bis zu ihrem eigenen Koffer. »Wie lange wird das dauern?«

»Also, ich ...« Laura dachte rasch nach. »Das kommt auf den Flug an. Aber wenn wir nun heimfahren und sofort nachsehen, können wir uns in ungefähr anderthalb Stunden bei Ihnen melden. Momentan wohnen wir bei meiner Schwester in Worms. Von dort brauchen wir ungefähr noch einmal eine Stunde bis zum Flughafen.« Von der Strecke her war es unsinnig, nun noch einmal zurück zu Maja zu fahren, aber ihnen blieb wohl nichts anderes übrig.

Agatha schaffte es, sowohl Laura als auch Joshua anzusehen, als hätten sie ihre Hausaufgaben nicht gemacht. »Also gut. Ich warte.« Damit schloss sie die Tür.

Laura und Joshua sahen sich an, gingen zurück zum Wagen und stiegen ein. Erst als sie den Motor anließ, blickte Joshua zum Haus. »Ich wette, sie steht genau dort, wo wir sie zurückgelassen haben. Neben ihrem Koffer. Bis wir uns melden.«

Laura setzte den Blinker und fuhr an. »Sie war ziemlich angespannt. Ich glaube ihr, dass sie die halbe Nacht nicht geschlafen hat. Vielleicht sogar die ganze. Es muss sie eine wahnsinnige Überwindung gekostet haben, das zu tun. Sich zu entscheiden, ihn noch einmal zu sehen, meine ich.«

Joshua nickte. »Sie ist eine beeindruckende Persönlichkeit. Unter all diesen Schichten steckt noch immer eine Frau, die gewohnt ist, ihren Willen durchzusetzen. Auf jede erdenkliche Weise.«

»Nur hat sie sich leider irgendwann Ziele gesetzt, die nicht die Ihren waren«, sagte Laura. »Das ist traurig.«

»Es waren andere Zeiten damals. Sie hat getan, was sie für richtig gehalten hat.« Er zog sein Handy aus der Hosentasche. »Ich rufe Em an.«

»Du willst die Überraschung verderben?«

»Ich frage sie besser, wie es Onkel Jeevan geht, und dann können wir noch immer entscheiden, ob sie Agatha ankündigt oder nicht.«

»Gute Idee. Hoffentlich bekommen wir einen Flug.« Mit einem Mal konnte Laura kaum noch stillsitzen und gab mehr Gas. Jetzt bewunderte sie Agatha für ihren Mut, heute früh den Koffer gepackt zu haben. Vermutlich hatte sie sich mit dieser Entschlossenheit selbst überrumpelt.

Joshua tippte auf seinem Handy herum. »Also, Laura, wie schnell kannst du packen? Ich habe einen Flug ab Frankfurt gefunden, und wir haben drei Stunden Zeit.«

Sie atmete tief durch und blickte in den Rückspiegel. »Wenn ich weiterhin so fahre wie jetzt, dürfte das kein Problem sein.«

»Gut.« Joshua atmete tief durch. »Es sieht so aus, als würden Agatha und du Weihnachten auf Crane Place verbringen – das heißt, wenn du das möchtest. Ich hoffe, Maja und deine Eltern werden uns das verzeihen.«

Sie warf ihm einen Blick zu. Es kribbelte ihr in den Fingern, seine Wange zu berühren. »Das werden sie.«

29

»Em ist da.« Joshuas Stimme übertönte den Lärmpegel im Flughafen Heathrow mühelos. Er steckte sein Handy weg und sah wieder zum Gepäckband. Er und Laura hatten nur ihr Handgepäck dabei, aber Agatha hatte darauf bestanden, den Koffer mitzunehmen, und betont, dass sie nicht wisse, was sie erwarte, und sie für alles gewappnet sein wolle.

Laura sah zu ihr hinüber. Sie hatte nicht das Gefühl, Agatha wäre für irgendetwas gewappnet. Von dem Moment an, in dem sie sich am Flughafen getroffen hatten, hatte sie allerhöchstens zehn Sätze gesprochen. Dafür hatte sich ihr Gesichtsausdruck verändert, von steinern und entschlossen zu unsicher oder nervös. Wenn Laura versuchte, eine Unterhaltung mit Agatha zu beginnen, kehrte die wohlbekannte, schroffe Hoheit zurück. Doch in Momenten, in denen Agatha mutterseelenallein mitten in der mit unzähligen Taschen, Tüten und Geschenken bepackten Menschenmenge auf ihr Gepäck wartete und vorgab, alles im Griff zu haben, bröckelte die Fassade.

»Bist du sicher, dass es wirklich eine gute Idee ist, sie gleich mit Emma zu konfrontieren?«, flüsterte Laura und trat näher an Joshua heran. Die Passagiere des Flugs von Frankfurt nach London drängten sich und beanspruchten in ihren dicken Jacken und Mänteln, Wollschals und Mützen mehr Platz als üblich. Niemand wollte auch nur eine Sekunde länger als nötig auf sein Gepäck warten. Keine Chance, dass Agatha sie hörte.

Joshua berührte sie an der Schulter. Die Wärme blieb, als er seine Hand wieder wegzog. »Mach dir keine Sorgen. Em hat Jeremy und Aidan zu Hause gelassen und kann durchaus diplomatisch sein. Besser, wir kommen schnell auf Crane Place an, als unseren Gast erst noch zu einem Mietwagenverleih zu schleppen und das Ganze weiter in die Länge zu ziehen.« Er beugte sich ein Stück zur Seite, um Agatha inmitten der Wartenden zu erkennen. »Ob sie durchhält?«

»Sie wird sich ganz sicher nicht die Blöße geben und zusammenbrechen. Aber sie ist gestresst, auch wenn sie es nicht zugeben wird.«

»Wenn du willst, geh zu ihr und warte mit ihr hinten an den Sitzgelegenheiten. Ich erkenne ihren Koffer schon.«

Laura seufzte. »Sie wird mich ignorieren und alles tun, um ihre Fassung zu bewahren. Es wird sie noch mehr anstrengen, wenn ich direkt neben ihr stehe und sie vorgeben muss, dass sie das alles kaltlässt.« Sie blickte sich um, las die englischen Beschriftungen auf den Schildern. »Sie ist zum ersten Mal seit so vielen Jahren zurück in ihrer Heimat. Wie muss das nur für sie sein?« Ihr Blick heftete sich auf die sanft pochende Ader an seinem Hals. Nur zu gern hätte sie über die Stelle gestrichen. Aber sie befürchtete, dass selbst eine kleine Berührung ausreichte, die Sehnsucht nach ihm zu verstärken. Und jetzt war eindeutig der falsche Zeitpunkt dafür. Sie musste sich um Agatha kümmern.

Er bemerkte ihren Blick und strich ihr eine Haarsträhne über die Schulter nach hinten. »Ich bin froh, dass wir zusammen hier sind.«

Laura lächelte. »Ich auch.«

Sie war aufgeregt, auf eine besondere, schwebende Weise. Vielleicht sogar eine verliebte Weise, auch wenn sie sich das nach so kurzer Zeit niemals eingestehen, geschweige denn es laut aussprechen würde. Noch vor Kurzem hatte sie geglaubt, Joshua niemals wiederzusehen – und wenn, dann hatte sie sich eine höfliche, sachliche Unterhaltung vorgestellt. Jetzt aber stand sie hier am Flughafen neben dem Mann, zu dem sie sich in den vergangenen Tagen von Stunde zu Stunde mehr hingezogen fühlte. Selbst die bevorstehende Begegnung mit Dev bereitete ihr kein Kopfzerbrechen.

Nach ihrem Wiedersehen war alles so einfach gewesen. Die Distanz zwischen Hamburg und Kent war nebensächlich geworden, wenn er die Arme um sie legte und ihr zuflüsterte, dass er es kaum abwarten konnte, mit ihr allein zu sein. Das mit Joshua war etwas Ernstes, auch wenn es sich noch entwickelte.

Sie gab ihm ein Zeichen, als sich Agatha durch die Wartenden drängelte, da sie ihren Koffer entdeckt haben musste. »Also gut. Es geht los.«

Bereits kurz nachdem sie den Flughafen hinter sich gelassen hatten – die Luft war eisig kalt, und der Himmel hing voller schwerer Wolken –, begriff Laura, dass Joshua bezüglich seiner Schwester recht gehabt hatte. Emma gab die perfekte

Unterhalterin ab. Sie begrüßte Agatha höflich, merkte an, dass sie Deutschland um den Schnee beneidete, von dem Joshua am Telefon erzählt hatte, und begleitete ihren Gast zum Wagen, wo sie Agatha die Tür aufhielt. Erst dann eilte sie zu Laura und umarmte sie. »Es tut mir so leid, dass ich an dir gezweifelt habe. Aber …«

Laura erwiderte die Umarmung. »Es ist schon gut. Wirklich, Emma.«

»Danke!« Emma drückte noch ein wenig fester. »Und ich bin froh, dass du wieder hier bist. Und ihr bleibt über die Festtage, oder? Mein Bruder war ja kaum noch zu gebrauchen.«

Laura lachte. Auch sie freute sich, Emma mit ihrer unkomplizierten Art wiederzusehen. Mit ihrem orangefarbenen Wollkleid zu Strumpfhose und hohen Stiefeln versprühte sie gute Laune. »Ach, war er das?«

Beide starrten zu Joshua, dem das Ganze merklich unangenehm war. »Sie übertreibt«, murmelte er. »Ich mag ungeklärte Dinge einfach nicht.«

»Er ist herumgelaufen wie eine Raubkatze im Käfig.« Emma flüsterte so laut, dass es vermutlich auch der Taxifahrer des Wagens hinter ihnen hörte, der Pause machte und eine E-Zigarette rauchte. »Und er hat sich wahnsinnige Vorwürfe gemacht. Natürlich nicht laut ausgesprochen, das würde er nie tun, aber ich kenne ihn gut genug.«

»Emma.« Joshua nickte in Richtung des Wagens, in dem Agatha kerzengerade auf der Rückbank saß. »Können wir das später besprechen? Wir haben noch anderthalb Stunden Fahrt vor uns und sollten sie nicht allzu lange warten lassen.«

»Gut herausgeredet.« Emma nickte und zupfte an ihrem dunklen Zopf. »Ich erzähle dir einfach später, wie er gelitten hat, Laura. Und dass er sein Handy gegen die Wand donnern wollte. Du weißt schon, *Corpus Delicti* und so.« Sie grinste so breit und unschuldig, dass ihr niemand böse sein konnte. »Aber ich freue mich, dass ihr nun ein Paar seid! Wirf es ihm nicht vor, aber das musste er mir einfach verraten, nachdem ich ihn per WhatsApp gefragt habe, wie sein Besuch bei dir in Hamburg gelaufen ist.«

»Gefragt ist untertrieben«, brummte Joshua. »Es waren genau dreiundzwanzig Nachrichten, davon vier ausschließlich in Großbuchstaben.«

Emma zuckte die Schultern. »Es war mir wichtig zu wissen. Nachdem du so lange erzählt hast, eigentlich keine Zeit für eine Freundin zu haben, ist das ja schon bemerkenswert! Ach, und übrigens, Bruderherz, ich fahre.«

Joshua schüttelte den Kopf. »Beachte sie einfach nicht weiter, Laura. Ist es in Ordnung für dich, wenn ich vorn sitze? So gern ich auch ein nettes Gespräch mit Agatha auf der Rückbank führen würde, aber ich glaube, das wäre ihr vielleicht unangenehm.«

»Nein, nein, ich setze mich zu ihr.« Laura öffnete die Hintertür und nahm Platz.

Agatha sah nicht einmal auf. Sie hielt ihre Handtasche auf dem Schoß umklammert; die Finger waren weiß.

»Die Fahrt dauert eine Weile, Madam«, sagte Emma, während sie den Motor anließ. »Melden Sie sich einfach, wenn Sie eine Rast einlegen möchten. Oder unterwegs ein Foto schießen wollen oder so.«

»Ich danke Ihnen, aber es geht schon.« Agathas Stimme klang kehlig.

Lauras Blick traf Emmas im Rückspiegel, und sie zuckte leicht mit den Schultern. Sie konnten nichts weiter tun, als die Strecke möglichst schnell hinter sich zu bringen, damit Agatha nicht vor lauter Nervosität zersprang.

Auf der Fahrt herrschte weitgehend Schweigen. Agatha starrte aus dem Fenster und schien völlig in Gedanken versunken. Doch immer, wenn Laura sie musterte, spielte sich so viel in ihrem Gesicht ab, dass sie selbst nervös wurde. Hoffentlich mutete sich Agatha nicht zu viel zu.

Nach einer Weile entspannte sie sich und betrachtete ebenfalls die Gegend. Sie ließen London hinter sich, und bald darauf war sie wieder da: die teilweise bewaldete, sanft geschwungene Fläche bis zum Horizont. Fast so wie bei Lauras erstem Besuch. Lediglich die Hinweise auf das Weihnachtsfest waren mehr geworden: Sterne oder Weihnachtsmänner als Dekorationen an den Häusern, mit glänzenden Kugeln geschmückte Bäumchen oder die Tatsache, dass das Grün der Wiesen verblasst war.

»Das sind die Surrey Hills«, sagte Emma, die Lauras Faszination bemerkt haben musste. »Eine der schönsten Gegenden hier.«

»Ja, das ist sie wohl«, murmelte Agatha so leise, dass Laura sie fast nicht verstanden hätte. Mittlerweile tippten ihre Finger einen langsamen Rhythmus auf das Leder ihrer Tasche, und wenn Laura sich nicht irrte, hatte sich der harte Zug um ihren Mund entspannt.

Innerlich atmete sie auf. Mit etwas Glück würde alles gar nicht so schlimm werden. Und mit etwas mehr Glück würde es ein Happy End geben für Agatha und Jeevan.

Emma fragte mehrmals, ob jemand eine Pause brauchte, aber Agatha schüttelte jedes Mal den Kopf. Erst als die Straßen schmaler wurden und Emma langsamer fuhr, rutschte sie auf ihrem Sitz hin und her.

Laura dagegen spürte trotz ihrer Anspannung wegen Agatha und der Aussicht, Dev zu begegnen, eine tiefe Freude. Schließlich erreichten sie die geschwungene, schmale Straße mit den Ausweichbuchten, die Laura schon so vertraut war, als das Licht des Tages sich bereits zurückzog. Wenig später bog Emma in die Einfahrt ein. Sie ließen die Reihe aus alten Buchen hinter sich. Durch die nackten Zweige waren die Mauern des Anwesens zu sehen, und dann rollten sie auch schon über die gekieste Einfahrt auf das Haus zu. Es wirkte noch imposanter als bei Lauras erstem Besuch. Die Bäume zu beiden Seiten des Eingangs waren nun nicht nur mit Lichterketten, sondern auch mit roten und goldenen Kugeln geschmückt. Über dem Eingang hing ein riesiger Kranz aus Mistelzweigen. Das Haus schien perfekt für das morgige Weihnachtsfest vorbereitet, und Laura hoffte, dass es ein fröhliches werden würde. Auf der Treppe lag Kinderspielzeug – ein Plastikbagger und eine Superheldenfigur – und verpasste der herrschaftlichen Note etwas Verspieltes. Die Tür stand offen, was aber nicht so ungewöhnlich zu sein schien. Kurz kamen die nun völlig kahlen Blumenbeete in Sicht, ehe Emma einen Halbkreis fuhr und parallel zum Haus parkte. »So, da wären wir.« Sie blickte sich zu Laura um. *Bereit?*

Laura nickte, dann stieg sie aus. Emma folgte ihrem Beispiel und öffnete die hintere Tür. »Bitte, Madam Sperlich. Da sind wir. Ich hoffe, die Fahrt war nicht zu anstrengend.«

Agatha schüttelte den Kopf und stieg aus, wobei sie den Gehstock im Wagen zurückließ. Ihre Aufmerksamkeit war auf das Haus und die Umgebung gerichtet. Laura verstand sie nur zu gut. So hatte sie sich auch bei ihrem ersten Besuch umgesehen.

»Hier wohnt er also.«

Emma strahlte. »Genau, das ist Onkel Jeevans Crane Place. Wir alle sind nur zu Besuch, mit Ausnahme von Mrs. Mandell, seiner Haushälterin. Normalerweise würden meine beiden Jungs jetzt nach draußen stürzen; ich wette, sie haben den Wagen gehört. Aber ich habe meine Mutter gebeten, sie bei sich zu behalten, damit sie uns nicht über den Haufen rennen. Sie sind in dem Alter, in dem man keinerlei Sinn für die Befindlichkeiten anderer Menschen hat.« Während sie plauderte, hakte sie sich wie selbstverständlich bei Agatha ein. Zu Lauras Erstaunen ließ diese sie gewähren, und sie betraten das Haus. Ein Duft nach Gewürzen und Wald empfing sie in der großen Halle, deren Marmorboden nur so glänzte. Auch hier war der Baum geschmückt worden und verstrahlte warmes Licht, das sich in silbernen und goldenen Ornamenten spiegelte, die Laura an die indischen Muster des Gästezimmers erinnerten. Eine wundervolle Abwandlung eines normalen Weihnachtsbaums. Nichts hätte besser nach Crane Place gepasst. Laura berührte im Vorbeigehen die dunkelgrünen Nadeln.

»Um den Baum haben sich die Jungs heute Morgen gekümmert«, sagte Emma, die ihren Blick bemerkt haben musste. »Mit einer riesigen Leiter. Mein Job war es, einen Herzinfarkt nach dem anderen zu bekommen, weil ich dachte, sie fallen jeden Moment herunter.« Sie zupfte einen Anhänger gerade. »Der Schmuck stammt noch von Jeevans Mutter. Sie hat ihn selbst gebastelt, als sie nach England gekommen ist, um ihre alte Heimat bei all den neuen Traditionen nie zu vergessen. Wir müssen übrigens in den ersten Stock, Madam Sperlich.«

Ehe Agatha einen Fuß auf die unterste Stufe der breiten Treppe setzte, drehte sie sich zu Laura um und winkte sie an ihre andere Seite, als wäre sie die Herrin des Hauses.

Laura wechselte einen amüsierten Blick mit Joshua. »Besser, ich tue, was sie will.«

Er hob einen Mundwinkel. »Das sehe ich auch so.«

Laura lächelte und begab sich an Agathas andere Seite. Schritte wurden laut, dann erschien Mrs. Mandell am oberen Treppenabsatz, das Haar zusammengebunden, das Kleid mit der Schürze ordentlich.

»Mrs. Mandell! Das ist sie! Agatha Sperlich.« Emma wandte sich an Agatha. »Onkel Jeevans Haushälterin ist stumm, aber nach all den Jahren wissen wir immer genau, was sie von uns will.«

Die nickte, als würde sie täglich in Situationen wie diese geraten.

Mrs. Mandell kam ihnen entgegen, wischte sich die Hände an der Schürze ab, obwohl Laura darauf wettete, dass sie makellos sauber waren, und streckte Agatha die Rechte entgegen. Als diese sie ergriff, neigte Mrs. Mandell leicht den Kopf. Keine der beiden Frauen lächelte, aber dennoch bestand eine stumme Übereinkunft zwischen ihnen. Mrs. Mandell nickte auch Laura zu, wobei sich ihr Gesicht erhellte und verriet, dass sie sich über das Wiedersehen freute. Dann gestikulierte sie in Emmas Richtung, deutete hinter sich, dann auf das Fenster, und trat einen Schritt zur Seite.

»Sie war gerade bei Jeevan, und er erwartet uns«, übersetzte Emma. »Mrs. Mandell hat unseren Wagen gesehen und meinen Onkel sofort informiert. Kommen Sie, Madam Sperlich, ich bringe Sie zu ihm. Oder möchten Sie sich erst frisch machen? Oder einen Tee zu sich nehmen? Oder erst ein wenig ausruhen und die Füße hochlegen?«

Agatha schüttelte den Kopf. Dann drehte sie sich zu

Lauras Überraschung zu ihr um und streckte ihr eine Hand entgegen. »Können Sie mich hinbringen?«

»Natürlich.« Laura wartete, bis sich Agatha wieder eingehakt hatte, dann gingen sie los. Langsam, da Agatha mit jedem Schritt älter zu werden schien – zumindest stützte sie sich immer schwerer auf Lauras Arm. Sie spürte die Blicke der anderen in ihrem Rücken und sah sich noch einmal um, als sie die oberste Stufe erreichten. Emma und Joshua wirkten besorgt; Mrs. Mandell hatte die Hände in die Hüften gestemmt und machte den Eindruck, als hielte sie das alles für längst überfällig.

»Wir müssen nach rechts«, sagte Laura leise, und sie liefen langsam weiter. Wie bei einer Prozession, schoss es ihr durch den Kopf. Jede Fensterbank war mit einem Weihnachtsstern geschmückt. »Sind Sie sicher, dass Sie nicht noch warten möchten, Agatha? Es war keine schlechte Idee von Emma, erst einen Tee zu trinken. Die Reise war lang.«

»Nein.« Agatha presste die Lippen aufeinander. Der Umgebung schenkte sie keinerlei Aufmerksamkeit und starrte auf den dicken Teppich zu ihren Füßen, als hätte sie Angst zu stolpern. »Ich habe so viele Jahre gewartet, ohne es überhaupt zu bemerken«, sagte sie schließlich. »Dann haben Sie und Ihr Begleiter es mir vor die Nase gehalten, und nun werde ich ganz sicher keinen Tee trinken.« Es klang verärgert, aber die Unsicherheit kam durch. Kein Wunder. Agatha hatte die Gedanken an Jeevan lange nicht mehr zugelassen.

Laura räusperte sich. »Bereuen Sie es? Dass wir hergekommen sind?«

»Wenn ich nun anfange, darüber nachzudenken, kann ich mich auch direkt auf den Boden werfen und liegen bleiben.« Agatha lief ein wenig schneller.

Laura versuchte, sich das Lachen zu verkneifen, aber vergeblich. Es war nicht laut, nur ein Glucksen, genügte aber, um Agathas Aufmerksamkeit zu wecken. Allerdings verflog der Ausdruck von Empörung auf ihrem Gesicht schnell wieder.

»Tut mir leid«, sagte Laura. »Aber wenn ich ehrlich bin, würde es mich auch nicht mehr überraschen als die Tatsache, dass wir wirklich hier sind.«

»Papperlapapp. Was würde mir das bringen?«

»Etwas mehr Zeit«, sagte Laura sanft.

Agatha sah sie an. »Die habe ich vielleicht noch. Aber er nicht mehr.«

Laura deutete auf die geschlossene Tür vor ihnen. »Wir sind fast da. Das ist sein Zimmer. Ich klopfe an, und dann lasse ich Sie allein, in Ordnung? Rufen Sie einfach, wenn Sie mich brauchen. Ich warte ein Stück entfernt auf dem Gang.«

Agathas Griff wurde fester. Sie grub ihre Finger nahezu in Lauras Arm. »Sie könnten auch an der Tür warten.«

Laura zögerte. »Ich möchte nicht lauschen, Agatha. Das ist Ihr und Jeevans Wiedersehen. Ich kann nicht einmal ansatzweise erahnen, wie wichtig dieser Moment für Sie beide ist. Er sollte allein Ihnen gehören.«

Agatha nickte, schüttelte den Kopf, dann blieb sie stehen. Eine lange Weile starrte sie auf ihre Füße. Lauras Herz schlug schneller aus Furcht, dass sie es sich anders überlegt hatte. Sie wollte nicht, dass Agatha nun einen Rückzieher machte. Nicht, nachdem sie über ihren Schatten gesprungen war. Sie hatte sich seit ihrer Abreise kein einziges Mal beschwert oder um eine Pause gebeten, obwohl es nun bereits nach fünf Uhr war. Aber ihr eiserner Wille hatte sie hierhergeführt. Es konnte nicht sein, dass er nun nicht mehr ausreichte.

»Ich bin ein klein wenig unruhig«, sagte Agatha schließlich zu ihren Füßen.

Es rührte Laura, und sie wünschte sich, Agatha ihre Ängste nehmen zu können. Behutsam nahm sie die runzeligen Hände in ihre. »Das wäre ich auch. Aber das da drinnen ist einer der Menschen, der Sie am besten gekannt hat, Agatha. Das ist eine wundervolle Chance. Es kann also gar nicht schlimm ausgehen.«

Agathas Augen glänzten feucht, und dieses Mal presste sie die Lippen eindeutig nur aufeinander, um nicht zu weinen. »Meine Tasche.« Ihre Stimme war so heiser, dass Laura selbst die Tränen kamen. Sie blinzelte sie rasch weg und griff danach.

»Hier, bitte.«

Agatha öffnete sie, kramte darin herum und zog ein weißes Spitzentaschentuch heraus, mit dem sie ihre Augen betupfte. Ihre Bewegungen waren so unsicher, dass sie mehrere Anläufe benötigte. Danach faltete sie es sorgfältig zusammen, verstaute es, schloss ihre Handtasche wieder und hob ihren Kopf. »Also gut.« Dann runzelte sie die Stirn. »Nun, Sie haben ja nun wirklich keinen Grund, in Tränen auszubrechen. Mir wäre es sehr recht, wenn Sie sich zusammenreißen.«

Durch den Schleier vor ihren Augen lächelte Laura. »Ich werde mich bemühen.«

Agatha zupfte an ihrem Kostüm, tastete über ihre Frisur und klopfte vorsichtig auf ihre Wangen, um etwas Farbe zu erzeugen. »Was, wenn er mich nicht erkennt? Ich sehe nicht gerade so aus wie damals.«

»Ich könnte mir denken, dass er sich dasselbe fragt. Er sieht auch nicht mehr aus wie auf dem Foto aus dem Buch. Und im Übrigen weiß er, wie Sie heute aussehen.«

»Das Foto. Manchmal verfluche ich Sie, Frau Nicolai. Aber manchmal danke ich Ihnen auch.« Eine einzelne Träne rann über ihre faltige Wange.

Laura nahm den Zipfel ihres Halstuchs und tupfte sie weg. »Ich hoffe, dass dieser Tag Sie für den Ärger entschädigt, den Sie mit mir hatten. Aber jetzt gehen Sie. In Ordnung?«

Agatha holte tief Luft und nickte. Also trat Laura vor und klopfte zweimal energisch an die Tür.

»Herein«, kam es keine Sekunde später. Natürlich hatte Jeevan die ganze Zeit über nur darauf gewartet. Seine Stimme klang erstaunlich voll. Vielleicht besaß er am heutigen Tag genug Kraft für beide.

Laura öffnete die Tür und … Agatha rührte sich nicht. Sie starrte nach vorn, als stünde sie ihrer größten Angst gegenüber.

Sanft schob Laura sie vorwärts.

Vom anderen Ende des Zimmers blickte ihnen Jeevan entgegen. Jemand – vermutlich Mrs. Mandell – hatte das Kopfende des Betts hochgestellt, sodass er aufrecht saß. Neben ihm auf dem Nachttisch lag seine Ausgabe von *The World of Indian Tea*. Sogar auf die Entfernung war das breite Lächeln auf seinem Gesicht unverkennbar. Seine Hände lagen auf der Bettdecke, und nun hob er sie, als wollte er Agatha zu sich bitten und gleichzeitig entschuldigen, dass er ihr nicht entgegenkam.

Agatha lief gerade, mit erhobenem Kopf, aber ihre Bewegungen erinnerten Laura an eine Marionette. Ihre Handtasche hing über einer Schulter, und sie hielt sich mit beiden Händen am Riemen fest. Ein Stück vor dem Bett blieb sie stehen, das Profil Laura halb zugewandt. Jeevan sagte etwas, hob eine Hand ein Stück höher – und Agatha brach in Tränen aus. Sie senkte den Kopf, kramte blind in ihrer Handtasche und zog noch einmal das weiße Taschentuch hervor. Sie hielt es in die Höhe, als wüsste sie nicht, was sie damit anfangen sollte. Dann ließ sie es fallen und ergriff Jeevans ausgestreckte Hände. Er zog sie an sich, so behutsam, als wäre sie das zerbrechlichste Wesen der Welt. Nun weinte auch er.

Leise trat Laura zurück und zog die Tür ins Schloss. Sie hatte Agatha versprochen, in der Nähe zu bleiben, aber dennoch gehörten diese Momente nur den beiden. Sie schlenderte den Gang entlang und entdeckte eine Holzkiste neben einem der Tischchen. Darauf ließ sie sich nieder, lehnte den Kopf an die Wand und schloss die Augen. In ihrem Inneren tobten so viele Gefühle. Freude, dass sich Agatha und Jeevan endlich wiedersahen, aber auch Sorge, dass es schiefgehen konnte. Nachher bekam Jeevan einen Herzinfarkt bei seiner angeschlagenen Gesundheit.

Aber da war auch Erleichterung, dass sie wieder hier sein durfte und wusste, dass mit Joshua alles im Reinen war. Unsicherheit, was seine Familie dazu sagen würde – vor allem sein Vater. Neugier auf die Zukunft und nicht zuletzt dieses unglaubliche Kribbeln, wenn sie an Joshua dachte. Das mit ihm war neu und prickelnd und wunderbar. Anders als bei Oliver. Echter, lebendiger. Joshua sah sie wirklich. Sie, nicht nur ihre Eigenschaften und Fähigkeiten, die eventuell nützlich sein konnten.

Ihr wurde warm, als würde die Zuneigung der Menschen in diesem Haus die Wände durchdringen und jeden Raum fluten. Laura war dankbar, dass ihre Schritte in den vergangenen Monaten sie genau hierhergeführt hatten. Selbst der Umzug nach Hamburg. Hätte Oliver sie nicht im Stich gelassen, wäre Ilina niemals bei ihr eingezogen und hätte sich nicht auf ihre lieb gemeinte Art in die Sache mit Joshua eingemischt. Vielleicht wäre sie nicht einmal nach England aufgebrochen. Oliver hätte es ihr vermutlich als Zeitverschwendung ausgeredet.

Für Laura war alles gut geworden. Und mit etwas Glück nun auch für Jeevan und Agatha.

Sie streckte sich. Der Flug und die Fahrt steckten ihr in den Knochen, und allmählich merkte sie, dass sie Hunger hatte. Doch sie hatte Agatha versprochen zu warten. Die anderen nahmen Rücksicht und ließen sich nicht blicken. Laura hoffte nur, dass Dev sie nicht wieder überraschte und aus dem Nichts über sie und Agatha hereinpolterte. Dieses Mal würde sie ihm die Meinung sagen. Es würde ohnehin noch schwierig werden, wenn die Verwandtschaftsverhältnisse zur Sprache kamen. Laura hatte die Sache mit Leonard und Malati Agatha gegenüber nicht erwähnt, obwohl es ihr unter den Nägeln gebrannt hatte. Aber zunächst waren andere Dinge wichtiger.

Sie gähnte, blinzelte, lehnte sich gegen die Wand und schloss die Augen wieder. Ihr Körper fühlte sich angenehm schwer und schläfrig an. Als jemand ihren Namen rief, schreckte sie auf und begriff, dass sie eingeschlafen sein musste. Hastig blinzelte sie die Benommenheit weg.

In der Tür zu Jeevans Zimmer stand Agatha. Laura sprang auf. »Ist alles in Ordnung?« Aber noch während sie fragte, wusste sie, dass die Antwort *Ja* lautete. Denn Agatha … lächelte. Es verwandelte nicht ihr ganzes Gesicht – die Falten blieben, ebenso die tiefen Tränensäcke –, aber es zauberte Funken in ihre Augen. Auf einmal entdeckte Laura die junge Frau von früher darin.

»Es ist alles, wie es sein soll«, sagte Agatha. »Aber Jeevan möchte Sie sehen, Frau Nicolai. Immerhin sind Sie für all das hier verantwortlich.« Sie konnte einfach nicht ohne den Tadel, aber dann zwinkerte sie. Laura war darüber so erstaunt, dass sie fast gestolpert wäre – und dann noch einmal, als sie einen Blick auf die Uhr an der Wand warf und feststellte, dass sie über zwei Stunden geschlafen hatte! Draußen war es dunkel. Sie folgte Agatha in Jeevans Zimmer und musste über sich selbst schmunzeln, als sie bemerkte, wie vorsichtig sie sich bewegte. Als fürchtete sie, die Stimmung durch zu laute Geräusche zu zerstören.

Jeevan hatte sich zurückgelehnt. Er sah deutlich besser aus als bei ihrem ersten Besuch. Kräftiger, sogar ein wenig rosiger im Gesicht. Vielleicht brachte Mrs. Mandell oder jemand anderes ihn hin und wieder in den Garten. Aber vor allem strahlte er, als wäre dies der schönste Tag seines Lebens. »Laura!« Er hob eine Hand.

Laura trat rasch näher und ergriff sie. »Jeevan. Ich freue mich, wieder hier zu sein.«

Sein Blick glitt zu Agatha, dann wieder zu ihr. »Ich weiß nicht, wie ich Ihnen danken soll.« Er streckte die andere Hand nach Agatha aus. Sie legte ihre sofort hinein und setzte sich, wenn auch etwas umständlich, auf die Bettkante. So, als würden sie sich stumm verstehen. Als wären sie nicht all die Jahre getrennt gewesen. »Nach Ihrem ersten Besuch habe ich zu hoffen gewagt, aber ein Teil von mir war und ist immer noch realistisch. Ich kenne Agathas Dickkopf, der damals so groß war, dass er über all die Jahre hinweg einfach nicht verschwunden sein konnte. Und daher wusste ich, wie schwer es für sie sein würde herzukommen.« Er sah Agatha an, mit so viel Liebe und Dankbarkeit, dass Laura beinahe wieder die Tränen kamen. »Aber sie ist auch noch immer so mutig wie früher.«

Laura hatte so viele Fragen. Ob sie sich sofort wiedererkannt hatten. Wie es war, wenn man seinem Herzensmenschen nach so unendlich vielen Jahren gegenüberstand. Ob sie sich noch immer liebten, und ob sie es sich nun endlich eingestanden. Aber all das hätte sich angehört wie ein Verhör. Und letztlich ging es sie auch nichts an. Es blieb den beiden überlassen, was sie mit anderen teilten.

»Ja, sie ist manchmal sehr energisch«, sagte sie und sah Agatha an. »Nachdem sie sich entschieden hatte, nach England zu reisen, ist uns nicht viel Zeit geblieben, um zu packen und einen Flug zu buchen. Ich bin froh, dass wir so kurz vor den Feiertagen noch etwas gefunden haben.«

Agatha räusperte sich. »Ich wollte vermeiden, dass ich es mir doch noch anders überlege. Es war nicht einfach. Aber es war die richtige Entscheidung.«

Jeevan murmelte etwas auf Indisch, und sie nickte lediglich, als würde sie jedes Wort verstehen. Sein Daumen bewegte sich, strich über ihren. Eine stumme Geste der Zuneigung. »Agatha und ich haben über die Vergangenheit gesprochen, Laura. Wir haben festgestellt, dass jeder von uns Puzzlestücke zu unserer gemeinsamen Geschichte hinzufügen konnte, die für den anderen neu waren.« Agathas Griff verstärkte sich, und Jeevan brummte beruhigend. Es wirkte, und das Blut kehrte in ihre weißen Finger zurück, als sie sie lockerte. »Es war nicht leicht. Aber uns beiden bleibt nicht mehr so viel Zeit, deshalb haben wir entschieden, alles anzunehmen, wie es ist. Oder auch, wie es war. Und dann haben wir über das geredet, was wir Ihnen aus der Vergangenheit erzählt haben. Daher haben wir Sie zu uns gebeten.«

»Ich … verstehe nicht ganz.«

»Malati«, sagte Agatha ruhig.

Laura senkte den Blick. »Sie haben nicht gewusst, dass sie damals gestorben ist.«

»Nein. Ich habe lange Zeit geglaubt, dass sie und das Baby von dem Geld, das mein Vater Jeevan hat zukommen lassen, gut leben.«

»Von dem Geld, über das wir noch reden müssen«, warf er sanft ein.

Agatha schüttelte den Kopf, hoheitlich, so wie sie es wahrscheinlich schon damals getan hatte, wenn sein Stolz ihn daran hinderte, etwas von ihr anzunehmen.

»Es tut mir so unendlich leid, Jeevan«, sagte sie mit einer Sanftheit, die Laura ihr nicht zugetraut hätte. »All die Jahre habe ich geglaubt, dass du und Malati und das Kind der Anfang einer großen, glücklichen Familie seid. Daher habe ich auch geschwiegen. Ich wusste doch, wie sehr du dir eine solche gewünscht hast.«

»Und ich habe sie bekommen.« Jeevans Geste umfasste den Raum und alles, was außerhalb lag. »Aber etwas hat gefehlt all die Jahre über. Ich danke dem Schicksal, dass es dich endlich zu mir geführt hat.«

Agatha richtete sich auf. »Unsinn, das Schicksal hat damit nichts zu tun. Es war meine freie Entscheidung herzukommen.«

Jeevan warf Laura einen verschwörerischen Blick zu. »Ich glaube, Laura wartet noch immer auf eine Erklärung, warum wir sie zu uns gebeten haben.«

»Na, das ist ja nicht allzu schwer«, zischte Agatha. Vermutlich versuchte sie, davon ablenken, dass sie sich bereits wieder mit dem Taschentuch die Augen tupfte.

Jeevan deutete auf den mit Brokatstoff bezogenen Sitzhocker. »Bitte, nehmen Sie doch Platz.«

Laura zog ihn zum Bett und ließ sich darauf nieder.

Jeevan nahm Agatha unendlich behutsam das Taschentuch aus der Hand, faltete es zusammen und reichte es ihr. »Ich denke, dieser letzte Teil der Geschichte gebührt dir, mein Herz.«

Agatha nickte. Ihre Schultern hoben sich und sackten wieder herab. »Frau Nicolai, ich habe Ihnen ja schon einmal gesagt, dass man nicht all seine Geheimnisse jedem offenlegt. Ich …« Ihre Stimme zitterte, und sie räusperte sich. »Ich war nicht immer ganz ehrlich zu Ihnen. Manche Dinge habe ich niemandem erzählt.«

Agatha

30

Witney, 1951

Agatha sah auf den ersten Blick, dass das Silbertablett in der Halle nicht leer war. Undamenhaft beschleunigte sie ihre Schritte, sodass der weite Rock ihres Kleids um ihre Knie schwenkte, und flog die letzten Stufen beinahe hinab. Es war kurz nach elf, ihre Eltern mussten ihre Post also schon mitgenommen haben – was bedeutete, dass diese beiden Briefe für sie oder Leonard waren.

Durch das Fenster sah sie, wie ihr Bruder auf das Haus zuhielt. Er trug seine Reitkleidung; sein Haar war zerzaust und die Stiefel von Dreckspritzern bedeckt. Vermutlich war er mit Edward unterwegs gewesen und hatte wie so oft keinen Helm getragen. Die zwei Freunde beeinflussten sich gegenseitig auf eine Weise, die Agatha missbilligte. Fast war es, als bestärkten sie sich in dem Vorhaben, an manchen Tagen nicht erwachsen zu werden und keine Verantwortung zu übernehmen.

Hastig betrachtete sie die Briefe. Der obere, seidige Umschlag war von Celia, die nun Mrs. Celia Jenkins war. Die geschwungene Schrift erkannte Agatha sofort, und wie fast immer hatte Celia rote Tinte verwendet. In ihren Augen waren Dinge ordinär, die sich nicht in kleinen Details von anderen abhoben. Der Umschlag war dick; vermutlich hatte Celia ausführlich über sämtliche Londoner Ereignisse und Einladungen geschrieben. Agatha lächelte. Ihre Freundin führte an der Seite ihres Gerard das Leben, das sie sich gewünscht hatte. Sie sahen sich nur noch selten, aber jedes Mal sprudelte Celia vor Neuigkeiten und Anekdoten so sehr über, dass Agatha sich mitunter vorkam wie eine Landpomeranze. Sie war zwar neugierig auf die Bälle und Veranstaltungen, doch letztlich erschienen sie ihr in der Masse und mit etwas Abstand zu oberflächlich, um sich auf Dauer dafür zu begeistern. Aber Celia war glücklich, das war alles, was zählte.

Ehe Agatha den unteren Brief hervorzog, klopfte ihr Herz schneller. Das Papier war grob und rieb fast schon unangenehm an den Fingerkuppen. Ihr Lächeln schwand, als sie Leonards Namen auf dem Umschlag las. Die Schrift war schwungvoll und ebenmäßig und in vielen Aspekten weit schöner als Celias, die mit Bögen und Schlaufen nur so um sich warf, weil sie es als *en vogue* betrachtete. Die Buchstaben auf dem groben grauen Umschlag dagegen waren echt, und Agatha wusste, ohne ihn umzudrehen, dass er von Malati stammte.

Sie hielt ihn noch immer in der Hand, als Leonard durch die Tür trat.

»Ist was für mich dabei?« Er wischte sich die verschwitzten Locken aus der Stirn. Seine Wangen waren gerötet, und er hatte diesen Ausdruck im Gesicht, der sich immer dann zeigte, wenn das Leben so spielte, wie Leo es wünschte: für ihn. Möglichst sorgenfrei und ohne Hindernisse.

Wortlos reichte Agatha ihm den Brief. Er warf einen Blick auf den Absender auf der Rückseite, obwohl er genau wissen musste, von wem er stammte. Dann stopfte er ihn in seinen Hosenbund, wobei er ihn halb zerknitterte.

Jetzt konnte sich Agatha nicht mehr zurückhalten. »Das ist schon die dritte Nachricht von Malati in den vergangenen Wochen.«

Leonard zuckte mit den Schultern. »Das mag sein.«

Sie zögerte. »Hast du ihr auch nur einmal geantwortet?«

Er beugte sich hinab und schlüpfte aus seinen Reitstiefeln. Agatha beobachtete ihn, und auf einmal war sie wütend. Seine Ignoranz, seine fehlende Sensibilität – all das hatte sie in den vergangenen Jahren hingenommen. Manchmal sogar als recht amüsant empfunden, wenn es dafür sorgte, dass er ihre Stimmung nach einem Essen mit langweiligen Gästen rasch hob. Jetzt aber war nicht der passende Moment, um weiterhin wegzusehen.

»Du weißt, dass ich sie in London getroffen habe, nicht wahr?« Es fiel ihr schwer, diese Worte auszusprechen. Noch immer dachte sie mit Unbehagen an das Haus in der Ming Street, an die vielen Menschen in diesem einen Zimmer. Und an Malati, die alles dafür getan hatte, stark zu wirken, als würden die Umstände ihr nichts ausmachen, während sie die Hände schützend über ihren Bauch hielt.

Leonard richtete sich wieder auf und strich etwas Dreck von seiner Hose. »Ja, das weiß ich, und du kannst froh sein, dass Mrs. Marlowe dein zwischenzeitliches Verschwinden mitten in London an mich weitergetragen hat und nicht an unsere Eltern. Ich habe ihr gesagt, dass ich den Vorfall mit ihnen bereden würde, und ich habe es nicht getan. Also tust du gut daran, die Sache auf sich beruhen zu lassen,

Agi. Denn du schuldest mir etwas.« Damit wandte er sich ab und trat an ihr vorbei. Er hatte die Treppe beinahe erreicht, als sie einen wütenden Laut ausstieß.

Überrascht drehte sich Leonard um.

Agatha stand am Fuß der Treppe, ein Stück unter ihm, aber dennoch fühlte sie sich nicht klein. Ihre Wut ließ sie wachsen – ihre Wut und ihr Argwohn, den sie bisher von sich geschoben hatte. Er war aufgeflackert, immer wieder, aber besonders, seitdem Malatis Briefe eintrafen. Jeder versetzte ihr einen Stich. Im Gegensatz zu Malati schrieb Jeevan keine Briefe mehr an Birch House. Vielleicht, da er ebenso wie Agatha wusste, dass ihre gemeinsame Zeit, die wundervollste ihres Lebens, zu einem Ende gekommen war. Doch es war eine Sache, etwas zu wissen, und eine andere, es ohne Trauer hinzunehmen. Zu Letzterem war sie einfach nicht in der Lage. Vielleicht würde sie das niemals sein.

Aber jetzt ging es nicht um Jeevan. Agatha ballte die Hände zu Fäusten. »Ja, dafür schulde ich dir etwas, Leo. Und genau das irritiert mich. Du hast mir sehr deutlich gemacht, dass der Kontakt zu Jeevan keine gute Idee ist. Dass ich ihn abbrechen soll. Aber dann bist du auf einmal gewillt, so etwas wie meinen Besuch bei Jeevan und Malati unseren Eltern gegenüber zu verschweigen?«

Er schnaubte. »Es wäre dir also lieber gewesen, wenn du gerügt worden wärst und nie mehr nach London hättest fahren dürfen?« Wieder fiel ihm eine Locke ins Gesicht, und dieses Mal war die Bewegung, mit der er sie zurückstrich, fast schon wütend. Anschließend betrachtete er seine Finger und schüttelte sie; vermutlich hatte er sich ein paar Haare ausgerissen. Die Sache ließ ihn definitiv nicht kalt. Mehr noch, er war angespannt. Agatha konnte die wenigen Momente, in denen sie ihren Bruder so erlebt hatte, an den Fingern abzählen. Es bestätigte ihren Verdacht, dabei wünschte sie sich so sehr, im Unrecht zu sein.

»Leonard.« Da er sich offenbar entschieden hatte, ihr auszuweichen, musste sie ihn direkt fragen. »Bist du der Vater von Malatis Baby?«

Nach ihren Worten herrschte Stille. Warum sagte er nicht, dass ihre Vermutung Unsinn war? Ihr wurde übel. Am liebsten hätte sie sich die Hände vor den Bauch gepresst, als wäre sie selbst schwanger. Dann stiegen ihr die Tränen in die Augen, und endlich, endlich nahm die Wut überhand. »Nun sag schon!« Ihre Stimme hallte durch den Eingangsbereich des Hauses. »Hast du sie geschwängert?«

Das Weiß auf Leonards Wangen wurde von flammendem Rot abgelöst. Hastig sprang er die Stufen nach unten und packte ihre Handgelenke. »Bist du wahnsinnig? Sei still, Agatha.«

Sie blinzelte, und eine Träne lief über ihre Wange. Sie war schockiert und unglaublich enttäuscht. Aber sie fühlte sich auch betrogen. »Ich soll still sein?« Sie schaffte es nur mit Mühe, ihre Stimme zu mäßigen. »Du … ist dir denn überhaupt nicht klar, was du getan hast?«

Er starrte sie an, dann ließ er sie los, um sich mit beiden Händen durch die Haare zu fahren. Möglicherweise hielt er sich auch darin fest. »Was ich getan habe?«, wiederholte er, doch die Verachtung wollte ihm nicht ganz gelingen. »Was habe ich schon getan? Ich habe mich ein wenig vergnügt, so wie es völlig normal ist.«

Agatha wurde kalt. »Völlig normal? Was redest du da, Leo?«

Er schüttelte den Kopf. »Was glaubst du denn? Denkst du, die Ehemänner, die deine Freundinnen in der Hochzeitsnacht zu ihren Betten führen, haben keine Erfahrung? Welch Desaster würde das werden! Natürlich sammeln wir welche, ehe wir heiraten, um …«

»Komm mir nicht so!« Sie hatte genug gehört. »Erzähl mir nicht, dass es nun einmal so ist, und dass es den Frauen zugutekommt! Was willst du wirklich damit sagen – dass ihr Männer euch nur die Hörner abstoßt, damit wir es hinterher besser haben? Wagst du wahrhaftig, eure Zügellosigkeit als Vorteil für die Ehefrauen zu verkaufen?«

»Unsinn, das habe ich nicht …«

Sie dachte gar nicht daran, ihn ausreden zu lassen. Jedwede Etikette war ihr nun gleichgültig. »Du sagst also, dass es völlig normal ist, meine liebe Freundin zu … zu so etwas zu überreden, und …«

»Ich musste sie nicht großartig überreden.« Er starrte auf seine Füße.

Es war nicht bösartig gemeint, das wusste sie. Leonard versuchte mit diesem mehr als unangemessenen Kommentar, sich zu verteidigen. Trotzdem schlug die Wut in Agatha höher. Im nächsten Moment trat sie vor und verpasste ihm mit aller Kraft, die sie aufbringen konnte, eine Ohrfeige.

Leonards Kopf flog zur Seite. Agatha starrte auf ihre Hand. Sie brannte. Langsam färbte sich die Innenfläche rötlich.

»Was ist denn hier los?«

Erschrocken fuhr sie herum – so wie Leonard, der sich die malträtierte Wange rieb. Ihr Vater stand in der Tür, die zum Aufenthaltszimmer führte, in dem er oft Gäste empfing oder nach dem Essen mit ihnen plauderte.

Nun brannte Agathas Hand noch mehr. Vor allem, da sie Malatis Ehre nicht weiter beschmutzen wollte. Das hatte Leo schließlich zur Genüge getan! Doch leider ließ ihr Vater nicht locker.

»Leonard. Eine Erklärung.« Als keine Antwort erfolgte, sondern die Geschwister einen Blick wechselten – beschwörend von Leonard, wütend von Agatha –, trat George Ford einen Schritt beiseite. »Hier herein. Beide. Und das sofort.«

»Was hast du dir nur dabei gedacht, Leonard Reginald?«

Agatha zuckte unwillkürlich zusammen. Zwar brüllte ihr Vater nicht, aber seine Stimme war voll und tief genug, um in den Ohren zu dröhnen. »Ein unerfahrenes junges Mädchen mit einem Kind allein zu lassen?«

»Vor allem in diesem Haus in der Ming Street«, warf Agatha ein.

»Du bist still«, fuhr ihr Vater sie an. »Wir reden später darüber, wie du diese Malati überhaupt dort besuchen konntest. Glaube nicht, dass ich das vergesse, Agatha. Aber zunächst will ich die wichtigen Dinge regeln. Also. Leonard?«

Wo ihr Bruder ihr gegenüber noch versucht hatte, sich zu rechtfertigen, war sein Widerstand nun erloschen. Er hockte auf der Chaiselongue und hatte den Kopf in beide Hände gestützt. »Ich weiß nicht, was ich mir gedacht habe.«

Ihr Vater stemmte die Hände in die Hüften. »Ist das Kind von dir?«

»Ich habe keine Ahnung.«

Agatha war fassungslos. Unter diesen Umständen konnte sie sich nicht an die Weisung ihres Vaters halten und schweigen. »Das ist … ich weiß gar nicht, was ich zuerst sagen soll. Unverschämt, frech, unfair, dreist. Alles. Ich kenne Malati!

Sie ist schüchtern und zurückhaltend, und sie würde niemals … ich meine, sie würde niemals mit einem Mann …«

»Nun«, sagte ihr Vater, »offenbar schon. Du hast das Ergebnis schließlich mit eigenen Augen gesehen.«

»Also muss es ihr etwas bedeutet haben! Ich war doch dabei, als Leo ihr Komplimente gemacht und sie zum Lachen gebracht hat! Sie ist solche Aufmerksamkeit nicht gewohnt! Natürlich hat sie gedacht, dass du es ernst meinst, Leonard, sonst wäre das nicht passiert. Wie konntest du nur … wie konntest du das nur so ausnutzen!« Sie trat auf ihn zu, die Hände zu Fäusten geballt, doch ihr Vater hielt sie am Arm fest. »Sag zumindest die Wahrheit, und sei nicht so ein Feigling!«, schrie sie.

Leonard hielt sein Gesicht noch eine Weile verborgen, dann hob er den Kopf. Allerdings blickte er nicht Agatha an. »Ja, ich habe mit dem Mädchen geschlafen.«

»Warum?« Ihr Vater klang nüchtern. »Du hast hier genug Spielwiese und Frauen, denen klar ist, worum es wirklich geht, und die sich nicht sofort eine Ehe versprechen. Es klingt nicht danach, als würde diese Malati über dasselbe Wissen verfügen.«

Leonard rieb mit verzweifeltem Gesicht über seine Oberschenkel. »Es hat sich so ergeben. Ich habe sie in London besucht, und sie war so fasziniert von allem, was ich gesagt habe. Sie war sogar von der Qualität meiner Kleidung beeindruckt!« Er lachte, aber es klang hilflos. »Und da ist es … es ist einfach passiert. In … in meinem Hotelzimmer.«

»Ist es ganz sicher, dass das Kind von dir ist?«

Zunächst begriff Agatha nicht, was ihr Vater soeben fragte. Die Sache lag doch auf der Hand! Leonard war mit Malati auf diese spezielle Weise zusammengekommen, und nun war sie schwanger. Wie konnte es da Zweifel geben? Dann aber bemerkte sie den Blick, den ihr Vater und ihr Bruder wechselten. Das stumme Einverständnis darin. Und sie begriff.

Wut vermischte sich mit Scham. Am liebsten wäre sie aus dem Zimmer gelaufen, um keine schrecklichen Dinge mehr zu hören. Aber sie musste bleiben. Sie musste für Malati eintreten. »Das könnt ihr nicht wirklich glauben. Oder sagen. Das ist ekelerregend.«

»Agatha, bedenke, mit wem du redest.« Im Gegensatz zu ihr war ihr Vater nun wieder die Ruhe selbst.

»Das fällt mir gerade schwer.« Auf einmal fehlte sogar die Wut in ihrem Bauch. Es war gut möglich, dass sie dort zu sehr getobt und alles weggebrannt hatte. »Ich kann kaum glauben, was ich höre. Und ich schäme mich so sehr dafür. Wie soll ich meiner Freundin noch einmal gegenübertreten? Das Kind ist von dir, Leo, und wenn du das abstreitest, bist du ein Lügner.«

»Agatha!«

»Was denken Malati und Jeevan nun über uns? Du willst dein Kind also ohne einen Vater aufwachsen lassen? Und in Armut? Das ist … ich finde nicht einmal Worte dafür. Aber ich verachte dich aus vollem Herzen!«

»Agatha, es reicht.« Ihr Vater fasste sie an der Schulter und bedeutete ihr, sich zu setzen.

Agatha holte tief Luft und wählte dann den Sessel, der am weitesten von Leonard entfernt war.

»Emotionen sind nun nicht hilfreich. Betrachten wir die Tatsachen. Ja, dieses Mädchen ist schwanger, und es ist möglich, dass du der Vater bist, Leonard. Aber einen endgültigen Beweis haben wir nicht.«

»Papa!« Agatha sprang auf.

Er fuhr zu ihr herum. »Du setzt dich wieder! Sofort!«

Sie schüttelte den Kopf. »Siehst du denn nicht, was du uns allen damit antust? Malati, Jeevan? Mir?« Es waren die falschen Worte. Sie wusste es, als sich seine Augen verengten.

»Lass mich eines klarstellen, Agatha. Deine Freundschaft mit den Zirkus-Geschwistern war noch nie etwas Gutes. Nicht, weil ich sie dir nicht gönne. Aber du siehst, was passiert, wenn zwei Welten aufeinandertreffen. Die Bewohner der einen kennen die Regeln der anderen nicht. Du wirst die Rajes nicht noch einmal wiedersehen. Das Thema hatten wir schon einmal, und ich hoffe, dass das nun angekommen ist.«

Sie entschied, den letzten Teil der Aussage zu ignorieren. »Ich denke, diese Regeln sind doch in beiden Welten sehr eindeutig. Wenn jemand Vater wird, kümmert er sich um das Kind, egal, aus welchem Teil Englands er stammt. warum sollte Leo da plötzlich eine Ausnahme sein?«

Ihr Vater starrte sie an. »Geh bitte auf dein Zimmer. Diese Sache werden Leonard und ich unter vier Augen klären. Es war mein Fehler, dich mit in die Diskussion zu nehmen.« Er deutete auf die Tür und wartete.

Etwas in Agatha zerbrach. Sie war der festen Überzeugung gewesen, dass ihr Vater für Gerechtigkeit sorgen würde. Aber daran schien ihm nicht gelegen zu sein. Es verwirrte sie. Mit einem Mal wurde ihr kalt in diesem Haus, in dem sie den Großteil ihres Lebens verbracht hatte. Sie biss die Zähne zusammen und ging mit gesenktem Kopf zur Tür.

Auf den letzten Schritten wurde sie langsamer. Ihr Vater hatte ihr eine Anweisung gegeben. Aber wenn sie den

Raum nun verließ, gab es niemanden mehr, der für Malati kämpfte.

»Nein«, flüsterte sie. Dann drehte sie sich um. »Ich verstehe, dass es dir in erster Linie um den Ruf der Familie geht.«

»Agatha, ich sagte, lass uns allein.«

Sie schüttelte den Kopf und sammelte all die Stärke, die sie finden konnte. »Tut mir leid, Papa, aber das kann ich nicht. Die Ehre wurde meiner Freundin schon genommen. Wir werden also zumindest für dieses Kind sorgen. Auf irgendeine Weise. Malati und ihr Baby werden nicht in Armut aufwachsen, nur weil Leonard … weil er sich nicht …« Sie konnte es nicht einmal aussprechen.

»Was soll das?«, fragte ihr Vater, nun eindeutig wütend. »Wie stellst du dir das vor?«

»Ich weiß es nicht!« Ihre Worte hallten durch den Raum. »Ich bin nicht diejenige, die dort draußen Geschäfte macht! Hol sie und das Kind her, damit es nicht an diesem grauenhaften Ort aufwächst!«

Ihr Vater verzog keine Miene. »Es ist nicht immer so leicht in der Welt, wie du es gern hättest. Kannst du dir vorstellen, welches Gerede das geben würde? Wie viele Fragen und Mutmaßungen? Und kannst du nachvollziehen, wie sich deine Freundin hier fühlen würde? Als Angehörige der Unterschicht? Was, glaubst du, wird man ihr und ihrem Baby entgegenbringen? Freundschaft? Höflichkeit? Oder gar Respekt und Akzeptanz?« Er schnaubte, und doch lag Bedauern in seinen Augen. »Das könnte selbst ich nicht bewerkstelligen.«

Es war bitter zu erkennen, dass er recht hatte. In diesem Moment begriff Agatha, dass die Mauern ihrer Gesellschaft, die sie so oft spürte, für ihn noch viel höher waren. Sie konnte es sich leisten, diese Zustände zu hassen. Aber ihr Vater musste mit dafür Sorge tragen, sie aufrechtzuhalten. Gefühle durfte er sich dabei nicht erlauben.

»Dann lass ihr Geld zukommen, oder bezahl eine Amme. Wie auch immer! Aber ich … ich verlange einfach, dass du sie unterstützt. Sonst …«

»Ja?« Die Augen ihres Vaters glitzerten. »Was sonst?«

Ihre Hände zitterten, und sie verschränkte sie hinter dem Rücken. »Sonst werde ich es Celia und Mrs. Marlowe erzählen. Dass ich gesehen habe, wie Leo Malati in London umworben hat. Und alles, was danach passiert ist.« Die Geschichte würde in kürzester Zeit die Runde in der Grafschaft machen.

Nach ihren Worten geschah etwas, das sie nicht benennen konnte. Vielleicht zog sich die Luft zusammen, vielleicht wurde es auch einige Grad kühler. So musste sich jemand fühlen, der vor einem Abgrund stand und nicht wusste, ob er springen sollte. Mit dem Unterschied, dass sie bereits gesprungen war. Sie ahnte nur noch nicht, wie tief es nach unten ging.

Ihr Vater strich sich über das Kinn. Ihr Vater, der Geschäftsmann. Das Glitzern in seinen Augen veränderte sich – wenn sie sich nicht vollends irrte, lag nun ein Hauch Respekt darin.

Und mit einem Mal wusste sie, was sie zu tun hatte. Sie war Agatha Ford, und damit hatte sie einige Karten in der Hand, die sie spielen konnte. »Schick regelmäßige Zahlungen an Malati und Jeevan. Das ist das Mindeste, denn rückgängig machen können wir nun nichts mehr. Im Gegenzug werde ich diese Sache für mich behalten und sie auch Mutter gegenüber nicht erwähnen, wenn das dein Wunsch ist.« Sie holte tief Luft und brauchte mehrere Anläufe, bis die folgenden Worte über ihre Lippen kamen. »Und ich werde Ronald Sperlich heiraten, zu einem Zeitpunkt, der dir und Mutter angemessen erscheint.«

Ihre Schultern sanken herab. Das war alles. Mehr hatte sie nicht zu bieten.

Leonard lachte leise und bitter. Er verstummte, als sein Vater eine Hand hob. Dieses Mal war es seine Tochter, die er nicht mehr aus den Augen ließ. Agatha hielt seinen Blick. Einen Kampf wie diesen hatte sie noch nie zuvor ausgefochten, und sie konnte nicht einmal erahnen, wie ihre Chancen standen. »Geht auf eure Zimmer. Beide. Verlasst sie nicht, bis ich euch rufe. Ich muss nachdenken.«

»Vater!« Leonard sprang auf. »Du denkst doch nicht wirklich darüber ...« Als George Ford herumfuhr, ihn am Kragen packte und mit einem Ruck zu sich heranzerrte, riss er die Augen auf.

»Du hast genug Unheil angerichtet, mein Sohn. Agatha hat nicht unrecht. Es ist sehr viel Ehre verspielt worden. Die des Mädchens. Deine. Ich werde alles daransetzen, um zumindest die dieser Familie zu erhalten und damit die Zukunft meiner Kinder. Verstehst du mich?«

Leonard nickte. Agatha stand mit offenem Mund neben den beiden. Sie hatte noch niemals zuvor gesehen, dass ihr Vater irgendwem gegenüber handgreiflich geworden war.

Die beiden Männer starrten sich an, dann ließ ihr Vater Leonard so abrupt los, dass dieser taumelte. »Geht. Wir reden später.«

Agatha nickte und machte sich auf den Weg. Sie war nur froh, dass ihre Mutter außer Haus weilte, da sie eine Begegnung mit ihr nun nicht überstanden hätte, ohne in Tränen auszubrechen. Und Mrs. Willis bewahrte ohnehin Stillschweigen über alles, was in Birch House vor sich ging.

Leonards Schritte waren dicht hinter ihr. Aber sie ignorierte ihn, und er sprach sie auch nicht an. Innerhalb kürzester Zeit war ein großer Teil der Vertrautheit zwischen ihnen gestorben. Vermutlich für immer.

Drei Wochen später

Am liebsten wäre Agatha aufgestanden, um auf dem Gang auf und ab zu laufen und so einen Teil ihrer Nervosität loszuwerden. Aber sie wusste, dass es nichts bringen würde, und außerdem wollte sie niemanden wissen lassen, wie es in ihr aussah. Es würde ohnehin nicht das Geringste ändern. Hinter der Tür geschahen Dinge, die sie angestoßen hatte, auf die sie aber im Moment keinen Einfluss nehmen konnte. Ihr blieb lediglich, die Ergebnisse so gefasst wie möglich aufzunehmen und ihr Gesicht zu wahren.

Und genau das würde sie tun. Dies war eine geschäftliche Vereinbarung, und sie würde damit umgehen können. Schließlich war sie die Tochter ihres Vaters. Von Abmachungen zog man sich nicht zurück, wenn sie einem viel einbrachten.

Und diese brachte Sicherheit für Jeevan, Malati und das Baby. Allein bei diesem Gedanken wurde sie ruhiger. Sie legte eine Hand auf ihre Brust, dort, wo ihr Herz schlug, und spürte eine Wärme, die zuvor nicht dort gewesen war.

»Jeevan«, murmelte sie und schloss die Augen. Sie stellte ihn sich vor, wie er im *Ludlow's* stand, nach einer Teedose griff und am Inhalt schnupperte, nachdem er sie geöffnet hatte. Das war seine Zukunft. Er hatte so viel zu geben, und es war nicht seine Schuld, dass er unter schlechteren Voraussetzungen als sie in dieses Leben gestartet war.

Sie dachte an ihre erste Begegnung. An den Jungen, der die Elefanten gepflegt hatte und dabei so verantwortungsvoll gewesen war. An die Worte, die sie gewechselt hatten. An ihre Träumerei, dass Jeevan ein Prinz aus fernen Landen war, den es ins kalte England verschlagen hatte. Und genau das war er. Ihm fehlte zwar das Geld, aber sein Denken, sein Verhalten, sein Herz … all das war genauso, wie es sich ein Mädchen erhoffte.

Er hatte niemals der ihre sein können, das hatte sie stets gewusst. Aber trotzdem hatte sie dieses Märchen weitergesponnen, nur für sich allein, und sich für kurze Augenblicke in diese Vorstellung geflüchtet. Immer und immer wieder. Über all die Jahre hinweg hatte es sie angetrieben, für Dinge zu kämpfen, die ihr wichtig waren. Bis heute. Heute würde sie den letzten Schritt gehen und das größte Opfer bringen, zu dem sie fähig war. Sie würde Jeevan gehen lassen, würde in ihrer Fantasie niemals mehr die Prinzessin sein, die darauf hoffte, dass die Zeit alles so hinbog, wie es sein musste. Indem sie ihre Zukunft aufgab, sicherte sie seine. Und das war es wert.

Unter ihren Lidern brannten Tränen. Hastig fuhr Agatha mit dem kleinen Finger erst unter einem Auge her, dann unter dem anderen, um ihr Make-up nicht zu beschädigen. Sie musste nun stark bleiben.

»Reiß dich zusammen«, murmelte sie. »Reiß dich zusammen, Agatha.« Sie wischte die Hände an ihrem Rock ab. Sie hatte sich schick gemacht, da sie zeigen wollte, wie ernst ihr die Sache war. Ihr weit bis über die Knie schwingender

Rock war aus feinstem Tweed gearbeitet, dazu hatte sie ein dunkles Oberteil gewählt, das vorn gerafft war und einen Teil ihrer Schultern freiließ. Die ebenfalls dunklen Absatzschuhe mit dem Riemchen an der Ferse verliehen ihr Halt und Selbstbewusstsein.

Als auf der anderen Seite der Tür Gelächter erklang, tastete sie über ihre Frisur – an den Seiten mit Kämmchen zurückgesteckt und am Oberkopf sowie im Nacken zu großzügigen Locken gedreht, sodass man die Ohrstecker mit den Rubinen sah. Dass es Gelächter bei dieser Abmachung gab, kam ihr so falsch vor. Vermutlich, weil ihr Herz mit jeder Sekunde schwerer wurde. Irgendwann würde es versinken, in Grau und Schwarz, und wäre verloren.

Noch schlug es jedoch und wäre beinahe stehen geblieben, als die Tür geöffnet wurde und ihr Vater nach draußen sah. Er hielt eine Zigarre in der Hand.

»Agatha, komm bitte herein.«

Sie glättete ihren Rock, bemühte sich um die perfekte Haltung, so wie man es ihr vor vielen Jahren beigebracht hatte, und folgte seiner Aufforderung.

Ronald Sperlich stand am Fenster und starrte auf die Weite der Wiesen von Birch House. Auf dem kleinen Tisch neben ihm schwelte eine zweite Zigarre vor sich hin, daneben standen zwei leere Whiskygläser. Er hielt die Hände hinter dem Rücken verschränkt und wandte sich um, als ihr Vater die Tür wieder schloss. Agatha unterdrückte den Drang, mit einer Hand zu wedeln, um den Rauch zu vertreiben.

»Agatha.« Auf Ronald Sperlichs Gesicht zeigte sich ein verhaltenes Lächeln. Nicht breit oder gar fröhlich, aber sie hatte ihn stets so reserviert erlebt.

Sie nickte ihm zu und lächelte. »Guten Tag, Herr Sperlich.« Er sah aus, wie sie ihn in Erinnerung hatte: hochgewachsen und ernst, das rotblonde, volle Haar ordentlich gescheitelt. Er trug einen zweiteiligen Anzug in dunklem Grau, und selbst jetzt und hier, nach dem freundschaftlichen Gespräch mit ihrem Vater, hatte er die Krawatte nicht gelockert. Zumindest in diesem Punkt fühlte sich Agatha ihm ebenbürtig und war erleichtert, nicht zu einem farbenfrohen Sommerkleid gegriffen zu haben.

Sie versuchte, positive Dinge an ihm zu finden. Seine Stimme war freundlich und warm. Die Augen von intensivem Blau – sicher konnten sie stechend wirken, aber jetzt lagen Interesse und eine gewisse Förmlichkeit darin. »Ihr Vater hat mir zu meiner Freude mitgeteilt, dass Sie meinem Wunsch, eine Ehe einzugehen, entgegenkommen.«

Sie schenkte ihm ein Lächeln. In den vergangenen Tagen hatte sie es unzählige Male vor dem Spiegel geübt. »Das ist richtig, Herr Sperlich. Ich wäre entzückt, Ihre Ehefrau zu werden.«

Er zögerte und trat zu ihrer Überraschung wieder an das Fenster. Allzu begeistert sah er nicht aus. Aber hatte er nicht sein Interesse an ihr bekundet? Als er sich ihr wieder zuwandte, wirkte er seltsam erleichtert. »Dann ist es beschlossen.«

Hinter ihr klatschte ihr Vater einmal in die Hände. »Ich werde euch kurz allein lassen. Ronald?«

Ronald Sperlich nickte ihm zu, als gäbe es ein Drehbuch, das nur die beiden kannten. Agatha riss sich zusammen, um sich nicht zu ihrem Vater umzudrehen. Wenn sie nun nachgab und ihre Unsicherheit zeigte, würde sie das hier nicht durchstehen.

Nachdem die Tür ins Schloss gefallen war, deutete Ronald auf einen der Sessel. »Bitte. Möchten Sie etwas trinken?«

»Nein, vielen Dank.« Sie zog ihren Rock zurecht und ließ sich in die Polster sinken. Ronald nahm sein Glas, trug es zu der Anrichte mit den Kristallkaraffen und goss sich zwei Fingerbreit ein. Mit langsamen Schritten kehrte er zu ihr zurück, ließ sich in den Sessel gegenüber fallen und betrachtete sie, während er einen Schluck nahm.

Agatha wusste nicht so recht, was sie von der Situation halten sollte. Vielleicht hätte sie doch um ein Getränk bitten sollen, dann hätte sie etwas, mit dem sie ihre Finger beschäftigen konnte.

Ronald stellte das Glas ab und lehnte sich zurück. »Mir ist bewusst, wie geschäftlich das alles wirken muss. Aber mir ist sehr wichtig, dass Sie wissen, was unsere Verbindung mit sich bringen wird.«

»Natürlich.« Agatha zwang sich, ihr Lächeln zu halten. Ihr Mund war trocken.

Er nickte in Richtung Fenster. »Ich würde die Hochzeit gern noch vor dem Winter stattfinden lassen, denn anschließend werde ich geschäftlich viel unterwegs sein. Sie würden hin und wieder einige Wochen allein in unserem Haus in Deutschland bleiben.«

So bald schon!

»Ihre Reisen führen Sie oft auch hierher, nach England, nicht wahr?« Ihre Stimme klang fremd.

Zu ihrer Bestürzung schüttelte er den Kopf. »Zukünftig werde ich mich in Richtung Asien orientieren. Meine Besuche hier werden leider zu einem Ende kommen. Natürlich werden wir Ihre Familie sehen, Agatha, zu einer oder zwei Gelegenheiten im Jahr, allerdings nicht in der Anfangsphase meiner Ost-Expansion. Da werde ich keine Zeit dafür haben.«

»Natürlich.« Sie nickte, während ihr immer wieder der Gedanke durch den Kopf schoss, dass sie ruhig bleiben musste. Ja, sie hatte damit gerechnet, einen Teil ihres Lebens in Deutschland verbringen und die Sprache lernen zu müssen. Aber nicht, dass sie ihre Heimat ganz verlassen würde. Mehr noch, sie hatte sogar angenommen, dass Herr Sperlich ein Haus in der Nähe besaß. Wie töricht von ihr! Beinahe hätte sie ebenfalls aus dem Fenster gesehen, aber dann wären ihr die Tränen gekommen. *Sieh es als Abenteuer. Du wirst zwar nicht die weite Welt bereisen, aber zumindest einen anderen Teil.*

Ronald griff zu seinem Glas und betrachtete die Flüssigkeit darin. »Ich habe eine Zugehfrau, die alles sauber hält. Sämtliche andere Haushaltspflichten würden Ihnen zufallen.«

»Natürlich«, wiederholte sie und hasste sich dafür, wie eine Schallplatte zu klingen, die an einer Stelle festhing. »Ich bin noch nicht mit der deutschen Küche vertraut, aber das werde ich bis dahin lernen.«

»Gut. Ansonsten …« Er zögerte. »Wie schon gesagt, werde ich oft unterwegs sein. Ich möchte das noch einmal betonen, damit keine falschen Erwartungen entstehen. Mitunter werde ich auch an wichtigen Tagen fernbleiben müssen. Geburtstagen. Jahrestagen.«

Die ihr ohnehin gleichgültig waren. Sie hoffte, sich in der Ehe mit ihm anzufreunden und irgendwann in ihm einen guten Gefährten für ihren Lebensweg zu sehen. Aber er würde ihr nicht das Herz brechen, wenn er sie nicht an ihrem Geburtstag mit einem Kuss begrüßte. »Ich verstehe. Ich heirate eben einen Geschäftsmann.« Sie versuchte, es leicht klingen zu lassen. Allmählich machte ihr die Atmosphäre des Gesprächs zu schaffen. Ja, das zwischen ihnen war eine Abmachung. Aber sie hatte es sich trotzdem nicht so gefühllos vorgestellt.

»Und da kommen wir auch schon zum letzten Punkt.« Ronald stellte sein Glas wieder ab. Getrunken hatte er nicht. »Ich erledige meine Arbeit im Stockwerk unter dem Dach. Ich habe es vor einigen Jahren ausbauen lassen; es umfasst zwei Räume sowie ein kleines Badezimmer. Dieses Stockwerk ist für Sie tabu, Agatha.«

Sie runzelte die Stirn. »Was meinen Sie? Dass ich dort nicht hineindarf? Wegen Ihrer Arbeit, um keine Unterlagen durcheinanderzubringen?«

»Ich werde es abgeschlossen halten, wenn ich mich nicht dort oben befinde. Wenn viel zu tun ist, werde ich dort auch übernachten.« Auf ihre Fragen ging er nicht ein.

Das war seltsam und trug nicht dazu bei, sie zu beruhigen. Was bitte wollte er vor ihr verbergen? Er hatte zuvor nicht den Anschein erweckt, als halte er sie für ein dummes Weibchen, das durch seine Unterlagen blättern und Chaos anrichten würde. »Ich finde das seltsam« sagte sie langsam. »Die Vorstellung, einen Teil meines eigenen Hauses nicht betreten zu dürfen.«

»Der Rest des Anwesens ist groß genug«, sagte er und lächelte ihr zu. »Aber ich möchte von Anfang an ehrlich zu Ihnen sein, Agatha. Und dies sind nun einmal die Bedingungen unserer Vereinigung.«

Obwohl etwas in Agatha ihr zuraunte, dass sie Fragen wie diese nicht im Raum stehen lassen durfte, schwieg sie. Vor Ronalds Gesicht schob sich ein anderes; mit dunklem Haar und den schönsten, geheimnisvollsten Augen, die sie jemals gesehen hatte.

Wie auch in den vergangenen Tagen weckte der Gedanke an Jeevan die widersprüchlichsten Gefühle in ihr. Einerseits hätte sie am liebsten alles abgesagt, wäre aus der Tür gerannt und vom Grundstück, immer weiter, bis sie einen Ort erreichte, an dem sie einfach nur Agatha war. Nicht Agatha Ford, deren Weg schon immer zu einem gewissen Grad vorbestimmt war. Andererseits sagte sie sich, dass sie das Richtige tat. Sie half Jeevan und Malati am besten, wenn sich ihre Wege trennten. Aber nur, weil dem so war, bedeutete es nicht, dass sie ihren lieben Freunden nicht nahe sein konnte. In ihrem Herzen, das nun mit jeder Sekunde schneller schlug, als würde es zerspringen wollen, weil sich in ihm all die Tränen sammelten, die sie nicht mehr weinen durfte.

Rasch stand Agatha auf. Ihr Rock raschelte, als sie ihn glättete. Dann lächelte sie, so strahlend, dass selbst das Donnern in ihrer Brust abebbte. »Ich bin einverstanden«, sagte sie und streckte eine Hand aus.

Ronald starrte darauf. Er war eindeutig verblüfft, erhob sich aber dann mit einem kleinen Lachen ebenfalls und ergriff sie. »Ich sehe schon, ich habe die passende Frau gefunden.«

Laura

31

Agathas Stimme hing noch für eine lange Zeit in der Luft. Laura lauschte dem Echo der Silben. Irgendwann während der Erzählung hatte sie eine Hand auf ihre Brust gepresst, als würde ihr Herz ebenso schnell schlagen wie das der jungen Agatha, die keine Ehe, sondern eine Geschäftsvereinbarung eingegangen war.

Sie blinzelte. Jeevan hatte die Augen geschlossen, doch seine Wangen glänzten feucht. Noch jetzt rannen ihm Tränen über die Haut. Agatha dagegen starrte ins Nichts, als würde die Geschichte in ihrem Kopf weiterlaufen. Laura berührte sie behutsam an der Schulter. Agatha zuckte zusammen, nickte und sah zu Jeevan. Sie nahm ihr Taschentuch und tupfte die Feuchtigkeit vorsichtig von seinem Gesicht.

Er öffnete die Augen und legte eine Hand auf ihre. »Es tut mir so leid«, sagte er, und seine Stimme brach. »Es tut mir so leid, dass du glaubtest, diesen Weg gehen zu müssen.«

»Es war meine Entscheidung.« Sanft streichelte sie sein Gesicht. »Ich war glücklich bei dem Gedanken, dass ihr … ich wusste nicht, dass Malati …« Sie beugte sich vor und lehnte ihre Stirn an seine. Ihre Schultern bebten.

Die Trauer um die Vergangenheit und um all die verpassten Chancen schienen das Licht im Raum zu dimmen. Laura erhob sich leise und wandte sich zum Gehen.

»Nein!« Agathas Stimme war unsicher, tränenreich, aber der Befehl dennoch unverkennbar. »Sie bleiben bitte, Frau Nicolai, sonst flenne ich stundenlang herum. Und können Sie sich vorstellen, wie ich dann aussehe?«

Jeevan schmunzelte unter Tränen. »Egal, wie weit die Zeit voranschreitet, du wirst immer die Agatha von früher bleiben. Dein Temperament hast du dir erhalten. Und das Funkeln in deinen Augen. Wenn ich es sehe, bin ich wieder in London. Nein, eigentlich bin ich wieder im Zirkus.« Er nahm ihre Hand. »Diese Energie hat mich schon damals beeindruckt. Du hast mir nur bis zur Schulter gereicht, mir aber nach kürzester Zeit gesagt, dass die Elefanten noch Hunger hätten und das doch in meinen Aufgabenbereich fallen würde.«

»Ich mochte die großen Grauen«, sagte Agatha sanft. »Ich wollte, dass sie es gut haben.«

»Und das hatten sie.« Er streichelte ihr Gesicht. »Das hatten wir alle. Nur bei dir bin ich mir nicht so sicher.« Er blinzelte, wischte sich über die Augen und lächelte Laura an. »Sie müssen entschuldigen. Es ist sicher ermüdend, zwei alten Menschen zuzuhören, die Erinnerungen austauschen.«

»Papperlapapp«, sagte Agatha und strich ihm eine Strähne aus der Stirn, ehe sie sich wieder aufrichtete. »Frau Nicolai kennt ohnehin schon einen Großteil der Geschichte, da sollte sie auch den Rest erfahren.« Sie sah Laura an. »Ich habe mich damals sehr geschämt. Für meinen Bruder und dass er sich geweigert hat, sein Kind offiziell anzuerkennen.« Ihr Blick wanderte zu Jeevan. »Ich schäme mich noch immer dafür. Selbst nach Leonards Tod habe ich das getan. Daher habe ich in Deutschland entschieden, mit meiner Vergangenheit abzuschließen. Man kann sie wie ein Buch zuklappen, wenn man es wünscht. Ob das eine gute Idee ist, erfährt man erst viele Jahre später.« Sie zuckte die Schultern, aber die gewohnte Ungerührtheit wollte sich nicht einstellen. Etwas war mit Agatha geschehen. Das Wiedersehen mit Jeevan und die Erinnerungen hatten die jahrealte Mauer bröckeln lassen.

»Sie brauchen sich ganz sicher nicht schämen«, sagte Laura. »Sie haben alles getan, was Ihnen damals möglich war. Aber …« Auf einmal schienen ihr weitere Fragen unpassend.

Agatha seufzte. »Was wollen Sie noch wissen?« Es klang genervt, doch auch erleichtert. Als wäre Agatha froh, sich endlich alles von der Seele reden zu können.

Laura setzte sich wieder. »Die Sache mit Ronald. All diese Regeln. Warum war das oberste Stockwerk tabu?«

Agatha hob eine Augenbraue. »Mein Mann und ich brachten beide Geheimnisse mit in die Ehe und haben nach der stillschweigenden Übereinkunft gelebt, diese zu akzeptieren. Ich habe mich daran gehalten und besagtes Stockwerk niemals betreten. Manche Geschäftspartner dagegen schon, und manchmal blieben sie über Nacht. Das war noch in unserem Haus in Frankfurt. Später, als wir älter wurden, Ronald weniger auf Reisen war und wir nach Wiesbaden zogen, fiel die eigene Etage für ihn weg.«

Laura nickte langsam. Das bestätigte ihren Verdacht. Hing das alles damit zusammen, dass die Ehe wahrscheinlich niemals vollzogen worden war? Hatte Ronald Sperlich sich wirklich nicht für Frauen, sondern für besagte Geschäftspartner interessiert? Sicher hatte Agatha es geahnt, wenn nicht sogar gewusst. Aber sie hatte es als Teil ihrer Abmachung hingenommen.

»Warst du glücklich?« Jeevans Stimme war schwächer als zuvor. Die ganze Sache hatte ihn erschöpft.

Agathas Brauen zogen sich zusammen, aber dann glättete sich ihre Stirn. »Ich bin es jetzt.«

Es war kein leichtes Unterfangen, Jeevan im Rollstuhl die Treppe nach unten zu tragen. Zum Glück war sie breit genug, sodass Joshua und Dev nirgendwo aneckten. Mrs. Mandell koordinierte die Aktion mit energischen Gesten und Zungenschnalzen, woraufhin die beiden Männer stets gehorsam nickten und ihre Position änderten. Sie war zuvor in Jeevans Zimmer aufgetaucht, ein Tablett mit Tee und Sandwiches in den Händen. Laura hätte sie vor Dankbarkeit am liebsten umarmt, und selbst Agatha hatte zugegriffen. Jeevan hatte sich mit einer Tasse Tee begnügt – ein schöner, leichter Darjeeling Singbulli, First Flush – und ihnen erklärt, dass die Plantage, von der er stammte, kaum noch produzierte und nur noch wenige, ausgewählte Kunden belieferte.

Jetzt thronte er wie ein König in seinem altmodischen Rollstuhl und machte den Anschein, als wäre das eine große Ehre. Nach dem Gespräch mit Agatha und Laura hatte er darauf bestanden, den Rest des Tages im Garten zu verbringen. Laura hatte sich zuvor geirrt als sie dachte, dass er das ohnehin ab und zu tat – laut Joshua hatte Jeevan seit Jahren nicht einmal die obere Etage verlassen.

Laura brachte Agatha in Begleitung von Helen zum Pavillon, setzte sich in einen der Korbsessel und warf einen Blick in den Himmel. Wolken ballten sich dort zusammen, und sie spürte die Kälte an ihren Fingern und auf ihrem Gesicht. Zwar würden sie hier keinen Schnee erwarten, aber dennoch hatte sich der Garten verändert, war noch winterlicher und karger geworden. Am Morgen würde Raureif auf den Gräsern und Zweigen glitzern, wenn sie Glück hatten und die Sonne sich zeigte. Aber momentan sah es nicht danach aus. Die Wolken waren voll und schwer, und sie konnte den Schnee beinahe in der Luft riechen. In Deutschland würden sich alle heute versammeln und Geschenke austauschen. Ein Teil von ihr bedauerte es, nicht dabei zu sein, aber ein anderer, der größere, war froh darüber. Zu wissen, dass die Geschichten von Agatha und Jeevan wieder verknüpft worden waren, war das beste Geschenk, das sie sich vorstellen konnte … abgesehen von Joshua und der Tatsache, dass sie das Fest mit ihm verbringen würde. Um keinen Preis der Welt hätte sie mit irgendjemandem tauschen wollen. Sie dachte an die Kräuter- und Teemischungen in ihrem Gepäck, die Maja ihr in Worms in die Hand gedrückt hatte. »Ich habe sie noch nicht angebrochen, und du kannst mir jederzeit neue schenken. Aber auf keinen Fall tauchst du in Kent mit leeren Händen zum Weihnachtsfest auf.« Laura lächelte, als sie an ihre Schwester dachte, und schickte ihr einen stummen Weihnachtsgruß.

Als sie sich umwandte, sah sie die warmen Lichter, die in nahezu jedem Fenster von Crane Place gegen den Winter anschimmerten, und glaubte, den Weihnachtskuchen zu riechen, den Mrs. Mandell gebacken hatte. Er würde morgen auf den Tisch kommen, wenn auf Crane Place wie in ganz England das Weihnachtsfest gefeiert wurde.

Laura sah von Agatha zu Helen, die in einträchtigem Schweigen in die Ferne starrten. »Wo ist Emma?«

Helen schmunzelte. »Zähmung der Raubkatzen. Sie ist mit Jeremy und Aidan zu einer Freundin gefahren, die drei Kinder hat. Dann können die Jungs toben und sind vielleicht endlich mal müde, wenn sie zurückkommen. Ansonsten schleichen sie eh nur um das Wohnzimmer herum und jammern, weil sie vor morgen früh nicht hineindürfen.« Sie wandte sich an Agatha. »Sie haben meine Tochter ja schon kennengelernt, nicht wahr?«

Agatha nickte, ohne das Haus aus den Augen zu lassen. Sie stand auf, als Joshua erschien und Jeevan im Rollstuhl vor sich herschob, eingehüllt in die vermutlich dickste Decke, die Mrs. Mandell hatte auftreiben können. Dev lief hinter ihnen, wechselte wenige Worte mit Jeevan und überholte die beiden schließlich. Er hielt auf den Pavillon zu. Sein Gesicht war so düster wie immer, seine Schritte lang und energisch. Laura verspürte den instinktiven Wunsch, Agatha in Schutz zu nehmen, und stand auf. Helen folgte ihrem Beispiel. Das war gut. Auch wenn sie ihrem Ehemann viel durchgehen ließ, würde sie falls nötig eingreifen.

Dev verminderte sein Tempo erst, als er sie beinahe erreicht hatte. Etwas an ihm hatte sich verändert. War das Neugier neben der üblichen schlechten Laune?

Agatha musterte ihn von oben bis unten. Laura fragte sich, ob sie viele Ähnlichkeiten mit ihrem Bruder entdeckte. Als sie einen Schritt vortrat, erinnerte sie Laura an jemanden, der sich einem wilden Tier stellte. Und wirklich blieb Dev stehen. Er überragte Agatha deutlich.

»Du bist also Agatha aus Deutschland. Die mit dem Geld. Die, deren Bruder mit meiner Mutter im Bett gelandet ist. Oder wo auch immer.«

Helen räusperte sich. »Dev.«

»Ja«, sagte Agatha ruhig und deutlich. »Die bin ich. Und du bist Dev, der weder gut Auto fahren noch mit Geld umgehen kann.«

Laura riss die Augen auf und sah Helen an. Die presste eine Hand vor den Mund und unterdrückte ein Lachen.

Dev sah aus, als hätte man ihn geschlagen. »Du kennst mich nicht, alte Frau, glaubst aber, es zu tun, ja?«

Agatha lachte trocken auf. Nicht amüsiert. »Bei den Fakten, die mir bisher vorliegen, bin ich nicht sicher, ob ich das wirklich möchte. Wobei ich etwas enttäuscht bin über diese Unfähigkeiten. Schließlich bist du mein Neffe.« Sie war eindeutig im Kampfmodus. Laura hätte schwören können, dass ihr das Wortgefecht sogar Spaß machte.

»Enttäuscht, ja?«, fragte Dev. »Weil du es besser kannst?«

Agatha schnaubte. »Weil ich weiß, wann ich aufhören muss, um keinen Schaden anzurichten.« Sie legte den Kopf schräg, als würde sie aus diesem neuen Winkel mehr Facetten von ihm sehen. »Setz dich. Dorthin.« Sie deutete auf den Korbsessel neben ihrem. Auf einmal fiel Laura auf, wie gut sie ohne ihren Gehstock zurechtkam.

Dev blinzelte. »Was?«

»In dem Alter schon Hörprobleme? Ich sagte, du sollst dich setzen. Dein Onkel und ich haben mit dir zu reden, und ich gedenke nicht, das im Stehen zu tun.« Sie drehte sich um und nahm wieder Platz, ehe sie Joshua winkte, der mit Jeevan in einiger Entfernung wartete. Auf ihr Zeichen hin kamen die zwei zu ihnen.

Helen streckte eine Hand nach Laura aus. »Komm, wir gehen ins Haus und trinken eine Tasse Tee. Das hier ist eine Familienangelegenheit.«

»Und ihr gehört dazu«, sagte Jeevan, der soeben mit Joshua die Sitzgruppe erreichte. Er wirkte weit wacher als oben in seinem Zimmer. Agatha schien ihm die nötige Energie zu verleihen. »Bleibt bitte. Sie auch, Laura. Ohne Sie wäre das alles hier nicht möglich, und ich möchte mit euch allen zusammensitzen, wenn ich sage, was ich zu sagen habe.«

Joshua schob den Rollstuhl neben Agatha und ging an ihr vorbei zu Laura. »Na komm«, sagte er leise. »Tun wir, was er wünscht.« Wie selbstverständlich griff er nach ihrer Hand. Laura fühlte sich ein wenig überrumpelt – von Jeevans Ankündigung, von der Tatsache, dass sie Agatha vor Dev verteidigen wollte, die das aber nicht nötig zu haben schien, und von ihrer Hand in Joshuas vor allen anderen, so als wäre es das Natürlichste der Welt. Also ließ sie sich von ihm mitziehen und nahm wieder Platz.

Er beugte sich zu ihr. »Ist alles in Ordnung?« Sein Atem streifte ihr Ohr, und sein Gesichtsausdruck verriet, dass er ihre Reaktion darauf genau bemerkt hatte. Laura spürte die Gänsehaut auf ihren Armen. Zur Antwort drückte sie seine Hand leicht, woraufhin er sich vorbeugte und ihr einen Kuss auf die Wange hauchte. »Mach dir keine Sorgen. Heute gehört sämtliche Aufmerksamkeit Agatha und Jeevan. Wir zwei werden wahrscheinlich erst morgen Gesprächsthema sein, was bedeutet, dass sich niemand daran stören wird, wenn du bei mir übernachtest.«

Du bist unmöglich, formte sie mit den Lippen. In ihrem Inneren fühlte sie sich jedoch leicht, beinahe so, als würde sie tanzen. Sie war hier, mit Joshua, Jeevan zählte sie zu seinem Kreis ausgewählter Menschen, und so wie es aussah, hatten er und Agatha doch noch ihr Happy End gefunden.

Mittlerweile hatte sich auch Dev gesetzt und beide Hände um die Stuhllehnen gelegt. Helen flüsterte ihm etwas zu, aber er reagierte nicht einmal. Immer wieder flirrte sein Blick von Jeevan zu Agatha, und es gefiel Laura, Respekt darin zu finden.

Jeevan räusperte sich. Sogar Mrs. Mandell hatte sich zu ihnen gesellt und stand hinter dem Rollstuhl. »Ich weiß, dass dieses Zusammensein ziemlich ungewöhnlich ist. Ich war lange nicht hier draußen.« Sein Blick schweifte durch die Gegend. »Dazu kommt, dass Agatha endlich bei mir ist. In meiner Vorstellung ist sie unzählige Male angereist, aber dank Laura und Joshua hat sie das nun auch in Wirklichkeit getan.« Er tastete nach ihrer Hand. »Wir hatten einiges zu bereden. Und wisst ihr, was das Schöne ist? Es gibt Menschen, mit denen man bei schwierigen Themen schnell eine Lösung findet. Selbst wenn man unterschiedlicher Meinung ist.«

Agatha verzog den Mund. »Man lernt eben, Kompromisse einzugehen, wenn man alt ist und jeden Moment umkippen kann.« Sie richtete sich ein Stück weiter auf. »Wie alle wissen, gibt es da dieses Geld, das im Laufe vieler Jahre an Jeevan gegangen ist und von ihm geschäftstüchtig vermehrt wurde.«

Dev beugte sich vor. »Haargenau. Geld, das mir und meiner Mutter zustand und schon damals an mich hätte gehen sollen!«

Agatha schnalzte mit der Zunge. »Woher hast du diese schrecklichen Manieren, junger Mann? Von deinem Onkel sicher nicht.« Sie wedelte mit einer Hand so energisch und dicht vor seinem Gesicht herum, dass er sich wirklich wieder zurücklehnte.

Jeevan nickte. »Lass deine Tante ausreden, Dev.«

Agatha tastete über ihre Frisur, in der nicht mehr jedes Haar an seinem Platz lag. »Auch wenn sich Jeevan um die Vergrößerung der Summe gekümmert hat, gehört dieses Geld mir.«

»Das …!« Dev schwieg, als Agatha ihm eine flache Hand entgegenstreckte und dabei fast seine Nase berührte.

»Daher entscheide ich, was damit geschieht. Ich hatte dich dabei bedacht, Dev Raje, aber mit jeder Minute bin ich mir weniger sicher, dass das eine gute Idee ist.«

Er verengte die Augen. »Eine alte Frau, die plötzlich wie aus dem Nichts auftaucht, soll entscheiden, ja?«

»Besser als ein Mann, der sich wie ein Kleinkind verhält«, sagte sie, zupfte ihr Oberteil zurecht und erwiderte seinen Blick, ohne mit der Wimper zu zucken.

Laura schlug unruhig ein Bein über das andere. Lediglich Joshuas Bewegung an ihrem Oberschenkel beruhigte sie. Er musste ihre Unruhe gespürt haben.

Agatha blickte streng in die Runde. »Was das Geld betrifft …« Sie legte ihre zweite Hand auf Jeevans, »wir haben gemeinsam entschieden. Die Summe war für die Familie Raje gedacht, und genau diesen Zweck wird sie erfüllen.«

Jeevan räusperte sich. »Ein Teil wird dir zufließen, Dev. Unter einer Bedingung: Du wirst es gemeinsam mit Agatha verwalten.«

Die Zufriedenheit, die sich auf Devs Gesicht abgezeichnet hatte, wurde von einer Mischung aus Empörung und Überraschung abgelöst. »Bitte? Sie soll mir vorschreiben dürfen, was ich damit mache?«

Agatha nickte. »Genauer gesagt nehme ich dich an die Hand. Ich habe mein Leben lang zugesehen, wie erfolgreiche Männer ihre Finanzen verwalten, und dabei eine Menge gelernt. Ich werde nicht zulassen, dass dieses Geld einfach so verpufft. Es war dafür gedacht, etwas Sinnvolles zu unterstützen, und das wird es auch tun.«

Dev fuhr sich durch die Haare. »Und was soll das sein?«

»Nun, das werden wir dann wohl gemeinsam herausfinden, nicht wahr?« Agatha sah höchst zufrieden aus.

Helen tätschelte ihrem Mann den Arm – Dev war entweder sprachlos oder ging soeben Vor- und Nachteile im Kopf durch. »Bedeutet das, Sie bleiben uns noch eine Weile erhalten, Agatha?«

»Nun, ich bin nicht mehr die Jüngste. Zwischen zwei Flügen sollte man eine Pause machen, wenn man sich nicht umbringen will.«

»Sie bleibt«, sagte Jeevan ruhig. »Solange sie möchte, und ich hoffe, das wird eine lange Zeit sein.« Er drehte sich um und nickte seiner Haushälterin zu. »Ich habe mit Mrs. Mandell geredet; sie wird das alte Teezimmer für Agatha herrichten. Es wird ohnehin nicht mehr genutzt.«

»Das ist wunderbar!« Helen stand auf, beugte sich vor und drückte Agatha einen Kuss auf die Wange.

Die war von so viel Zuneigung eindeutig überfordert und lächelte Helen etwas unbeholfen zu. »Das war noch nicht alles, Jeevan.«

»Natürlich, natürlich.« Er räusperte sich. »Einen Teil des angesparten Gelds werden wir in Joshuas Geschäft investieren.«

Laura spürte, wie Joshua neben ihr erstarrte.

»Was? Aber warum?« Er wechselte einen Blick mit Dev, aber sogar der schien zu erstaunt, um sich aufzuregen, dass eine Summe für seinen Sohn abgezweigt werden sollte.

»Ich … das musst du nicht, Onkel Jeevan. Ich habe schon seit Jahren einen Businessplan und genug Puffer eingebaut, um gut und sicher starten zu können. Ich danke euch beiden sehr, aber das ist wirklich nicht nötig.«

Jeevan zwinkerte Agatha zu. »Ich habe dir doch gesagt, dass es nicht einfach ist in dieser Familie.« Er wandte sich wieder an Joshua. »Wir reden noch darüber. Aber jetzt schlage ich vor, dass wir erst einmal etwas essen. Mrs. Mandell hat uns eine Fleischpastete und wunderbaren Obstkuchen gezaubert, und ich kann es kaum erwarten, endlich wieder in meinem Esszimmer zu sitzen. Wir werden bei Tisch weiter über alles reden. Dev, würdest du mich zum Haus bringen?«

Sein Neffe sprang augenblicklich auf. Laura hatte ihn noch nie so lebhaft gesehen. »Natürlich.« Er zögerte, dann hielt er Agatha eine Hand hin und wartete, bis sie sich erhoben hatte. »Soll ja niemand behaupten, ich hätte keine Manieren«, murmelte er.

Das Haus war still geworden, als Laura und Joshua in den ersten Stock schlichen, um sich einen Mitternachtstee zu gönnen. Die vergangenen Stunden waren verflogen, während sie sich in Joshuas Zimmer aneinandergekuschelt und einfach nur geredet hatten.

Helen hatte recht behalten: Nach Emmas Rückkehr waren Aidan und Jeremy so müde gewesen, dass sie Agatha nur mit großen Augen angestarrt und Laura umarmt hatten. Kurz darauf hatten sich alle zurückgezogen, und im Haus herrschte seitdem die gemütliche, aber auch gespannte Atmosphäre vor dem Festtag.

Joshua führte Laura in Richtung Küche, in der es noch immer nach Kuchen roch. Der Raum war riesig und sah mit dem Holzinventar, den großen Kochzeilen an zwei Wänden, den an der Wand aufgereihten Utensilien sowie dem Sekretär für Geschirr genau so aus, wie Laura sich die Küche eines Herrenhauses vorgestellt hatte. Hinter der schmalen Tür an der rechten Seite musste die Vorratskammer liegen.

Auf dem Tisch stand ein Teller mit Sandwiches. Eine handgeschriebene Notiz klemmte darunter. Joshua griff danach und grinste, während er sie las.

»Was ist los?« Lauras Aufmerksamkeit wurde von den Teedosen gefesselt, die sich auf einem Holzregal aufreihten. Sie waren alt, aber gut gepflegt. Laura nahm eine, öffnete den Deckel, schnupperte daran und lächelte. Unter all den anderen Düften erkannte sie Kardamom. Sie drückte die Dose Joshua in die Hand, der ebenfalls kurz daran roch, lächelte und nickte. Dann deutete er auf den Teller. »Gurkensandwiches. Mrs. Mandell kennt mich eben zu gut. Sie wusste, dass ich noch einmal Hunger bekomme, und für mich bricht sie dann auch mit ihrem Vorsatz, dass diese Sandwiches nur am Nachmittag gereicht werden. Setz dich, ich mach uns Tee.«

Das ließ sie sich nicht zweimal sagen und nahm auf der breiten Holzbank Platz, von der aus man in den Garten blicken konnte. Vereinzelt schimmerten Lichter in der Nacht. »Das sieht aus wie im Märchen.«

»Genieß es, ehe morgen das Chaos ausbricht«, sagte Joshua, nachdem er Tee eingefüllt und den Wasserkocher angestellt hatte. »Sobald es hell wird, werden die Jungs durch das Haus rennen und jeden verrückt machen, bis endlich alle wach sind. Emma hat ihnen allerdings eingebläut, dass Jeevans und Agathas Flur für sie tabu ist.«

Laura hob die Brauen. »Ich bin gespannt, ob sie es schaffen, sich daran zu erinnern.«

»Oh, das werden sie. Da laut meiner Schwester sonst alle Geschenke ins Auto geladen und an andere Kinder verteilt werden.«

»Sehr bezaubernd.« Sie schmunzelte.

»Ja, Emma kann knallhart sein. Daher mache ich mir auch keine Sorgen um all das hier.« Seine Geste umfasste die gesamte Küche, aber er meinte das Herzstück des Anwesens. Jeevans Firma. »Sie schafft das. Wenn wir alle helfen, dann können wir Vishraam erhalten.«

»Ihr schafft das«, sagte Laura leise, und Joshua beugte sich über den Tisch und griff nach ihrer Hand. Er stand auf, als das Wasser kochte, und kurz darauf stellte er zwei Tassen sowie ein Kännchen mit Sahne vor Laura ab.

Sie zog ihren Tee zu sich heran und nahm ein Sandwich. Es sah wirklich so aus wie in all den Filmen: schmale Weißbrotstreifen ohne Kruste, dazwischen Gurkenscheiben mit etwas Kresse. Laura probierte – offenbar hatte Mrs. Mandell die Gurken mit Pfeffer, Salz und Limette verfeinert –, nahm ihre Teetasse in beide Hände und lehnte sich mit geschlossenen Augen zurück. Die Stille im Raum mischte sich mit dem Gewürzaroma des Tees, und auf einmal spürte sie etwas, das sie seit Wochen vermisst hatte. Nicht erst, seit sie die neue Wohnung in Hamburg bezogen hatte, sondern bereits seit Oliver und sie sich entschieden hatten, das nächste Kapitel in ihrem Leben anzugehen.

Damals hatte sich Laura auf eine Reise eingestellt, die lange Jahre dauern würde und von einem beruflichen Aufstieg zum nächsten und übernächsten reichte. Nun aber begriff sie, dass sie etwas anderes gewollt hatte – und sie hatte es gefunden, hier, auf Crane Place: eine innere Ruhe, die ihr verriet, dass sie endlich angekommen war. Damit hatte sie sich selbst das schönste Weihnachtsgeschenk gemacht, das sie sich vorstellen konnte. »Du lächelst«, hörte sie Joshuas leise Stimme und nickte.

»Ich bin auch glücklich.« Sie öffnete die Augen wieder. »Ich habe …« Im nächsten Augenblick setzte sie sich so abrupt aufrecht, dass etwas Tee aus ihrer Tasse schwappte, und starrte aus dem Fenster. Dicke weiße Flocken schwebten an der Scheibe vorbei, als hätten sie alle Zeit der Welt.

32

Der Weihnachtstag begann so, wie Joshua es prophezeit hatte: Jeremy und Aidan waren bei Tagesanbruch wach und tobten die Flure entlang, trauten sich durch die Drohungen ihrer Mutter allerdings nicht, ohne die Erwachsenen einen Blick in das Wohnzimmer zu werfen. Mrs. Mandell hatte jedem den Zutritt verwehrt und sich allein um alles gekümmert. Laura hatte ihr die Gewürz- und Teemischungen in die Hand gedrückt.

Jetzt stand sie an Joshuas Fenster und bewunderte die weiße Pracht draußen. Es schneite nicht mehr, aber sämtliche Flächen waren bedeckt, und der Garten von Crane Place hatte sich in einen Wintertraum verwandelt.

»Du bringst Glück«, murmelte Joshua hinter ihr und legte die Arme um sie. »Das letzte Mal hatten wir Schnee an Weihnachten, als ich noch ein kleiner Junge war.« Er küsste die weiche Stelle unter ihrem Ohr, und Laura erschauerte. Sie schloss die Augen, schmiegte sich enger an ihn und konzentrierte sich auf das warme Gefühl in ihrem Bauch, das seit ihrem nächtlichen Besuch in der Küche nicht mehr verschwunden war. Sie hatte nie zuvor gewusst, wie berauschend es sich anfühlte, wenn alles genau so war, wie es sein sollte. »Vielleicht bringst aber auch du mir Glück. Ich habe mir seit meinem ersten Besuch hier gewünscht, die Landschaft im Schnee zu sehen.«

Joshua lachte leise. »Vielleicht sollten wir einer ganz bestimmten Person danken, dass sie dir damals in den Wagen gefahren ist.«

Die Vorstellung war so irrsinnig, dass Laura schnaubte. Sie drehte sich zu Joshua um und küsste ihn rasch auf die Wange. »Besser nicht. Dev wirkt ohnehin schon etwas unsicher, seitdem Agatha ihm die Leviten gelesen hat.«

»Hm.« Joshua wog den Kopf von einer Seite auf die andere. »Ich glaube, insgeheim mag er sie. Irgendwann wird er das auch zugeben.« Er warf einen Blick auf die Uhr. »Aber demnächst sollten wir runtergehen, die anderen sind sicher auch schon da.«

»Warte.« Laura entzog sich ihm und suchte ihre Sachen zusammen. »Ich mach mich nur schnell frisch.«

Er lehnte sich gegen die Fensterbank und sah so entspannt aus, dass sie sich wünschte, noch mehr Stunden mit ihm zu haben, in denen sie sich einfach nur umarmen und den Schnee draußen beobachten könnten. »Ich warte, so lange du möchtest.«

Wo die Fassade und einzelnen Räume von Crane Place weihnachtlich geschmückt worden waren, übertrumpfte das Wohnzimmer alles. Der Baum hier war ungefähr so groß wie der in der Eingangshalle, wirkte aber gigantisch, da er bis zur Decke reichte. Laura fragte sich unwillkürlich, wie man ihn durch die Tür bekommen hatte. Der Boden unter den ausladenden Zweigen war mit Geschenken bedeckt. Weitere, so auch Lauras Mischungen, standen auf der Anrichte neben dem Kamin, in dem ein Feuer flackerte. An Fenstern, Sofa- und Sessellehnen sowie auf Tischen und Regalen waren kleine Weihnachtsgestecke angebracht. Es roch nach Tannennadeln, Orange und Zimt. Leise Musik klang aus einem Radio in der Ecke.

Aidan und Jeremy standen vor dem Baum, trugen ihre Schlafanzüge und rissen sich ganz eindeutig zusammen, um sich nicht augenblicklich auf die Geschenke zu stürzen. Auf dem Sofa saßen bereits Helen und Dev sowie Emma und ihr Mann John, der am späten Abend eingetroffen war. Laura mochte ihn. Er war hochgewachsen und wirkte auf den ersten Blick etwas finster, aber es wurde schnell deutlich, dass Emma das Sagen bei den beiden hatte und er zu gutmütig war, um diese Aufteilung infrage zu stellen. Er redete oft nur, wenn es nötig war, aber man fühlte sich dennoch in seiner Gegenwart wohl. Nachdem er vor allem in den letzten Wochen des Jahres beruflich viel unterwegs gewesen war, freute sich Laura, die kleine Familie vereint zu sehen.

»Da seid ihr ja«, sagte Helen und stand auf, um erst ihren Sohn und dann Laura zu begrüßen. »Fröhliche Weihnachten.«

»Dir auch«, sagte Laura und umarmte erst Helen, dann Emma.

»Hat mein Bruder dich endlich aus dem Bett gelassen«, flüsterte die ihr ins Ohr.

Laura bekam heiße Wangen, zog aber dann eine Grimasse. »Wer sagt dir, dass es nicht umgekehrt war?«

Emma machte große Augen und prustete los. Sie verstummte, als sich die Tür erneut öffnete und Mrs. Mandell eintrat, gefolgt von Agatha und Jeevan. Er trug ein langes, mit goldenen Knöpfen verziertes Hemd in Dunkelblau über einer weiten hellen Hose, und jetzt erkannte Laura in ihm den exotischen Prinzen aus Agathas Erzählung. Mit angestrengtem Gesicht stützte er sich auf Agathas Spazierstock – das Laufen bereitete ihm eindeutig Probleme, aber er schaffte es mit ihrer Hilfe bis zum Sofa, wo Dev und John rasch Platz machten. Schwer atmend ließ sich Jeevan nieder und legte eine Hand an seine Brust. Sein Atem rasselte, aber dennoch wagte Laura es, für ihn und Agatha auf viele gemeinsame Tage zu hoffen. Schließlich hatte ihre Gegenwart ihn so weit beflügelt, dass er den Weg aus dem ersten Stock ganz ohne seinen Rollstuhl geschafft hatte.

Joshua ging zu Agatha und bot ihr seinen Arm. Sie hakte sich ein und ließ sich von ihm zu Jeevan geleiten, wo sie sich mit der Würde und Eleganz einer Dame niederließ. Sie trug ein festliches Kostüm in Silbertönen und hatte sich eine Federkombination aus Silber und Gold in ihr Haar gesteckt. Doch der schönste Schmuck war das Strahlen auf ihrem Gesicht.

Agatha legte ihre Hand auf Jeevans und musterte ihn mit unendlich viel Zärtlichkeit im Blick. Er sagte etwas zu ihr, so leise, dass es nur für ihre Ohren bestimmt war, und sie antwortete mit einem Nicken – zuerst in Jeevans, dann in Mrs. Mandells Richtung. Die sah mit strengem Gesicht in die Runde und klatschte dann in die Hände.

Sofort sprangen Aidan und Jeremy auf den Baum zu, wurden jedoch von Emma zurückgepfiffen.

»Erst ein Weihnachtslied«, sagte sie und zwinkerte Laura zu.

Ihre Söhne ließen die Schultern hängen und sahen hilfesuchend zu ihrem Vater, doch der ignorierte es und amüsierte sich dabei sichtlich. »Mama«, jammerte Jeremy. »Uns fällt doch keines ein.« Er klang leidend, als hätte sie von ihm verlangt, das größte Opfer der Welt zu bringen, und trat von einem Fuß auf den anderen.

In der folgenden Stille, in der sich Jeremy und Emma ein Blickduell lieferten, stand Agatha auf. Zunächst unsicher, da sie Jeevans Hand nicht loslassen wollte, aber dann hob die den Kopf und richtete den Blick auf den Weihnachtsbaum. Ein verhaltenes Lächeln zog über ihr Gesicht, und Laura war sicher, dass sie soeben an früher dachte. An die Weihnachtsfeste, die sie mit ihrer Familie gefeiert hatte, hier in ihrer Heimat, der sie so viele Jahre ferngeblieben war.

Agatha atmete tief durch … und begann zu singen.

O come All Ye Faithful,
Joyful and triumphant,
O come ye, O come ye to Bethlehem.

Ihre Stimme war fest und klar. Sie passte zu der energischen Agatha, aber auch zu der jüngeren, die neugierig war auf die Welt und glücklich, Teil von allem und bei den Menschen zu sein, die sie liebte. Laura schossen die Tränen in die Augen, und sie wandte sich rasch zur Seite, um sie unauffällig wegzublinzeln. Im selben Moment trat Joshua neben sie und fuhr mit einem Finger unendlich zärtlich über ihre Wange. Er zwinkerte ihr zu und fiel in Agathas Gesang ein. Emma folgte seinem Beispiel, dann Helen und sogar Dev. Letztlich mischten sich auch Jeremys und Aidans helle Kinderstimmen hinein. Laura kannte den Text zwar nicht, aber die Melodie, und so summte sie leise mit. Die ganze Zeit über konnte sie den Blick nicht von Agatha abwenden, die auf einmal wie verwandelt wirkte.

Laura lächelte. Sie waren beide angekommen.

Nachdem sämtliche Geschenke überreicht worden waren, führte Mrs. Mandell die Familie für das Frühstück ins Esszimmer. Laura war erleichtert, dass ihre Mischungen gut angekommen waren. Vor allem Helen war begeistert, und sogar Dev hatte sich, wenn auch knapp, bei ihr bedankt. Laura hatte ein entzückendes Teeservice auspacken dürfen, das noch aus Jeevans Zeit im *Ludlow's* stammte und mit dem Druck aus Pflanzenranken elegant wirkte. Nach dem Frühstück gingen Laura und Joshua eine Weile auf sein Zimmer, wo sie sich im Bett aneinanderkuschelten, und brachen dann zu einem Spaziergang auf. Die Luft war klar, der Schnee knirschte unter ihren Füßen, und in die sanften Geräusche mischte sich ein stilles Glück, das so tief ging, dass Laura für wenige Sekunden den Atem anhielt.

»Ist alles in Ordnung?« Joshua musterte sie liebevoll.

Sie sah sich um, und ehe sie darüber nachdenken konnte, drehte sie sich einmal im Kreis, betrachtete die Wiesen, den angrenzenden Wald, Crane Place … und Joshua. Sein ebenmäßiges Gesicht, die Neugier und auch die hin und wieder aufblitzenden Versprechen in seinen Augen. Langsam schüttelte sie den Kopf. »Es ist alles so perfekt«, sagte sie leise. »Ich möchte an keinem anderen Ort sein.«

Seine Lippen deuteten ein Lächeln an. »Das ist gut. Denn ich möchte dich auch nicht gehen lassen. Und solltest du es versuchen, würdest du vermutlich bis zur Werkstatt kommen, und da hole ich dich eh wieder ein.«

Sie erwiderte sein Lächeln. »Was, ich bin also deine Gefangene?«

»Nein, du bleibst freiwillig hier.« Er machte ein geheimnisvolles Gesicht, dann griff er in seine Jackentasche und zog einen Schlüssel hervor. »Vielleicht ausschließlich deshalb. Vielleicht aber auch ein wenig wegen mir.« Die letzten Worte flüsterte er beinahe.

Laura trat näher und ließ zu, dass Joshua den Schlüssel in ihre Handfläche legte. Er war groß und schwer sowie an manchen Stellen etwas angerostet.

»Was ist das?« Behutsam fuhr sie mit einem Finger das kühle Metall entlang.

»Dein zweites Weihnachtsgeschenk. Der Schlüssel zu Jeevans alter Werkstatt. Ich habe ihn vor Wochen gefunden, als ich in einem der Lagerräume Ordnung gemacht habe. Und auch, wenn wir die Werkstatt bisher nicht abgeschlossen haben, dachte ich …« Er zuckte die Schultern. »Nun, du hast mir beim Frühstück gesagt, dass du gern noch ein paar Tage bleibst. Vielleicht so lange wie Agatha, und ich denke nicht, dass sie so schnell wieder zurückfliegt. Mir gefällt die Vorstellung, dich noch eine Weile hierzuhaben. Vielleicht bis ins neue Jahr. Und gern länger, wenn du möchtest. Die anderen sehen das übrigens genauso.«

Laura drehte den Schlüssel in ihren Händen. Es stimmte; momentan konnte sie sich nicht vorstellen, Crane Place und Joshua wieder zu verlassen. Zudem hatte sie keine Verpflichtungen in Deutschland. Sie hatte ja nicht einmal einen Job. »Was ist in der Werkstatt?«

»Noch nichts. Aber du kannst dich da austoben, wenn du weitere Tees oder Kräuter mischen möchtest. Den Platz nutzt niemand, seitdem wir den Hofladen geschlossen haben. Früher wurden in der Werkstatt Dinge repariert, frag mich aber nicht, welche genau. Jeevan hat sie später in ein Lager für den Laden umgemodelt, und seit Jahren passiert dort nichts mehr.«

»Aber …« Laura sah von Joshua zum Haus und wieder zurück.

Er grinste, nahm sie behutsam bei den Schultern und küsste sie. »Beschwerden bitte nur vor versammelter Mannschaft. Es war schließlich nicht nur meine Idee.«

Sie hob die Brauen. »Du weißt genau, dass ich gegen die gesamte Familie Raje keine Chance habe, sollte ich protestieren.«

In Joshuas warmen braunen Augen funkelte es. »Haargenau.« Er legte einen Arm um sie und zog sie an sich. »Aber lass uns zurückgehen, sonst kommen wir zu spät zum Essen. Mrs. Mandells Truthahn ist legendär, aber noch besser ist der Plumpudding. Ich zeige dir die Werkstatt später, in Ordnung?«

Laura nickte, blieb aber stehen und musterte Joshua. Beobachtete, wie der Wind sein Haar zerzauste, ehe sie ihm eine Strähne zur Seite schob. Er fing ihre Finger ein und bedeckte sie mit einem Kuss. Seine Stirn berührte ihre, und eine ganze Weile standen sie reglos. Bis auf das Pfeifen des Winds war es totenstill.

Kurz darauf schlüpfte Laura im Haus aus Schal, Jacke und Stiefeln, und sie und Joshua gesellten sich zunächst zu den anderen ins Wohnzimmer. Jeevan und Agatha saßen dicht am Kaminfeuer nebeneinander. Er war blass, doch er hielt ihre Hand mit einem Stolz, den Laura nur zu gut nachvollziehen konnte. Nicht nur, weil Agatha wirklich festlich aussah, sondern auch, weil sie selbst ganz ähnlich fühlte, wenn sie den Mann an ihrer Seite betrachtete.

Ihr Blick traf Agathas. Noch immer war es ungewohnt, die alte Dame lächeln zu sehen, aber es schien ihr in den vergangenen Tagen leicht zu fallen. Dann nickte Agatha Laura zu und formte mit den Lippen ein einziges Wort.

Danke.

»Hier, bitte.« Joshua reichte Laura ein Glas heißen Gewürzcider und ließ sich in den Sessel ihr gegenüber fallen. Weihnachten lag hinter ihnen und war so friedlich verlaufen, wie man es sich nur hatte wünschen können.

Am zweiten Feiertag war die Familie zu einem mehrstündigen Spaziergang aufgebrochen; nur Jeevan und Agatha waren neben Mrs. Mandell zurückgeblieben. Am Abend hatten alle vor dem riesigen Kamin zusammengesessen und nach der Weihnachtsansprache der Queen am Vortag zum zweiten Mal den Fernseher angestellt. Es lief *Der kleine Lord* – ein Film, den die Rajes jedes Jahr gemeinsam sahen.

Seitdem waren drei Tage vergangen. Heute hatten Laura und Joshua ausgeschlafen, und er war nach dem Frühstück nach Canterbury gefahren, um sich mit seinem Geschäftspartner Thomas zu treffen. Laura hatte sich daher zunächst mit Emma und Helen zusammengesetzt und sich anschließend in die alte Werkstatt zurückgezogen, in der sie seit Weihnachten viel Zeit verbrachte. Sie hatte den Atem angehalten, als sie den riesigen Raum mit den Bleiglasfenstern zum ersten Mal betreten hatte. Er erinnerte sie an den hinteren Teil von Manons Blumenladen, nur war er viel größer und imposanter. Schwere Regale reichten an einer Seite bis zur Decke. Eine Unmenge an Gläsern und Gefäßen lagerte in Kisten und Kartons. Zudem gab es zwei Spülbecken und drei Arbeitsplatten samt Geräten wie Mörser und Waagen. An den Wänden hingen, wie auch im Haus selbst, Fotografien von Tee und Teeplantagen, nur dass diese hier angestaubt waren. Die Holzschnitzereien an den Lagerschränken sowie an einem übermanngroßen Spiegel erinnerten an Jeevans alte Heimat Indien. Es war kühl in der Werkstatt, aber es gab Stromanschlüsse, und Emma hatte einen elektrischen Heizkörper hereingerollt.

Nachdem Laura mehrere Stunden benötigt hatte, um die Oberflächen von Staub zu befreien, glaubte sie jetzt, in der Gemütlichkeit von Joshuas Zimmer, noch immer das Aroma von Tee auszumachen. Eines war sicher: Crane Place schenkte ihr neue Ideen. Sie hielt alle in einem Notizbuch fest, das Jeevan ihr am zweiten Weihnachtsabend überreicht hatte.

»Ich habe es schon lange und noch nie benutzt, und es wäre mir eine Ehre, wenn es mit neuen Kreationen gefüllt wird.«

Sie hatte sofort damit angefangen. Zwischen ihren Notizen strich sie immer wieder gedankenverloren über den farbenfrohen Einband, in den kleine Spiegelpailletten und komplizierte Stickereien gearbeitet waren. Für jede Komposition hatte sie eine neue Seite begonnen und über Emma geschmunzelt, die ihr ab und zu über die Schulter geblickt hatte und mit Kräutertee nicht so viel anfangen konnte. »Da fehlt doch die Grundlage«, hatte sie gesagt. »Also schwarzer Tee. Oder grüner. Aber mach du nur, ich werde es auf jeden Fall probieren.«

Das hatte Laura sich nicht zweimal sagen lassen. Sie trocknete, schnitt, kaufte, wog und testete Kräuter. In dieser Zeit hatte es viele Gespräche gegeben. Alles, was Agatha und Jeevan beschlossen hatten, musste im Detail geplant und festgelegt werden. Doch es hatte den Anschein, als wäre die Familie mit den Lösungen glücklich. Selbst Dev ließ sich mittlerweile dazu herab, Laura zu grüßen, wenn er sie sah. Gute Freunde würden sie allerdings wohl niemals werden.

Agatha wechselte sich mit Mrs. Mandell ab, Jeevan Gesellschaft zu leisten, und war offiziell zu ihm gezogen – so wie Laura auf ihr wunderschönes Gästezimmer verzichtete, um bei Joshua zu sein. Sein Zimmer mit eigenem Bad war zwar nur etwas größer als ihres, aber deutlich persönlicher eingerichtet. Die gerahmten Bilder an den Wänden zeigten Pflanzen oder ihre Einzelteile und erinnerten Laura an zoologische Skizzen. Mit den dunklen Holzmöbeln sowie den schweren Stoffen fühlte sie sich manchmal um Jahrhunderte zurückversetzt – als wäre sie eine Forscherin, auf die unzählige Abenteuer warteten.

Sie tauchte aus ihren Gedanken an die vergangenen Tage auf, nahm noch einen Schluck Cider und beobachtete, wie sich Joshua im Sessel gegenüber die Stirn rieb. Dann hob er den Kopf und lächelte sie an. »Vorhin bin ich mit Dad und Agatha noch einmal alles durchgegangen. Ich denke, wir haben sämtliche Details bedacht.«

Laura war stolz, wusste aber nicht einmal, ob auf Joshua oder Agatha, die mit großer Selbstverständlichkeit ihr lang zurückgehaltenes Wissen nutzte, um Geld- und Investitionsbelange zu klären. Seitdem sie Dev im Gartenpavillon zurechtgestutzt hatte, brachte er ihr den Respekt entgegen, den sie von ihm erwartete. Emma behauptete sogar, er fräße ihr aus der Hand. Für ihn war Agathas Anwesenheit auf jeden Fall eine Hilfe. Vielleicht, überlegte Laura, hatten sich die beiden gesucht und gefunden.

Sie stellte ihr Glas auf dem kleinen Holztisch der Sitzecke ab. »Wie geht es Jeevan?«

Joshua schüttelte den Kopf. Seine Augen verdunkelten sich. »Nicht gut. Mrs. Mandell meint, er sei heute nicht einmal aufgewacht, als sie ihm das Frühstück gebracht hat. Ich glaube nicht, dass ihm noch viel Zeit bleibt.«

Laura starrte in die Ferne. »Arme Agatha. Und armer Jeevan. Sie haben sich doch gerade erst wiedergefunden.«

Eine Weile herrschte Stille. Dann stand Joshua auf und ging vor Laura in die Hocke. »Egal, wie viele Tage ihnen noch bleiben: Sie haben sich wieder.« Er nahm ihre Hände, drehte sie, sodass die Innenflächen nach oben zeigten, und strich behutsam mit einem Finger darüber. Das Kribbeln zog sich bis in jede Fingerspitze. »Und wir haben genügend Zeit für wichtige Dinge.« Er strich weiter ihre Arme hinauf.

Laura atmete tiefer. »Wichtige Dinge?«

»Hmm.« Als er die Innenseite ihres Oberarms erreichte, zuckte sie zusammen. »Bist du da etwa kitzelig?« Sie hörte seine Faszination, aber auch das Grinsen. »Das habe ich nicht gewusst.«

»Du weißt noch längst nicht alles über mich, Joshua Raje«, sagte sie mit gespielter Empörung.

»Oh? Gut, dass mir noch Zeit bleibt, um mehr herauszufinden.« Er richtete sich weiter auf, legte eine Hand an ihre Wange und zog sie langsam zu sich heran. Dann beugte er sich vor und küsste sie. Zart und spielerisch – kaum erwiderte sie den Kuss, schon löste er sich von ihr.

Die folgenden Küsse waren wie dieser erste: schnell, flüchtig, mit dem Versprechen auf mehr. Joshua streichelte Lauras Gesicht, ihren Hals, ihre Arme, dann wanderten seine Finger zu ihrem Ausschnitt. Federleicht glitten sie tiefer, und Laura staunte darüber, wie leicht Joshuas Nähe dafür sorgte, dass ihr Herz mehrmals nacheinander stolperte.

In diesen Momenten gab es nur sie und ihn. Sie fühlte sich wohl in seiner Nähe. Geborgen. Und wenn er sie so küsste wie jetzt, konnte sie ihm nicht nah genug sein.

Im nächsten Moment stand er auf und hob sie auf seine Arme. Laura löste sich von ihm, sodass sie ihm in die Augen sehen konnte. Sie liebte das Funkeln darin. In diesen Augenblicken sammelten sich zahlreiche Geheimnisse dort und versprachen ihr Dinge, die sie erschauern ließen. Nur einen Herzschlag später landete sie mit einem leisen Lachen auf dem Bett. Joshua beugte sich über sie und stützte die Hände zu beiden Seiten ihres Kopfes ab. Er atmete schwer.

»Was?«, fragte sie leise.

Er biss sich auf die Lippe. »Ich denke nicht, dass ich dich so bald wieder gehen lassen kann.«

Sie hob den Kopf und küsste seinen Mundwinkel. »Dann bleibe ich eben noch ein wenig länger.«

Er sah ihr in die Augen. Dann ließ er sich neben sie sinken und erkundete ihren Körper mit den Händen, während er sie immer und immer wieder küsste, bis ihre Lippen kribbelten und brannten. Er schob die Finger unter ihre Bluse und zog sie ihr kurz darauf aus. Ihr Rock folgte, dann sein Shirt sowie die Jeans. Und als Laura seine warme Haut an ihrer spürte, wusste sie, dass die Schritte der vergangenen Monate, jeder für sich, genau die richtigen gewesen waren.

»Laura?« Joshuas Stimme war leise. Dafür riss der warme Atem an ihrem Ohr sie aus dem Schlaf. »Laura. Wach auf.«

Sie blinzelte und öffnete die Augen. Zunächst glaubte sie, dass sie in der Werkstatt eingeschlafen war und er sie weckte, da die Silvestervorbereitungen auf Crane Place begannen, aber dann erkannte sie die vertrauten Umrisse seines Zimmers. Die Nachttischlampe brannte und beleuchtete Joshuas Gesicht. Er wirkte ernst.

Hastig setzte sie sich auf und warf einen Blick auf die Uhr auf dem Nachttisch. Kurz nach drei. »Was ist passiert?« Doch sie wusste die Antwort bereits. Etwas in ihr wurde kalt und schwer. Ihre Hände zitterten, als sie den Pullover und die Hose nahm, die er ihr entgegenhielt, und aufstand. Sogar ihre Beine schienen sie nicht so sicher tragen zu wollen wie sonst. »Ist er ...«

Joshua schüttelte den Kopf. Seine Augen glänzten unnatürlich. »Nein. Aber Mrs. Mandell war gerade an der Tür. Es wird nicht mehr allzu lange dauern. Ich ... wir sollten bei ihm sein.«

Hastig zog sie sich an. »Bist du sicher, dass ich mitkommen soll?«

Er schluckte hart. »Für Agatha. Du musst für Agatha dabei sein.«

»Natürlich.« Sie verzichtete darauf, ihre Haare zu ordnen oder einen Blick in den Spiegel zu werfen. Jetzt war es völlig egal, wie sie aussah. Sie fand ihre dicken Socken und zog sie über. »In Ordnung, ich bin so weit.« Die Worte klangen falsch und fühlten sich fehl am Platz an. Konnte man überhaupt für so etwas bereit sein?

Joshua reagierte nicht, sondern starrte auf einen Punkt vor seinen Füßen, also nahm sie eine Hand. Sie war eiskalt.

»Hey.« Laura trat nah an ihn heran. Erschrocken sah sie die Tränen in seinen Augen. »Wir schaffen das. Für Jeevan. Er wird dich bei sich haben wollen.«

Joshua nickte, atmete tief durch und blinzelte mehrmals. »Gehen wir.«

Im Haus war es totenstill. Es brannten nur wenige Wandlampen sowie die Lichterketten und geleiteten sie auf eine seltsame Prozession in die Etage unter ihnen. Die Halle wirkte nackt ohne den riesigen Weihnachtsbaum darin. Laura hielt den Atem an, als ihr bewusst wurde, dass das Haus nach dieser Nacht ein anderes sein würde. Energisch schob sie den Gedanken beiseite. Sie wollte – musste! – nun für die anderen da sein. Für Joshua, Emma. Aber besonders für Agatha.

O nein, Agatha.

Dies würde die schlimmste Nacht ihres Lebens sein, und sie würde alles daransetzen, sich nichts anmerken zu lassen – was noch schwerer sein musste.

Joshuas Griff um ihre Finger war fest. Zu fest. Aber das war in Ordnung. Ihre Schritte klangen dumpf, als würde das Haus in diesen Stunden keine Alltagsgeräusche zulassen.

Auch auf dem Gang von Jeevans Zimmer herrschte Dämmerlicht. Die Tür stand offen, doch das herausströmende Licht war nur geringfügig heller. Jemand bewegte sich dort, aber Laura hörte nichts bis auf den eigenen Atem sowie ihre und Joshuas gedämpfte Schritte.

Sie wurden langsamer, als sie das Zimmer betraten und auf das Bett zuhielten. Helen und Dev standen nebeneinander. Zum ersten Mal, seitdem Laura die zwei kannte, hatten sie je einen Arm um die Taille des anderen gelegt. Neben ihnen entdeckte sie Emma, John und Jeremy, der seinen Kopf am Bauch seiner Mutter vergraben hatte. Aidan war auf einem Stuhl eingeschlafen. Bis auf ihn starrten alle ihnen entgegen. Sorgenvoll, ängstlich und hilflos. Die Trauer und Anspannung in der Luft schnürten Laura beinahe die Kehle zu.

Helen streckte die freie Hand nach Joshua aus. Ihre Finger zitterten. Er ergriff sie, und ein leises Schluchzen kam von ihren Lippen. Augenblicklich beugte sich Dev zu ihr und flüsterte ihr etwas ins Ohr. Dann wandte er sich zu seinem Sohn um und nickte ihm zu, so hart, dass es Laura an Agatha erinnerte. Selbst jetzt fiel es Dev schwer, seine Gefühle zu zeigen. Sein Blick wanderte zu Laura, und er nickte noch einmal. Dann traten er und Helen beiseite und gaben die Sicht auf das Bett frei. Auf der anderen Seite stand Mrs. Mandell, aufrecht und ernst wie immer. Sie hielt ein Tuch in der Hand und starrte auf Jeevan hinab. Neben ihr saß Agatha.

Lauras Herz krampfte sich zusammen, und sie hielt den Atem an. Joshua musste es bemerkt haben, denn er zog sie an sich und hauchte ihr einen Kuss auf das Haar. Sie fror. Im gesamten Zimmer schien es eisig zu sein.

Agatha hatte sich vorgebeugt und beide Hände um Jeevans Unterarm gelegt, als bäte sie ihn, zu bleiben und sie nicht zu verlassen. Ihr Gesicht war starr und reglos, aber es lag unendlich viel Schmerz darin. Ihre Lippen waren schneeweiß.

Jeevan lag reglos und mit geschlossenen Augen in seinem Bett. Sein Gesicht war ebenso bleich wie Agathas. Er schien ein vollkommen anderer Mensch zu sein als der, den sie in den vergangenen Tagen und selbst noch vor wenigen Stunden erlebt hatten. Seit Agathas Ankunft hatte er mit jedem Tag kräftiger gewirkt. Aber Joshuas düstere Vorahnungen bestätigten sich. Jeevans Kräfte waren dem Ende zugegangen. Er hatte sie lediglich noch einmal gesammelt für diese eine Person, die er so viele Jahre lang hatte missen müssen.

Ein leises Schluchzen kam von Jeremy. Emma senkte den Kopf und murmelte etwas in die Haare ihres Sohnes. Als ihr Blick dabei Lauras traf, glitzerten Tränen in ihren Augen.

Jeremy verstummte, als Jeevan hustete, so verhalten und gedämpft, als würde man es durch eine Wand hören. Sein Oberkörper erzitterte, aber er schlug die Augen nicht auf. Mrs. Mandell beugte sich vor und tupfte behutsam mit dem Tuch über seine Stirn. Das Husten verstummte.

Agatha hatte die Augen weit aufgerissen. Lauras Blick wanderte von ihr zu Jeevans Brust. Bewegte sie sich noch? Auf einmal bemerkte sie, dass sie ihre Fingernägel in Joshuas Arm gegraben hatte. Sie lockerte ihren Griff, musterte ihn und fand auch in seinen langen Wimpern Tränen. Er hatte die Zähne zusammengebissen. Der Anblick ließ ihre eigenen Augen brennen. Sie schluckte dagegen an, mehrmals, aber der Druck in ihrer Kehle verschwand nicht.

Noch einmal hustete Jeevan, so unglaublich leise, als hätte sie es sich nur eingebildet. Das Geräusch ging in ein lang gezogenes Stöhnen über … und verstummte. Stille setzte ein. Sie war tief, und auch wenn sich Jeevan zuvor nicht bewegt hatte, so hatte sich etwas verändert.

Zunächst rührte sich niemand, dann ließ Joshua Laura los. Zögernd trat er nach vorn und streckte eine Hand aus. Lange Sekunden schwebten seine Finger über Jeevans Hals, dann senkten sie sich behutsam. Joshua schloss die Augen. Als er sie wieder öffnete, wusste Laura bereits, was er ihnen mitteilen würde. Er presste die Lippen aufeinander, starrte nach unten, sammelte sich, um stark zu sein für seine Familie. Unendlich langsam schüttelte er den Kopf.

Ein lautes Schluchzen ließ Laura zusammenfahren: Emma. Sie versuchte sichtlich, sich zusammenzureißen, aber es war zu spät: Erschrocken hob Jeremy den Kopf, sah zu seinem Opa und begann zu weinen. Aidan wachte auf und starrte seinen Bruder mit riesigen Augen an. Emma flüsterte ihnen zu, dass alles gut werden würde, immer und immer wieder. John kniete sich auf den Boden, streckte beide Arme aus, und seine Söhne warfen sich hinein. Mit einer Hand griff er nach Emmas, und sie hielt sich an ihm fest.

Helen verbarg den Kopf an Devs Schulter. Er küsste sie und trat dann an das Bett seines Onkels. Dort ging er auf die Knie, nahm Jeevans rechte Hand und führte sie an seine Stirn.

Laura wischte sich über die Augen und sah zu Agatha. Sie rührte sich nicht, doch Tränen rollten über ihre Wangen und tropften zu Boden. Noch immer hielt sie Jeevans Arm.

»Geh zu ihr«, flüsterte Joshua.

Auch wenn sie nichts lieber getan hätte, als ihn zu umarmen, nickte sie. Neben Agatha blieb sie stehen und zögerte, dann beugte sie sich hinab und schlang beide Arme um die alte Frau. Sie hatte sich geirrt: Agatha war nicht erstarrt. Sie zitterte. Mehr und mehr Tränen rannen über ihre faltigen Wangen. Zunächst reagierte sie nicht, aber dann löste sie eine Hand von Jeevans Arm und umklammerte Lauras. Sie hielt sich fest, als würde sie sonst in der Trauer um den Mann ertrinken, den sie beinahe ihr ganzes Leben lang geliebt hatte. Ihr leises Schluchzen füllte das Zimmer. Irgendwann beugte sie sich vor und legte ihre Hand an Jeevans Wange. Tränen tropften auf seine Brust, als sie langsam den Kopf sinken ließ und ihr Gesicht an seinem Hals verbarg. Ihre Hand krallte sie in die Bettdecke, und dann flüsterte sie seinen Namen, immer und immer wieder, bis ihre Stimme von den Tränen erstickt wurde.

Fünf Tage später

»Hey. Störe ich?«

Laura hob den Kopf. Emma stand in der Tür der Werkstatt, knibbelte am Rahmen und starrte auf ihre Fingerspitzen.

»Wir sollten hier dringend renovieren.«

»Komm rein.« Laura schlug ihr Notizbuch zu, legte es neben *The World of Indian Tea* und stand auf. »Ist etwas mit Agatha?«

Wie so oft in den vergangenen Tagen hatte sie an Agathas Bett gesessen und gewartet, bis sie eingeschlafen war, ehe sie sich aus dem Zimmer schlich. Seit der Beerdigung gestern war Agatha besonders aufgewühlt. Sie redete nicht viel, wollte aber nicht allein sein. Laura konnte es ihr nicht verdenken. Vermutlich waren Erinnerungen, Gedanken und Wünsche schwer, wenn man sie über so lange Zeit hinweg hortete und sie sich letztlich miteinander vermischten.

Emma schüttelte den Kopf. »Nein, sie schläft noch. Ich habe die Jungs beauftragt, hin und wieder nach ihr zu sehen, und Aidan erstattet mir gefühlt alle paar Minuten Bericht. Ich glaube, er ist nur noch damit beschäftigt, zwischen mir und Agathas Zimmer hin- und herzurennen.«

Laura schmunzelte. »Immerhin ist er beschäftigt.«

»Ja, vielleicht sollte ich es positiv sehen.« Emma ließ sich auf der Ecke des Tisches nieder und beäugte Lauras Sammlung an Gläsern und Teedosen. »Du bist ja schon wieder fleißig.«

Laura zuckte die Schultern. »Und ich freue mich ehrlich über all den Platz hier und dass ich ihn einfach so nutzen darf. In den Kisten habe ich wunderbar verzierte Schraubgefäße gefunden. Es wäre eine Schande, wenn die in Vergessenheit geraten. Ich habe angefangen, eine Inventarliste zu erstellen.« Sie deutete auf ihr Notizbuch. »Ich muss einfach etwas tun und wollte euch ein wenig Zeit zum Nachdenken geben«, fügte sie leise an.

Die Beerdigung hatte auf einem Friedhof in der Nähe im kleinen Kreis stattgefunden – lediglich die Familie, Agatha und Laura, eine Handvoll Geschäftskollegen von Jeevan und sein Nachlassverwalter Mr. Wolfing, der das bestätigte, was Jeevan ihnen kurz vor seinem Tod bezüglich seines Vermögens mitgeteilt hatte. Bei der Gelegenheit hatte Laura gesehen, dass sich Malatis Grab auch hier befand, direkt neben Jeevans. Er hatte ihren Sarg kurz nach dem Kauf von Crane Place herbringen lassen, und jetzt waren die Geschwister wieder vereint.

Es war eine kurze, wenn auch intensive Zeremonie gewesen. Laura hatte Agatha zum Grab begleitet und gestützt, während sie weiße Nelken auf den Sarg hatte fallen lassen. Anschließend hatte Agatha sie gebeten, allein zurückbleiben zu dürfen. Der Wunsch war ihr beinahe erfüllt worden – Dev hatte ihr Gesellschaft geleistet. In den vergangenen Tagen war etwas zwischen den beiden gewachsen. Ein Band, mit dem niemand gerechnet hätte.

Emma atmete tief durch und blickte sich um. »Dir hätte es hier früher gefallen, als wir noch den Hofladen hatten. Jeevan war immer der Meinung, dass man sich auch im Lagerraum wohlfühlen sollte, also gab es Bilder an den Wänden, schöne Gefäße, Schnitzereien an den Regalen. Es hatte fast Wohnzimmer-Flair.«

Laura ließ den Blick über die Regale schweifen. »Er hat mir erzählt, dass er früher, als er im *Ludlow's* gearbeitet hat, im Lager übernachten durfte. Vielleicht kommt es daher.«

»Ja, vielleicht«, sagte Emma nachdenklich. »Ich habe übrigens noch einmal mit John gesprochen. Und natürlich auch mit Dad und den anderen.«

»Weshalb?«

»Vishraam Ltd.«

»Oh, natürlich«, sagte Laura und lehnte sich zurück. »Weißt du schon, wie du es angehen willst?«

»Nun, ich habe mir viele Gedanken gemacht.« Emma zupfte ein Blatt von der Tischplatte und drehte es zwischen den Fingern. »Kurz gesagt: Wir haben uns entschieden hierherzuziehen.«

»Wirklich?«

Emma warf einen Blick aus dem Fenster. »Ja. Seltsam, nicht wahr? Ich habe das früher nie gewollt. Aber in den vergangenen Tagen … ich weiß nicht, ich fühle mich hier wohl. Und da Jeevan mir zugetraut hat, den Laden zu schmeißen, will ich alles richtig machen. So gut wie möglich. Ich meine, ich weiß, dass Vishraam nie wieder so groß sein wird wie zu Jeevans Zeiten. Dafür kenne ich mich mit dem Teegeschäft auch nicht so aus wie er. Aber ich will dennoch etwas tun, auf das er stolz sein könnte. Klingt das naiv?«

»Nein. Ganz und gar nicht. Ich kann mir kaum einen besseren Grund vorstellen, die Sache anzugehen.«

»John wird mich unterstützen. Wer weiß, wenn es gut läuft, steigt er vielleicht sogar ganz bei Vishraam ein.« Emma ließ das Blatt fallen. Gemeinsam mit Laura sah sie zu, wie es am Boden aufkam. »Aber darüber wollte ich mit dir reden. Vishraam, meine ich. Nicht John.«

»Mit mir?«

Emma zog einen Mundwinkel in die Höhe. »Komm schon. Natürlich mit dir. Du hast deinen Job in Hamburg gekündigt, du hast dich in diese Werkstatt verliebt und verbringst mehr Zeit hier als drüben im Haus. Und du weißt über Kräuter vermutlich so viel wie mein Bruder. Also: Möchtest du hierbleiben? Hier arbeiten? Ich habe mich nämlich zu neunundneunzig Prozent dazu entschlossen, den Hofladen wieder zu eröffnen, und da brauche ich Hilfe. Zudem ich mir das, was du hier fabrizierst, sehr gut im Sortiment vorstellen kann. Vielleicht nicht nur Kräutertees, sondern auch Kräutersalz oder auch Duftmischungen. Da gibt es so viele Möglichkeiten. Natürlich müsste dann auch jemand im Garten von Crane Place für genug Nachschub sorgen oder sich um Zulieferer mit guter Qualität kümmern, aber da kommt mein Bruder ins Spiel.«

Aus Emmas Mund klang es so simpel, dass sich Laura wünschte, einfach zusagen zu können.

Doch das ging nicht. Sie konnte ein solches Angebot nicht einfach annehmen, ohne darüber nachgedacht zu haben. Ja, sie war für ihre Verhältnisse spontan geworden in den vergangenen Wochen, aber für eine solch radikale, lang andauernde Veränderung reichte es nicht. »Das ist … wahnsinnig lieb von dir, mir so etwas anzubieten.«

Emma zupfte an ihrem Dutt. »Aber du musst es dir erst einmal gründlich überlegen, ich weiß. Und ich sollte so fair sein und dir sagen, dass Dad ebenfalls bleiben wird. Er wird für Vishraam arbeiten.«

»Dev will wirklich für dich arbeiten?«

Emma zuckte die Schultern, konnte aber ihre Genugtuung nicht verbergen. »Die Idee stammt nicht von mir, sondern von Agatha. Ich habe keine Ahnung, wie sie es in seinen Kopf gehämmert hat – aber er ist einverstanden. Solltest du also Teil des Teams werden …«

»Verstehe.«

»Aber keine Sorge. Ich werde ihm schon beibringen, wie man sich anderen gegenüber benimmt. Und wenn ich mit ihm fertig bin, hält er dir sogar die Türen auf, du wirst schon sehen.«

Laura warf einen Blick aus dem Fenster. Joshua und Mrs. Mandell waren aus dem Haus getreten und unterhielten sich auf diese eigene Weise, die sie noch nicht beherrschte. »Dein Vater hat sich gebessert.«

»Trotzdem«, sagte Emma, und ihre Augen leuchteten, »will ich unbedingt sehen, wie er reagiert, wenn ich ihm Anweisungen erteile. Und du solltest dabei sein.« Sie griff nach Lauras Hand und drückte sie. »Überleg es dir. Du kannst ja erst einmal reinschnuppern.« Sie sah ebenfalls nach draußen. »Ich wäre übrigens nicht die Einzige, die sich darüber freuen würde, wenn du bleibst.« Mit diesen Worten hüpfte sie vom Tisch und ging zur Tür. Dort blieb sie stehen, winkte noch einmal und verschwand.

Laura starrte ihr hinterher, legte den Kopf in den Nacken und starrte an die Decke. Emmas Worte richteten in ihrem Kopf ein Chaos an. Kurz stellte sie sich vor, wie es wäre, morgens aufzustehen und nach dem Frühstück sofort hierherzukommen. Oder in den Hofladen zu gehen. Sie könnte sich um einen Onlineshop kümmern, sodass Emma ihre Waren auch versenden konnte. Es gab so viele Möglichkeiten.

»… und nun planst du schon wieder in eine Zukunft, die so noch nicht einmal sicher ist«, murmelte sie.

»Von welcher Zukunft redest du?«

Laura setzte sich so abrupt aufrecht, dass ihr Stuhl ins Wanken geriet.

Joshua stand im Lagerraum und musterte sie neugierig. »Worüber hast du nachgedacht?«

Laura winkte ab. »Nichts Bestimmtes.«

»Schade. Du hast glücklich ausgesehen.« Er kam auf sie zu. »Und, kann ich dich zu einem Ausflug überreden, oder möchtest du deinen Nachmittag lieber hier verbringen?« Er griff nach ihren Händen und zog sie in die Höhe. »Hm, glücklich *und* schön«, murmelte er.

Laura hauchte ihm einen Kuss auf die Lippen. »Spinner.«

Sein Kuss war fordernd, intensiv, und als er beide Arme um sie schlang, seufzte sie leise. Joshua roch gut, aber der Geschmack seiner Lippen machte sie süchtig.

Seine Wimpern streiften ihre Wangen, als er die Stirn an ihre lehnte. »Ich bleibe auch gern bei dir in der Werkstatt. Wenn wir Glück haben, findet uns hier niemand.« In seinen Augen schimmerte ein Versprechen, das sie nur zu gern angenommen hätte.

Sie lehnte ihren Kopf an seine Brust und schmiegte sich an ihn. »Ich hätte nichts gegen einen Ausflug. Aber ich möchte Agatha nicht allein lassen.«

»Dann nehmen wir sie mit.«

Laura schüttelte den Kopf. »Sie hat sich regelrecht vergraben seit Jeevans Tod.«

»Genau deshalb braucht sie deine Hilfe, um wieder aus diesem Loch zu klettern.«

Behutsam fuhr sie seine Augenbraue mit einem Finger nach. »Meinst du?«

»Agatha trägt ihr Herz nicht gerade auf der Zunge«, sagte er. »Aber dir vertraut sie. Es ist einen Versuch wert, meinst du nicht?« Er tupfte ihr einen Kuss auf die Nasenspitze.

Laura überlegte. »Also gut, gehen wir.«

»Warte.« Er ließ sie los. »Ich habe noch etwas für dich. Bin gleich zurück!«

Verwirrt blickte Laura ihm hinterher. Dann zog sie die Schublade unter dem Tisch auf und legte ihr Notizbuch hinein. Sie würde später weitermachen.

Kaum hatte sie die Tür des Lagerraums erreicht, tauchte Joshua wieder auf. In den Händen hielt er einen Blumentopf. Die Pflanze darin kam ihr höchst bekannt vor.

»Kardamom?«

Er betrachtete sie so liebevoll, dass ihr Herz schneller schlug. »Leider nicht aus den *Burrow Farm Gardens*, sondern von einem Bekannten in der Gegend. Nachdem Ilina mir damals in Hamburg gebeichtet hat, eine gemeine Pflanzenmörderin zu sein, wollte ich dir schon zu Weihnachten einen Ersatz schenken. Nur ist das komplett untergegangen. Und um ehrlich zu sein, bist du daran nicht ganz unschuldig.«

Laura unterdrückte ein Lächeln. »So?«

»Du hast mich ziemlich abgelenkt.« Er reichte ihr die Kardamompflanze mit einer angedeuteten Verbeugung. »Aber ich hoffe, du kannst mir verzeihen.«

»Ja«, sagte Laura leise. »Ich denke, das kann ich. Danke.« Sie strich über die grünen Blätter. »Zuerst werde ich einen sicheren Platz für den Kleinen hier finden, und dann können wir ja nachsehen, ob Agatha schon wach ist.«

»Einverstanden.« Joshua legte den Arm um sie, und sie verließen den Lagerraum. Laura schloss sorgfältig ab, damit Jeremy und Aidan nicht auf die Idee kamen, in den Kisten und Kartons zu wühlen und möglicherweise mit scharfen Gegenständen zu spielen, die hier seit Kurzem wieder täglich in Gebrauch waren.

Als sie sich aufrichtete, sah sie Agatha.

Sie trug ein dunkelgraues Kostüm, das Laura bisher nicht an ihr kannte, und blinzelte, als wäre sie das Tageslicht nicht gewohnt. Langsam lief sie los, auf Laura und Joshua zu. Zwar hielt sie ihren Gehstock in der Hand, nutzte ihn jedoch nicht, sondern ließ die Spitze wenige Zentimeter über dem Boden schweben.

»Agatha.« Laura bemühte sich, die Erleichterung darüber, sie außerhalb ihres Zimmers anzutreffen, nicht zu sehr zu zeigen. Agatha sollte sich schließlich nicht wie ein Problemfall fühlen. »Wollen Sie die frische Luft genießen?«

Agatha schnaubte leise. »Das tue ich ja bereits, von wollen kann da keine Rede mehr sein. Nein, ich suche Sie. Sie beide.«

Laura wechselte einen Blick mit Joshua. »Was können wir für Sie tun?«

Agatha zögerte. »Ich möchte etwas von der Gegend sehen.«

Laura nickte. »Wir haben auch gerade über einen Ausflug nachgedacht.« Es fiel ihr nicht leicht, ihr Pokerface zu wahren und zu verbergen, wie erleichtert sie über Agathas Wunsch war. »Haben Sie ein bestimmtes Ziel im Kopf?«

»Nun …« Agatha starrte auf ihren Gehstock. »Eigentlich nicht. Ich … ich würde nur gern die Landschaft betrachten. Vielleicht irgendwo einen Tee trinken.«

Auf andere Gedanken kommen. Sie versucht, sich abzulenken.

Noch immer brach Agathas Stimme in den Momenten, in denen sie an Jeevan dachte, und davon gab es viele. Dennoch war sie die tapferste Frau, der Laura jemals begegnet war.

»Einen Cream Tea!« Sie entschied, die Sache mit dem Pokerface zu vergessen. »O ja, darüber würde ich mich auch freuen.«

»Gut«, sagte Joshua. »Dann bitte ich die Damen darum, sich fertig zu machen. Wir fahren in einer Viertelstunde los.«

Agatha sah zu Laura und hielt ihr einen Arm hin. »Na, dann kommen Sie. Wir müssen uns um Ihre Haare kümmern. Da sind Spinnenweben drin, so können Sie sich nirgendwo sehen lassen. Und was soll denn das für ein Gewächs sein?« Sie deutete auf den Blumentopf in Lauras Hand.

Laura ließ zu, dass sie sich unterhakte. Gemeinsam gingen sie auf den Hauseingang zu. »Das ist Kardamom. Ein Geschenk von Joshua.«

Agatha verzog das Gesicht. »So etwas schenkt man sich heute? Zu meiner Zeit bekam man Blumensträuße, die so geduftet haben, dass manche Damen ohnmächtig geworden sind.« Sie stupste gegen eines der grünen Blätter und beugte sich dann darüber. »Das Ding riecht nach Zimt.«

»Ja«, sagte Laura und atmete tief durch. »Das tut es.«

Epilog

»Es kommt mir vor, als hätten wir das vor nicht allzu langer Zeit schon einmal gemacht.« Dani ließ das Fenster noch ein Stück weiter nach unten und hielt den Kopf nach draußen. Der Februarwind war eiskalt, aber das schien sie nicht im Geringsten zu stören.

»Es wäre super, wenn du auf die Straße achtest.« Laura zupfte am Oberteil ihrer Freundin, bis die sich wieder aufrecht hinsetzte. »Und wir haben das ja auch vor Kurzem gemacht. Einen Roadtrip, meine ich.«

»Ja, da habe ich dich nach Hamburg gefahren. Jetzt nach England.«

»Bitte komm mir nicht damit, als Nächstes noch weiter weg und in die USA ziehen zu wollen«, meldete sich Maja von der Rückbank. »Ich habe mich gerade an Joshua gewöhnt, und hier finde ich es wirklich hübsch. Habt ihr all die kleinen Cottages gesehen? Wie niedlich!«

»Ja.« Laura lachte. »Und keine Sorge, ich bleibe hier.«

»Gut.« Dani sah zufrieden aus. »Nachher läufst du nämlich in den USA noch deinem Ex über den Weg, und dann muss er seine Soldatin wieder verlassen, weil er erkennt, dass du doch seine große Liebe bist.«

Nun lachte auch Maja und boxte gegen Danis Sitz. »Sie ist seine Fitnesstrainerin!«

Dani starrte Laura an. »Vielleicht würde er eine Fitnesstrainerin eher für dich verlassen als eine Soldatin.«

»Guck auf die Straße«, sagte Laura. »Nein, Amerika steht nicht zur Debatte. Und nach Hamburg kann ich auch nicht zurück, da Ilina die Wohnung noch in der Sekunde verplant hat, als ich ihr eröffnet habe, dass ich ausziehen will.«

Dani riss die Augen auf. »Mann oder Frau?«

»Frau. Sie will noch nicht mit ihrem René zusammenziehen und sagt, sie mag das Konzept einer Mädels-WG, weil man dann abends so schön über Männer reden oder gemeinsam scharfe Schauspieler in irgendwelchen Filmen anschmachten kann. Dani!« Sie deutete auf das Lenkrad. »Du musst links bleiben!«

»Entschuldige.« Mit zerknirschtem Gesichtsausdruck zog Danica auf die andere Seite. Zum Glück kam ihnen hier, auf den schmalen, ländlichen Straßen, niemand entgegen. »Wenn ich fahre, ist mir das klar, nur nach dem Abbiegen gerate ich automatisch wieder auf die rechte Spur.«

»Müssten wir nicht gleich da sein?«, fragte Maja.

Laura starrte aus dem Fenster. Sie passierten soeben die Stelle, an der das Schicksal dafür gesorgt hatte, dass Dev ihr die Vorfahrt genommen und für einen Unfall gesorgt hatte. Da war die Mauer, über die er sich aus dem Staub gemacht hatte. Wenige Minuten später war sie Joshua zum ersten Mal begegnet. Und nun war sie hier, den Kofferraum voller Gepäck, um eine Weile zu bleiben.

Wie lange, wusste sie nicht. Aber letztlich hatte sie zugestimmt, Emma und Dev bei der Neuausrichtung von Vishraam Ltd. zu unterstützen, und sie freute sich auf die

Aufgabe. Wohin genau die Reise gehen würde, konnte sie noch nicht sagen. Aber die ersten, groben Pläne fühlten sich gut an.

Zunächst würde sie in Joshuas Zimmer unterkommen und mehr als genug Platz für sich haben, wenn er geschäftlich quer durch die Grafschaften fuhr. Es war aufregend, wie ein Abenteuer, das sie zu lange vor sich hergeschoben hatte. Sie konnte es kaum erwarten. Was sollte schon schiefgehen? Wenn sie stürzte, gab es so viele Menschen, die sie auffingen.

Zwei saßen mit ihr im Wagen.

Ein dritter erwartete ihre Ankunft auf Crane Place und hatte ihr bereits vier Nachrichten geschickt, seitdem sie englischen Boden betreten hatte.

Gerade traf eine weitere ein, und Lauras Herz schlug schneller.

> Du wirst am Abend übrigens Thomas (meinen Geschäftspartner, du erinnerst dich?) kennenlernen. Wir müssen einige Dinge klären, ehe er für eine Woche nach Belgien fährt, aber ich habe ihm gesagt, dass du heute ankommst und ich daher auf Crane Place bleiben werde.

Er richtete seine Termine nach ihr – noch etwas, an das sie sich erst würde gewöhnen müssen. Aber es fühlte sich jetzt bereits mehr als gut an.

Sie hob den Kopf und spürte, wie Aufregung durch ihren Körper pulsierte. Sie waren beinahe da.

»Ist es das?« Maja klammerte sich an Lauras Kopfstütze fest, um sich weiter aufzurichten. Vor ihnen breiteten die bereits so bekannten Buchen ihre Kronen aus.

In die Aufregung mischten sich Wärme und Freude darüber, endlich angekommen zu sein. »Ja«, sagte Laura leise. »Das ist es.«

»Wow.« Dani pfiff durch die Zähne, als sie in die Einfahrt einbogen und das Haus durch die Bäume und Hecken schimmerte. »Das ist …«

»Beeindruckend«, sagte Maja.

Ja, das war es. Und vor allem wunderschön. Lauras Finger spielten mit ihrem Gurt. Sie konnte es kaum erwarten auszusteigen. »Fahr langsam. Manchmal toben hier zwei Kinder durch die Gegend.«

Wie auf das Stichwort trat eine Gestalt in die Einfahrt, noch ehe sie den breiten Platz vor dem Haus erreichten.

»Das ist ein verdammt großes Kind«, sagte Dani und ging behutsam auf die Bremse.

Agatha hatte sich verändert. Sie war wie immer gut gekleidet, doch ihr Set aus Rock und Bluse strahlte in Zitronengelb unter einem beigefarbenen Mantel. Der Wind fuhr durch ihr Haar und wirbelte manche Strähnen durcheinander. Sie hielt ihren Gehstock in der Hand. Das Ende tanzte über den Boden, als würde sie einen Takt damit schlagen.

Laura stieg aus, als der Wagen hielt. »Agatha! Wie geht es Ihnen? Sind Sie hier, um uns zu empfangen?«

Agatha zog ein genervtes Gesicht. »Auch das, ja. Aber vor allem wollte ich meine Ruhe haben. Den ganzen Morgen habe ich mit Dev Möbel in meinem Zimmer gerückt und wollte danach nichts weiter als eine schöne Tasse Tee trinken. Aber dann ist da dieser Junge und kann nicht stillsitzen, weil Sie heute eintreffen. Also bin ich geflüchtet und dachte, ich kann ebenso gut hier auf Sie warten.«

»Das ist sehr lieb von Ihnen.«

»Lieb«, sagte Agatha und machte ein düsteres Gesicht. »Man kann es auch Selbstschutz nennen.«

Laura nickte. »Natürlich.« Sie fühlte sich wie Helen, als sie versuchte, ihr Lächeln zu unterdrücken. »Wer war denn so anstrengend? Aidan oder Jeremy?«

»Ich denke, sie redet von mir.« Joshua tauchte hinter Agatha auf und legte wie beiläufig eine Hand auf ihre Schulter, ging aber weiter, bis er vor Laura stand. »Es hat mir zu lange gedauert«, sagte er leise und streichelte ihre Wange.

Laura erschauerte. Sie hatte ihn seit Wochen nur auf dem Handy gesehen und konnte sich dennoch an jede Einzelheit erinnern: an sein Gesicht, seine Stimme, die Art, wie er sich bewegte. Trotzdem fiel es ihr nun schwer, den Blick von ihm loszureißen. »Jetzt ist die Wartezeit ja vorbei.«

»Zum Glück.« Er beugte sich vor und küsste sie.

Laura schloss die Augen und ließ sich fallen.

Ein Johlen riss sie in die Gegenwart zurück. Dani stand neben dem Wagen und grinste breit. »Das hatte was von einem Film! Gibt es hier auch einen weißen Pavillon? Ihr wisst schon, wo die Damen Tee trinken und die Herren beim Polo beobachten, wenn sie dreckig und mit zerrissenen Shirts ihre Muskeln spielen lassen?«

Ehe irgendwer reagieren konnte, trat Agatha vor und gab Dani einen Wink. »Ehe wir das Gelände besichtigen, sollten Sie anständig parken, und zwar vor dem Haus, nicht mitten in der Einfahrt. Na los, steigen Sie ein, und folgen Sie mir!« Agatha wartete nicht ab, sondern setzte sich in Bewegung. Als sie an Laura und Joshua vorbeikam, zwinkerte sie ihnen zu. Ihr Gehstock beschrieb einen kleinen Kreis in der Luft, ehe sie hinter der Hecke verschwand.

Lauras Rezepte für eine English Tea Time

Gurken-Sandwiches

6 Scheiben Weißbrot
½ Salatgurke
Butter (weich)
Limettensaft
1 Handvoll Gartenkresse
Salz
Schwarzer Pfeffer (frisch gemahlen)

Die Gurke schälen und der Länge nach in möglichst dünne Streifen hobeln. Die wässrigen Kerne entfernen.
Die Streifen salzen und mit Limettensaft beträufeln.
Vorsichtig mischen und 15 Minuten ziehen lassen. Anschließend auf Küchenpapier trocken tupfen.
Die Rinde der Weißbrotscheiben entfernen, diese mit Butter bestreichen und die Gurkenstreifen überlappend darauf anordnen. Mit Pfeffer würzen und Gartenkresse darauf verteilen.
Das Ganze mit einer zweiten, gebutterten Scheibe Weißbrot bedecken und andrücken. Die Sandwiches in Streifen schneiden und zum Tee genießen.

Ingwerkekse

2 TL frischen, geriebenen Ingwer
300 g Mehl
½ Päckchen Backpulver
175 g weiche Butter
100 g Zucker
1 Päckchen Vanillezucker

Ingwer, Zucker und den Vanillezucker mischen und in die weiche Butter rühren.
Das Mehl mit dem Backpulver mischen und nach und nach unterrühren. Die Konsistenz sollte eher zäh sein – eventuell noch etwas Mehl oder Butter hinzufügen.
Den Teig kurz stehen lassen und den Backofen vorheizen (200 Grad Ober- und Unterhitze).
Kugeln formen (sie sollten ungefähr Walnussgröße besitzen), auf das Backblech setzen und leicht flach drücken.
12 bis 15 Minuten backen, bis sie goldbraun sind.

Cream Tea

Zum Cream Tea gehört natürlich eine Tasse (oder Kanne) Schwarztee, dazu werden Scones mit Clotted Cream und Marmelade gereicht.

Scones

300 g Mehl
2 TL Backpulver
30 g Zucker
½ TL Salz
75 g kalte Butter
150 ml Milch

Alternativ:
1 Ei
etwas Milch

Mehl, Backpulver, Zucker und Salz mischen.
Butter in kleinen Stücken unterheben und alles mit den Fingern zu einer krümeligen Masse verreiben.
20 Minuten in den Kühlschrank stellen. Den Backofen vorheizen (190 Grad Ober- und Unterhitze).
Die Milch hinzufügen und zu einem weichen Teig vermengen (nicht kneten).
Den Teig 2 bis 3 cm dick ausrollen, Kreise ausstechen und

auf ein Backblech legen. Nach Wunsch mit etwas Milch oder einem verquirlten Ei bestreichen.
15 bis 20 Minuten auf der mittleren Schiene backen.

Clotted Cream

500 ml frische Sahne (mindestens 32 % Fett)

Man benötigt zwei hitzebeständige Schalen, von denen eine etwas größer sein muss als die andere.
Backofen vorheizen (70 Grad Ober- und Unterhitze).
Wasser auf 80 Grad erhitzen.
Wasser in die große Schale füllen und die kleine in das Wasserbad stellen.
Die Sahne in die kleine Schüssel gießen. Alles für 8 bis 10 Stunden in den Backofen (mittlere Schiene) stellen.
Wenn sich nach der Zeit eine Haut gebildet hat, die kleine Schale aus dem Wasserbad nehmen und abkühlen lassen.
Die Sahne in der Form abdecken und für 10 bis 12 Stunden in den Kühlschrank stellen.
Die festere, cremige Schicht ist die Cream! Vorsichtig abheben und in einer Extraschüssel behutsam verrühren, bis sie glatt ist. Sollte sie zu dick sein und sich schlecht streichen lassen, noch etwas von der Flüssigkeit hinzufügen.

Für den Cream Tea die Scones wenn möglich warm servieren oder kurz aufwärmen. Sie werden aufgeschnitten und großzügig mit der Clotted Cream sowie Marmelade bestrichen. In der Grafschaft Devon kommt die Cream nach unten, in Cornwall dagegen die Marmelade.

Lemon Curd

Alternativ kann zu den Scones auch Lemon Curd als Aufstrich gereicht werden.

5 Biozitronen (unbehandelt)
5 Eier
150 g Zucker
125 g Butter

Die Zitronen auspressen, zusammen mit dem Abrieb der Schalen aufkochen und etwas abkühlen lassen.
Die Eier und den Zucker zu einer Creme schlagen und die Hälfte des aufgekochten Zitronensafts hinzufügen.
Nun diese Masse zur anderen Safthälfte (im Topf; kleinste Stufe) hinzufügen und alles unter permanentem Rühren stocken lassen. Die Masse sofort durch ein Sieb geben.
Etwas abkühlen lassen (auf ungefähr 80 Grad), dann die Butter in kleinen Stücken unterrühren. Lemon Curd kühl stellen.

Shortbread

300 g Mehl
200 g Butter
100 g Zucker
1 Prise Salz
½ Vanilleschote

Alle Zutaten bis auf das Mehl mischen und so lange mit einem Mixer bearbeiten, bis die Masse schön cremig ist.
Das Mehl unterheben.
Masse 1 Stunde in den Kühlschrank stellen.
Ofen auf 180 Grad (Ober- und Unterhitze) vorheizen.
Teig noch einmal durchkneten und ca. 1 cm dick ausrollen.
Dabei sehr fest zusammenpressen.
Mit dem Messer in Stücke (ca. 2 bis 3 cm breit) teilen.
Shortbread 15 Minuten backen und auskühlen lassen.

Schwarzer Tee mit Kardamom

Für einen Liter Tee:

4 gestrichene Teelöffel schwarzer Tee (zum Beispiel Assam oder Earl Grey)
½ EL Kardamom-Kapseln

Die Kapseln in einem Mörser zerstoßen, die Hüllen entnehmen und die Körner pulverisieren.
Tee und Kardamom mischen und mit Wasser übergießen.
Drei Minuten ziehen lassen und abseihen.

Gewürzchai

Für einen Liter Tee:

3 TL schwarzer Tee (zum Beispiel Assam oder Earl Grey)
5 oder 6 Gewürznelken
5 oder 6 schwarze Pfefferkörner
5 Kardamomkapseln
2 Zimtstangen
2 EL Honig
400 ml Wasser
600 ml Milch

Alternativ:
Etwas aufgeschäumte Milch
Etwas Zimtpulver

Die Gewürze in einen Topf geben und mit Wasser aufkochen. Einige Minuten köcheln lassen.
Tee, Milch und Honig hinzugeben und erneut aufkochen.
Drei Minuten ziehen lassen, dann abseihen.
Auf Wunsch mit etwas aufgeschäumter Milch und Zimtpulver krönen.

Heißer Gewürzcider

1,5 Liter Cider (Apfelwein)
4 Nelken
2 Zimtstangen
2 Sternanis
1 Stück Ingwer
Saft von ½ Orange
½ Orange in Scheiben
3 EL brauner Zucker

Den Cider mit den Nelken, Zimtstangen, dem Sternanis und dem Ingwer für einige Minuten in einem Topf erhitzen.
Orangensaft und -scheiben hinzufügen, aufkochen und ca. fünf Minuten lang köcheln lassen.
Abseihen und in Gläser füllen.